eclair novels

竜王の婚姻〈下〉

竜の頂と導く者

佐伊
イラスト 小山田あみ

ネスタニア国
首都アイゼイ
ハンズの山
ネイロ山脈
北方防衛師団
ガングル領
アンドローテ川
ランド領
旧ヒルジャ国
神山
タレスの離宮
王領テフール
学都
首都ギドゥオン
ディネ川
サヴァリン川
王領グランダード
テデル渓谷
西方防衛師団
ラーシャル領
オストラコン国
レスキア国
首都ガリア
コーテス川
東方防衛師団
バロット領
イルダ族
南方防衛師団
ナラゼル領
グルバ山脈
N
ネバル国
ナルージャ族
バルミラ国
MAP
首都オピア

竜王の婚姻

竜の頂と導く者

下

物語の世界観と用語解説

◆ 月

赤月→白月→宵月→流月のサイクルで、一年に四回、四季ごとに変わる。生命が受精し誕生するのは赤月で、全人口の98％が赤月に誕生する。また、春赤月が一番妊娠しやすいとされている。惹香嚢は赤月に発情する。

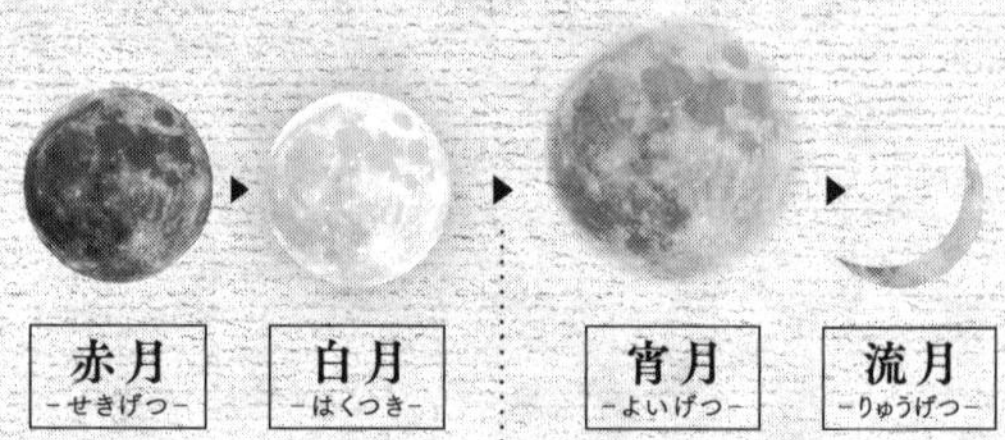

数十年に一度、「神隠月」と言われる
空に月が浮かばない闇の七日間が起こる

一年は約270日・16カ月

ひと月は約16～18日

◆ 惹香嚢 －じゃこうのう－

男女問わず妊娠可能な臓器。千人に一人の割合で持って生まれてくる。赤月前半の七日間に、淫らに獣人を惑わす惹香（淫香）を放つ。惹香はとても魅惑的な香りなので、獣人ほど理性は失わないが、人でもその香りを嗅ぐと性欲が高まる。獣人は惹香嚢持ちの者の血や精液を飲むと体力などが回復する。惹香嚢が生んだ子どもは惹香嚢であることが多い。また、獣人と純血種の夫婦からは生まれにくい獣人の子を、惹香嚢は半分の確率で生む。

◆ 獣人族（異能種）

獣人化能力者を指す。獣化すると頭部は獣の頭になり、爪が伸び、筋肉が大きくなるため身体能力が高くなる。地域により生息する獣種は異なる。戦闘に重宝されている。惹香によって発情し理性を失ってしまうので、純血種に比べると蔑まれている。国によって扱いに差がある。

◆ 両性体

男性体と女性体があるが、男女ともに生殖器が未熟なため生殖能力がなく、発情しない。そのため惹香の影響を受けない。外見は中性的で、後宮で侍従として働く者が多い。

◆ 小人族

身長が大きくとも10歳児程度までしか伸びない人間。小人の中に獣化する者は生まれてこない。

◆ 純血種

獣人化能力のない人間を指す。全体人工の80％。平均寿命は60歳前後。人間同士の父母から生まれた者を純血種という。両性や小人族の血も含む。

◆ 竜王 －りゅうおう（正名：シェヴァイリオン）－

神山に住む世界の神。竜王がいなくなれば、万物すべてが狂い、世界は破滅すると言われている。寿命はおよそ200～300年。基本は雌体で生まれて無性生殖を行う。卵を産んで死去し、一年後に新たな竜王が孵る。雄体で生まれた場合は無性生殖ができないため、伴侶を必要とする。その伴侶のことを婚配者という。婚配者は、雄体竜王の誕生と同じ神隠月に生まれた惹香嚢体より選ばれる。竜王自らが婚配者を選ぶと言われるがその方法は不明。

◆ 神官

上位・中位・下位と身分が分かれる完全な階級社会。役職も五階級に色分けされており、金の紋章は各家の長のみ、中位は銀・紫・青の紋章、下位は黒の紋章。

◆ 闇人 －あんじん－

獣人で構成された組織。過酷な訓練を幼少より受け、暗殺や諜報活動をたたき込まれている。洗脳によって感情や思考力は奪われており、神官の命令は絶対と躾けられた、最強にして冷酷な兵士。

◆ 竜人族（上位神官）

世界に竜王が誕生した際に、竜王の世話をするために現れたとされる、すべての人間の始祖。血筋は四家あり、竜王から授けられた特殊な超能力をそれぞれ有している。四家が各王国の祖でもある。超能力を失った者が人間であり、発情期のある獣人族は人間よりさらに劣っていると竜人族は考えている。上位神官は竜人族のみで構成されている。

◆ 四大王国と始祖家

東西南北に分かれ四つの大国があり、小国や小さな部族はこのどこかの大国に従属している。

【レスキア国】

東の大国。三代続けて皇帝に選ばれており、四大国の中で最も大きな国。水と緑に最も恵まれ、有能な人材を評価してきたことで大国となった。

王家の始祖はタルトキア家。

【バルミラ国】

南の大国。砂漠と熱砂の国。君主制が強く王族の力が強い。塩害による農耕地の縮小で従属国から土地を奪おうとしている。黄金豹獣人が多い。

王家の始祖はウガジェ家。

【オストラコン国】

西の大国。天候が安定し農耕地にも恵まれているが、四大王国の中では最も領土が小さく人口も少ない。

王家の始祖はハルダ家。

【ネスタニア国】

北の大国。レスキア国に次いで力のある国。寒く、農耕地に恵まれないのは南と同じだが、鉱山を所有し栄えてきた。

王家の始祖はイマーシュ家。

人物紹介
Character
アリオス
レスキア国王であり
四大国を束ねる皇帝
セナ
ネバル国の王子
従属の証しとして
レスキア国へ嫁ぐ
アスラン
明るく活発な
セナが生んだ
男の子

フオル
セナの従者
両性の小人族
ジグルト
レスキア国の
第一書記官
セイジュ
神山の
銀の神官
イザク
神山より
派遣された護衛官
最強と言われる
白銀狼獣人
サガン
物知りな
流浪の医師

主な登場人物

Ryuouno konin
Ryu no itadaki to
Michibikumono

Main characters

- アルス .... シズーリ領主。ニールスの異母兄
- ハガル .... 竜王否定派《ミグシェヴァイリアン》の頭
- ハンナ .... 鱗病の罹患者
- アーテル .... ハルダ家の両性体。サガンの幼なじみ
『穴《デル》の耳』の能力者
- マイロ .... サガンの学友
- ウッド .... レスキア帝国の始祖・タルトキア家の家令
- カムラ .... ナガラの長男
- ラーシャル .... レスキア帝国西方防衛師団の元帥
- インドール ..... レスキア帝国近衛第二騎士団の団長
- アグル .... グランダード衛兵団長
- ツォーリ .... 火薬製造の研究者
- キト .... ネスタニアとオストラコンの国境付近に住む子ども
白銀狼獣人
- バロット .... レスキア帝国東方防衛師団の元帥
- メトス .... レスキア帝国東方防衛第二師団長
- ガングル .... レスキア帝国北方防衛師団の元帥
- アークヴィッド.. レスキア帝国北方防衛第一師団長。灰色狼獣人
- クーリオ .... レスキア帝国北方防衛第二師団長
- ハードナル ..... レスキア帝国北方防衛第三師団長
アークヴィッドの娘と結婚
- ヒース .... レスキア帝国北方防衛第二師団の小隊長
- ムードン .... ネスタニア国の将軍
- ファーエ .... ネスタニア国の婚配者の母親。ムードンの妻
- リーシュ .... バルミラ国の婚配者。テザントの孫
- ハーダネット... ウガジェ家の家令
- クーガ .... ハルダ家の家令

竜王の婚姻

竜の頂と導く者

下

Ryuouno konin

Ryu no itadaki to
Michibiku
mono

第五章　紛糾

Ⅰ　疑惑

馬車と馬が去って行った方向を、皇帝はいつまでも見つめていた。

その横顔に浮かぶものは、微笑みしかなかった。

それを見てジグルトは、湧き上がる思いを噛みしめ、瞳を閉じた。

伝わっただろうか。

この人が生まれて初めて出した、愛を伝える言葉は、セナ妃に伝わってくれただろうか。

長くさまよっていた言霊は、セナ妃の心に宿ってくれただろうか。

「ジグルト、ガトー、すぐに出発するぞ」

ジグルトが目を開けた時、皇帝の身体はもう翻り、宿場町へと大股で歩き始めていた。

ダンが馬を譲ろうとするが、皇帝は片手で払い、命を下した。

「いい、隊をまとめに行け！　ここから休まずにレスキアに向かうぞ！」

ダンが部下を引き連れて慌てて隊へ戻る。勢いよく歩く皇帝の足がふと、止まった。

クセで腰の剣をずらそうとして、無いことに気がついたようだった。己の身体の一部となっていたそれの喪失に、皇帝の身体がほんの少し揺れる。

「……ああ」

思い出したように呟く。

「渡したままだったか」

喪失を、惜しんでいる声ではなかった。去りゆく夏の夜風が、男の独り言をくるむようにして飛ばす。

皇帝が宿場町に辿り着く前に、わらわらと松明を掲げた従兵らが場を照らし、ダンの隊員らが騎乗にて迎えた。戦場での隊列である。道を作る彼らの間から、ダンが一歩前に出る。

「陛下、馬車にお乗りください」

「馬で良い」

「ネスタニア国の方は馬車におられます。白湯を口に流し込んだら、意識を戻されました」

　その言葉で、皇帝とジグルトとガトーは馬車に乗った。椅子の上に半身を横たえていた婚配者の母の身体が、わずかに動く。ジグルトはその身体を支えるように座った。

「あなた、がたは……」

　ひどくしわがれた声だった。水も飲まずものも食わずにいたのだから無理もないだろう。

「さきほど、レスキアと、きいて……ここは……娘……娘は」

　夜なので何も見えず不安なのだろう。馬車が出発したことで、身体がびくりと震えた。ジグルトはその骨ばった身体をしっかりと支えた。皇帝が身体を前に乗り出す。

「安心していい。余はレスキア皇帝である。そなたのことは、ネスタニア国王より聞いている。そなたの娘はそなたの夫とともにネスタニア国に戻っている。神山に拉致されたそなたを探し、助けて欲しいとネスタニア国王より頼まれた」

「皇帝……陛下……」

　言葉の意味がわかっていないのか、状況がわかっていないのか、視線がさまよって定まらなかった。

「娘は無事だ。安心していい」

　それを聞いて、母親の瞳からはらはらと涙がこぼれ落ちた。瞳は焦点が合わずとも、涙がとめどなく頬を伝う。皇帝が身体を寄せたため、ジグルトは座る位置を変えた。皇帝自ら婚配者の母の肩を抱き、少しずつ白湯を口に含ませる。

　気が抜けたのか、母親は瞳を閉じた。

　一体何日の間、水も食料も拒絶したのか。牢獄の中でこの母親が見た光景は、どれほど凄惨なものだったのだろう。やつれ果てていたが、繊細な鼻梁も目尻も、以前はさぞ美しい男だったろうと容易に想像できた。

「この方は、何をご覧になったのでしょうね」

　ガトーも同じ事を考えていたのか、ぼそりと呟いた。

　それに対し、皇帝の声は冷静だった。腕に抱える婚配者の母から視線を外し、鋭い目を向けてきた。

「イザクの話から俺が一つ気にかかったのは、世界各国の惹香嚢《じゃこうのう》体の情報を持っていながら、なぜ最初から全員を集めようとしなかったのかということだ。最初は婚配者のことを伏せて、竜王誕生の恩恵を授けるために神隠月誕生の惹香嚢体を調べていただろう。神山になぜ全て連れてこなかった？　なぜ婚配者とその母親に限定したと思う？」

　ガトーがなぜ今そんなことを気にするのかという顔で皇帝に答える。

「それは……罹患者の数が少なく、三人くらいの臓器で事足りると思ったからでは。上位神官家の人間は少ないですし、一つの臓器を一人が喰らうわけではありますまい。分け合う……のでは」

　ガトーは自分の言葉に顔をしかめたが、皇帝は鋭い視線のままだった。

「イザクは、最初に罹患者が出たのは、竜王薨去《こうきょ》、つまり四年前だと言っていた。その間、神山が惹香嚢体を探し、神山へ拉致しなかったと思うか。闇人のような連中や、各国へ潜ませている間者を使えば、四年間で何人かを神山へ連れてこれただろう」

　それでも、三人は死んだ。

「もしかしたら惹香嚢でも、いろいろあるのかもしれない」

　ジグルトには、皇帝が何を言いたいのかわからなかった。ガトーも首を傾げる。

「効く惹香嚢と、効かない惹香嚢がある、ということですか？」

「惹香嚢に関しては謎に包まれているから、俺も推測でしかない。だがセナが、南に赴いた時、ナルージャの巫女からアスランの魂が強いと言われたと話していただろう。アスランは、本来生命が誕生しないといわれる神隠月に生まれた。神の子を宿す臓器を持つ人間は、他の者とは惹香嚢が違うのかもしれない」

　本来ならば喰らいたかっただろうな、と皇帝は吐き捨てるように言った。

「奴らなりに竜王への畏怖があり、喰らうことをかろうじて止めたかとセイジュは言っていたが、そんな殊勝な理由ではなかろう。ゼーダらに竜王への畏怖など欠片もあるまい」

　続けて皇帝は、推測、という割には断定的な口調で言った。

「もうすでに死んだ最初の三人の罹患者も、惹香嚢を喰らったのだろう。神山にいなくとも、闇人なら簡単に見つけ出し、連れて来られるだろう。だが効かなかった。万能の臓器が――。だからこそ求めたのではないか。竜王を宿せるほどの力を持った、惹香嚢を」

　だがおそらく、使者が各国へ発った直後に、鱗《うろこ》病が勢いを増したのではないか。

「婚配者を集めたところで、足りぬと思ったのかもしれない。罹患者は増えていく。上位だけでなく中位にまで及び始めたことで、神官は青くなっただろう。惹香嚢しか死を止める方法はないのだから、何が何でも集めようとしたに違いない。質より量に考えを切り替えたのだ。セナとアスランを捕まえるよりも、余を皇帝の座から引きずり下ろし、各国から惹香嚢体を集めることを優先したのだ」

　セイジュが鱗病の罹患者について知らなかったのは、イマーシュ家にはアガタ一人しかおらず、加えてイマーシュ家分家筋の中位神官らとも付き合いがなかったからだろう。

　中位神官のハロイは、発症から十日あまりで死亡した。一年以上生きる者もいれば、数日で死ぬ者もいる。

　誰がいつ、鱗病になるかわからない。一刻も早く、惹香嚢を口にしなければ。そういう考えに至ったのではないか。

「生きながらえるために、世界を混乱に陥れ、皇帝まで廃位にとは、奴らの浅はかさには呆れます」

　ジグルトはため息をつくしかなかった。そして、その浅はかさに、世界がこうも簡単に乗せられるとは、思いも寄らなかった。

　世界の縮図が変わるとセイジュは言っていた。だがまさか、これほど足をすくわれることになろうとは。

　いや、簡単ではなかったはずなのだ。

　情報を神山にいる我々に全く届けず、上院を動かせる地位のある者が裏切っていなければ、到底無理な廃位だったのだ。

　ジグルトはまさかという思いを捨てきれなかった。

――宰相ダリオンが？　本当に、皇帝を裏切ったのか？

　だが他に、これができる人物がいないのも確かだった。ジグルトは、ちらりと皇帝に目を向けた。

　ガトーも、同様のことを考えているのがわかった。

　国元での陰謀を、一体誰が、どう行っているのか、口にするのをためらっている。

　皇帝が国元について、まだ何も話さない以上、口にするのは憚《はばか》られる空気が漂う。

　内心ジグルトも、これを口にしてそれが現実となる恐怖がある。

　オストラコン国外交官のバードンから、ダリオンがオストラコン国に滞在する皇帝の異母弟と接近しているという話を聞いた直後、皇帝付き第一秘書官のカルスはどこまで報告すべきか悩んだ。

　話した方がいい、と言ったのはダリオンの動きを疑問視していたニールスだった。ニールスがそのまま陛下に申し上げるべき、と断言したため、皇帝を行政区に呼び、バードンの話を見解も全て含めたうえで伝えたのである。

　バードンの話を聞いた皇帝は、否定も肯定もしなかった。ただ無言で深く考え込む様子を見せただけだった。

　だが今ここにきて、ジグルトはダリオンの存在に不穏なものを感じている。

　これほど短期間で、国の上層部をまとめられる人物など、そうはいない。

　神山の思惑にダリオンが乗ったとしたら、それはいつだったのか。

　ジグルトはセイジュとイザクがやってきた時のことを頭の中で整理しながら、思考した。

　神山から話があったのが、セナ妃らが襲撃され行方不明になった直後だとしたら、およそ五十日前だ。

　その頃神山が、ダリオンにこう囁いていたとしたら。

　神山は、南のバルミラ国の婚配者を立てる。

レスキア皇帝の皇子は、婚配者として選ばれない。

レスキアが今後、世界で国力を保つためには、バルミラと手を組まねばならない。

だがセナ妃らはバルミラの息のかかった辺境民族らに襲われ、皇帝は激高している。

バルミラとの友好関係は今後、崩れるだろう。

皇帝の力を保つことは、不可能だ。

ジグルトの脳裏に、バルミラに兵を出せと叫ぶ皇帝を、何度も諫めていたダリオンの姿が浮かんだ。

皇帝が神山へ発ったのは、ジグルトが学都へ到着し早馬を出した四日後と聞いている。軍を向けて欲しいと要請するとすぐにレスキアを発ち、途中で貴族らを従えて進軍したのだ。あの時点ではまだ、皇帝の覇権は揺るぎなかった。

ダリオンがバルミラやオストラコン国と繋がり、上院を動かし始めたとしたら、皇帝が神山へ向かった直後。およそ二十五日前。

あの男なら、やるだろうとジグルトは苦い思いを噛みしめた。

前皇太子が急死し、前皇帝が病に倒れた時、ダリオンは逡巡すら見せずに行動した。常に、自分が闇で動かす人間は確保している。自身もその一人だったからこそ知っている。あの飄々《ひょうひょう》とした顔の裏側で、どれほど冷酷に、人を陥れるのかを……。

皇帝の瞳には、深い思念が見え隠れしたが、そこに裏切りへの焦りも怒りも浮かんでいないように見えた。

皇帝とダリオンの間には、政治という関わりしかなかった。片や統治を片や出世を。欲するものは明確だった。気が合うだのなんだのは、政治の世界には不要だった。互いに、こいつは使えるかどうかの判断しかなかったはずだ。

皇帝の政治力を、ダリオンが見限ったとは思えなかった。確かにセナ妃がナルージャに襲撃された時には我を失っていたが、皇帝は皇帝たる目を失ったことはない。

ダリオンが裏切っていたとしたら、皇帝を見限る決定的なものがあるはずなのだ。それは一体何だったのか。

レスキアと神山の国境は王領テフールである。

レスキア帝国は、神山へ続く主要街道の宿場町がある場所を、全て王領にしている。帝国軍も配置されているが、先程の宿場町には近衛兵しかいなかった。

戒厳令下、王領に配属されている帝国軍がどんな指示を受けているのか全く読めない。

「陛下！」

馬車の外からダンの声がした。ジグルトが顔を出すと、ダンが困惑したように伝えてきた。

「今、前を行く兵士より伝令が……シズーリ領主ランド候より使者が。このままテフール領事のもとへは進まず、どうかシズーリ領をお通りくださいとのこと」

「シズーリ？」

その領地名を聞き、ジグルトはすぐに察した。

貴族で構成される上院がすでに過半数以上の採決でもって戒厳令下に入っている。どの貴族が戒厳令に賛同したのかわからない以上、貴族領を通るのは火に入る夏の虫のごとく愚かなことだった。

「その使者は？　どんな様子だった」

「通行人に扮して、ずっと我らが通るのを待ち構えていたようです」

ジグルトは皇帝を振り返った。

「陛下、シズーリ領主アルス・ランドはニールスの叔父です。ニールスの父、モルス・ランド公の別領であるシズーリを領地としています」

家督を継ぐのは嫡男である。皇后の縁戚であり、皇太子の乳母の兄であるニールスの父親が広大な領地を治めている。だが昔、王家より下賜された別領をその弟が相続していた。

理由は、アルス・ランドが虚弱であったからだ。首都に近いランド領ではなく、僻地の別領で養育され、家督を継いだ際に兄は弟のために別領を相続させたのである。

小さな別領といえど領主、アルスは位を得て上院にも名を連ねているが、政治的なことは全て兄に任せ、代理人を立てて、一度も帝都へ顔を出していない。

どんな人物なのか、ジグルトは知らない。虚弱ゆえ妻帯もせず、引きこもっているだけの領主だが、ニールスが何らかの指示を出したがゆえに、ここで使者が待ち構えていたのだろう。

　ニールスがレスキアに向かうため神山を立ったのは八日前になる。皇帝が街道の軍を引き上げさせたのとほぼ同日だ。ちょうど同じく、皇太子とカルスも、ネスタニア国王太子とともにネスタニアに向かった。

　神山から帝都ギドゥオンまで、途中馬を交代させつつ走らせれば三日で到着する。

　ニールスは帝都へ入り、何を知り、何を判断したのか。そして即座に、神山から最も近い領地を持つ縁戚に指示を出し、皇帝に王領を通らせないようにしている。

「陛下。これはニールスの意図であると考えます。シズーリ領主を私は存じ上げませんが、ニールスは裏切りません。王領を避け、シズーリ領に入った方が得策かと」

　ランド家は皇后の縁戚であり、皇太子の帝位を脅かすまねは絶対にしない。

　しかも今、皇太子はネスタニア国にいる。皇帝を廃し、皇太子を立てるなど不可能である。ニールスの一連の行動を見ても、皇帝を裏切って皇太子を王位に就かせるまねはしない。

「たとえランド家が宰相と昵懇《じっこん》であっても……ニールスは裏切りません。父親のランド公は、処世術に長けた方ですから、どっちつかずの対応をしているやもしれませんが……」

　ダリオンのことを初めて口にしても、皇帝の態度に変化はなかった。ただ、短く「シズーリへ向かえ」とだけ指示を出した。

＊　・＊・　＊

　使者が注意深く領土内へ案内したため、シズーリ領主アルス・ランドの屋敷に辿り着いた時は、もう夜が明けかけていた。

　アルス・ランドは、広大な敷地の庭先にまですでに出迎えに出てきていた。邸宅自体は小さいが庭は一連隊入れるほどに広い。

　ダンが率いる近衛兵が、庭先に立っているアルス・ランドを囲み、馬車は領主の目の前に止まった。

　病弱、と聞いていたが、腰の落ち着け方は一通り剣を収めた者のそれだった。剣を習った事がないジグルトでもそれはわかった。貴族の子弟は剣を習わせられるが、中には形だけという者もいる。アルスが、剣を腰から外し、両手に掲げた姿勢を取る。敵意のないことを示しているのだが、その佇まいからしてただ者ではなかった。

　また、年齢も若かった。まだ三十そこそこではないだろうか。

「ランド領主末弟、シズーリ領主のアルス・ランドと申します、皇帝陛下。こちらに足を運んでいただき、感謝申し上げます」

　アルスは剣を捧げた体勢のまま片膝をついた。馬車から降りた皇帝は、開口一番に問うた。

「そなた、一体何者だ？」

　病弱な領主と聞いていたのに、そうではない人物と即座に見抜いたのだろう。一方で皇帝の問いを予測していたかのように、アルスはよどみなく答えた。

「申し訳ございません。私は先のランド公の末子ではなく、今のランド公・モルスの長子にして庶子でございます」

　叔父ではなくニールスの異母兄だった。庶子ということは、結婚前に恋人か愛人に産ませた子どもだろう。普通ならすぐに養子に出される。

「ランド家の習わしです。このシズーリ領は、庶子に与えられる領地でございます。世間的には庶子であることを隠すため、現ランド公の子ではなく弟としてランド家の戸籍に入りました。私の役目は、貴族としての名を持ちながら世間的には隠居し、ランド家を支えることです」

　やはりそうかとジグルトは納得した。いろいろやり方はあれど、貴族が己の分家筋を影の家令のような位置につけるのは珍しいことではない。

「なるほど。俺を即位させる際に、ダリオンがランド家を頼りにしたわけだ。アルス、そなたダリオンは知っているか」

「私が姿を明かしましたのは、今この時が初めてでございます。皇帝陛下が皇太子となられた時は、私はまだ幼く戦力外でございました」

「いくつだった」

「十四でございました」

では自分より一つ下か。ジグルトは一瞬昔を思い出したが、それだけだった。皇帝が、隣で微笑みを漏らさなければ。

「ここにいるジグルトは、俺とともにすでに闇を動いていたが」

皇帝が自分のことを口にしたのを、ジグルトは驚きをもって見つめた。

「二度目だな、ジグルト」

こちらに顔を向けずに、皇帝は声をかけてきた。

「まだ走れるか。俺を、帝位につかせるために」

朝日が皇帝の輪郭を際立たせる。輝きを増していく光の線を、ジグルトはただ見つめた。

すぐに返事が出なかった。何と答えて良いのかわからなかったからではない。この言葉は、皇帝自身が己に向けたものでもあると気づいたからだ。

今この方は、決別したのだ。

少年の頃、自分を皇帝へと押し上げた臣下と。

寂寥《せきりょう》と焦燥の中で、がむしゃらにもがいて、命をかけてともに戦った記憶と。

「私はいつでも、陛下とともに」

同じく過去との決別を決意しながら、ジグルトは答えた。

「アルス。王領はどうなっている。テフール領事のもとではなく、ここを通した理由は」

皇帝の問いに、アルスは膝をついたまま答えた。

「領事らは下院に集められております。二日前に全ての王領に通達がございました。戒厳令下、王領に駐屯するレスキア軍は動くことを禁じられております」

「領事ら全員、下院に……」

戒厳令発布とともに、レスキア王領を収める領事らまでが集められた。上院が貴族領を収める者と、地位を与えられた者で構成されるのに対し、下院は王領の領事とそれに準じる地位に就く者で構成された議会である。緊急事態の戒厳令は皇帝の意志がなくとも上院の過半数を得られれば通るが、下院を動かすということは、皇帝のレスキア国王廃位まで考えている表れか。

「ニールスが国へ戻る際立ち寄り、私にオストラコン国方面と、周辺の王領、そして南方を気にかけて欲しいと言ってきました。ニールスは、テフールの様子を見て怪しいとすぐ察したのでしょう。オストラコンから、陛下の弟君であらせられる先帝の第四王子がレスキアに戻られたのは、三日前です」

三日前——そして、戒厳令と、下院召集。

頭が揺さぶられるのを感じながら、ジグルトはダリオンらしい動きの速さに歯ぎしりした。

「南方は」

皇帝が鋭く訊く。ジグルトははっと我に返った。セナ妃らが向かった南方は、どうなっているのか。

「昨日、動きがわかりました。ナラゼル元帥は、上院の召集にただ一人、応じておりません。理由はバルミラ国の侵攻です。今この状況下で戒厳令に従い、指揮権を放り出せば、レスキア派の南方辺境民族は全て潰されるとお考えになったのでしょう。しかしレスキアは頑として戒厳令を訴えている。……裏でバルミラと手を組んでいるとしたら当たり前ですが」

皇帝の顔が歪んだ。ダリオンが、バルミラと手を組んでいるのは確実だ。神山が認めた婚配者を抱えるバルミラと。

「王領に動かせる兵はない。……それでも近衛第二騎士団が一隊を残してくれたように、街道を進めば我がもとへ軍は従うと思っていたが……」

ジグルトもそう思っていた。皇帝の求心力は揺るぎなかったはずだ。

だが今、この短期間でそれが崩れている。

王領の領事らが下院に集まり、戒厳令も通してしまうほどの事態。ダリオンがたった三十日でそれを成せたのはなぜか。

「神山にこもりきりだったため、世間にとんと疎くなった。……アルス、申せ。余のことで、人々の口の端に上がっていることはなんだ。なぜニールスは、お前を動かすほどの事態に陥っているとすぐに悟った？」

それまで淡々と報告していたアルスの瞳が揺らぐ。わずかに見える逡巡を見据えるようにして、皇帝は告げた。

「言え」

アルスは、ゆっくり口を開いた。

「……皇帝陛下は、金獅子獣人であらせられるとのお噂が、レスキア国内を巡っております」

ジグルトは、丘陵から顔を完全に覗かせた朝日が、皇帝の黄金の髪を輝かせるのを目にした。

それは、隠されたたてがみを連想させた。


皇帝の決断は、帝都ギドゥオンではなく、南方へ向かう、というものだった。

「戒厳令下で兵を動かせず、拘束される可能性もあるとしたら、単独で帝都へ乗り込めない。今現在、戒厳令に従っていないとわかっているのは南方防衛師団のみ。ナラゼルと合流する」

軍隊に付き従う経験などないガトーが、困惑したように言う。

「しかし陛下、それは、レスキアへの反逆行為と見做《みな》されませんか」

「反逆行為？」

聞き返す皇帝の表情は、恐ろしいほど冷静だった。

「上等だな。欲に目がくらみ、現状も知らずに神山に踊らされている我が国家の横面を張り飛ばすのが反逆行為というのなら、甘んじてその罪に問われよう。自ら首を洗って、耳を貸さぬ者の前に出て行くほど俺は……」

そこで皇帝は、アルスの差し出した剣を手に取った。

「善人にできていない」

皇帝という殻を捨てたからか、『俺』という言葉と、饒舌《じょうぜつ》になっているレスキア国王の横顔を、ジグルトは見つめた。

　ガトーは途方に暮れていたが、ジグルトはなぜか、向かうべき道、進むべき方向が定まったことに、爽快感すら味わっていた。

　ただの一度だって、この方の傍にあって、負けると思ったことはない。

「私兵はどれほど集められる、アルス」

「現在は千人ほどしか。国に戻ったニールスからは連絡がありませんが、もうそろそろ私が放った間者らから新たな情報が届きます。ニールスは国に戻る最中に、ランド家に関連する領地の私兵を動かす準備をしていたに違いないのです。陛下、三日ほど時間をください。それなりの情報と準備を整えなければ、裸の兵士を南方に連れて行ったことと同じ、何にもなりません」

　三日というのは、準備期間としては最短と言っていい。斥候を放ち、安全な道を確保するためにも三日は必要である。皇帝は了解した。

「……セナらが、南へ無事に辿り着けばいいのだが」

　まさかレスキアに拘束される可能性があるほどの事態に陥っているとわかっていたら、別離など不要だったかもしれない。そう考えるジグルトの隣で、皇帝は珍しくも独り言を続けた。

「……ただの男でありたいと初めて思った矢先に、再び帝位を求めることになろうとはな」

　新たな剣を握りしめる皇帝の横顔には、一瞬だけ普通の男の素顔が浮かんでいた。だがすぐに、皇帝は自ら否定した。

「すまん、流せ。命がけで俺に従うお前たちに聞かせる言葉ではなかった。もう二度と思わん」

「陛下。かつての帝位と、今の帝位は違います。昔は、ご自分のためだけの帝位でございました。だが今は、国家と、御子様と、……あの方のための帝位でございます」

　思わず口走ると、皇帝は視線を向けてきた。朝日が眩しすぎて目が痛いほどだったが、ジグルトは皇帝を見つめ続けた。皇帝の瞳が、ふと柔らかくなる。

「……そうだな」

この、ただの男の声を聞いたのは何年ぶりか。

闇夜をさまよっていた少年の頃を、ジグルトは思い出した。感傷に浸る余裕などないというのに、今だけは思いを馳せることが許される気がした。


領主アルスのもとへ間者から連絡が入ったのは、ジグルトらがシズーリ領に来て三日目だった。兵糧や武器の確保が完了し、情報が入ってくるのを待つだけの状態だった。

「レスキア軍が南方へ向かいました」

間者の言葉に、皇帝は立ち上がり、ジグルトは衝撃のあまり声を失った。

戒厳令下、軍律に従わぬ者は処罰されても文句は言えない。だがナラゼルは闇雲に拒絶していたわけではない。戒厳令が出てまだ五日しか経っていない。これは、警告にしても早すぎた。下手をすれば、南方防衛師団がバルミラ軍とレスキア軍に挟まれることになる。

「余がレスキア軍を止める」

皇帝が強い意志を込めた口調で言った。

「内戦など愚の骨頂。バルミラはそれが目的だろうが、こんなことをさせては帝国の権威は地に堕ちる。レスキア軍を率いているのは誰だ？」

「まだそこまでは探れませんでした」

「誰であろうと余の声を届けねばならぬ」

間者はアルスに向けていた身体を皇帝へ向けた。

「身を隠しておりますが、おそらく南方師団は間者を東へ向けました。情報を探った形跡があります。これから南方へ向かう間に、彼らと接触できるかもしれません」

「そうであろう。ナラゼルは抜かりない」

アルスは素早く皇帝に告げた。

「私は同行いたしません。ここで、間者らの情報をまとめ、逐一お知らせいたします。帝都ギドゥオンにも間者らを放っていますが、ニールスからまだ何も情報が届いておりません。この男は私の影です。私兵らを集め、陛下に情報をお伝えいたします。ハゼス、頼んだぞ」

ハゼスという間者は無言で頭を垂れた。

「ファーエをここに置いていく。闇人が追ってくる可能性もあるが、もうすぐ秋赤月だ。獣人族が多い南へ連れて行けない」

ネスタニア国婚配者の母親は、名をファーエといった。二日経って、ようやく水も少々の果物も口にできるようになったが、体力がまだまだ回復しない。

皇帝が南に向かうこと、ここでアルスに匿わせることを告げると、ファーエは必死で身体を起こそうとした。皇帝の隣に控えていたジグルトはとっさに手を伸ばしたが、その前に皇帝がファーエの身体を支えた。

「無理をするな」

「……わたくしを……」

声音が戻りつつあるファーエは、皇帝に縋るように言った。

「国元へは戻さないでくださいませ」

目は窪み、骨と皮だけの身体だったが、美しさが窺《うかが》われる瞳だった。必死で皇帝に訴える。

「一刻も早く娘の元へ、帰りたい……。しかし、我が夫の顔など見たくありません」

「……夫君はそなたを必死で探した」

「私は、娘は惹香嚢体ではない、と夫に訴えました。自分が惹香嚢体なのでわかるのです。娘の腹には惹香嚢らしきふくらみが確かに残っていましたが、あれはいずれ身体に吸収され、惹香嚢としては育ちきれないものとわかっていました。それなのに夫は、ネスタニア国には他に神隠月に生まれた惹香嚢体がいない、国の、国王陛下のためにも、神山へ向かわせよう、万が一のこともある、竜王から祝福を受けられるかもしれない、などと……」

恨みによる昂りが、ファーエの肩を震わせる。

「あの人が大事だったのは、自分の出世と見栄だけです。もう二度と夫に会いたくありません。娘のために死ぬわけにはいかない。それだけを念じてきました」

ファーエの手が、いつしか縋るように皇帝の腕を握りしめていた。皇帝も、もう片方の手で、ファーエの細い肩を撫でた。

「お願いです、陛下。私を夫の元へ戻さないでください。私と娘を、お守りください。もう、ネスタニアには戻りたくありません」

皇帝は静かにファーエに言い聞かせた。

「余は廃位宣告を受けた皇帝であり、ネスタニア国王よりも力がない。夫への恨みは、正々堂々正面から訴えるがいい。状況が落ち着いたら、その場を設けよう」

「聞くような夫ではありません」

「それでも戦うのだ。娘が大事なら。ここまでして、娘のために生き残ったのだ。あとは、己の人生のために戦え。地獄から這い上がってきた今のそなたを見たら、夫は萎縮し、ひれ伏して許しを請うだろうよ」

ファーエはまじまじと皇帝を見つめた後、ほっと息をついた。

「帝国の後宮の方々が羨ましい。……ネバルのお妃様は、お国の事情でなかなか寵を賜れなかったと伺いましたが、最良の婚姻をなされましたな」

ジグルトの位置からは、皇帝がどんな表情をしているのか見ることができなかった。

ただ、小さな呟きだけが聞こえた。

「……そうであったら、良かったな」

◆・◆・◆

主要街道以外に、国へ入る道はさまざまある。

以前、アスランを探して南へ向かった時は、イザクは山中を通った。だが今は馬車に頼らざるを得ない。フオルとアスランが歩けないことに加え、身体が弱っているマルコを歩かせられなかった。

マルコはセナよりも背が低く細身だが、それでも山中を背負っていくのは無理だ。セイジュもそんなに頼れる力を持っていない。

主要街道から外れ、人目につかない山沿いの道を選んで馬車は走り続けていた。途中、何度か馬を休ませる必要があったが、止まったのはその時だけだった。馬が休んでいる間は急いで湯を沸かし、簡単な食事を取り、アスランを走り回らせた。三日間、馬車の中に押し込められていても、アスランはさほど文句を言わなかった。ただならぬ事態であると、子ども心にわかっているのかもしれない。

「神山から南方、ナラゼル元帥の居城までは主要街道を使えば最短で馬車で八日なんですけどね」

　馬が食事をするのに丁度いい草が生えた場所で休憩している時、フオルが地図を取り出して線を引いた。

　記録魔で、常に紙や地図を携帯しているフオルがいなかったら、イザクの勘だけで旅の行程は決められていただろう。

「戒厳令下で兵を引き上げないのは軍律違反。ナラゼル元帥がどこまで南を抑えているかによります」

「ナラゼルが引き上げていても、南にはジドや、イルダ族のフーガらがいる」

　セナの言葉に、セイジュがため息をついた。

「そうした方々が今、バルミラに兵を向けられているわけでしょう」

　フオルが道の距離を測り、顔を上げた。

「この速度ですと、我々が南に辿り着くまで早くとも十日です。それまで陛下がレスキアのばかどもを締め上げて、迎えに来てくださるといいのですが」

「今はそれを信じるしかない。悪い状況を考えても、好転はしない」

　セナが地図を見つめながらそう言うと、マルコも頷いた。

「その通りですね。フオルさんの言う通り、ここは最短で行ける道を選び、一刻も早く辺境部族でも、ナラゼル元帥でも、どちらかと合流しなければ」

　黙って地図を見つめていたイザクが、フオルの描いた線の上に新たな線を引いた。

「何っ⁉」

「馬を走らせる道を選ぶなら、草の生える道を選ぶしかありません。フオルさんの引いた線では、三日後に馬が飢えます」

　それもそうだとセナは地図を見つめた。

　当然それを選んでいるものだと思っていたが、フオルはもとよりセイジュもマルコも、生き物を扱った経験がないらしい。

「言い換えれば、闇人は馬が通る道を狙ってくるということです。我々が皇帝陛下らと道を分けたことは、もう闇人はわかっているでしょう。東以外の道で、馬が通る道を、狙ってくる」

　イザクが何を言いたいのかセナにはわかったが、以前イザクと旅をしたような道程を歩ませるのは、到底不可能だった。

「それでも、馬を使ってくれ、イザク」

　わかりました、とイザクはすぐに答えた。棒きれを振り回しているアスランを抱き上げ、馬車へと戻らせたセナは、馬に乗ろうと手綱を引いた。

　目を向けると、イザクは馬車の馬の傍に立ちながら、空に目を向けていた。視線が鋭く光り、わずかな風の動きも見逃すまいとするように、全身で気配を感知しているのがわかる。

　襲いかかる恐怖に、イザクと声をかけそうになったが、それもためらわせるほどの張り詰めた気だった。

「セナ様、馬を私に貸してください。馬車をお願いします」

　ああ、来た。セナは確信した。ほんのわずかな敵の気配。これを、イザクが見逃すはずがない。

「セイジュ殿、セナ様と一緒に馬車を御してください」

　馬車に乗り込もうとしていたセイジュは、案の定やったことない、という顔をした。しかしそれはセナも同じだった。

「扱い方をすぐに覚えてください。私がそれまで誘導します。馬車は馬よりも遅い。相手に追いつかれる前に、全速力で走るのに慣れてください。私は途中で離れます」

「イザク、敵は何人？」

「三人」

　闇人が三人。セナは目の前が真っ暗になりそうだった。イザクが闇人の中で最強とはいえ、千人の兵に一人で立ち向かえるという戦闘能力を誇る者を三人も、相手にできるのだろうか。

　セナは馬車の中の三人に告げた。

「これから馬車はかなり揺れる。フオル、アスランを抱きしめて足元に屈んで。マルコは覆い被さって」

「ははさま」

　フオルに抱きしめられるアスランが、不安そうな目を向ける。セナは微笑んだ。

「大丈夫、アスラン。ははは様は強い。フオルに、しっかり抱きついていて」

　わずかな時間も無駄にできない。セイジュが手綱を握りしめる。セナは、すぐさま馬に鞭を払った。

「馬をまっすぐにしてください！　間隔を保って！」

　イザクが隣で馬を寄せて指導した。セイジュは呼吸も止まっているようだったが、セナは次第に手綱の引き方がわかってきた。左右の馬を同時に動かすことが難しいだけである。馬二頭を操る手綱は基本一つだけなので、セイジュはセナが手綱を扱っている間は手を添えているだけである。セナが手綱から手を放すと、慌てて握りしめてきた。眼鏡がずれても、直す余裕などないほどに手綱をしっかりと摑む。

「感覚を身につけろ、セイジュ！」

「そ、そんな芸当……！　私は馬にすら慣れていないんですよ！　神山では必要ないから！」

「俺も剣を抜く羽目になるかもしれないんだ！　馬車を倒さない程度の均衡は覚えてくれ！」

　道が次第に細くなる。イザクが隣に寄り添えなくなり、後ろに下がるのがわかった。

「離れます！　そのまま走り続けて！」

　イザク、気をつけろ――。そんな言葉を向ける時間も余裕もなかった。セイジュとともに手綱を握り、木々が整理されず枝が四方八方から伸びる狭い道を、身をかがめて走り抜ける。

　一瞬も気の抜けない道だったが、それでもセイジュは操作に慣れてきたらしく、手綱を取る手から余計な力が抜けてきた。その時である。

　どん、と凄まじい衝撃が上に落ちてきた。

　セナは、迷わなかった。重さが加わった衝撃で馬車が揺れたが、手綱を放し、同時に腰の剣を抜いた。

　イザクかもしれない、という頭はなかった。わかっていたのは、闇人の行動の速さ、超人的な身体能力だけだ。一瞬でもためらえばその隙に殺される。

振り返りざま、セナは馬車の上にいる人間を剣で突いた。

残念ながら突いた、と思ったのは誤りだった。馬車の上に乗っていた黒狼獣人は、ひらりと空中に身を投げて攻撃を避けると、そのまま後方で走らせていた自分の馬の上に戻った。

曲芸のような動きにセナが声を失うのと、闇人が腕を払ったのはほぼ同時だった。すれすれのところで、長い針がセナのフードを貫いていく。セナがそれを避けられたのは、単純にセイジュの運転がひどすぎたため、身体が傾いたからだった。馬車が斜めに傾き、セナも倒れそうになったが、セイジュが制御できなくなっているため手綱を引いた。

「堪えろ、セイジュ！」

「駄目です、セナ様！　倒れます！　いったん、止まるしかありません！　放り出される！」

ガタガタと上下左右に揺れる馬車に、何とかしがみついているだけで精一杯だった。異常なほどの車輪の揺れに、セナは思い当たった。車輪を、一部、破壊されたのだ。

闇人はまた襲いかかってくる。だがもう、止まるしかなかった。このままだったら、馬車が倒れる。

馬を止める事にセナは集中した。多少広くなった道の左側を、馬が走って近づいてくる気配が伝わる。

手綱をセイジュには預けられなかった。目の端に黒い馬が映る。闇人の姿は、その背になかった。

イザクの乗っていた馬ではない。三人いる闇人の誰かが乗っていた馬だろう。セナはようやく、馬車の馬の速度を落とし、何とか止まらせる事に成功した。

馬が一頭、駆け抜けていっただけで、先程襲いかかってきた闇人も、イザクの姿もなかった。セナは急いで馬車の中を確認すると、怪我はしていないようだが、アスランは泣いていた。フオルはしっかりとアスランを抱きしめ、マルコは二人に覆い被さっている。

「外に、出られるか。馬車はもう駄目だ」

セナがアスランとフオルを抱きかかえると、御者台からふらふらになって降りてきたセイジュも、馬車から荷物とマルコを抱えた。

「セイジュ、馬車から馬を外すぞ」

「は、はい……」

セイジュは身体を揺らしながら馬に縋り付いた。まともに歩けない様子だったが、マルコとフォルはもっと身体を動かせない。頭でも打ってしまったかとセナはフォルの頭を撫でたが、フォルは小声で大丈夫です、と答えるだけで、身動きできずにいた。

こんな状態で動かすことをセナはためらった。セナは泣きじゃくるアスランを抱きしめて、今まで走ってきた道を見つめた。

夕暮れに、一頭の馬が姿を現した時、セナは安堵と嬉しさで思わず叫んだ。

「イザク！」

だが馬上のイザクは呼びかける声に反応しなかった。馬が小走りで、こちらに近づいてくる。少々身体を傾けている様子に、セナの身体から喜びが失せ、ざわりとした恐怖が這った。

――負傷、しているのか。

イザクがゆっくりと近づいてきて、それは明らかになった。顔は蒼白、服が血でまみれている。

「イザク、お前！」

恐怖で声を失ったセナよりも先に、セイジュが声を上げた。イザクは、意識を保っているのがやっとの様子で馬上から報告した。

「三人、殺しました。傷は、俺は負っていません」

「じゃあ、その血は……」

セイジュが言葉を続ける前に、セナはアスランをセイジュに任せ、馬上のイザクに駆け寄って手を差し伸べた。イザクが手綱を放し、倒れ込むように降りてくる。ずしりとした身体がのしかかってきて、セナは腰を落としそうになったが何とか耐えた。

「イザク、もう少し踏ん張れ。中に入ってくれ。馬車の中で、夜を越そう」

車輪を破損した馬車は傾いていたが、そこにイザクを乗せ、マルコ、フォルを乗せた。マルコはイザクの血の量に、正気に戻った様子だった。

「それは、吐血……か……!?　その、量は……」

セナは紙のように白くなったイザクの頬に触れた。

「イザク、あれから、何度か血を?」

イザクは意識を朦朧《もうろう》とさせながら言った。

「獣人化すると……血を吐きます。獣化に身体が……ついていかない……ようで」

今にも意識を落としそうなイザクを見て、セナは胸から小剣を取りだし、中の様子を覗き込んでいるセイジュとアスランに告げた。

「セイジュ、アスランを向こうに。アスラン、お馬さんが元気かどうか見てきて」

そう告げるとセナは、腕に剣で血の筋を作った。したたり落ちる血を、イザクの口元へ当てる。

「啜《すす》れ、イザク」

朦朧としながらも、イザクは口を動かし、舌を出してきた。最初は弱々しかった舌の動きは、次第に腕全体を這い、一滴でも逃がすまいとするかのように、激しく舐め回すそれに変わった。

マルコとフオルが見つめているのがわかったが、セナは羞恥も何も感じなかった。それどころか、必死で祈っていた。


この血で、お前が助かるのなら。

命を賭けて守ってくれるお前が救われるのなら。

この身体の血の全てを、お前に吸われたい。

身体の全てを、お前に捧げたい。

＊　・　＊　・　＊

夜が明ける前に、セナは一人、馬を探しに行った。闇人が乗ってきた黒い馬である。主を失って走り去ってしまったが、おそらくそう遠くまで行ってはいないだろう。

馬車に乗れなくなったため、これから先はもう一頭馬が必要だった。それも、鞍のついた馬が。

現在馬は三頭、馬車を引いていた馬には鞍がついていないので、鞍付きは今セナが乗っている一頭だけである。

アスランは三歳にしては馬に慣れている方だが、アスランと一緒に乗るには鞍が必要だった。子どもの体格のフォルも、鞍なしでは危険だ。馬に慣れていないセイジュやマルコも長距離乗れるか不安だったが、我慢してもらうしかない。

朝の光が、うっすらと道の筋を浮かび上がらせはじめる。黒い馬なので姿を捉えにくく、なかなか見当たらない。セナは、まだ光が届かぬ林の中へ目を向けた。草と水場を求めて、林の中に入ってしまった可能性もある。

足場の悪さにためらう馬をなだめながら林の中へ入ると、闇の中にうっすらと馬の影が浮かんだ。良かった、見つかった。喜んで近づいたが、黒い馬がすでに木の幹に紐で縛られているのを目にし、身を引いた。

誰かがすでに、馬を見つけている。周囲に目を向けたが、人の気配はなかった。

すると、夜の影に紛れて、ゆらゆらと動きながらこちらに近付いてくる人間の姿が見えた。

まったく周囲を警戒せず、体を左右に揺らしながら歩く様子といい体躯といい、セナは最初、子どもかと思った。だがその人物の姿が明らかになった途端、状況も忘れて素っ頓狂な声を上げてしまった。

「サガン!?」

漂浪の老医師は、顔を上げて訝しげにこちらを見たが、やがて面白そうにケタケタと笑った。

「なんと、皇帝妃ではありませんか、こりゃ珍し!」

サガンは林の中で拾っていたらしい木の枝を紐で括りながら言った。

「神山で婚配者の母としてかしずかれているはずのあなたとこんな所で再会しようとは。さては神山を追い出されましたか」

セナは、乗ってきた馬を黒い馬が繋がれている木の幹に紐で繋いだ。荷物の上に括った木の枝を乗せるサガンの総白髪のつむじを見つめながら、セナは言った。

「闇人に暗殺されそうになって逃げてきた。その馬は闇人が乗っていた馬だ。イザクが倒した」

サガンは興味深そうに目を上げた。

「ほお。人形に、命が宿りましたか」

「サガン、お前は何を知っている？　お前はどこかの国の間者なのか」

「私が間者ならば、私はあなた様にいろいろ話し過ぎましたな。私は流れ者の医師。ただ、人よりも生き過ぎているというだけです」

生き過ぎている？　セナは首を傾げた。サガンの容貌は両生体だけあって年齢不詳だが、足腰もしっかりしていて老いているようには見えない。

サガンは荷物を背負い、セナと向き合った。

「暗殺されそうになったというのは、蒼香嚢を体内から取り出されそうになったということですか」

薄暗い林の中で、サガンの目が光る。セナは思わず半歩、身を引いた。

「サガン!?　なぜそれを……」

「知っているかって？　私は経験したからですよ。竜王の代替わりを。今世竜王ではない、百五十年前の、先の竜王の代替わりでも、神山では鱗病が蔓延した。だから私はわかっていましたよ。この代替わりで神山がどうなるのか。それによって神山が何を求めるのか」

……百五十年前……——。

サガンの口から出てきた言葉を、セナは茫然と見つめた。

「約百五十年前、先の先の竜王が分卵されそのまま身罷られた際、多くの神官が鱗病に罹り、『殉教者』となって死んでいくのを私は目にしました。そして、死を食い止めるために何が行われたかもね」

セナは静かに語るサガンの口元を見つめながら、なぜか思い出していた。

ナルージャの巫女、テザント。何人もの子を産み、胎盤を食べたという。八十歳という長命だった巫女。

「もう神山に蒼香嚢体はいない。万能の臓器を彼らは熱望したでしょう」

セナは、身体中が震え出すのを止めることができなかった。その震えが怒りゆえなのか、恐怖ゆえなのかわからぬままに、震えを抑え込むように叫んだ。

「サガン、お前は何者だ！　百五十年の時をなぜ生き長らえている？」

「何者か？　あなたも気づかれたのではありませんか。私が百五十年という時を生きた理由に……。私は百五十年前、神山におりました。鱗病を発症し、父が、母が、兄が、姉が、親族が、惹香嚢を喰らってもことごとく死に至るのを目にした。その中で、私だけが生き残った。惹香嚢を喰らった代償として、私だけが、百五十年という孤独を与えられた。……私の名はサガン・ルラウ・ヒード・タルトキア。今はもう断絶したとされる、上位神官家、レスキア帝国の始祖・タルトキア家の末裔です」

一体どれほど長い沈黙の中にあったのか、セナにはわからなかった。

自らを襲う感情の波が、何であるかさえ、判別できずにいた。

目の前の老人は、喰らったのだ。

惹香嚢を。

吐き気が込み上げても、内臓が萎縮してしまったかのように動かなかった。

サガンが向けてくる視線は、どこまでも静かだった。

「あなたは、神の淘汰《とうた》をご覧になりましたか。神山ではどれほどの神官らが死に至りました？」

神の淘汰。

セナはそのおぞましい言葉を振り払うように、全身の力を込めて叫んだ。

「全て、全てわかっていたなら、なぜ俺に教えなかった!?」

「話していたらあなたは神山へ向かうことを止めましたか。南方師団にかしずかれ、皇帝の待つ神山へ向かうことを止めましたか。あの状況では何を言ったって無駄だったでしょう。そしてあなたはそれを信じなかったでしょう。実際に鱗病を目にするまでね」

セナはもうまともに立っていることすら困難だった。馬の腹にもたれ、ぐるぐると歪む視界を見ないように顔を伏せた。

「俺は……鱗病を目にしたわけじゃない。神官と、医師と、イザクがそれを教えてくれたから……」

「彼らと一緒ですか。廃位を宣言された皇帝はどうしました」

なぜ、そんなことまで知っているのか……。セナは揺れる頭を持ち上げた。

「陛下が廃位を受けたことまで、なぜお前が」

「セナ様。皇帝廃位は、皇帝本人に告げられる前に各国を巡っている。大国らはもうその事実を知り、動いています。神山という閉鎖的な空間にいたために、神山にどんな情報操作をされていたか、あなた方が知らないだけだ」

サガンはため息をつき、林の向こうへ目を向けた。

「皇帝はレスキアへ向かったでしょうが、あなた方は南へ行こうとしている。南方師団を頼るつもりでしょうが、彼らは今それどころではない。戒厳令に従わずバルミラとやり合っている南方師団を止めるために、レスキアは兵を向けようとしておりますよ」

「何だって!?」

またも足元が揺らぎそうになったが、セナは必死でサガンに向き合った。

「この先のレスキア王領は、もうレスキア軍に封鎖されています。私はあなた方と別れた後、学都に向かおうとしていましたが、いきなり王領が封鎖されました。王領が封鎖されたのは戒厳令の前です。これは何かあったと周辺を探っているうちに、学都へ向かうのが遅くなり……。まあ、それのおかげでまたあなた様に再会できたのですから、これも天啓でしょうな」

戒厳令の、前に封鎖――。

一体世界は、自分たちが知らない間に、どう動かされていたのか。

セナは最後に見た、皇帝の微笑みを思い出した。

皇帝がレスキアへ向かえば、全て事は収まると思っていた。

あの皇帝の権威が堕ちることになるなど、想像もできなかった。

暁の皇帝が、引きずり降ろされるなど。

「セナ様、レスキア皇帝が獣人であるという噂は、本当ですか」

その言葉に、セナはとっさに反応できず、言葉を紡ぐことを忘れた。

それでサガンは察したように、横を向いてため息をついた。

「決定的です、セナ様。皇帝を指名するのは神山です。彼らにとって獣人は下等です。そういう差別意識は、一般社会にも浸透している。神山だけでなく、大国も、その貴族らも、下等の種族が人間の最高峰に位置することを許しはしません」

　湧き上がる怒りは、吐き気を吹き飛ばした。サガンへの、未知なるものへの恐怖と嫌悪を跳ね飛ばすほどの怒りが突き上げるままに、セナは叫んだ。

「下等だと!?　誰が下等だ！　人間の体を裂き、臓器を喰らい、それでも生きながらえようとした貴様らの方がよほど下等だ！　貴様ら神山の神官らが、最も恥ずべき人種だ！　貴様らなど、鱗病で滅びて当然だ！」

「その通りですよ」

　答えるサガンの瞳は、やはりどこまでも静けさをたたえていた。

　そこには、ただ静寂しかなかった。

　悲しみも、苦しみも、怒りも、絶望も、全てを見つめてきた人間の、諦観しかなかった。

「その通りです。滅びるべきは、竜人族の方なのです。私は百五十年前に、死ぬべきだったのだ。だが生き長らえた。その意味を、探すことすら忘れた時に、再び竜王が身罷り、新たなる竜王が降誕した。今度は分卵できない、己の血脈を残すには惹香嚢体を必要とする竜王が誕生した」

　サガンの瞳に、次第に光が宿るのをセナは見た。

「これは一体なんの符合か。再び世界を考え出した私の前に、婚配者の母であるあなた様が現れた。私は理解しました。私が百五十年生きた意味はここにあったと。この世界が、変わろうとしているのだと」

　世界が変わる。

　その言葉を、何度も聞いた気がする。

　だが、セナにとっては現実味のない言葉だった。今自分は、どの世界に立っているのか？

　早く安全な場所へ、落ち着ける場所へ。目先の安心だけを求め続け、世界のどこに立っているのかもわからなかった。

自分たちが向かうべき世界は、どんな世界なのか？

「セナ様、学都へ向かいましょう」

突然のサガンの言葉は、容易にセナの耳に入っていかなかった。

「何だって？」

「ここから先南に向かっても、王領を通らねば南方師団と合流できません。私が通ってきた山道は馬は通れない。小さなお子様を抱えていては無理です」

それはわかっている。以前、南方へ向かった道は、馬では無理だ。だが——。

「学都など、また神山に戻ることになる」

「いえ、神山ではありません。正確には学都ではなく、竜王否定派《ミグシェヴァイリアン》と接触するのです。彼らの隠れ場に潜むのです」

竜王否定派。

思いもかけないその言葉に、セナは絶句した。

「正気か。アスランは、竜王の婚配者だ。奴らの思想の敵だろう」

「私が学都へ向かう、と言っていたのは、否定派の連中に会いに行くためでした。彼らは彼らで状況が変わっているはず。闇人からの追っ手は途切れません。ここを進んでも、王領で捕まるか、闇人に捕まるかしかありません」

一体、どこへ向かえばいいのか。自分が立っている世界は、どちらに進めば正しいのか。

何を指標にして進めばいいのだろう。

こちらに行けば確実に助かると、この道が安全だという保証はない。

林の中まで朝の光が入る。闇から浮き上がり、次第に映し出されてくるサガンの姿を、セナはいつまでも捉えきれずにいた。

破壊された馬車の横で朝餉《あさげ》の準備をし、セナが戻るのを待っていた連中は、セナが連れてきた老人の話を聞いても信じられない様子だった。

無理もなかった。いきなり断絶した上位神官家の生き残りだと言われても、信じられるわけがないだろう。同じ医師だからかマルコはサガンに興味を持ち、話を詳しく知りたがったが、百五十年以上生きているという話には首を傾げていた。

「まあ、信じなくても構わんよ。同じことを言われたら私も信じない」

全てわかっていたのならなぜ教えなかったと責めた時、話していたら神山に行くことを止めたかと返してきたサガンの言葉をセナは思い出した。

これまでのサガンの言動や神山でのことがなかったら、自分も信じなかったかもしれない。

サガンの存在を訝しむセイジュとマルコは、学都に行くという提案に異を唱えた。

「俺は反対です。竜王否定派が私たちを受け入れるとは到底思えない。彼らの思想は竜王の存在の否定だ。その卵を宿す婚配者など、最も不要な存在です。アスラン様の身に危険が及びます」

否定派の思想を、セナはよく理解していない。

竜王という神を否定し、神山の存在に意を唱える連中とは聞いている。その思想が何に基づいているのかすら、わかっていなかった。

神山で生まれ、彼らの行動を知っているセイジュやマルコは、いろいろと考えることがあるのだろう。最初は歯切れが悪そうだったが、自分たちの過去について語り始めた。

「俺とマルコは、神山でも貧民出身です。否定派に流れてしまった幼なじみがいました」

セナよりもサガンの方が興味深そうに目を輝かせた。

「ほお。現在学都の大書記官をしているラビレオが打ち出した、下位層からの学都入りを許された者たちか。それは優秀だな。しかしそれで銀まで与えられることは、私の知らない間に神山も変わったのか？」

「俺は中位の養子になったんだ。本家も分家も少なくなってきているイマーシュ家が動いてくれなかったら、養子入りは難しかった」

「現在イマーシュには何人の直系が残っている？」

「一人」

サガンはそこで目を閉じた。セイジュが身を乗り出す。

「アガタ様は、誰よりも竜王の傍に侍られていた。しかし罹患していない！ それにあの方のご両親も、普通に風邪を拗らせて亡くなられただけだ。鱗病ではない」

「風邪か。咳がひどく、息切れし、呼吸困難になってはいなかったか。最後は声を出すのも難儀ではなかったか」

眉をひそめるセイジュに、サガンが冷静な声で説明した。

「表の皮膚上に白い石のようなものが付着し、硬化していく病であるが、表に出ず、内臓に先に現れる者もいる。臓器が硬化し活動することをやめれば、表側に出てくるよりも早く死に至る。死んだ姿からはただの肺炎で亡くなったように見えるかもな」

人によって死に至る長さが違う理由はそれか。合点するセナの隣で、マルコが低い声で言った。

「あんたは、どうだったんだ」

口調も態度も穏やかな男だったが、マルコの声には静かな怒りがあった。

「鱗病がなぜ発生するのか、本当に竜王が原因かわからないが、少なくとも人を殺して得る治療など、俺は絶対に認めない」

サガンはうっすらと微笑んだ。

「そうだな。そんな治療をしても、決して治ることはない」

「治らない？ 実際あんたは治ったんだろう」

「治っていない」

「何？」

「最初から罹患していなかったんだよ」

罹患していない？

ではなぜ惹香嚢を口にしたのか。

それをマルコもセナも口にしようとしたが、サガンが先に話題を変えた。

「イザク、お前は闇人として、竜王否定派の捜索に当たったことは？」

セイジュとマルコが鋭い視線を向けるが、イザクは淡々と答えた。

「あまりない。俺は容姿的に目立つから、間者や捜索にはあまり向かない。ほぼ護衛。それか暗殺」

「ハガルという、否定派の頭目が捕まっただろう」

「ああ。否定派の連中は、隠れ場に潜む仲間の存在を守るために、大抵捕まったら自殺する。だがあの男は自殺しなかったと聞いた」

ふう、とサガンがため息をついた。

「今も生きているのか」

「いいや。すぐに死んだらしい。病か何かを持っていて、拷問する前に死に至ったと聞いた。しかしかなり情報は引き出せたらしく、学都周辺の隠れ家は捜索が入った。あと、学都の教授議会との繋がりもわかったらしい」

それを聞き、マルコが中腰になった。

「学都に対して、神山からの調査や捜索が頻繁になったのはそれが理由か！」

サガンは煙管から吸い出した煙をふうっと外に吐き出した。朝の光ですぐに溶けるのを、興味深そうにアスランが見つめている。

「捕らわれたらすぐに死ねと教えていた頭目が捕まった途端、情報が流れ出した。今どれほどの否定派が地下に潜んでいるのか知らないが、おそらくは外の情報を知らずにいるだろう。返ってくる反応も違うものになっていると思うぞ」

「そうは言っても、奴らの思想は急進的すぎる！」

セイジュの叫びに、サガンは頷いた。

「だからこそよ。だからこそ脆いのだ。急すぎる、偏りすぎる思考は脆いのだ。今の否定派の思想は、お前たち下位連中を引き込んで否定派の勢いを大きくしようと、ハガルが考え出したもの。先人の、失敗と成功により裏付けされた思想ではない。失敗であったと、友達に教えに行くのもまた道ではないかえ」

無言になるセイジュとマルコから目をそらし、サガンはふうーっと長い長い煙を空にまっすぐ飛ばした。それを見てアスランが声を上げる。

「すごーい、もういっかいやって！　まるでりゅうおうが、そらをとぶときみたい！」

「ほお。殿下は、もう竜王が空を飛ぶのをご覧になったことがおありか」

「うん。大きくなってからだけどねぇ」

　息子が何を言っているのか、セナにはわからなかった。サガンがセナに微笑む。

「わからないでしょう。私もわかりません。人智が及ばぬ神の領域を、私はいくら考えてもわかりませんでした。その能力がありませんでした。イマーシュ家のように、神に繋がる力がなかった。だが、否定だけはしないと思った。なぜなら、神の力を知る者がいるのだから。竜人族には……」

　ふと、サガンがため息を漏らした。

「しかしイマーシュ家がもうたった一人とは……」

　無言になったサガンに、セナは訊いた。

「サガン、否定派の隠れ場は一体どこにあるんだ。学都までまた戻るのか？」

　答えたのはイザクだった。

「いえ、学都にはありません。彼らは元々は学都の地下水路に隠れていたんですが、そこはもう、ハガルが捕まって全て調べ尽くされている。おそらくどこかに移動したでしょう」

「地下水路？」

　否定派の隠れ場は古代に築かれた地下水路らしい。これは有名な話らしく、セイジュもマルコも知っていた。

「学都の領土はもともと、今から二千年前に滅んだヒルジャ国のものでした。ヒルジャ国は神山周辺から興った国で、当時はレスキアやオストラコンよりもはるかに力がありました。地下水路を築き、神山の湖の水を調整しようとしていたんです」

　セイジュの説明に、セナは首を傾げた。

「湖の水を調整？　なぜそんなことを」

「四大国が持つ大河は、一応神山の湖を始まりとしているからです。実際は大河の流れは所々で山を経由し途切れていますけどね。南方と西方は特に水不足に悩まされてきた。北方は逆に、雪解け水で川が氾濫した。水を支配するものが国を支配するんです。ヒルジャ国は他の国々を支配下に収めるために、地下水路を築き、水を操ろうとしたんです」

「莫大な金と工事の年月がかかって、その間に滅びましたけどね」

セイジュの言葉をマルコが引き継ぐ。

「南方は、未だに雨量がちょっと増減するだけで慌てふためきますもんねえ。二千年前から少しも変わっていないってことですね」

フオルの言う通りだった。セナは生まれた土地の、雨季と乾季がはっきりした気候を思い出した。レスキアのような穏やかな気候ではなく、熱砂が吹き荒れる日々と、前も見えなくなるほどの雨が振り続ける日々。過酷な環境で生き抜く人々。

気候の違いがあるので仕方ないと思っていたが、雨量をどうにかするなど、どうせ無理だとたかをくくっていたところがある。

皇帝は言っていた。治水。これを行ったために、レスキアは発展したのだと。

「竜は水の神。ヒルジャ国はかつて、竜王を凌ぐ力を欲したのよ。それが地下水路。ヒルジャが滅んだ後、神山は自分たちの近くに王国など建てられたら敵わんと、一帯を自分たちの領土にして、学都を建てたが、地下水路の存在は興味なかったのかそのままだった」

――竜は水の神。

サガンがぼそりと呟いた言葉が、セナの耳に残った。

「その地下水路が詳細に描かれた文献が学都にあった。竜王否定派の連中によって持ち出されたが、地下水路はお前たちが考えているよりもはるかに広大で複雑だ。鼻のきく闇人が何十年経っても探し出せないくらいにな」

今、座っているこの下にもそれがある。サガンは杖で叩き、そう言った。

思わず地面を見つめるセイジュらに、セナは告げた。

「否定派の連中と、中で共に行動するかどうかは別として、雨風をしのぐ場所に入らねばならない。もうすぐ秋に入る。アスランは、いつまでも馬上での生活に耐えられない」

朝晩の寒暖の差が、はっきりとわかるようになってきた。

セナは、前に乗るアスランの身体をもう一枚毛布で包んだ。

「あつい」

アスランは口を尖らせたが、セナは息子のつむじに告げた。

「駄目。風邪をひく」

以前、レスキアを発って神山へ向かった時は、春の終わり、夏の入りだった。少ない荷物で山をさまよっても、子どもを凍えさせることはなかった。

寒さはあっという間に体力を奪い、病を持ってくる。セナは早急にどこか雨風をしのげる場所の必要性を痛感した。身体の丈夫な子だが、秋に入ってからの野宿など、身体が持つまい。

セナの斜め前に、サガンがマルコと同じ馬に乗っていた。マルコは心ここに在らずといった様子で、馬の手綱を実際に握っているのはサガンの方だった。

セナは後ろの、セイジュとフオルが乗っている馬を振り返った。セイジュは眉をひそめ、ずっと思案している様子だった。

しんがりにいるイザクとだけ、まともに目があった。何を考えているのかわからない、感情が読めない瞳は以前と変わらない。だが、まっすぐに貫いてくる瞳には、一切の迷いはなかった。

どんな状況になろうと、どんな目に遭おうと、必ず守る。

それだけは、伝わってきた。心から不安は消えなかったが、セナは込み上げてくる熱さを抱きしめた。

山賊や闇人に襲われるのを案じながら雨風を凌げない山の中に入り、ナラゼルの南方師団に辿り着く日をさまようよりは、地下に入ったほうがいい。旧街道へ入る、というセナの決断に、最終的には皆従った。

だが、ほぼ人家がない旧街道に入る前に、食料を確保する必要があった。

大量の荷を運ぶ商人らは、距離が多少長くなっても主要街道を利用する。ひと気のない道では山賊に襲われる可能性があるからだ。

だが各国が領土を封鎖してくると、何週間、下手すると何年もその地にとどまる羽目になる。そのため、ピリピリした国境を避けなければならず、国境を守る警備隊の駐屯地から離れた山沿いの道を通ることになる。

馬車の中にあった食料が尽きてきていたセナたちにとって、商人らの一行に会えたことは幸運だった。

サガンの指示で、セナたちはここで馬を商人に渡すことにした。馬の餌場が少ない場所に赴くためと、地下には馬が入れないからである。

代わりに山羊と水、食料を求めると、彼らは快く応じてきた。馬は高値なので当然の反応である。

商人からレスキア最南王領・グランダードの情報を聞き、セナは焦りと不安で胸が潰されそうになった。

「取り締まりが厳しい。おそらくレスキア皇帝派の間者を、レスキアから外に出て行かせないようにしている。商人でもなんでも片端から閉じ込めているらしい」

「ありゃあもう完全に、中央は王位転覆を狙っている。皇帝はレスキアに戻ることもできないだろう」

皇帝が権威を取り戻さなければ、レスキア国内に入ることも不可能である。

南に行けと言われたが、辿り着けない可能性の方が高い。

皇帝は、一体どうしているだろう。神山で別れて五日、何事もなければレスキアに到着している頃だ。無事にレスキアに入れたのだろうか。まさか、拘束などされてはいないだろうか。

「西と北を繋ぐ、旧街道はまだ使えそうだったかね」

サガンの言葉に商人らは首を傾げた。

「オアシスが枯渇しているあんな場所、戦場にもならねえから大丈夫だとは思うが」

旧街道にはほとんど民家はないらしい。なぜそんな場所に、と不思議に思われて当然だった。

山羊二頭に食料と水、フオルとアスランを乗せ、残りの連中はその両脇について歩いた。サガンが先頭に立ち、一行を牽引する。

「アスラン、山羊は本来人を乗せるものじゃありません。荷物で固定しているからたやすく乗れるけれど、馬のように跳ねては駄目だよ」

「はいっ！」

フオルは山羊に身体を何度も揺らされ、その都度両脇のセイジュとイザクに支えられた。牝山羊なのでフオルの体躯でも乗るのに限界がある。

やがて見えて来た旧街道は、聞いていた通り荒れた土地だった。

神山の領地の東側には住居地があるが、西側は旧ヒルジャ国の支配区域だったせいか、滅亡後は放置され続けた。何も生産できない土地に作られたのが、学都である。

学都内は賑やからしいが、その周辺は岩と砂しかなかった。仮にも北へ向かうアンドローテ川が通っているにも関わらずなぜと思ったら、ヒルジャ国滅亡の際、塩土化されたらしい。

「学都の北側が白っぽい土地になっていても、誰も住んでいませんし、俺らはあまり気に留めていませんでした」

セイジュの言葉にマルコも頷く。

「神山の領土を過ぎるとオストラコン国の領土になりますが、オストラコン国は東の旧街道側は辺境にも関わらずほぼ放置状態なんですよ。東側のレスキア国が西側の神山に繋がる土地を全て王領、もしくは有力貴族の私領としているのと対照的ですよね。一番の原因は、北方最大のネイロ山脈が、北と東からの攻撃を防いでくれるからです」

やがて旧街道は道が閉ざされ山に入る。マルコはそう説明した。

神山を脱出して八日。旧街道に入って四日。ようやく目的のものが見えてきた。

「あれが、かつての大国・ヒルジャ国の王宮跡です」

そこは、長年の砂と風で原型をほとんど留めておらず、雨風をしのぐ場所ですらなかった。

乾いた砂が、石畳の上を滑りながら踊る。アスランは山羊から降り、砂と一緒に体を舞わせた。生命の気配が一切ない、地獄の果てのような場所だというのに、子どもの無邪気さだけが、乾いた土地に降り注ぐ。かつて神殿や王宮があったとわかる場所に、大きな柱や壁の残骸が残されていた。

遺跡の向こう側にはネイロ山脈に繋がる山が見えた。あそこがオストラコンとの国境だとサガンは杖で指し示した。

サガンの誘導で、岩が積み重なる道を通る。わずかに傾斜があり坂になっていると気づいたのは、積み上げられた岩の高さが変わっていったからだった。途中、何箇所か道は分離されていたが、サガンは全くためらわずに進んだ。まるで迷路のようだとセナが思った時には、腰あたりだった岩の高さは目の高さにまで変わっていた。

坂に段差ができ、これは階段かと思った時、セナは先ほどよりも道幅がかなり狭くなっていることに気が付いた。道幅は急激に狭くなり、加えて下へ向かう傾きも大きくなる。右へ、左へ何度曲がったかわからない。次第に太陽の光が遠ざかる中、アスランの軽い足音だけが響く。

サガンがいきなりピタリと止まり、岩壁の前に立ち、言った。

「これが、地下水路の入り口です」

サガンがぐいと石の壁を押すと、わずかに隙間ができた。

松明に火をつけると、アスランが心配そうに訊いた。

「ヤギさんもつれていくよね?」

連れて行くことは連れて行くが、いずれ食料になる家畜だ。栄養価の高い乳を飲めるが、今後どうなるかはわからない。

馬と別れた時にはさほど悲しまなかったが、内心寂しかったのだろうか。アスランは率先して山羊の尻を押した。

入り口付近に見張りがいるかと思ったら、そんなことはなかった。人が二人並べば塞がってしまうほどの水路を歩く。一番背の高いイザクでも屈まずに歩けるほどの空間だったが、一体どこまで続いているのか。

先は真っ暗で、何も見えなかった。

地下水路はただ穴を掘っただけのものと思っていたが、そんなことはなかった。壁も、床も、全て石が積まれ塗装されている。考えてみれば、水を流す場所が穴を掘っただけで終わっているわけがなかった。

「それにしても、二千年前のものにしては劣化していませんね」

フォルが感心したように呟いた。

「風が流れています。……相当長く続いているようですね」

イザクが耳元で囁いてくる。

「イザク、人の気配は」

「まだしません。それよりも、湿度に変化が」

「え？」

「水場があります」

水場？

セナは耳を疑った。

この、オアシスが枯渇した旧街道で水が？

「地質の変動で、一旦は枯れた湧き水が、また溢れている箇所があります」

サガンが説明した。

「だからこそ否定派は、この場所に長く隠れ住んでいられる」

しばし歩くと、急に、顔面に冷たい風が吹き付けてきた。これが、湿度を含んだ風か。

イザクが鋭い声で告げてきた。

「人の気配がします。三人」

三人――多いのか、少ないのか。セナは思わず腰の剣を握りしめた。

「三人……ですが……弱っています」

弱っている？

慎重に近づいていくと、確かにうっすらと光が見え始めた。

「私が先に様子を見てきます」

イザクの言葉にセイジュが自分も行く、と手を挙げてきた。

「否定派に話をつける必要がある。私も行きます」

イザクとセイジュが暗闇に紛れてから、セナはフォルと顔を見合わせた。

「……眠らせておくべきかな」

「の方がよろしいかと」

アスランは察しが早かった。

「ねむるのやあよ！」

「しっ！　アスラン黙って！」

「アスランねむくないもん！」

眠り香で眠らせようかと思ったら、アスランは嫌がり、この暗く狭い道だというのに、駆け出した。

「アスラン、駄目！」

アスランに追いつくのと、前方から松明が見えたのは同時だった。松明は一つ。イザクだとすぐにわかった。鍛え上げた身体は速く歩いても上半身がぶれないため、持っている松明が左右にさほど揺れず、火が一定の大きさを保つ。

「イザク、こんなに早く話がついたのか」

セイジュはいなかった。まだ否定派と話しているのだろうか。

「否定派は、おりませんでした。いえ、否定派だったのですが……病人でした」

「病人？」

後方から、追いついてきたマルコが顔をしかめる。

「病人がいるのか？」

「症状の程度ははっきりわかりませんが……三人全員、鱗病にかかっています」

セナは絶句した。

「鱗病!?　なぜ!?　神山からこんな遠く離れている場所で！」

「感染症ではないので場所は関係ないんですよ、セナ様。やはり、ここまで罹患者が出ていたか」

サガンが前に出る。

「否定派の連中は他にいなかったか」

「いない。感染症と思われて、隔離されていると言っていた」

こんな暗い地下で、医者もいないのに。セナが悲惨さに顔をしかめるのと同時に、サガンがマルコに告げた。

「行くぞ、マルコ」

医師二人はイザクから松明を奪うと駆け出した。

茫然とするセナの手からイザクが松明を取った。

「我々も行きましょう、セナ様」

フオルとアスランを山羊に乗せ、セノはイザクの背中に続いた。

「三人、全員鱗病？」

「はい。うち二人は一見して危うい状態です。一人は、発症しているとはいえ看護にあたっている側でしたが……」

澄んだ空気が顔をかすめる。狭い道から、大きな空間に出たと気づくのと同時に、闇のどこかでチョロチョロと水が流れる音がした。

水場を確かめたかったが、手を振っているセイジュに近づく方が先だった。セイジュの周りにはいくつか火が灯されており、そこだけははっきりと姿がわかる。横の壁が大きく削られており、まるでその部分に祭壇でも築かれたようだった。セナたちが歩いてきた道からわずかに高い位置にあり、階段らしきものまでついている。

中を覗くと、最初に目があった人間は、顔半分を布で隠していた。

粗末な服装に身を包んでいたが、セナにはすぐにその女性の状態がわかった。二人の人間が横たわり、サガンとマルコが彼らを診ている。

三人。

全員、鱗病。

では、〝彼女〟もか。

恐怖と混乱で身を硬くしている女性に、セナは静かに近づいた。

「身体は、どうですか。大丈夫ですか。食事は？とれていましたか」

髪を短く切り、男装をしているのは、女であることを捨てたゆえか。女であることを隠すゆえか。頬は痩け、目が窪んでいるのは、病ゆえか。飢餓ゆえか。それとも……。

「山羊の乳を飲みませんか。身体にいい。今、持ってきます」

「アスラン、ヤギのおちち、しぼれるよ！」

アスランの声に、女性はびくりと身体を震わせた。

「こ、子どもが……!」

「私の子です」

「いけません、罹患します！　私たちに近寄らせては駄目です」

「大丈夫。これは伝染病ではないらしい。私の子の心配をしてくれてありがとう。あなたも、ご自分のお子をいたわって」

　女性の目が見開かれる。セナの言葉に、サガンとマルコが驚いたように顔を上げた。

「妊娠して……」

「何とまあ、気がつかなかったわい。セナ様、さすが母様だけあるのお」

　終始腹を庇うようにしていた女性は、堰を切ったように激しい嗚咽を響かせた。


　三人の罹患者の中で、二人はもう時間の問題であろうとセナにもわかった。

　ブツブツと小さい白い石のようなものが皮膚上に重なっている。盛り上がって、岩と化している箇所もある。白いできものが瞳を覆い、目が見えていない者もいた。

　これが、少しずつ鼻腔を塞ぎ、喉も、口にも広がれば、徐々に呼吸を止められていくという拷問のような死に方をするしかない。何という残酷な病かと、セナは目を背けたくなった。

　サガンは麻酔薬を調合した。病人に麻酔をし、呼吸を妨げている鼻や口の周りの白く硬化した皮膚を小刀で削った。血が噴き出る。止血をしながらマルコはサガンに訊いた。

「削ればこの箇所の皮膚はもう硬化しないのですか」

「いいや、気休めだ。同じようにまた、皮膚は白く、固まっていく。いずれは口を、鼻を塞ぐ。だが……」

　窒息死させるよりは、内臓が硬化して死に至る方が、苦しまないだろう。

　サガンはそこまで言い、最も症状が軽く、妊娠している女性に向き合った。

「ハンナと言ったね。お前さんは、罹患してどのくらいだね」

「二カ月です」

　ハンナが顔半分を覆っていた布を外す。左側の額に白い石がぽつぽつと浮いていた。

「人それぞれ病の進行は違うということはわかっておりました。私よりも後で隔離された人がこうなって……」

　ハンナの視線の先には、先ほどサガンが皮膚を削った者がいた。

「お医者様。これは、治りますか」

　ハンナの縋るような問いかけに、サガンは首を振った。

「助からない。生き残った者はいない。どんな薬も効かない」

　顔を歪めるハンナに、サガンは告げた。

「私が知る中で、最も長く生き続けた者は発症して五年だ」

「五年……」

「もっともっと長く生きられた者もいるかもしれない。諦めることはないよ。腹の子を産んで、その子が大きくなるまで、お前さんだって生きられるかもしれない。それを信じなさい」

　ハンナが嗚咽を堪えて顔を覆う。セナは思わずその肩を抱いた。ハンナがどれほどの不安と祈りの中にいるのか、容易に想像できた。

　診察するマルコを手伝い、患者の身体を支えていたイザクがわずかに身を動かし、鋭い視線を暗闇に向けた。

「一人、近づいてきます」

「一人？　どちらから」

「我々が来た方角とは反対側から。……食料を持っています。わずかに匂いが」

「仲間です。途中まで、食べ物を持ってきてくれるんです」

　ハンナが涙を払い、興奮したように言った。

「否定派の中では話がわかる方です。感染病ではないと、彼に説明してください」

「彼？」

　食料を持ってくる人間は、決まっているということか。

無意識なのか、お腹を押さえたハンナに、セナだけでなくセイジュもマルコも気づいたようだった。

セナ、イザク、セイジュの三人は、道を通ってやって来る男を待ち伏せた。剣の心得がないことはすぐにわかった。あっさりイザクが男の腰の剣を取り上げても、何が起こったのかわからぬかのように、構えることすらしなかった。

慌てて男が松明を振り回すが、あっという間にイザクに奪われる。

「……ハーグリオ……！」

イザクが掲げる松明に晒された顔を見て、セイジュが呻くように言った。

「セイジュ、か!?　お前、どうしてここに……!?」

見知った間柄らしいが、互いに警戒し、見つめあっている。先にセイジュがため息をついた。

「同じ神山の貧民街で育った幼なじみです。大学在学中に否定派に入りました。ハーグリオ、こいつはイザクだ。白銀狼で、子どもの頃闇人に連れて行かれたのを覚えているだろう。こいつは俺たちの事を何も覚えていないが」

セイジュの言葉に、セナの方が驚いた。イザクは変わらず無表情だったが、ハーグリオという男はイザクを見て後ずさりした。

「イザク……!?　白銀狼、闇人か!?」

「マルコも一緒だ。今、ハンナたちの治療をしている」

それを聞き、ハーグリオの顔つきが変わった。

「ハンナに何をした!?」

セナはその言葉で確信したが、セイジュの怒りがハーグリオに向けられる方が先だった。

「何をした、だと？　お前は何をした!?　鱗病の患者を隔離して！　身重のハンナ一人、看病にあたらせて！　ハンナの腹の子の父親は誰だ!?　お前だったら許さんぞ！」

声を失うハーグリオの表情で、答えはわかった。やはり、とセナは思ったが、セイジュは怒りで肩を震わせた。

「ハーグリオ……貴様、そこまで堕ちたか。弱き者を救うための思想ではなかったのか。お前らの謳《うた》う平等など、しょせんお前らだけの平等だとわかってはいたが、自分の子も妻も見捨てる思想など、畜生以下だぞ！」

「神山の犬になったお前に何がわかる！」

セイジュとハーグリオの応酬に、ハンナとマルコが近づいてきた。

ハーグリオは混乱したようにマルコやイザクを見渡した。ハンナが慌てて間に入る。

「この病は伝染すると私たちは思っていたんです。彼は私たち罹患者を見捨ててはいません。隔離はやむを得ないことだったと思っています」

ハンナの言葉に、ハーグリオは目を見開いた。

「伝染しないのか!?　じゃあ、この病は何なんだ!?」

「鱗病という病じゃよ。竜王否定派の中で、最初に罹患したのは頭目のハガルではなかったかえ」

セナたちの後方から響く老人の声に、ハーグリオは眉根を寄せた。

「あんた……以前、ハガル師に会いに来た医者だな？」

「ああ、お前がマルコらの幼なじみだったか。そう、私が一年前にハガルに会いに地下水路を訪れたのは、原因不明の病に罹ったから診てくれと頼まれたからだ」

混乱で目を泳がせるハーグリオを前にセナは迷ったが、先に頭に浮かんだ疑問を口にした。

「サガン、否定派の頭目だった、ハガルという男とは親しかったのか？」

「ハガルは、我がタルトキア家の分家筋の男でした。百五十年前の竜王崩御に伴い、鱗病が蔓延し、我がタルトキア家は私を除いて全員が死に至り、タルトキア家の分家であった中位神官一族は、全て下位に堕とされたのです。竜王否定派は昔から存在したが、彼らが勢いづいたのは百五十年前のタルトキア断絶以降です。中位から下位に堕とされた分家の不満が、今の否定派を作った。ハガルはその典型だった。ハンナ、お前さんももとを辿れば、タルトキア家の分家筋ではなかったかえ」

ハンナは震えながらサガンを見つめた。

「ハガル師は、私の叔父で……」

上位神官家が断絶してしまったら、その分家筋の格が堕とされるなんてことがあるのか。セナは思わずセイジュを振り返った。セイジュがその通りだというように頷く。

「イマーシュ家も、アガタ様お一人しかおりませんから……私がルツを探し出したのもそれが理由です。タルトキア家の分家筋が下位に堕とされたという話は聞いておりました」

「タルトキア家の分家筋は五家もあった。神山の鱗病が中位神官家にまで及んでいると聞いて、おそらくここにも罹患者が出ているだろうとは想像していた。中位から下位に堕とされた連中が多いからな。ハーグリオとやら。四年前の竜王薨去から今まで、一体何人の仲間が死んだ？　今は何人残っている」

突然の事に思考がついていかないのか、サガンの詰問に答えられずにハーグリオは後ずさりした。混乱と焦燥で血の気を失っていた。

「ハガルの最後の様子は、おかしかっただろう。ハーグリオ」

サガンの声は、地下の岩壁に低く、不気味にしみ通った。

「竜王を否定し、竜人族を排除しろと叫んでいたくせに、己の血脈から現れた病に、あやつは絶望していたよ」

「先生が……先生がおかしくなったのは、お前のせいか！　お前が余計なことを言ったから！」

ハーグリオの叫びに、サガンは薄ら嗤いを飛ばすだけだった。

「教えてやっただけさ。鱗病をね。古の竜人族の血が濃ければ濃いほどこの病は発症する。死に至る者は、竜王という一神教の殉教者だとね。ハガルはやはり、己の思想の限界を悟って自ら闇人に捕まったか。イザクに聞いたが、あやつは拷問など不必要なほど弱っていたらしいな。なぜ自分が鱗病などに罹るのか、最後は神に問いかけたくなったんだろうさ。それでお前らが窮地に追い込まれることを、考えていたのか、いなかったのか」

「黙れ!!」

サガンに襲いかかろうとしたハーグリオを、セナは剣を突き出して止めた。

「落ち着け。思想を踏みにじられて怒るのはわかるが、今はそんな状況ではない。まずはこちらの話を聞け」

　さまよっていたハーグリオの視線が、初めて自分に向けられるのをセナは感じた。

「……あんたは……誰だ」

　セナは一瞬の沈黙の後、答えた。

「竜王の婚配者の母だ」

＊　・＊・　＊

　婚配者選びから神山で起こったこと、皇帝廃位に至るまでの経緯をハーグリオとハンナに説明したが、二人は容易に頭に入っていかないようだった。

「にわかには……信じられない。確かにここでも、かつて中位だった血筋の人間から、罹患していったが……」

　視線を泳がせるハーグリオよりも、ハンナの方が先に状況を理解したようだった。

「否定派は、ハガル叔父から始まって、今まで十人が死に至りました。神山の上位神官は、一体何人亡くなったのでしょうか？　本当に惹香嚢を口にして、死から逃れようとしているのでしょうか？」

「逃れられんよ」

　サガンはハーグリオが持ってきた薪を焚き火にくべながら言った。

「おそらく奴らは、四年前の竜王薨去で鱗病が発生した時から、惹香嚢体を探し出し、臓器を喰らったのだろう。一時的には治るのだ。白く硬化していた皮膚が元に戻り、身体も動かせるようになる。だがまた再発する。一度体内に宿った鱗は、宿主から離れることはないのだ。一度は治ったから、また喰らう。また再発する」

　セナは思わず口を覆った。惹香嚢体が腹を裂かれ、臓器を取り出される姿を想像し、猛烈な眩暈と吐き気に襲われる。

見たこともないのに、上位神官らが惹香嚢体を囲み、舌なめずりする顔が脳裏に浮かぶ。そして、惹香嚢体を取り押さえるのは……。

「セナ様」

隣に座っているイザクが手を伸ばしてくる。その手が背中に回るのを目にして、セナは反射的にイザクの手を払い、突き飛ばした。

「……あ……」

想像したのは、闇人だった。

惹香嚢体を捕らえ、取り押さえているのも。

冷酷無比で感情のない、神官の命に何でも従う、恐ろしき狩人。

「……す……すまない、イザク」

お前ではない。

だが、お前もそれを行わなかったかどうかはわからない。

命じられたことは何でもするのだから。かつての、人形のようなお前だったらそうしただろう。あの、襲いかかってきた闇人のように。何の意志もなく。何の感情もなく。

だが、それを聞いてもどうにもならない。責めてしまったらおしまいだ。やったという言葉も、やっていないという言葉も、耳にしたくはない。

イザクは哀しみも苦しみもない、ただ静かな瞳で見つめてくるだけだった。セナは膝の上で眠っているアスランを抱きしめ、イザクの瞳から逃れた。

「……惹香嚢を口にしても、死に至る。上位神官家の長らは、それで狂ったのだろうな。それとも己が罹患したか。より強力な惹香嚢体を求めようとしたのだ。竜王の卵を宿せるほどの惹香嚢体を。神無月に子を授かり、産めるほどの母親の身体を。だから母親も一緒に神山に来いと命じたのだ」

サガンの言葉に、セイジュが頭を掻きむしった。

「なぜだ……なぜ俺はあの山にいながら、そんなことに気づけなかったのか……！　ウガジェ家もハルダ家も罹患していたと、ゼーダらが患っていたとわかっていたら……！」

セイジュの隣で、マルコも片手で目を覆った。

「無理もない、セイジュ。学都でも惹香嚢体について、鱗病について調べるのは絶対の禁忌だった。なぜここまで惹香嚢の臓器が秘密にされるのか、もう少し踏み込んで調べていたら……」

セナはそこで、一つのことを思い当たった。顔を上げ、マルコに疑問を向けた。

「マルコ、惹香嚢体について調べるのが禁忌だったのなら、そなた、なぜ鱗病の名を知っていたのだ？」

「私は師匠からちらと聞いたことがあるのです。私の師は学都の大書記官です。禁忌とされる書物は、見られないだけで存在はするのです。危険な思想だと焚書《ふんしょ》されても、その写しは保管されていたりします」

見られないのに保管するのは、罪にあたらないのだろうか？

「学都の蔵書は膨大ですから。個人の所有から見つかれば処罰されますが、紛れていれば、まあ言い逃れは何とかできます」

何と答えたらいいものかわからぬというように、マルコが頭を掻いた。

「禁書は古文書の中に紛れておりまして、写しとった文書も一部だけだったりします。ですから全てそれを読んだわけではないのですが、鱗病の特性について書いた本がありました。ちょうど百五十年前……先の竜王がお生まれになった後の」

「私じゃ」

「え？」

「それを書き、学都に残したのは私じゃよ」

そう告げたサガンを、マルコは言葉もなくただ見つめていた。

セナも、サガンが吐き出す白い糸のような煙を、声もなく見つめた。セナだけでなく皆が、一言も発せられないまま、目の前の老人に目を向けていた。

やがてサガンは、その沈黙に促されるように、己の話を紡ぎ始めた。

◆・◆・◆

　私が神山にて生を受けた時、我がタルトキア家は三十人以上の上位神官が存在した。私はタルトキア家直系の第三子として誕生した。

　喜ばれた誕生ではなかった。なぜなら親にとって私は、まともには育たないと約束された子であったからだ。

　両性体は、実は上位神官家では珍しくはない。無性生殖で代を繋ぐ竜王に仕える竜人族の姿として、両性であることはむしろ正しい姿なのだと思われていた。だが私は小人であった。

　体つきがいつまでも幼く、体力もない。何らかの技術を手にしなければ生きられない、不完全な人間であることを、私の両親は嘆いた。

　タルトキア家は、イマーシュ家に継いで竜王の能力を感知し、仕える事ができる一族である。

　イマーシュ家の人間が、能力ゆえに外部とほぼ関わらず、ただ竜王の傍で世話をすることに専念するのに対し、タルトキア家は外部と竜王の調整役を担ってきた。

　ウガジェ家が裏の部分で動き、ハルダ家が神山の統治を任される中、タルトキア家が各国に竜王の声を届ける役目を継承してきたために、その子孫であるレスキア帝国が発展したと言っても過言ではない。

　私はあの頃、我が家が断絶する危機に見舞われるなど、想像すらしなかった。

　両性体の小人として生まれた私は、最初から竜王の傍に侍り、各国との調整役など任されない人間だった。美しい母や姉や兄に囲まれ、私だけが醜い存在だった。こんな容姿では、竜王の傍らに立つなど到底叶うまい。落ち込む私に、乳母は学問を教えてくれた。

　学べば教養や知恵を身につけられる。それで人を凌駕できる。私は乳母にそう言われ、学問に熱中した。

　もともと学ぶことが好きな性質だったのだろう。私はもっともっと学びたいと希望した。乳母が最初に願った方向とは違う、医術に興味を持ち始めてしまい、挙げ句の果てに私は学都で学びたいと父に訴えるに至った。

　父は反対した。当然である。上位神官家で学都に留学した者など一人として存在しない。父や母にとって、学ぶ者は下層の存在である。上位の者は、学ぶ必要などない。能力で、神に仕えることを許されているからだ。必要以上の知識や教養など、彼らにとっては眉をひそめるものだった。

「なぜよりによって、神学ではなく医術学などを学ぶのだ」

　技術を持つ者は卑賤《ひせん》な身分だった。医者も同様である。そう問われると私はわかっていた。

「我がタルトキア家には『時を奪う』能力があります。それを実利的に用いる方法を考えてみたいと思ったのです」

　父はもっと顔をしかめた。

「『時を奪う』のは、相手の『道《タオ》』を奪うということだ。それは時に相手に死を与えるということ。医術学とは真逆ではないのか」

『時を奪う』。これがタルトキア家の力だった。

　イマーシュ家が『道の目』という、竜王と繋がる能力を持っているとするならば、タルトキア家からは相手の道を奪う、竜王にとって不快な人物を道に入れまいとする能力者が生まれていた。これを『絶《スグ》の手』と呼んだ。

　人間の魂が流れる『道』を絶つということは、相手の自由を奪う、仮死状態にさせることを意味した。無論、絶命に至らしめるほど長い時間能力を発動できる人間など、我が父の世代にはいなかった。生命力にあふれていた昔ならば、人を殺すほどの『時を奪う』能力者がいたかもしれない。だが我が父の代では、道に流れてくる不浄の思念に目くらましを与える程度しか力がなかった。

「しかし父上は以前、故意ではなかったにせよ、道に流れてきた仮死状態の子どもの魂を、逆に道から外すことで、生きながらえさせたことがあるではありませんか。私は医術の世界から、その原理を知りたいのです」

　父は、古の竜人族の力を、卑賤の学問に用いるなど汚らわしいという視線を向けてきた。

だが私はもう、彼らの不快さなど気にならなくなっていた。

私と彼らでは生きる世界が違う。

学都ならば私は、両性体であっても、小人であっても受け入れられる。

学問は平等であると謳われる世界で自分は生きるのだ。狭い世界で、選民思想にしがみついて生きる家族とは決別するのだ。


私には、同じ齢の両性体の幼なじみがいた。

私とは何もかも違っていた。

ほとんど太陽の下にいることがなかったからか肌は真っ白で、黒目がちな瞳、膝まで届く真っ黒で艶やかな髪がそれを引き立てていた。

私の母方の実家が上位神官のハルダ家だった。その直系に生まれたアーテルは、同じ両性でも小人ではなく、竜人族の高い能力を持って生まれた。

ハルダ家の『穴の耳《デル》』を所有していた。

嘘偽りを判別する耳と言われているが、実際は竜王の話す言語を的確に聞き取る力の事である。

竜王は、発語しない。

発する声は外界に放たれず、脳内に響くように聞こえるらしい。

我が父は、上位神官は仕えるうちに竜王の発語に慣れ、わずかな言葉ならば理解できるようになると話していたが、細かい部分はやはりハルダ家に頼るしかないとも言っていた。

人間の耳で感知できる限界を超えているということだろう。竜王が激高し声を荒らげると、周囲の神官は意識を失う、下手すれば死に至るほどの衝撃だという。それを諌め、竜王の心を宥める能力を持たねば、人は神と付き合えなかったのだろう。

アーテルはハルダ家の中で誰よりもそれを所有していた。

幼い頃から竜王に侍るのを許され、ハルダ家を代表して竜王の傍に仕えると目されていた。

　だが成長するにつれアーテルは、人間の言葉を聞き取るのが困難になっていった。

『穴の耳』がどんな風に聞こえるのか私にはわからない。アーテルが言うには、言葉が動いて聞こえるのだそうだ。嘘を言っている言葉は激しく動く。悪意を持った言葉もそうだ。煩わしいそれらを制御する方法を、本能として覚えていく。そうすれば必要な言葉を無意識に選び、他の言葉は聞こえないようになる。

　だがアーテルにはそれができなかった。できていたが、竜王の傍で言葉を拾ううちに、人間の言葉が遠くなってしまったのだろう。

　アーテルは十五歳の時に精神を病んだ。もう竜王の傍に侍るのが不可能になり、別宅で一人引きこもった。役立たず、情けない、せっかく高い能力を備えているのに、という一族の呆れた声が、刃物となって刺してくるのだ。人と接する事ができなくなった。

　ただ一人、アーテルが声を聞くのを拒否しなかったのが私だった。

「サガンは、思ったことを何でも口にするからさ。言葉に偽りがない」

　私は十八歳で学都に留学する時、アーテルを一緒に連れて行った。ハルダ家はとっくにアーテルを見放していたため、何も文句は言わなかった。

　アーテルと一緒に学都に小さな部屋を借り、私は大学へ、アーテルは家に引きこもって家事をしていた。

　自由都市学都の風潮は、思った通り私に馴染んだ。最初こそ両性体で小人の私に奇異な目を向けてきた者もいたが、すぐに対等に議論しあう仲間となった。

　私は学都で、多くの学問に触れ、多くの友人を得た。酒場で議論が熱くなり取っ組み合いをする連中を見て大笑いし、フラフラになって宿へ戻り、アーテルに介抱されながら怒られた。

　学都で私が学んだ期間は六年。最高の仲間と、アーテルと、喧嘩して笑い合ったあの日々は、人生最良の時期だった。

　入学六年後、私が医術を一通りおさめ、晴れて研究生となった年、世界は、月のない夜に入った。

　竜王が薨去したのである。

竜王薨去と無事分卵が成されたという話を、私は学都で聞いた。

家には戻らなかった。学都へ入学してから、私は年に一度ほどしか実家に戻っていなかった。私が顔を出せば一年生活できる金が用意される。その時に、特に神山の様子を聞くこともなかった。兄が結婚し、姉も嫁いだ。それも全て母の口から聞いた。

このまま神山は遠い存在となり、竜王が代替わりしても、自分はアーテルとここで暮らすのだ。そんな人生を疑っていなかった私の日常が一変したのは、竜王薨去から一年後。

新たなる竜王が無事孵化したと、世界が喜びに沸いていた時だった。

アーテルが自分の横腹に何かできたと訴えてきた。白い、粒のようなものが付着していた。かゆみも痛みもない、だが掻いても取れない。激しく掻くと取れるが、皮膚も剥がれる。

学都で同じく医学を学んでいるマイロという友人にも診てもらったが、マイロも首を傾げた。

「うーん、ちょっと見聞したことがないな」

「だよな。だが、外科のお前のほうが症例を調べられるだろうから、探してみてくれないか」

マイロは穏やかな男で、人前に出たがらないアーテルを理解してくれていた。アーテルは私以外の人間を見ることすら嫌がっていたが、何度かやってきたマイロにだけは姿を見せていた。言葉は交わさず、マイロも理解して声をかけなかった。

マイロの声を聞き、アーテルがびくりと身体を震わせる。私はアーテルの背中を撫でた。

「大丈夫だ。もう終わったから」

「ちが……違う、サガン、違う、もっと……もっと、この人の声を聞かせてほしい」

アーテルがマイロを指で示した。マイロは困惑していたが、アーテルに急かされ、どうでもいいことを呟いた。

「ええと、俺はマイロ、サガンの友人で、出身はオストラコン国、家は貴族で法学を学べと言われたけど医学に進んだから勘当中」

「すごい！　すごい、すごい、すごい！　どうして!?

普通に聞こえる！」

アーテルは外に飛び出した。幼い頃から家に閉じこもっていたアーテルが自ら外に出た姿を、私は初めて見た。

アーテルは宿の女主人に話しかけ、その反応でまたしても喜び、宿の外で片っ端から人を捕まえて声を聞いた。

どう見ても奇異な姿に人が顔をしかめても、アーテルは恐れなかった。声が、そのまま聞こえる、という状況に狂喜していた。

一体何が起こったのか。アーテルは今まで、私の発語以外まともに受け取ることができなかった。私の言語が何の雑音もなく聞き取れるように、他の者の発語も聞き取れるようになったということは、竜人族の力が失われたということか。

私は妙な胸騒ぎに襲われた。竜王が薨去してから一年以上家には戻っていなかったが、親や、乳母の様子を確認したくなった。

興奮気味のアーテルをマイロに任せ、私は最初に、中位神官家の乳母の家に向かった。

乳母は私の姿を見て、無事で良かったと泣き崩れた。

無事？　私が聞き返すと、乳母はタルトキア家に病が蔓延していると報告した。

「最初は旦那様でした。先の竜王がお亡くなりになって数日後に、白い、ボツボツとした小石の欠片のようなものが、手足に現れたのです」

それを聞き、私は不気味な病が発症したことを悟った。

アーテルの症状と一緒だ。学都ではまだ聞いたことがなかったが、神山では一年前から現れていたのか。

「それで、父上は？」

医者嫌いの父であったが、そんな正体不明の病に罹ったというのに、医学を学んでいる息子を呼ばないとはどういうことか。

「一カ月ほどで治られました」

治った？

「どうやって？　何の薬を？　どの医者を呼んだのだ」

「私も本家様の家に詰めていたわけではありませんの

でわかりませんが、一カ月ほどで回復され、すぐに次の竜王ご降誕の準備に取りかかられました。驚くべき回復で、私も奥様も安心していたのですが、次に叔父上様が同じような病になられて」

父の弟が？

「私は実際には叔父上様の症状を見ませんでしたが、叔父上様は白い鱗が現れて三日も経たずに回復された、と他の中位神官家から聞きました」

白い鱗？

「鱗、とは誰が言ったのだ？」

妙な表現だと思った。あれは白い小石が身体に付着しているように見える。だがそれは、大きさも間隔も均一ではない。『鱗』と連想するものではなかった。

「誰でしたかねえ。あの……叔父上様だけではなかったのです。兄上様や、他家の方も同じような症状に悩まされて……ああ、そう、ハルダ家です。叔父上様の奥様はハルダ家ご出身でしたから、報告に来たハルダ家の者がそう言っていました。そのあとすぐハルダ家の奥様が病に罹られたと旦那様がおっしゃって、その時に『ハルダにも鱗病が出た』と」

鱗病。

私は今まで読んだ医学書を頭の中で引っ張り出した。人よりも多くの蔵書を読みあさっているという自負があったが、鱗病という単語は聞いたことがなかった。

「ところが今度は奥様が同じ病に罹られて。私もずっとお世話していたのです」

「母上も？　それで？」

「旦那様や叔父上様らと同じように、すぐに治りました。最初はもう旦那様よりもひどい状態で、あっという間に白い小石が手足に広がって動かせなくなるほどでしたのに、発病して二日後には綺麗な皮膚に戻っていたのです」

「……医者は？　やはり呼ばなかったのか」

「お医者様は呼んでいません。もともと神山に外部から人を招くのは厭《いと》われますから」

乳母の言うとおり、神山には医師がおらず、よほどでなければ外部の人間を招こうとはしない。神山に呼ばれる医師は教授職で、弟子を引き連れていく。だが、竜王崩御以降、神山への医師の召集がかかったという話は聞いたことがない。

　父の医師嫌いはわかるが、なぜハルダ家でも呼ばなかったのか？

　なぜ父は、身内がそんな状態になったというのに自分に連絡をしなかった？

　すぐに父のもとへ行きこの事を確認しようと思ったが、秘匿、という言葉が頭に浮かんだ。

　能力が失われたアーテルの姿も。

　新しい竜王は誕生したばかりである。どんな状態か想像もつかないが、以前父から、竜王が意思疎通できるようになるまでの数年は、養育はイマーシュ家のみに任され、その間の政務を他家で代行すると聞いたことがあった。

「我が家とハルダ家以外は……その病が出たと聞いていないか」

「他家のことはあまりわかりませんが、イマーシュ家ではお一人、同じような症状が出て回復された方がいると聞きました。ウガジェ家は付き合いがほとんどありませんのでわかりません。でもウガジェ家は自分たちの家に患者が出た時のために譲る気がないのだとか、兄上様が叫んでいらっしゃいましたが……」

　譲る？

　何を？

　薬を？

　医学を学んでいる身ながら、全く読めない状況に私は混乱した。

　父、叔父、兄、母が罹患した。そして同じ上位神官家であるハルダ家、イマーシュ家でも。

　母の看病をしていたという乳母が、罹患していない。ということはこれは伝染病ではないのか。

　皮膚を覆うほどだったのに、一日で治る薬とは何なのか？

　私は父に会うべく、上位神官家の棟へと向かった。


　タルトキア家に父は不在だったが、兄がいた。

もともと兄弟仲は良くなかったが、兄は私を見て渋面で言い放った。

「ようやく戻ってきたか。金の無心でなければ実家に寄りつかん、薄情な奴め」

「私は母上や父上が病に罹られたことも聞いておりませんでした」

「それを誰から聞いた？」

病について口にすると、兄は意外なほど食いついてきた。

「ここに来る前に、乳母の家に寄りました」

そう答えた私に、兄はため息をついた。

「兄上、一体どのような病なのですか？　白い石が付着しているように見えると乳母は言っておりました。何の薬で治したのですか？　学都から医師は呼んだのですか？」

「お前、このまま家にいろ。姉上が、嫁ぎ先で同じような症状になり、今母上は見舞いに行っておられる」

「姉上が!?」

イマーシュ家に嫁いだ姉が、罹患した。

「それで、イマーシュ家の人間には、病は出ていないのですか？」

兄が視線を向けてくる。私はたたみかけるように言った。

「兄上、薬をください。アーテルにも、同じような症状が出ているのです。まだ腹の、わずかな部分ですが」

「アーテル……そうだ、あれもいたな」

兄は視線を泳がせていた。何を考えているのか、目がぐるぐると動き、落ち着かない。冷静沈着な兄が珍しいくらいにうろたえていた。

「サガン、お前、アーテルも一緒に連れてこい。話はそれからだ」

私は何か、得体の知れないものが自らの内を侵食してくるような不気味さをずっと抱えていた。

兄のこの様子。今まで理路整然と物事をこなしていた我が家が、不気味な沈黙と張り詰めた空気の中にいる。何かあった。口には出せない、何かが。

私は気もそぞろの兄に背を向け、学都に戻った。

マイロは律儀に我が家で留守番をしてくれていた。興奮していたアーテルは、もう深い眠りについていた。

　アーテルの腹を見ると、白い石は治っていなかったが、広がってもいなかった。

「研究棟に行って、その症状について調べてくるよ。熱はなく、白い石がついているというだけだから、内部からのものではないと思うが……」

「マイロ」

　私はマイロに、自分は中位神官家の人間であると身分を偽っていた。だが全て、本当のことを明かした。アーテルがなぜあんなに喜んだのか。鱗と呼ばれる病が、上位神官家に蔓延《はびこ》っていることを。

　マイロは私の身分に絶句していたが、すぐに上位神官家にしか現れていないこの病に興味を持った。

「少なくとも、君の家とアーテルのハルダ家、そしてイマーシュ家は罹患者がいる、ということだな」

「ああ。アーテルは学都に来てから一度も家族と接触していない。これは伝染病ではないと思う」

「薬……というのは一体何なのか」

「わからない」

　マイロは調べてみると口にしたが、神山の秘密主義を考えると、それは危険だった。兄の、言葉一つでも慎重に選び、自分の言葉尻にピリピリと反応していたあの様子を鑑みても、絶対に隠されていることがある。

　兄にはすぐに戻ると告げたが、私はマイロと一緒に、学都の蔵書という蔵書を引っ張り出し、病について調べた。皮膚疾患を専門にしている友人もいたが、これは秘密にしておいた方がいいと判断した私は、人に聞くこともマイロに止めさせた。

　しかし探せど探せど文献はどこにもなかった。教授らに気に入られているマイロが禁書と呼ばれる持ち出し不可の文献を見る機会をもらったが、そこからも何も得られなかった。

　そうこうするうちに、半年が経過し、私とアーテルは否応なく神山に戻された。

　父が、死んだのである。


　親不孝者と、罵られることもなかった。

神山は、もうそんな状態ではなかった。

アーテルと一緒に家に戻ると、兄は私たちの前に姿を見せず、私はすぐに病に伏す母に会いに行った。

母の身体は、皮膚という皮膚が真っ白で硬いものに覆われていた。

鼻や口の周りこそ付着していなかったが、その皮膚は、確かに鱗のように見えた。まだらに付着していた小石がびっしりと重なると、まるで白い鱗のように光沢まで放つ。触るとざらざらとした感覚を伝えてくる。私は母に言葉をかけるのも忘れ、その有様を凝視した。

アーテルも無言のまま、私の母の腕や顔を見つめていた。そっと、自分の腹を押さえる。アーテルの横腹にある白い石は、最初の頃のまま、広がっていなかった。

しばらくして、ハルダ家の家令がアーテルを迎えに来た。

「アーテル様、ご実家にお戻りくださいませ。同じように、ハルダ家のご当主が病に伏せてらっしゃいます」

「能力は？」

アーテルの声は冷静だった。私が母の姿を見た衝撃から立ち直れずにいるというのに、淡々と家令に問う。

「父上は、『穴の耳』を失ったか？　私はこの病を発症し、失った」

「アーテル様、ひとまず」

「上位神官家のみ、この白い石が広がっているのか。能力者だけが、罹患している？」

「罹患ではない。『殉教者』だ」

その声は、空間をいきなり裂くように響き渡った。

「竜王薨去の際、神は上位神官から、死出の道の供を選ばれる。能力者とは限らん。発現は、選ばれたということだ。粛々と時を待て」

無表情の輩らを引き連れてきた人間が誰なのか、私は瞬時に悟った。子どもの頃、数度しか顔を合わせていない。その『石の目』をまともに見たことはなかった。

「ダーリッシュ！　惹香嚢を、惹香嚢を早く！　ウガジェ家では今は罹患者は収まっているのだろう！」

兄だった。兄は、地を這うようにしてウガジェ家当主・ダーリッシュの足元に縋った。

自尊心の高い兄が、跪いて懇願する姿を、私は信じられない思いで見つめた。そして、気がついた。兄の顔に、白い石が付着していることを。

「惹香嚢はもう、神山では狩りつくした。闇人に探させているが、元々貴重種、獣人らもめったに人前に出そうとしない。探すにも時間がかかるのだ」

ダーリッシュの言葉に、私は耳を疑った。

惹香嚢？

狩る？

「母を見ろ！　惹香嚢を口にすればどんな病でも治ると聞いたのに、また再発した！　父は間に合わずに死んだ！　一度じゃ効かないんだ！　臓器をそのままよこせ！」

兄の口から飛び出すおぞましい単語の一つ一つに、私は立っていられないほどの恐怖を感じた。

『惹香嚢』。

その臓器の存在は、知っていた。

生命力を、活力を回復させるという万能の臓器。

それを、狩る？

「……兄上……！」

私は叫んだ。口にしなければ、発狂してしまいそうだった。

無言のまま隣に立つアーテルのことなど、頭から忘れていた。

「兄上、惹香嚢体を、喰らったのですか！　内臓を取り出して生きていられるはずがない！　殺したのですか!?」

「俺じゃない！　ウガジェがやっていることだ！」

兄の叫びに、ダーリッシュは顔色ひとつ変えずに言う。

「お前たちのために惹香嚢体を与えてやったというのに、その口の利き方か。当主が亡くなり、お前まで再発したと聞いて様子を見に来てやれば。ならばもう、タルトキアには惹香嚢は必要ないな」

「待て、ダーリッシュ！　俺が、俺が罹患したんだぞ！　タルトキア家が絶えたら竜王はどうなる!!」

虫唾が走るのをこらえながら、私はダーリッシュを睨み据えた。石の目のことなど、頭から消えていた。

嫌悪と憎悪で、どうにかなりそうだった。

「貴様、病のことを何も調べもせず、安易に惹香嚢を欲するなど……畜生以下の行為だ！　彼らとて人間だぞ！　恥を知れ！」

ダーリッシュは面白そうにせせら嗤った。

「学都にいるという両性体の出来損ないか。お前は発現しないだろうな。竜王は役立たずを求めん。殉教は寵愛の証しだ。アーテル、お前も殉教者として選ばれた」

アーテルは無言のままだった。

「過去にも竜王崩御の際、神官家にこの鱗が現れた。三百年前、同じように惹香嚢を狩り、我々は生き残った。だがその時に、惹香嚢が万能の臓器であり、どんな病も克服し、生命を回復させると下々の者までが知ることになった。特に寿命が短い獣人族は、率先して惹香嚢体を狩り、惹香嚢体は貴重種になってしまったのだ。惹香嚢体は本来、竜人族の生命を繋ぐために存在する種だ。下等の種族のものではない」

種とは、より強い種を存続させるために存在する。


ダーリッシュはそう言うと、マントを翻して去って行った。兄は喚きながらまたその背を追いかけた。

私が衝撃から立ち直れずにいる間に、母はこの世を去った。

私が母の死を嘆いている間にも、状況は停滞しなかった。

母の死と同日、叔父が死んだ。

父、母、叔父。一度鱗病に罹り、惹香嚢を口にして回復した人間が、再び罹患し、そして今度は惹香嚢を口にできずに死んでいった。兄が、半狂乱になって惹香嚢を求めるのも道理だった。

果たしてタルトキア家ではどれほど多くの人間が罹患しているのか。私は家令に、我が家の分家筋も調べるように伝えた。

家令のウッドは、タルトキア家の分家筋の中位神官家である。わかりました、と頷く様子は、どこか他人事だった。

「アーテル様はどうなさいますか。あちらも家長様はじめ、罹患されている方は多うございますが」

　淡々と語るウッドの様子は、アーテルを迎えに来たハルダ家の家令の姿を思い出させた。

　そして悟った。

「これは、他家でも上位神官家のみに罹患しているのだな」

「左様でございます。しかも、竜王様に侍られる機会が多かった方々のみ。なのでウガジェ家が最も少ないとのこと。あちらは闇人を使って、遠方からも惹香嚢体を拉致してこられますからな。タルトキア家の罹患者が多いのは、竜王の寵愛を受けられた証しでしょうな」

　――中位は関係ない。

　――これが、お前たちが恩恵を受けてきた代償だろう。

　ウッドの言葉から、そんな気持ちが滲んでいた。

　私は少なからず衝撃を受けながらも、無理もないのかもしれないと思った。上位。中位。この不文律は永遠に変わらず、覆そうにも覆せず、どれほど理不尽な目に遭っても、耐えるしかなかっただろうから。

　いい気味だと思うこのウッドは、今まで父から、兄から、どんな扱いを受けてきたのだろう。

「イマーシュ家を調べてくれ。寵愛ゆえというのなら、最も竜王に近い家はあそこだ」

「御子様一人、ご当主の叔父上がお一人だけでございます。あの家は世間知らずでございますから、病に罹られても他に漏らすことなく、惹香嚢を口にすれば回復することも知らず、罹患して早くに亡くなられたそうです」

　ウッドはすらすらと答えた。

「どこの家が惹香嚢を手にしているのか、旦那様は調べられておりましたから、大抵の状況は把握しております」

「……死に至るまでの時間は、それぞれ違うのか？」

　ウッドから聞いた話は、驚くべき内容だった。

　タルトキア家では父を始め、現在五人が死に至っている。その五人とも、一度目は惹香嚢を喰らい、日常生活に支障がないほど回復した。

「ところが、竜人族の能力は回復しませんでした」

　私はアーテルが『穴の耳』の能力を失ったことを思い出した。ハルダ家長である父親が罹患したと聞いた時、能力はどうなったと家令に確認していたことも。

「能力がなければ竜王に侍ることもできない。そのため旦那様は回復したにもかかわらず、もう一人の惹香嚢体の臓器を求め、口になさいましたよ」

　私は思わず口を押さえた。だが、ウッドは冷え切った目でそんな私を見ていた。

「それでも能力は戻りませんでした。次に罹患したのがハルダ家だった。同じように惹香嚢を口にして回復した。しかし、力は戻らなかった。私はここで悟りました。これは、伝染病ではない。上位の世話をしている我々中位からは罹患者が出ない。これは、上位だけの呪われた病だとね。同じ事をウガジェ家も気づいたのでしょう。惹香嚢体を出し惜しみするようになったのです。そしてウガジェでもついに罹患者が出た。家長であるダーリッシュ様は一度も罹患していませんが、その叔父君、そして御子様が一人」

　タルトキア家長である父が二度目の鱗病に罹った時、ウガジェはもう二度と惹香嚢を渡さなくなった。

「一度助かっても二度、三度罹患するかもしれない。もう神山には惹香嚢体がいない。闇人や下位の連中が他国に忍び込んでいるとはいえ、容易に見つけることは困難とか。赤月の時期しか惹香嚢体であるかは判別できず、しかも惹香嚢体は赤月になると獣人族の発情から逃れるため、身を隠してしまうからです」

　家令はそこでうっすらと微笑んだ。

「まあ、ウガジェにしてみれば、竜王の寵愛を受け、裏のことは全て自分たちに任せてきたくせに、惹香嚢体を狩ってこいなどと厚かましい口をよくたたけるものだというところでしょうよ。自分たちの手を汚さずに生き血を喰らうだけ喰らう。もっともあさましい家はどこだと思いますか？　サガン様。あなた様は畜生以下とおっしゃいましたが、あなたの父上や兄上はまさにその通りだと思いますよ」

ウッドの侮蔑を、私は凍り付いた身体で受けとめた。

今まで私は、竜王の恩恵を受けてこなかった、と思っていた。

だが、上位というだけで、私は多くの利益を手にしてきたのだ。

それは、下を踏みにじることで得られたものだった。

それでも私は医者として、この病を解明し、人を救わねばならない。

私は我を忘れた兄に変わり、タルトキア家を巡って、病の状態を確かめた。

原因不明の病など、一朝一夕で治せない。だからこそ上位神官家は手っ取り早く万能の臓器を求めたのだろう。

だが、惹香嚢でもこれは完治しない。私は他の神官家にそう伝えたが、彼らは学都の協力を得ることも、これが外部に漏れることも拒否した。惹香嚢を喰らっているなど、他に知られるわけにはいかないと思っていたのだろう。結果、私はタルトキア家に幽閉されることになった。

アーテルは、実家には戻らなかった。

ハルダ家の家長が死に至ったと報告が来ても、戻らずに私と一緒にいた。

次から次へと人が罹患しては死んでいく状況で、葬儀すら困難だった。

伝染病ではないと伝えたが、タルトキア家は孤立していった。

他の上位神官家も罹患者が増えていったが、タルトキア家は圧倒的に数が多かった。

イマーシュ家から戻された私の姉の、まだ幼い子どもたちが罹患した時は、さすがに胸が潰されそうになった。

石が全身を覆うほどに広がって死に至る者もいれば、表面的にわずかしか付着していないのにたった三日で死に至る者もいる。死に至る速度、石が広がる速度も人それぞれだった。

口内や耳、鼻の中に石が付く様子から、おそらく内臓に先に現れる者もおり、生命維持に不可欠な臓器が硬化してあっという間に死に至る場合があるのではと私は考えた。

幽閉されていると言っても、神山内部のタルトキア家の棟は自由に行き来できたため、私は寝食も忘れ、罹患者の看護にあたった。

アーテルはもちろん、ウッドも手伝ってくれたのは意外だった。

その頃兄は、生きてはいたが口の周りに石が付着し、ろくに声を出せない状態だった。麻酔をして口の石を取り除けば、ウガジェ家を呪い、他家も呪い、ウッドに対してあまりにひどい暴言を吐いた。ウッドは、兄に何も言わなかった。私にも、何も返さなかった。

アーテルはわずかに腹周りの石が広がりつつあったが、傍から見ると何も変わらないように見えた。アーテルが発熱し伏せった時、これは内臓がやられたのかと慌てたが、単なる疲れからくる風邪だった。

だが、アーテルの看護で私自身気が抜けたらしく、疲れから高熱を出した。

前後不覚になるほどの熱だった。まだ伏せっているアーテルの隣で休みながら、私は朦朧とする意識の中で、これはもしかしたら、回復は難しいのではと考えた。もともと子どもくらいの体躯でしかないので、成人と同じように行動すると、こうしたしっぺ返しをくらう。今回は特に気力だけで動いていたようなものだったため、身体への負担は思った以上に大きかった。

乳母は心配して枕元で泣いたが、私はそれに返事もできないほど弱っていた。

もしかしたら、私は鱗病でなく、父や母のもとへ行くのかもしれない。

そんなことを思った。


目を覚ました時、私は身体の軽さにまず驚いた。まるで羽が生えたかのように、手足が軽く、非常に頭の中が明瞭だった。

周囲を見渡し、どうやら視覚も良くなっているように感じた。

視覚だけではない。五感の全てが、生まれ変わったように良くなっている気がした。受ける感覚全てが鋭利なのである。

これはどうしたことか。あれから何日か経ったのか？　ずっと寝続けていたのか。隣を見ると、アーテルはまだ伏せっており、瞳が窪んでいた。

起き上がってアーテルの様子を見ていた私に、部屋に入ってきた乳母が気づき、喜びの声を上げた。

「あれから、何日経った？　兄上はどうしている？」

乳母はさっと顔を曇らせ、低い声で告げた。

「兄上様は昨日、姉上様は二日前に亡くなられました。そして御子様らも先程……」

それを聞き、私は部屋を飛び出した。居間へ行くと、イマーシュ家の当主が座っており、ウッドのもてなしを受けていた。

「子が亡くなったと話を聞きまして、亡骸を引き取りに参りました」

イマーシュ家の当主は、はらはらと涙をこぼしながら言った。

「可哀想な目に遭わせました。妻を実家に帰すのは仕方ないと思いましたが、子だけは助けてやりたかった。しかし、惹香嚢は私たちのところまではとんと……。私たちの家よりもこちらの被害が多すぎるので、ウガジェ家はようやく惹香嚢を渡したと聞きましたが、兄上は昨日亡くなられたとか。間に合わず残念でした」

イマーシュ家当主が去ってから、私はウッドに訊いた。

「……惹香嚢が届いたのはいつだ」

「二日前でございます」

兄がまだ、生存していた時だ。

「それは、兄は口にしたのか」

「いいえ」

「姉が？」

「いいえ」

私は目の前の男を凝視した。

「口になさったのは、あなた様です。サガン様」

私はその場で吐いた。

何度も何度も吐き、胃液しか出なくなっても吐き続けた。身体中を巡る嫌悪が勝手に嘔吐させた。体内に蟲《むし》が浸食しているような嫌悪感だった。私は胃を押さえ、身体を掻きむしった。ウッドは、全く身動きせず、床を這う私を見下ろしていた。

「……私は……私は、罹患していなかったんだぞ！」

ようやく言葉を吐き出したが、ウッドは表情を変えなかった。

「それでも私の目には、突然昏睡状態になられたあなた様が罹患したように見えました」

鱗病は発熱しない。

毒ではないのだ。体内に炎症を起こしたとしても、先に別の症状が出る。私は罹患していなかった。だが、食した。喰らった。万能の臓器を。捕らえられ、死に至らしめられた人間の臓器を。

「それにしたって、私を助けて何になる!?　両性体の小人を助けたところで、血は繋げないのだぞ！　能力もない、繁殖もできない、何もない私を助けても――」

「あなたの兄が当主でいるよりはマシだ」

ウッドの言葉に、私は声を失った。

あまりに深い、その憎悪に。

虐げられてきた人間の、深淵に。

「……こんな形でしか、我々中位は、上位を凌げないのですな」

独り言のように、ウッドが呟く。

五感の全てが明瞭になった世界で、まるで、神山の頂にまで届くかのごとく、それは清亮な響きを放った。

＊　・＊・　＊

そのひと月後、ウッドが罹患した。

タルトキア家の生存者は、八名。

うち罹患者は七名になっていた。

タルトキア家は神山でも隔離され、訪れる者はもう誰もいなかった。

闇人が決まった時間に遺体を引き取りにやってく

る。それだけだった。

　今日死んだ人間の名前を、闇人が差し出す書面に記載する。私は無言で、ほぼ毎日、それを行った。誰とわからぬほど白い鱗で全身が覆われている人間を、確かめようにも確かめられまいと思いながら。

　上位と中位では居住地区が違う。中位神官家に罹患者が出てから、私は罹患者を神山内部のタルトキア家の棟に入れた。中位神官家でも、これを伝染病と思い、扱いに困ったからである。

　乳母も死んだ。あっという間だった。自分の手で看取れただけ良かったと思うべきか。私は連日、アーテルを助手に、罹患者の寝台を回った。

「アーテル様は、さほど広がりを見せませんな」

　もう起き上がれなくなったウッドがそう呟いた。手足から硬化が始まり、思うように動けなくなるのは早かった。

「そうだな。まだ、ほとんど広がっていない」

　アーテルがウッドの背中を拭く。背中に広がり始めた鱗を、私は確認した。

「上位の方にこんな世話をしていただくようになるとは。本当にわかりませんな」

　ほとんど無駄口を叩いたことなどない男だったのに、ウッドは病に罹ってからは饒舌だった。中位神官で最も早く罹患したが、うろたえた様子も見せず、淡々とした目で手に広がった白い石を見つめていた。ウッドの罹患で、他の中位神官家を確認したところ、ウガジェ家分家の中位神官家で立て続けに出たという情報が入った。

「ウガジェ家では上位より中位の方が竜人族の血が濃いということですかな。皮肉ですな。ウガジェは分家筋に、絶対に惹香嚢を渡さないでしょうね」

「そういうお前も、私よりも竜王の恩恵が強かったということだな。私はまだ罹患していない」

　身体を戻したウッドは、じっと私を見つめてきた。瞼の周囲は白くなっていたが、まだ目は見えている。あの冷え切っていた瞳が、微笑んでいるようにさえ見えた。

「サガン様。私が死んだら、この身体を解剖してください。内部がどうなっているのか、確かめたいでしょう」

私は首を振った。だがウッドは続けた。

「私は、あなたに惹香嚢を食べさせたことを、後悔しておりませんよ」

ウッドの瞳が、わずかに細まる。

「生きるべきは、あなただ。そう思ったのです。私が罹患したのは、上位を貶めた罰かもしれません。あなたを生かしたのは天啓ではないかもしれない。だが、生かすなら、あなただ。それが、ちっぽけで、卑賤な、人間の意志です」

私は何も答えられなかった。

そんな価値が自分にあるとは到底思えなかった。

種も存続できない。能力もない。後世のために何も残せない人間だ。この破滅から、生き残る意味など、あるとは信じられなかった。

ウッドが死んだのは、私を除くタルトキア家の人間が全て亡くなった日だった。

罹患者が一人もいなくなった状態で、私とアーテルだけが残った。

私はウッドの申し出を実行した。解剖し、内部に鱗病がどう浸食するのか確認した。

呼吸の臓器。筋肉。血管。そして、心の臓。

ウッドの最期は、窒息ではなく、臓器不全であったことがわかった。最期の最期は、苦しまずに死ねたことも。

私はその日、ウッドと同じ中位神官家出身の二人の遺体も闇人に引き取らせた。そして、死亡者の名前に、ウッドの名の他に、私とアーテルの名前を記載した。

死人の気配しかないタルトキア家の棟を守る衛兵にウッドが所有していた紫の紋章を見せると、いちいち確認もせず衛兵は我々を通した。

私は、アーテルを連れて、神山を出た。

私がアーテルと向かったのは学都のマイロの宿だった。

マイロは私の話を全て聞き、私がやることに協力してくれた。私を匿い、執筆する手助けをしてくれた。

　私はそれから二カ月かけて、神山で診療した経緯、鱗病の全てを記した。私が一枚書き上げるごとにマイロはそれを読み、唸った。

「サガン。これは、当然発表できない。良くて禁書だ」

「それでいい。何とか後世に残して欲しい。鱗病が一体、いつ始まったのか、私たちが学都を調べても何一つ出なかった。残さなければならない」

「竜王薨去の際に、古の竜人族の血が濃い者が罹患するこの病、惹香嚢でも治せないこれを、いつか竜人族は、人間は、克服できると思うか」

　マイロの問いに、私は言葉を失った。

「各王家の始祖は、上位神官家と言われている。もし鱗病が、竜王の代替わりのたびに蔓延るとしたら、神山はいつか絶え、やがてそれは各王家にまで及ぶのではないか。それが神の意志だとしたら、神はこの世界を、滅ぼそうとしていらっしゃるのか。それを人間の力で、食い止められるのか」

　克服――。

　惹香嚢でさえ治せない病を、神の意志が宿っているかもしれないあの白い鱗を、人智で止めることが可能なのか。

　挑むことさえ不敬ではないのかと思ってしまう私は、根っから神官家の人間なのか。

　ウッドの言葉がよみがえる。

――あなたを生かしたのは天啓ではないかもしれない。だが、生かすなら、あなただ。それが、ちっぽけで、卑賤な、人間の意志です。


　マイロは私の書き記した書物を、手跡がわからぬように苦労しながら何部も書き写した。

時に細かく分散させ、他の文書を混ぜながら、何冊も何冊も、ひたすら書き写した。

　それが今も学都に残っていると、今日この時初めて知った。

　マイロは書物を学都に残し、オストラコンに戻った。

文書を写したことを突き止められないようにする

ためだろう。マイロは実家に戻り、医者の道を絶った。

父親の跡を継いだ彼は、平民の教育改革に尽力したと聞いている。


書物を書き上げた後、私とアーテルは、マイロの故郷であるオストラコン国へ向かった。

マイロは書物を書き写す作業のため学都に残ったが、自分の父親の領地に住む顔見知りの農民に話をつけていてくれた。

オストラコン国の王都ガリアとは、ディネ川を挟んで反対側に位置する静かな農村に、その場所はあった。

別荘地の畑を管理しているというその人物は、療養のためにやってきたと告げる私たちに、快く家を提供してくれた。

畑が目の前にある、粉挽き小屋を改造した小さな家だったが、アーテルは非常に喜んだ。

困ることは何もなかった。

最初こそ畑仕事に慣れなかったが、いつまでも他人の世話になるわけにもいかず、地元の人間に教わりながら畑を耕し、山羊の乳を搾った。

神山は何も生産しない場所である。農地もなく、家畜もいない。地に足がついた生活は、アーテルを輝かせた。虚弱だったはずなのに、誰よりも高く鍬《くわ》を振りかぶり、ガチョウの世話をし、朝から夕方まで動き回った。

そんなアーテルを見ていると、鱗病を忘れそうになった。顔や手足が白く硬化していないため、余計に元気に見える。だが内臓に白い鱗が浸食していてもおかしくない。明日どうなるかわからない病。

まさに神のみぞ知る病。

私は、山を巡って薬草を摘んでは薬を調合しアーテルに飲ませたが、病の進行はひたひたと足音も立てずに迫ってきた。

アーテルの顔や手足にまで白い鱗が現れ、村人の前に姿を見せられなくなったのは、オストラコン国に来て四年後。罹患して、五年が経とうとしていた。

身体が思うように動かせなくなり、アーテルは寝台で過ごすようになった。ウッドの解剖をさせてもらったおかげでわかったが、骨や関節まで硬化する。

　だがアーテルは、変わらなかった。鱗病の末路を、嫌というほど知っているというのに、焦燥も混乱も見せず、一日一日を穏やかに過ごした。

「サガンが、いてくれるからな」

　どんな状況になっても怖くないよ、とアーテルは微笑んだ。笑うと顔に付着した細かい鱗が揺れる。私はそれを撫でながら訊いた。

「アーテル、罹患しなかった私が惹香嚢を口にしたのを、恨んだことはないか」

　隣で寝ていても、アーテルは無視されたのだ。それを、ふと訊きたくなった。

「サガン。私は今、惹香嚢を出されたとしても、口にはしないよ」

　アーテルの声は、穏やかなままだった。

「人間の臓器を喰らってまで生き延びようと思わないからだけじゃない。私は、この病に罹ったことに感謝している。竜人族の力は、私にとって厭わしいものでしかなかった。サガン以外の人間の声を聞くと、まるで頭の中に針が一本一本刺さるようだった。あの苦しみや痛みから解放してもらった」

　だから自分は、五年という長い時を生きながらえたのだとアーテルは言った。

　アーテルはそう言うが、私にとってこの病は、理不尽な淘汰以外の何物でもなかった。

　我が一族をことごとく根絶やしにされたこともそうだが、なぜ、能力ゆえに苦しんだアーテルが死ななければならないのか。

　私の口から、一生、訊かないでおこうと思っていた言葉が、こぼれ落ちた。

「アーテル。本当は私の声も、針のように感じていたんじゃないのか」

　同じ両性体なのに、能力が高く、竜王に侍り、人々にかしずかれてきた美しいアーテル。

　なんの能力もなく、役立たずの小人として生まれた私。

　私は、神に愛されたこの従兄弟を、心の底では、羨んでいた。

力ゆえに心を病んだと聞いた時も、哀れみなどしなかった。天高くあった存在が、私のいる地に堕ちたことを、喜んでいたのだ。

封じ込めていたあさましい心が、眼前にさらけ出される。言葉もなく滂沱《ぼうだ》する私の手を、ほとんど動かなくなった手で、アーテルが握りしめてきた。

「感じなかったよ。サガンがどう思っていても、私はサガンが好きだったから」

泣き崩れる私の頭に降るアーテルの声は、最期まで、柔らかな慈悲深さに満ちていた。

独りにしてごめんな。

それが、アーテルの最期の言葉だった。

村人の協力でアーテルを埋葬した場所に、私は墓碑として、一本の木を植えた。

また来るから。そう告げて私は、惹香嚢と、鱗病を探る旅に出た。

何度か折に触れて、我々が住んだ土地を、アーテルが眠る木を訪れた。

まさか百五十年もの間、それを繰り返すことになるとは思いもせずに。

＊　・＊・　＊

惹香嚢を口にしたことで私が変化を感じたのは、五感が明瞭になっただけではない。

小人の脆弱《ぜいじゃく》な体力が、成人男性と同じ程度になっていることに、畑仕事を通して感じた。

そしてアーテルの死後、諸国を巡る旅を始めて二年。私は、備わっていなかったタルトキア家の能力が、目覚めたのを知った。

それはたまたま、腕を怪我した男を助けた際にわかった。

どくどくと勢いよく流れる血の量に、これは太い血管を切ったと察した。その時は麻酔薬を十分所持しておらず、仲間に押さえつけられても激痛にのたうち回る男の腕を縫うのは難しかった。

暴れる相手の縫合に苦労していると、溢れ出ていた血が、布を真っ赤に染める勢いだったのに、布に滲む血が止まったのである。

何だこれは、止血がうまくいったのか？

見立てよりも深傷ではなかったのか？

私は男を押さえつけている仲間に日を向けた。男の仲間は、まるで静止しているように動いていなかった。

一体これはどういうことだ。私の頭がおかしくなったのか。

「何やってんだ、あんた！」

いきなり怒鳴りつけられて私は我に返った。

目の前の患者の血は、止まっていなかった。慌てて治療の続きを行い何とか助けることができたが、患者を押さえつけていた者いわく、私と患者双方が、全く動かなくなったらしい。およそ三・四分のことだったらしいが、どちらも微動だにせず、何が起こったのかわからず恐怖を感じたと語っていた。

私は重要なことを訊いた。血は、止まっていたか。

患者の身体だけでなく、血も止まっていたか。

止まっていた、とその者は言った。私も同じように静止していなければ、仲間は死んだのだと思ったらしい。まるで糸が切れてしまった人形のようだったと告げた。

それで私は悟った。仮死状態。私はあの瞬間、生死が流れる道にいたのだと。凄まじい速さで流れる魂と肉体を、止めたのだと。

上位神官らが『道』と呼んだ、竜王が泳ぐ生と死を繋ぐ道に、入ったのだと。

持っていなかった竜人族の能力が、惹香嚢によって目覚めた。

一体これは何の符合かと、私は世界に問いかけた。

私はそれから、己の『絶の手』がどのような力を出せるのか、試行錯誤した。

医師として諸国を旅していたため、試す相手には事欠かなかった。十分間ほど仮死状態にさせることが可能だったが、凄まじい疲労が伴った。十五分間何とか続けた時にはそのまま死へ流されそうになった。

現実世界の四半刻（約十五分）でも、私にとっては一日ほどの長さに感じることもあれば、ほんの一瞬に思える時もあった。

そして相手を仮死状態にさせると、己も仮死状態になるのがわかった。血を止めても手術できないので、何も行えない。この能力を医者には見せられなかった。異能者であるとすぐに悟られるだろう。

私は自分の家に伝わるこの能力を医術と関わらせることはできないかと思い、医者の道を選んだ。

あの時父は私に顔をしかめてみせたが、その理由が能力を身につけて初めてわかった。

竜人族の能力は、竜王に仕えるためのものであり、本来人間に用いるべきものではないのである。

私ができることは触れた人間を仮死状態にすることで、医術的には血を止めることぐらいしかできなかった。

竜王に仕えていれば、『道』に巣食った不浄を、時を奪うことで祓うことができるのだろう。

イマーシュ家が『道』を正確に見つめ竜王の状態を把握し、竜王の通る道に不浄があればタルトキア家が祓う。ハルダ家は竜王の気持ちを傾聴し、皆に伝える。そしてウガジェ家の石の目は、本来竜王の瞳をどんな時でも見つめることができる唯一の目だったのではないか。我を忘れるほど神が昂った時、神を安心させ、宥める瞳だったのかもしれない。それを人間に用いたために、『石の目』と呼ばれるようになったのではないだろうか。

神山から遠く離れた身になって、古の竜人族の力が目覚めた皮肉に、私は自嘲するしかなかった。

能力を使ったところで奇異に思われるだけ。何も救わない、何の役にも立たないのに、なぜこの能力が目覚めたのか。

私は『絶の手』の能力を封印し、医術に用いることを己に禁じた。

諸国を巡り、医術を極める日々を過ごしていた私は、ふと、あることに気がついた。

見た目はそれなりに年相応の老化が起こる。だが、身体能力が衰えないのである。

老眼にもならず、体力もある。持久力に衰えを感じなかった。

これもまた惹香嚢の力だろうと最初は気にせずにいたが、六十歳、七十歳を過ぎ、そろそろ死を思う齢になった時、私は漠然と、私にとって死は、遠いのではないかと思った。

しかしまだそれでも、そんなはずはないと思っていた。八十歳をこえ、以前訪れた土地の知り合いが一人もいなくなり、赤子で生まれた者が先に死ぬ状況を知って初めて、私は悟った。

私は、死なないのだと――。

惹香嚢は、鱗病を治しはしなかったのに、ただの弱った身体には、永遠の命を与えるのか？

そんなはずはない。諸国を巡り、私は獣人族の特性にも詳しくなった。彼らは、竜人族が鱗病を治すために惹香嚢体を求めたことで、惹香嚢体は万能の臓器だと知った。そのため惹香嚢体狩りが横行した。

もともと短命の獣人族である。十数年かどうかわからないが、寿命は延びただろう。

だがそれで、永遠の命を授かったなどという話は聞いたことがなかった。

――ではなぜ、私は生き続けているのか？

――私はいつになったら朽ちるのか？

自問自答しながら、私は歩き続けた。一つの場所に定住する生活はできなかった。すでに何年生きているのかわからぬ老人の有様だったが、いつまで経っても死なないことに疑問を持つだろう。

私はもう、この世界が作った真理から、外れた人間なのかもしれない。

あの時神山で、一度自分は死んでいたのかもしれない。ではこの身体は、腐敗しない死人か。

独りにしてすまないと言ったアーテルの言葉がよみがえる。私は長いこと孤独だった。多くの国を巡り、部族と知り合ったが、また訪れるのは彼らが私を忘れるほどの時間が過ぎてからだった。なぜいつまでも死なないのか、疑問を持たれぬように。

ただ独り、歩けども歩けども果てない道を進むうちに、もうこの命、自ら絶ってしまってもいいのではないかと何度か思った。

だがそのたびに、ウッドの言葉がよみがえった。

世界は、神の意志から離れた私を、生かし続けるのか。

それともウッドの、人間の、神に対する反逆の心か。

私が生きる意味は。死なない意味は――。

何度も何度も自問し、百歳をこえ、百二十歳をこえ、次第に私は、世界に問いかけるのを忘れていった。

果てしない孤独は、私に思考させることを止めさせた。繰り返される一日を、意味のない今日を、何も生み出さない明日を生きる虚しさ。

徐々に私の心は、何も感じなくなっていった。

*　・*・　*

竜王が薨去した。

それを耳にした時、私は竜王よりも長く生き続けたことに思いを馳せるよりも、神山がどうなっているのかと真っ先に考えた。

死んだ神は、またしても鱗病を蔓延させるのか。

すでに竜王否定派《ミグシェヴァイリアン》と知己だった私は、彼らの隠れ場に入り、否定派の頭目であるハガルと知り合った。

ハガルは、我がタルトキア家の中位神官家出身であった。タルトキア家が断絶した後、その分家筋が全て下位に堕とされたのは聞き及んでいた。

私がハガルに身分を明かしたのは、知り合ってから三年後。竜王薨去から三年が過ぎた頃。

ハガルに鱗病の症状が出たからである。

やはり蔓延していたかと私は思った。こんなところに潜む中位神官の末裔が罹患したのなら、もう神山では、死体の列が並んでいてもおかしくない。

果たして今、どれほどの上位が残っているのか。それとも、いよいよ上位神官家四家が全て絶えるのか。

「タルトキア家直系のくせに、逃げたお前のせいで我々は下位に堕ち、そして死んでいかなければならないというのか、サガン！　なぜ俺が死ななければならない!?　上位らが死ぬのは当然だ、なぜ竜王は、虐げられてきた俺らまで殺す！」

　ハガルの言葉を、何も感じなくなるほどに、私は時を生きていた。

「竜王になど何の力もない。滅んで当然だ。そう言ってきたではないか、お前は。なぜ俺を殺すのかと竜王に問うのか？　お前は竜王を信じるのか？」

　こんな慈悲の欠片もない言葉を浴びせても何とも思わぬほどに、私は生きてきた。

　ハガルの瞳が絶望に覆われるのを横目で捉え、私は地下を去った。


　何のための病か？

　これは神の淘汰なのか？

　それならば神の意図は？

　そんな問いを、何千回も、何万回も、私は繰り返した。

　答えなど、生まれなかった。この二回目の竜王の死をもってしても。

　またも思考を閉じようとしていた私が、再び世界に問おうと思ったのは、今世竜王が、伴侶を必要とする雄体であるという噂を聞きつけたからだった。

　次の御代に繋げるためには、惹香嚢体を必要とすると。

　私は絶句した。

　竜人族が、獣人族が狩ったために希少種となった惹香嚢体。

　搾取され続けた彼らが、次の竜王の婚配者となる？

　無論、千年以上前に惹香嚢体が婚配者となった話は伝説のように聞いていたが、百五十年前、神山にあれほどの惹香嚢体の血が流れたにもかかわらず、今度は婚配者として崇め奉るなど、陰惨の極みとしか思えなかった。

　ハガルが罹患していたのだから、上位神官家にも確実に何人かは死者が出ている。

一度罹患したら、惹香嚢を口にしても再び病に罹り、治らない。これは絶対だった。

新しき神は、己の卵を宿す身体を、上位に喰われるというのか？

ダーリッシュが言い放った言葉がよみがえる。

――惹香嚢体は本来、竜人族の生命を繋ぐために存在する種だ。

――種とは、より強い種を存続させるために存在する。

本当にそうか？

より強い種とは？

滅びか、存続か。

人は今、自らの力でそれを選ぶことを、試されているのではないか。

ダーリッシュの言葉を打ち消すように、私を何度も何度も生かし続けた、ウッドの言葉が脳裏に響いた。

これが、人間の意志だと。

私は、婚配者の一人が、ナルージャ族長の娘であるという噂を聞きつけ、南に向かった。

ナルージャ族長に嫁いだ娘は、昔なじみのイルダ族長の娘である。何か、詳しい話が聞けると思った。

山を越え、南へ向かう私の足元が、いきなり真っ暗になる。日没にはまだ早い。私は山の上から、天空に顔を向けた。

神山を覆う雲が、勢いよく流れてくる。

雲も、風も、血の臭いを、腐臭を運んでいるかのようだった。

泥のように淀み、幾重にも重なる雲が、やがて神山の姿を覆い、世界を暗黒に染め上げる。

黒く染まった空に、わずかな亀裂が走る。

あれは、世界が破壊されようとしているのか。

それとも、来光が闇を打ち破ろうとしているのか。

南へ向かう途中、竜王の婚配者の一人が、ナルージャ族に襲われたという話を耳にした。

嘘か本当かわからないが、レスキア皇帝と、ネバル国王子の子であるという。

ネバル国王子が惹香嚢体であり、レスキアに嫁いだ話はすでに聞いていた。だが婚姻は無駄に終わり、ネバルは分裂し南が混乱に陥っている状況だと聞く。

厄介事を避けようと、私は滅多に人が通らぬ山道へ向かった。

森の中を歩くうちに、灯りが目に入った。

こちらの灯りを察したのか、すぐに灯りは消された。同時に私は、おびただしい血の量に気がついた。数名、殺された現場だ。その生き残りがいるのか。負傷しているかもしれない。私は灯りが消えた方向に近づいた。

そこにあったのは、闇夜でも美しく光り輝く緑色の瞳だった。

野生の獣のように警戒し、まっすぐに、人を見据えてくる。

その後ろに、深傷を負った兵士らしき者がいた。

気品に溢れる声で、緑色の瞳は訊いた。

「……何者だ」

その時、私は悟った。

世界は、このために私を生かしたのだと。

百五十年。

この邂逅のために、私は生き続けたのだと。

間違いない。

この方は、竜王の婚配者の母だ。

Ⅲ　再生

サガンの長い長い独白が終わった後、場はしばし沈黙していた。

皆、どこに思いを馳せているのかセナにはわからなかった。生まれや、立場で、思うことはそれぞれ違うだろう。

セナは、上位神官家に対する怒りよりも、サガンのこぼした言葉の意味を考えていた。

サガンは、自分と会うために世界は生かしたのだと語った。

世界——と言った。

神ではなく。

竜王ではなく。

「サガン」

思いがけず自分が場の沈黙をやぶったことに、セナは気がついた。皆が視線を向ける中、セナはサガンに問いかけた。

「サガンは竜王を、信じていないのか？」

サガンは目を細めた。

「私は神としての竜王を信じてはいません。祈り、我々を救ってくれる存在とは思っていない。神はただ、そこに在るだけです。神には意志がない。なぜならこの世界を知らないからです。高い山の頂に鎮座するだけ。この世界を構築するのに、必要な概念だったのでしょう」

概念。ただの？

「セナ様。私も、そう思います」

セイジュの言葉に、セナは考えがうまくまとまらなかったが、セイジュに言った。

「セイジュ。しかしお前も、竜王の力の片鱗を見ただろう？　あの山の不思議さを。我々が想像できない世界を」

「ええ。見ましたよ。壁や床を破壊したのが竜王だと聞きました。私の頭では到底理解できない体験をしましたよ。しかし、サガンが言うように、竜王は概念なのです。多様化した世界を一つにまとめ、良い方向にも、悪い方向にも導く、概念なのです」

だがそれでいいのだとセイジュは言った。

「決して上位が己の地位を保つために存在するわけではない。今後上位が全て滅びれば、竜王が彼らなしでは生きられないというのなら、それはそれで滅びるのが自然の摂理なのでしょう。だが私は、竜王によってこの世界が何千年も統治され、そして今なお続く影響力を鑑みると、人間の手でそれを廃することはあってはならないと考えます。神の不在は、長い争いと混乱を生むからです。自然に滅びるなら仕方ない。だが、人が自ら混乱を生む意味はない」

それはわかる。それはわかるのだ。しかし。

「竜王と繋がることができるアスラン様の存在は、一体どう説明がつくのでしょう」

フオルの呟きに、セナは頷いた。

「そう。そうなんだ、フオル」

「五感を混乱させるという竜王の力はアスラン様には利かず、たやすく竜王の『道』に繋がるばかりか、肉体まで移動させる。あの力は、竜人族の、イマーシュ家にすらないんですよね？」

「ああ。アガタは、婚配者だからだと言った。竜王が選んだのだと。この子は、婚配者とは、一体何の意味がある？」

サガンの目の動きが、眠るアスランの上で止まる。大きく見開かれた目が、揺らいで見えた。

「……婚配者……」

その時、イザクが面を空に上げた。全身で、何かを感知する。

「何人か、来ます。三人……獣人族ではありません」

ハーグリオが慌てたように立ち上がる。

「仲間だ。俺の帰りが遅いから、気になって来たんだろう」

セイジュが警戒する目をハーグリオに向ける。ハーグリオは、その目を見つめ返した。

「……大丈夫だ。今、サガンから聞いた話をしてくる」

ハーグリオが去った後、セイジュはハンナに視線を向けた。

「ハンナ、否定派の連中は、ハーグリオの話をどこまで聞けるんだ。俺が知っている否定派の連中は、頭が凝り固まっていてとにかく人の話を聞かない。おそらく、頭目がそうだったんだろう。一種の洗脳状態にさせられている。やってることは、闇人を作るウガジェ家の連中と何が違うんだと思っていたよ」

うんざりしたように言うセイジュに、ハンナはいたたまれないように俯いた。

「ハンナを責めたって仕方ないだろう」

マルコの言葉に、セイジュは別に責めていないと口を尖らせた。

「強い思想というものはそういうものさ。激しい主張と規律で人を統率する。どの頭目も同じだった」

サガンはそう言うと、イザクに顔を向けた。イザクはずっとハーグリオが去って行った方向を見つめ、警戒を解いていなかった。

「お前は本当に狼らしいね、イザク。奴らの匂いで、感情の起伏までわかるのかい。人の時には何も感じないくせに、面白いね。やつらの匂いは、穏やかではなさそうかい？」

イザクはそれに答えず、視線を一瞬も逸らさなかった。全身が静かに張り詰めていく様子に、ハーグリオが仲間とどんな会話をしているのか、察せられた。

ハンナが不安そうに窺う。

「私も、説明に行った方がいいでしょうか」

「もともと隔離されていたんだ。頭に血が上った連中の近くに行くのは危険だ」

マルコの言い分はもっともだった。

「ハーグリオなら、ちゃんと説明できる」

だがイザクは、立ち上がった。

「近づいてきます。ハーグリオと、二人。もう一人は、奥へ引っ込みました。おそらく他の仲間を呼んでくるつもりでしょう。仲間は全員で何人いますか」

腰の剣の位置を整えたイザクに、セナは声をかけた。

「イザク、攻撃は……」

攻撃はするな、と言いかけて、セナは止めた。

イザクが目を向けてくる。セナは、その瞳に告げた。

「……穏やかに話したい。彼らが剣を向けてきても、むやみに攻撃しないようにしてくれるか」

もう、護衛官ではない。

命令、ではなかった。

イザクに判断の余地を残す。イザクの判断を、信じる。

イザクは、相変わらずほとんど感情が読めない瞳であったが、静かに頷いた。

「仲間は……今現在、三十人にも満たないです」

ハンナの言葉に、セイジュは仰天したように身体を動かした。

「たったそれだけ？　昔は三百人は地下に潜って、一千人以上の支援者がいたって話なのに」

「ハガル叔父がいなくなってから、取り締まりが強化されて、この場所も突き止められそうだと、だいぶ外へ逃げていきました。ハガル叔父の後は、主導者が不在のままです。次第に統制が厳しくなって、一人の過激な意見に皆が賛同して流れてしまったら、他の意見など聞いてもらえません」

とても危険な状態だと、セナは察した。サガンはため息をついた。

「思った通りだ。求心力を失った組織の末路は皆同じだね」

「それなのになぜ、ここに連れてきた」

セイジュの非難を、サガンはさらりとかわした。

「目的はこの地下水路を良く知る者を得たかったからさ。否定派と仲良くするためじゃない。ここが、鼻の利く闇人の追跡から何十年も逃れているのはどうしてだと思う。一本道だけではないんだよ。掘った道、埋められた道、迷路のようになっている道があるんだ。私は水路に詳しくない。ハンナ、お前さんはどのくらい知っている」

ハンナがそれに答える前に、イザクが鋭い声を出した。

「武器を持っています。俺のはるか後ろに下がってください。飛び道具だ。多分」

矢だ、と続けたかと思うと、イザクの顔は白銀の毛並みで覆われ、狼の顔へと変わった。一瞬で闇の中に消えるほどの距離を駆け、剣で続けざまに空を切った。

切られて方向を見失った矢が、岩壁に刺さる。

相手は火を使わずに近づいてきたのだろう。焦って矢を射かけるが、イザクの舞うような剣は全てそれを払った。もともと数本の矢しか持っていなかったのか、劣勢を察して悲鳴のような声が上がる。

松明を手にイザクの後を追ったセナの目に、イザクがぴたりと動きを止めるのが見えた。

次の瞬間、身体をぐらりと傾かせた白銀狼は、激しく咳き込んだ。

三人の男たちは、驚いたように白銀狼を見つめたが、身体が大きい男がイザクに剣を振り上げたのを見て、セナは叫んだ。

「止めろ！」

寸前のところで、セナは剣を受けとめた。

相手には剣の心得などないと、一打で察した。そのまま力任せに突き飛ばすと、あっさり尻もちをついた。すかさず相手の剣を奪う。

「こんな程度で『闇人』に敵うと思うのか！　冷静になれ、話を聞け！」

セナがそう叫ぶと、弓を持った男の方は震える声で叫んだ。

「話など聞けるか！　俺は、弟を闇人に殺されたんだ！　そいつらに！　そいつに殺されたんだ！」

セナはイザクを振り返った。やはり、イザクは吐血していた。獣人化を解き、人の姿に戻っている。服が、またしても血に染まっていた。

「……命令……されたんだ。感情もなく、従うように、操られていたんだ」

セナが絞り出すようにそう言っても、弓を振り上げながら男は喚いた。

「知ったことか！　命令がなんだ、そいつが殺人鬼であることに代わりはない！」

確かにその通りだった。セナは、イザクもゼーダに命令されて惹香嚢体を狩ったかもしれないと想像したことを思い出した。何も感じない、そこに意思はないと言われても殺したかもしれない、その時に感じた嫌悪感。

それを振り払うようにしてセナは相手に問うた。

「下位が、上位に人生を決められ、人殺しにさせられているんだ。それを何とかするのが、お前たち竜王否定派の行動原理じゃないのか？」

「獣人は下等だ！」

セナに突き飛ばされた大柄な男の言葉に、セナは耳を疑った。

何だ、この思想は？

「じゃあ、誰が上なんだ？」

大柄な男も、弓を持った男も、二人揃って叫んだ。

「人間だ！　竜王も、竜人族も、異能種は全て下等なんだ。だから人間よりも数が少ないんだ！　獣人も竜人族も異能種は皆同じだ！」

セナはしばらく相手を見つめていたが、腰に自分の剣を戻した。

「ハーグリオ、こいつらと話し合うことはできん。これが否定派の考え方なら、俺はずいぶんと思い違いをしていた。ただ、剣を収めたこちらに剣を向けてくるというのなら容赦しない。話し合うつもりがあるなら聞こう」

もう矢は尽きているようだったが、セナは念のため奪った剣で相手の手にある弓を真っ二つに切った。

セナはまだ身体をふらつかせているイザクに手を貸し、支えるようにして歩いた。

ハーグリオは、無言のままだった。


イザクの看護をサガンに頼んだ後、セナはセイジュとマルコに先程の男たちとの会話を話して聞かせたが、それが否定派の考え方だと、セイジュは驚かなかった。

「異能種を差別する思想ですから、獣人族も彼らにとっては下等です。学都で発生した思想ですよ？　学都に留学する獣人なんていませんから」

今まで学都でさんざん言い争った議論だとセイジュは続けた。

「戦が少なくなり、武官の力よりも文官の能力が優遇されるようになったために、獣人族の力が軽んじられるようになったのは、学都が問題だったのかもしれません。学都で学んだ各国の貴族や留学生が、その思想を自国に持ち込んだ」

「そうかもしれませんね。神山ではもともと獣人族は下に見られていた。俺らはそいつらとは違う、という考え方で、否定派は獣人族を否定するようになった」

マルコがため息をついて同意した。

セナは先程相手に問えなかったことを二人に訊いた。

「獣人だけでなく、あいつらは竜人族も異能種であり、同じく下等だと言っていたぞ」

セイジュが頷く。

「そうです。竜王や竜人族は人間を能力で凌駕すると言われています。それが実際にどんなものか当然一般人は知りませんが、わからないのに頭ごなしに否定しているんです。それは不要の力だ、知によって得た力こそが全てで正しいとね」

「それならば、人とは違うと判断すれば、全て異能の一言で片づけて下等だと貶めるのか？　異能種は不要というのならば、獣人や竜人族だけでなく、小人も、惹香嚢体もそうだろう」

マルコが頷いた。

「それが、俺とセイジュが否定派に同意できなかった最大の理由です」

その時、ハンナが蝋燭を掲げて近づいてきたためセナたちは会話を止めた。ハンナは、手にした紙を丸めたものを掲げて見せた。

「サガン様に言われて、北へ続く地下水路の地図をざっと作ってみました」

ハンナが示した通路は、今までの道よりはるかに道が狭かった。地下水路は最も開発されていないのが北なのだという。

「私は学部で地質学を学んでいて、地下水路もその時に調べました。現在北を支配するネスタニア国の水源は、ネイロ山脈の雪解け水です。これが春にうまく流されず、天候に恵まれないと農耕地帯にまで氾濫する。かつてこの一帯を支配していたヒルジャ国は、そのために地下水路を築こうとしたのですが、難しかった。なぜなら掘り進める途中で、地熱を感じるようになったからです」

地下内にいくつも道を作っても無駄だった。だからこそ地下水路でも北へ続く道は迷路のように繋がっているのだと。

「地下の南側も複雑で、否定派はそちらに集まっていますが、北への道は私が最も詳しいです」

ハンナは、否定派とともに行動することを拒否した。ハーグリオと一緒にいなくとも良かったのかと確認したが、ハンナは首を振った。

「この北への道を、ハーグリオもわかっています。……否定派と決別したいと考えれば、追いかけて来るでしょう」

否定派の連中がやってくる前に、セナたちは移動した。荷車のようなものを見つけ、病人二人をそれに乗せ、北の道へと出発した。

イザクにはセナが再び腕をわずかに切り、血を与えたがさほど回復しなかった。舐めさせているうちに血が止まってしまったため、深く切ろうとしたらイザクに止められた。

「いいです。もう十分です」

このままでは身体がどうにかなってしまうのではないか。セナはイザクの身体を支えながら歩いた。

目を覚ましたアスランは、山羊に乗っていいと伝えたにもかかわらず、フオルと手を繋いで二人で山羊を引いていた。自分も働く、という意志が、小さな背中にみなぎっているようだった。

道を塞ぐように石が積まれた場所から石をどかして通り、再び積み直し、奥へと進む。次第に地熱を感じるようになり、アスランが服を脱ぎたいと騒ぎ出した。

「もう少し進みますと、水場があります。そこは温泉になっています」

「温泉？」

初めて聞く単語だった。

「地熱で、温かな水が湧き出ている所があるんです」

ハンナの説明の通り、次第に蒸気が顔を覆い、水の膜が皮膚に貼り付くようになった。

徐々に道が大きく開かれ、やがて現れた水場は、温かな湯を溢れさせていた。

岩肌に蝋燭を立てられる穴が掘られてあったため、そこに蝋燭を置き灯を点けると、湯面が照らされて煌めいた。

蒸気と蝋燭の灯が揺らめき、その美しさにセナはほっと息をついた。

セナは久々にアスランの身体を綺麗に洗い流し、自分も湯につかった。

蒸気で温かいため、体温が奪われる心配はなさそうだったので、湯から上がった後アスランは布を巻くだけで過ごさせ、セナはアスランの上着と下着を洗濯した。

サガンは身体を拭くだけでいいというので、続いてフオル、セイジュ、マルコが湯に浸かった。

ハンナが身体を洗っている間は、セイジュとマルコは腰巻一つになって後ろを向いて洗濯をし、フオルが食事の準備をする間、セナはフオルの服とイザクの血で汚れた服を洗った。

イザクは最初湯に入るのを断ったが、無理やり入浴させた。

「否定派の皆さんは、食事はどこで調達しているんですか」

フオルが、ハーグリオが持ってきた食料を確認しながらハンナに訊いた。

「何箇所か、外に出られる道がありますから、そこから。何人かは農村を巡って、食料を分けてもらいます」

「やはり、そうするしかないですよね」

フオルは自分たちが用意した食材も並べ、食事を前にする連中に告げた。

「残り、五日分ですね」

外に出てすぐに農村が見つかるとは限らない。

現在の位置は、おそらく北のネスタニア国の国境付近である。

セナやフオルは当然のこと、セイジュやマルコもほとんど神山の外に出たことがないため、北方の土地勘はまるでない。サガンは詳しいが、一人で食料を運んでこられない。

幸いにも水は多いが、薪と食料を調達する必要がある。セイジュは、自分とイザクが行くと申し出た。

「二人で調達してきます。北方の情勢も訊いてきます。イザクの鼻なら商人や農家をすぐに見つけられると思います」

「いいや。山羊を連れていくなら、荷物を運んでこられる。おそらくは、私の知っている土地に出られると思う。私がイザクと行こう」

　サガンがそう申し出た。

「最短三日で帰って来られる。セナ様は、その間よくお考えください」

「何を？」

「地上に出た時に確認してまいりますが、秋赤月まででおそらくあと六日ほどです。今度の発情期はどうなさるおつもりですか」

　セナはサガンの腕を引き、奥へと連れて行った。

「子どもに聞かせる話じゃない」

「イザクの身体のことを言っているのです。私が調合したものであっても、抑制薬を飲めば身体に負担がかかります」

　セナは、覚悟していたとはいえ胸が潰されそうになりながら訊いた。

「……かなり、悪いのか」

「あれほどの出血を繰り返していれば、冬を越せるかも怪しいでしょう」

　セナは、自分がどんな顔をしているのかわからなかった。

「前にも言いましたが、発情抑制薬で命を縮めてきました。一回の獣人化で、体力気力を消耗している。もう一回、獣人化しただけでそのまま絶命するかもしれません」

　セナは思わずきつく目を閉じたが、サガンは言葉を続けた。

「それと発情期とは別に、イザクは心にも相当負担がかかっているはずです」

　心？

「セナ様、イザクは、失われていた心がようやく息を吹き返した状態です。生まれたての赤ん坊のような無垢さで、いきなりさまざまな事を吸収している。すでに、自分のしてきた事を責められ、憎まれ、混乱の中で、必死で心は息をしている。自覚はなくとも、心は疲弊し、爆発したくなっているはずです」

イザクの身体だけでなく心もどうしたらいいのか考えろ。

サガンはそこまで言わなかったが、そう告げられた気がした。


サガンとイザクが地上に出てから、セナはセイジュとマルコに声をかけ、寝所にしている場所から少々離れた。

寝所には、寝息を立てるアスランを挟んでフオルとハンナが眠りについていた。セナたちは床に布や毛布を一枚程度敷くだけで眠るが、アスランと妊娠中のハンナをそんなところで眠らせるわけにいかず、山羊の餌である干し草を広げ、そこに毛布を置いて寝床にしている。

セナは床に腰を下ろし、その対面に座った二人に訊いた。

「セイジュは、馬の扱いは下手だが、剣の心得は多少はあるよな」

レスキアから神山へ赴く途中、ナルージャの民に襲われた時、剣を抜いたセイジュを見たが、それなりに形になっていた記憶がある。

「身を守るために、習ったんですよ。神山で、自分を守るのは自分しかいませんでしたから。セナ様から見れば全然でしょうけど」

対するマルコは首をすくめた。

「私はさっぱりです。基本、下位は武器を持つことを禁じられ、剣を習うことも許されておりません。兵士は別ですけどね」

否定派の連中は剣に心得のある者はいない、とマルコとセイジュは断定した。だから剣を持っていてもろくに扱えないだろう、と。

「私とイザクが七日間姿を消しても、大丈夫そうか」

セイジュとマルコは察したようだった。

「セナ様……」

「子をおいて、何を考えていると思うかもしれないけどな」

抑制薬を飲まずに赤月を迎えれば、我を忘れた惹香嚢は精を求め、獣人はむせかえる香りに狂うだろう。夏赤月では、抑制薬を口にしていてもイザクを求めたくて堪らなかった。イザクも同じだ。それでも、抑制薬を飲めば、少々は我慢できる。

「しかし、強い抑制薬を飲めば、イザクは身体が保たない」

神山から脱出して最初にイザクが吐血した際、フォル、セイジュ、マルコの三人には、イザクの身体は長年の強い発情抑制薬に蝕まれている状態であることを説明してあった。

「もう、命を縮めることは、全て避けたい。もう……獣人化しないように、命じるつもりだ」

命じる、とセナはあえて使った。

頼む、ではない。

セナは、自分を見つめてくるセイジュとマルコに言った。

「否定派の男が言っていた。俺は闇人に、身内を殺されたんだって。お前たち神山に住んでいた者は、闇人がどれほどひどいことをしてきたか知っているだろう。実際それを目にしてきただろう。命令とはいえ、あんな恐ろしいことをやっておきながらと、イザクを見ていてそんな思いがよぎることはないか」

「セナ様」

セイジュがわずかに首を振るが、セナは続けた。

「……否定派の、言うこともわかるんだ。今まで、自分たちを殺しておいて、命じられたからといって、殺したくせに、ひどい目に遭わせたくせに、そう思うのもわかるんだ。私だって、イザクが、惹香嚢体を狩って、死に至らしめたことがあるかも知れないと思うと……」

正直、吐きそうになる。

絶対にそれを問うことはしない。問うても仕方ない。意味のないことだ。

嫌悪が浮かび上がるのを、必死で堪える自分がいる。

「……それでもあなたは、イザクを好いているのですか？」

セイジュの言葉に、セナは地に向けていた顔を上げた。

「好いて……いるのですよね？」

心許ない様子で確認するセイジュを見て、セナは不思議に思って当然だろうと思った。

一体なぜ、愛おしいと思うのか、理解できまい。

嫌悪を抱きながらも、愛する気持ちが確かにある。

そんな、人間の複雑な心理を、セナ自身説明などできなかった。ただ、わかっているのは、絶対に死なせたくないということだ。

「私はイザクを生かしたい」

セナは断言するように告げた。

「私以外に、誰がイザクを人間として愛せるんだ」

人を殺すためだけに扱われ。

人の心も持たぬように育てられ。

何も考えずに人を殺して、死んで当然だと、罵られ。

自分一人くらい、愛さなかったら。

「私一人くらい、生きていて良いんだと言ってやってもいいだろう」

死なせない。

セナは、改めて己の心に誓った。

イザクは、絶対に死なせない。何としても、生かしてみせる。

＊　・＊・　＊

食料の買い出しに出かけたイザクとサガンが戻るまでの間、鱗病に罹患し、ハンナとともに隔離されていた重病患者二人が立て続けに亡くなった。

もうほとんど呼吸さえ難しい状態だったので、仕方のないことだった。

「最後は、マルコさんに手厚い看護をしていただいて……せめてもの救いだったと思います」

ハンナは泣きながら礼を言った。

伝染病と思い込んでいる竜王否定派たちは、鱗病で死んだ仲間を見送ることもせず埋葬していたという話だった。否定派が集まっている南とは逆の北側に、埋葬していた場所があるらしい。せめて仲間と一緒に埋葬したほうが良いだろうと、ハンナに誘導され、セイジュとマルコとともに遺体を運び、埋葬した。

「ははさま。サガンとイザクは、どこいっちゃったの？」

アスランにも病人が死んだということを伝えたが、

どう理解したかわからない。誰かの死というものをアスランは経験したことがなかった。もう会えないのだ、ということは理解して泣いていた。

　病人がいなくなりサガンとイザクまでいなくなったことで不安になったのか、何度も聞いてきた。そんなアスランを見ていると、イザクと二人、消えてしまっても大丈夫かと胸が痛んだ。

「アスラン、イザクはもうすぐ帰ってくるけれど、今度ははは様も一緒に、違う場所へ行くんだ。アスランは、フオルとセイジュたちと、待っていることができる？」

「ははさまはどのくらいでかえってくる？」

「七回、アスランが眠ったら」

「やあん。ながいよう」

　アスランは泣き出した。当然だろう。フオルがアスランと向き合い、小さな肩を摑んだ。

「アスラン様、フオルとともにいましょう。母上は必ず戻ってこられます。イザクが病気なので、助けなきゃならないんですよ」

「びょうき？」

「七日間だけ、別の所にいなきゃならないんです。イザクを助けるために、アスラン様、ちょっとだけ我慢できますか？」

「ははさま、ちゃんともどってくる？」

　以前、離ればなれになったので不安なのだろう。セナは胸が苦しくなり、思わずアスランを抱きかかえようとしたが、フオルがそれをさせなかった。アスランに向き合ったまま諭す。

「必ず戻ってこられます。今までフオルが嘘をついたことがありましたか？　ナルージャの山の中にいた時も、必ず母上が助けに来ると言って、その通りになったでしょう」

「うん」

「ね？　だから、フオルと一緒に待ちましょう」

　フオルを見つめるアスランの目から、不安が消えていく。うん、と力強く頷いた。

　セナはアスランと、フオルも腕の中に引き寄せた。

「フオル……ありがとう」

「何してんですか、もう。恥ずかしい」

もそもそと身体を動かして、フォルは腕の中から出ていった。

その様子を見てアスランが声を上げて笑った。

イザクとサガンが戻ってきたのは、外に出て四日目だった。

「食料には早くありつけましたが、情報を収集するうちに遠出してしまい遅くなりました」

サガンの報告に十分すぎるほどの食料を下ろしながらイザクが言った。

「サガンが、勝手に動いてしまって」

「いやあ、イザクの鼻が利きますので、つい。北からやってきた者、西からの者と判別がつくぐらいなんですよ」

セナは不思議に思い訊いた。

「どうしてそんなことまでわかるんだ?」

イザクは逆になぜわからないのかという顔で告げた。

「食料というものは、一年中同じではないでしょう。この時期に食べる果実、野菜、肉、国ごとに違います。商人が持っている荷物からすぐにわかります」

それはその通りだが、鼻が利くだけではそこまで頭が回るまい。

アスランを探して南へ向かった時もそうだったが、イザクの周囲を感知する能力はやはり訓練の賜物なのだろう。

そしてその能力は、イザクだけではない。闇人は皆、その力を備えている。

フォルとハンナが食料を並べて分けている最中、セナたちは地に座り、サガンを囲んで地上がどうなっているのか話を聞いた。サガンは早速購入してきた煙草に火を点けながら言った。

「商人からいろいろ話が聞けました。まずレスキア。最南端の王領・グランダードに、皇帝が進軍したそうです」

セナは思わずサガンの方へ身を乗り出した。

「進軍？　陛下は帝都に戻られたのか!?」

「いいえ、どこぞの貴族の力を借りたのでしょうな。戒厳令に従わない南方防衛師団にレスキア軍が向けられたため、それを止めようと動いたらしいです。どうも、皇帝の率いる兵は少ないようです。王領の兵らが皇帝に刃向かえば一巻の終わりだと、商人らが噂しておりました」

サガンは皇帝の動きをあまり評価していないようだった。セイジュも同様らしい。早すぎる、とため息をつきながら言った。

「急な戒厳令で不満を持つ貴族は他にもいるでしょう。それらをまとめ上げてからの方が確実だ。慎重な方だと思いましたが、案外情に厚い方ですな。南方を、見捨てられなかったのでしょう」

南方防衛師団には、ナラゼル元帥と同盟を結んだ辺境民族らがいる。セナは、レスキアにつく、と決めてくれた、南方で知り合った彼らの顔を思い浮かべた。

皇帝の身は心配だが、南方を助けると判断してくれたことが、セナには何よりもありがたかった。皇帝が向かえば、自分たちはレスキアに捨てられたわけではないと、思ってくれるだろう。ジドも、ルーランも、フーガも、ナルージャの民も。

「まあそれに、陛下は我々に、南方へ向かえと告げられましたからね。南方を助けに来るのは当然ですよ」

マルコの言葉に、セイジュも頭を掻きながら呟いた。

「陛下がこうも早く南に向かってくれると知っていたら、待ったんだがなあ」

「いや……あの状況では、無理だっただろう。王領にも入れずただ彷徨うだけで、いずれは闇人に見つかるか、アスランの身体が持たなかった」

セナの言葉にサガンは頷き、続いて北、と指を立てた。

「ここは面白いことに、皇帝廃位となっても神山に従っていません。それどころか、オストラコンを巻き込んで、戒厳令下のレスキアに抵抗する態度まで示しましたよ」

ネスタニア国王は、そんなにレスキア皇帝と仲が良かったですか？　とサガンは首を傾げた。

セイジュが膝を叩いて興奮したように言う。

「皇太子殿下がネスタニア国に行っている！　次の皇后はネスタニア国の王女だ。皇帝廃位をよしとしないだろう」

しかしサガンは納得していない顔で煙を細く吐き出した。

「レスキアに恩を売るつもりでも、大きな賭じゃな。神山の皇帝指名は絶対だ。実は獣人族だと噂がある皇帝を守り、その子どもの皇太子を支持する利点は？」

サガンの質問にセイジュは思案する目を空に向けた。

「考えられるのは、アスラン様が確実に竜王の婚配者だとわかっているから……か。イマーシュ家はネスタニア国の祖。王家と始祖家が、直接やりとりすることもあるだろう。アガタ様はそれを行える方ではないと思っていたが、ネスタニア国外交官が、動いていた可能性もある。国王が去ったあとも、王太子は神山に残っていたからな……」

あの国は婚配者選びから出遅れていて、かつ神山に不信感を抱いていた。神山に従い、バルミラ国王を崇めるよりも、レスキア皇帝の求心力を信じる方に賭けたのかもしれない。そうセイジュは締めくくった。

「オストラコン国を巻き込んでいるというのはどういうことですか？」

話が引っ掛かったのか、フォルが食料の仕分けの手を止めて聞いてきた。サガンがそれよ、と指を回した。

「もともとオストラコン国は、王位継承でもめておった。第一王子である王太子ではなく、現王妃のバルミラ国王女が産んだ第三王子を推す声が大きくなっていた。長男の王太子は、国王である父親に決して逆らわず、命に従うという姿勢を保っていたんじゃ。しかしここにきて、ネスタニア国が王太子と王太子派の貴族らを後押ししているそうな。バルミラの好きにはさせんという意思表示だろう。ひいては神山への抵抗でもある。ネスタニアはレスキア皇帝と心中でもする気かいな、と思ってしまうのも無理ないだろう」

「それか、バルミラが皇帝になるのがよほど嫌か、ですね。ネスタニア国王がバルミラ国王を嫌う理由って何かありましたっけ？」

フォルの言葉にセイジュは肩をすくめた。

「領土争いや貿易での諍《いさか》いでないとしたら、後宮事情ですかね。お国による争いは、いろいろあるのでしょう？　セナ様」

セイジュにそう話を振られても、レスキア後宮をさっさと追い出されたセナは何も答えようがなかった。

サガンの話が終わった後、セナはイザクを連れて、用意しておいた場所へ向かった。

現在セナたちが根城にしている場所からは歩いて四半刻（約十五分）ほどかかる場所だった。

わずかだが、湯が湧き出ている。穴を掘ってみると地から湯が流れ出てきたために工事を諦めたのだろう、穴蔵のような場所だった。

「ここは？」

イザクがちょろちょろと水たまりを作っている湯を見つめながら訊いた。

「赤月の七日間、お前と俺がこもる場所だ」

イザクの目が向けられる。

「どういうことですか？」

「ここから、アスランの声は聞こえるか？」

「いえ、声までは。匂いはわかりますが」

イザクの耳で捉えられないならば、ここで声を上げても大丈夫だろう。セナは、赤月の七日間、自分がどんな状態になるのか恐怖すら感じていたが、少々安堵した。

「イザク今回は、発情抑制薬を飲まなくてもいい。飲まなければどうなるのかわかっているつもりだ。赤月の七日間が終わるまでは、俺も一緒にいる」

イザクの目は変わらなかった。感情がない、のではない。むしろ、何かの意志が込められているように見えた。

「イザク、あの発情抑制薬は強すぎる。身体に負担がかかり、お前の身体はもうボロボロになってきている。気づいているだろう？」

「ええ」

「今度抑制薬を飲めば、……いや、今度獣人化したら、お前の命が危なくなるかもしれない」

イザクの目は先程と変わらなかった。それどころか、より強い意志を秘めた瞳になった。

「何だ？」

「発情抑制薬を飲まなければ、注意力も散漫になり、集中度も落ちる。あなた方への危険もそれだけ増す。それでも飲むなと？」

「そうだ」

「私たちがここにこもっている間、闇人がこの場所を嗅ぎつけたら？　御子様に危険が及んだら？」

「イザク……それは……——」

イザクの強い口調に、セナは怯みそうになった。かといって、考え抜いた末に出した結論を曲げることはしたくなかった。

「お前を、助けたいんだ」

「なぜ？」

わからないか……。

人の心を知るには、まだ遠いのか……。

一体何から、何を伝えれば良いのか。途方に暮れるセナに、イザクが告げた。

「守れない私に、何の価値があるのですか？」

セナは、目の前の感情が失われた男を、まっすぐに見つめた。

赤月の七日間に二人でこもる準備をセナは着々と進めたが、イザクは躊躇する様子を見せた。アスランの前に座り、母親不在でも平気なのかと確認する。

「殿下はセナ様がいなくなっても大丈夫なのですか」

「アスラン、つよいもん！　ははさまは、イザクのびょうきのためにいっしょにいくんでしょ？　ちゃんとからだをなおさなきゃダメだよ！」

「いえ、病気というものではなく」

ばか丁寧に答えようとするイザクの頭をスパンとフオルが叩く。

「アスラン様は、イザクのために寂しさに耐えようとしているんです。それに感謝だけすればいいんです！」

そんな様子からは、イザクの人間臭さが醸し出されているように見えた。

セナは、心に広がるなんとも言えない温かさに、どんな名前をつけたらいいのかわからなかった。

先が見えない。明日どうなるかもわからない。そんな中で、胸に宿るこの温もり――。

幸福、という名をつけていいのかどうか。だが、そう呼びたい思いがこみ上げる。

イザクとフオルとアスランのやりとりを、どれほど眺めていたのか。両脇に、セイジュとマルコが立っているのをセナは気がつかなかった。

「……最初の頃に比べると、ずいぶんと変わりましたよね」

セイジュはイザクを見つめて呟いた。

「闇人でも、変わることができるんですね」

セイジュは、静かに目を伏せた。

「俺がこんなことを言うのはおかしいかもしれませんが、今回、イザクの身体のために赤月をともに過ごす決断をしてくださって感謝しております」

セイジュの言葉に、セナの方が驚いた。セイジュも、何を話せばいいのかわからぬというように頭を掻いた。

「イザクは全く覚えていませんが、俺らは昔、下位の同じ居住区でしたから。……イザクが連れて行かれるのも目にしました。珍しい白銀狼種でしたからね。そうなるだろうと思っていましたが……。どうにかならないのか、上が下を食い物にする階級を取っ払うことはできないのかと、世界を恨んで、やりきれない思いをしていたんですよ、俺も、マルコも」

マルコも顔を俯かせた。

「ハーグリオも、ガキの頃からそう思ってきて、三人とも、イザクのような人間を出さない世の中にしたいと願っていたんです。……中位に養子に入った時だって、考えていました。けど、次第に腰が引けた。……そう、俺は単純に、無理だと思うようになったんです。こんな世界、変えられる訳がないって、諦めたんです」

「セイジュ」

マルコが慰めるようにセイジュの肩を摑む。

「実際そうだ。中位になって、中からこの状態を変えようなんて思っていたって、俺は実際何もしていない。やっかみや僻《ひが》みから身を守るのに終始するだけで。ハーグリオが俺を軽蔑するのも当然なんです。わざわざ上位の近くまで行っておいて、何も変えられない、情けないと思われるのも当たり前です」

セイジュは言葉を吐き出すと、はあ、と息をついた。長年、ため込んだ思いだったのだろう。

セナは、最初に会った頃の、人を食ったようなセイジュの態度を思い出した。揺らいでいる内面を悟らせないようにしながら、神官としての任務を果たすのに必死だったのだろう。

「ですが、私たちの思想も限界がありました」

いつの間にかハンナが後ろに立っていた。

「ハーグリオだって、悩んでいたんです。これは違うんじゃないか。こんなやり方、考え方を、望んでいなかったはずだって。だけど、熱に浮かされる集団で異を唱えるのが怖くなっていったんです。私も同じでした」

だから、お二人がご自分を責める必要はないです。ハンナはそう告げた後、セナに顔を向けてきた。

「もう、変わるなんてできないと思っていました。けど、セナ様たちが来てくださったおかげで、諦めていた心が変わりました。この先の未来がどうなるかはわかりません。でも、ただ死ぬだけだと思っていたのに、生きたい、生きて、この子を産み育てたいと思えるようになった。こんな心の変化を与えてくださった」

ありがとうございます。ハンナはそう言ったが、礼を言われることは何もしていなかった。

ただ、イザクに生きて欲しいだけだった。

闇人として育てられ、何も考えずに人を殺し、何も考えずに死んでいく人生であってほしくない。あっていいはずがない。

そう伝えても、イザクは理解できないようだった。アスランとの語りを終え戻ってきたイザクは、納得していないようにセナの前に立ち、言った。

「私は命に替えても、あなたを守ると決めたんです。決める、というのは、私の意志、です。私は今まで、自分で何かを決断したこともなかったんです」

それはわかっている。無だった心に、意志が宿った。だからこそ、その心を救いたいのだとセナが伝えても、イザクは顔を背けた。

二人きりでこもると決めた洞窟のような場所で、セナはイザクと向き合っていた。地上の暦を確認してきたサガンによれば、もう明日にでも、欲望を全開にする赤い月が空に浮かぶ。セナは、日に日に人間らしい表情を見せてくるイザクを見つめていた。

「イザク、面白くない、って顔をしている」

「……面白くない、というより……」

「不満」

「……不満というのがどういうものか、わかりませんが……」

イザクは自分の心を判断することができない。焦ったように、苛立ったように、視線を背け続ける。

そんな人間臭い様子が、セナには嬉しくてたまらなかった。

「セナ様は、どう思われているのですか」

「今？　困っているお前が愛おしい、と思っている」

イザクは何を言われているのかわからないという顔をした。セナは思わずイザクを抱きしめた。

こんな状況だというのに、戸惑うイザクが愛おしくて、可愛くてたまらない。心が走り出したい気分だ。

「おあいこだ、イザク。俺も、こんな気持ちは知らなかった。自分の気持ちに戸惑っている。けれど、とても嬉しい」

「……私は、今、嬉しい、という気持ちは多分ないですね……」

イザクが背中に手を回してくる。もっと抱きしめてほしくて、セナはイザクを包む腕に力をこめた。

「……私は、守る、と言ったんですよ」

耳元でイザクが囁いてくる。セナはイザクの胸からほんの少し顔を上げた。

「誰に？」

「皇帝陛下に」

別れに微笑んだ、皇帝の顔がセナの脳裏に浮かんだ。

「命に替えてもあなたを守ると、約束したんです。……あれは、違《たが》うわけにはいきません。……あの時、私はあなたを守れた。だからこそ陛下はあなたを諦めた。違いますか」

セナはイザクから身体を離し、その目を見つめた。

「私が陛下よりも勝っていたのは『あなたを守れる』それだけだ。私は、あの約束だけは貫かなければならない。……私は、己の感情も見えない闇人ですが、あの方が、守れと告げた気持ちだけは、理解できる気がするんです」

　イザクの瞳に、強烈な意志が宿る。

　こんな力強さを、セナは初めて見た気がした。

「……私はあの人と、言葉を交わしたことはほとんどありませんが、なぜかわかり合えている気がするんです。不思議ですね。間に入っているあなたは、何もわかっていないというのに」

　ふとイザクは表情を柔らかく緩めた。

　笑顔、というほどのものではない。だがいつも硬かった輪郭が、ほころんだように見えた。

「イザク、俺が好きか？」

　堪らず訊いてみると、イザクは首を傾げた。

「好き、というものがよくわかりません」

「それでよく、陛下のお気持ちはわかるなんて言えるな」

「わかります」

「俺はお前が好きだ。死んで欲しくない。お前に生きて欲しい。お前が俺を守りたいと思うのと同様に、俺もお前を守りたい」

　イザクの瞳がまっすぐに向けられる。

　薄い灰色に水が映ったような瞳が細まる。

「あなたは私を、人だと言い切った。蔑まれる理由も、疎まれる理由も、存在を歪められる理由もないと。人であることを、断固として守れと」

　あの時は、闇人であるためにあまりにも人間扱いされていないイザクに、自分の姿が重なった。あっちへ行け、こっちへ行けと、命じられるままに動かねばならない事に腹が立っていた。

　だが今も思う。

　人としての感情を奪われ、命まで削らされて、生きる人生であっていいはずがない。

「人であるお前を、絶対に守る」

　イザクの瞳がもっと細まる。

口角や頬が、上がっていたわけではない。

だがその瞳は、その表情は、確かに笑みを感じさせた。


夜も昼もない地下水路の中でも、赤月の訪れははっきりとわかった。

セナから発せられる惹香の匂いに、獣人であるイザクがすぐに気がついた。

「セナ様。香るようになりました」

まだセナは発情が促されてはいなかった。だがこうなると、時間の問題である。発情抑制薬を飲んでいないイザクは、自分を危険と感じたのか距離を取った。

イザクは二人だけでこもるべきではないと主張していたが、匂いを嗅いだだけであっという間に意志を翻した。

「一度、匂いを嗅いでしまうと駄目です。俺は、先に行っています」

足早に移動するイザクを見て、セイジュとマルコが驚いた。

「そんなに乱されるものなのか。俺たちは何もわからないがなあ」

そんな男二人を冷めた目で見ていたのは、両性体であるフオルとサガンだけだった。

しばらくして、セナが身体の発情を感じ始めた頃には、セイジュとマルコは鼻を押さえて逃げ出した。

「お二人とも、発情とまではいかなくとも、欲情してらっしゃる？」

ハンナは逃げた二人の様子を見て興味深げにサガンに問いかけた。

「そうだね。ハンナ、お前さんは何とも思わないかね」

「信じられぬほど芳しい香りがいたしますが、欲望は湧きません。私が女だからでしょうか？」

「というより、お前さんが妊娠しているからだろう」

そんな会話がなされている中で、セナはアスランに七日間離れることを説明していた。

「においなんてしないよ」

アスランには何も感じないらしい。セナの腹の辺りに顔を押しつけて、フンフンと嗅いでいる。匂いがしないのは、同じ惹香嚢体だからか、親子だからかはわからない。

「でもははさまは、においがとれるまでイザクといっしょにいなきゃならないのね？」

「そうだね」

セナは、欲情が高まっていたが、膝の上で話をしたがるアスランの好きなようにさせていた。

「いつか、アスランもにおいがでるようになるの？」

「そうだね」

「どうして？」

どうして――。

どうしてなのか。

なぜこの臓器を、宿す身体をもって生まれたのか。

「アスランの匂いを、いつか、好きな人が見つけられるように」

そう口に出してから、セナは、そうであって欲しいと切に願った。

自分にとっては、そうではなかった。だが、この子にとっては、愛する人と巡り逢うための身体であって欲しい。

全ての惹香嚢体にとって、そうであって欲しかった。

アスランはそれを聞き、幸せそうにニコッと笑った。

「アスランのにおいも、いいにおいだといいなあ」

その幼い声に、セナはこみ上げてくるものを必死で耐えた。

＊　・＊・　＊

セナの方は、分泌抑制薬を飲んでいた。

二人揃って理性を飛ばしてしまうのは危険だった。アスランに害を及ぼす人間が近づいてきたら、真っ先に助けに行かなければならない。

それでも、夏の時と同じように、サガンがくれたその薬を飲んでいても、息苦しいほどの発情は促された。

向こうにイザクが待っていると思うだけで、身体が疼く。ああ、あの腕に、一刻も早く組み敷かれて、身体中舐め回されたい。

「セナ様」

　匂いが近づいてきたからだろう。待っていられずにイザクが迎えに来た。まだ獣人化はしていなかったが、顔が紅潮している。

　おそらく額には玉の汗が浮き、動悸も激しくなっているだろう。セナは走ってその身体に身を投げ出した。

「イザク……！」

　抱きしめた途端、イザクの興奮は獣人化を促した。『駄目だ、獣人化したら』とセナが頭のどこかで思うのと、イザクが狂ったように長い舌で口の中を貪ってくるのは同時だった。接吻しながら、手は一刻も早く服を脱がせようとしている。

　早く洞窟の中へ。セナはイザクの身体を押し、足を進めようとしたが、衣服ははだけ、あらわになる肌を追ってイザクの身体が下がり、首を、胸を、腹を、舐め回していた舌は、とうとう熱くそそり立ったものに絡みついた。

「あっ……ああん、イザク、待っ……」

　セナは岩壁に背をつけて、片足をイザクの肩に乗せた格好で、股間を舐め回された。愛撫というよりも食らいつくような激しい舌の動きに、発情に耐えていた身体があっという間に解放される。

「んっ、んんっ、んんんっ……」

　セナはぶるぶると身体を震わせイザクの頭を摑んで腰に押しつけた。

　達した後足の力が抜けそうになったが、そのままイザクに抱きかかえられた。イザクの熱は、まだ放散されていない。セナはその爆発しそうになっている熱に、怖さと欲情を同時に感じた。

　イザクの首にきつくしがみつく。

　イザクの足が、用意された洞窟のような場所の入り口に立てかけられた板を蹴るように退かす。重ねられた布の上にセナは置かれた。

　セナはすぐにイザクの服に手を伸ばしたが、イザクの手が、舌が衣服や肌に絡みついて思うように脱がせられなかった。

「イザク、イザク脱いで」

その銀色の毛並みに包まれたい。美しい狼の毛並みで、身体中包みこんで、抱きしめて欲しい。そう望んでいるというのに、イザクの手は、舌は、あらわになる肌という肌を舐め回す。

あおむけにされ足を大きく開かされ、陰茎から陰嚢から後孔まで、あふれ出す体液という体液を貪るように舐め尽くされた。

この身体は、そんなにも美味いのか。

「あ、あぁ、あああぁ、はっ、あぁ……」

イザクの舌の動きに合わせて身をよじらせると、腰を高々と上げた四つん這いの体勢をとらされた。イザクの指が後孔を割ってくる。侵入した指が二本になり、腸壁を撫でまわしてきた。

抱きしめられたい、などの気持ちは霧散し、ひたすら目の前の視界がちかちかと歪むほどの快感に投げ出された。

イザクの男根がずっ、ずっ、と押し入ってくる。そのたびに背筋を這う快感に、セナの身体は無意識に上へと向かった。

あぁ、頭のてっぺんにまで快感が突き抜けてしまったら、気を失ってしまう。そんな危機感から身体がずり上がった。

だが、白銀狼の手は、逃げる腰を許さなかった。力強く引き戻された勢いで、ずん、と奥まで貫かれる。

「あっ……？」

瞬時に脳天を突き抜けていった快感に、セナの意識は一瞬堕ちた。

次に目を覚ました時、身体は仰向けにされ、白銀狼は銀色の毛並みを揺らしながら、激しい律動を繰り返していた。

ゆさゆさとイザクに足を揺らされながら突き上げられている動きを意識した途端、再び身体と頭の中に快感が走る。

「はぁ、ああ、――あっ、ふあっ、んんっ、あ、イイっ……」

意識も身体も解放され、もう自分の声も制御できなくなっていた。

口から溢れてくる声は、鼻から抜けるような音にしかならなかった。

「あぁ、イザク、きもちい、いや、あっ、ああうぅんっ」

脳が溶けるような快楽に溺れ、セナはただ絶頂だけを求めた。

「はあ、あぁあ、ぅぅんっ！」

ああ、来る。

あの、意識がばらばらになるほどの絶頂が来る。

「あっ、いく、いくぅ、ひぅっ、いくっ、いくうううっ！」

身体が、意識が一点に集中する。イザクも同時に腰を震わせた。

「――――っっ！」

イザクの精液が己の中にまき散らされるのを感じ、セナは身体が分散していくような快感に達した。敏感になっている内部が、己の中に留まり、男根を震わせるイザクに呼応する。

「あー、あっ、あっ、あぁあ、はあァ、あぁっ……はァ……あ……」

快感は何度も何度も波動のように身体を走った。

イザクの男根がずるりと抜けていく。

「あっ、はぅ、ううンっ」

腹や胸にまき散らされた精液をイザクが舐め回す刺激で、またも軽く達した。

「ひぃ、ああ、んあぁっ……うぅんっ……」

ほんのわずかな刺激で、身体に残る快感の火が走り、そのたびに軽く達する。

途切れぬ快楽の波に、セナはなすすべもなく身を委ねるしかなかった。

だがそんな状態になっても、イザクの精は果てなかった。まだ白銀狼の姿のまま、口の周りについた精液を舐め、セナを見下ろしてくる。

セナはまたしても遠のく意識の中で、これから自分は、身も心もこの狼に喰われるのだと悟った。

建前も常識も失った欲望だけが浮かぶ世界で、ひたすら相手に身を預け、貪られるのだと。

惹香の匂いが充満する世界。

セナは何かが麻痺してしまったかのように、そんな世界に身が沈んでいくことを、享受していた。

何度精を放ち、何度達したのかセナには記憶がなかった。何度、気を失ったのかも。

自分は一体、何度イザクの精を受けとめたのか？

下半身は錘《おもり》をつけたように重く、感覚が遠かった。

痛みはないが、全身が快感を享受し続けたためだろう。身体のどこもかしこも、鈍く感じられた。

重い瞼を開けると、目の前にイザクの顔があった。白銀狼から、人の顔に戻っている。

思えば、この男の眠っている姿を見たのは初めてだった。いついかなる時でも、イザクは神経を張り巡らせ、己を寛がせることをしなかった。

そういう訓練をしてきたため、それを苦とも思っていないのだろう。だが、そんな気の張り詰め方をしていたら、身体は当然悲鳴を上げるだろう。

闇人が短命なのは、強い発情抑制薬を処方されるからだけではなく、神経がすり減って、いつの間にか寿命を削っているのかもしれない。

セナはイザクの寝息に、そっと手をかざした。

イザクがわずかに瞼を震わせる。鳥の羽のように、銀色の睫が動く。イザクは眉を寄せ、額を強ばらせた。

何か、察しているのだろうか？

それとも、夢でも見ているのだろうか。

イザクの閉じられた瞳が次第に歪み、ひそめた眉が震える。額には玉の汗が浮かび、生え際からこめかみへと広がっていく。

イザクの身体が、それとわかるほどぶるぶると震え出す。セナは思わず、その頭に手を置いた。

「イザク」

手が払いのけられたのは、一瞬だった。

セナが手に与えられた衝撃に茫然としている間、イザクの身体はセナから離れ、洞窟の入り口にまで下がっていた。

ほんの一瞬のうちに一体どうやって手にしたのか、右手に剣まで握りしめている。

その表情に浮かんでいたのは、恐怖だった。

あの、何の感情も映し出さない瞳が、顔が、強張っていた。

同時にイザクは、混乱していた。

目が自然と泳ぐのを、必死で堪えているためだろう。眼球は揺れ、震えていた。

今自分に、何が起きているのか、身を襲う感情がわからないのだろう。

初めて感情というものを知った獣人は、味わったことのない感情の起伏に、全身が粟立つほどの恐怖を感じているのだ。

ぶるぶると震える剣先を、セナは見つめた。

そして、祈るように語りかけた。

「イザク俺だ。わかるか?」

泣きそうになるのを堪えながら、セナは必死に微笑んだ。安心させなければ。森の洞窟に必死で逃げ込んだ、この幼く、無垢な狼を。

「イザクおいで……惹香の匂いを、嗅いでごらん。お前が求めていた身体だよ。お前の匂いがついている。この身体を、確かめてごらん。さあ、おいで」

セナは両腕を広げ、イザクに向き合った。

溢れるほどの惹香を、発せられればいい。

この身を喰らい尽くされても構わなかった。

それでイザクの心が、正気に戻ってくれるのならば。

敵ではない。たとえ世界がお前を糾弾しても。自分だけは、守る。

虐げられてしまった心を、守る。

イザクの剣先がゆっくりと下がる。

同時に、イザクの身体から、静かに恐怖が流れ出るようだった。

だがそれは、安堵からではなかった。

続いてイザクを襲ったのは、虚無だった。

瞳から光が失せ、感情を放棄する。

「……イザク……」

こうして人は、凄まじく極まった恐怖や、苦しみや、哀しみを受けとめきれずに、考える事を止めるのだろう。

こうやってイザクは、何度も何度も、思考を、感情を、止めてきたのだろう。

そしてその中で、人を洗脳する瞳に見つめられ、命令にだけ従い、命令にだけ反応する人形にさせられてきたのだろう。

「イザク……！」

セナは必死に呼びかけた。

そうすることしか、できなかった。

イザクの、虚無に包まれる瞳から、水が流れ出る。

それは、水、としか表現できなかった。

何の表情もない瞳から、注ぎ込まれて受けとめきれなかった水があふれ出ているようだった。

幾筋も幾筋も、頬に水が伝い、止まらぬ雫となる。

こんな涙を、セナは見たことがなかった。

「……イザク……！」

セナは這うようにしてイザクに近づき、その顔を両腕にかき抱いた。

銀髪に顔を寄せ、肩を撫で、セナは何度もイザクの名を呼んだ。

欲情も忘れ、押し寄せるさまざまな感情の渦に巻き込まれながら、涙を擦りつけ、抱きしめた。

セナは、イザクの力のなかった腕が、己の背中に回っていることに、気がつかなかった。

イザクは、精力ではなく、ただひたすら、泣くという発情をしていた。

混乱を解放するために、この混乱から自らを守るために、まるで赤ん坊のように、涙を流していた。


「兄が、一緒にいたんです。閹人を作る施設に連れて行かれる時に」

イザクが静かな声で語る。

それをイザクが口にしたのは、赤月に入って五日目だった。

イザクは最初の混乱から、何度も似たような状況に陥った。

そのたびにセナはともに泣き、そして泣きながら性交するのを繰り返した。むき出しの欲望をぶつけ合って、時に凶暴ですらあった。互いに、快楽を求め合っているのか、感情をぶつけ合っているのかわからぬほどに、混沌とした状態だった。

慰める、などの範疇を超えていた。イザクの混乱が乗り移ったかのように、セナは同じように感情を乱し、イザクの髪を握りしめて激しく腰を振った。

自分が獣と化していることをセナは感じた。惹香の匂いに包まれているからなのか、イザクの激しい混乱にあてられているからなのか、わからない。だが、何も考えずに、ひたすらその混乱に巻き込まれるほうが、精神的に楽だった。

破滅する、という言葉が頭をよぎることもあったが、すぐに突き上げてくる絶頂に打ち消された。

精も根も尽き果て、意識を落とす狭間に、イザクがぽつりぽつりと人の言葉を取り戻すようになった。

ただ唸って、人語を忘れていた狼が己のことを語り始めたので、セナは朦朧としていた意識を戻した。

「兄？」

「ええ。本当の兄ではありませんでしたが、従兄弟だったか親族だったか……ただ、兄だと思っていました。種族は違っていましたが」

「白銀狼ではない？」

「ええ。同じように珍しいですが、二毛種でした。黒と白の」

狼種でも、自分は単独行動が主で、命じたりすることが苦手なのだとイザクは言った。

「闇人でも、ガイルは……その男は非常にそれが得意ですので……今は、闇人らを統率しています」

抱き合って横になりながら、ぼそりぼそりとイザクは言葉を続けた。

「お互いに、闇人になる前、どんな子どもだったのか、どんな関係だったのか、忘れてしまいましたが……」

だがイザクは、思い出したのだろう。

一緒に闇人に連れて行かれた時のことを。

施設で何を目にしたのか。何を、されたのか……。

「イザク」

呼びかけると、イザクは腕に力を込めてきた。強く抱きしめられ、イザクの速い鼓動が伝わってくる。

「……必ず、追って来ます。今は赤月で発情期がありますから身を潜めていますが、赤月が終わったら追ってくる。俺とまともに戦えるのは、あの男しかいませんから」

セナは、イザクの耳元で告げた。

「……戦わなくていい」

腕の力が緩み、イザクの顔が離れる。その瞳を見つめながら、セナは続けた。

「逃げる、という方法もある。この地下水路まで、敵が追って来たら、どうにかして侵入を止めよう。お前の鼻なら、彼らの存在にいち早く気づける。面と向かって戦わなくとも、方法はあるかもしれない。獣人化しなくても、戦える方法を考えよう。お前一人に、負わせることはしない」

イザクの瞳が、頬が、次第に緩んでいく。

ほんのわずかに上がった口角。

それは誰が見ても、笑顔、と思えるものだった。

睦言で頻繁に、愛していると口走る。

目が合うたびに、口づけの狭間に、絶頂に向かう際に、感極まった言葉が飛び出す。

「ああ、イザク、好き、いぃ、好き、あぁいい、イザク」

イザクの顔に、困惑が浮かぶ。

好きや、愛しているという愛の言葉を口にするのを、禁じたからだ。

「だって意味がわからないんだろう。気持ちがこもっていないのに、伝えられても意味がない」

イザクはまだ、愛や好きといった感情までは理解できなかった。

いや、気づいているが、あえて避けている様子だった。

兄弟同然に過ごした、同じ闇人の二毛種狼獣人との記憶を思い起こすと、苦痛が生じる。

生んで、育ててくれた親のことなどは、一切口にしなかった。

さまざまな感情に押しつぶされそうになるのだろう。サガンが言った通り、イザクは今、生まれたての心を持て余している。

息を吹き返そうと、必死に努力している。

少しずつ、少しずつ、回復させればいい。心が麻痺を起こさぬように。混乱したら、戻れば良い。後退しても、構わない。死んでいた心が、そんなに簡単に戻るわけがないのだ。

セナにできることは、ひたすら愛を注ぎ込むことだけだった。たとえ、イザクがそれを理解できなくとも。

愛は、さまざまな心を生む。

信じる心も。助ける心も。慈しむ心も。

「けど厄介なことに、愛は、悪いものを生むこともある」

「それは？」

「嫉妬とか」

「しっと？」

「他の人より、自分を見てほしい……という気持ち」

皇帝の顔が一瞬頭をよぎったが、セナはすぐに打ち消した。引き合いに出すのもためらう。脳裏にこびりついている皇帝の最後の微笑みを思い出すだけで、息苦しくなる。

「皇帝陛下のことを考えておられますか」

イザクの言葉に、セナは驚いて身を引いた。

「お前。愛や恋もわからないくせに、なぜそんなことはわかる」

「言ったでしょう。あなたを諦めた陛下の気持ちは、理解できると。一度剣を、交えたからでしょうか。あの剣の重さや強さは、闇人に負けぬほどだった。あれが、嫉妬ですか」

「止めてくれ、陛下の事を口にするのは」

セナはイザクの身体からするりと逃げた。顔を背けると、イザクはそっと肩に口づけてきた。

「私は、あの方に嫉妬という気持ちは全然ありませんね」

「それは、俺を想っていないからだろう」

「いや。多分、大きな人だと思っているんでしょう。なんと言うんですかね、これは。俺のような狼族は、無意識に順列をつけるところがありますから……あの人は、皇帝であるとかは別として、人として……」

セナはイザクに向き直った。

「尊敬？」

「そうですね。おそらく、それができるんです」

尊敬——それは愛よりも、先に芽生える感情なのだろうか。

人を、尊重するという思考は。

独占欲や、所有欲が付きまとい、考えれば考えるほど深淵《しんえん》に陥る愛というものよりも、人を敬うという思考や謙虚さは、先に生まれるものなのかもしれない。

人とは、優しい生き物なのかもしれない。

セナは、思わずイザクの胸に涙を落とした。

「セナ様？」

イザクの指が、セナの涙をすくう。

「どうしたのですか？」

頬にイザクの手が触れる。セナはそれに、顔をすり寄せた。

「お前が、急に感情に目覚めて、苦しんでいるのは、俺のせいだから」

自分でも思いがけず涙が溢れる。

「感情が戻らない方が、つらくなかったんじゃないかって思うんだ。嫌なことを思い出して、身体だけじゃなく、心までずたずたにされるなんて、そんな目に遭わせてしまったのは俺だ」

「セナ様」

イザクの両手が、頬を包む。

「俺は、あなたにお会いできて良かったです」

覗き込んでくる瞳が、優しく微笑む。

苦しみや哀しみを知ったがゆえに、取り戻した感情が、微笑みを作る。

「会えて良かった。あなたの護衛官に選ばれ、レスキアに行き、あなたと番えて良かったです。命じられるままに生きてきた俺が、あなたを殺せと言われた時、生まれて初めて目の前に道のようなものが見えた。真っ暗だった世界に、一筋の線ができました。その光はまだ消えていません。私はその道を、突き進みます。誰に命じられるわけでもなく、自分の意志で」

イザクはそこまで言うと、視線を上に向けた。

「もしかして、これが愛というものですか？」

セナは、涙を堪えて精一杯微笑んだ。

「さあ、どうなんだろうな」

「ならば私も告げられるかもしれません。アイシテ」

セナは急いでイザクの口を両手で塞いだ。

「まだ。まだ、言っちゃ駄目だ。それは、軽々しく口にしちゃいけない。ちゃんと気持ちを込めて言うものなんだ」

「それにしてはあなたは俺の身体の上にのしかかって、結構口走っていますよ」

「それは！　それでも、気持ちが溢れていることには変わりないから！」

セナは赤面した。赤ん坊のような無垢な瞳で見つめてくるイザクの顔を撫で、言い聞かせるように言う。

「声を出さずに、口をパクパクさせて、言ってごらん」

言われた通り、イザクの口はアイシテイルと動いた。

「ほら。口の動きでわかる。まだ全然気持ちがこもっていない。愛しているって言葉は、気持ちが溢れて自然に出てくるものなんだ。お前からそれが溢れてくるのを、俺はずっと待っているよ。その時に、聞かせてくれ。楽しみにしている」

イザクの瞳が、またも赤ん坊のように無垢な光を宿す。

柔らかく微笑む瞳に、セナは口づけた。

「愛しているよ、イザク」

「気持ち、溢れているんですね？」

「ああ。溢れている。溢れて、どうしていいのかわからないくらいだ」

セナは、身体の発情が、少しずつ収まりつつあるのを感じていた。

本能を乱す赤い月が、身体から消えつつある。

おそらく今日で、七日目が終わる。

「……抱いてくれ、イザク。何もかも忘れて、お前だけを求められる最後の夜だから」

イザクの接吻が、甘く、激しく降り注ぐ。

次第にセナは、熱情に意識が溶かされていくのを感じた。

それは、発情ゆえではなく、確かに、愛情ゆえだった。

第六章　無常の風

Ⅰ　命

竜王が鎮座する山の頂で、アガタは一人、眠り続ける竜王と向き合っていた。

「アガタ様……どうか、スープだけでもお口になさってください。このままではお身体に支障が」

ルツが食事を運んでくるが、アガタはとても口にする気にはなれなかった。

ルツから鱗病のこと、惹香嚢体がそのために集められ臓器を取り出された話を聞いた時から、アガタはほとんど食事を取れなくなった。口にしても吐いてしまうのだ。

何も知らず、何も見てこなかった自分への嫌悪と、神山に対する絶望が、己の内側にべっとりと泥のように貼り付いているのをアガタは感じていた。

内臓を圧迫してくるかのようなこの泥。

おそらく竜王も、この泥を感じているのだろう。

竜王が自在に泳ぐ『道』は、もう清き水の流れを失ってしまった。先が見えぬほど暗く澱んだ、汚れた道に変わっている。

人間の強欲さと、非情さと、残酷さが、血となり、汚物となり、そこを泳ぐ竜王の腹に、汚泥となって溜まっていった。

竜王が何も口にしなくなって、もう十数日になる。

多少ものを口にしなくとも、竜王の身体に支障がないことはアガタも知っている。だがいくら何でも水分すら摂らずにいたら、身体が弱ってしまう。

アガタはルツの呼びかけにもほとんど応じず、竜王の肌に触れ続ける体勢をとっていた。

それ以外、もう自分にできることはなかった。

「アガタ様……ハルダ家の、カムラ様がいらっしゃいました」

ルツの言葉に、アガタは反応せざるを得なかった。

ハルダ家のカムラは、ナガラの長男である。

銀の神官の位は与えられていたが、ナガラ同様、竜人族の能力はない。アガタと顔を合わせることもまれな立場の人間だった。

出入りを許されていない頂に、わざわざやってきたことが気にかかった。ハルダ家に何かあったのか。

アガタは竜王のもとから離れ、廊下に出た。何かあった時のために、竜王が眠る寝室の扉を開ける。ルツに手を取られ、カムラが待つ方へアガタは歩いた。

一週間ほど前から、頂に衛兵が立つことはなくなった。ゼーダがそうさせたのか、衛兵が病にかかったのかはわからない。アガタはカムラが近くにいるのを感じながら、衛兵がいつも座っていた椅子に座った。

「アガタ様……本来立ち入りを許されていない私が、竜王に近寄ることをお許しください」

カムラの声は、静かな謙虚さに溢れていた。父親と違い、この男は物静かで実直だった。それが逆に父親に愚鈍と疎まれ、まだ跡取りと見做されていないことは、アガタでも知っている。

扉を開けた寝室から風が流れるのをアガタは感じた。カムラも同じく感じたのだろう。本来頂は、外気を中に入れないところである。すぐにカムラは悟ったようだった。

「頂が一部破損したと聞いておりましたが、修理も行われていない有様だったとは……。ご不自由をおかけして申し訳ありません。しかし今は、職人を用意できる余裕がなく」

ゼーダとナガラが訪れ、皇帝廃位と婚配者暗殺を命じた際に竜王が破壊した壁や窓は、応急処置的に岩や木で塞がれただけだった。寒い時期にさしかかり、隙間から入る風が身を刺すことがあったが、こんな状態の竜王を移動させることなど、アガタにはできなかった。

「構わん。竜王の周りは問題ない。それより、何しに来た」

問うたアガタの耳に、そっとルツが耳打ちした。

「……カムラ様とともに、南の婚配者様もいらっしゃっております……」

南の婚配者。ゼーダらが、勝手に婚配者と決めた、南の国バルミラ国王が推す惹香嚢体か。

惹香嚢体かどうか確認するために、一度だけ会ったことがある。素晴らしい魂の輝きを持った幼女だった。だが、正統なる婚配者には遠く及ばない。

アガタは、一言も言葉を発しない幼女に心を痛めた。天真爛漫そのものだったアスラン殿下とは雲泥の差である。

母親から引き離され、無理やり連れて来られた。その時に、幼女の心は閉ざされてしまったのだろう。最初に会った時に、おかしいとも感じなかった。同じ齢のアスラン殿下を知るまで、子どもがどんな反応を返すのかなど、考えもしなかったのだ。

何という傲慢さ、何という非情さか。そしてその愚かさゆえ、今こんな目に遭っている。

「……申し訳ありませんが、婚配者様をこちらにお預けしてもよろしいですか」

カムラの申し出に、アガタはしばし無言のまま座っていたが、傍に立つルツに命じた。

「ルツ、南の姫に、別部屋で菓子を出してくれ」

「はい。姫様、一緒に参りましょうね」

ルツの気配が去ってから、アガタはカムラに問うた。

「私のところにまで連れてくるということは、ハルダ家はほとんどが罹患したか」

「……妻が昨日、死にました。弟も、もう残りわずかかと……」

答えるカムラの声は震えていた。

「ナガラは？」

カムラは荒い息だけを数度、繰り返した後言った。

「三度目の罹患です。惹香嚢を二度、口にして、三度目の……。弟や、弟の子どもが罹患しても一切惹香嚢を渡さなかった。父は、死ぬでしょう。もうウガジェ家にも、惹香嚢はないと聞いております。妻は一度も惹香嚢を口にせずに死んだ。それで良かったのでしょう。妻は口になどしたくない、と言っていた。あんな……父の、狂ったように人の生き血を求める有様を見ていたら、あのような魔物になどなりたくないと。その気持ちはわかりました。ですが、ですが私は……」

声に涙が滴るとしたら、こんな声なのだろう。カムラは叫ぶように言った。

「息子が罹患したら、私は魔物になるかもしれないと思ったんです。息子だけを案じて、抱きしめることもできずに死んだ妻に、私はとうとう、自分も罹患していると言えなかった。息子が罹患したら、私は、父のように、気が狂った餓鬼になるかもしれない。ただ一人残された惹香嚢体を、息子と同じたった三歳の子を、手にかけることになるかもしれないと思ったのです」

その慟哭《どうこく》を、アガタはただ、無言で聞いた。

「その前に……私が人の心を残しているうちに、婚配者様をこちらに移さねばと思ったのです」

ようやく声の調子を戻したカムラに、アガタは静かに告げた。

「ナガラから聞いておらぬか。南の姫は、正式な婚配者ではない。竜王がお選びになったのは、レスキア皇帝陛下の御子であるアスラン殿下だ」

知っております、とカムラは消えそうな声で答えた。

「私だけでなく他の者ももう知っております。私どももばかではございません。ゼーダや父の言葉だけ信じているわけではない。だからこそ、南の姫の立場が危ういと思ったのです。ただの惹香嚢体ならば用はないだろうと喰われてしまうかもしれない。ゼーダはバルミラ国王に、一刻も早く惹香嚢体をかき集めて神山へ届けろと要求していますが、南からは一向に連絡がない」

ゼーダはレスキア皇帝廃位前に、南のバルミラ国へ惹香嚢体を神山へ向かわせるようにと命じていたらしい。

「南には獣人族が多いですから、必然的に惹香嚢も多い。竜王の婚配者を選別する際に、各国は惹香嚢体の戸籍を上げてきました。それがあるのですから簡単に神山へ連れてこられるだろう、とゼーダは命じましたが、来ません」

「ゼーダは焦っているだろうな。罹患しているのか」

「話によると、おそらく再発したかと思われます。ウガジェ家がここ数日特にひどい。レスキア皇帝を廃位に追いやり、外の混乱を引き起こしましたが、もはや世界の混乱を、神山はどうにもできないでしょう」

「最初から神山が世界の混乱を何とかしたことなどあったか。己の欲のみで世界をかき回し、この有様だ。己が生きるためにどれほどの人間を虐げ、その血を啜ってきたか、こんな状況にならねば気づかなかったのだ、私もお前も。鱗病は、その無知ゆえの罰だ」

　アガタは自分の腕を覆う衣をめくり上げた。

「……！　ア、アガタ様！　……！」

　セナ妃とアスラン殿下が神山を去った直後、ルツから鱗病について聞いてすぐ、腕に、石のようなものが付着した。

　それでアガタは全てを悟った。

「上位神官は全て絶える」

　カムラの膝が床に着くのがわかった。

　もうアガタには魂は見えない。目の前にいる男の魂の揺らぎも、竜王の苦しみさえ分かち合えない。能力を失い、何もかも見えない世界で、ただ、神の呼吸を確かめるだけの存在となった。

「この破滅は自らが選んだ道だ。この世界の不浄は、我々が作ったのだ。何千何万という命を犠牲に血脈を繋いだ我々に、代々の竜王は訴えていたのだ。不浄を止めろと。その声を拾わず、力を己のためだけに用い、竜王のために存在するという意義を見失った我らは、竜人族は消える。汚泥の底へと沈んでゆかれる竜王とともに」

　アガタは立ち上がり、一言も発することができないカムラに背を向けた。そのままゆっくりと、風が吹く方へ向かって、廊下を歩む。

　世界が常に自らとともにあるという傲慢さが、現状を導いた。

　もうアガタには、方法はなかった。

　自らや、一族だけではない。

　己が信じ、崇めてきた神を救う方法すら、わからなかった。

◆・◆・◆

レスキアは神山と隣接する領土を、全て王領としている。

　神山に続くサヴァリン川を挟んで北側の王領がテフール、南の王領がグランダードである。

　帝都ギドゥオンから神山に続く主要街道はテフール王領を通っており、他国への道も主要街道が主に使われるため、グランダードは神山に隣接していてもさほど重要視されていなかった。さらにグランダードの東には、南方防衛の要であるナラゼル領があったからである。

　過酷な自然環境で多様化した民族が点在する中、レスキアとバルミラに挟まれる小国は、大国へ従属する意思を何度も翻してきた。ある時代はバルミラへ、ある時代はレスキアへ。そのたびに紛争がおき、関係ない小民族まで巻き込まれた。南方国境の歴史は、侵略と裏切りの繰り返しであったと言っていい。

　南方に広大な領土を持ち、先祖代々南方防衛師団を統率してきたのがナラゼル一族だった。この一族は南方小国との信頼関係を大事にし、他の武官一族のように帝都に入り浸り、滅多に領土に戻らないような生活はしなかった。

　最も統治が困難である南方に対するナラゼル家の政治力は、歴代のレスキア国王から絶大な信頼を得ていた。その証拠に、拡大こそすれ、どれほど辺境民族がバルミラに流れようと、ただの一度も領土を削られたことがない。

「他の連中は、官位を落とされたり、領土を王領に取られたりしたからな。不敬を働いたり戦争に負けたぐらいで領土を削ったりしないが、汚職が発覚したり部下がやらかした問題を解決できなかった場合は、俺は許さん。下を統率する力がなければ貴族だろうがそいつの力を奪って当然だ。統治する力とは血脈ではなく能力にある。俺のやり方に文句を言いたい連中が山ほどいるのは知っている」

　馬上から皇帝はそう話した。

　しかしこれは、この皇帝だけの政策ではない。レスキアは以前から、能力至上主義を取ってきた。ジグルトなどはその恩恵にあずかることができたため、こうして皇帝の傍で馬に乗ることができている。

「中央の文官の方々は差がなくなっていると思いますが、代々領土を統治してきた大貴族の方々は内心思うことがあるのでは？　ねえダン殿」

遠慮のないガトーから話が振られ、愚直さが服を着ているようなダンはしどろもどろになった。

「い、いや、自分は平民出身の武官ですから、大貴族の方々のお気持ちなど考えたこともありません」

だが何にも執着していないガトーは全く気にせずのたまった。

「少なくとも西方防衛師団元帥は、密売の不正で領土を削られたばかりでした。参謀総長の地位も剥奪していればこんなことにはならなかったかもしれません。陛下の温情が仇となりましたな」

西方防衛師団元帥ラーシャルは、代々グランダードの西側に位置する西方防衛師団を率いている。ここにも南側にバルミラとの国境があるが、そちらはオアシスも少ない砂漠になっており、辺境民族らもほとんどいない。西方防衛師団は、西のオストラコン国を牽制するのが主な役割だった。

だがオストラコン国との関係は長く友好が保たれており、ラーシャルは帝都ギドゥオン周辺にも広大な領地を保有するため、西方にはほとんど足を向けたことがなかった。それが南方のナラゼルとの大きな違いだった。土地よりも、中央と密接な関係を築いていた。

ガトーの遠慮のなさにジグルトは思わず皇帝の顔色を窺ったが、皇帝は機嫌が悪くなるどころか、口角を歪めるように嗤った。

「何もかも取り上げては反発を生む。体面だけは保ってやったつもりだったが。まあ、致し方あるまい。大貴族らの中で、『成り上がり』の台頭を面白くないと思っているのは他にも大勢いる。俺に反旗を翻すとしたら、その辺りだろうと思っていた。もっとも『成り上がり』だったダリオンがそいつらを懐柔するとは思ってもみなかったが」

確かにその通りだった。

「逆に、大貴族のランド家の助けで動いている。……人の思惑も、繋がりも、全て巡り逢わせなのだろうな」

皇帝の呟きを、ジグルトは妙な胸騒ぎとともに捉えた。

陛下は、我々を信用していないのだろうか？

自分は、何があっても皇帝陛下に忠誠を誓う立場だ。初めて皇帝と顔を合わせた日から、その思いは変わっていない。

だがもし、この時神山外交官代行ではなく書記官としてダリオンの傍にいたら、今の事態にどう対応しただろうか？

ランド領内を出発して三日目、アルス・ランドの従者・ハゼスの誘導で王領グランダードに隣接するなだらかな山道を行くと、南方最大の山脈であるグルバ山脈へとつながる道が見えてきた。

この山道は、セナ妃がアスラン殿下を探して南方へ歩いた道と聞いている。ジグルトたちは馬なのでそちらは通らないが、一気に標高が高くなる険しい山道に入ったのだろう。

ジグルトは山の尾根を見つめながら、ひたすら歩き続けたセナ妃のことを思った。皇帝の表情を窺うと、同じようにセナ妃が入った山の方を見つめていた。

「陛下！」

周辺に散らばっていた間者らと連絡を取るためにいったん列から外れていたハゼスが、馬を走らせてきた。

「王領グランダードを守る衛兵団が、南方へ進軍を開始したそうです。どうやらグランダード領の境界の付近で、バルミラ軍と南方防衛師団の一部が争っているらしく、グランダード領に入るのを防ぐために進軍したかと」

「南方師団が？　グランダード付近で？」

皇帝は怪訝な顔をしたが、ジグルトも訳がわからなかった。南方師団がレスキアとバルミラの国境ではなく、グランダードの領域付近にまで出てきているのはどういうことか。宣戦布告もされていない状況で、国境を越えて争うのは異常である。レスキア側に非があったと戦争責任を咎められてもおかしくない。

「このまま進めば、彼らが向かうのはグルバ山脈内にあるテデル峡谷付近かと。グルバ山脈の領域はグランダードと西方防衛師団で細かく分けられており、テデル峡谷周辺は西方防衛師団要塞が近くにあります。バルミラ軍は南方防衛師団の一部をどうもそちらに誘導しているようだったと」

戒厳令下、軍の指揮を執るラーシャルがバルミラと手を組み、南方防衛師団を陥れようとしているのかもしれない。ジグルトは皇帝に顔を向けようとしたが、ハゼスの報告は続いた。

「バルミラ軍はどうも積み荷をたくさん引いていると。それを南方師団が奪おうとしている図に見えるらしいのです。南方防衛師団と、ともに行動している連中は、全員獣化しているそうです。対するバルミラも積み荷を守って兵ももうわずか、それなのに凄まじい戦闘が繰り広げられており、間者は山の上から眺めていても状況が摑めなかったと」

ハゼスの報告が終わるや否や、皇帝は摑みかかるように言った。

「ハゼス、その間者が通ってきた道へ我らを案内せよ。グランダード衛兵団より先回りする」

ハゼスは目を剝いたが、ジグルトも思わず叫んでしまった。

「陛下！　皇帝が他国との争いに関われば、小競り合いどころではなくなります！」

「ナラゼルの南方防衛師団が、自分の領内を越えてまでバルミラ軍を追いかけているのが気になる。そんな無謀なことは、普段なら絶対にしない。積み荷とは、余の勘では、惹香嚢体だ」

ジグルトは頭を殴られたような衝撃を受けた。

南方からバルミラ軍に守られて、神山方面へ、運ばれているもの。

「神山には惹香嚢体がいないんだ。鱗病を止められる臓器がない。俺の廃位も、バルミラに皇位をちらつかせ、惹香嚢体を献上させるのが目的だった。最も獣人族が、惹香嚢体が多い南方からな！」

皇帝は有無を言わせない鋭い目を光らせた。

「このままでは、南方師団がもっとレスキアに言い訳が立たないことになってしまう。俺はそちらと合流する。師団の中の小隊かもしれんが、孤軍にするわけにはいかん」

ダンを筆頭に、近衛第四隊の顔つきが変わるのがジグルトにはわかった。隣でハゼスが皇帝に問う。

「陛下、間者らが通るような山道は、馬の扱いが困難でございます。辺境民族ならともかく、恐れながら大国の方々がお通りになるのは難しいかと思われます。それでも、行かれますか」

「俺が剣と馬術を習ったのはナラゼル領でだ。南方の山道の険しさは知っている。俺について来れぬ者は当初の予定通り、グランダード領内へと進み、そこからバルミラ領へ向かうがいい」

ガトーは無理です、と後方で呟いたが、反応できなかったのはジグルトとガトーの二人だけで、ダンが率いる近衛騎士団第四隊とアルスの私兵らは、皇帝の言葉に鼓舞されるように勇ましい雄叫びを上げた。

誰一人脱落者がいないというのに、皇帝に付き従うガトーとジグルトが二人だけ街道を通るわけにはいかなかった。帝都勤務の近衛騎士団は、崖や障害物の多い山道など通れぬだろうと思っていたが、ダンが率いる近衛第二騎士団第四隊は、身分や容姿も重視される近衛の中で、武力に秀で、率先力を期待して作られた隊である。その証拠に、近衛では珍しく獣人族とその血を引く者が多い。もともと辺境出身者が多く、難なく馬を扱った。

情けない話だったが、ジグルトとガトーは馬を単騎で扱うのは不可能だった。崖かと思われるような坂道や、馬が足場に困るような細い道を行くのである。従卒の馬に乗せてもらい、自分の馬を引いてもらうという面倒をかけたため、先頭を走る皇帝と遠く離れ、しんがりにつく羽目になった。

慣れない馬を扱うこと二日、ジグルトとガトーは険しい山道を抜け、グランダード王領内の街道へと出た。ようやく安定した道に辿り着き、ジグルトが単騎で馬を走らせることが可能になった時、皇帝が率いるダンの近衛第二騎士団第四隊とハゼスのランド私兵隊の後ろ姿は遥か遠いものになっていた。

「急ごう。陛下が戦場に出てしまわれたら、もう落ち合えない」


疲労困憊しているガトーにそう告げて、ジグルトは馬を走らせた。

「外交官殿！」

従卒に呼び止められてすぐ、ジグルトも気がついた。

地から伝わってくるほどの、馬の蹄の音。

ここは、南へと続くグランダード王領内の街道だった。北からやってくる軍隊が、誰なのかはわかりきっていた。すぐに馬を走らせると、相手はもう存在に気づいていたのか、弓を放ってきた。狙いを定められぬうちに諦めた方がいい。ジグルトは観念して、馬を止めた。

やがてはっきりと見えてきたレスキア帝国軍の青い旗に、隣のガトーがため息をつくのがわかった。まさか、あの軍旗に弓を向けられることになろうとは、思いもしなかったのだろう。

「レスキア帝国グランダード衛兵団である！　御身は？」

「レスキア帝国神山外交官代行である。衛兵団長はいるか」

兵士らを割ってやってきた軍人は、ジグルトに驚きの眼差しを向け、敬意を表しながら少しずつ馬を近づけてきたが、馬上から降りて礼を取ろうとはしなかった。

「グランダード衛兵団長・アグルと申します。見張りの兵士から、山道を百人ほどの軍隊が通っている様子だと聞き、もしやと思って参りました。レスキア皇帝陛下は何処におられますか」

「もうすでに南方防衛師団と落ち合い、テデル峡谷の西方防衛師団領内へと入られたかもしれん」

それを聞き、アグルは眉をひそめた。

「なぜ皇帝陛下が？」

だがジグルトはそれには答えなかった。

「アグル、グランダード衛兵団は、レスキアに呼び出された領事から、留守中、何という命を受けた。皇帝陛下を領内に入れるなと言われたのか。それとも見つけ出して拘束し、軟禁しろと命じられたか」

アグルは一瞬言葉を失ったように顔を引きつらせたが、軍人らしい抑揚のない声で答えた。

「戒厳令下でございます。王領内の衛兵は全て、参謀総長であらせられるラーシャル元帥の命に従います」

「軍法に従うのは軍人の務め。正しい行いだ。それで？　命はなんと出されたのだ。皇帝廃位と神山からは告げられても、レスキア国王の地位を陛下はまだ戴いておられる。その陛下に対し、まさか拘束せよなどという命などは出ておらぬだろうな？　まさか従いはせぬだろうな？　戒厳令とは、皇帝に代わり国家の大事に軍を動かす権利を他の者が持つことだ。上院で王位が廃されていない国王に対し、軍を動かすことはれっきとした反逆罪であるとわかっているだろうな！」

　ジグルトの声に、アグルだけでなく後方の隊員たちまでが目を泳がせた。

「法は遵守しろ。だが、命は見極めよ！　命を、何も思考せずただ遂行していれば己が追い詰められることになるぞ。皇帝に手をかけたが最後、お前だけではなく、部下まで不敬罪を問われるのだ。領事や元帥は、お前らに罪を着せて平然と逃げるぞ」

　戒厳令というだけで軍人は勘違いしてしまうが、大きな間違いである。ダンが案じた通り、王領の衛兵団は忠実に命に従おうとしてしまうが、今ここで皇帝に対し弓一本でも引けば、現在の状況では間違いなく罰せられるのは衛兵団だ。

「中央からは何と命が下った」

　ジグルトの問いに、アグルは静かに答えた。

「グランダード領内には、皇帝陛下を入れるなと。理由は、神山から不敬罪に問われ、王国内へ戻すことを神山が許していないからだと」

「領内に入ったら拘束せよとは？」

「……直接は言われておりません」

「その命こそ法で守られていないからだ。領内の安全を守るために拘束せよ、などと言ってきたのだろうが、この国は神山のものではない。……領内の安全を引き続き守れ。皇帝陛下は今、バルミラ軍と戦う南方防衛師団を助けに行かれている。国境に兵を配置し、バルミラが領内に近づいてきたら、弓矢で応戦しろ」

　それともこのまま引き返すか。

　ジグルトはそう訊こうとしたが、アグルとその後方の兵士らの顔は、すでに変わっていた。

　岩山と砂漠を挟んだテデル峡谷がグランダードと西方防衛師団の境界である。皇帝らは峡谷を越えて来るはずだった。

「半日以上差がついてしまったとのことでしたが、陛下がテデル峡谷を通って南へ抜けられるのでしたら、追いつけるかと」

「団長！」

　ジグルトに説明していたアグルが、部下の声に顔を上げる。部下の指す方向から、馬が単騎で走ってくる姿が見えた。早馬だ、とジグルトでもすぐに悟った。

　早馬は、衛兵団に気づいたようだったが、馬の速度を急には止められず、猛る馬を落ち着かせるのに難儀した。

「馬上でいい！　報告せよ！」

　アグルが馬から下りずに報告することを許すと、おそらく駐屯所に配属されている兵士だろう、馬の手綱を引きながら、声を張り上げた。

「バルミラ国軍と思われる一行を、南方防衛師団の小隊が追っているという情報でしたが、我が領内の脇におります！」

　続けて兵士が伝えたのは、驚くべき内容だった。

「南方防衛師団は、我が国の軍旗と、ナラゼル元帥の旗を掲げておりました。西方防衛師団は他国軍ではなく、南方防衛師団に対し、要塞から弓矢を放ちました！」

　戒厳令に従わない南方防衛師団である。弓を放たれても文句は言えまい。だが、兵士は興奮しながら続けた。

「南方防衛師団は攻撃を避け迂回、バルミラは要塞脇を通り過ぎましたが西方防衛師団は出てきませんでした。南方防衛師団は一部、まだバルミラの尻を追っているわずかな者たちがおります。おそらく迂回した連中も、合流するはずです。バルミラ国は軍旗を揚げておりませんでしたが、間違いなくバルミラです。しんがりにつく連中が、凄まじく強い！　全員獣人、南方防衛師団も獣人化している、おそらく南方騎士団です！」

「西方防衛師団は、兵を出しておらぬのだな!?」

アグルの問いに、兵士はわかりません、と答えた。

「我が駐屯地を連中が通り過ぎた時には、出てくる気配はありませんでした」

「南方騎士団は、ナラゼル元帥子飼いの獣人だけで構成される精鋭部隊だ。それが、それほど手を焼くとは一体……」

アグルは低い声で呟いたが、意を決したようにジグルトに告げた。

「参りましょう、ジグルト殿。まだテデル峡谷に、連中は辿り着いていない。ここからだったら、連中を挟み撃ちできます」

王領の衛兵団が、国境を越えて応戦する気か。さすがにそれでは、軍法に背いたと言われたら言い逃れできない。ジグルトの考えていることがわかるように、アグルは生真面目そうな目を細めた。

「バルミラは軍旗を出しておりません。他国に攻撃するわけではない。南方防衛師団に力添えするためでもない。怪しい積み荷と、西方が見過ごした国境のいざこざを確認するため。全責任は私が取ります」

アグルの言葉に、兵士らが剣を天に向けて雄叫びを上げた。


グランダード衛兵団の駐屯所に辿り着いた時には、その争いの地響きは、地からではなく、空から聞こえるほどの音量だった。

ジグルトは、揺れる大気を茫然と見つめた。今から自分は、戦場のどの辺りに飛び込むのだろうか。皇帝を、戦場で見つける事ができるのか。

「私、剣、抜きませんから。使えないですし。使ったことないですし」

ガトーがぼそぼそと呟いた。

「レスキアから神山へ、セナ様とアスラン殿下をお連れした時も襲われましたが、あの時と違って逃げ場はなさそうですなあ」

小高い丘の上から下を眺めれば、凄まじい土埃で、敵も味方もわからない。西方防衛師団から攻撃され、迂回を余儀なくされた南方防衛師団が追いついてきたのは間違いなさそうだった。バルミラは逃げられず、真下は応戦の真っ最中だった。

「確かに、軍旗は掲げていないが装いはバルミラ兵士だ。弓隊！　陣形を取れ！　騎兵！　左右に分かれよ！」

軍隊はアグルのその指示だけですぐに隊列を組み直した。左右から騎兵らが刀を抜き、丘の斜面を滑るように走って行く。弓隊は馬上のまま横一列になり、同じ速度で丘を下る。

騎兵が左右からバルミラ兵士を追い込む。射程内に入ったバルミラ兵士を、弓が的確に狙い撃ちにする。すぐに南方師団は味方の存在に気づいたらしく、衛兵団の騎兵らとともに、バルミラ兵士を弓の射程内へと追い込んでいった。

「グランダードか！」

黄金豹獣人が丘の下から声を張り上げる。黒いマントに描かれた紋章は、間違いなくレスキア国軍の紋章だった。ジグルトとアグルは、弓矢の脇を通り過ぎて下へと馬を走らせた。

「南方騎士団長、フィザーだ！　こいつらはバルミラ軍、ここで一気に奴らを蹴散らして何としても止めたい！　力を貸してくれ！」

「神山外交官代行のジグルトだ！」

ジグルトが叫ぶと、フィザーという黄金豹の騎士団長は、目を剥いた。

「神山……！　では陛下は!?　竜王の婚配者であらせられる、アスラン殿下はご無事ですか！」

ジグルトは、そこでようやく南方防衛師団がセナ妃とアスラン殿下と面識があったことを思い出した。

「陛下は、今……」

答えようとしたジグルトの声に被さるように、南方防衛師団兵士の叫び声が響いた。

「フィザー！　そっちに行ったぞ！」

ジグルトの目に、馬に乗った黒狼獣人が、こちらへ突っ込んでくる姿が映った。

黒狼獣人、これは誰だ——と考えるジグルトの前に、剣を振りかざしたフィザーが、叫びながら飛び出した。

「闇、人、だ!!」

黒狼獣人は、黄金豹の剣を避け、馬から消えた。消えたと思ったのはジグルトだけだった。馬の脇腹にぶら下がった格好で、闇人が剣を投げてくる。

投げる、というのも間違いだった。ただ剣を払っただけであった。投げられた、と感じたジグルトが身をすくめる前に、アグルが盾になってそれを受けとめた。だが、獣人の力と速さに、アグルの身体は一撃で後方に押しやられた。

だがそれだけで、フィザーが次の体勢を整えるのは十分だった。フィザーの剣が闇人に向かって放たれ、それを避けた闇人は、一歩、弓矢の射程内に入った。

弓矢に貫かれた闇人が馬から落ちる。フィザーはその一瞬でとどめを刺した。

「これで……これで、やっと二人……!　こいつら四人に何人殺されたか……!」

四人。闇人が四人も、惹香嚢体の護衛についているとは。

「積み荷は、惹香嚢体だな!?」

まだ肩で息をしているフィザーに尋ねると、フィザーは驚いてジグルトを見た。

「そうだ、何か知っているのか?」

「ジグルト殿!　陛下が、陛下が東側から!」

丘の一番上にいたガトーが伝えてくる。ジグルトはフィザーと目を合わせ、走り出した。もうもうと土埃が舞い、雄叫びや断末魔の声が響き渡る中、ジグルトはフィザーの背中を必死で追うしかなかった。

南方防衛師団はレスキア軍の紋章が入った黒いマントを身に着けているが、バルミラ軍は素性を知られないようにするためか、バルミラ軍の紋章入りのマントを羽織っていなかった。南方防衛師団の仲間らしき辺境の獣人族が混じり始めると、敵か味方かもわからない状況となった。ジグルトはひたすらフィザーの背中だけを見つめ続けた。

「ジド!」

ジグルトの視界から、土埃がいきなり晴れる。そこにいたのは、隻腕の灰色山猫獣人だった。馬の手綱を口にくわえ、ふとももで馬の横腹を締め上げ、まるで馬の足が自らの足であるかのように、軽々と馬とともに空に跳ぶ。

　空中で剣を交えた相手は、黒狼獣人だった。闇人であることは、その恐るべき身体能力からわかった。

　闇人が相手をするのは、フィザーがジドと呼んだ灰色山猫獣人だけではなかった。何本もの槍が、弓が、じりじりと追い詰めるが、闇人はジド以外は間合いに入らせない。凄まじい応酬を繰り返しているため、弓は狙いを定められない。長くこうして剣を交えているのだろう。闇人は血にまみれ、灰色山猫の毛も血で染まっていた。

　その時、前方から、バルミラ軍が向かってきた。すぐにジグルトは、東側から来た皇帝率いる軍団にバルミラ軍が追われているのだと気がついた。

　バルミラは総勢もう二十名ほどしかいなかった。守っていたはずの荷馬車を捨て南方へと逃げている。ダンの率いる近衛第二騎士団第四隊が五十人、ランドの私兵が百人ほどなのだから、簡単に散らせる人数だった。

　ジグルトは、フィザーの言った闇人四人という言葉を思い出した。闇人のうち、二人が死に至り、一人は今ジドが、そして今、もう一人の闇人は、逃げてくるバルミラの後方に残っている。

「陛下……！」

　バルミラ軍が近づいてきても、ジドと闇人の意識は互いに向けられていた。だが、先に意識がそちらに向いたのは、闇人の方だった。その一瞬の隙を、ジドは見逃さなかった。振り上げた剣が、受ける闇人の上体を倒す。

　フィザーが体当たりするように闇人を地に落とすと、すぐさまその身体に槍が突き刺さった。闇人が絶命した瞬間、バルミラ軍は、南方防衛師団とグランダード衛兵団にあっという間に挟まれた。

「陛下！　陛下が、あちらにいる！」

　再びもうもうと土埃が立った場で、ジグルトはフィザーとジドに声を張り上げた。フィザーは身を翻し、口に手綱をくわえたジドも、すぐ後に続いた。

凄まじい速さで皇帝のもとへ向かう二人は、すぐジグルトの視界から消えた。ジグルトは懸命に後を追う。

砂と岩で覆われた地面に、幾人もの人間の死体が転がっている。それを避けながら走るジグルトは、土埃の中から自分のほうに飛んできた物体が、馬であるととっさに気づかなかった。

「う、うわあああ！」

ジグルトは馬とともに驚くことしかできなかった。剣を抜くどころか、落馬しないように馬の手綱を握りしめているしかなかった。飛んできた馬が闇人を乗せていること、自分と接触しそうになった闇人の馬が均衡を崩したことにも気づかなかった。

ジグルトが馬にしがみついている間に、土埃の中から、男たちが次から次へと飛んできた。フィザー、ジド、そしてダンも黄金虎に獣人化しており、獣さながらの気迫で闇人に飛びかかる。荒れ狂う馬に乗った獣たちが、まさに死闘を繰り広げていた。

とてつもない力を持った男たち三人が束になっても、闇人は全て攻撃を避けていた。

これほどの戦闘能力とは。

絶句するジグルトは、馬の背から闇人が飛んだのを目にした。

闇人が飛んだ先にいる人物を見て、ジグルトは思わず声を張り上げた。

「陛下!!」

皇帝は、闇人が振りかぶった剣を、馬上で受けとめた。落下する力が加わり、離れているジグルトの耳にまで刺すほどの金属音が響き渡ったが、皇帝の力は、剣も、まして額も割らせなかった。

皇帝が闇人の一打を受けとめた瞬間を、ダンは見逃さなかった。長い槍を振り回し、闇人の背中を切ろうと襲いかかる。背中にまで目がついているのか、瞬時に闇人は身を翻そうとしたが、皇帝の剣がその足を払った。

足を切られた獣は、もう動けなかった。とどめを刺したのがフィザーだったのか、ジドだったのかわからない。ジグルトが皇帝のもとへ駆け寄ると、皇帝は荒い呼吸を繰り返しながら、周囲を見回し、血まみれの男たちに言った。

「……惹香嚢体は……救えたか」

誰に向けた言葉だったのか。その言葉を拾ったのは、灰色山猫獣人から、人の姿に戻ったジドだった。先程まで死闘を繰り広げていた同人物とは思えぬほど穏やかな表情で、静かに告げた。

「はい。全て助けることができました。レスキア皇帝陛下」

＊　・＊・　＊

戦場の後片付けをそこそこに、グランダード衛兵団の誘導で皇帝やフィザーらはグランダード王領内に向かった。いつ西方防衛師団がやってくるかわからなかったからである。

荷馬車の中にいた惹香嚢体は、五十人ほどだった。

南方騎士団長・フィザーは、彼らがなぜ、かき集められたのかわからなかったと話した。

「惹香嚢体狩りが始まったのは、セナ妃とアスラン殿下を神山へ送り届け、ナラゼル元帥が南方に戻られてすぐでした。俺たちはレスキア派の辺境部族をまとめあげ、南方防衛師団と新たに同盟を組む手はずを整えていたんです。そんな中、いきなり連中がレスキアに惹香嚢体を奪われたと騒ぎ始めたんですよ」

フィザーやジドもそうだったが、南方騎士団らも皆血にまみれていた。返り血か、負傷か、いや両方だろう。だが身体を横にもせず、立ったまま相手の腕を止血したり、自分で処置したりしていた。

グランダード領内の南方駐屯地に入ってもまだ興奮が収まらないらしく、彼らの身体から漂う血生臭さは、熱気を含んで周囲を澱ませるほどだった。

ガトーなど、兵士の荒々しさにあてられて、気分が悪そうにしていた。

「レスキアに奪われた？」

皇帝は顔をしかめた。フィザーが続ける。

「無論、それはないとわかっていました。なぜなら、そいつらはまるで間者のように村に入り込み、惹香嚢体を攫っていったからです。獣人族の村から気づかれずに惹香嚢体を攫うなんて、どんな間者だと思い調べていたら、戦い方や、身のこなしなどに知っている闇人を思い出しまして。……イザクは神山に戻ったんですか？」

そうか、南方でともに行動していたのかとジグルトは合点した。

フィザーの問いには、皇帝が答えた。

「いや、まだセナを守っている。神山から脱出し、南へ向かうように伝えていたのだが……」

「イザクがついているなら安心ですね。俺はこの件で闇人六人と接触しました。どいつもとんでもねえ奴らだったが、イザクの方が強いと思います」

皇帝はそれに静かに頷き、フィザーの話を促した。

「それで、辺境部族らはレスキアが奪っていったと信じているのだな。その噂を流したのも全て神山だろう。至るところに散りばめている間者に、俺が廃位になったこと、そしてレスキア側に不利な噂を流しているわけだ」

「おかげでまとめ上げるのが困難でした。信じろというなら奪われていった惹香嚢体を返せと叫ばれて、闇人の行方を追ったところバルミラと通じているのが明らかになったんです。何が起きているのかわかりませんでしたが、ナラゼル元帥は、国境を越えてでも奪い返してこいと俺に命じました。ちょうどその頃、皇帝陛下が神山に廃位を宣告されたと聞きました。戒厳令が発布され、ナラゼル元帥に、南方から全軍引き上げ中央に戻るようにと命が下りました。しかし元帥は、これは異様な事態となっている、惹香嚢体が奪われていることが関係するのではとお考えになったんです」

「読みは正しかったな。その通りだ」

皇帝は南方騎士団やグランダード衛兵団らに、神山で起こっていることを全て包み隠さず説明した。惹香嚢体がなぜ求められるのか、説明しないことには始

まらないと思ったのだろう。案の定、フィザーらは声を失った
「な……なんてことだ。竜人族が、惹香嚢を喰らう……!?」

　彼らの間に憎悪に満ちた空気が流れたが、静かな声がそれを遮った。

「我ら獣人族とて、惹香嚢狩りをした歴史がある。惹香嚢体を虐げた歴史がな。神山の神官らの行いを責めるのは筋違いだ」

「ジド！　それは昔の話だ！」

　若いフィザーの声にも、初老の獣人兵士は口調を変えなかった。

「同じことだ。だからこそ、今回惹香嚢体が攫われた時に、レスキアが惹香嚢を欲して奪っていったと皆思ったのではないか。惹香嚢体を狩る理由など、万能の臓器である惹香嚢しかない。惹香嚢体にとっては、搾取されるのは獣人でも竜人族でも同じよ。一度虐げた事実は、永劫に消えない。我らとていつ、また愚かな歴史を繰り返すかわからない。そうしないために、命をかけて助け出す必要があるのだ」

　そこで皇帝は、初めてジドに目を向けた。

「どこの兵士か？」

　ジドは淡々とした口調で答えた。

「ネバルでございます。分裂したネバル国で、バルミラの手から逃れているネバル難民をまとめております。二人、積み荷にネバル出身者が乗っています。彼らを助けるために参りました」

　皇帝はしばし無言でジドを見つめていたが、静かに目を伏せ、「そうか」とだけ言った。

「いや、あの、陛下、この男は……」

　フィザーが付け加えようとしたが、ジドがそれを止め、皇帝に進言した。

「陛下、あともう五日ほどで秋赤月がやってきます。こんなに獣人だらけのところに、あの数の惹香嚢体を置いておけません。いきなり攫われた彼らは発情抑制薬など持っていない。一刻も早く安全な場所へ隔離しなければなりません」

　ジドの進言に、皇帝は頷いた。

「その通りだ。グランダード衛兵団には、彼らを匿える権限はあるまい。ハゼス、アルス・ランド領にてこの者たちを匿うように、アルスに言え。ファーエもいる、惹香嚢体の発情にも配慮してくれるだろう。ランドの私兵は今後、惹香嚢体を守るのに専念せよ」

その命に反論しかけたハゼスに、皇帝はたたみかけるように言った。

「惹香嚢体をこれ以上神山に奪われたら、獣人族らの神山に対する不信や恨みは、数千年経っても消えまい。神山の中枢がどうなっているかわからぬが、闇人は一度命令されたことを必ず遂行する。惹香嚢の匂いを追って、ランド領に入ってくるかもしれん。ランド領ならば、用心深く、逃げる道をいつでも確保しているだろう」

そこまで言われ、ハゼスは渋々頷いた。

「私の仕事は陛下が帝都にお入りになるまでお守りすることでしたが、致し方ありません。この件を主に伝え、領内の守りを固めましょう」

続いて皇帝はアグルに顔を向けた。

「西方師団は南方騎士団らに弓を向けてきたという話だったが……おそらく、南から惹香嚢体が運ばれるのを前もって聞いており、援護するように要求されていたのだろう。でなければいくら戒厳令に従わぬ南方騎士団であっても、矢を射かけるまではすまい」

アグルが答える前に、フィザーとその部下が喚き散らした。

「援護どころか！　あれは確実に狙い撃ちだった！」

まあ待て、と皇帝は頭に血が上った連中を宥めた。

「この混乱をもっと混濁した状況に追い込んではならん。思うことは多々あるだろうが、今はひとまずレスキアが再び一つになることだけを考えてくれ。俺はこの手に必ず軍の全権を取り戻す。西方防衛師団は、あの戦場を見ていただろう。グランダードにも、ランド領にも、兵を向けてくるかもしれない。アグルはグランダードに戻り、西方との境界を死守せよ。俺がナラゼルと落ち合い帝都に行き、戒厳令を解くまで、待っていてくれ」

皇帝の言葉にそこにいた兵士らの顔が引き締まった。

ジグルトは彼らの覚悟を決めたような表情を、ある種の感慨を持って見つめた。兵士らは、それぞれ立場も役職も違う。王領のレスキア直属の兵士、南方のナラゼル配下の兵士、ランド領のアルスの私兵、同じレスキア国の人間ではあっても、決して交わることのなかった連中が、武具も、装束も、何もかも違う連中が、同じ意志を持ってこの場にいる。皇帝の言葉を、一言も聞き漏らすまいとしている。

中枢で皇帝の求心力を目にしてきたはずなのに、この戦場で見る皇帝の力は、その比ではなかった。皇帝の言葉が、彼らの頭にではなく、魂に響いている。これが、王の力か。これが鼓舞というものか。

文官ながら、武人と同じ感慨が身のうちに広がるのを、ジグルトは感じていた。

「ハゼス殿、これを。私が処方した、惹香嚢体の発情抑制薬です。全員が服用するとなると、赤月の七日分にはとても足りませんが、丸薬を半分に割るなりして、使ってください。少しは楽になるはずです」

ジドが差し出した袋を、ハゼスは大事そうに受け取った。

「おお、これは惹香嚢体にとってはありがたい薬でしょう。私も獣人ですので、発情のつらさはわかります。しかし、素晴らしい兵士とお見受けしたが、惹香嚢体の抑制薬を処方できるとは」

「最初の妻が惹香嚢体で、薬師に教わる機会を得ただけです。ネバル国でお仕えしていた王子が惹香嚢体でしたので、抑制薬を身につける習慣ができました。その方が嫁がれても、まだクセは抜けません。お役に立てて良かった」

ネバル国の惹香嚢体の王子。

ジグルトは驚きのあまり、ジドに声をかけそうになった。皇帝に目を向けると、皇帝は目を見開き、ジドを見つめていた。

ジドは穏やかな瞳を皇帝に向け、微笑みを送った。その後、フィザーに告げた。

「フィザー、俺は前線に戻り、フーガと落ち合う。そして辺境部族らには、レスキア皇帝が惹香嚢体を救ったことを伝えておく。これでまた、状況も変わるだろう」

「ああ、俺も陛下をナラゼル元帥のもとにお連れしたら、すぐに向かう。それまで持ちこたえて欲しいと、フーガに伝えてくれ」

ジドは頷くと、馬に鞭を放ち、その場を後にした。

皇帝はその後ろ姿を食い入るように見つめた後、フィザーに訊いた。

「……あの者の、ネバルでの身分は」

「セナ様の、乳母夫だった男です。ネバル分裂で一族らは皆死に、セナ様と南方で再会されてからはネバル民をまとめております」

皇帝の目が細まる。ジドが去って行った方向を見つめながら、振り絞るような声を出した。

「……急がねばならんな。早急に、助けを求めている者たちがいる」

夕日の赤が、皇帝を鮮やかに、燃えるように染め上げた。

*　・*・　*

グランダード王領とナラゼル領は街道で繋がっている。グランダードの協力が得られれば、ナラゼル領に入るのは簡単だった。

フィザーの誘導で街道を南下していた皇帝に、街道を南に進めば、そこには近衛騎士団がいる、とアルス・ランドが放っていた間者が報告してきた。

「ナラゼルのもとにレスキアから兵が向けられていると聞いて、てっきり西方防衛師団かと思っていたが、近衛とは」

馬上から皇帝が呟くと、地に片膝をつきながら間者が答えた。

「帝都は逆に、西方防衛師団で固められているのです。ラーシャル元帥が中央に留まり、貴族らを牽制しております。東方防衛師団も帝都に入ってきました。北方にも同じく命が下りましたが、北方は最も遠いのを理由に、ガングル元帥はゆっくり進軍してらっしゃるようです」

間者の報告に、皇帝は苦笑した顔を俯かせた。

「ガングルらしいな」

北方の領土は北方防衛師団を率いるガングルが所有している。北方を守るガングルは、ラーシャルと仲が悪いので有名である。

「南に兵が向かっているので、まだ自分のところには来ないだろうと思っているんでしょうね」

ジグルトはついそう言ってしまったが、皇帝も似たことを考えているのか、何も言わなかった。

北のネスタニア国との関係は良好であるため、正直ガングル領の北の守りはここ数十年、あってなきがごとしになっている。

領主ガングルは四年前に親から防衛師団を受け継いだ、四人いる元帥の中で最も若い男である。仕事に対して熱心ではなく、部下らが優秀なのもあって、ナラゼルとはまた別の意味で中央に足を向けようとしない。

やる気のない若人のくせに年寄りに平気で文句をつけるので、ラーシャルなどには目の敵にされている。

「ガングルの部下なら、周りを見て動くだろう」

皇帝の言葉にジグルトは頷いた。

「あの師団長らは、神山の状況やネスタニア国の動きも良く見るでしょうね」

「……北へ向かったアスキンが、ガングルの部下と接触できたらいいのだが。カルスだったら何とかしてくれると思うが」

ジグルトはガングルとそう親しいわけではないが、とにかく仕事をしないので正直良い印象を持っていない。

だが、皇帝はこの年下の元帥を諫めたことは一度もなかった。本人が仕事をしなくとも、その部下が仕事をするならば文句はないと思っているのだろう。

「帝都に防衛師団が集まったために、皇帝直属の近衛騎士団は帝都を追い出され、南へ向かわされたということか。騎士団は第一、第二、どちらだった？」

「申し訳ございません。帝国軍旗と近衛の旗しか揚げておらず、どちらの貴族様かはわかりませんでした」

防衛師団は領土を相続するため軍隊もそのまま踏襲するが、近衛は世襲制ではない。しかし、小隊の隊長は全て貴族出身である。平民出身の隊長など、獣人で構成される隊を率いているダンくらいである。

皇帝は報告を全て聞いた後しばし思案していたが、顔をフィザーに向けた。

「先に、近衛騎士団と合流する」

ダンが率いる近衛第二騎士団第四隊は、所属と合流できる安堵感と、所属の意向と相反するのではないかという不安を同時に滲ませた。

フィザーは困惑した表情を隠さなかった。もうすぐ南方に戻れるというのに、捕縛される可能性がある道をなぜ進まねばならぬのかという顔だった。

「俺が来たのはレスキア兵同士の衝突を避けるためだ。近衛が何を命じられているかわからんが、国王が近衛を信じねば近衛も立場があるまい」

近衛第二騎士団長は、ダンが率いる第四隊を皇帝のために王領テフール前で残してくれた人物である。第二騎士団であれば、話を聞き、合流してくれるかもしれない。ジグルトはそう期待した。

皇帝はダンの部下から伝令を選び、向かってくる近衛騎士団と連絡を取るように命じた。

「インドール様でありますように……」

ダンが祈るように呟くのがジグルトの耳に入った。

「インドール団長は、アスラン殿下が神山へお輿入れした際、ナルージャ族に襲われて大きな怪我をなさったとか。あの時近衛第二騎士団をほぼ壊滅状態にさせたのに、責任を取らされてなかったんですか？」

遠慮の欠片もないガトーの質問は、思わずダンを獣人化させるくらいの怒りを買った。

「た、隊長！　隊長！　落ち着かれて！」

「赤月が近くて獣人化しやすくなっているんですから、言葉に気をつけてください！」

ガトーがダンの部下にまで噛みつかれ、慌ててジグルトは間に入った。ガトーに耳打ちする。

「あの時の処分は、俺を含めて全て保留中だろ！」

「あ、そうだったんですか」

「お前もだよ！」

「ええ？　私は処分されることは何もしてませんよ！　私が無事だったから報告が早かったんです

よ？　昇級ものですよ！」

「そう言えば何であんた無事だったんだ？」

　第四隊が川岸での争いを語り、南方騎士団が現在のナルージャ民について説明している間に、ダンの部下が戻ってきた。だが、部下の報告を聞く前に、街道から歓声が上がった。

　レスキア帝国軍旗とともにはためいているのは、インドールの紋章だったからである。


　ダンを含め第四隊は所属部隊との再会に喜色を浮かべたが、下馬して皇帝に挨拶をしたインドールの表情は硬かった。

「陛下、ご無事で。安堵いたしました」

「お前が第四隊を残してくれたおかげだ。感謝する、インドール」

　労いの言葉を向けられても、インドールは、顔を伏せたままだった。敬礼こそしたが、下馬した場所から一歩も動かず、突っ立ったままである。

　軍人らしく表情を変えないが、内ではさまざまな葛藤が渦巻いているのだろう。ラーシャルから南方防衛師団を攻めるようにと命じられているからこそ、ここに来ているのだから。

　インドールはランド家ほどではないにせよ、王家に近い血筋を持つ大貴族である。広大な領地を所有し、親族も多く、皆それなりの役職に就いている。自分が勝手な行動を取り、一族郎党に咎が及んだりしたらと躊躇して当然だろう。

　加えてインドールはまだ若かった。皇帝より四・五歳年下、北方防衛師団元帥・ガングルと同年代だったはずである。

「近衛第一騎士団は、現在帝都にいらっしゃる皇弟殿下の護衛に付いております。ですから、私が参りました」

　インドールの言葉に、皇帝は動じなかった。

「下院議員である領事らも集めて、上院で現在、俺のレスキア国王廃位を画策している最中か。次の国王はオストラコン国の後押しを受けて、弟にするのだな」

　まるで他人事のように皇帝は語った。そんな皇帝に、インドールは意を決したように告げた。

「陛下、陛下が獣人であるという噂は本当ですか」

　一気にその場が引き締まったが、皇帝の表情は些《いささ》かも変わらなかった。理性をたたえた瞳をインドールに向けたまま、静かな声で返した。

「俺が獣人であったら、皇帝としても、国王としても認められないと思っているのか？」

「私は思っておりません！　しかし、神山が許さないのも道理です。私は学都で学びました。神山がどんな場所かわかっております。神山が認めない皇帝は皇帝になれない。レスキア国王が皇帝であるために、大国を維持するためには、純血種でなければならないと中央が思うのは致し方ないことです」

「皇帝を任命するのは神山ではない。竜王だ」

　皇帝の断定的な口調に、インドールは声を失った。

「今神山は、かつてないほどの横暴と混乱の中にある。上位神官を中心に原因不明の病が蔓延し、奴らはその病を食い止めるために惹香嚢体を欲しているのだ。神山が己らの血脈を繋ぎ、地位を保つのに、俺は最も邪魔な存在だった。だが、俺は神山の暴政を許すわけにはいかん。神山が各国に内政干渉を行えば、世界は大きく変わってしまう。人を統治するのは人であるべきだ。神ではない」

　皇帝は鋭い目で言い切った。

「竜人族が、惹香嚢体と獣人族を、人扱いせず搾取する世界、それに断固として否と叫ぶべきなのだ。このままではもっとひどい差別が生み出される。人はどこまでも分類され、下層に堕ち、這い上がることも許されぬ世界となるぞ」

　インドールよりも、皇帝の後方にいる獣人族らの顔つきが変わった。気圧される近衛騎士団らに、皇帝の声が刺すように飛んだ。

「神山が俺を認めずとも、己の手で皇帝の冠を自らの頭に戴いてみせる」

　地を揺るがすほどの雄叫びが、血に染まった男たちから轟《とどろ》いた。

　鳴り止まぬ叫びの中、インドールは無言のまま皇帝を見つめ、やがて静かにその前に片膝をついた。

呼応した近衛第二騎士団が突き上げる剣と槍の向こう側に、ジグルトは新たな軍旗を見た。

レスキア帝国軍旗とともに大きく掲げられた、ナラゼルの南方防衛師団の旗を。


迎えに来た南方防衛師団らに誘導され、皇帝と近衛第二騎士団は南方の要塞へと案内された。

ナラゼル家が長年建設を続ける大要塞は、広大なナラゼル領の南側の三分の一に渡って築かれている。

その最も南側の駐屯地に、ナラゼルは皇帝を迎え入れた。

「皇帝陛下」

ナラゼルは皇帝を目にした瞬間、言葉もなく片膝をつき頭を垂れた。

「ご無事で……安堵いたしました。この南方の混乱を招いた非は私にあります。戒厳令に従わず、ここに留まった咎は受けるつもりです」

「顔を上げろ、ナラゼル。よく南方を守ってくれた。今はそれだけを労わせてくれ」

皇帝はナラゼルの肩に手を置いた後、その両腕を掴み、引き上げるように立たせた。

「話すことは山ほどある。フィザーが助けた惹香嚢体について、早馬で聞いただろう」

「はい。やはりあれは陛下の廃位と関係があったのですな」

ジグルトは神山で起こったことを、ナラゼル他インドールにも話して聞かせた。現状を知らぬ二人は、あまりの内容に理解が至らぬ様子を何度か見せるほどだった。

「なんということか……アスラン殿下を神山へお連れした際にバルミラ側に襲われた時も、これは一筋縄では行かぬだろうと思いましたが、ここまでバルミラの行動に神山の意図が絡んでいたとは……」

川岸での襲撃で部下を大勢失ったインドールが歯ぎしりした。

「神山は、自分たちが助かる道しか考えていない。そのために世界を混乱に陥れても何ら構わぬという奴らの思惑は、はねのけなければならない」

　皇帝の強い言葉に、インドールが躊躇する表情を見せた。

「どうした、インドール」

「陛下、教えていただきたいのですが、竜王が存在するには、竜人族は必要なのですか？　彼らの血脈が絶たれたら、竜王は死に至るのですか？」

　皆子どもの頃、竜王という神がこの世に存在すると聞かされた。ジグルトも、幼少の頃、同じ事を思った。

「竜王が世界から消えれば、世界は滅んでしまうのでしょうか？」

　言葉にしてからインドールは己の稚拙な発言を恥じるように顔を伏せた。

「いえ、私も、竜王が万能の神と思っているわけではありませんが……」

　皇帝はふと瞳を和らげた。

「竜王不在の御代はなかった。竜王がいなくなったら、世界が消えるかどうかはわからんな。神学では、神山に住む神官、竜人族は、竜王が存在するために必要不可欠な存在であると言われている。神山では、子のアスランが竜王の不思議な力と呼応したそうだ。そのため、上位神官より婚配者の正名を受けたと、セナが話していた」

　おお、とナラゼルが身を乗り出した。

「では、神山が選んだ本当の婚配者は、バルミラが立てたナルージャの娘ではなく、アスラン殿下なのですな？」

「それは間違いない。現在竜王の傍に侍り、世話をしているのはイマーシュ家の当主のみだ。その者がアスランだと指名したのだ。だが、バルミラ国の始祖であるウガジェ家やオストラコン国始祖のハルダ家が反対した。神山に拘束されそうになった俺やアスランを外に逃がしたのもイマーシュ家当主だ。俺は、ウガジェ家こそが竜王の意思に反していると世界に告発する」

　ナラゼルとインドールの顔が輝いた。インドールが興奮したように告げる。

「陛下、それをそのまま上院にお話しください。竜王の婚配者はバルミラではなくレスキアにあるのだと。陛下はまぎれもなく婚配者様の実の父君でございます。誰も文句は言えません」

皇帝は一瞬顔を曇らせた。

「子に縋らねば帝位を保てないとは、情けない話だがな」

いや、とナラゼルは強い口調で諫めた。

「陛下、その婚配者の件で、世界はここまで混乱しているのです。我々に流れてきた話は、アスラン様が婚配者に選ばれず、陛下は獣人であるという噂です。陛下が獣人であったために、アスラン様は婚配者として選ばれなかったのだと考える者がいるのです。特に帝都では。皇帝の、国王の資格なしという論理はそれです」

インドールもナラゼルの話に頷いた。

「立場がなければ改革など無理なのです。声高に神山に対して正義を突きつけるためにも、あなた様にはれっきとした立場が必要なのです。婚配者の父であるという立場が」

ナラゼルの諫言は、ジグルトも焦りを覚えるほど厳しい口調だった。

皇帝はしばし思案していたが、そうだな、と呟いた。

「そうは言っても、バルミラと繋がっている連中を一刻も早く排除せねばという話だがな」

「軍で圧をかけるべきかと。私は北方防衛師団ガングルをこちらに引き込むべきだと考えます。ガングルは絶対にラーシャル元帥に従っていません。かといって、反旗を翻してもいないと思いますが」

インドールの言葉にナラゼルも頷いた。

「あれで結構、計算高い男だからな。おそらく状況を把握しないうちは動かんだろう。だが、俺の間者は北方の領域を全然知らないのだが……」

「私が接触します。ガングルとは同い年で散々面倒を見させられた経緯があり、三人の師団長も良く知っております。道を開いてくれるでしょう」

ナラゼルとインドールの間では軍をどう動かすか策謀が渦巻く勢いだったが、皇帝は静かな声で言った。

「まずは南方を制し、辺境部族を完全にこちら側に引き入れてからだ。ナラゼル、国境を守っている西方防衛師団も牽制せよ。領内から出て来られぬほどに痛い目に遭わせてもいい。西方に背後を取られたら帝都へ向かう道が盤石ではなくなる。冬に入る前には片をつける。その間にインドールは北方への道を繋げよ」

「御意」

「そして帝都への道は、ジグルト、お前が開け」

突然命が下り、ジグルトは慌てて返答した。

「はい、帝都に、ですか」

「アルスに使いを出し、帝都周辺にいるランド家の間者らと接触するのだ。帝都の勢力図がどうなっているか、ランド家を通して調べ上げねばならない」

皇帝と別れて行動することに、ジグルトは些か不安を感じた。ジグルトはこうした任務を少年の頃から行ってきたため、蛇の道は蛇と皇帝は考えたのだろう。真面目な役人であるガトーは、頭が回っても蛇の道の通り方を知らない。

ジグルトが返答する前に、皇帝は立ち上がった。

「ジグルトと話がある、ナラゼル、インドールとともに南方への攻撃に備えよ」

「御意」

ナラゼルとインドールが去った後、皇帝と二人の空間になった。ジグルトは不安を訴えてみようかと考え、皇帝を振り返った。

「陛下、私が帝都に参りますと……」

椅子に座った皇帝の身体が、前屈みになっていた。何かを耐えるように皇帝が身体を震わせる。その姿に、ジグルトは慌てて皇帝のもとへ駆け寄った。

「陛下……」

距離が縮まる前に、皇帝の身体が激しく動く。堪えきれずに咳き込んだ皇帝の口から血が飛び、鮮血が空間に舞う。皇帝からジグルトの方へと、血はまるで手を伸ばすかのように広がった。

「陛下!!」

椅子に座ったまま上体を前に屈ませた皇帝の肩に、ジグルトは手をかけた。

支えようとした手に、皇帝の重みがいきなりのしかかる。その上体の不安定さに、ジグルトは思わず声を上げそうになった。

あの屈強な皇帝が、こんなにも力を失うとは。

ジグルトは焦りと恐怖で震えだした。なぜ吐血したのか。毒か。どこで盛られたのか。陛下の身体は。

「……ジグルト」

「はっ……はいっ、陛下、お、お身体は」

皇帝の声が思った以上に力を失っていないことに、ジグルトは少々正気を取り戻した。皇帝は身体をジグルトに預けたまま、肩から滑るマントを引き寄せ、血に染まった口元を拭った。

「……水を」

ジグルトは慌てて周囲を見渡した。ナラゼルが用意していた水差しが近くのテーブルに置かれているのを目にし、皇帝の上半身をそろそろと椅子の背もたれに戻すと、水差しとグラスを手に戻った。

「陛下、今、人を」

グラスを差し出す手も声も、震えが止まらなかった。ここでこの方の身に何かあったら。さまざまな思いが身のうちを巡り、どの感情に収まったら良いのかすらわからなかった。

「人は呼ぶな。大事ない」

皇帝の静かな、だが強い口調に、ジグルトは揺れ動く心を戻された。

皇帝は水で口をすすぎ、それをマントに吐き出した。そのまま汚れたマントを地に落とす。黒いマントは、皇帝の前に広がった血を覆い隠した。

「すまんが、早急に床の血を消してくれ。誰にも気づかれたくない」

ジグルトは、改めてマントを外した皇帝の衣服を眺めた。そして、気づいた。

服に、血が一切付着していない。

靴にも吐血が、跳ねてもいない。

――この方は、血を吐くのに慣れている。

「……陛下……」

「誰にも言うなよ」

皇帝が椅子にもたれ、青ざめた顔のまま言った。

ジグルトは汚れた床を拭きながら、別の動悸が身のうちに響くのを感じていた。

　一瞬、毒を盛られたかと思ったが、これは違う。皇帝は、この状況に戸惑っていない。

　では、病か？

「陛下、お身体は」

　マントを捨てたジグルトは、椅子にもたれている皇帝に声をかけた。皇帝の顔は紙のように白く、体勢を保つのも困難な様子だった。

「医者を呼びますか」

「いや。いいんだ。わかっている」

「陛下、いつからですか。いつからこのような血を吐かれていたのですか。誰か、知っている者は？　カルスは……」

　皇帝はしばし空に視線を投げていたが、やがてぽつりと呟いた。

「ダリオンは知っている」

　また、宰相か。

「なぜ、お身体のことを宰相にだけ打ち明けられたのです？　そこまで信頼できる相手でしたか」

　皇帝の視線がちらりと向けられる。

　信頼していたというのに、この有様だ。なぜダリオンは皇帝を裏切ったのか。ジグルトは忌々しさに歯ぎしりしたい思いだった。

「知っていて当然なんだ。俺の身体は三十を迎えられたらいい方だと言われていたのだから。俺の身体がもうボロボロなことは、わかっているだろうよ」

　低い声で話す皇帝を、ジグルトはまじまじと見つめた。何を言っているのか、わからない。

「お前は獣人でないから知らないだろうが、獣人族は思春期に入ると赤月に発情を促される。俺は十三歳で発情がやってきて、その頃ナラゼル領に引き取られていた。南方の兵士らには獣人族が多かったから、発情抑制薬を盗んで手に入れるのは簡単だった。ナラゼルの父は、俺が獣人であるとは知らなかった。ナラゼルの家の者は俺が獣人であろうとなかろうと気にしなかっただろうが、俺は当時、誰にも自分の事を打ち明けなかった」

ジグルトは、静かに床を見つめ語る皇帝の充血した瞳を見続けた。

「十六になる時に、俺のもとを訪れた文官が、王座に興味はないかと声をかけてきた。皇太子が死んだ。このままだったら、皇帝が死ねば次兄が王となる。誰からも忘れられてきたお前の存在は、兄の死で思い出されてしまった。一度光があたってしまったら、もう隠れて生きるのは無理だ。新王は気分次第でお前に罪をなすりつけ、ろくな審判もせずに殺すだろう。生き残りたければ王になれ。そう言ってきた」

ジグルトは無意識のうちに皇帝の前に膝をついた。青ざめた顔を、覗き込む。

「そいつは俺に聞いてきた。母親は獣人だが、お前は獣人ではないのか、と。違う、と答えた。だが、そいつは俺の言葉を予測していたのだろう。外に待たせていた人間を中に入らせた。赤月五日目の惹香嚢体だった」

ジグルトは思わず、声を出しそうになった。

ネバル王子との初夜、惹香嚢体だと教えずに皇帝を導いた、あの夜の赤い月が脳裏に浮かんだ。

「発情抑制薬を飲んでいたが、すぐに俺は獣人化した。惹香嚢体を遠ざけた男は、獅子と化した俺に告げた。お前が獣人でもいい。知られなければ良いのだ。一生の秘密としろ。獣人化を抑えるために、通常より強い発情抑制薬を飲めばいい、と」

強い発情を抑え込む薬。処方した薬師に言われた。飲むのは勧めない。これは、獣人化を抑えると同時に、その生命力まで奪う。飲み続ければ三十前で死に至る、と。

「俺の人生を選んだのは、俺自身だ。薬を飲み続けたのも俺。これを飲み続けたら命が削られると、一年前に吐血するまで実感しなかった」

一年前。

ジグルトは思わず、皇帝の膝に縋った。

「それなのにまだ、飲んでいらっしゃるのですか」

「ああ」

「なぜ！」

なぜ。

口にして、己の愚かさに、ジグルトは愕然とした。

なぜ。飲み続けるしか、ないではないか。

赤月に、発情を促される赤月に、この方は毎日のように、妊娠したい女性のもとを訪れるのだ。

毎日、毎日、毎日。

今日はこの妃のもとへ、今日はこちらへと決めてきたのは自分ではないか。

この方の意思など一度も聞きもせず、それが皇帝の責務なのだからと、無言で強要してきたのだ。

いつ獣人化するかわからない。女性が媚薬を含んでいるかもしれない。毎晩、毎晩、命を削る薬を口にして、この方はどんな思いで後宮への道を歩んでおられたのだろう。

示された閨への順番を、何の感情も浮かべずに受け取っていた皇帝の横顔を思い出す。

神隠月に、誰にも何も言わずにセナ妃のもとへ訪れたことを思い出す。

神山へ向かうセナ妃を、毎晩のように部屋に招き入れていたことを思い出す。

初めて恋を知った少年のように、初めて素のままの自分をさらけ出せる相手を抱きしめていた姿を思い描く。

ジグルトは、自分の内を巡る感情が、一体何なのかわからなかった。

後悔か。怒りか。哀しみか。

凄まじい慚愧《ざんき》の念が襲いかかってくる。

「……俺を皇帝にしたのは間違いなくダリオンだ。だからこそ、宰相という身分にまで押し上げた。俺の命が短いことをダリオンもわかっていたから、周りから急ぎすぎだと言われても、平民出身の宰相を何とか誕生させた。あいつも、一度あの地位に就けば、これ以上望むまいと思っていたんだがな。七年もあの地位にあったのだから、このまま勇退するだろうと考えていたんだが。皇后血縁のランド家の台頭を、この婚配者騒動に便乗して、押しのけられると思ったのだろう。俺の子ではなく弟を王にすることでな。まだまだ宰相の椅子に固執したか、もっと思い通りに国を動かしたくなったか……。人の欲というものは、どんどん湧くものだな」

皇帝は自嘲するように口角を歪めた。

ジグルトは、いつの間にか真下に皇帝の膝が見えるほど近くに侍っていたことに気がついた。膝に、静かに問いかける。

「陛下、陛下は別の命を、私に授けたいのではありませんか」

ジグルトは、焦燥や混乱が内から静かに流れ出し、別の力がみなぎってくるのを感じた。

その力は、言ってみれば覚悟というものに近かった。

「どんな命でも受けます。陛下、おっしゃってください」

皇帝は無言のままだった。顔を上げると、そこには労るような瞳があった。

そんな目を向けられると思わなかったジグルトは、動揺して瞳を見つめ返した。

「……いいのか。ダリオンを完全に裏切っても。まだ、お前には選択肢があるぞ。今だったら、あれはお前を悪いようにはしないだろう」

「陛下」

もし神山外交官代行という職に就いておらず、王宮のダリオンの傍近くにあったら、自分はどう動いただろう。そう考えなかったと言ったら嘘になる。

人の思惑も繋がりも、巡り逢わせだと皇帝は言った。その通りなのだろう。こうして皇帝に付き従うことになったのも、立場が、職がそうしたと言われたら否とは言えない。

だが今は、絶対に、何が何でも、この人を帝都へ戻す。この方を必ずや帝位に戻してみせるという思いしかない。そのためなら何だってしてみせる。

「陛下、私は」

そう伝えようとした声に、皇帝の言葉が被さった。

「俺は、お前を愛せんぞ」

頭を殴られたような衝撃に、ジグルトは茫然と皇帝を見つめた。

皇帝は労るような瞳に柔らかな優しさを滲ませた。

「俺はお前に、何も与えてやれない。これから先も、俺は……――」

皇帝の瞳がゆっくり閉じられる。再び開いた時、そこには強い意思があった。

　皇帝の膝の上で固く組まれた手に、落としきれなかった血がこびりついているのをジグルトは見た。

「セナ一人しか、愛せない」

ジグルトはいつの間にか、皇帝の膝に縋り付いていた。

不敬、という言葉も頭によぎらなかった。

「……陛下」

溢れ出したものが、皇帝の組まれた手に落ちる。それが赤い皇帝の血と混じる。血を溶かしながら、己の涙が皇帝の手を滑るのを、ジグルトは見つめた。

「陛下……」

もう、十分だ。

もう十分だった。もう、これ以上はいらない。

知っていた。この人は、何もかもわかっていた。

恋心も、欲望も、嫉妬も、浅はかさも、愚かさも。

みんなみんな、全て、わかっていてくださったのだ。

もう、これ以上は何も求めない。

この人の、懸命に生き続けようとする命を守るためならば、自分は何者にでもなろう。

　そう告げようとしたのに、口から出てきた言葉は、別のものだった。

「陛下……陛下、どうか、どうかセナ様に、そのお言葉を、お伝えください」

　皇帝の手を握りしめ、止まらぬ涙を滴らせながら、ジグルトは懇願するように言った。

「伝えるべきです。あれでは、あの言葉では、伝えたことにはなりません。やはりちゃんと、伝えるべきです。玉砕されても、受け入れられなくても、お伝えください。あの方に、愛していると、その声で、必ずお伝えください」

　皇帝の瞳がまっすぐに向けられる。それを受けとめ、ジグルトは涙を拭うと、皇帝から身体を引き、片手と片膝を地につけ頭を垂れた。

「お申し付けください。いかなる命にでも従います」

　皇帝から声が放たれる。それは、以前と変わらぬ、帝王の尊厳に満ちた命だった。

「ダリオンを暗殺せよ」

「御意！」

首筋に噛み痕を残してしまったとイザクは告げた。申し訳なさそうに、首の後ろに接吻しながら。

「そんなにはっきり残ったのか？　痛みは全然ないが」

「噛んだ痕に少し血が……噛まれた傷は厄介ですから、残るかもしれません。すみません」

イザクが首筋に頬をすり寄せてくる。傷よりもくすぐったさにセナは身をよじらせた。

「だいたい、なんでこんなところを噛むんだよ」

「気がついたら噛んでいたんです。猫化の獣人だって噛むでしょう？」

「知らないよ」

いつまでも首筋から離れないイザクの頭をセナは撫でた。

「イザク、もう、戻らないと」

身体がはっきりと告げている。

赤月は、もう終わった、と。


この身体から、惹香の匂いは消えている。発情の七日間が、明けた。

「……はい」

名残惜しそうに首筋の匂いを嗅いできたイザクの頬に、セナは口づけた。

「まだ、お前の発情は収まっていない？」

「いえ……これは、発情ゆえじゃないですよ」

しっかりと抱き合ったあと、互いの目を見つめ合った。水色がわずかに滲んだ灰色の瞳には、静かな感情が漂っていた。何もなかった、空洞だったそこに、潤んだ感情が、穏やかな光となって宿っていた。

「行こう、イザク」

「はい」


七日ぶりの息子が、こちらに駆けてくる。セナはその身体をすくい上げるように抱きかかえると、金髪に頬をすり寄せた。

「アスラン」

「ははさま、あいたかったよう！」

「うん、ははも会いたかったよ。長く我慢させてごめんね」

　頬をすりよせてくる息子に何度も接吻したセナは、出迎えた人々に告げた。

「よく……守ってくれた。感謝する……」

だがセナの言葉は一人の男の前でぴたりと止まった。

ハーグリオの目に、敵意はなかった。イザクに向けられる目にも、警戒心はなかった。

「あの……彼は実は、二日前に私たちのところへ来て」

　セナの目を気にしたハンナがすぐに説明しようとしたが、ハーグリオが語り始めた。

「竜王否定派は、事実上解体しました。俺が、あなた方から聞いた話を仲間らに説明したら、それぞれの主張を訴え、各自、ばらばらに行動し始めています。この地下水路には、俺ともう一人しか残っていません」

　セナは腕に抱えるアスランを抱きしめた。その姿に、ハーグリオは首を振った。

「ご安心ください。婚配者を暗殺しようとか、利用しようという考えの者はおりません。俺らの中に反皇帝派はおりませんでしたから、アスラン様に危害を加えに戻ってくる者もいないでしょう」

　反皇帝派。セナはため息をつきそうになった。いろいろな考えがあるものだ。

　しかし、何かに反発している人間の思考など、同じようでいてさまざまなのは当たり前なのかもしれない。母国のネバルとて、数多の思考が、欲があった。ゆえに、分裂した。

「頭目が消えて、俺らの意見はまとまらず、今にも分解しそうになってはいたんです。あなた方の話を聞いて、それが止まらなくなった」

　ハーグリオはそれに対し不満などはないようだった。だが、仲間が分散したことで気が抜けたのか、瞳から光は失われていた。

「それぞれの主張、とは？」

　ハーグリオの覇気のなさに構わず、セナは訊いた。

ハーグリオの瞳が向けられる。

「いろいろ……です。神山に鱗病が蔓延していると知って、攻撃を仕掛けようと決起した者。学都に戻り、支援者のもとへひとまず身を寄せることを考えた者。戦争体制に入っている各国に己を売り込みに行った者……」

攻撃？　支援者？　売り込み？

セナは首を傾げた。

「長年、支援者がいるからこそ否定派は活動できているとは聞いていたが、戦えるものを否定派は持っているのか？　剣も扱えないようだが、才覚ひとつで神山を倒し、己を売り込めると？」

ハーグリオの視線がわずかに泳ぐ。

その時、セナはその場にセイジュとマルコがいないことに気がついた。

二人はどこに行ったとセナが問う前に、サガンが答えた。

「なぜ否定派がここを隠れ家としていたのか、セイジュとマルコはそれを確かめに行っておりますよ」

「地下が迷路になっているからじゃないのか？」

「火薬か」

セナの声に被さるように、イザクは鋭い声をハーグリオに向けた。ハーグリオの瞳にわずかに力が戻る。

「そうだ。くらったことがあるか？」

火薬？

セナはイザクとハーグリオの顔を見比べた。二人ではなく、サガンが話をする。

「セナ様、狼煙を見たことがあるでしょう」

「ああ」

「硝煙と呼びませんでしたか？」

「ああ、発火させる薬か。早く火をつけるために使う」

「そうです。お国では、おそらく硝石と呼ばれる発火を促す石が採掘されていたはずです。それが、この地下にもあるんですよ。南方の乾燥地帯よりもはるかに扱いやすく品質の良い硝石がね」

火とは、そう簡単に熾《おこ》せるものではない。

日常生活はともかくとして、戦場で火をいかに早く大量に熾せるかは、勝敗に大きく関わる。

「バルミラは火矢を大量に用いて、焼き尽くすやり方が得意ですからな。長年、ネバルもレスキアもあのやり方に悩まされたでしょう」

「ジドが言っていたが、退路を断てば逆に火を味方にできると」

「そう。扱いを知らねば火は己も焼き尽くしてくるのです。だが大きな火を誰もが求めたがる。ご覧になってくるといい。単純に発火させるものをここでは作っていない。闇人のような身体能力の者でも吹き飛ばすような代物を作っているんですよ」

　それが〝火薬〟というものなのか。

　だが、人を吹き飛ばすとは？

「爆発するんですよ。いきなり、弾け飛ぶんです」

　イザクの言葉に、セナは顔をしかめた。

「爆発？　なんだ、それは」

「建物を破壊するほどではないんですが、衝撃で身体が倒されます。直弾しなければ身体に損害はありませんが、足が奪われた者も何人かおりました。否定派が、神山の神官らに対して頻繁に攻撃してきたことがありました。俺はよくその護衛についていたのですが、火薬をいきなり投げつけてくるんです」

　衝撃で馬車は倒されるし馬は恐れるし逃げようがなくなる、とイザクは話した。

「避けようがないのか？」

「投げつけてくる人間を先に見つければ止められます。獣人は鼻が利くので。ところが発見すると自爆するんです。それからは避けるようになりました」

　淡々と語るイザクからハーグリオが忌ま忌ましそうに顔を背けた。

「とっ捕まって拷問されるよりマシだからだ」

「付近の住民らも巻き添えにするだろう」

　イザクの反論にハーグリオが噛みついた。

「お前ら闇人に、住民のことなんて考える心なんてないだろう！」

「止めて、ハーグリオ！」

　ハンナが声を荒らげる。

「この方たちと合流するなら否定派の過去は持ち出さないで！　あなたは今は否定派じゃない、イザクだって闇人じゃないのよ！」

ハーグリオを責める気にはセナはなれなかった。心が安定しないのはハーグリオもイザクも同じだろう。信じていた場所から、所属していた場所から離れた混乱は、そう簡単に落ち着くものではあるまい。

イザクは七日間の間にかなり安定したと思うが、単に表面に出てこないだけで、内面の葛藤まではセナにはわからない。

「それで……もう一人、と言ったがその者は？」

セナの問いに答えたのはハーグリオではなくハンナだった。

「火薬を作ることに熱中するあまり、学都を追い出された者です。思想的には竜王否定派ではありませんでした。否定派の隠れ場が硝石の宝庫だと知って、合流してきたんです」

ハンナの言葉にサガンが続ける。

「何も思想がない、単なる技術者よ。己の欲や、見たい世界だけを追求するために否定派になった。いわば、最も厄介で最も愚かなる者。ご覧になってくるといい」


ハーグリオに誘導され、セナとイザクはセイジュとマルコがいる火薬の製造場へと向かった。

最初にハンナらと会った南側の場所より、はるか西側だった。思いがけず長い距離だったため、セナは途中で警戒したほどである。

「俺が火薬の匂いに気がつきませんでしたから、かなり遠いですよ。どうも北西……に進んでいますね」

イザクの言葉にハーグリオは頷いた。

「この上は、オストラコン国とネスタニア国の境界……といったところだな」

イザクが鼻をひくつかせる。臭いが近づいてきたのだろう。よほど嫌な臭いなのか、珍しくわずかに顔をしかめていた。

だが、すぐにセナにもその臭いがわかった。

嫌な物質が入り交じったような臭いだった。一体何をしているのか。セナは思わず鼻を覆った。

すると、セイジュがこちらに向かってくるのが見えた。声をかけると、走ってきた。

「戻られて良かった！　ハーグリオから、話は聞きました?」

「ああ、俺はあまり想像がつかないが……イザクは知っているようだ」

セイジュは頷いた。

「イザクお前、この臭いはつらいだろう。俺でさえ頭がクラクラしてきたから、戻ってきたんだ」

「マルコの他にもう一人、奥にいますね。そいつが火薬の製造者ですか。臭いにまみれている」

「学都にいた時から、この臭いにまみれていた」

製造者のことを、セイジュもマルコも知っているらしい。

「学都でも変わり者で有名でしたから。火薬の実験を繰り返して火事や爆発をしょっちゅう起こし、教授陣に嫌われて学都を追い出された男です。俺とマルコの同期でしたからハーグリオとも同期です。……武器製造のために否定派に引っ張り込まれていたなんて知りませんでした」

「地下水路に硝石があると話を聞いて、あいつの方から接触してきたんだ」

奥に進むにつれて、臭いが強くなってくる。火薬の原料のためだとハーグリオは説明した。

「硫黄と炭、そして硝石で火薬は作られます。発火させやすい火薬は、今からおよそ二百年前には、製造方法が発見されています。ところがそれは、おおっぴらに利用されるものではなかった。主に、材料の硝石が手に入らなかったからです。乾燥地帯である南方には採れる場所があるんですが、限りがある」

ところがその硝石が、この旧街道にはあった。

「オアシスが枯渇し、長年この地下水路の存在が忘れられていたからでしょう。火薬の製造を研究しているツォーリという男は、この地下水路に純度の高い硝石を採掘できる場所があるはずだと、古文書と地図をひっくり返していました。そして発見したわけです。この周囲の上は、もともと家畜や人間の糞尿を溜めておく場所でした。その成分が地下に染み込み、何百年もの時間をかけて硝石を作り出したんです」

そこまで言ってハーグリオは振り返った。

「乾燥地帯ではこうした場所がいくつか点在する。ですが、水源が豊富な他の地域では手に入らない。わざわざ人為的に作っているぐらいなんですよ」

何が言いたいのか？

セナはハーグリオの顔を見つめた。ハーグリオが答える前に、前方の光景が映し出された。

狭い水路を塞ぐように、机やら椅子やら本やらが雑多に重ねられ、岩壁が掘られ蝋燭が置かれていた。ごちゃごちゃしすぎてゴミなのか使っているものなのかさっぱりわからないが、何らかの作業場になっていることだけは窺えた。

声をかける前に、気配に気がついたマルコが顔を出した。積み重ねられた板や机の奥にいるらしい人物に声をかける。

「おい、ハーグリオが戻ってきたぞ、ツォーリ。それと、セナ様がいらっしゃった。挨拶しろ」

「セナ？　ネバルの？」

敬称もつけない男は、ひょっこりと炭だらけの顔を出した。痩せ型の小柄な男で、こちらに向かって「どおもー」と片手を上げてきた。

「すみません、思想がどうたらより、ああいう男なんです」

セイジュがうんざりしたように頭を下げたが、セナは別に気にしなかった。それよりも、この研究者とセイジュらがかなり親しいことが意外だった。

「ハーグリオはもともと、鉱石を学んでいましたから。否定派には自然学を学んでいる奴らが多いんです。俺は学部は違いましたが、まあ、何度か飲みにくらいは行きましたよ」

セイジュはぼそぼそと、別に親しかったわけではない、と付け加えた。

「単純に、同期だった、というだけです」

近づいてきたツォーリは、いきなり尋ねてきた。

「ネバルの方なら、硝石をご存じですよね？　ネバルの生産地には行ったことないんですよ～。かなりいい硝石が採れるって聞きました」

硝石の存在など、セナは知らなかった。首を傾げると、ツォーリは首を振った。

「お国では金ばかり重要視されていますからな〜。これからの時代はね、金より硝石ですよ！　石炭もそうですが、いかに火を早く長く燃やせるか、が重要になります」

ツォーリは、片手に硝石を掲げて見せた。

「北のネスタニア国は、石炭を発掘している。寒い地方で、より強い火を求めるがゆえに、硝石の存在にも早くから目をつけてきた。火はね、これから軍事力となりますよ。火薬の存在が、各国の均衡を崩します」

軍事力。

セナは、火薬の効果を知らないが、あの闇人相手に戦える武器なのだから、相当な威力なのだろうと簡単に推察できた。

「破壊する能力か」

ツォーリは頷いた。

「技術によって、神の力は凌げます。俺は、実を言うと研究しか興味がなくて、竜王が存在しようがしまいが関係ないんですけど、いつか人間は、神を超える。概念だろうが何だろうが、必要なくなります」

否定派の理念を支えているのはこれかとセナは合点した。

戦える武器があってこそ、彼らは思想を貫いてこられたのだろう。

その武器がどのようなものであっても、今はそれを利用しない手はなかった。

「我々でもすぐに扱えそうな武器を用意してほしい」

セナの言葉に、セイジュだけでなくイザクも顔をしかめた。

「火薬を、用いるんですか。ご覧になったことがないからわからないでしょうが、あれは危険で、無差別に人を殺す代物ですよ」

「闇人のお前が言うな」

イザクへ苛立ちの言葉を放つハーグリオに、セイジュが吐き捨てるように言った。

「本当のことだろうが。全て思想を言い訳にして、お前らが火薬で罪もない市民を何人巻き添えにした？　だからお前らの行動には、俺もマルコも同調できなかったんだよ」

「どうせお前は高い山の上から降りてこようともしなかっただろうが」

「止めろって、二人とも」

セイジュとハーグリオの間に、マルコがうんざりしたように入った。

場に不満と緊張感が漂うのがわかったが、セナは第一の目的をはっきりと告げた。

「イザク、言ったはずだ。お前はもう獣人と化すな。お前一人を犠牲にして、守られるわけにはいかない。一人一人、戦える術を持たなければならないんだ。赤月が過ぎれば、闇人は本格的に追ってくるんだろう」

「命令が翻っていない限り、必ず遂行します。それが、闇人です」

「ならば戦わねばならない。この中でまともに剣を使えるのはお前と俺だけだ。闇人相手に戦える武器があるというのなら、それを用いる」

そうこなくっちゃ、と喜んだのはツォーリ一人だけだった。

それぞれの思いが場に充満し、無言の、澱んだ空気を作り出す。

セナはそれがわかっていても、『生きる、生き残る』という目標だけを見据えるしかなかった。

火薬がどんなものか、セナはツォーリから見せてもらった。

実験をすると聞いたフオルとサガンも興味を持ち、ツォーリの作業場までやってきた。ハーグリオとマルコも見守る中、ツォーリは嬉々として観客に自分の研究の成果を見せた。

ほんのわずかな黒い粉を引火させただけでパンという音とともに地面が燃える。周囲の石はより細かくなっていた。

発火した際の異様な煙と臭いに、これは獣人は嫌がるだろうとセナは理解した。イザクは近寄りもしなかった。

同じく火薬の臭いに辟易したセイジュも、アスラン、ハンナと一緒に居住している場所に残っている。

「これが戦場で使われたら、獣人なんて必要ないですよ！」

　ツォーリは全く思想がない。

ただ、己の予想に基づいた話をしているだけだった。無自覚の、無意識の、己の手元しか見えていない無知さゆえの、思考しかなかった。

　フオルはあからさまにしかめた顔をツォーリに向けていたが、サガンは淡々とした態度で質問する。

「で？　これを持って、否定派の連中は神山を襲おうという一派と、学都や各国に戻ろうとする者が出たわけだね？」

「そう！　学都には否定派の支援者もいるから。その支援者である教授陣はもともと各国出身だったりして、国側に技術や研究成果を流している。火薬の存在は前々からわかっていて、より精度のよい、使い勝手がいいものを求めているだけ」

「けど今まで良い硝石が自然に採れるのは南方しかなかったから、製造できなかった」

「そう！　南の国王は学都に興味ないじゃない。否定派にも支援者にも南方出身者がいないから。だから、この場所が発見されたら、東、北、西の国で旧オアシスの地下水路の取り合いになると思う！」

　思うじゃないだろ、とフオルが吐き捨てた。

「戦争になるって言っているんだぞ」

「そうだよ？　でも、文明が発展するのは戦争があるからでしょう？　争いがより高度な文明と思考を生む、否定派は学によって各国を支配できるって、それが竜王否定派の行動原理だ。そうだよね、ハーグリオ」

　ツォーリの無邪気な問いかけにハーグリオは無言だった。フオルが呆れたようにため息をつく。

「竜王が邪魔なわけだ」

「違う。俺たちの思想はあくまで無意味な階級制度を壊すことだ。各国に売り込むのは知識しかない」

　ハーグリオはそう嚙みついたが、フオルは口調を変えなかった。

「知識じゃない。混乱と破壊を売り込んでいるんだよ。各国に自分を売り込みたいなら、学都で出世して、堂々と大国に喚ばれればいいんだ。マルコは地道にその道を選んで、学都でやっかみや偏見と闘って、我慢して我慢して研究者になったんだろ。お前にはその努力が面倒だっただけだろ。手っ取り早く世界を変える方法を、争いというものを持ち込もうとしたんだろ」

「お前のような小人に何がわかる」

腹を立てたハーグリオの返しに、フォルは全く動じずにしらけたように顔を逸らしたが、セナは我慢ならなかった。

「フォルを侮辱するならば、お前と共に行動などしないぞ」

セナは、フォルがどれほど苦労してネバル国宰相の侍従の地位に就いたのか知っている。

体格の良い、力で生きている獣人の親族が多い中で、フォルが我慢してきたことは計り知れないだろう。

それをいちいち詳しく話したりはしなかったが、言葉の端々から、セナが想像もできない苦労があったことは、常に行動を共にする中で知った。

状況を変えたいと、殺される覚悟でレスキアにやってきた。いかなる場面でも、フォルは知を吸収しようとしていた。それほど努力していたというのに、出世も何もかも捨てて、今こうしてついてきてくれている。

「差別にはさまざまな形がある。お前一人だけが屈辱を感じてきただけではない。お前の思想も行動も、どう主張しようが自由だ。だが、それで人を蔑むことは止めろ」

セナの言葉に、ハーグリオは苛立ったように吐き捨てた。

「破壊と争い。闇人から逃れるために、あなた方だって火薬を使おうとしているんじゃないか。文句があるなら用いなければいい。剣だけで戦えばいいんだ」

「ハーグリオ」

マルコが聞いていられない、というように口を挟もうとしたが、ハーグリオはその前に去っていった。

「すみません」

マルコの謝罪に、セナは苦笑した。

「なぜお前が謝る」

「昔は、あんな性格ではなかったのですが」

サガンは肩をすくめた。

「主義主張はそう簡単に変えられんよ。今までの自分を否定してしまうくらいなら、矛盾を感じていても貫いたほうがマシなのさ。自分の思想を否定したお前やセイジュが目の前にいるんだ。苛立って当然だろう」

マルコは視線を地に落とした。

「……昔は、俺たちは仲が良かったんです、本当に。セイジュも、ハーグリオも、どちらの言い分も俺は聞いてきた。どちらの考えも良くわかりました。根本的には同じだったはずなのに、いつしか互いを否定することしかしなくなっていった」

ここのところは、寄ると触るとすぐ衝突しあい、話が進まないとマルコは言った。

「もう、難しいんでしょうか。一度分離したものは、混じり合うことはもうないんでしょうか」

マルコの言葉に、サガンは淡々と返した。

「まあ、難しいだろうね。どちらかが先に折れなきゃね。ハーグリオもセイジュも、自尊心が高いからな」

マルコは深いため息をついた。

セナは一つ気になったことをサガンに質問した。

「それはそうとしてサガン、地下水路から去って行った竜王否定派の連中は、各国に火薬の存在を伝えに行くと思うか」

「彼らは、大国と渡り合えるだけのものを他には何も持っていませんからな」

「南はともかく、東のレスキアや北のネスタニア国も、火薬の存在を知らないのか？」

「いえ、知っています。ツォーリが言うように、製造できなかっただけです」

「そんなに、南方にしか存在しないのか」

「おそらくは。湿気の多い箇所では硝石が手に入らないらしいです。ここは西よりの北方ですが、地形的に水がいずれ枯渇する運命だった場所です。家畜や人の糞尿を廃棄する場所だったことからも、以前は牧草地だったのでしょう。しかし、ここに水路がなければ、硝石発見とならなかったでしょうから」

貴重なことには変わりない。サガンは火薬が燃え黒ずんだ石を見つめながら言った。

「最も欲しがるのはネスタニア国でしょうな。もともとあちらでは石炭が発掘される」

「そう！　だからほとんどネスタニアへ向かった！」

ツォーリは無邪気に付け加えた。

「世界の縮図が変わる、か。この婚配者騒動で、半年も経たぬうちにこれほど世界が騒いでいる。やはり陛下には何としても皇帝の地位に戻っていただかなければ。事情も知らんばかに頂を取られるわけにはいきませんよ」

フオルの言葉に、セナも頷いた。利権だけを求めていたら、混乱は収束しないだろう。

「しかしレスキア皇帝にそれができるかどうか。人間、自国の利権だけをどうしても追い求めるものよ」

サガンは背を向けて呟いた。

　地下水路に入っていると、月が見えず暦もわからない。

　秋赤月が十七日で終わったことは、獣人であるイザクが告げた。

「発情期が終わりました。今回は薬を飲んでいませんでしたから、はっきりわかります。欲情はまあ、続いていますが」

後ろから抱きしめられ首筋に鼻を押しつけられて、セナは顔を振った。

「欲情があるのに、終わったとわかるのか？」

「発情は本能です。欲情は、心が出すものでしょう？」

セナが身体をひねり向き合うと、イザクの瞳が微笑んでいた。

「本能が落ち着いたのはわかりますが、心はあなたを見るだけで騒ぎます。あなたは？」

イザクの匂いに包まれて、セナは不思議な安堵感と、それと真逆の欲情に身を委ねた。

「俺も……」

落ち着ける場所で、早く、存分に抱き合いたいと思う。

「思えばお前とは、野外や洞窟の中でしか睦み合ったことがなかったな」

「原始的ですね。獣の正しい姿ですよ」

「そうだな」

何も気にすることなく、寝台の上でゆっくりとイザクの身体を眺め堪能したい。

そう伝えると、自分もそうだとイザクは言った。きつく抱きしめられ、イザクの匂いを思いきり吸い込む。互いの熱が伝わるほどに密着し、セナはイザクの肩に頬を摺り寄せた。

「あなたが真っ白な寝台の上に裸で横たわっていたら、美しいでしょうね」

何かを美しい、と思えるぐらいに心が成長したのだろうか。

セナはイザクの頬を撫でながら問いかけた。

「美しいって、わかるのか？　イザク」

「わかりますよ」

イザクの唇が睫に触れる。

「あなたの瞳は、誰がどう見たって綺麗な緑だと思うでしょう。それが、美しいということでしょう？」

誰もがそんなことを思うわけがない。セナは苦笑したが、堪らずイザクに抱きついた。

「お前も、とても美しい男なんだよ、イザク」

「それにはあまり興味がないですね」

声が無機質なものに戻ったイザクに、セナは笑った。

＊・＊・＊

秋の宵月を迎えようとする頃、食料がまた尽きてきた。

ハーグリオとツォーリが持ってきた、竜王否定派が置いていった保存食によってしのぐことはできたが、最も困ったのは山羊が食べる野菜だった。

食料としてもともと確保しておきたかった家畜であるが、アスランが懐いているので手を出しにくくなっていた。山羊は基本的に動物性以外のものはほぼなんでも食べるので、牧草を与えねばならないわけではない。水分が多いものも食べないので、新鮮なものでなくても、調理後の野菜くずなどを与えておけばそれでよかった。

しかし干し肉やパンは食べない。人間と同じ食事を与えるわけにはいかないのが悩むところだった。

食事の準備を受け持つフォルとハンナは、人間の食料もあと三日分、と告げた。

「食材だけでなく、次の秋流月を迎えれば冬に入りますので服も、もう少し暖かいものを用意した方がいいです。地熱でここは温かいとはいえ、今後どうなるかわかりませんし」

周到なフォルの言葉は、アスランを心配してのことだった。

竜王否定派が分裂し、ハーグリオとツォーリ以外の者が外に出た時、いったんはハーグリオも外に出て近隣から情報を仕入れてきたらしい。

ハーグリオによれば、すでに村々の流通は滞っている状態とのことだった。商人らも、神山が皇帝の廃位を宣言し、レスキア帝国に戒厳令が発布されたことを知ったのだろう。いつ国境が封鎖されるかわからない状態で、村々を巡るのは得策ではないと考えたに違いない。

「王領とはいえ、人家の少ないこの辺りに商隊など通らない。だからこの辺りの連中は、農家から直接食材を仕入れるしかない」

ハーグリオの説明を聞いていたセナは、一つ質問を投げかけた。

「ハーグリオ、今まで食料を求めてきた商家、もしくは懇意にしていた農家が周辺にあるだろう」

ハーグリオはしばし考え込むように視線を宙に泳がせていた。

「……ここを去った仲間が、どう行動しているかによりますが……もしかしたら、匿ってもらっているかもしれないし」

「それを含めて、教えてくれないか。俺とイザクで買ってくる」

セナは金貨が入った革袋を取り出した。

これは、別れる時に皇帝が食料などの荷物と一緒に持たせてくれたものだった。セナはそこに自分の装飾類も外して入れていた。

ハーグリオは自分も行くと申し出てきた。

「俺らの支援者でもある農家があります。冬の服などを求めるならそちらが良いかと」

「なら、俺も行く」

セイジュも手を上げた。ハーグリオが顔をしかめる。

「俺が信用できないのか？」

「そうじゃない。だが、お前の態度が軟化していないのは確かだ。支援者の家に、イザクやセナ様を連れて行くのは俺が不安だ」

「そんな風に思われて軟化しようがないだろう」

また言い争いを始めそうな二人に、ハンナとマルコが眉をひそめる。セナは二人の争いを止めるように立ち上がった。

「セイジュ、同行してくれ。荷が多いから一人でも多くいた方が良い。ハーグリオ、ハンナの腹の中の子は、冬には生まれる。赤ん坊の準備だって必要だ。父親として、探し求めろ」

それを聞いてハーグリオは、文句を口にするのを止めた。

ハーグリオは支援者の家を地図で示しながら言った。

「ここは北西だから、もう少し西よりに行くと、人ひとりやっと通れる穴がある。そこが一番近いかな。西のオストラコン国王領に出る」

本当に西だとセナは距離の遠さに驚いた。神山の領土、旧街道を完全に出てしまうのだ。

「西側も政情が落ち着いていない。王領は特にそうだろう。大丈夫だろうか？」

「というより、闇人を心配した方が良いですよ」

セナの疑問にイザクが告げた。

「発情で活動量が制限されるのを恐れていた闇人らが、動き出しているでしょう」

セナは今まで確認したことがなかったことを思い出し、イザクに訊ねた。

「闇人は、一体何人くらいいるんだ？」

「訓練を終え、正式に闇人として任務を受けているのは二十名です」

「嘘だろう、それしかいないのか？」

イザクの答えに、渡り合ってきたハーグリオが愕然とする。セイジュが頷き、考え込むように言った。

「そのくらいだろうな。多いように思えるのは、下位の間者らが闇人に付き従っているからだ。神山でゼーダに常に二・三人の闇人が侍っていて、それ以外となると……」

「俺が殺した人数を入れると、外に出ているのはおよそ十二・三人でしょうか」

イザクの言葉にセイジュは首を傾げて答える。

「いや、惹香嚢体を探しに出ていた闇人も何人かいるだろう。アスラン殿下の殺害よりも、そちらの方が多く人数を割いているだろう」

「私もそう思うね」

サガンは地図を見ながら言った。

「皇帝が獣人であるという噂、それによって廃位となったという話を流布させているのは間者どもだ。南へ、西へ、北へ、あることないこと吹き込んでいるだろう。同時に、手にしている惹香嚢体の情報をもとに、狩りまくっているに違いない。赤月になると惹香嚢体は身を潜めてしまうから、私の時代の竜王薨去で鱗病が出た時は、惹香嚢体を見つけ出せなかった。だが今回は、婚配者を調べるという名目で世界中から惹香嚢体の情報を集めた。それをもとに、狩っているに違いないよ」

セナはサガンの言葉に戦慄した。セイジュが、絞り出すような声を出す。

「先の竜王が薨去してすぐ、鱗病は発症していた。ウガジェ家かハルダ家か知らないが、過去の鱗病の情報を手にしていたというわけだな」

サガンはおそらくね、と頷いた。

「神山には記録を取るという習慣がない。能力は受け継がれるからだ。私の父など文字すら知らなかった。だが、当時の日記か何かをどこかの家が残していたんじゃろ。私は、能力者が消えたというハルダ家だと思う。血は繋げても、能力は繋げなかったのだろう。それでも上位にしがみつくために、彼らは記録を紡ぐことを始めた。それによって、ハルダ家から、鱗病の存在とその克服する方法を知ったと考えるのが妥当じゃろ」

「克服法と言ったって、ちゃんと克服などしないのに？　また罹患するんでしょう」

　フォルが眉をひそめたが、サガンはうつむき、かすかに笑った。

「症状の段階や進行の具合によっては、あの病は苦しいのだよ。じわじわ己を侵食してくるのがわかるのだ。死が近づいてくるにつれ、助かりたい、と思うのだ。そんな状況下で人としての正気を保つ方が珍しかった。それが、万能の臓器を口にすると劇的に回復する。藁《わら》にすがるとはあのことだ。……ウッドやアーテルのように、人としての尊厳を保ったまま死に至っている者が今の神山にもいると信じたい」

「そんな人間が神山にいるもんか」

　吐き捨てたハーグリオに、セナは告げた。

「今は、我々が生き延びる話だ。ウガジェ家の長は、まだ闇人に俺たちの暗殺命令を下していると思うか、イザク」

「はい」

　イザクはきっぱりと言い切った。

「おそらく、俺が逃げたことで、闇人の頭目が自ら動くように命じられたでしょう」

　サガンも乾いた嗤いを飛ばした。

「だろうね。ここにいるセナ様、殿下、セイジュ、イザクは歴史の証人だ。皇帝の廃位が不当であったと証言できる人間を、何としても殺そうとしてくるだろう」

　イザクは続けて断言した。

「俺とまともに戦える闇人はガイルしかいない。逃亡者を神山は、闇人は許さないでしょうから」

　イザクの言葉に、ハーグリオは茫然として呟くように言った。

「ガイル……やっぱり、あいつはガイルだったんだな。二毛種の狼獣人だったから、もしやと思ったら……」

　セイジュが静かに告げた。

「学都で負傷したお前と再会した時に、お前を追っていた闇人ならガイルだったぞ」

マルコがイザクの顔を覗き込むようにして訊いた。

「イザク、お前はあいつと戦えるのか？　あいつのことは、思い出したのか？」

イザクは表情を変えなかった。

以前のように全くの無表情ではなかったが、何かを思案しているように、イザクは腰の剣を見つめたまま動かなかった。

「イザクは獣人化させられない。だからこそ、火薬の扱い方をツォーリから見せてもらったんだから」

セナの言葉に、ツォーリは首を傾げた。

「あんなの、火遊びくらいの威力しかない。実践してもらわないと、扱ったうちに入りませんよ」

洞窟内で火薬の威力を知るのは限界があった。セナも正直、火薬の扱いに自信はない。だが、自分の身は自分で守るしかなかった。


またしても母親が不在になることにアスランは口を尖らせたが、食料のためだと言われて、唇をもとに戻した。

「ヤギさんはたべちゃダメ」

食料が次第に失われ、山羊に向けられる目が違ってきたと気づいているのだろうか。山羊の乳はアスランと妊娠しているハンナには欠かせないが、今後どうなるかはわからない。

「冬になる前に、山羊の草も手に入れなければな」

「ははさまたちだけでいくの？　ヤギさんはにもつもちにいかないの？」

「今回は連れて行かないよ。山羊の面倒を、フオルと一緒に頼んだよ」

「うん」

セナはアスランに手を振り、イザクとセイジュ、ハーグリオが待つ地上への出入り口へと向かった。

ハーグリオが示した地上と通じる穴は、かなり長く這って行かなければならないほど狭い。最初にハーグリオが穴に入っていった。次にセイジュ、セナ、最後にイザクが穴を這いながら進んだ。

　セイジュはもともと細く、イザクも獣人の割に細身である。それでも、穴の狭さに閉口していた。腹ばいになって穴を進むが、セナでさえたまに肩がぶつかるのだから、イザクはしばしば道に止められていた。

　ほとんど腕の力だけで前に進む。およそ半刻（約三十分）、それは続いた。わずかに傾斜になっており、上へと這い上がる恰好になる。前を行くセイジュはしんどそうに何度も止まり、荒い息を吐いた。

「まるでモグラだな。俺以上に体力のないマルコはとても無理だった」

　セイジュの呟きに、セナも同意した。腹ばいになって前に進むのは体力がかなり消耗する。

　ようやく地上に出た時、土埃を顔や身体に浴びてきたセナは、大きく息をついた。

　地上に出てみてわかったが、出入り口はまるで動物の巣穴のようだった。これではなかなか見つからないだろう。

「さて、行きますか。のんびりしている時間はない」

ハーグリオが荷袋を抱える。

セイジュは空を見上げた。

「秋宵月に入っていたんだな……宵月は、なぜか獣人が活発になる。そうだろ？　イザク」

　セイジュの言葉に、イザクは瞳に宵月を映しながら言った。

「大きい月に興奮するのは狼族だけだと思うが」

　人目につかぬように夜に外に出ることにしたが、今夜は宵月何日目なのだろうか。セナは背後の大きな月を眺めた。

　ここはオストラコン国の王領という話だったが、かなり田舎の農村地帯なのだろう。日の出とともに活動する農民は、夜間は動かない。どこにも灯りは見当たらず、月明かりはあれど夜道を辿るのも困難なほどだった。イザクの嗅覚だけが頼りだった。

「もうすぐ我々が懇意にしている農家が見えてきます」

　地上に出て一刻（一時間）ほど歩いてから、ハーグリオがそう告げた。

　その時、ぴたりとイザクの足が止まった。

「……血の臭いがする」

そう呟き、イザクは向かっている方角をしばし見つめていたが、いきなり正反対の方向へ顔を向けた。

ずっと無言で反対側を見ているため、しばらくイザクの言葉を待っていたセナは堪らず声をかけた。

「イザク、どこから血の臭いがするんだ？」

「これは、誘い血です」

誘い血？

イザクは目を鋭くさせた。

「ただ殺すだけでなく、死体を罠にする方法です。出血はさせるが致命傷は負わせない。拷問にも使われる手です。木に吊り下げて耳の後ろなどを傷つけて血を流させる方法などがあります。殺された人間は四人」

ハーグリオがイザクのマントを掴む。

「どちらの方向だ!?」

イザクはハーグリオの質問には答えず、向かおうとしていた方角へ再び顔を向けた。しばらく無言で前方を睨み据え、警戒心を漲らせ言った。

「今からあんたが向かおうとしている農家にもう人はいない。家畜の臭いしかしない。人間はおそらく死んでいる。わずかに腐敗臭がする。殺されて、三日以上は経っている」

セナにも状況は読めた。

おそらく逃げ出した否定派は、すでに農家の人たちを頼っていたのだろう。

そこを闇人に突き止められた。否定派が先に捕まり、地下道や入り口、農家の存在を教えたのかはわからない。いずれにせよ、農家の人々は殺され、否定派も捕まった。

ただ血を流されて、いずれ死に至るという方法で殺された。

「何かが釣れればいいと思っているんでしょう。誘い血の方角には闇人はいない。風下にあるが、臭いもしない。農家に隠れているかもしれない。腐敗臭に紛れて、貯蔵庫にでも潜んでいる可能性がある」

「その誘い血の方に行ってみたい。誰が捕まって殺されたのか知りたい」

　ハーグリオの訴えをイザクは退けた。

「知ってどうする。もう絶命している。否定派はおそらく何人も、地上に出てすぐに闇人に殺されただろう」

「いいから場所だけでも教えろ！　お前には仲間を弔いたいという気持ちもわからないだろう！」

　イザクはハーグリオを見つめ、「絶対に闇人が潜んでいないというわけではないんだぞ」と念を押して、ハーグリオに場所を教えた。

　ハーグリオが走ってそちらに向かうのを見送ったセイジュが、振り返って訊ねた。

「セナ様、我々はどうしますか。他の農家は、その支援者の農家が殺されていると知らないんでしょうか」

　セイジュの言葉にセナはしばし考えたが、近隣の農家には行けないと結論づけた。

「俺たちが立ち寄ったら、闇人は匂いでわかるだろう。拷問して吐かせるかもしれない。巻き込むわけにはいかない」

「そうですね。俺もそう思います」

　イザクも頷いた。

「俺の匂いなんて特にバレると思います」

　その言葉で、セナは一つの作戦を思いついた。

「イザク、闇人に匂いが知られていないならば、動けるということだな？　セイジュの匂いを奴らは知っているのか？」

「……残念ながら、神官殿の匂いを知っている者が追跡に選ばれていると思います」

「だったら俺の匂いは、闇人に知られていないということだな」

「セナ様！　それはいけません」

　悟ったセイジュがすぐに止め、イザクはすかさず腕を摑んできた。

「どこに闇人が潜んでいるかわからないのに、あなたを一人で行かせるわけにはいきません」

「だが、食料はどうしても手に入れる必要がある。あと三日分しかないんだ。農家から分けてもらうしか方法はない。ハーグリオの言う通り、こんな人里離れた場所を商隊は通るまい」

「だったら俺も行きます」

「イザク、お前の匂いが一番奴らに嗅ぎつかれると、さっきお前が言ったんだぞ」

セナは両腕を掴んで離さないイザクに頼んだ。

「食料を手に入れられなければ飢えるだけだ。腹をすかせて動けなくなった我が子だけは見たくない。わかってくれ、イザク。俺の匂いを、お前はどんなに離れていたって探し出すことができるだろう」

イザクの顔が何かに耐えるように歪む。それを見つめながら、セナは腰にぶら下げている火薬の袋を取り上げた。

「何とかやってみるしかない。これを使わずに済むように祈っていてくれ」

セイジュがため息をつく。イザクは低い声で、北の方角を指した。

「あちらに、集落から独立している家が一軒あります。こんな時間帯ですが、煙を一筋見かけました。おそらくまだ竈《かまど》の火を消していない」

夜だが、まだ眠っていないか、朝の訪れにはまだ時間はあるがもう起きたのか。

「どちらにせよ、食料を求めるならあの家に向かってください。あちらにはおそらく闇人は向かっていない」

「なぜわかる？」

「あの家は先ほどからずっと煙が消えていない。闇人が訪れているのなら、真っ先に竈の火を消すはずなんです。闇人は闇夜で相手に灯りを与えません。あと、火が近いと温められて臭いが混じりやすくなるので、火を嫌うんですよ」

主に嗅覚で行動する狼族らしい習性だとセナは思った。『闇人』という名称は、そこから来ているのかもしれない。

「イザク、セイジュと一緒に支援者の家の近辺で待っていてくれないか。もしかしたらそちらにハーグリオが立ち寄るかもしれない」

イザクはまたも納得できないという顔をしたが、仕方なさそうに頷いた。

「……わかりました。あなたは必ずこの道を通って戻ってきてください。何かあればかけつけますから」

セナは荷袋を背負うと、心配顔のセイジュとイザクに手を振った。

「行ってくる」

セナの目には煙は見えなかったが、イザクが示した方角を目指した。次第に北の空が白くなってきたのがわかる。

そのうちに、山の上にある家から、イザクの言う通り白い煙が立っているのが見えてきた。

夜に訪れる者を招き入れる者はいない。果たして戸を開けてくれるだろうかとセナは不安になった。

山に住む者は平地に土地を持つ者よりも貧しい。商隊も通りそうにない土地で、金貨や宝玉を渡したところで大事な食材を分けてくれるかどうか。

セナは祈るような思いで家に辿り着いた。

林を割った広い土地に、石を丁寧に積み上げて築いた家があった。厩舎らしきものがあるところをみても、明日食うに困るような家ではなさそうである。

しばらく家の様子を窺っていると、もこもことした毛皮が左右に動きながら、厩舎から出てくるのをセナは目にした。

毛皮は牧草を腕いっぱいに抱えていたため、顔がよく見えなかった。顔の部分は開いているが頭からすっぽりと上半身まで毛皮に覆われ、前方が塞がったまま多すぎる牧草を運んでおり、足がふらふらしている。

声をかけるのをためらったが、セナはそろそろと近づいた。

「何だ」

背後からいきなり声をかけられ、セナは飛び上がった。セナの驚きと同時に、牧草がばさーっと地に散る。

「おとう！」

毛皮の子どもがあわわわわ、と手足をばたつかせた。

「大丈夫だ」

見たこともないほど大きな鎌を向けられ、セナは後ずさりした。毛皮の子どもは大きく迂回してセナを避けながら父親の背後にしがみついた。

これは、兵士ではないとセナは気付いた。剣を習った者は、あんな持ち方で鎌を握ったりしない。

　獣のように全く気配を感じさせなかったことといい、兵士ではないにせよこれは相当できるとセナは悟った。獣と、盗賊を相手に戦ってきた者だろう。そうした民は侮れない。兵士にも負けぬほどに大きな体躯で、鎌を握りしめる手はがっしりと大きかった。

　反射的に剣を握ったセナは、子どもの頭から毛皮のフードが外れるのを目にして、父親の手に握られている鎌を一瞬忘れた。

　子どもの頭からぴんと立った耳が現れる。

　やはり獣人の親子か、と合点した瞬間、その子どもの耳がきらきらと輝く銀色の狼種であることに目を奪われた。

「……白銀狼……？」

　思わず呟くと、子どもは毛皮のフードがとれたことに気がついたのか、慌てて耳を手で隠した。ざんばら髪だったが、月明かりで照らされた髪は銀色だった。

　西側には狼種が多いと聞いていたが、白銀狼など、イザク以外にもう存在しないと思っていた。

　子どものまんまるの目はわずかに中心が青かった。同じだ。

　思わず見入ってしまっていたセナは、父親の鎌が下げられたのを見て、敵意が消えたことを悟った。

「驚かせてすまなかった。旅人だが、食料を分けてもらおうと煙を頼りにここへ寄らせてもらった」

　声をかけても男は無言だった。耳を隠したままの息子にフードを被せ、静かな声で告げる。

「キト。隠さなくていい。別に恥ずかしいことじゃない」

　キトと呼ばれた息子は口を尖らせたままだった。

「美しい耳だね」

　セナがそう言うと、キトは照れくさそうに身体をくねらせ、毛皮を軽く揺らした。それで気がついたが、長い尻尾も隠れていた。

「尻尾と耳がうまく隠せないことを、気にしているだけだ」

　父親はそう説明した。セナは思わず顔を傾けてキトを見つめた。

「そんなことは気にしなくていい。まだ小さいのだから当たり前だろうに」

　獣人の子どもは耳と尻尾が出しっぱなしの者も多い。三歳ほどで完全に人化する者もいるが、感情の起伏が激しく冷静になれない子どものうちは、耳と尻尾がついたままだ。キトの体格はフオルと同じくらいだった。七・八歳といったところだろう。

　セナの言葉が嬉しかったのか、キトは分厚い毛皮も持ち上がるくらい尻尾を振った。その可愛らしさにセナは思わず微笑んだ。

「食料を求めになぜこんなところまで？　大きな農家が道にあっただろう」

　父親は声に感情を込めずに訊いてきた。

「あちらは……断られてきた」

　父親の灰色の目が鋭く向けられる。

「ここ数日、妙な輩が周辺をうろついている。こちらを完全に無視しているが、この周囲のまとめ役である農家の人間の気配を、全く感じない。たまに風の向きが変わると、異様な臭いがこちらにまで届く……」

　探るような語尾に、セナは頷いた。

「おそらくもう、まとめ役の農家の方々は皆去ったか、殺されたかと思う」

　男は、キトの耳に何か囁いた。キトが家の中に入る。

「この王領は穏やかな土地だったが、今は衛兵団の見回りも途絶えている。俺は山のことしかわからないが、冬ごもりは早めに考えた方が良さそうだと判断し、夜明け前だったが準備をしていた」

　これは食料を分けてもらうのは難しそうだとセナは思った。

　だが、キトは家の中から大きな袋を持ってきた。

「干し肉とパン、そして乾燥させた野菜が入っている」

　セナは安堵と感謝のあまり、思わずキトを抱きしめた。

「ありがとう……！　代金がわりにこれを」

　セナは金貨と装飾類が入った革袋をキトに渡した。

　中身を見たキトは飛び上がって驚き、慌てて父親のもとへ持っていった。

「こんなものはいらん」

　父親は素っ気なく返したが、セナは首を振った。

「冬前の大事な食料に、どれだけの価値があるかはわかっているつもりだ。それと、可能なら衣服も融通してもらえないか。三歳の子と、キトと同じくらいの背丈の子がいる。大人はともかく、子どもたちには服を与えねばならないんだ」

父親はわずかに目を細めた。

「お前の産んだ子か」

セナは驚いて思わず一歩足を引いた。

「惹香嚢体だろう。俺の伴侶もそうだった。お前から、強い狼族の臭いがする」

父親の言葉に、キトが家の近くに立っている樹を指で示した。

「おかあ！」

樹の下に、伴侶が、母親がいるということだろう。亡くなったのか。

セナが問う前に父親はキトに耳打ちをしていた。キトが嬉しそうに頷き、再び家の中に戻る。

「母親が惹香嚢体ということは、あなたは白銀狼なのか」

「大叔父がそうだった。おれはただの灰色狼。大叔父が死んでから、もう白銀狼は生まれないだろうと言われていたのに、キトが誕生した」

男は革袋を握りしめた拳を突き出してきた。

「子にたらふく食べさせて、温めてやれ。これはいらん」

「どうか受け取ってくれ。キトが大きくなった時に、入り用かもしれん。……私の男は、白銀狼だ。もう、あの男しか白銀狼は存在しないと思っていた。キトを、誰よりも強く、優しい男に育てるのに使ってくれ」

父親はしばらく革袋を突き出したままだったが、セナの思いが伝わったのか、頷いて懐の中に収めた。

家の中から出てきたキトは、両手にもこもこの毛皮を抱えてきた。

＊　・　＊　・　＊

大きな荷を抱えながら、セナはイザクたちと待ち合わせをしている場所へ向かった。

山羊の牧草までもらったため、背負った荷物は頭を軽く越え、前に食料を抱えている状態だった。後ろにフオル、前にアスランを抱えているほどの重さだった。

突如響いたドンッという大きな音に、セナの身体は揺らいだ。

広大な農場から、煙が立ち上っていた。

山の上からでも、その場所が支援者の家だということがわかった。

あの音は、誰かが火薬を使ったのか。

セナもセイジュも火薬を持たされていたが、大きな火薬はまだ扱えず、発火材程度のものしか渡されていない。

あんな爆発を引き起こしたとしたら、ハーグリオしか考えられなかった。

ドン、ドン、と続けざまに爆発が起きる。

セナは、遠方からもはっきりわかるほどの黒煙と火に、絶句した。

建物の何箇所かで、火が燃えている。

そんな爆薬を、ハーグリオは隠し持っていたというのだろうか。

近づくにつれて、セナは農家にしては大きな屋敷全体が燃えていることに気がついた。

そして、悟った。

否定派の協力者であった農家は、おそらく火薬をいくつか屋敷の中に隠していた。

それに、引火したのだ。生きていた農家の人間か、ハーグリオかはわからない。

「セナ様!」

セイジュの声に、セナは辺りを見回した。前に荷物を抱えていたため気がつかなかったが、セイジュは全速力で駆けてきていた。

「セナ様、お、おそらくハーグリオが、支援者の家の方に！　イザクが風上から様子を窺っていたのですが、ハーグリオの気配を察した闇人らが、支援者の家に三名、駆けていったらしいです。セナ様を追えとイザクに言われて私はこっちに向かいましたが、イザクは家へ」

「セイジュ、こっちの荷物を持て！」

ハーグリオはおそらく、闇人がやってきたのを察して、屋敷内にあった爆薬に引火したのだろう。

仲間がまだ支援者の家にいると思ったのか、助けようと思ったのかはわからない。

またしても、ドンッ、と大きな音が響いた。

セナは火薬の、爆薬の威力を目の当たりにした。

凄まじい音、凄まじい火、そして破壊力。

この存在を、闇人でも恐れたはずである。発火すれば、太刀打ちできまい。

だが引火した人間も、無事では済むまい。

セナとセイジュがツォーリから教わったのは、黒煙を出す発火剤を投げるという方法だった。目くらまし程度にしかならないが、煙と火で相手の動きを止めれる。イザクはその隙を逃さない。獣人化しなくとも戦える方法だったのだ。

この火と煙では、イザクも無事で済むかどうか。

周囲がどうなっているのかなど、確認できなかった。

煙を避けながら、ひたすら火のもとへ向かった。これ以上近づいたら煙で何も見えなくなる、というところまで来て、セイジュが激しく咳き込むのを耳にしたセナは我に返った。

どうする。この状態では、イザクの鼻も利くまい。

「イザク！」

闇人に聞かれるかもしれない。それでもセナは絶叫した。

イザクは死なない。

あの、誰よりも強い男は、絶対に死なない。

「イザク！　俺はここだ！　返事をしてくれ！」

風が流れ、煙が渦を巻くのがわかった。

剣で切られた煙の向こうから、白銀狼が姿を現す。

白銀狼の、むき出しになった牙と口元には、人を喰らったかのような血がついていた。

だがそれは他人のそれではなく、イザク自身の血であるとセナはすぐに気がついた。

イザクが、肩にハーグリオを抱えていなかったら、イザクに飛びついていたところだった。

身体の三分の二を失っているハーグリオを目にしなければ。

「ハーグリオ!!」

セイジュが悲鳴のような声を上げる。ぐらりと身体を傾けたイザクから、セナとセイジュはハーグリオを抱きかかえながら受け取った。

「ハーグリオ、ハーグリオ!」

ハーグリオの身体は煤《すす》だらけだった。だがそれ以外にも、致命傷と一目でわかる刀傷があった。おそらく、闇人に見つかり捕らえられる前に、火を点けたのだろう。

全身のひどい火傷に爆発で失われた両足と右腕という有様に、セナはかける言葉も忘れた。

「闇人は、爆薬で三人、死にました。一人、後から追ってきたために巻き込まれなかった闇人は俺が殺しました。……ハーグリオは……」

今にも地に倒れ伏しそうなイザクの報告に重なるように、ハーグリオの声がした。

「……セイジュ」

「ハーグリオ!」

絞り出すような声に、セイジュはハーグリオの頭を抱え込んだ。

「……闇人は……逃げた否定派を捕らえて、拷問で情報を得ている……。おそらく、もう、何人か吐かされた……。闇人は、俺のことも、自決させまいとしてきた……。……ハンナに……ハンナに、逃げるように……」

「ハーグリオ! しっかりしろ、今、ハンナのところに連れて行くから!」

「……頼む、セイジュ」

何も見えてはいまい。何も、聞こえてはいまい。だがハーグリオは、それを伝えるためだけに最後の命を振り絞るかのように、訴え続けた。

「頼む……お前しか、お前らしかっ……、ハンナをっ、子どもを、頼む、頼む、頼む……たの、む……」

セイジュは泣き声をあげながら、友の頭を抱え込んでひたすら頷いた。

思想に囚われ続けた幼なじみの最後の願いに、セイジュは子どもが泣きわめくような声を出しながら、懸命に諾を伝えていた。

＊　・＊・　＊

セナとセイジュは、夜が完全に明ける前に食料を運び獣人化してしまったイザクを何とか地下水路に戻すので疲弊した。外の状況と事の顛末を説明すると、残っていたマルコたちは言葉も出てこないようだった。ハーグリオの死を告げても、ハンナは取り乱さなかった。最後の様子を伝えた時に、静かに泣いた。

重苦しい沈黙が続く中、ハンナの肩にマルコが手を置いた。

「ハンナ、君はこの水路を今後どう進めば良いか、セナ様と作戦を考えてくれ」

ハーグリオは、捕まった仲間らが水路の情報を吐かせられたと言っていた。

闇人が水路に入ってきたら、どこでどう迎え撃てばよいか考えねばならない。迷路のような水路の構図を知っているのは、ハンナだけだった。

火薬によってハーグリオがどういう状態で亡くなったか、ハンナが地図を取りにその場を離れた時にセナはサガンやフォルに説明した。

剣を手に人間同士で戦えば、あんな状態にはとてもなるまい。人としての尊厳も失われた有様に、セナは爆薬の恐ろしさを思い出し、身を震わせた。

「闇人に立ち向かえる方法と安易に手を伸ばしたが、危険すぎる。いつか文明はあれをたやすく手に入れるのだろうが、是非陛下には、あれの危険をお伝えせねばと思った」

サガンは頷いた。

「方法を知ってしまえば探求心は止められません。やがて大国が火薬を、爆薬を手にするでしょう。そこからどういう道に進むのかは人次第。……レスキア皇帝に望むものは多いですな」

ハンナが地図を持ってき、ツォーリは地下水路のどこに爆薬を仕掛けるかの相談に加わった。

「足止めに使うくらいの火薬しか地下では使えないですよ。煙の逃げていく場所がありませんから、こちらが煙を吸い込んでしまう」

それに、威力が大きすぎると地下水路を崩壊させてしまうとツォーリは言った。

「俺らが練習に使った発火剤程度のものか」

セナの質問にツォーリは石の上に並べた火薬を選びながら答えた。

「そうですねえ……人ひとりが通れるくらいの空間を残して、あらかじめ瓦礫や石を積んで道を塞いでおき、火薬で爆発させて隙間を埋めるという方法ですかね。かなり足は止められると思います」

「そうなると、一度道を塞いでしまったらもう戻れない。自分たちが行き止まりにならないような道を考えなければなりませんよね」

セイジュの言葉にハンナは頷いた。

「進む道を間違えないようにする必要があります」

ハンナがあらかじめ何枚も作成しておいた地下水路の地図を広げ、仕掛けるならここ、ここと印を書いていく。

「今いる場所が最も複雑化しているし仕掛けも作りやすいです。しかし私が提示した場所を塞いでしまったら、もう北へ進むしか道は残されません。冬になるのに、もっと寒い方へ向かうことになります」

「何とかしのぐしかないだろう。いつまでもこうして地下に潜むわけにもいかないんだ。闇人や、神山の間者が一番少ないのは、おそらく北じゃないかと俺は思っている」

「私もそう思います」

セナの言葉にサガンも頷いた。

「北のネスタニア国は、神山に従っていない唯一の国です。間者らの情報操作が及んでいないんでしょう。ネスタニア国がレスキア皇帝を裏切っていなければ、ですが」

ネスタニア国には皇太子が入っている。万が一、ネスタニア国が神山に従えば、皇太子はどうなってしまうのか。

セナの不安を察したようにセイジュが言う。

「皇太子殿下はネスタニア国の協力を求めるために行かれましたが、人質になることも覚悟してらっしゃいました。自分たちの利を求めてどう転ぶかわからないのが国というものですからね」

「セナ様、毛皮はちょうど良かったですよ」

フオルの声に振り返ると、そこには毛皮を羽織ったアスランが立っていた。

「これ、すごくあつい！」

「今はね。これから寒くなるから大事に使うんだよ。キトというお兄ちゃんが自分の小さい頃のを譲ってくれたんだから」

「ヤギさんのくさもくれた子？」

「そう」

「すごくギュウギュウにしてくれたから、たくさんくさがつまってた！」

「山羊は草を食べた？」

「うん！　ヤギさんやっとおなかいっぱい」

しかしいつまで山羊を連れて行けるのか。山羊は乳を出してくれるため今まで重宝したが、これからのことを考えるとキト親子に預けたほうが良かったのかもしれない。

爆薬の設置場所の考察をハンナとツォーリに任せ、セナはイザクが休んでいる場所へと向かった。

イザクはもう、意識を戻していた。だが、山羊の乳と食料には手をつけていなかった。

「イザク、気分はまだ悪いか。水の方が良かったか？」

「いえ、大丈夫です。あとで、いただきます」

もともとイザクは怪我や吐血をした後は、食事をあまり取らない。ただじっと、身体を丸めて回復を待つ。

だが今回は、それとまた違うように感じた。すでにもう、身体が何かを口にするのを拒絶しているのかもしれない。身体が回復ではなく、終焉に向かうことがわかっているかのような……。

そんな不吉な不安を、セナは頭からふるい落とした。この男は、どんな時だって生き残ってきた。これからだってずっと、大丈夫だ。

「何か、水分だけでも取った方が」

呼びかけに、イザクはふと笑みを浮かべた。

「じゃあ、あなたの精液がいいです」

セナは赤面した。確かに惹香嚢体の体液の方が身体に効くだろう。

「冗談ですよ。これでいいです」

イザクの手が頬に伸びてくる。うなじを、イザクの長い指が撫でた。そのまま引き寄せられ、接吻する。口内の湿り気を求めるようにイザクの舌が動く。

「……何もかもあなたは甘い」

舌を絡ませながらも器用にイザクが告げてくる。セナは、淫らな舌の動きにすぐに身体の奥が痺れてきた。なんて、火のつきやすい身体なのか。

先程までずっと鼻にこびりついていた硝煙の臭いは消え、欲情の火が甘い煙を出す。

イザクは横になったままだというのに、尻と、陰茎に、両手を添えてきた。

「すみません、やっぱりください」

動き始めた指に、セナは思わず腰を振って応じた。

「あ……ふ、も、もう……」

声がイザクの唇に吸われる。下半身をまさぐられる音だけが耳に響く。セナは、状況も忘れてイザクの身体に腰を押しつけた。


ブルブルと身体を震わせ、甘い痺れが脳天を貫いた。イザクはすぐに手で受け止めた精液を飲む。陰茎の中に残っている精液を一滴も無駄にするまいとするように、長い指先でさらに性器を擦り上げてくる。手の動きに合わせてセナは何度もがくがくと腰を揺らした。

「あ、あん、駄目……」

ようやくイザクの手が離れ、セナが脱力してその肩に顔を押しつけると、先程の穏やかな声音とはうって変わった口調でイザクが告げた。

「闇人は、おそらくもう追ってくるとしても二人ほどでしょう。その中に必ずガイルがいる」

顔を上げると、イザクの瞳は何かを見据えていた。以前は何もなかった空洞の瞳には、強烈な意思が宿っていた。

だがその意思を、セナには測れなかった。

かつての幼なじみとの別れを、決意しているのはわかる。

だがそれしか見据えていないわけではなかった。

その決別が意味するもの。

その決別を覚悟するために、心に宿すもの。

それを、見据えているのがわかった。

「イザク……」

何と声をかけたらいいのかわからぬままに名を呼ぶと、イザクは瞳を穏やかに緩ませて、顔を覗き込んできた。

「これ、何と言っているかわかりますか」

イザクが口をパクパクと動かす。その口の動きには、見覚えがあった。

「……愛してる……?」

微笑んだまま、イザクが頷く。

「気持ちが理解できないのなら口にするなとあなたは言いましたが、ようやく、わかった気がします」

イザクの瞳は、中心の水色が滲み、まるで湖のような広がりを見せた。

「あなたを、何よりも愛しています、セナ様」

『何より』。

誰より、という言葉ではなく、何より、という言葉。

それに一瞬、セナは気を奪われた。

イザクの唇が重なる。

「……愛してます」

耳元で囁かれた言葉が、身体の中に落ちてくる。

それは、快楽とは別の甘美な痺れを、隅々にまで伝わらせた。

「……うん、俺も、愛している、イザク」

しっかりと抱きしめながら、セナはイザクにそう返した。

自分の言葉も、イザクに同じように甘い痺れをもたらしてくれたらいい。

そう願いながら。

◆・◆・◆

ダリオン暗殺の命を受け、皇帝と離れたジグルトは、アルス・ランドの従者であるハゼスが送ってよこした間者とともに、さまざまな道を抜けて帝都ギドゥオンへ入った。

戒厳令下では、領内から領内の移動も禁じられ、他国の商人らでさえ人の通らぬ山道を回らざるを得なくなる。物流は基本、停滞する。

帝都に辿り着いてからは、ジグルトは困らなかった。もともと下町の貧民街出身である。

戒厳令下で、町から町もすべて封鎖されているとはいえ、地下排水溝をネズミのように這い回っていた過去を持つジグルトは、たやすくニールスの隠れ家へと辿り着いた。

「さすがですね。陛下を皇帝の地位に即かせるため、あなたが地下を動き回っていたとは聞いていましたが、こんなに早く間者と落ち合ってここまで辿り着けるとは思いませんでした」

「娼館の地下貯蔵庫なんて、わかりやすすぎるぞ。移動を考えた方がいいんじゃないか」

ジグルトの言葉にニールスは口角を上げた。

「宰相は王宮をまとめ上げるのに精一杯で、俺のような小者を追いかけることまで頭が回りませんよ」

貯蔵庫は当然暖を取るものは何もなく、椅子が一脚、蝋燭が一本床に置かれているだけで、酒も食材も何も置かれていなかった。最初から隠れ家として利用されている場所なのだろう。

ニールスに勧められてジグルトは椅子に腰を下ろした。ニールスはジグルトから少し離れ、壁側に寄りかかるようにして帝都の状況を説明した。

ニールスによると、王宮内は皇帝の弟である先帝の第四皇子とダリオンが掌握しているわけではなさそうだった。

「やっぱり時間が足りなかったんです。これで皇后が気を弱くしてしまっていたら後宮まで牛耳られ、俺の父親も身動き取れなかったと思うんですが」

戒厳令下の後宮では、バルミラ国出身の宝玉の妃が勢いづいた。

宰相ダリオンや西方防衛師団元帥ラーシャルが、すでに南のバルミラと繋がっているからである。

バルミラ国は神山の後ろ盾を得て、自国出身の惹香嚢体が竜王の婚配者として認められている。しかもその母親は、バルミラ国王の後宮に入っている。

バルミラ国王が婚配者の父親であると大声で言い放つためだろう。

時期的にもバルミラ国王が婚配者の本当の父親ではないことは皆わかっているが、神山と今最も繋がっているのはバルミラ国王であり、異を唱えることはできない状況だった。

「西の国オストラコン出身の妃は数年前に亡くなられ、残された王女は皇后陛下がお育てになっているではありませんか。オストラコンもバルミラも、もうレスキアを裏切っています。王女を皇后から引き離そうとしたのですが、皇后はそれを許さず逆に後宮に立てこもりました。バルミラの妃の態度が許せなかった他の妃らも皆皇后についたので、王宮に皇弟派と皇后派の二つが成り立ったんです」

政治的なことは深く考えず、とっさに行動したのだろう。

だがそれが、ダリオン主導の離反をかき回すに至ったとニールスは言った。

「まさに後宮を甘く見た結果です。後宮の妃様方が我が子可愛さに、あっさり命乞いをして後宮を解放したら、宰相は各国との交渉権を得て、上院の貴族も簡単に従えたでしょう。ダリオンは上院下院の貴族らを召集していますが、後宮がこの有様となったため、貴族ら全員が従っている状況ではないんです。南方のナラゼル元帥の噂はもちろん、北方防衛師団・ガングル殿も帝都に来ていない。我が国最大の師団が二つ従っていないのですから、貴族らもそりゃ慎重になりますよ」

「お前の父のランド公は？　お前はともかく、ダリオンもあの方をそう簡単に殺せまい」

「父は、皇后を説得するという建前で首の皮を繋いでおります。王宮にいるので、いつ殺されるかわかりませんが」

だが時間の問題だとニールスは言った。

「王宮の皇后勢力が持ちこたえられるのは、せいぜいあと半月です。ダリオンはあの二枚舌で上院を抱き込むでしょう。陛下に一刻も早く帝都へ入っていただかねば」

「それはそうだがやはり南方騎士団に守られながら進んでいただかねば。陛下の威光がまだまだ健在の町を堂々と通って戻ってきていただこう。皇弟殿下も西方防衛師団も真っ青になるくらいにな」

　宰相ダリオンさえいなくなれば、王宮に求心力はなくなる。

　ダリオンが消えればラーシャルも皇弟殿下も王宮で右往左往するだけだろう。後宮がここまで力を発揮するとは正直ジグルトも思わなかったが、王宮が掌握できなければこの戦いは反乱側の負けだ。ダリオンとともに完全に崩れる。

　だからこそ暗殺しろと皇帝は命じたのだ。ジグルトは決意を固くした。

「ジグルト殿、陛下が獣人族であるという噂は本当ですか」

　寒い地下貯蔵庫でわずかな灯りだけで話していると、声音がやたらと耳に響く。

　そこに含まれる些細な感情の動きも、冷静に捉えられるほどに。

「私にとってはどうでも良いことですので答えていただかなくても結構です。ただ、老年の連中の中には、こだわる者もおります。帝都入りして、詰問されたら陛下はどうお答えするか予想を立てておきたかっただけです」

「陛下の実子であらせられるアスラン殿下が竜王の婚配者であることに間違いはない。他に何の事実が必要だ？」

　ジグルトはニールスの口元から漏れる白い息を見つめながら言った。

「陛下が帝位に戻られたら、獣人であることを理由に、皇太子殿下を即位させる算段でも練るつもりか？」

「政治家は、先を考えねば生き残れませんよ。私がダリオンやラーシャルに追われているのも、皇太子殿下の腹心だからです。……私の試合終了は、帝都に皇太子殿下を無事お迎えし、王位に即かせるまでですのでね」

そういう考えは嫌いではなかった。

目的が明確な男は信用できた。出世。ジグルトもそれだけを求めてきた。貧困から抜け出すためにダリオンの要求に従い、寵童となって良いようにこき使われても、いつか人間を思うがままに動かす側になってやると思ってきたのだ。

こうして大貴族子息のニールスと対等に口を利けるのも、駒を大きく動かし、それによって出世を重ねてきたからだった。

「なあ、ニールス。お前、アスラン殿下が無事に竜王と婚姻されたら、一体どんな世の中になると思う？」

返事はなかった。

薄暗い地下に流れる白い息には、何も返答をする気はなさそうだった。

おそらく、想像をしたこともないだろう。

ニールスの行動原理は、自分の家が、地位が、どう維持され、そして発展していくかということしかないからだ。

ニールスにとって世界は、自分がより良く存続するための舞台でしかない。

「世界の縮図が変わる。陛下にそれを、見ていただきたいと思うよ」

俺の声は、おそらくばかみたいに聞こえているだろう。それでも別に構わないとジグルトは思った。

全てを切り捨てるように、ジグルトはニールスに鋭く告げた。

「ヴァントを呼び出すことができるか。無理ならいい。応じなかったらそれでもいい」

「接触するつもりですか。今は、完全にダリオンの子飼いとして動いている男ですよ」

「ああ。ヴァントと繋ぎをとれたら、俺を切り離していい。やってみてくれ」

必ず応じるだろうとジグルトは思っていた。

同期の縁を信じた、そんな仲間意識からではない。

互いに、今の立場にあったのは、たまたまだったからだ。

ずっと考えていた。

この時に、神山外交官代行という立場ではなかったならば、もしもヴァントのようなダリオンの右腕的立場だったら、ダリオンを即裏切って皇帝のもとへ走っただろうか？

もしカルスが皇帝付き第一書記官でなかったならば、今頃皇太子に付き添ってネスタニア国へ赴いていただろうか？

ヴァントもカルスも貴族出身だったが、ヴァントの場合、さほど地位のある貴族だったわけではない。

ジグルトほどではないにせよ、領地も何もない、役職だけを先祖代々受け継いでいた貧しい家庭出身であると、ヴァントが何も言わなくとも耳にしていた。

呼び出されたことをダリオンに話せばそれはそれで構わないという気持ちにさえなっていた。だが、あいつは言わないだろう。帝都に入って、ジグルトはそれを確信した。

ニールスの間者の案内でヴァントが娼館にやってきたのは、ジグルトがこの地下貯蔵庫に潜んで五日目のことだった。

室内には蝋燭は一本しかなかったため、扉を開けて入ってきたヴァントの表情まではジグルトにはわからなかった。

「カルスは、寒いのが苦手だったが、北へ向かって大丈夫だったのか」

ヴァントの第一声は、のんきな声音だった。思わずジグルトは暗闇を流れてきた声に苦笑した。

「夏だったし、考えなかったんじゃないかなあ」

「喉をすぐ痛める奴だったから、殿下の重荷になっていなきゃいいんだがな」

ヴァントの声には、俺がそっちだったら良かったのにな、という諦めが滲んでいた。

「ヴァント、安心しろ。陛下はわかってくださる。俺ら書記官はしょせん駒なんだ。たまたま俺やカルスやガトーは神山にいた。それだけだ」

ナラゼルやニールスのような、兵を抱える貴族ではない。己の意思で、どちらにつくか考えられるような立場ではない。

「俺をここに送り込む時にも、陛下は確認してくださった。俺らは個人の意思など持てない。陛下はお前が置かれていた状況を理解してくださっている」

「そうだな。ただの駒だ。間抜けな大臣や大貴族らを右、左へと思うがままに動かしていると自負していたが、しょせん駒だったよ」

ヴァントの声に、力強さが滲む。

「だから俺は、自分で選んだんだよ、ジグルト。このままいったらどれほど出世してもただの駒で終わる。確実なものを手にするために、宰相に付こうと決めたんだ」

ジグルトはヴァントの声を必死に聞き取ろうとした。感情のわずかな線の揺れを捉えようと耳を澄ませた。

ヴァントが静かな声で告げた。

「お前がここまで来たと言うことは、陛下がお戻りになるのも近いだろう。……それまでに王宮を掌握するのは無理な話だ。ここで、終わるしかなさそうだな」

その声から、ヴァントが何を考えているのか窺い知ることはできなかった。


宰相の私邸は帝都に何箇所か存在するが、ダリオンが王宮から出て一息つく際に用いる場所は、王宮からもっとも近い、豪奢とは言えない小さな屋敷だった。

ヴァントが地下貯蔵庫にいるジグルトに今夜、と連絡してきたのはヴァントと再会して四日後だった。今夜か明日には宰相が確実に自宅に戻る、と。

屋敷に導くだけでいい、とジグルトはヴァントに告げた。あの屋敷の中は良く知っている。ダリオンが寝酒に用いる種類も知っている。

ダリオンを王宮から連れ出し、屋敷に戻らせてくれるだけでいい、と。

「いや……俺がやるよ。信用できないというなら仕方ないが。薬は、半分に分けておくか？」

淡々とした表情でそう言うヴァントに、ジグルトは手にしていた薬を全て渡した。

手の上に置かれたそれを見つめながら、ヴァントは言った。

「ジグルト」

「ん？」

「……俺の妹、結構な貴族に望まれて、結婚しただろう」

「ああ、知っているよ。結婚式に俺も出ただろう」

「……両親は俺の稼ぎを当てにしているだけだし何とかなるだろうが、妹が肩身の狭い思いをしないようにだけ、取り計らってもらえないか」

「ヴァント。何度も言うが、陛下は一切お前を咎めたりしない。お前だけじゃない。上院も下院らも、処罰などしたら反発が大きいとわかりきっている。こんな反乱、なかったことにするほうが楽だぞ」

ふ、とヴァントはその時初めて笑った。

「それもそうだな。さすが陛下。あと一年はナラゼル元帥のところに留まっておられるかと予測していた」

「せっかちな方だからな」

互いの間に笑いをこぼした後、ヴァントの誘導で屋敷内の者の目を逸らしてもらっている間に、ジグルトはダリオンの屋敷に潜入した。

一体どこにどう潜んでいれば見つからないかなど、ジグルトは熟知していた。一人、十分に感傷に浸ることができるくらいに。

昔、散々隠れ潜んでいた小間の片隅で息を殺しながら、ジグルトは昔のことを考えていた。

ジグルトは初めてこの屋敷に入った時、役人とはこんなぜいたくな屋敷が持てるのかと嘆息をついたのだ。歴史ある大貴族の邸宅に比べれば小さいだろうが、一介の平民が、王宮で書記官となり、己の力だけで購入した屋敷としては上等だった。果たして自分は、どれだけあがけば、こんな生活ができるようになるのかと。

王宮から近くて便利だろうが、いつまでもこの屋敷を手放さなかったダリオンのことを思った。

この屋敷で、初めて皇帝に会った。三人膝をつき合わせて、血生臭い話をした。

俺もあほうだな、とジグルトは嗤った。

ここにきて、こんな感傷を抱くか。

散々人を陥れ、散々人を虐げ、散々人を傷つけてきた。

俺も同類だ。だからこそ、わかるのだ。

ヴァントがダリオンを屋敷に戻らせたのは、潜入して一日経ってからだった。

水分はそれ以前から一切取っていなかったが、一日という時間は結構つらかった。

俺も老けたな、と会話をしながら潜伏している部屋にやってくるヴァントとダリオンの声を聞きながらジグルトは思った。

苛立ったようにヴァントにあれこれ指示をするダリオンの声を聞きながら、この男も老けたとジグルトは瞳を閉じた。

最後の最後まで、飄々とした、人をこばかにしたような口調のままでいれば良かったのに。

「他の酒を、お持ちしますか？」

ヴァントの声が耳に届く。

飲んだか——ジグルトは静かに息をついた。

その言葉が、合図だった。飾り棚の下から、ジグルトは身体を出した。

ダリオンの私室の逃げられる道だった。隣の部屋の小間につながり、外に逃げられる道が作られている。

「……そこを塞いでおけと命じておいたはずだったんだがな。こんな風に、使われるかもしれないから」

出てきたジグルトを眺めながら、ダリオンは独り言のように呟いた。

「ちゃんと確かめておけば良かったのに」

ジグルトがそう返すと、ダリオンはにやりと嗤った。

「まさかネズミが大きくなってもそこを使うとは思わなかったんでな」

「ネズミはネズミのままだ。俺はいつまで経っても貧民上がりの小僧だよ」

ヴァントが無言で部屋を出て行く。ダリオンは飲んでいた杯をぶらぶらと揺らした。

「俺も、いささか投げやりになっていたなあ。油断した。毒か？」

「そう」

「お前と話す時間くらいはありそうか？　久しぶりだろう、こうして向かい合うのも」

「……どうかな。量によるだろうが」

ジグルトは椅子を引き寄せ、ダリオンの向かい側に座った。

先程までヴァントに声を張り上げていた態度とはうって変わって、ダリオンは落ち着き払って笑みまで浮かべていた。

虚勢ではないとジグルトは悟った。かといって諦観でもなかろう。

ジグルトはあれこれ考えるのを止めた。毒を飲んだか、飲まなかったか、そんなことすらどうでも良いように思われた。

「ずっと考えていた。もし神山にいなかったら、俺はあんたの行動にどう反応していただろうって。陛下のところへ向かったか、それとも流されるままにあんたに動かされたか」

「どうだろうなあ。危険を顧みず俺を殺しにやってきたということは、陛下に抱いてもらったか？」

「なぜ陛下を見限った？　あともう少しの治世だと見切りをつけたからか？　あんた、そこまで欲深い男だったか？」

問いにダリオンはいつもの飄々とした笑いを浮かべた。

「宰相の地位に就いても、俺はしょせん平民よ。この地位にあって、それをつくづく感じていた。書記官時代にはわからなかったよ。大貴族らは俺を眼中にも入れていなかった。『どうせこの男の執政などすぐ終わる。次だ、次』。いつだってそう思われていた」

「……そんな連中を、本当に跪かせてやりたかったのか？」

「まあ、そうだな。あと、もう一度味わいたかった。誰もが無理だと思っていた、獣人族の母親から生まれた一皇子を王位に即かせた、あの勝利をな。あれは爽快だったなあ。最高だっただろ、ジグルト」

ジグルトはこみ上げてくるものを止められなかった。

そうだ、最高だった。

これから全てが変わるのだと、目の前が眩しく明るく輝いた瞬間。

第三皇子の即位。

智謀の限りを尽くし、ぎりぎりの判断に賭けた。

家柄も血脈もない、己の才覚一つしか信じられるものがなかった者たちにとって、そこだけが存在意義だった。生まれながらにして何もかも持っている連中を凌駕するには、いつだって際に立つしかなかった。

大貴族らにまだ勝てるとダリオンは思ったのだろう。地盤を固め、次の血脈に繋げる好機だとヴァントは思ったのだろう。

常に動かねばならなかった彼らの欲望は、ジグルトには理解できた。

自分が、線を引くとしたらここだった。

欲望と決別するならばここだ。

これ以上を望んだら、自分はダリオンと同じ道を辿るだろう。

何者かになることを求めて。より強い自分を求めて。果ての無い欲望を持て余すだろう。

道が、眩しすぎて見えなくなる前に。

ジグルトはダリオンの口から流れる血を見つめた後、瞳を閉じた。

頬に、滴が流れる線が描かれる。

顎を伝い、握りしめる拳にしたたり落ちる。

瞳を閉じていても、ダリオンが静かに絶命していくのが伝わってきた。

椅子が、生気を失った人間の重みを受けとめる。

空気が、息を止めた人間の周りを冷たく固めていく。

この男のことだから、口元はまた笑っているだろう。

そういえばこの男は、自分に対してはいつもからかうような飄々とした態度を崩さなかった。

苛立って当たり散らすような姿は、向けたことがなかった。

それは、なぜだったのだろう。

答えなんていらないが、聞くだけ聞いてみたかった。

ジグルトは耐えきれずに嗚咽を漏らした。

ダリオンの口元がどうなっているのか、瞳を開けて確かめることもできずに、ただ肩を震わせていた。


ダリオンの私室の前で見張っているヴァントは、なかなか出てこないので心配しているかもしれない。

ジグルトは顔をぬぐい、ダリオンの姿を見ないようにして椅子から立ち、移動した。私室の続きの間になっている部屋の扉を開け、中を覗き込む。こうした部屋は、大抵召し使いの控えになっているが、今は人払いされている。

もともとダリオンは私邸に人をあまり配置しない。外の警護は溢れるほどいるが、中の使用人には限りがあった。

ヴァントはその部屋で、椅子に座っていた。

ジグルトは静かに部屋に入った。近づかなくとも、もうわかっていた。

その身体は、隣の部屋で絶命しているダリオンと同じ空気に包まれていた。

皇帝は、決してヴァントを処罰したりはしなかっただろう。

ヴァントとて、信じなかったわけではあるまい。

ではなぜ死を選んだか。

理由など、わからなかった。

ただ一つわかっていたのは、もしも逆の立場だったとしたら、自分も同じ事をしただろうということだけだった。

神山にいたのがヴァントで、王宮に残っていたのが自分だったら、ここに座る者は、ここに立つ者は、全く逆になっていただろうということだけだ。

ジグルトは身を屈め、ヴァントの口元から流れる血を拭った。

そして、完全に命が止まっているその身体を、きつく、きつく抱きしめた。

Ⅲ　慟哭

北へ向かう道の途中には、いくつかの出入り口がある。ハンナとツォーリの指示のもと、セナたちは水路の封鎖口に爆薬を仕込んでいった。

外部からの侵入ができない地点まで進み、そこで退路を完全に断ってしまうためだった。

北のネスタニア王領に続く出入り口は、絶対に誰にも知られていないとハンナは断言した。なぜなら、ハンナ自身、そこに行ったことはなかったからである。

「北への道は私しか知りません。ですが、実際には私もどこに繋がるか文献でしか知りません。地下を去った否定派は誰も知りません」

一か八かの賭けだった。

爆発によって退路を断てば、あとは延々進むしかない。どれほど食料が保つかわからない。だが闇人の追跡を絶つには、これしかなかった。

逃げ道を何度も確認し、自分たちの退路は塞がないように頭にたたき込む。

暗闇の中で、同じような水路の道順を覚えるのは難儀だった。ハンナが記号を使ってわかりやすい目印をつけていく。

「み・ぎ・に・ま・が・る、お・お・き・な・み・ず・ば、と言葉をたどれるようになっていますからね」

他にもさまざまな言葉を使い、わざと逆さ文字などを入れるなどして岩壁に書く。闇人にも気付かれてしまうのではないかとセナが指摘すると、イザクが首を振った。

「闇人は狼族で構成されているせいか、視覚よりも嗅覚に頼ることが多いです。それか、聴覚。あまり、目からの情報を優先しませ……」

イザクの言葉が途切れる。イザクは、目を見開いたかと思うと、何かを探るように闇を見据えた。

「イザク？」

「しっ」

声を遮られ、セナはイザクの言葉を待ったが、イザクは何も語らず身動き一つしなかった。身体全体で何かを探っているのがわかったが、いつまでも無言のままそうしているため、セナは思わずイザクの腕を摑んだ。イザクがびくりと身体を震わせる。

「どうした？」

イザクの混乱していた目が次第に焦点を合わせる。そして何かを振り切るように、瞳を鋭くさせた。

「来ました。闇人です。間違いない。笛を鳴らしている」

「笛？」

「純血種の人間には鳴らしても聞こえない音しか出ない笛です。闇人が呼び出される際に使われます」

セナは以前、イザクがセイジュに呼び出された際、笛が鳴ったと話していたことを思い出した。

「お前を呼んでいる？」

あの時、イザクは神山の呼び出しを優先すると答えた。

「ええ。というより攪乱《かくらん》に近い。今の俺は、笛に反応しないとわかってはいるのでしょう。ですが以前は、条件反射的に従っていましたので」

イザクは鋭い目で告げた。

「すぐに支度を。手はず通り逃げましょう。相手は気配を消している。呼び笛の位置からして遠くはないです。急いで」

セナはセイジュらのところへ飛んでいった。

荷物はいつでも出発できるようにまとめておいたので、すぐにその場を去ることは可能だった。アスランは眠っていたが念のため眠り薬を嗅がせ、山羊の背中に荷物とともに固定した。

地下にいると夜も昼もなく、眠りたい時に交代で寝るという体制を取っていたが、おそらく今は夜半だろう。獣人族が、最も活発に動く時間だ。

地下水路の、出入り口のどこから何人が入ったのかはわからなかった。だが、これが最後の追っ手だろうとセナは確信していた。イザクもそう思っているだろう。

イザクの兄代わりでもあったという、二毛種狼獣人がやってくる。

「一人、前から来ます」

イザクの言葉を聞き、セナがハンナに声をかける前にハンナが道筋を示した。

「左に入って！　仕込みがあります。ツォーリ、セイジュさん、引火の準備」

　手はず通り全員が道を通り抜けた後、セイジュが石を崩し、ツォーリが岩の間に仕込んでおいた火薬に引火した。

「あと、追いつくまで、五歩……」

　イザクがそう叫ぶのと、引火が完了したセイジュとツォーリがその場を離れるのは同時だった。

　だが闇人の五歩は、あまりに速い五歩だった。力任せに石を払う闇人の姿が目に入る。

「う、わあああああ!!」

　逃げるツォーリの叫び声とともに、破裂するような音が響いた。崩れてきた石に身体をとられた闇人は、その一瞬でイザクの投げた毒針に喉を貫かれた。

　イザクは剣で闇人にとどめを刺すと、素早く持ち物を探った。

「……呼び笛」

　イザクは銀製の小さな筒のようなそれを見つめ、視線をわずかに上げた。

「……通常これは、命を下す者一人が所有するものです。それを、こいつは持っていた」

　火薬の煙と臭いが、狭い水路に充満していた。

　この状態でイザクの鼻は利くまい。それはわかっていた。

　相手も同じ状態のはずだった。爆発させるのは、こちらの匂いを消す目的もあった。

「聞こえるのか、イザク」

　そうセナが問いかけると、イザクは小さく頷いた。

「笛の吹き方にも特徴があります。今吹いているのは二人。別々の方向から吹いている。ガイルはこの吹き方をしない」

　だとすると、闇人は四人で追って来たということか。

　イザクは二人、と予測をつけていた。闇人は全部で二十人。神山を出る際にイザクが一人殺し、途中で三人倒した。そしてハーグリオの爆薬で四人死んでいる。

　相手も本気だとセナは悟った。イザクは覚悟を決めた瞳で、セナに告げた。

「予定通り、爆発を起こして誘導しましょう、セナ様。あと三人もいるとしたら、火薬を仕込んでいる場所に誘導しなければ倒すのは無理です」

「わかった。やろう」

セナはイザクに手のひらを向けた。

「呼び笛を貸してくれ。俺が吹く」

イザクの瞳が否定を訴える前に、セナは力強く告げた。

「こっちも攪乱に使うんだ。この手に乗るかどうかわからないが、絶対に足止めを成功させねば」

ハンナに水路の地図を書き上げてもらったおかげで、迷路のような水路内でも地の利はこちらにあった。

風の流れがないため、爆発の煙は水路内にいつまでも漂う。狼獣人の嗅覚が使えなくなったのはこちらも同じだが、あちらはもっと探せまい。

「それでも、こちらは松明なしでは何も見えない状態です。あっちは暗闇でも何もかも見えます。獣の方が圧倒的に有利です。あなたが攪乱し誘導するのは危険過ぎる」

「だが、この作戦以外逃げる方法はない」

先にマルコにアスラン、フオル、ハンナ、サガンを連れて北へ向かう道を進んでもらう。残る四人は二手に分かれ、爆薬に引火する者とそれを援護する者で組み、闇人をおびき寄せながら退路を絶つ。

セナたちが闇人がやってくる道を塞ごうとしているのは、敵を封じ込める意図もあったが、先をゆくアスランたちが、外部から侵入できない地点まで辿り着く時間稼ぎのためでもあった。

ドン、ドン、と小さな爆発音が岩壁を伝ってくる。イザクと組んでいるツォーリは、片っ端から仕込みを爆発させているようだった。

「あんなにドンドンぶちかまして、あいつ、ちゃんと道が頭に入ってんだろうか。自分たちの退路まで断っていないだろうな」

セイジュは不安そうに言ったが、そのためにイザクと組ませたのだ。

「あちらはいい。セイジュ、道を間違えるなよ。俺らの地点を爆破させ、ツォーリの地点で爆破させれば両側が塞がる」

密閉空間の中に閉じ込められれば、闇人と言えど死しかない。

セナは弓矢を構えながら、笛を吹き続けた。矢の先には、イザクが先程倒した相手から奪った毒針が固定されていた。

自分の弓など、本来ならば闇人はあっさりと避ける。だが剣は、もっと敵わないだろう。

三人。そのうちの誰の姿もまだ捉えていなかった。

イザクは、誰かを見たか。誰か、倒したか。

火薬に火をつけるセイジュの背後を守りながら、セナはすぐ先の闇に目を凝らした。

来い、来い。いっそ近くまで来て、閉じ込められる姿を見せてくれ。

常に恐ろしい闇人だったが、セイジュが仕掛けた爆薬に火を点けるたびに、セナは願っていた。

爆薬は点火後すぐには爆発しない。点火後逃げる距離を稼ぐために紐に点火させる。そして紐を伝わし火を爆薬まで運ぶまで時間がかかる。

ツォーリは、仕掛けた爆薬程度のものなら、十二歩駆ければ爆風の影響も受けず周囲に亀裂が入っても逃げ切れる距離だと試算した。つまり、普通の人間で六秒ほどである。

だがイザクはこの十二歩は、闇人なら一歩で追いつけると告げた。

とんでもない身体能力だとわかっていたが、これほどか――セナは絶句したが、それでも何とか戦わねばならない。

ハンナやツォーリが頭をひねらせ、爆薬を仕掛ける場所と爆破させる順番を示してくれた。頭の中にたたき込んだつもりだが、もうそろそろ仕掛けの限界が見えてきた。

イザクとツォーリ組が三人のうち何人誘導したのか不明だが、こちらはこちらで一人くらい闇人の影を見つけて、閉じ込めたことを確認したい。

セナは呼び笛を静かに鳴らしながら、火を点けるセイジュの背後に立っていた。

ふと、風が動いた気がした。

先程他の道を塞いだため、爆発の煙がうっすらと膜を張る。

地下では、蝋燭ではなく松明に灯りを変えても、周囲を照らすのに限界があった。

「セイジュ、来た、逃げろ」

セナは小声で短く告げ、手にしていた弓で暗闇に矢を放った。

すると、矢を払い落とすために剣で空を切った勢いで、煙が動く。

「走れ！」

地面に寝かせていた松明を手にし、セイジュの身体を突き飛ばすようにして走り出した。

ドン、という爆発音にセナは振り返った。ガラガラと崩れる岩の音、白煙の中に、黒いマントが翻るのが見えた。ちょうど爆発に巻き込むことができたか。セナは煙の中を、目視できぬままに松明を放り投げ、弓で矢を放った。

だが、ガラガラと岩が崩れる音がしたかと思うと、煙の中から黒い狼が大口を開けて襲いかかってきた。

「セナ様！」

後方で松明を掲げるセイジュが絶叫する。セナはほとんど無意識に腰の剣を抜いた。引いたら死ぬ、という、剣を教えてくれたジドの言葉だけが頭に浮かんだ。

引けば、瓦礫で崩れている相手の体勢を直す時間を与えてやるだけだ。

相手の振りが一瞬でも遅い瞬間を、恐怖によって逃してはならない。

皇帝から譲り受けた、通常自分が扱っていた剣よりも長いそれが、闇人の眉間を割るという奇跡を与えた。

だが、一振りだけで限界だった。凄まじい力で風圧とともに闇人が繰り出してきた剣を、身体を倒して避けるだけで精一杯だった。

もし闇人の片目に毒針をくりつけた矢が刺さっていなかったら、二打目でやられていただろう。

闇人は、最後の一振りだけで絶命した。

セナは、黒狼獣人のままで死んだ闇人を、這いつくばりながら見つめた。

動悸と荒い呼吸を繰り返すだけで、身体は動かなかった。セイジュが慌てて身体を抱きかかえてくれるまで、セナは指一本反応できなかった。

この手で、人を絶命させたのは初めてだった。

何のために人を殺すのかわからない者を。

何の意思もなく、何の感情もなく、支配された生を生きた者を。

かつてのイザクと同じ者を殺してしまった――。

「セナ様、行きましょう、間に合わなくなります」

セイジュに促され、セナはふらふらと安定しない身体を必死で走らせた。

まだ動悸は身体全体で鳴り響いていた。呼吸ももとに戻らぬまま走り続けたため、セナは自分の身体と進む方向にしか意識が向かなかった。

「セナ様！　こっちへ！　闇人が後方から追って来ています！」

突然のイザクの声にセナはびくりと身体を震わせた。

どこだ？　どこから声がした？

「〝あ〟の方へ進んでえ！　そこ仕掛けたんだ、早くう！」

「駄目だ、間に合わない、水で消す！」

セイジュが叫ぶ。

ツォーリの仕掛けに向かってしまったのか。闇人に襲われ、方向を間違えたことにセナは気がついた。

前方からの圧に、セナは灯りもないところから白銀狼が駆けてきている事を悟った。

そして、後方からもう一人狼獣人が近づいていることもわかった。

セナはためらわず毒針の矢を手に取り、弓を後方に向けた。先程と同じように、暗闇の中に矢を放つ。

全く見えなくとも、避けられたのがわかった。すぐさま第二矢を放った瞬間、横を白銀狼が通り過ぎたのを目にした。

だがイザクは、獣人化していなかった。生身の身体のまま、剣を振りかぶって相手に突っ込んでいく。

相手はまたも黒狼獣人だった。矢が肩に刺さっているのをセナは目にした。

凄まじい力で、狭い地下水路で剣がぶつかり合う。

イザクは、相手の腕に矢が刺さったのを目にしたのだろう。だから生身の身体で立ち向かっていったのかもしれない。一打を受けた時、ただの人の身体では堪えるだけで精一杯だったが、相手の力はすぐに失われた。

闇人が暗殺に用いる毒針である。動けるだけ凄まじいと言えるのかもしれない。イザクは、力を失った相手に何もしなかった。ただ、絶命して静かに地に伏せる相手を見つめていた。

「イザク……こちらは、一人倒した。これで残りは……」

「ガイルだけです」

イザクは剣を腰に戻さぬままそう言った。

「いや、困った……さっき、爆薬を水で止めて使い物にならなくしてしまったから、数が合わなくなった」

ツォーリが松明を掲げてやってきた。

「セイジュ、火薬の余りあるか」

ツォーリの言葉に、セイジュは困惑したように首を横に振った。

「いや、ないよ。俺はもともと仕掛けられている場所に引火することしかしていないし」

「だよなあ……困った……俺も持ち歩いていないんだ。ここからマルコたちが逃げた道に合流して出入り口を塞ぐ作戦だったが、出入り口を塞ぐ火薬が手元にない」

迷路のような地下水路の要所要所に爆薬の仕掛けはしている。闇人の誘導に失敗すればどの道を通ることになるかわからなかったので、不要かと思われる道にも仕掛けておいたのだ。破壊していない道にはまだいくつか爆薬が残っている。

「そこに行って取ってくるしかない」

ツォーリの言葉に、沈黙が下りる。

出入り口を塞がねば、残る一人の闇人は、必ず追ってくるだろう。

「もう……どこかの通路に閉じ込められて、追って来られないということはないだろうか」

セナの言葉に、イザクは首を振った。

「いえ、それはないようです。自分の存在を示すように、呼び笛を鳴らし始めました」

　イザクの瞳が静かに据わる。

「今までは鳴らしていなかったのに、わざと距離を教えるかのように吹いている。……俺を、呼んでいるんです」

「イザク」

　イザクは瞳を閉じた。闇人以外には聞こえないその音を、必死で拾おうとするかのように。

「……俺ら狼族は、基本群れで動きます。俺のような白銀狼は群れるのも統率も苦手で単独行動が主でしたが、狼族で構成されている闇人は主人の命令に絶対服従です」

　そこでイザクは目を見開いた。

「そこから逸脱した行動をとった者を、ガイルは許しません。……俺を、何としても殺すつもりでしょう」

「イザク」

　セナは思わずイザクの両腕を摑んだ。

「イザク、ガイルという者だって、洗脳されて闇人になった者だ。ウガジェ家の洗脳が解ければ、もとに戻れるかもしれない。神山が変われば闇人とてまた変わる。ここは戦うよりも逃げ切ろう」

　イザクの目は、穏やかだった。見つめてくる瞳は、柔和な形さえ描いた。

「そうですね。私のような者が、呪縛から解かれてあなたを愛するようになったのは、本当に、ありえないことなのだと思います」

　イザクの瞳が、再び静かに閉ざされる。

「だが、誰もがそんな奇跡を手に入れられるわけではない」

　摑んでいた腕が逆に、しっかりと握りしめられた。セナが首に下げていた呼び笛を、イザクが手にする。

「ガイルを外に誘導してきます。このままあの男をこの道に進ませるわけにはいきません」

「イザク！　それは駄目だ。お前はもう獣人化するわけにはいかないんだぞ！」

「セナ様、必ず私は戻ってきます。それまで火薬を取りに行ってきてください。この道を封じ込めねばならない」

「だったら俺も行く！」

「セナ様」

イザクの手が、宥めるように頬を包んでくる。

「セナ様、もしアスラン様が竜王の婚配者になったら、あなたはこの世界を変えるような立場になるんでしょうか？」

こんな時に、一体何を言い出すのか。セナはイザクの質問の意図がわからなかった。

だがイザクは微笑んだままだった。出会った頃は、想像もできなかった微笑みを浮かべていた。

「セナ様、もしあなたが世界を変えられる人になられたら、闇人のような者を二度と作らない世の中にしてください」

頬が引き寄せられ、唇に接吻が降る。

「約束してください。これから殺しにいく男は、俺の、友達だったんです」

だから殺さなくていいんだ。

殺し合わなくていい。逃げるんだ。

そうセナは叫んだ。叫んだつもりだった。


だが唇が離れた時には、イザクの白銀の髪は狼の毛並みに変わり、優しさを滲ませるようになった湖の青は、標的を見据える鋭い目に変わっていた。

あっという間に身体から離れていった白銀狼に、セナは叫んだ。

「イザク！」


暗闇に消えた背中を追おうとした時、何かが身体に体当たりしてきた。

「セナ様！　追ってはいけません！」

「離せ、セイジュ！」

「イザクは戻ってきます！　それを信じて、火薬を持ってくるんです！　確実にここを塞がねばいつまでも追っ手を気にすることになる。もうこの先には逃げる道はないんですよ！」

わかっている。わかっているからそれはお前たちでやってくれ。セナは懇願するように言った。

「追わせてくれ、頼む、イザクを止めない

と！　もう戦える身体じゃないんだ。兄代わりであった者と、戦うなんて」

「それが、闇人です……！」

　腕を掴んでくるセイジュの顔は、日頃の端正さが失われ、子どものようにぐしゃぐしゃの、泣き顔になっていた。

「ガイルは、昔のことなんて覚えていないんです。イザクだってそうだったでしょう。以前は、誰を殺すのかも見てさえいなかった。イザクは誰よりもわかっている。殺さなきゃガイルは止められないんだってことを！」

　彼らの幼い頃を知っているセイジュは、ぼとぼとと涙を落としながらも腕の力を緩めなかった。

「イザクの決意を、あなたは無駄にしないでください。無駄にしちゃいけない。どんな想いよりも、あいつはあなたへの愛を優先したんです。逃げるんです、セナ様。生き残るんです！」

　生きろ？

　イザクを見捨てて？

　あの、ようやく自我に目覚めた魂を見捨てて、生きる道を貫けと言うのか。

「……ともに死んだ方がマシだ……！」

「セナ様！」

「頼むセイジュ、必ずイザクを連れて帰る。必ず戻るから追わせてくれ！」

「セナ様、アスラン様はどうなさるおつもりですか！　神山へ、竜王のもとへお連れしないままに、こんなどこに出るかわからない道に放置しておかれるおつもりですか！」

　頭を張り飛ばされたような衝撃に、セナは震えた。

――アスラン。

　いつ飢えるかもわからないこんな場所へ、たった一人残される息子の姿が頭に浮かび、セナは膝の力が抜けた。

　ああ、それは駄目だ。

　この世界に、あの子が安心して笑える場所を作るまで、何としても守り抜くと自分に誓った。

　こんな闇の中で、孤独にさせるわけにいかない。

「ツォーリ、仕掛けた場所に残された火薬を探してくるんだ。破壊されていない箇所はいくつか残っている。急いで火薬を集めてこい」

　頭の上でセイジュがツォーリに声をかける。ツォーリが松明の灯りとともにこの場を去るのがわかった。

　セナは、セイジュの身体がわずかに離れるのを目にした。地面に置かれていた松明をセナは手にすると、そのままの勢いで駆け出した。

「セナ様！」

　セイジュの悲鳴のような声が背中に突き刺さる。

　だが、セナはどうしても足を止めることができなかった。

　最低の母親だろう。子どもを置いて、子どもを守るよりも、愛する男を追いかける。

　皆の気持ちを踏みにじって、何という愚かな母親か。

　それでも。

　誰に責められても、あの男をたった一人にすることなどできない。

　イザク。

　お前は死なない。いつだって生き残ってきた。

　絶対に死なせない。

　たとえこの身がどうなろうと、必ず守ってみせる。生かしてみせる。

　セナは、最も近い外部に通じる出入り口を探した。

　周囲を見回してくる余裕もなかったが、イザクとガイルはおそらくこの穴から出て行ったのだろう。闇人以外にはわからぬ呼び笛でお互いを呼び合いながら。

　ここから出るまでに二人は戦ったのだろうか。それとも、地上に出てから剣を交え始めたのだろうか。闇人の足なら、もうとうにここから出て行ったはずだった。急いで追いつかなければ。

　穴は這いつくばるほどの大きさではなかったが、土だけで固められたような場所だった。セナは松明を手に、必死で上へ、上へと進んだ。

　外に出ると、宵月が真上にあった。あまりに大きな円を描くその宵月は、松明の灯りなど不要なほどに、外を煌々と照らしていた。

　イザクはどこで戦っているのか。セナは左右を見回したが、動物たちは息を潜めているのか何の気配も漂っていなかった。

　正確な位置はわからなかったが、地図上ではここはまだオストラコン国王領のはずである。周囲に人家らしきものもなかった。小高い丘が連なる森の中で、セナは愛する男の名を呼ぼうとした。

　だが今自分が声を上げることで、イザクの戦いを邪魔してしまったら……。

　わずかな隙でも闇人は見逃すまい。

　イザクを探そうにも探せない現状に、セナは気が狂いそうになった。気配も、匂いも辿れない。

　松明を振り回すようにして周囲を見渡し、セナはふと、一本の折れた木の枝に気がついた。

　明らかにそれは、剣で払った切り口だった。高さといい、これだけ太い枝をこの切り口で切り捨てる力強さといい、イザクか闇人の剣に間違いない。

　セナは周囲の枝を確認した。すると、明らかに不自然な枝がいくつも見えてきた。それによって、彼らの戦いの経路がわかった。

　こっちだ。こっちへ向かった。

　セナは枝を食い入るように見つめながら、彼らの動きを追った。そればかりを見つめていると、二人がどんな風に走り、跳ね、剣を払ったのか、闘いの跡が暗闇に現れ出てきた。

　鋭い枝の切り口を、月の光が克明に浮かび上がらせる。ああ、動物も気配を消すわけだ。これほどまでに激しい戦闘が繰り広げられていたら。

　森を抜けると、小高い丘が目の前に現れた。

　セナはそこに、一つの人影を認めた。

　大きな月を背にしたそれは、真っ黒な影にしか見えなかったが、地に座り込んだ格好で、もう一つの、地に伏した影を見つめていた。

「イザク!!」

　セナは躊躇なく叫んだ。

　セナはひたすら走った。

　イザク、イザクだ。間違いない、イザクだ。

　座っているのがイザクの影だ。

　近づくたびに、月明かりはその姿を明らかにしてきた。月の光を吸い込むかのような白銀の髪も。青白い肌も。そして、身体のほとんどを染めている鮮血も。

　セナは狂ったように叫びながらイザクに駆け寄った。イザクが声にようやく反応し、ゆっくりと顔を上げてくる。口元を血で染めながら、その瞳が笑った。

「イザク、イザク、イザク、イザク！」

　セナはイザクの頭をかき抱いた。そして、イザクの傍に横たわる男を初めて目にした。

　白と黒の二毛種狼獣人であったというその男は、人化した姿で息絶えていた。

　首への一振りで絶命したのだろうとすぐにわかった。だが、なぜ狼獣人の容姿ではなく、人間の姿となって死んだのか、それはわからなかった。

　瞳は、開いていたのか、閉じた状態で死んだのかわからないが、今は顔だけはまるで眠っているようだった。

「……恨まないで、やってください。友達、だったんです。殺す意味も、殺される意味も失った、友達、だったんです」

　そう告げるイザクの身体が、ガイルの方にぐらりと揺れた。セナは必死でそれを支え、イザクを抱きしめた。

「イザク、イザク、俺の血だ、吸え、早く、回復するから、早く」

　セナは自分の腕にためらわず剣を突き立てた。

　イザクの身体を染める大量の血は、相手の返り血か、それとも吐血か、負傷した箇所から流れる血か、わからなかった。

　それでも尋常な血の量でないことだけは確かだった。

――血を、吸わせねば。多くの血を。

　セナは噴き出した血をイザクの口元にあてた。

「イザク、飲むんだ、助かる、助かるから、お前は助かる」

　だが、イザクは唇を動かさなかった。

　いつもならば本能的に貪るように舐め回してくる唇が、舌が、動こうとしなかった。

　ただそこには、微笑みだけがあった。

「……セナ様」

　身体が、わずかに傾く。

もう失いかけている力を、かき集めて、こちらに向けてくる。

　セナは、イザクの口元に腕をあてるのを止め、その身体を、頭をかき抱いた。

「イザク、イザク」

「セナ様……」

　耳元に、イザクの温かな息がかかる。

「セナ様、俺を、人に戻してくれて、ありがとうございました」

　あなたを、愛して良かった。

　その言葉は、空気を震わせながら、セナの耳に届いた。

　それを最後に、イザクの体重が一気に身体の上に落ちてくるのがわかった。

　セナはそれを衝撃とともに受けとめながら、押し寄せる焦燥と混乱でがたがたと身体が震えた。

　どうする。どうする。どうすればいい。

　血では足りないのだ。与えねば。確実に助けられるものを。

　セナは先程腕に突き立てた剣を取り上げた。腕の血では足りない。イザクを助けるには、万能の臓器を、惹香嚢を取り出さねば。

　イザクに、食わせねば、助からない。

　セナは自分の下腹を見つめた。

　アスランを宿した時にせり上がってきた箇所を見つめ、剣を振り上げてそこに突き立てようとした。

「セナ様あ!!」

　絶叫とともに、身体が動かなくなった。

　剣を握りしめる手が押さえつけられ、強い力で上半身を抱え込まれたのがわかった。

　誰だ？　何だ？

　セナは抱きしめていたイザクが膝の上を滑るのがわかった。

「ああ、イザク、イザク！」

「セナ様、セナ様！」

　身体を押さえ込まれているのに、目の前にセイジュがいた。後ろにいるのは誰か、そんなことはセナにはどうでも良かった。セナはセイジュに懇願した。

「セイジュ！　早く、早く俺の身体から惹香嚢を取り出せ！　イザクに食わせねば、食わせてやってくれ、頼む！」

「セナ様っ……」

セイジュはぼたぼたと涙を落としながら、実行してくれなかった。

「瞳孔が開いているかどうか、確認しろ」

　後ろから身体の動きを封じている男がセイジュに告げた。この声。聞いたことがある。キトだ。キトの、父親ではないか。

「キト、キトの父か!?」

「ああ、そうだ」

「助けてくれ！　この男を、俺の男だ、今なら助かる、惹香嚢を食わせれば助かるんだ、早く、早く俺の身体から取り出してくれ！」

　身をよじらせたが、強い力はびくともしなかった。

セイジュが嗚咽を漏らす。キトの父は、冷静に話した。

「腹が裂かれている。もう、完全に事切れている。惹香嚢といえど死者蘇生は不可能だ」

「死んでいない!!」

　セナは叫んだ。自由にならない身体をよじらせながら、渾身の力で、目の前に広がる闇に、拒絶を告げた。

「死んでいない、死んでいない！　生きている、助かるんだ！　助けてくれ！　死んでない、死んでいない、死んでいないいいい!!」

　叫び続けて声はいつしか言葉を失い、それは獣の咆哮へと変わった。

　全ての動物たちが息を潜める中、それを受けとめているのは、闇夜を見つめる月だけだった。

＊　・＊・　＊

　何度か思い出して、眠っているイザクの口元に血を吸わせようとした。

　そのたびに止血の包帯が邪魔をした。

　手を動かそうにも、動かせなかった。固定されている。離せと言っても、離してくれなかった。

死んでいるのだからと言われた。

死んでいないと言った。外せ。そう告げても、返事はなかった。

「セイジュといった男が、もう一人連れて来たぞ。老人だ」

頭の上で、キトの父親の声がした。

「穴は掘った。弔ってやろう。キトが花を用意した。まだ花が少しは残っていた。あんたの男と、もう一人も、ちゃんと弔ってやろう」

もう一人。

セナの意識は、その言葉で少し明瞭になった。

ガイルのことか。

イザクを殺した人間を、ともに弔えというのか。

恨まないでください、と告げたイザクの言葉が蘇る。

友達だったんだ。兄のように思っていた、と。

セナは周辺が闇に包まれていないことに気づいた。

時間が経過しているのだ。場所は移動していないが、時間は経っている。

「……あれからどのくらい経った」

まともな言葉を、ようやく口にしたからだろう。

キトの父親は背後から対面に回ってきた。身を屈めてセナの両手首の紐を解き、冷静な声で伝えてきた。

「あの夜から翌日の夕刻だ。日が落ちようとしている。もう、男も硬化が進んでいるだろう」

硬化――そんなものは伝わってこなかった。イザクの身体を抱きしめる。

「なぜ、あんたがここにいる」

キトの父は、ふう、と大きなため息をついた。

「あんたが去ってから、農家で爆発があっただろう。これは身を潜めた方がいいかもしれんと、キトを連れて木材を保管している山小屋へと移ったんだ。冬ごもりの準備もあったからな。セイジュが言っていたが、地下で、火薬を使っていたそうだな。動物らが気付いて逃げてきたんだよ。これはおかしいと探っていたら、狼獣人二人が戦う気配がした。二人とも尋常ではない強さだったので逃げようとしたら、闘いの気配が止み、あんたを探すセイジュに会った。あんたから白銀狼の話を聞いていなかったら、闘いの場所に連れて行ってくれと頼むセイジュにとても応えられなかった」

　キトの父親が顔を覗き込んでくる。

「良かった。正気に戻ったな。おかしくなってしまったかと心配した」

「正気？」

　どういう状態を、正気というのか。

「子がいるのだろう。あんたを必要とする者がいる以上、たとえどんな目に遭ったとしても、生きなければならない」

　正論だ。

　自分もそう思っていた。

　アスランのために、あの子を守るために、気をしっかり保たねば、生き抜かねばと。

　哀しみも苦しみも押し殺してひたすら前を見据えろと。希望を失うなと。戦えと。生きろと。

　正論だ。まっとうな思考だ。

　嫌になるほどに、言い返せる余地などないほどに。誰もが口にする正しさだ。

「セナ様……」

　キトの父の隣に立ったセイジュが、地に膝をついた。

「俺はいったん地下に戻りました。ツォーリは火薬を見つけて、封鎖口で待っています。サガンが、途中から引き返してきていたので、ここに連れてきました。医者の視点からイザクを判断してもらったらセナ様も納得するかと……」

　サガンは、無言のままイザクを見つめた。特にひどい腹周りの血を見ようと手を伸ばしてきたが、セナはイザクの身体を抱きしめた。

　セナは、白髪の老人の姿を目に捉えた。

　百五十年という時を生き続けた、上位神官の末裔を。全てを見据えてきた、老人の静かな眼を。

「……俺の心には、憎悪しかないぞ、サガン」

　未来への希望など欠片もなかった。

　身のうちを這い回るのは、凄まじいほどの憎しみだった。

　憎い。憎い。憎い。憎い。

　何もかも見境なく憎かった。この世の全てが。

「……神山へ行って、上位神官らをことごとく殺してやる」

イザクをこんな死に追い込んだ連中を、全てこの手で殺してやる。

ウガジェ家も、ハルダ家も、誰一人生き残らせてやるものか。

「上位神官らなど、全て殺してやる！　竜王の権威に縋り、人を踏みにじって己の血脈を繋いできた連中など、ただ一人も生き残らせてやるものか！　全員殺す、命乞いをしてきたって、絶対に許さない、俺は許さん、絶対に神山を許さん!!」

殺す、殺す、殺してやる。神山を滅ぼしてやる。

そんな思いを抱かねば、心が苦しみで死にそうだった。そんな憎悪を口に出さねば、恨みで発狂しそうだった。

強烈な意思しか、正気を保てないというならば、憎悪でいい。

他への愛情や、希望で、この苦痛を和らげるなどできない。

できるという者は、補えぬ喪失を、身を破壊するほどの哀しみを知らないのだ。

「誰がなんと言おうと俺はそうする……俺が生き残るのはそのためだ。必ずや神山へ行き、連中を抹殺する。上位らの血脈を、この世から絶たせてやる」

サガンは無言だった。

ただ、静かな瞳で見つめてきた。

セイジュは俯いたまま、動かなかった。

何をどう思っているのかは知らない。人の考えなど、思いなど、セナにはどうでも良かった。思うがままに吐き出した憎悪が、精神をわずかに支えていることだけは感じていた。

憎しみを吐き出した後、またしても哀しみが心に襲いかかってきた。

イザクが引き離され、布で包まれた時には、止めてくれと懇願した。

もう死んだのだ。わかっている。わかっているが、何度も心は泣き叫んだ。憎しみを強く求めても、哀しみが覆ってしまう。

このまま身も心も殺されてしまった方がいい。失ったのだ。この喪失から、苦しみから逃れられるのならば、もう全てを消してしまいたかった。

「……おとうが掘った穴にね、お花をたくさん、散らしたの」

幼い声に、セナはびくりと身体を震わせた。

傍に、キトがいた。いつからそこにいたのか。セナはわずかに正気に戻った。

自分の怨嗟の声を、この子も聞いていたのだろうか。

「おかあが死んだ時にね、地に花を散らしたらね、花に包まれてね、おとうもちょっとは哀しくなくなったからって。寒くなってきたけど、まだちゃんと花があったよ。お花、上からも散らしてあげるだけあったよ」

キトの両手に、白い花が咲いていた。

花の間から見えるキトの小さな手は、真っ赤になっていた。

この子は、どれだけ長い間、花を集めてくれたのか。

冬にさしかかるこの時期に、花を集めるのにどれほど森の中を歩いたのか。

哀しみに耐えられるだけのたくさんの花を。

憎しみに覆われようとしていた心に別の感情が湧く。

まだこの心は、人の優しさに泣けるのか。

まだこの心は生きていられるのか。

セナはキトの前で、天を仰いで泣いた。

赤ん坊のように、声を上げて、ひたすら泣き続けた。

人の優しさに促され出てきた涙は、わずかな隙間を、心に作った。

憎しみで覆われた心に、喪失を受け入れる空所が生まれる。

そこに、刺すような冷たい風が通った。

もう、イザクは何をしても生き返らない。

愛する男は、もう自分を見つめてはくれないのだ。

抱きしめてくれる腕を、自分は永遠に失ったのだ。

無情の風が吹き荒れる中、セナは喪失の哀しみの涙を、ただ流し続けた。

第七章　竜の神

I　冬の雨

　ダリオン殺害後、ジグルトはしばしの間娼館の地下貯蔵庫に身を潜めていた。

　より一層帝都の出入りが制限され、宰相暗殺の首謀者捜しが始まるのを懸念してのことだったが、大混乱に陥った王宮ではそれどころではなさそうだった。

「ヴァント殿も同様に殺されたと思われていますからね。この機に乗じて私も、ラーシャル元帥の片腕である西方防衛第一師団長を毒殺いたしました。案外、身の回りに気をつけない男だったので簡単でしたよ」

　ニールスの心なしか少々丸まっていた背中は、逆に反り返っていた。

「ラーシャル元帥は、次は自分が暗殺されるかと動揺している。誰が裏切ったのかと王宮では猜疑心が広がっている。私の一族は、少しずつ彼らの不安を煽っている最中です」

　元々ダリオンの謀略一つで回っていたことである。戒厳令を扱う能力なんぞ、もともとラーシャルにありはしない。

　だからこそダリオンさえ暗殺すれば、皇弟を推す声などたちまち消え失せると皇帝はわかっていた。放っておいても瓦解するだろう。ジグルトは王宮の喧噪を想像するのを止めた。

　薄ら笑いを浮かべるニールスの口元を見つめながら、ジグルトは淡々と告げた。

「お前の一族の功績は高く評価するだろうが、陛下は反皇帝派に回った貴族諸侯らを処罰はしないぞ」

　ニールスはわずかに鼻白む様子を見せた。

「今は誰がどっちについたのかなど、あれこれ処罰する暇などないのだ。帝都に戻り、戒厳令を取っ払ってからは神山にて廃位を撤回させねばならない。西方防衛師団の幹部らは拘束されるだろうが、これを機にどこぞの芽を摘んでおこうなどと余計な事は考えるなよ、ニールス。速やかに陛下が帝都へ入れるようにだけすればいい」

ジグルトの言葉にニールスは無言だったが、ジグルトは構わず立ち上がり、腰に剣を戻した。

「陛下を帝都にお連れする。もう一度言うが、己の利に走ろうと思うなよ。またどこぞの貴族が皇弟殿下を担ぎ出そうとしたり、王宮内が混乱に陥ったりした場合は、俺は次はお前を疑うぞ」

猜疑心を煽りすぎると逆に混乱が収まらない。人間、追い詰められたらどんな行動に出るかわからないのだ。それをかき回すような余裕はない、とジグルトは釘を刺した。

ニールスやその一族が皇帝への忠誠などないことは、ジグルトは百も承知である。彼らが求めるのは今まで持ち上げてきた皇后と皇太子の立場、ひいては己の立場だ。もしもこの状況下で皇太子が学都に留学しておらず、王宮に留まっていたとしたら、彼らは迷うことなく皇帝を排除して、皇太子を王位に即けていただろう。良い機会だとさえ思ったかもしれない。

世界がどうなろうと彼らには関係ない。どこの王が皇帝になろうが、世界の均衡が崩れようが、己の利でしか物事を計ろうとしないだろう。大貴族とはそういうものだ。己の血脈を、その力を維持することでしか国を見ようとしない。

そんなものと、まともに戦おうと思わなければ良かったものを。ジグルトの胸の内に、ダリオンやヴァントへの思いがまたも広がったが、ニールスの淡々とした声がそれを止めた。

「私の父も一族も、陛下が速やかに王座に戻られることだけを望んでおりますよ。ジグルト殿も、これで地位は盤石となられましたな」

答えるのもばかばかしいと感じたが、ジグルトはどうでも良い気持ちだった。

「俺は、陛下が無事に帝位に戻られたら、政治の世界から離れるよ」

「え？」

ニールスの問いが背中に貼り付く前に、ジグルトはその場を去った。

わからぬだろう、大貴族のボンボンには。

ダリオンをこの手で殺したゆえの、感傷だと思われるかもしれない。ヴァントを死に追いやったゆえの、後悔と思われるかもしれない。

貧民街出身のジグルトが、のし上がってやる、出世したいと願ったのは、最初は金のためだった。

飢えないためだった。

自分をいいように使っている連中に蔑まされ利用されても、いつか、自分が利用する側になってやる、奴らを見返してやると思いながら生きてきた。

見返す連中の筆頭がダリオンだったのは間違いない。

感傷ではなかった。だがジグルトは、ダリオンを殺した時に、何かを失ったのを感じていた。

皇帝の傍にいられたらそれで良いなどと思えるほど、純粋ではなかった。

漠然とした出世欲と忠誠だけで、この大国でのし上がろうという気持ちを維持できなかった。これはおそらく、己が何も持たない平民だからだろう。

ニールスにはニールスの、大貴族を維持するための苦悩があるのかもしれないが、それを知る気にもなれなかった。

自分の代わりは、この世界にごまんといる。

自分は結局、この世界の小石でしかない。自分がいなくとも、世界は動く。

このまま消え去っても、皇帝は引き止めまい。それで良かった。わずかでもあの人は、消えた意味を悟ってくれるだろう。

だが、成り行きを見届けるまではこの舞台から降りるわけにはいかない。手にかけたダリオンや、死に至らしめたヴァントに、結末を見せるまでは。

帝都を出たジグルトは、皇帝の元へ戻る道を走った。

皇帝がいる南方への道は、暗殺者を追うために取り締まりが厳しくなっているだろうと判断し、多少時間はかかるがジグルトは東方から南へ入る道を選んだ。

かなり迂回するが仕方ない。

帝都ギドゥオンの東方は、殆どが森となっている。

その森の管理者が、レスキア東方防衛師団である。

広大な森の殆どは国領となっており、実際に東方防衛師団元帥バロットが治める領土は、北、南、西、東四つの師団の中で最も小さい。

広い国領を管理している割に、領土は小さい。つまり、兵の数が少ないということである。実際、師団の大きさで言えば南方が最も大きく、次いで北方、次に西方だ。東方防衛師団は西方防衛師団の半分しか兵力がない。

理由は簡単である。この師団は、あくまで森の管理者であり、他の国に対して防衛をしていないからである。

北方はネスタニアを、西方はオストラコンを、南方はバルミラと国境でにらみ合い、周辺の辺境諸国の動向を探る仕事があるが、東方にはそれがない。

かつて、東方の広大な森から生まれる資源は、レスキア発展に大きく貢献した。

南のバルミラが喉から手が出るほど欲しい木材が、ここから生まれていた。やがてそれは造船技術をいち早く生み出し、物流と戦争でも、他国と大きな差をつけた。

四つの大国は世界の中心である神山とそれぞれ大河で繋がっているのである。治水と造船で川を制したレスキアは、一気に発展していった。

だがいくら豊かであろうと、資源は必ず枯渇する。無限ではない。

船を造りすぎて木材が足りなくなったレスキアは、林業を管理するようになった。貴重な森の樹を破壊されたり盗まれたりしないように国庫の宝を守る兵団は、かつては一目置かれていたのである。

広大な森の領地の一部は、持参金や遺産として王族間で継承されてきた。土地に人間がいれば治めなければならないが、資源だけなら金に換えられる。東方防衛師団が守る森の三分の二が国領、残る三分の一が王族らに下賜したものだ。

皇帝の弟でダリオンに担ぎ出された皇弟殿下も、東方の森の利権を先帝より相続していた。

皇帝や南方の辺境国の信頼が厚いナラゼルや、気に食わない奴には従いたくない北方防衛師団元帥のガングルとは、東方防衛師団は事情が違っていた。ニールスも、ダリオンやラーシャルの命に無言のまま従っている東方防衛師団には全く関与していなかった。東方を通るなら、あずかり知らぬから気をつけろ、とだけ言った。

東方の領土は林業を生業とする小さな村が点在するだけで、人の気配が少ない。

闇夜を走る馬がふと、立ち止まる。ジグルトは殆ど無意識に、夜空を見上げた。

赤い月が上がっていた。

冬の赤月である。

冬の赤月は黒く澱んだ空に、ぼたりと血を一滴、落としたように滲む。殆ど動かない闇に、じわじわと黒と赤が混じっていく。

赤月が、来た。

ジグルトは、南にいる皇帝を思った。

獣人が否応なく発情を促されるこの赤い月に、あの方はまたしても、発情抑制薬を飲んだのだろうか。

己を律するために、己を隠すために、血を吐く口の中に、命を縮める薬を放り込んだのだろうか。

帝都を出て二日、ジグルトはあえて森林地帯を通ってきたが、東方は目印になるものが少ないため、どこからどこまでが東方防衛師団元帥・バロット領なのか判断が難しかった。

赤月の下、馬の足が止まった。

その理由を、ジグルトはすぐに知ることになった。

道をぞろぞろと、歩んでくる者たちがいた。

赤黒い月を背にしていても、その姿は何者かわかった。耳や尾が、月の影で映し出されている。

獣人族。

赤月の発情に促されて、外へ出てきたのだろうか。

完全な獣人化はしていない様子だったが、こんな夜中に外をうろつくとは、どういうことか。

発情を止められずに夜這いにでも行こうとしているのだろうか。

帝都や大貴族の領土では姦通の罪は重いが、頭の古い領主の治める土地ではまだ、夜這いが結婚のやり方の一つとして認められているところがある。

近くに惹香嚢体でもいるのだろうか、とジグルトは思い巡らせた。

赤月の時に隠しても、そこの家に惹香嚢体がいると知られたら、獣人らが狙ってきてもおかしくない。

獣人ではないジグルトにはわからないが、もしかしたらもう周辺に、惹香の匂いがまき散らされているのかもしれない。

ジグルトの脳裏に、夏の赤月に発情して護衛官に身を差し出したセナ妃がよぎった。

一刻も早く皇帝のもとへ戻らねばならない。面倒は避けねばならなかった。だが『凌辱』という言葉をどうしても打ち消せない。

ふらふらと道を歩く獣人らに詰問しようと、ジグルトが馬を進ませようとした時、後方から声がかかった。

「何者だ」

顔の横に突き出された剣が、背後を振り返らせることを止めた。ジグルトは、地面の影に素早く視線を落とした。

影は、獣人であることを示していた。だが、鎧は身につけていない。鎧を身につけていないということは、東方防衛師団の兵士ではない。馬に乗っているのでこの辺の村人ではないだろう。帝都からの追っ手だったら、「何者か」という問いは発さない。

「あの獣人らを知っているのか。奴らはどこに行こうとしている」

背後の男はそう訊ねてきたが、そんなことはジグルトの方が知りたかった。

そして悟った。この質問。これは、何かを探っている間者か。いや、間者ならば不用意に人に話しかけたりしない。

「……斥候か……どこの所属だ」

ジグルトの問いは、賭けだった。戒厳令下、ラーシャルの命に従っている軍隊ならば、斥候は放たない。もしかしたら、南方にいた皇帝が、向かってきているのかもしれない。これはナラゼルの配下の者ではないか。

だが、ジグルトの賭けは間違っていた。男は、剣をジグルトの背中まで下げ、「この道をまっすぐ歩け」と固い口調で告げた。

終わったか、と思ったが、東方防衛師団元帥のバロットが斥候を放っているとはどうしても考えにくかった。ニールスの話では、ラーシャルは東方防衛師団を帝都に呼び出している。バロットはその命令に逆らえるような男ではなかった。

視線を動かしたジグルトは、斥候の男が豹族であることを確認した。しかも珍しい。

「……雪豹……」

じろ、と斥候は睨んできた。もしかして、という思いがジグルトの中に広がる。

「もしかして……北方防衛師団か？　ガングル元帥が、南下してらっしゃるのか」

斥候は不機嫌そうに斑点のある白い耳を手でつまんだ。収まらない耳を恥じている様子だった。

「発情抑制薬を持っていないのか？」

少し間抜けすぎる斥候ではないだろうか。そう言うと、斥候は苛立ったように答えた。

「飲んでいるよ。当たり前だろう。けど、とんでもねえ匂いがするんだよ」

匂い。

「やはり、惹香嚢体が近くにいるのか？　あの獣人らはその匂いにつられているのか」

「多分そうかもしれない。俺は惹香嚢体になんてお目にかかったことがないから知らないが、他にこんな匂いはないだろう。それが、不思議なことに一人の匂いじゃないんだよ。同じように発情を促す匂いだが、数人いるんだ」

数人の惹香嚢体。ジグルトは、脳裏に南方から運ばれる惹香嚢体と闇人らを阻止しようとした戦場の光景が浮かぶ前に、肌が粟立つのを感じた。

そうだ。なぜ考えなかったのか。

神山は全世界に、惹香嚢体を集めるように通達したのだ。当然、このレスキアにも。

彼らは東方に集められたのだ。なぜなら、神山からレスキア国王の地位を約束された第四王子の領土があるからだ。住む者がいない、森が。

そしておそらく今、神山に運ばれようとしているのだ。なぜかこの赤月に。連絡不足で遅くなったのか、なかなか集まらなかったのかはわからない。

「おい！　ガングル元帥に至急目通りさせてくれ！　惹香嚢体が各国から集められ、神山に届けられようとしているんだ。それを止めねばならない！」

「元帥にお会いはできないかもしれないが、もちろん連れて行く。あんたの所属など、俺はどうでも良いから聞かない。あんたが敵か味方か判断するのは、わが師団長だからな」


ガングルは全軍引っ張ってきたわけではないらしい。北の防衛のためにも、三つのうち一つの師団は残してきたのかもしれない。

森の中で野営をしていた北方防衛師団の連中は、斥候が連れてきたジグルトをじろじろと無遠慮に見つめながら道を開けた。

馬を預け、斥候が報告のため消えてからジグルトはざっと周囲を見渡してみたが、これは北方防衛師団でも第一師団だけではないかと判断した。

一体何のために帝都を通り過ぎて東方へ向かったのか。考え込むジグルトに迎えが告げた。

「第一師団長がお会いになります」

ジグルトは、ガングル配下三人の師団長のうち、二人しか面識がない。

第三師団は北方の要塞を守るのを勤めとして、帝都に顔を出したことがない。第二師団長は軍人にしては珍しく学都に進学し、その秀才ぶりに家を継がずに文官になるのではないかと言われたほどだった。実際、北方の内政を全て任されている。

第一師団長はガングルの乳兄弟で、三人の中で年が上、ちょうど四十歳だった。外交面を引き受け、貴族諸侯や王宮に顔が広いのがこの男だった。

「これは驚いた。神山外交官代行ではありませんか。こんな東方でお目にかかることになろうとは」

北方防衛第一師団長・アークヴィッドは、好奇心を丸出しにした表情を隠さなかった。

北の男は背の高い者が多いが、アークヴィッドは特に背が高かった。主君が年下のせいか年齢にしては若々しく見える。軍人らしい精悍な体躯をしているが柔和な顔立ちをしており、性格は皮肉屋という印象だったが、とっつきにくさを感じさせない男だった。

　北方防衛師団長の立場は、元帥であるガングルの家臣にすぎず、帝国で役職を得ているわけではない。

　三人ともガングルには宝の持ち腐れと言われるほど有能で、何度もガングルの臣という立場を抜けて領地と称号を受け取ることを勧められている。だが帝国の臣となることを三人は断固として拒絶していた。

　能力的には文句なしに高いため、ジグルトの方が地位も役職も上であるにもかかわらず、多少不遜な態度をとられても不思議と不快に思わない。

「アークヴィッド、ガングル元帥はどちらに？」

「それより、陛下とともにおられたはずのあなたが、こんなところにいる理由をお聞かせ願えませんか」

　アークヴィッドは焦る様子も見せず、微笑みを浮かべたままだった。

　戒厳令下、北方に帝都への召集命令が下ったのはずっと前であったはずである。南方が従わない中、ラーシャルは早々とガングルを帝都に拘束し、北方防衛師団を凍結させたかっただろう。

　のらりくらりと理由をつけてゆっくりと帝都へ進軍してきたに違いない。ガングルはとにかくラーシャルと気が合わない。皇帝が南方防衛師団と帝都へ向かっていることを告げれば、必ずや合流するだろう。

「陛下は、南方の情勢が落ち着いたら、ナラゼル元帥とともに帝都へ入られる。俺は、その前に帝都の様子を確認しに行っていた」

「ああ、南方に陛下がいらっしゃったことはもう聞いております。帝都は、迎え撃つ体制でしたか？」

「宰相が死んだ」

　アークヴィッドの顔つきが変わったのはその言葉を聞いた時だった。笑みが引き、じっとこちらを見つめてくる。

「……なるほど。一番厄介な存在が殺されたか。では、ランド一族あたりが帝都を引っかき回している最中かな」

　アークヴィッドの口元に別の笑みが浮かぶ。情勢を的確に掴みながら進軍していたのだろう。

「おそらく陛下が帝都に影を見せただけで瓦解する」

「でしょうなあ。あと一年もたせればラーシャルにも勝機はあったかもしれないが、宰相が死んだら終わりですな」

　のんきな口調に変わったアークヴィッドに、ジグルトは告げた。

「アークヴィッド、ガングル元帥に目通りさせてくれ。皇帝廃位という状況に至った経緯について説明する。陛下と合流してほしい」

「うーん、早々とそうしたい所ですが、我が主君の命令なしに戒厳令を無視して皇帝陛下と合流するとまでは私の一存で決められないのですよ」

「だから、元帥に目通り……」

　そこまで言って、ジグルトはようやく気がついた。

「元帥は、一緒に来ていないのか？」

「ご存じの通り、我が主君はかなりのわがままでしてねえ。ラーシャルに従うなら行かないと、立てこもってしまいまして」

　アークヴィッドは爽やかに笑いながらそう言ったが、ジグルトは眩暈がした。のらりくらりとはぐらかして、あげくに大嘘をつくなど、やっていることが命令拒否のナラゼルよりも悪い。

「それで、ガングル元帥が一緒に来ていないから帝都へ入れず、こんなところをうろうろしていたのか？」

「いざとなったら私の首を差し出すかと思っていましたが、先にあなたが宰相を殺してくれて助かりましたよ」

　アークヴィッドの声音はあくまで爽やかだった。瞳だけが、射貫くような鋭さで確認する。

「あなたが、殺したんですよね？」

　そうだ、俺が殺した。

ジグルトは無言のまま頷くことで、返答した。

自分がダリオンの小姓あがりから出世した男と見られていることは知っている。

　男色家であるダリオンと、かつてどういう関係にあったのか、殆どの人間が知っていることも理解している。

事実その通りなのだからそれを否定するつもりはない。

男娼上がりがと影で囁かれようと、仕事ぶりで否定すればそれで良かった。能力主義のレスキアでは仕事できちんと評価された。

だが、ダリオンを殺したとなると話は別だろう。

アークヴィッドの目は、かつて臣として仕えた相手を殺した男、と蔑んでいるのかもしれない。

周囲の目を窺うことすら、ジグルトには面倒だった。政治から去る、と決めた以上、どんな評価をされようがどうでもいい。

「どうしました」

反応が意外に映ったのか、アークヴィッドが訊いてきた。

「ずいぶん気弱に見えますよ」

「別にそんなことはない」

「常日頃のふてぶてしさで返してくださると思ったのに、そんな隙のある顔をされては、調子が狂いますな」

からかいに応じる余裕などなかった。ジグルトは苛立ちながらアークヴィッドに告げた。

「俺が捕まった貴軍の斥候から、東方の状況はある程度聞いたはずだ」

「ええ。惹香嚢体の匂いがして、周囲の獣人らが騒いでいたようですな。何人か集められているとあなたはおっしゃったようだが、なぜ?」

「彼らはおそらく、東方防衛師団の連中によって、神山に運ばれる。それを止めることは可能か」

アークヴィッドは言葉の意味を探るように眉をひそめて見せた。

「神山に?」

ジグルトはアークヴィッドに神山でのことを話して聞かせた。アークヴィッドの他、数人の部下が同席していたが構わなかった。惹香嚢体が神山に運ばれるのを止める方が先だった。アークヴィッドを動かすには、真実の重みを伝えるしかない。

部下たちは信じられぬというように動揺していたが、アークヴィッドの反応は違っていた。どこか余裕を感じさせていた態度を改め、明らかに怒りで目をつり上がらせた。

「喰う、ということか。惹香嚢体を？　神山の上位神官らが？」

　ジグルトに対し、敬語を使うことも忘れていた。

「その通りだ。惹香嚢体を集めるために、言うことを聞くバルミラ国王を持ち上げ、南の婚配者を立てようとしたんだ。おそらく、鱗病が蔓延するのが思った以上に早かったんだろう。それで急遽、皇帝廃位を持ちかけたんだ。バルミラや、レズキア宰相や、王位継承で乱れるオストラコンに」

「病のために人間を喰らい、世界を混乱に陥れるのか。己の私欲のためだけに？」

　信じられぬだろうが、己が助かるためならば他はどうでも良いのだ、神山というところは。

　神山だけが異常なのではない。権力者とは、案外狭い範囲しか見ていない。

　バルミラもオストラコンも、ダリオンも、見ているのは目先の己の欲だけだ。自分が無事ならば、世界は動いているのだ。どれほど戦火に苦しむ人々が出ようとも、自分の世界は動く。

　なぜなら世界は、一度も滅びたことなどないのだから。

　皇帝が無事この事態を掌握し、皇帝として神山を正せば、世界はまた整うだろう。

　しかしそれは、以前と変わらぬ整理だ。

乱れたものを正すだけならば、何も変わらない。

「惹香嚢体が複数いるという地域へ案内せよ。彼らを助ける」

　アークヴィッドの言葉に、ジグルトは思考するのを止めた。

「師団長！　元帥のご命令はのらりくらりと時間をかけて帝都へ向かえとその指示だけだったはず。他の師団との接触は許されておりません。しかも止めるとなると、剣を交えることになるかもしれませんぞ！」

　部下の言葉にアークヴィッドは考えを改めなかった。

「のらりくらりしすぎていたら妙な場面に遭遇した。とても見過ごしてはおけなかった。そう申し上げよう。閣下は俺の行動を絶対に咎めない」

驚くべき事に、アークヴィッドの言葉に部下たちは妙に納得した顔をした。

　帝都を越えて道草をしていたのもそうだが、北方防衛師団のいい加減さにジグルトは開いた口が塞がらなかった。近衛や、王領の衛兵団の生真面目さと大違いである。先程まで勝手に兵は動かせないと言っていたのは誰だ。

　しかし、鎧を脱いだ小隊一つ派遣して貰えれば良いと思っていたのに、まさか師団長自ら全隊を率いるとは思わなかった。ジグルトはあっという間に馬を走らせ始めたアークヴィッドの後を慌てて追った。よほど訓練が積まれているのだろう、突然出発した上官に驚くことなく、隊列が速やかに流れる。

「アークヴィッド、なぜ全隊を動かしてくれたんだ」

　ジグルトの問いに、アークヴィッドは答えなかった。

「ジグルト殿、皇帝陛下が獣人であるという噂は本当ですか」

　やはりそれに食いついてきたかとジグルトは内心うんざりしながら話を逸らした。

「アークヴィッド、惹香嚢体が集まっていたのは、皇弟殿下の私領だろう」

「ええ、部下の話ではそうでした。皇弟殿下の領内から異様な発情の匂いがして、周囲の獣人らが興奮していると。その周囲に、東方防衛師団がいたようですが」

「何だって？」

「放った斥候らの話では、皇弟殿下の森を囲むようにして、東方防衛第二師団が守っているようです」

　東方防衛師団はすでにラーシャルに召集され、帝都にいるのではないか。ジグルトの頭の中の疑問を見透かしたようにアークヴィッドが答えた。

「第一と第三師団はバロット元帥に従って帝都へ出向いています」

　続けてアークィッドは話した。

「俺が帝都に向かう際、バロット元帥が東方防衛師団の師団を一つ領地に置いていったという情報を得たんです。これは何か思惑があるのではないか、帝都に入る前に東方の考えも知っておきたいと、寄り道をすることにしたんですよ」

なるほど、アークヴィッドがのらりくらりの道に東方を選んだのは、東方防衛師団の動きを把握するためだったかとジグルトは納得した。単なる道草ではなかったわけである。

ふと、アークヴィッドが馬を止めた。

赤い月の光が、アークヴィッドの横顔をくっきりと浮かび上がらせる。アークヴィッドは何を見つめているのか、前方を見据えたまま動かなかった。

「アークヴィッド？」

不審に思ったジグルトが声をかけたが、アークヴィッドはそれを無視して自分の後に従っている連隊長に声をかけた。

「わかるか」

「はい。嗅覚が狼より劣る雪豹獣人らももうすぐ気付くでしょう。手前にいるのが第二師団ですな」

「これは、二人三人の惹香嚢体ではないぞ」

「どうなさいますか。わが軍の獣人らも惑わされるやもしれませぬ」

「東方防衛師団までは突破する。獣人兵に発情抑制薬を飲ませろ」

アークヴィッドの指示に、連隊長はすぐに身を翻して声を張り上げた。

「狼獣人族系の者ならばもうすでに気がついたはずだ！　初めて香りを嗅ぐ者もいるだろうが、惹香嚢体が近くにいる！　赤月で発情している、惑わされぬよう、抑制薬を口にせよ！」

ジグルトが驚いたのは、指示を出した連隊長が黒色狼獣人に変化したからだった。

レスキア帝国で最も多い獣人は黄金虎だったが、北方に住む者は豹、それも雪豹獣人が多かった。北のネスタニア王国に雪豹獣人が多いからだろう。

だが、同様に西のオストラコン国に近い先祖がいると、狼獣人が生まれる可能性も高かった。彼らは最も鼻が利く種族である。

ジグルトは思わずアークヴィッドを振り返った。だがアークヴィッドは、部下らを待たずに駆け出していた。慌てて部下たちがその後を追うが、アークヴィッドはあっという間に森の手前に並ぶ軍隊に近づいた。

東方防衛第二師団は、赤月にも照らされず、暗い、森の影にひっそりと佇んでいた。

彼らは、アークィッドの存在に気づいていないのか、森の奥を無言のまま見つめていた。アークヴィッドは声を張り上げる。

「北方防衛第一師団長だ！　東方防衛第二師団長・メトスはどこにいる！」

赤月を背にするアークヴィッドは、灰色狼獣人の姿に変わっていた。


東方防衛第二師団は、現れた北方防衛第一師団に敵意を向けるよりも先に、先頭に立つ第一師団長の獣人化した姿に驚きを隠さなかった。

「ア、アークヴィッドか……？　貴公、獣人であったのか」

茫然とした表情で、東方防衛第二師団長メトスは前に出てきた。

ジグルトも、声も出せぬほど驚いていた。北方防衛師団長級の軍人に、獣人がいるとは思わなかったのである。

アークヴィッドの家は北方に領土を与えられ、治めているれっきとした貴族である。皇帝直属ではなくガングルに仕える地方貴族のために帝都での階級はそう高くはないが、ジグルトのような成り上がりよりもはるかに歴史が古い。

数代前ならいざしらず、名家が獣人であるなど常識的に考えられなかった。

「何を驚く。皇帝が獣人であったのだぞ。俺程度が獣人であっても、どうということはあるまい」

不敵に嗤う師団長に追いついた北方防衛師団は、知っていたのだろう、連隊長をはじめ、獣人族はその姿を変えていた。

「そちらは、この凄まじい発情の匂いの中であっても、部下に獣人化させずにいるか。相当強い発情抑制薬を飲ませているとみた」

メトスの顔から驚きが流れ、硬化していく。アークヴィッドは鋭い狼の瞳でそれを見据えた。

「メトス。森の奥から、獣人らの臭いもする。彼らは皇弟殿下の私兵で、惹香嚢体を神山に送り届けようとしているのだな」

「貴公、なぜそれを!?」

「ここにいる神山外交官代行が全て教えてくれた。惹香嚢体が、どんな目的で神山に連れて行かれるか知っているか。竜人族に、喰われようとしているのだぞ」

驚くべき事に、メトスの表情は硬いまま、動かなかった。アークヴィッドの方が驚愕した声を上げる。

「メトス！　お前、知っていたのか！」

「目的は知らん。だが、皇弟殿下は贄《にえ》だとおっしゃっておられた。神山まで連れて行く惹香嚢体を集めよと、殿下から東方防衛師団に命が下った。すでに名前がずらりと挙がっていたから、探し出すのは簡単だった」

竜王誕生の際、神山に集められた世界中の神隠月に生まれた子どもの戸籍だろう。レスキアは前外交官ハスバルが精査に精査を重ねたため、惹香嚢体であることも、親についても、詳しく書かれている。

だが、それがかえって徒になってしまったとは。

「……我が主君バロット様は、なぜ神山に贄として惹香嚢体が送られるのか不審に思われ、理由を探るために何とか時間を稼ごうと考えられた。だがそれを咎められ、宰相と皇弟殿下に叱責され帝都に呼び出された。第二師団の俺たちは、殿下の私兵が神山に惹香嚢体を運ぶのを守れと命じられた」

「メトス！　貴様、そこまでわかっていて今惹香嚢体が私兵らに陵辱されているのを黙って見ているのか！」

ジグルトは驚いて森の奥に目を向けた。

東方防衛第二師団が、異様な雰囲気で森の奥を見つめていたのはそのためだったのか。アークヴィッドは匂いでそれを察したのだろう。

アークヴィッドの激高を、メトスは睨み返した。

「これが、我が東方防衛師団だ！　我らは森の管理人でしかない！　どれほど理不尽な命であろうと、我らが守るのは王族なのだ。お前らとは違う！」

確かに違っていた。広大な領土を治め、先祖代々辺境の守護を務めとしてきた北や南の防衛師団とは、守るべきものが違っていた。北や南が自分の領土の民を守るなら、東方が守ってきたのは王族の利権だった。

　王族の理不尽な命令に黙って従わざるを得ない主君を、メトスは見つめるしかなかったのだろう。メトスの後方に立つ兵士らも、硬い表情のままだった。

　だが、アークヴィッドはそんな彼らに容赦なく言い放った。

「ばかがッ！　王族の圧力から主君を守るのもまた臣の務めだろうが！　主君も、臣も、互いに守り合って萎縮していては現状など変わらん！」

　言葉に詰まるメトスの目の前で、アークヴィッドは剣を抜いた。

「メトス！　俺は東方防衛師団を突破し、皇弟殿下の私兵から惹香嚢体を救う！　止めるのならば容赦しないぞ！」

「アークヴィッド……！　内乱を起こすつもりか！」

「状況はもう変わっている！　宰相は死んだぞ、メトス。皇帝陛下も南方防衛師団を引き連れて帝都に向かわれようとしている。お前は今、臣としてバロット元帥に何ができる。バロット元帥は惹香嚢体を神山に送るのは怪しいと思われ、少しでも時間を稼ごうとなさっていたんだろう。その気持ちをお前が踏みにじるのか。ただ混乱が過ぎていくのを黙って見ているだけか！　目の前の争いから目を逸らすなど、軍人として最も卑劣な行為だ！」

　メトスはもう何も言わなかった。

　言わずに、北方防衛師団に道を開くように、ただ身体を数歩横にずらせた。

　メトスの後方にいた東方防衛師団が、一斉に道を作る。瞬時に駆け出したアークヴィッドの後を、北方防衛師団が雄叫びを上げながら追った。

　アークヴィッドを追うジグルトにまず届いたのは、匂いではなかった。

　泣き叫ぶ声、だった。

　アークヴィッドはいきなり馬を止め、後方の兵士ら全員に響くような声を張り上げた。

「獣人で、あの匂いに耐えられぬ者はここに残れ！　本能を破壊するほどの匂いだ。もし惹香の匂いに負けたら、俺はお前らでも容赦なく処罰する。恥ではない、駄目だと思ったら剣を地に刺せ！」

　雪豹や狼など、獣人化した兵士は前方に集められていた。彼らのうち何人かは次々と剣を地に刺し、片膝をついてそのまま動かなくなった。

「よし、それでいい！　匂いに耐えられる者は今から惹香嚢体を助け出しに行く。我らの脇からすり抜けて逃げた奴はここに残る者が捕らえろ！　一人も逃がすな！」

　ジグルトは前方から、獣人らが馬で駆けてくるのを目にした。

　皇弟殿下の私兵だろう。軍服を乱した姿のまま、声を張り上げる。

「何者だ、貴様ら！　ここがどこかわかっているのか！　勝手に入れば死罪に値す」

　声は、最後まで響かなかった。アークヴィッドの一振りで、胴体から首が飛んだ。樹にぶつかった首がごろごろと地に転がり、残った私兵らは慌てて森の奥へ戻ろうとした。

「逃がすな！　全員引っ捕らえろ！」

　所詮正規軍に守られているような私兵団、北方防衛師団の敵ではなかった。剣を交える間もなく馬から引きずり倒され、捕らえられていく。アークヴィッドは剣を振り上げてくる者を一瞬でなぎ倒しながら、空にも轟く声を上げた。

「ここから先は獣人は行くな！　救護班！　救護班、前へ！　あの小屋だ、惹香嚢体を救護せよ！」

　人間で構成された連隊と救護班が、顔を布で覆い、粗末な小屋のような建物に飛び込む。ジグルトも後に続いた。

　そこにあったのは、以前嗅いだ、蠱惑的な香りではなかった。

　同じ発情の香りでも陵辱のせいか違うように感じ、気が触れたような状態になっている惹香嚢体が、恐怖と、苦痛に蠢《うごめ》いていた。

　喚き、泣き叫ぶ彼らの中には、あきらかに抑制薬を飲んで発情していない者も含まれていた。まだ幼い子どももいる。凌辱の限りを尽くされ、死んだような状態で折り重なっている裸体。

その地獄絵図に、ジグルトは身体がぐらぐらと揺れるのを感じた。

ジグルトにとっては発情を誘う香りなど、どこにもなかった。本能の、最も残虐な部分をさらけ出した腐臭。それしかなかった。

「早く、一人一人助け出すんだ！　団長に報告しろ！」

救護班は、行動に迷いがなかった。

茫然とするジグルトは、彼らの機敏な行動に我を取り戻した。これは人が足りない。ジグルトはその場から出て、アークヴィッドに救護を増やすように伝えにいこうとした。

「急げ！　馬車をここまで用意するんだ！」

声を張り上げ、自らの軍隊に指示しているのはメトスだった。担架を持ったメトス側の救護班兵士らが、小屋へと入っていく。

「彼らは私の領地に連れて行きます。そこで、保護しましょう」

勝手にそんなことをしても大丈夫なのか。ジグルトはメトスの言葉に眉をひそめた。

「しかし、東方にはいくつもこうした王族の私領が点在しているでしょう。この騒動を聞きつけた彼らが、あなたの領地に攻め込むかもしれません」

「ご心配なく。私の軍隊も、私兵程度なら簡単に蹴散らせます」

メトスは初めて、瞳にうっすらと笑みを浮かべた。

「守るべきものを、私は見誤っていたようです。北方ほど、好き勝手にはやれませんが」

「それも全て主君を信じているからだ。この状況、わが君に早馬を飛ばしたぞ、メトス。皇弟殿下の私領で俺が喧嘩したと聞いたらガングル様は、大いに嘆きつつも皇弟殿下に反目するだろうな」

いつの間にか人間に戻ったアークヴィッドが傍まで来ていた。

「小屋の中は、惹香嚢体の匂いも掻き消されるほどの凄惨さだ。半殺しのような状態にさせられた惹香嚢体もいる。私兵団の連中、全員すぐ首を刎ねてやりたいほどだ」

アークヴィッドは確認するようにメトスに視線を向けた。

「俺はジグルト殿とともに南方の陛下をお迎えに行くつもりだ。お前たちの軍だけで大丈夫なのか、メトス」

「ああ。俺も、バロット様を信じるよ。助けに来てくださるとまでは思わぬが、流されているだけでは駄目だということに気付いてくださるだろう」

　これを知った帝都が、周辺の王族が、兵を向けてくるかもしれないというのに、メトスの表情は晴れ晴れとしていた。

　戦う意味を見いだしたからか。軍人らの迷いのない瞳を見つめていたジグルトは、頬に落ちてきたものに、空を見上げた。

「……雨か……」

◆・◆・◆

　地下から北のネスタニア国へ繋がった道の出口は、森の中だった。

　地図上ではネスタニア国領に入っているはずだったが、人の気配がない森では食料を探すのは難儀だった。

　セナは大木の下で、なかなか止まない雨を見つめた。

　イザクがいない今、森で食料を探せるのはセナ一人しかいなかった。セナも狩猟をちゃんと教わったわけではないが、神山出身の連中よりはマシである。

　キト父子から貰った食料は、秋から冬を地下水路で過ごすうちに無くなってしまった。新たに食料を確保しなければ、飢え死にしてしまう。

「私も行きましょうか」

　そうセイジュは言ったが、弓も扱えぬ者を連れていったところで何にもならない。

「アスラン様も、ずっと地下で過ごすのはもう限界ですが、今は地上の方がはるかに寒い。このまま地下にいた方がいいですよね……」

　マルコは、三歳の子どもが太陽の光に当たらずに過ごす事を懸念していた。

「日光に当たらねば人間、大人も体力や精神力がやられます」

アスランだけでなく、大人たちも元気がなくなっていた。

妊娠しているハンナの状態も気にかかった。腹もかなり大きくなっている。いつどんな状態に陥るかわからないのがお産だ。

爆薬で退路を断ち北へ北へと進んできたが、神山の追及の手は収まったのか、皇帝が権威を取り戻したのかもわからない。ふらふらと誰かに助けを求めるわけにいかなかった。

セナは一向に止まない雨と空に目を向けた。

赤月が終わり、空に白月が上がっているはずである。だが空はどんよりとした雲で覆われ、本来最も明るい夜が続くはずの白月の期間が失われていた。

冬の赤月が終われば、やってくるのは雪の白月のはずだった。それが、雪ではなく雨が降っている。

南国では雪や縁はなかったが、東のレスキアと北のネスタニアでは冬に雪が降る。ネスタニアほどではないが、レスキアでも冬には雪が降った。冬白月ともなれば通年なら冬のまっただ中、雨は雪に変わっていてもよいはずだった。

冬赤月が終わるのも早かった。今年は、暦が狂っているのだろうか。

神隠月が来ようとしているのだろうか。

セナは、冬赤月の発情が終わった時のことを思い出した。

愛する男が死んだというのに、身体が否応なく発情した時、またしても哀しみでどうにかなりそうになった。

そして、別の哀しみも襲った。

秋の赤月で七日間、二人で洞窟に籠もり愛し合った時の結晶が、胎内に宿ってはいないかと、心のどこかで期待していたのだ。

イザクが死んでしまっても、その命が、その子どもが残されてはいないかと。

だが惹香嚢は子どもを宿す器官となっていなかった。やってきた発情に、それを否応なく知らされることになった。

アスランの前だ、取り乱すなと思っても、発情と絶望の中で、この身をどうにかしたくなった。

精神的に不安定な親の姿を、アスランがどう思っているかなど考える余裕もなかった。

気がつけばアスランから引き離され、サガンを見張りにつけられ、七日間を隔離されて過ごした。

この身体は。

死にそうな心を抱えながらも、なぜ発情するのか。子どもを身ごもらせてもくれなかったくせに、なぜ雄を求める身体となるのか。

この身に受け入れたい男は、もういないのに。なぜまだ、精を求めるのか。なぜまだ、種を繋げと命じるのか。

何のためにこの身体は、何のためにこの臓器はあるのか。

何度も何度も身体を呪い、運命を呪い、生きる事を呪い、七日間の発情を終えた。

イザクへの思いは、喪失の苦しみは、少しも癒えていなかったけれど。

生きねばならない。

アスランを無事に育てられる場所へ辿り着くまでは。

神山の連中を断罪するまでは。

責任と怨恨から、正気を保つしかなかった。

セナは息苦しくなる思考を中断させるために、レスキア帝国に思いを馳せた。

（……陛下は、ご無事だ。きっと）

状況がどうなっているかはわからなかったが、おそらく、皇帝は無事だとセナは確信していた。

あの皇帝が、誰かに虐げられている、という状況が想像できない。

いつだって皇帝は強かった。誰よりも。何よりも。

尊大で、雄々しく、百獣の王にふさわしい、帝王の姿しか思い浮かばない。

あの輝きは、誰にも汚されないだろう。暁の皇帝の名にふさわしい、目がくらむほどの光——。

あの光に包まれていれば、アスランはきっと大丈夫だ。

太陽の光が必要というのならば、アスランには皇帝がいる。

セナは、自分が抱えた澱んだ憎しみの闇を、静かに見つめた。

果たして自分はこれから先、ここから抜け出すことがあるのだろうか。

闇夜に目が次第に慣れていくように、この闇を通して、物事を見つめていくのだろうか。

今自分は、どんな目をしているだろう。

瞳に光が宿らなかった、かつてのイザクと同じ目をしていないか。

闇に生きる、感情のない闇人と同じ瞳ではないか。

セナは周囲に仕掛けた獲物を捕らえる罠から目を逸らし、きつく瞳を閉じた。

つらい。抱きしめてほしい。

腕は失われたというのに、またしてもそんな望みが浮かんでくる。

「……動くな」

ひゅっ、と背筋に冷気が走る。

同時に、心の臓をわし掴みにされた気がして、セナは喉の奥をひくつかせた。

しまった。余計な事に囚われていて、周囲に意識を飛ばすのを忘れていた。

背中に刃物が当てられているのがわかった。剣、ではないことも。闇人、という言葉が頭をよぎったが、後ろの気配はあの恐ろしいほどの冷気を纏ってはいなかった。

しかし、気配の抑え方はまぎれもなく一般人ではなかった。

何人かが、気配を殺しながら近づいてくる。

「……隊長」

セナの後ろの男に話しかけてくる。それでセナも悟った。軍人だ。

「他に人間は?」

「いません。動物の罠だけです」

「……あの罠を仕掛けたのはお前か」

どこの軍だ。セナは灯火で顔を確認されても、男たちにまともに視線を向けられなかった。彼らの姿からはどこの国の者かはわからない。

ここで捕まったらアスランたちは地下で飢える。

セナは身を固くして頷いた。どうか、どこぞの村人と思ってはくれないか。

隊長と呼ばれた男の腕が下がる。腰に吊った剣に男の手が伸びた時、セナは思わず身を動かした。男の部下がセナの腕を摑む。

男は、灯りでセナを照らし続けた。その熱さにセナは顔をしかめていたが、やがて男は立ち上がると部下に命じた。

「報告する。拘束せよ」

男の部下は三人ほどだった。この数では逃げるのは不可能だ。セナは両手を後ろにまわされ、剣まで奪われた状況をどう変えるか、必死で考えた。

ここは北方、ハンナの話ではネスタニア国である。この軍人の動きを見ると、辺境部族の小隊ではあるまい。規律と厳格な階級が彼らの間に漂っているのがわかる。これは小国の隊にはない。

ネスタニアの兵士か。今、ネスタニア国とレスキア国の間はどうなっているのか。皇太子がネスタニアに助けを求めたのは知っているが、どういう状況なのか全くわからない。

以前は、ネスタニアは神山の命令に従っていないと噂されていたが、現在はどうなっているのか。

連れていかれた森の中で、野営が点在しているのがわかった。灯りは極力消し、人の気配もひそめているが、かなりの数が散らばっているのが見て取れる。従者に松明を掲げさせながら、初老の軍人が近づいてきた。

「帰ったか、ヒース。報告を閣下がお待ちだ」

ヒースと呼ばれた男がフードを外し、初老の軍人に告げた。

「副師団長殿、先に師団長殿に目通りを。森の奥深くで狩りの罠を張っている男を捕らえました」

松明で照らされ、ヒースの顔が浮き上がった。まだ若い男である。副師団長と呼ばれた初老の軍人はちらりとセナに視線を投げ、ヒースに問いかけた。

「儂から伝えるより、お前からか」

「直接お伝えしたく存じます」

師団長ということは、やはりネスタニア国の師団なのだろうか。セナは周囲の軍人のマントに目を向けたが、紋章はわからなかった。

奥から副師団長が連れてきた男は、まだ三十歳そこそこの若さだった。

これが師団長か。セナはこんな状況だというのに、その男のあまりの美貌に息を呑んだ。体格は自分よりはるかに上背があり、鎧を身につけているのもあって雄々しいが、夜のわずかな灯りの下でもはっきりとわかる美貌だった。薄い金髪をゆるくまとめて肩に流している。

「ヒース、報告を閣下もお待ちだった。俺を先に呼んだ理由は？」

声音も静かで柔らかだった。

ヒースという小隊長は、軍礼をした後淡々と告げた。

「師団長殿、この男に見覚えはありませんか」

美貌の男の眉根が寄せられる。

「どういう意味だ？　南の血を引いているらしいが、俺は知らん」

「レスキア王家の紋章が入った剣を、所有しておりました」

皇帝から貰った剣は、一見真っ黒で何の装飾もされていない。

だが鞘の先端に、わずかにレスキア王家の紋章が彫られている。もう殆ど消えかかっている紋章だ。それに気がつくとは、セナはヒースという男の洞察力に舌を巻いた。

「本当だ！　王家の紋章……しかもこれは、先帝の紋が刻まれているではないか？　お前、これを一体どこから手に入れた？」

副師団長が黒い鞘を眺めながら言う。師団長は剣を受け取り、まじまじと見つめた。そんな彼らに、ヒースが淡々と告げた。

「副師団長、王家の紋章の剣が一般の市に出回ることはありえません。軍人と剣は一心同体、戦場で失ったとしても必ず回収されます。こんな辺境の地で狩人が手にしているわけがありません。下賜されたもの以外はありえません」

ヒースは副師団長から目を逸らし、師団長に向き合った。

「師団長殿、この男に見覚えはありませんか。俺も一瞬はかつて南から売り飛ばされてきた奴隷の子孫かと思いましたが、こんな辺境で狩りをしている人間の肌ではありません。首も、手も、これほど肌がきめ細やかな人間は、あなたのような高貴な人間しかありえません。レスキアか、他の小国の貴族に、見覚えはありませんか」

師団長の男は、黒い剣を掲げるようにして副師団長に渡すと、セナをまじまじと見つめたまま、片膝をついた。

「……私はレスキア帝国北方防衛第二師団長、クーリオと申します。……御身は、ネバル国王子、レスキア皇帝妃であらせられるか」

セナが答える前に、拘束していた兵士は下がり、ヒースの片膝も地についた。

周囲が次々と膝をつく姿を、セナはしばし無言で見つめていた。


セナは身元は明かしたものの、北方防衛師団に対し、何を、どこまで話せばよいのかわからなかった。

彼らの所へ、アスランを連れてきても大丈夫なのか。まずは北方防衛師団が何を考え、ネスタニア国領に忍び込んでいるのか聞かなければならない。

「戒厳令下であろう。貴軍にも召集がかかっているはずだ。陛下ではなく帝国の命で動いているのか」

北方防衛第二師団長・クーリオは優雅な微笑みを見せた。

「良かった。状況が良くおわかりのようで安心しました。やはりただの後宮のお妃様とは違う。今、北方防衛師団ガングル元帥を呼んでおりますから少々お待ちを。まず、私たちは陛下へ忠誠を誓っております。状況がわからぬのに、中央の命に簡単に従うほどやわな軍ではございません」

やわな軍ではない、というのはすぐに聞こえてきた声でわかった。

「クーリオオオオ！　本当かお前！　ヒースが、陛下のお妃を捕まえてきたってエエ!?」

セナは驚いて思わず腰を浮かしそうになった。だが、目の前の男たちは誰も動じていなかった。クーリオがニコリと微笑む。

「下品で申し訳ありません。あの声が我が主君、北方防衛師団ガングル元帥でございます」

バサリと荒々しく天幕がはねのけられる。現れた男は、口をぽっかりと開けたまま、まじまじと見つめてきた。

まだ二十代後半と思われるが、子どものように感情をあらわにして人を見つめてくるからか、齢よりも幼く見えた。あまり身なりに構わない性質《たち》なのか、赤毛の髪はぼさぼさであちこちに跳ねている。鎧もマントも薄汚れており、とても元帥とは思えなかった。

ガングルの後ろには、まだ十代と思われる若い軍人がいた。こちらは逆に鎧は磨き上げられ、茶色の髪はきっちりとなでつけられており、精悍な顔立ちだが若さゆえか我が強そうな性質が現れていた。

「閣下、失礼ですよ。ご挨拶を」

「クーリオ、えっと、この人？　か？」

「閣下、膝をつきなさい。皇帝妃ですよ。加えて、竜王の婚配者様の母上です」

部下に言われてガングルは地に片膝をついた。

「ええと、北方を治めているガングルと申します……が、おたく本当に妃様？」

「閣下！」

クーリオの怒声に、ガングルはだってさあ、と頭を掻いた。

「お前の方がずっと美人じゃん、クーリオ！　お前、やっぱり陛下に嫁げたんじゃねえの？」

「私は惹香嚢体ではありません！　容姿なんてどうでもいい話ですよ！」

「そおか？　男で陛下の御子を産んだって聞いて、どんな男だよって思ってたから、少なくともクーリオより美人だと思ってたぜ。なあハードナル！」

声をかけられた若者は、腕を組んで首を傾げた。

「今は汚ねえカッコしているからそう見えるだけじゃないっすか」

　クーリオは額に青筋を浮かべ、部下に命じた。

「ヒース。この二人を拘束しなさい」

「……いえ……さすがに我が元帥と第三師団長を俺の手で拘束するのは」

　厳しい階級と軍律によって整えられていると思ったのは誤りだったかと、セナは頭の片隅で思いつつガングルに告げた。

「俺への評価はどうでもいいが、まずは貴軍がどういう動きでここにいるのか教えてもらおうか。その後で俺らがどう行動したか、神山でのことを説明しよう」

「かっ……カッコイイ……男にしか見えない……」

　頬を染めてガングルはクーリオとハードナルを振り返った。

「俺、陛下を見る目が変わったわ。この次会ったら俺のことも抱いて！　って言っちゃいそう」

「どうぞどうぞ、言ってください。そのまま首を刎ねられてください」

「がんばって、閣下！」

　話をするのはクーリオだけにしてもらえないかとセナは頭を抱えそうになったが、そういうわけにはいかなかった。

　ガングルから語られる話は、本当か嘘か判別がつかなかったからである。

「俺ね、ラーシャル大嫌いなんですよ。ナラゼルだって気が合うわけじゃねえし、東方のバロットだって好いてるわけじゃねえし、陛下のことだってさっきまではつまんねえ皇帝と思っていたけど、ラーシャルが戒厳令で軍を掌握するなんて状況だけは許せねえって話」

　単純に、好きか嫌いかで動いているのか。

　そんな思いが顔に出ていたのか、ガングルが察して話を続ける。

「そうですよ？　俺の家は、北方を五百年以上治めているんです。この歴史はどこよりも古い。今の王家よりもね。俺の家は、北の領土さえ与えていれば欲を出さない。歴代のレスキア国王はこれを十分わかっている。もちろん今の陛下もね。ただね、これを失えば、怒っちまうんですよ、俺は。ラーシャルは絶対に俺から北を奪うからね。従うわけねえだろうって」

そのままの領土を与えるから中央に来い、そう命じられて第一防衛師団を送り込んだが、従う気はさらさらないと言う。ガングルは鼻で笑った。

「ラーシャルって男を俺は良く知っているんでねえ。人を服従させることが好きな男なんですよ。気にくわねえ奴は特に屈服させたいってばか。あいつが人望ねえのはそこだ。宰相もなんであのあほうと組むかねえ。あれは、一度権力を握ったら宰相がなんて言ったって大人しくなんてしてねえよ。宰相は、従え、大丈夫だと俺に散々言ってきたけどなあ」

「あんまりうるさいのでアークヴィッドに行ってもらいましたが、このところ中央から催促が止まりましたね。アークヴィッドは帝都に入ったんでしょうか」

クーリオの言葉にハードナルが続ける。

「入る手前でモジモジして焦らしてやるとは言っていたけどな、おやっさん」

それで結局は陛下を裏切るつもりはないのかどうなのか、セナには二人の会話からは全く読めなかった。

先程クーリオは忠誠だなどと口にしていたが、北の領土を守るためになら、アスランをネスタニア国にでも神山にでもすぐ売りそうである。

だがいつまでもここに拘束されているわけにはいかなかった。アスランが、腹を空かせて待っている。食料がつき、今度は大事にしている山羊二匹がとうとう喰われてしまうのではないかと、山羊の傍から片時も離れない。山羊の牧草も底がつき、もう一歩も前に進めない状態だった。

セナは、北方防衛師団の連中に神山で起こったことを全て話して聞かせた。鱗病。皇帝廃位。死んでいった婚配者。

「……陛下は必ず帝位を取り戻す。そのためにまずレスキアに戻った。南に向かわれたと噂では聞いたが、どうなったかそちらの方が知っているか」

セナの言葉に、その場にいた者で返事を返した者はいなかった。

ガングルはじっと一点を見つめたまま動かず、第三師団長ハードナルは、膝の上の拳がぶるぶると震えていた。第二師団長クーリオは何かを見据えているかのように光らせていた目を、横に流した。

「閣下、ご安心を。わが北方は戒厳令が出された時から、領内全ての守りを強化させております。ネズミが入り込む隙などありません」

「……しかしクーリオ、こんなばかげたことがまかり通っているとは……。神山に、まるで餌として惹香嚢体を運ばせるなど、アークヴィッドは知っただろうか？」

「皇帝側の誰かと接触したら、わかったかと思います。近衛第二騎士団インドール殿の間者らしき者が、我々と接触したがっていたではありませんか。閣下の判断で無視しておりましたが、やはりあの動きは皇帝側についていたんですよ」

「だってラーシャルの手先だと思ったんだもん……。あんな優等生が戒厳令に逆らうわけねえってお前だって言ったじゃん」

「すぐに確認しましょう。アークヴィッドが危ない。娘の事になると目の色変えるばか親父だ。これを知ったら中央を許しませんよ」

「クーリオ！　北方の惹香嚢体は大丈夫なのか！」

ガングルとクーリオの会話にハードナルが割って入る。

「以前、竜王誕生で神隠月生まれの者を調べろと言われた時、名前を中央に送っている。俺の妻だって、名前を知られている！」

「ハードナル、落ち着け。お前の妻でアークヴィッドの娘を、城から誰が出せるっていうんだ」

惹香嚢体が、妻？　セナはハードナルを思わず見つめてしまった。

「ハードナルの妻は惹香嚢体で、我が第一師団長・アークヴィッドの一人娘です」

「第一師団長？」

「ガングル元帥の乳兄弟で、獣人です」

師団長級が、獣人。セナはガングルに目を向けた。まさかレスキア帝国で、まだ獣人族が貴族階級に残っているとは思わなかった。ガングルが静かに頷く。

「そうです。娘は誰にもやらねえって、当主の俺にさえ許さなかったのに、この小僧には許しやがったんです。最低でしょう？」

「閣下、今はそんなこと誰も聞いていませんよ」

クーリオはセナに顔を向けた。

「妃殿下、我が北方では『先祖返り』で獣人が生まれる事例が増えております。第一師団長・アークヴィッドもそうです。三代前から獣人の血は入っていなかったはずなのに、先祖返りで獣人の子が生まれた」

先祖返りという言葉にセナは眉をひそめた。

小人や惹香嚢にそうした人間が生まれることはあるが、獣人にも現れるとは。

「南方ではまだ獣人族が排除されておりませんのでそんな話はないでしょうが、ここ数代の獣人への差別は、逆に種の先祖返りを促しているように私は感じております。種とは、人為的に消そうとすればどうにかして芽を出そうとするのではないかと考えます」

虐げれば虐げるほど存続への道を図ろうとするように感じるとクーリオは言った。

「上位階級の家から、先祖返りはより多く出ました。獣人との不義の子だろうと、疑われた子どももおりました。先代の北方防衛師団元帥は、そんな差別を許しませんでした。一族の中でもとびきり能力の高かったアークヴィッドを第一師団長の地位に就けたのはその表れです。北方では獣人であろうと地位を約束されます」

もちろん、中央には内緒ですけれどね、とクーリオは微笑んだ。

「しかしここにきて、我らが皇帝陛下まで獣人だったという噂が流れた……。内心俺は喝采したね。まず、獣人が差別されるのが間違ってんだよ。で、妃殿下、陛下は何獣人なんですか？」

ガングルの質問をセナは無視した。クーリオに訊ねる。

「では、北方防衛師団は陛下をお助けする立場と考えて良いのだな」

クーリオよりも先にハードナルが叫んだ。

「当然ですよ！　俺の妻を喰い物にするような神山になんぞ絶対に従えるか！」

「我々が守るのは己の領土、北方の安寧です。神山に従うわけにはいきません。あなたと婚配者様を、必ずやお守りし、陛下のもとへお連れしましょう」

「お前たち、俺の台詞全部取るなよ」

助かった。

一度心によぎった安堵は、もう消せなかった。もう、疑いたくはない。何よりも身体が限界だった。セナは力が抜けそうになるのを必死で堪えた。

アスラン、良かった。山羊も、ちゃんと助けられるよ。

安堵とともに、もう少し、北へ出るのがもう少し早かったならという思いが胸を刺す。

音もなく冬の雨が、北の地に降り注いでいた。

*　・*・　*

「アスラン。三さい。ヤギさんはたべちゃダメ」

アスランの自己紹介に、北方防衛師団元帥・ガングルは相好を崩した。

「山羊の肉は美味しいのにい〜」

「セナ様、何なんですかこの男？」

フオルがうさんくさそうな目を隠そうともせずにガングルを睨む。

ガングルとハードナルが率いる北方防衛師団と一緒に地下水路に入った時、セイジュらは困惑よりも安堵を見せた。もう地下での生活は限界だったのだろう。

護ってくれる者がいなくなったため、長く地下に潜んでいた。食料をアスランとハンナに優先的に与えるため、セナはもちろんセイジュもマルコらも何度食事を抜いたかわからない。目の前にいる山羊を食料にしようと思ったことも一度や二度ではない。

空の下でセイジュらの顔を改めて眺めると、誰も彼もやつれ果てていた。頬がげっそりとこけたセイジュが空を仰ぐ。

「地上は、雨でしたか……ようやく太陽が拝めると思っていたけれど」

「それでも空気が全然違うよ」

セイジュとマルコの会話を聞き、セナは夏からずっと、太陽を見ていないことを思い出した。

光り輝いていたアスランの髪は、ろくに洗っていないせいか、くすんでいた。

イザクが使者として離宮にやってきた日のことを思い出す。土にまみれて遊んでいたアスラン。太陽の恵みを受けて、輝いていた金髪。

黄金の光に包まれていたのは、あの日が最後だったように思える。

あの日から、空がどんなふうになっているか、眺めたことはあっただろうか。

北方防衛師団が厳重に守る中、セナたちは野営地に到着した。

アスランとフオル、そしてハンナとツォーリはすぐに身体を清め、食事を用意された。

セナとセイジュやマルコ、そしてサガンは、別の天幕内に案内された。椅子に座るガングルの両隣にクーリオとハードナルが立ちながら侍る。その向かい側に用意された椅子に座り、これまでの状況を説明した。

「なるほど、話には聞いておりましたが、それほど大きな地下水路が張り巡らされていたとは。竜王否定派はもう、誰もいなくなってしまったのですな」

クーリオは学都に留学していたため、神山への理解も早かった。

「皇太子殿下がこの時期学都へ留学されていたのは良かった。我々は北方を守る上で、ネスタニア国の動向は常に注視しています。皇帝廃位の噂が流れた後、皇太子殿下がネスタニア国へ逃れたという情報を聞き、ちょっとこれはおかしいなと思ったんです」

クーリオの話に、セイジュが答えた。

「やはり、廃位の噂が流れるのが早すぎると感じたのか？」

「ええ、そうです。情報操作されている可能性を感じずにはいられませんでした。廃位の前に何らかの理由があるはずですから。獣人だという理由であっても、廃位の噂の後に皇太子殿下がネスタニアに入るなんておかしいでしょう。普通、廃位の前ですよ」

実際は廃位の前に皇太子は神山から逃げていた。セナたちが考えるよりもずっと前から、皇帝廃位の噂は流れていたということである。

「陛下が神山に入られた直後くらいからもう流れていました。それで、ネスタニアとその辺境諸国の動きを見ていました。ネスタニアは神山に反目し、皇太子殿下も抱えている。これは皇帝陛下側についても大丈夫そうだと判断しました」

　どうやら北方防衛師団の方向性を決めているのはガングルではなくクーリオらしかった。あくまで北方の自分たちの立場を守りつつ、行動している。

　大国というものはこういうものなのだろうとセナは考えた。

　利権を求めるのは誰でも同じだろうが、少なくともネバル国は違った。右から、左から、いつ攻め込まれ国を失うかわからない小国は、それぞれ思惑はあれど、父王の下で一致団結していた。上に立つ人間が何としても国を守るという意識があれば、下はその意識に引きずられる。

　兄のように上が己の欲に走った時、小さな国はあっさりと瓦解する。それを父は、嫌というほど知っていただろう。それが上に立つ者の重責だったに違いない。屈辱に耐え、大国に頭を下げ続けた父の気持ちが今ならわかる。

　皇帝も、同じような重責を感じているに違いない。

　四つの大国の、最も大きな国、レスキアの王。

　人間の中で、最も神に近い存在。皇帝という人間。

　だが彼のそばにいる者たちは、己の立場を、利権を求めて行動している者が殆どだ。

　それが、正しいのだろう。彼らには彼らの守るべきものがある。

　辺境という領地。貴族としての立場。身内。上りつめた地位。命。

　皇帝もそれを理解し、真の意味での忠義など求めていないのだろう。

　大国は、国を守るという意識なしでも、忠義なしでも国が守られる。

　皇帝は、あの皇帝でなくとも構わないのだ。

　皇帝が死ねば、おそらく中央の大貴族らは皇太子を立てる。もしかしたらその方が都合がいいのかもし

れない。

　それなのになぜ、あの皇帝は、重責などを持てるのだろう。

　今彼を動かしている原動力は何なのだろう。

　大国の、あまりに大きな国の統治者としての皇帝を、初めてセナは知りたいと思った。

　冷たい人間だと、利しか求めていない人間だと、人を利用することしか考えていないと思っていた。

　それが、皇帝という立場なのだと、今ならわかる。

　あの人が、皇帝という鎧を脱ぎ捨てたのを初めて見たのは、あの神山での別れの時だった。

　それ以外は、鎧は強固なまでに、皇帝の身を覆っていた。

　あまりに重い鎧を外したあの一瞬、あれは、どれほど貴重な一瞬だったのだろう。

　陛下の考えを聞いてみればいいだろう、とフオルやガトーに言われた時のことを思い出す。

　心の内を語ってくれるかどうかわからないが、知りたい、とセナは願った。


　クーリオが現況を説明する。

「辺境民族にネスタニア国との橋渡しを依頼し、私たちはネスタニア国と話し合いの場を持つことに成功しました。我々が国境を越えてきたのもそのためです。辺境民族の話では、現在皇太子殿下はネスタニア国の将軍で国王陛下の人望が厚い人物に預けられているそうです。その将軍、娘が婚配者候補だったそうで」

「それは……！」

　セイジュとマルコが立ち上がった。

「ネスタニア国婚配者の母ならば、俺たちが助け出した！　陛下と別れた際、あちらにお任せしたが、無事のはずだ」

　クーリオはそれを聞き嫣然と微笑んだ。

「それは良い情報をいただきました」

　クーリオは、いつの間にか椅子から立ち上がり、アスランの山羊に餌をあげているガングルに声をかけた。

「お聞きになりましたか、閣下。ムードン将軍の妻が、レスキアにおります。早速話をつけましょう」

「つくかねえ。あの男は妻と娘を国に差し出したんだぞ。娘は惹香嚢体ではない、と妻が散々訴えたにもかかわらず、突っぱねたそうじゃないか。それが神山で行方不明になったからって大騒ぎして、みっともねえ男だよ」

　ガングルは山羊たちの食べる干し草が飛ぶほどに鼻を鳴らした。

「女一人守れない男なんざ大した男じゃねえ」

「閣下。確かムードン将軍の妻は、男体ですよ」

「えええ！　また男？　そんなにいいのか、惹香嚢体の男は？」

「閣下は陛下に抱かれるんでしょ。関係ないじゃありませんか。下品な発言、失礼しました妃殿下。これから我々はネスタニアにいる皇太子殿下と接触を図ります。ネスタニア国の協力を得て、陛下と落ち合いましょう」

　クーリオがニコリと優雅に微笑んだ時、報告が飛び込んできた。

「申し上げます！」

　兵士はセナたちが傍にいることに一瞬ためらいを見せたが、ガングルは構わないというように手を振った。

「第一師団長より、伝令が参りました」

「ようやくアークヴィッドから報告が来たか。いよいよもって帝都に近づいたな。どうする、クーリオ。戻らせるか？」

「最後まで報告は聞きましょう閣下。伝令が困っていますよ」

「はっ……第一師団は、東方に入った際、東方防衛第二師団とともに、皇弟殿下私領にて、皇弟殿下の私兵らと闘い、殺害、または拘束したそうです」

「はあああああ!?」

　叫んだのはガングル一人で、クーリオとハードナルは伝令に詰め寄った。

「理由は」

「のっぴきならない理由、としか。これより師団長は、神山外交官代行とともに南方の皇帝陛下のもとへ赴き、皇帝陛下の帝都入りをお助けするそうです。帝都は宰相が既に死亡、混乱に陥っているに違いないとのこと」

「死んだ……！」

セナの脳裏に、ダリオンの飄々とした顔が浮かんだ。

死んだ。あの男が。

「死んだか！　ダリオンがいなくなれば帝都はもう終わりだ。ラーシャルにまとめ上げる力などない。おそらく、西方に逃げ帰るかもしれませんよ。担ぎ出した皇弟殿下も放っておいて」

クーリオの美貌が興奮で赤くなった。ハードナルも両腕を空に突き出し叫ぶ。

「やった！　南から、東から、そして北の俺らが帝都へ進軍したら、戒厳令下でも王領はすぐ道を開く！　こっちの勝ちだ！　詰みに行こうぜ、クーリオ！」

傍らでセイジュとマルコが喜ぶのをセナは目の端にとらえた。

戻る。戻れる——帝都へ。

神山へは？　一体どうなるのか。

神山は今、どうなっているのか。

「のっぴきならない理由って何だ。しかもアークヴィッド、なんで東方で神山外交官代行と会ってんだ？」

ガングルは首をひねったが、クーリオは面白そうに腕を組んだ。

「さあ～大体の予想はつきますが、そこはアークヴィッドに教えてもらいましょう。しかし閣下、他と大きく差をつけるには、やはり皇太子殿下も一緒にお連れしたいところです」

「えー、すぐに行こうぜ！　こっちには妃殿下と婚配者様がいるんだから！　十分じゃねえの？」

ハードナルは若いせいか遠慮がなかった。セイジュが隣で俺らは土産か、と呟く。

「ネスタニアと今合流する意味があるのかね……もう情勢は陛下の勝ちで決まった。今更ネスタニアの後ろ盾なんざいらねえんじゃねえのか、クーリオ。皇太子は情勢が落ち着いたら勝手に帰ってくるだろう。レスキアにネスタニアを入れるとかえって厄介になるぞ」

「閣下。我々がネスタニアと合流するのは、これからの北の利権のためですよ。皇太子を庇護したんだ、これからはネスタニアの発言力は強くなる。あっちが強く出ると防衛軍の我らが一番労力使うんですから。

仲良くしていた方が賢明ってもんです」

どこまでも先を読むクーリオを、ガングルはしばし眺めるように見つめ、ボソリと呟いた。

「賢明ね……」

「りゅうおうのところへいくのよ！」

アスランが天幕の中に飛び込んできた。フオルが慌てて追いかけてくる。

身体を清め、久々に腹いっぱい食べたらすぐに眠ると思ったのに。

セナは駆けてくるアスランを抱き上げた。

「どうしたの、アスラン。悪い夢でも見たの？」

「すみません、セナ様。食事をしてすぐにうとうとなさっていたのですが」

アスランの目は、眠りにつきそうなそれではなかった。らんらんと目を輝かせ、興奮状態で叫ぶ。

「ははさま、アスランは、りゅうおうをたすけなきゃいけないの！　りゅうおうのところへいかなきゃ！」

「アスラン、落ち着いて。どうしたの」

セナは、強く訴える息子の身体を宥めるように撫でた。

「いかなきゃならないのよう。りゅうおうとあの子がたすけてっていってるのよう」

あの子とは、ルツのことだろうか？

しかしあの時アスランは眠っていて、ルツの存在は知らないはずである。

竜王に何かあったのだろうか。『道』と繋がり、何かを見たのかもしれない。

次第に落ち着いてきたのか、アスランはセナの腕の中で眠りについた。フオルは考え込むように腕を組んだ。

「ナルージャ民に捕まっていた時に、アスラン様が誰かと話されていたり、輪郭がぼやけて見える時がありましたが、穏やかなご様子でしたよ。今、なぜ行かなきゃならないのか、気になるんですが」

だがセイジュは別のことが気になるらしかった。

「輪郭がぼやけるって……まさか、神山で竜王のところに行ったように、急に消えたりしませんよね!?」

セナは以前、神山でアスランが姿を消したことを思い起こしたが、輪郭がぼやけて見えたりはしなかったと記憶している。

「姿を見失ったら消えていたし、俺も一緒に移動したから、傍から見たらどうだったのかはわからないが」

「セナ様、今アスラン様に神山なんぞに飛んで行かれたら大変ですよ！　あの山が一体どんな状況かさっぱりわからないんですから！」

「こんな北から飛んでいくわけないだろう」

「一度消えておきながらのんきな人ですね！」

　北方防衛師団の三人は、会話の流れについていけず顔を見合わせていた。説明しかねることなのでセナは三人を無視し、セイジュとの会話を続けた。

「しかし……あれは神山という山だったからこそ起こった現象じゃないんだろうか。同じようにナルージャの山も、あの場所あの地点以外で、時空が飛ぶことはなかっただろう。根拠があるわけじゃないが……」

　セナはぼんやりと、ナルージャの山の質と神山の山の質が同じような白い岩石だったことを思い出していた。太古、もしかしたらナルージャの山は、竜が宿ったことがあるのではないだろうか。

「興味深い話でもっと聞きたいところですが、今はセナ様、アスラン様から離れぬようになさいませ」

　サガンの声が穏やかに告げる。

「子は、生まれ落ちた時に母と臍の緒が切れますが、その紐は子が一人で歩き出すまで、繋がっていると申します」

　紐。セナは、ナルージャの山を抜ける時に、紐で身体をくくったことを思い出した。

　竜王のもとへアスランが飛んでいった時に、かろうじて一緒についていくことができたのは、目に見えぬ紐でまだ繋がっていたからなのか。

「いつまで、繋がっていられるだろうか」

　セナは思いがけず問いを口にした。

「さあ……何歳まででしょうなあー。セナ様から離れても、大丈夫だとアスラン様が思った時かもしれませんな――」

　夜が明けると、北方防衛師団は移動の準備を始めた。森の中ではこの大軍隊を隠れながら駐屯させるのは難しかったからだろう。

「北寄りの山へ移動します。今の時期は雪山となり本当は麓にも入れないのですが、雨ばかりで雪に変わりませんので、様子を見ながらそこに駐屯したいと思います」

　クーリオの言葉に、サガンが質問した。

「ハンズの山だな。周辺の部族は、南に移動しているのか」

「ほお、良く知っているな。雪は降らないが例年通り夏の町に移動したらしい。この連口の雨で、森の中に長居するのも困難だ。あの山は岩山だ。雨が溜まる場所もない」

　北方防衛師団は二台馬車を用意した。セナとアスランとフオル、サガンが一緒の馬車に乗り、もう一台にセイジュ、マルコ、ツォーリ、ハンナが乗りこんだ。

　激しい降りではなかったが、雨は昼も夜も降り続けた。冬の雨は肌に落ちると骨まで染み込み、あっという間に熱を奪う。

　アスランはずっと機嫌が悪いままだった。竜王のもとへ行きたいと叫んでいたにもかかわらず、また別の場所へ移動すると聞き、むっつりと口を閉ざしてしまった。

　まだ三歳、こんな反抗の仕方などしたことがなかったのでセナは慌てた。

「アスラン、もうすぐ竜王の傍に行けるから。先に、兄上様に会わなきゃいけないの」

「にいさま？」

　クーリオがネスタニア国将軍、ムードン将軍にこっそりと働きかけたため、レスキア帝国皇太子はムードン将軍とともに接触を図りにやってくるという情報が入ったばかりだった。ハンズの山の麓で、落ち合うことになっている。

「兄上様に会いたいでしょう？」

「うん。にいさまはすき。いっしょに、りゅうおうのところへいってくれるかな？」

「そうだね。それにお父上様も一緒に行ってくれると思うよ」

　おそらくはそうなるだろう。セナは曖昧に答えたが、アスランはなぜか首を振った。

「ととさま？　ととさまならもうさきにいってるよ。アスラン、みたもん」

「え？」

　まさか、そんなはずはないが。

　既に皇帝は国内を制圧し、神山へ向かっているのだろうか？

　廃位を取り下げるために神山へ行かなければならないだろうが、国内を放っておくわけにはいかないだろう。

「ととさまはずーっとずーっとさきにいる。『ミチビキテ』だから。でもアスランがいかないと、ととさまもきえちゃう」

　ミチビキテ……？

　一体、この子には何が見えているのだろう？

　セナは、急にはっきりと語り始めた我が子をまじまじと見つめた。今までは、断片的な言葉でしか訴えなかったというのに。自分が行かなければならない理由をちゃんと述べている。

　これは、神山の竜王が大変な事態に陥っているのではないか。

　アスランの言うとおり、やはり先に神山へ向かった方がいいのだろうか。

　クーリオに相談しようと馬車の窓から顔を出そうとしたセナは、目の前に岩山を見た。

　一瞬、雪山かと思うほどそれは白い岩山だった。南方の岩山と違い、寒冷地でしか育たない樹木が周りを囲み、大きさもそれほどではないが、それでもそれは、ナルージャ民が神の山と崇めるあの山と酷似していた。

　竜が住まう、神山を思い起こさせた。

◆・◆・◆

　遠くから、声がする。

『道』を通らず、竜王の気配も遠くなったためか、何も見えぬ世界にいると、他の器官が発達してきたように思える。

　盲目ならば当然頼る耳に、鼻に、アガタは頼った事がなかった。

　目は、見えたからだ。『道』を通して。周囲に、手があったからだ。困ることは何もなかった。

　今は、全ての自由を失った。いや、失った代わりに他の器官が動き出した。これはまだ、生きよと身体が訴えているのか。

　竜王が命を止めようとしている今になっても。

「アガタ様っ……！」

　ルツの叫ぶ声。それを追う声、止める声。これは、何があったのか。アガタは竜王の寝台から離れた。

　隣の部屋へ続く扉を開けると、聞き慣れた声が狂ったように飛んでいた。

「そいつを、よこせ！　俺が死ぬのだぞ、上位が、絶たれるのだぞ！」

　ハルダ家当主・ナガラの声だった。もう、呼吸といい声といい、人の意識を失っているかのような、獣の声のようにアガタは聞いた。

　これは、一体どうなっている。

「父上、いけません、その方は、あなた方が決めた婚配者ですよ！」

　ナガラの息子であるカムラの声だった。

「何が婚配者だ、惹香嚢体は他にもいる！　我々が死んだら、どうしようもないのだぞ！　世界は終わるのだ、竜王は存続できないのだぞ！」

　これは、婚配者の惹香嚢を求めてナガラが頂までやってきたのだろう。

　ルツは婚配者を抱えて必死で逃げ、カムラは気が触れて暴れる父親を止めているに違いない。

「そいつをよこせエエ！　小僧！」

「父上！　父上、いけません！　駄目です、それだけは！」

「このばか息子がアアア!!」

　ナガラが棒らしきものでカムラを叩いているような音がした。棒ではなく杖かとアガタは想像した。ナガラは今まで身体に不自由なところはなく、杖を必要としなかったはずだが、鱗病に罹患して支えなしでは動くことも困難になったのだろうか。カムラの呻き声とルツの悲鳴が響く。

「ルツ、こっちへ！」

手を向けるとルツが背中に回ってくるのがわかった。

「南の姫は!?」

「わ、私が抱いております！」

アガタはナガラがいる方向へ顔を向けた。

「止めろ、ナガラ！　ここは頂であるぞ！　このような醜い有様を竜王に見せつけるなど！」

アガタが叫ぶと、ナガラが獣の唸り声とともに吐き出した。

「神ならばッ！　我ら竜人族を助けんか！」

アガタは前に出た。何も見えず、アガタ様危ない、とルツの止める声がしたが構わなかった。

「ナガラ、竜王が弱り、何もできないのは我々が道に汚泥を流し続けたためだ。お前は道に繋がる能力がないゆえに、竜王が厭われる不浄とはなにか、真剣に考えたことなどなかったのだろう」

「当たり前だ！　俺には、力などなかったのだから！　『穴《デル》の耳』などなかった！　それなのになぜ！　鱗病になど罹患しなければならない！」

「だからこそ滅びるのだ。竜人族が、力を失った時に、その意味を問えば良かったのだ。人の肉を喰らい、浅ましさを顧みることすらできず、畜生以下に成り下がった時に、もう終わりだと、悟れば良かったのだ。なぜ永遠に、享受できると思ったのか？　竜王は代々、我らに問いかけていたのに。恵みを当然と思い、傲慢にすら気付かねば、人は滅びると」

アガタはナガラに話しているのか、それとも己に語りかけているのか、判別がつかなくなった。

しかし、ナガラの耳には何も届いていなかった。

「死ぬならお前だけが死ね!!　俺はこの鱗を止める！　闇人、婚配者を、子どもを奪え！　逆らうならばアガタも殺せ！」

「父上！」

何かが動くのがアガタにはわかった。おそらく、命じられた闇人だろう。もう、ここで良いかと頭のどこかで思う。だが、背後にいたはずのルツが、鋭い声を発した。

『我が目を見よ!!』

闇人の気配が、止まる。

『石《ラド》の目』を、使ったか。

アガタがそう悟るのと、ナガラが悲鳴のような声を上げるのは同時だった。

「そ、そ、その目！　ウガジェ家の日か!?　お前、お前何者だ！」

だが、ルツもそう長く『石の目』を使っていられるわけではない。

「カムラ、早く闇人をここから出すのだ！」

アガタがそう叫ぶと、カムラは振り絞るような声を出した。

「この闇人は……父の言うことしか聞きません……アガタ様、お許しを。頂を、血で穢します」

神山の頂が、竜王の住まいが、血に染まる。

一度道に血の不浄が入ってしまったら、もう、水の汚れは戻せないだろう。

「……やめ……」

何を。

何を、止めろというのか。

闇人を殺すことか。ルツを見殺しにすることか。婚配者を、喰われることか。

神を、穢すことか。

何も見えぬ世界が、絶滅の闇に包まれるのを、アガタは悟った。

◆・◆・◆

その山の麓には、もうすでにネスタニア国軍の紋章旗が溢れるほどはためいていた。

ここがネスタニア国領なのだから当然だろうが、数ではレスキア北方防衛師団を圧倒していた。

ガングルとクーリオらは、先にネスタニア将軍ムードンと話をつけると隊を進めさせた。一体どんな話し合いがなされたのか、セナたちは麓に入る手前で馬車に乗ったまま待機していた。

「……これは、案外厄介な条件を突きつけてくるかもしれませんね」

　セイジュが自分たちが乗る馬車から降りてセナたちの馬車の窓の傍に立ち、ボソリと呟いた。雨に濡れるのも構わず、フードを被って窓に顔を寄せてくる。

「皇太子殿下も手にしている……こんなに主張しなくてもと思うくらいに旗を立てている……。こっちの言うことに従っておけよ、という無言の圧力に見えますね」

　セナは馬車の窓から顔をのぞかせた。

「しかしセイジュ……ネスタニア国とレスキアは友好な関係だろう」

　セナは一度ネスタニア国王と対面したことがある。皇帝との間柄も、悪くはなかった。

「そりゃあ建前でどんな態度だってとりますよ。ネスタニアは決して平和主義国家なんかではありませんよ。南のバルミラよりも好戦的でないだけです」

「だよね〜。ネスタニアって案外、レスキアを出し抜くために学都にもこっそり金を落としてたよ？　それが硝石なんだけどさ」

　馬車の中で待つことに飽きたツォーリが馬車から降り、会話に入ってきた。

　セナはふと、ネスタニアは硝石を軍事力として使おうとしている、とハーグリオが話していたことを思い出した。地下に潜んでいた連中は、情報を手に、ネスタニア国へ逃げた者もいるだろう、と。

「ネスタニアは南のバルミラを立てたくなくてレスキアについているんでしょうが、それは皇太子がレスキア国王になって欲しいだけですからね。むしろ現国王の陛下は邪魔者ですよ。皇帝の地位だって、これを機にネスタニア国王が奪おうとしているかもしれない。まだ皇太子は若いから、それまで繋ぎとして俺を皇帝にしておいてください、なんて神山に提案するかもしれませんよ」

　大国同士の友好なんざ、明日変わっていてもおかしくないとセイジュは素っ気なく告げた。

神山にて大国同士の牽制を横目で見てきたセイジュ

だからこそわかるのだろう。

「おれはガングル元帥の言うとおり、陛下とアスラン様のことを考えるなら、ネスタニア国と合流なんかしないでさっさとレスキアに向かっていたほうが良かったと思いますよ。食えない男ですよ、あのクーリオとかいう奴は」

吐き捨てるようにセイジュは言った。

「自分の利権しか考えないのはどこだって同じさ。それより、雨がかなり強くなってきたね」

ツォーリの言葉に、セナは辺りを見回した。

長く雨が続いているせいか、雨量の増減に気づきにくくなっている。

「……この雨、ちょっとおかしくないですか?」

フォルが腰に常にぶら下げている袋から手帳を取り出し、それを見ながら言った。

「この雨、降り始めたのは冬赤月の入りかららしいんですよ。北方防衛師団の兵士が言ってました。私たちが地下から外に出てきた時に、ずっとこの雨なのかと訊ねたら教えてくれたんです。北ではちょっと異常な長雨だと」

「そりゃ……今は雪が降っている頃だからな」

「今は冬白月の十日目ですよ。雨が降り続いているので白月の姿は拝めませんが、二十四日間、降り続けているんですよ。おかしくないですか?」

フォルの言葉に、セナよりも先にサガンが眉をひそめた。

「二十四日間……?」

誰もがその数字に今更驚いていた。

今まで地下にいたせいもあったのかもしれない。長雨が、あまりにも無音で、静かに染み渡るようなものだったからかもしれない。

そこまで考えてセナは、雨の変化に初めて気がついた。

この、激しい雨音。この、雨量。

いつから、これほど雨が激しくなっていたのか?

サガンも気づかなかったらしく、窓から身を乗り出すようにしながら言った。

「ずっと雨が降り続けていたから、感覚が麻痺していた。おそらく少しずつ、雨足は激しくなっていたのだろう。これは……下手すると川が氾濫するほどではないか」

二十四日間も一度も止まずに降り続けていては、もうすでに浸水している場所もあるのではないか。

「二十四日間などというのは異常だ。そろそろ雨も雪に変わるのかと思って気にしていなかった」

セナの言葉に、膝の上に座るアスランが呟いた。

「りゅうおうが、くるしんでいるからあめがふるのよ」

サガンが身を乗り出してアスランの言葉を拾う。

「何ですと？　アスラン様」

「りゅうおうは、よわっているの。だからあめがやまないのよ」

もしや、これはこの地域だけの雨ではないのか？

世界中に、雨が降り続けている？

二十四日間も？

「まさか、この時期南方に二十四日間も雨が降り続けたら、鉄砲水となって村に襲いかかるぞ」

セナは思わず声を荒げた。

レスキアと違い、南のバルミラやその周辺諸国は、南方に流れる大河・コーテス川の治水工事をおろそかにしてきた。雨期の水量が年々違うことと、氾濫した水が周辺のオアシスに水を補給する役目を果たしてきたことが理由だ。

爆発のような鉄砲水が村を襲い、逃げる間も与えず人を呑み込むのも、見過ごされてきたのだ。辺境諸国にしか、水害の影響が及ばなかったことも原因である。

セナの脳裏に、以前アスランを取り戻すためナルージャの領地に入ろうとした時目にした光景が浮かび上がった。

グルバ山脈から眺めた、コーテス川の恵み。

同時に、以前聞いた言葉が蘇った。

竜は、水の神。

『水』とは、川のことだけではなかったのか？

「セナ様……やはり婚配者は何らかの不穏を感じ取れるのかもしれません。竜人族でなくとも、竜王の状態を知り、危険を感知する力が備わっているからこそ、世界でただ一人、神の婚配者として生まれたのかもしれません。ここはやはりレスキアよりも神山へ」

　サガンの言葉は、馬車に近づいてきた北方防衛師団の兵士によって遮られた。

「皆さま、お移りいただけますか。ガングル元帥がお呼びです」

　セナたちは馬車から降り、ガングルらが集う天幕の中に入った。中ではガングルが仏頂面で椅子に腰を下ろし、クーリオがその横に立っていた。クーリオがセナに、ガングルの隣にある椅子を勧める。

「妃殿下、こちらに今から皇太子殿下とネスタニア国ムードン将軍が参ります。謁見を申し出ております」

　クーリオの硬い声と、断りもなく入り口の幕が翻った時、セナは思わず膝の上のアスランを抱きしめた。

　クーリオよりもガングルの方がわかりやすい顔をしていた。思いっきり顔をしかめている。

　現れた人物を見て、アスランが叫んだ。

「にいさま！」

　セナの膝の上でアスランが跳ねる。皇太子は硬い表情をしていたが、アスランを見て表情を崩した。皇太子に続いて、一緒にネスタニア国に向かった皇帝付き第一書記官のカルスが現れる。

「アスラン……良かった、無事で」

　その声音に、セナは皇太子を信用してアスランを放した。アスランが皇太子の方へ駆けていく。皇太子はアスランを抱きかかえて深いため息をついた。

「可哀想に、大変だったね……よく頑張ったね」

「にいさま、にいさま、いっしょにりゅうおうのところへいける？　りゅうおうが、アスランのことをまっているの」

　皇太子の顔が強ばるのと、セナたちがいる野営の中に、ネスタニア国の紋章がついたマントをはおった男が現れるのは同時だった。

「アスラン殿下、セナ妃殿下、ネスタニア国近衛騎士団将軍、ムードンと申します」

　端整な顔は、最初から友好的ではなかった。ガングル、カルス、皇太子が醸し出す雰囲気からもうわかる。

　おそらく交渉がネスタニア国優勢になるような条件を突きつけられたのだろう。北方の領土は侵さないという協定でも結んだのか、クーリオだけは成り行きに任せるといった様子である。

「我が妻を助けていただいたようで、神山の方々にも御礼を申し上げます」

ムードンの表情に、マルコは吐き捨てるように言った。

「御礼、という話ではないですよ。飢え死にか喰われるかというところだったんですよ、あなたの奥方は。ちょっと、そこわかってますか。俺は牢に入っていたあの方から、婚配者として娘さんが選ばれた状況を聞きましたけどね」

「その話は、またあとで伺います」

ムードンの顔が向けられる。セナは静かに皇太子に近づき、アスランに触れた。

「このままアスラン殿下と妃殿下は、ネスタニアに入っていただきたい。我が国王が、あなた方を神山へお連れします」

ムードンの言葉に、セナは身動きが取れなくなった。

「婚配者とその母君を連れて、レスキア皇帝よりも先に神山へ入り、神山を閉ざすか。代わりに皇帝の冠を戴く？」

ばかにしきったような表情でセイジュがムードンに告げる。ムードンは淡々と答えた。

「あなた方神山の神官は、誰がどのような手段で皇帝になったとしても興味ないでしょう」

「ないねえ。だが今、この世界が大混乱に陥っている時に、俺が神官として推すとしたらネスタニアではなくレスキアだ。単純な力量の問題でな。俺はネスタニア国始祖・イマーシュ家の神官だが、レスキアを推す」

セイジュの意見など、ムードンは興味ないようだった。

「臣が王を戴くのは当然です。それが忠義です」

セナの方に、アスランの身体が渡される。目の前の皇太子は微笑みを浮かべていた。セナがアスランの体重を受け取った瞬間、振り向きざまに皇太子はムードンに向けて剣を抜いた。

さすが将軍、抜き身で皇太子の剣を止めたが、それまでだった。皇太子の力を止めるだけで精一杯で、次の一打を出せない。ムードンが連れてきた部下二人は、主君よりも行動が遅かった。剣を抜こうとした時には、一瞬で前に出たガングルとクーリオの剣で動きを封じられた。セナは、ガングルとクーリオの素早さに声を失った。

「で……殿下……！」

この状況は予想外だったのだろう、第一書記官のカルスが蒼白になる。

「すまん、カルス。ここまでだ。ガングル、ここは北方防衛師団の陣地、このまま俺を捨ててアスランとセナ様を父上の元へ」

穏やかだが凛とした声で皇太子が告げる。それを聞いたガングルは渋面を引っ込め、喜色を浮かべた。

「よくぞ言いました殿下‼　だから将軍をこっちまで引っ張ってきたんだ、逃げ切るぞクーリオ！」

クーリオはわざとらしくため息をついたが、少しも残念には思っていない声で言った。

「やれやれ、決裂ですか。仕方ないですね」

交わる剣の向こうで、ばかな、とムードンが呻く。

「殿下……あなたの王位もどうなるかわからんぞ！」

力と力のぶつかりあいに、十六歳の皇太子の身体は震えていた。だが、まっすぐな瞳で告げる。

「父上には俺の他にも子はいる。国王は、誰でもなれる。だが皇帝は、今この世界に必要な帝王は、我が父しかいない」

動いたガングルによって、ムードンの部下が倒れる。ガングルの剣はムードンの首の下に入った。

「いいかクソ野郎、忠義ってのはな、まず個の義がなきゃ存在しねえんだ！　義のねえてめえが忠義を語るな！」

「耳が痛い話ですね。まあ私は忠義を語る気もありませんが」

クーリオの横にムードンのもう一人の部下も倒れた。

「投降しないのならばあなたを人質に逃亡させていただきます。逃げ道は確保済みです。辺境民族らは動きません。もうすでにハードナルが抑えているはずです」

「クーリオ、貴様……！」

「私の仕事は主君がどの道を取ろうと生き残る道を作ること。まったく、私以外のどいつもこいつも好き放題やるんだから、義なんて言ってられませんよねえ、ムードン将軍」

　場の緊張感に、セナはアスランを気に掛けるのも忘れていた。腕の中のアスランが手足をばたつかせる。

「ダメ、もう、まにあわない！　まってられない！　アスラン、ヤギさんといく！」

　セナが気がついた時には、アスランは腕からするりと逃れ、繋いでいた二匹の山羊の手綱を取っていた。

「いこう、ヤギさん！　りゅうおうがまってる！」

「アスラン!?　何をしているの!!」

　セナは息子に手を伸ばした。

　手が触れるか触れないかというところで、息子の身体の輪郭が、まるで光によって滲ませられたように、ぼんやりと霞んだ。

「アスラン……」

　摑まねば。

　紐を、摑まねば。

　臍の緒は、はるか昔に切れてしまったが。

　あの子と、離れるわけにはいかない。


　その場にいた全員が、無に包まれていた。

　それでも、正気に戻ったのは自分は早かった方だとセイジュは思った。

「き、き、き、消えたアアアア!!」というツォーリの絶叫と、叱責のようなサガンの声で、我に返ることができたのだから。

「『道《タオ》』じゃ！　道を通ったのだ！　おそらく神山へ、竜王のもとへ飛んだのだ！」

　あの時と同じか。神山で、竜王のもとに飛んだと話していたあの時と。

「サガン、まさか、こんな場所から本当に!?　竜王の頂に行ったというのか!?」

「他にどこに行く！　これが婚配者《アルシニオン》の力なのだ。竜王の危機を、アスラン様はずっと感じておられた。こんなまねは、婚配者にしかできん！」

　そうだ。アガタもそう言っていた。

　それが、婚配者の力なのだと。

意識しか通れないはずの道を、人体で通れる力。

軍人らは、争いを忘れて剣をだらりと身体の横にぶら下げ、茫然としたままだった。無理もない。突然人が光に包まれたと思ったら、この場から消えたのだ。マルコやハンナでさえ、まだ言葉も出ずにセナ妃とアスラン殿下が消えた箇所を眺めている。自分の目が、おかしいのかというように。

セイジュとて、一度セナ妃とアスラン殿下が神山で消えた話をしていなかったら、この現象を信じられなかっただろう。

セイジュはムードン将軍を怒鳴りつけた。

「おい！　お前の欲しがってた婚配者とその母親は消えたぞ！　どうする気だ！」

ムードンは視線を彷徨わせ、「どこに隠した」とだけ呟いた。だが、先に現実に戻ったガングルに一撃を食らい、気絶した。

「ケッ、寝てろ、指示待ち野郎がッ！　こいつがいたら話も進まねえ、かえって厄介なことになる。おい、しっかりしろクーリオ！」

「閣下にしっかりしろと言われるとは世も末……。えーと、信じられませんが、セナ妃とアスラン殿下は神山へ？　竜王のもとへ飛んでいかれた？」

歴戦の軍師も目が泳いでいる。処理が追いつかないようだった。

「神山は今どんな状況になっているかわからない！　すぐに神山へ行かなければ。お二人を守れない！」

セイジュの叫びに、俺が行く、と告げたガングルの口調に迷いはなかった。さすが元帥、肝の据わり方が他の人間とは違っている。

「皇太子殿下、部下を一隊つけます。今すぐこれを陛下に報告し、至急神山へ来るように伝えてください。これは、皇帝が迎えに行かなければ駄目だ。俺らは先に行き、陛下を出迎えられるようにしておきます」

ガングル以外皆使い物にならなくなったように頭が働かないようだった。クーリオでさえ深く考えられないというように頷いた。

「ヒースの隊をつけさせましょう……」

正気を取り戻した皇太子が、ガングル、と低い声で告げる。

「間違いなく、アスランは竜王の婚配者だ」

「でしょうな。こんなことができる人間がそうそういたらたまりません」

「神山に、アスランこそが竜王の婚配者だと知らしめるためにも、お前の言う通り父上に神山に行っていただかねばならない。帝都も混乱しているだろうが、こちらが先だ。俺は父上をお連れする。それまで、アスランを頼む」

「御意！　いくぞ、クーリオ！　神山だ！」

Ⅱ　淘汰

　ジグルトが南方を制して帝都へ向かい始めた皇帝と落ち合った時には、冬赤月が終わり冬白月に入っていた。

　だが夜の月がどうなっているのか、正確にはわからなかった。空は常にどんよりとした雲に覆われていた。天からは止まぬ雨が降り注ぐ。雨足はどんどんと激しくなり、赤い月が白い月へと変わっていても、その色がわからなかった。

　皇帝には、近衛第二騎士団のインドールと、南方防衛師団元帥・ナラゼルが自分の師団を二つ引き連れていた。そこへ北方防衛第一師団のアークヴィッドが加わると、どの領地を通ろうと即座に道を空けるほどの軍団となった。

「……それでは、我が国から運ばれようとしていた惹香嚢体は、メトスが守ってくれているのだな」

　皇帝の問いに、アークヴィッドは軽く首を振った。

「時間の問題かと思われます。陛下もご存じの通り、あの森林領には王族や貴族の私兵が点在しております。戒厳令に背いたという理由でメトスの師団を攻撃してくるでしょう。東方のバロット元帥が、部下を守るために兵を戻してくだされればいいのですが」

　皇帝は深く頷いた。

「俺の知るバロットは、生真面目すぎるほど生真面目な男だ。帝都にいる西方防衛師団を突破して、部下を守りに戻れるほどの気概はない。しかし、メトスの覚悟を無駄にはできん。一刻も早く帝都へ戻らねばな」

　ナラゼルは長く続く雨に、次第に不安を見せるようになった。コーテス川周辺での争いはすぐに引き上げさせろ、と命を出す。

「人間の争いよりも水害の方が被害は甚大だ。辺境部族にそう伝えろ。氾濫する前に高地へ避難させよ。領内のコーテス川周辺の民らは全て城内へ入れるのだ」

「そうは言っても、争いの最中に土地を捨て逃げるなど部族が承知しません」

「引きずってでも移動させろ！　この雨はおかしい。

南など、鉄砲水ですぐに水浸しになるのだ。また報告せよ！」

皇帝に付き従っているが、本来ならばただでさえ落ち着かない領内に戻りたいところだろう。帝都へ着いたらすぐにでも帰還したいと願い出てくるかもしれない。

レスキア側は四大国中最も治水技術が発展しており、大河周辺の町や村は、この激しい雨に既に移動を始めていた。通りすがりの荷物を抱えた住民が、大軍をも気にせずまくし立てるように話していた。

「こりゃあとんでもねえ。来春の農作物など諦めるしかねえ。最初は降りが小さかったから気にしなかったけどよ、次第に水かさが増えていく」

立地の低い土地では、町を挙げての大移動が始まっていた。

「一体どうなっちまったんだ、こんな時期に雨なんて。皇帝陛下が、竜王を怒らせて廃位にさせられたってのと関係あるのかね」

これが町の噂かとジグルトは妙な胸騒ぎを覚えた。

皇帝は、無言で雨を見つめるだけだった。

冬赤月で、またも強い発情抑制薬を飲んだのかどうか、ジグルトは皇帝に訊くことができずにいた。常にナラゼルやインドールが帝都へ進軍する作戦を皇帝の周囲で相談していたからである。皇帝が一人になることはほぼなく、無駄口をたたけるような雰囲気ではなかった。

だが、以前と比べて皇帝の顔色が悪くなっていることは明らかだった。ナラゼルやインドールは、常に皇帝の傍にいたために気付いていないのだろう。この長雨で身体が冷えているからだと思っているかもしれない。

皇帝は、馬車になど乗っていなかった。一兵士と同じように馬に乗り、フードだけで雨を凌いでいる。弱った身体に冬の雨がどれほどこたえているのか、ジグルトは焦りながらも何も言えなかった。今は皇帝の身体など、誰も考慮できる余裕がないだろう。

「……レスキアでもこの状態ならば、他の国の大河は一体どうなっているか……。もう既に氾濫を起こしていてもおかしくないいな」

アークヴィッドがぼそりと呟いた。

「西のオストラコン国の王位争いも、南のバルミラの思惑も、それどころではないということか」

ジグルトの問いに、アークヴィッドは頬を歪めるようにして嗤った。

「領内の統治などどうでも良いと考える連中なら、氾濫より神山を優先するだろう。南の圧政は日常茶飯事だが、西も貴族らの争いが長く、民も疲弊していると聞く。この竜王の婚配者騒動、全てが終わったらどんな世界になっているか見物だな」

どんな世界になっていようが、もうその政治に自分は関わることはない。一国民として、世界が変わるのを見守り続けていくだろう。頭の片隅でそんなことを思ったジグルトは、アークヴィッドが覗き込んでいるのを至近距離になるまで気付かなかった。

「な、なんだ」

「ずいぶん毒気が抜けたと思ってな。帝都に入ることすら嫌そうに見えるぞ」

言われてジグルトは驚いた。

「宰相を殺したのは命令だろう。別に誰もお前さんを責めたりしないさ」

ばかなことを。ジグルトは顔をしかめた。

「そんなことを俺が気にするとでも思っていたのか」

「中央が嫌なら、北へ来いよ。のびのびできるぞ」

誰が辺境になんぞ行くものか。

ジグルトは苦虫をかみつぶしたような顔のまま「何いつの間にそんな口利いてんだよ」と返したが、アークヴィッドは笑うだけだった。


帝都は、思った以上にあっさりと皇帝の進軍を通した。

逆に、帝都入り口を守る衛兵団は、待っていたとばかりに皇帝に状況の説明を伝えにきた。

「東方防衛師団元帥が、西方防衛第二師団長と激しく争われ、帝都から出られました」

バロットが東方に戻った。東方で戦う部下を救うために。皇帝は報告に静かに頷いた。

話によると、衛兵団は東方防衛師団が帝都から出るのを手助けしたらしい。

「止めよという通達はありませんでしたので。門を開けたことに西方防衛第二師団長殿はお怒りになり、私たちにも攻撃してきましたので、こちらも応戦いたしました」

皇帝は恐れていた内乱が始まったのかと顔を曇らせた。だが、衛兵団長の話によると、西方防衛第二師団はそのまま帝都を出て行ったらしい。

逃げ出したのだろう。それを聞いて皇帝が率いる軍隊は鼓舞するように声を張り上げた。

勝負はわかっていたが、他愛もない。それでもジグルトは安堵した。これで、王宮への道は確保された。

すぐにでも王宮入りするかと思われたが、皇帝は使者を立てた。近衛第二騎士団インドール、それに神山筆頭補佐官のガトーを王宮に向かわせ、西方防衛師団元帥ラーシャルと皇弟殿下が近衛第二騎士団の預かりとなれば、後のことは全て不問に処すと告げたのである。

これに対して面白くないという反応を示してきたのは、邪魔な政敵をこれで追い払えると考えていたランド家だった。

「騒いでいるのは？　どの辺りだ」

皇帝の問いにガトーは首をすくめた。

「後宮です。おそらく皇太后様あたりをけしかけておりますな。皇太子殿下がまだお戻りにならないので余計に」

ラーシャルと皇弟殿下はすでに王宮内に幽閉されているとのことだった。

「陛下がお戻りになり、ランド家ににらみを利かせたほうが一発だと思われます」

「ガトー、俺はニールスに、またしても争いの種が蒔かれるようだったら容赦しねえぞって、釘をさしておいたぞ」

ジグルトの言葉にガトーはため息をつき、首を横に振った。

「所詮ニールス殿はあの中では若造ですよ。したたかに政界にしがみついている連中をどうにかできるわけがない。頭が硬い古老の中には、皇帝陛下が獣人族である真偽を確かめたいと言う人もいるんですよ。加えてこの長雨。これは、陛下が竜王を騙して皇帝の冠を戴いたため、世界が汚されたのだとまで言う貴族もいました」

相変わらず歯に衣着せないガトーの言い方に、ジグルトは青くなって皇帝を振り返った。

だが、皇帝は動じなかった。むしろ、口角を歪めて挑むように目を光らせる。

「ではいよいよ、俺が行かねば収集がつかなくなってきたというのだな」

なるほど、すぐにでも王宮に入らなかった理由はこれかとジグルトは舌を巻いた。ダリオンとラーシャルにつられて振り上げてしまった手をどうしていいかわからない貴族連中をより混乱させ、この事態収拾を天の声で何とかして欲しいと思わせるのが目的だったのだろう。

「どうぞ、ご存分に陛下。我らはあなたがどう行動しようと、それに従いまする」

ナラゼルの言葉に、全員が同意を示すように膝をつく。皇帝は、鋭い目を王宮へ向けた。

「よし、行くぞ。権威を、我が手に取り戻す」

皇帝は、まるで狩りから帰ってきたかのように淡々と、王宮内へ入った。

そしてどの門番も、皇帝の入場をさも当然のように迎え入れた。

いつもと違うのは、本来近衛以外は入れない王宮内に他の師団を入れたことである。

うるさ型の大貴族らは、その様子に何も言えなくなった。彼らの存在が、これからどんな意思でも通すという皇帝の威圧を後押ししていた。

「陛下、皇太子殿下は……」

ランド家当主の言葉を皇帝は拾わなかった。

「ラーシャルと弟が幽閉されている場所へ行け、アークヴィッド。彼らを拘束し、アヴァンゼル監獄へ連れて行け。丁重にな。余が審議し、正式な手続きを取り、処罰する」

「御意」

北方防衛第一師団長が不敵に微笑んで静かに去って行く。

それでもう、その場にいた貴族らは身体が一気に重くなったかのように身動きひとつしなくなった。

「お前たちは」

皇帝は傍にあった椅子に腰を掛けた。

「世界が今、どのような情勢でどう動いているのか、全然わかっていない者が多いだろう。小国ならばいざ知らず、帝国の臣としてそれはどうなのかというところだ。余は今からお前たちが目を疑うようなことをする。だがそれは、今まで思考してこなかった己の無知さゆえと判断せよ」

「それは？」

息子から神山でのことを聞いているランド家当主が促してくる。皇帝は鋭く告げた。

「我が帝位を取り戻し、神山《シド・ザム》の上位神官らを、断罪する」

己に課せられる処罰も忘れ、貴族らは仰天の声を出した。

「へ、陛下！　神山に逆らうとおっしゃいますか！」

「いかにも」

「陛下！　神山の意思は竜王の意思、陛下が婚配者様の実の父上であったとしても、そのような横暴は許されません。それで帝国の権威が保てるとは、諸国が帝国に従うとは思えません！」

「で、あろうな。余もそう思っていた。神山の決めることが絶対、それがこの世界の秩序と安寧を保つ、とな。だが、この婚配者騒動でそれは崩された。神山と各国が絶妙な関係を保ってきたのは、神山が各国の内政に干渉しなかったゆえだ」

古老の貴族のひとりが一歩前に出る。

「いいえ、それは違います陛下。今までの歴史を振り返っても、神山は各国の政治に口を出しています。それで世界の均衡が崩され、戦争が何十年も続いたこともございます。それでも今まで関係は保たれてきたのです。その歴史こそが秩序です。それを陛下は壊そうとなさっている」

「いかにも」

皇帝の表情は変わらなかった。

「だが今、神山は崇め奉る竜王によって、審判を下されようとしている。彼らは滅びの道を歩もうとしている。余の廃位も、バルミラ国の婚配者を立てようとしているのも、オストラコン国の王位継承に口出ししているのも、全てそれに抵抗するためだ」

「それは一体、どういうことでございますか陛下！」

「わからぬだろうな。余に従ってきた者たちは、その理由を全て見聞した。お前たちは、これから自分で知るがいい。世界がどうなっているのか。余は帝位を取り戻す。我が子アスランが婚配者となった時、世界は今までとは確実に違っている。それが歴史であり、秩序であろう。新しき世界に、お前たちも従うがいい」

どよめきが広がる中、一つの声が飛んだ。

「陛下！　陛下は獣人であらせられるという噂は本当ですか！」

場に緊張が走る。

「陛下、あなたが獣人であることを隠して帝位に即いたために、竜王が廃位を宣言し、そして神の怒りがこの大雨を招いているという話が世界を包んでいる！　あなたがこの世界を穢したのではないのか！　獣が神に近づいたために、神山は汚され、竜王は怒りの雨を降らしたのではないか！」

これ以上はない侮辱の言葉の羅列に、ジグルトは戦慄した。

最も恐ろしく思ったのは、この言葉が場に投げられ、大貴族らが逆に勢いづいたことだった。

そうだそうだ、それが原因ではないか、獣人であるかどうかはっきりと答えよと喚き始めた連中に、ジグルトは茫然とするしかなかった。

これは、半年前の自分だったかもしれない。

神山や世界が構築した差別社会を当然と思い、疑問すら持たず、獣人は劣った種族であると、無意識に思っていたかもしれない。

今彼らは、こうした事態にあって初めて、その無意識を露呈している。

　愚かなほどの無知を、さらけ出している。

　なんという、醜悪さであることか。

「やはり世界は……これであってはならない」

　傍らのガトーが、震える声を出す。

　その震えが、驚愕か怒りか、ジグルトにはわからなかった。

　しかし、半年以上に及ぶ婚配者騒動の混乱の中で、培われたものであることは間違いなかった。

　自分の思いは、行動は、純粋な忠義とはいえない。だが、こんな世界であっていいはずがない。

　ジグルトが一歩前に踏み出そうとした瞬間、斜め前に座っていた皇帝が静かに、立ち上がった。

　立ち上がると同時に、その身体に、変化が生じた。

　金の髪が広がり、マントに包まれた体躯がわずかに大きくなり、手から鋭い爪が伸びる。

　前にせりあがっていく鼻、鋭さを増す目、裂けていく口。

　一度しか、その姿を見たことはない。

　セナ妃との婚礼の初夜に見た黄金の獅子。

　追い詰められた、飢えた獅子に、身体が動かなくなるほどの恐怖を覚えた。今、ここにいる貴族らは、同じように感じているだろう。

　だがジグルトの胸に広がるのは、恐怖でも、驚きでもなかった。

　心が震えるこの思いを形にするとしたら、畏怖、というものが一番近いかもしれない。

　一つの言葉しか浮かんでこなかった。

　何と、美しい。

「余は、この姿の国王であり、皇帝である。従えぬ者は去れ。これからの新しき世に、それらの者はいらん。これから余は、神山へ向かう。この姿に皇帝の冠を戴くために、竜王のもとへ参る。果たして世界がどう答えをだすか、その目でじっくりと見るがいい。澱んだ瞳にも否応なく映し出されるほどのものを見せてやろう」

　百獣の王を前に、場は沈黙に包まれていた。

＊　・＊・　＊

皇帝はすぐ、下院の領事らを領地に戻るよう命じた。大雨による災害を防ぐためである。

檻から放たれた動物のように領事らは王宮から飛び出していった。相当心配だったのだろう。

「領事らは、互いに協力し合って川下の者らを移動させよ。この春の税は案ずることはない」

「ま、まことでございますか！」

「この雨の損害は他国も同じ。雨が止んでから判断する。まず土地よりも人を救うのだ」

貴族らは大半が帝都におり、任命した者に領地を任せている者ばかりである。そんな貴族らを戻すことは皇帝は許さなかった。

「神山から廃位を取り消し、アスランが無事婚配者に選ばれた暁にはまた上院が召集される。余が神山に行って戻るまでは王宮内に留まれ。領内の水没しそうな土地を把握している者だけ前に出よ。領地に戻り自ら統治する意味があると判断できたら、領内に戻ることを許す」

これに的確に答えられた貴族は三分の一に満たなかった。だが全員が帝都に残る、と告げた。

「水害に対する備えは整っております。すでに城内に民を入れるように早馬を飛ばしました。それよりも上院として、陛下がおっしゃった世界の変化を見届けようと思います」

「よし。答えられなかった貴族らの領土にはこちらから役人を派遣する」

皇帝の命が次から次へと飛ばされ、誰がどうした罪があるのか問われる間もないままに、役人や貴族らは王宮を走り回った。

そんな中、皇帝が帝都へ戻って十日後、皇太子が帰還したという早馬が王宮に届いた。

皇太子は、ネスタニア国からほぼ休むことなく馬を走らせてきたのだろう。引き連れている軍隊らとともに王都へ入った時、その有様は、ずぶ濡れというよりも泥まみれとのことだった。

引き留める連中の声も無視して、王宮に向かって休むことなく馬を走らせているとの報告に、ジグルトは仰天した。

「良い、アスキンを早く通せ！　連れてきた部隊もそのまま余の所まで通せ！」

　ジグルトはすぐアークヴィッドに、皇太子に付き従ってきた小隊は北方防衛師団第二師団の一隊らしいと伝えた。

「ヒース……！　ヒースの隊だ！」

　アークヴィッドが監獄から皇帝の元へ戻ってきたのと、皇太子がヒースを引き連れて謁見の間に入ったのはほぼ同時だった。

「父上……」

　身体中泥と雨で汚れた皇太子は肩で息をしながら片膝をついた。ずっと馬上で、休むことすらしなかったのかもしれない。膝をついたのと同時にぐらりと身体を傾けた。

　ニールスが慌てて駆け寄る前に、同じく泥まみれのヒースがそれを支えた。

「よくぞ戻った、アスキン。報告を聞こう」

　皇帝は前のめりになりながら報告を待った。

「……私は神山を出た後、カルスと一緒にネスタニア国に入り、ネスタニア国王より同盟の条件を提示されました。ちょうど、北方防衛師団がネスタニア国側に接触を図ってきましたので、北方防衛第二師団長・クーリオの手引きで同盟を結ぶ算段をつけました」

「条件とは？」

　皇太子が言いよどむ。皇帝は責めず、むしろ笑いながら言った。

「良い。お前一人で敵陣に入り込んだようなものだ。ネスタニア側の思惑も、クーリオのしたたかさもわかっている。お前が国王としてレスキアに帰還するのを約束する代わりに、ネスタニア国王を皇帝にしろとでも言ってきたか？」

　ジグルトがアークヴィッドを見ると、アークヴィッドはスマン、というように顔をしかめた。

「俺が北に残っている時にはそこまでの密約はしていなかったはずだが……」と、ボソリとジグルトにだけ聞こえる声を出す。

　皇太子は大きく息をつき、話し始めた。

「同盟の調整中、北方防衛第二師団が北の地にて、アスランとセナ様を助け出しました」

　ジグルトは思わず声を上げそうになった。周囲が騒然となる。

　皇帝は、表情こそ変えなかったが、肩で大きく、息を吐いた。

「……無事であったか」

「はい。神山神官のセイジュ殿も、フォルという侍従も無事です。他にも途中で知り合った者が何人かいたようです」

　セイジュも無事。ジグルトは傍らのガトーが安堵のあまり、はあああ、と声を出すのを聞いた。

　神山側の証言者が生き残ってくれた。これで、こちらの言葉が通る。

「それでネスタニア国側は、アスランとセナ様をネスタニア国に向かわせろと言ってきたのです。……それを条件に私をレスキアに戻し、内乱を抑えるのに協力すると」

　先程のざわめきとはまた違った声が行き交う。皇帝が鋭い目を息子に向ける。

「セナを、婚配者の母親を、ネスタニアの後宮に入れると言ってきたのだろう。ネスタニア国王が義父として神山へ入山できるように」

　喧噪が大きくなる。皇太子は目を閉じて頷いた。

「……その通りです。ネスタニア国へ連れて行けば間違いなくそうなる。ですから、……とても言えませんでした」

　皇太子は意を決したように告げた。

「皇帝陛下……私は独断で事を決めました。婚配者だけは、レスキア千年の繁栄を守るためにアスランだけは、ネスタニア国に渡せません。ネスタニア国とは決裂いたしました。ガングルは、私の決断に従ってくれました。ネスタニア国将軍ムードンをその場で拘束、ガングルとクーリオ率いる第二師団は神山へ向かいました。残る第三師団はネスタニア国との臨戦態勢に入っております」

皇帝よりも先にアークヴィッドが反応した。皆の驚きが去るほどの大声を上げる。

「正しい！　正しいですぞ！　殿下！　よおおし！　我が閣下もよくやった！」

皇帝も微笑んで頷いた。

「良くやった、アスキン。それでこそ次代の国王であり皇帝だ。お前の判断を誇りに思う。それでセナは？　アスランはどこだ？」

「それが……――消えました」

ガングルもネスタニア軍も、セイジュらも残してアスラン殿下とセナ妃だけがそこから消えました。

困惑したように皇太子が説明した内容に、場は最も混乱した。

一体それはどういう状況なのかと、皆想像が追いつかないようだった。アークヴィッドも、話している意味がわからないというようにジグルトに助けを求める視線を向けてきた。

だがジグルトはすぐに理解した。あれだ。竜王のいる場所へ飛んだという、あの時の現象だ。

皇帝も瞬時に悟ったのだろう。伝わるかどうか不安そうな皇太子に、安心させるように頷いてみせた。

「お前が偽りを申していると余は思わん。余とジグルトは、アスランとセナが神山で同様の体験をしたことを知っている。アスランが竜王と繋がっている証しだ。だからこそアスランは婚配者としてイマーシュ家上位神官から正名を貰ったのだ」

皇帝が立ち上がる。

「余は、すぐにでも神山へ参る。北方防衛師団と合流し、アスランとセナを助けに行く。北のネスタニア国が神山へ入ってしまったら、アスランもセナもあちらの手に渡るやもしれん。断じてそれはさせない」

その目の鋭さは、周りの人間の否など一言でも許さぬほどだった。身体中から漂う静かな、だが強い気迫。

身体はもうボロボロだろうに、どうしたらここまでの力を持てるのか。

ジグルトは圧倒されるしかなかった。

「ガングルも神山に入るのは父上でなければならない

と言っておりました。神山を動かせるのは皇帝しかおりません。帝都は私にお任せください。父上に反目する声など起こさせません」

　皇太子の言葉に頷き、皇帝は命を下した。

「アークヴィッド、同行せよ。ガングルと合流するぞ。ナラゼル、インドール、引き続き帝都を、アスキンを守れ。軍をどう動かすかはお前たちに任せる。息子の言葉は我が言葉だ。レスキアを、頼んだぞ！」

「御意！」

◆・◆・◆

辺りは靄《もや》がかかっていた。

ただの靄と違うのは、空間の遠近感が一切ないということだった。

　これは、以前経験したことがある。ナルージャの山で、テザントが産道と呼んだあの場所。現実の世界とは時空が違っていた場所で、同じような感覚に包まれた。

　前か、後か。右か、左か。身体が水に浮遊しているようで、漂っているという感覚を持つだけで精一杯だった。ところがアスランは、まるで行き先がわかっているようにぽんぽんと跳ねていく。二匹の山羊もアスランに従って、岩を跳ねるように駆ける。セナはただ引きずられた。

「待って、待ってアスラン。母さまを置いていかないで」

　しっかりとアスランの手を握りしめているおかげで、身体が動かせるようなものだった。

　だがアスランは、そんな親の気持ちなど全然気にせずに自由に動く。そして、誰に向かって話しているのか、突然叫んだ。

「こっちよ、こっちよ、こっちにきて！　こっちに入ってきて！」

　片手に山羊二匹の手綱、もう片方の手に母親の手を握っていたアスランは、何を思ったかいきなりセナの手を振り払った。

「アスラン、駄目！」

子はどうして放してはいけない時に手を放すのか。そしてどうして、親は必ず自分を放さないと思うのか。セナはとっさにアスランの服をつかんだ。

アスランが手を伸ばした箇所に、ぼんやりと黄色い染みのようなものが広がった。いや、これは滲んだ光彩だとセナが思った瞬間、アスランはそこに手を突っ込んだ。

「あ、アスラン……」

「ヤギさあん！　ひっぱって！」

山羊が忠実に手綱を引く。セナは、アスランが光の中から引っ張り出してきたものに驚き、思わずアスランの服を摑んでいた手を離した。

アスランの手には、小さな子どもの手が握りしめられていた。アスランと山羊が引っ張ると、光の輪の中から子どもが飛び出してきた。アスランと同じ体躯ぐらいの子どもは、アスランとともにごろんと回転した。山羊が二人の周りを跳ねる。

セナは、現れた子どもに仰天した。髪をまっすぐに肩で切り揃え、頭に飾り布を巻いている。耳輪も首飾りも、覚えのあるものだった。南方の辺境部族らで用いられる管や刺繡が施されている。飾り布に施された紋章に、セナは思わず声を上げた。

「ナルージャの姫……!?」

少女は黒目がちの瞳をセナに向けた。口は固く閉じられ、表情はほとんどなかったが、瞳の輝きは失われていなかった。

「こっちにきてくれてありがとう！　ここ、入ったことある？」

アスランの言葉に、少女は首を振った。周囲を見渡す。

「ばばさまのゆめの中で、みたことある」

「そうよ！　ここに、おばあちゃんいるもの！」

「ばばさま、しっているの？」

「しってるよ！　あったよ！」

神山にいたナルージャの姫を、アスランはこの場所に引っ張ってきたということだろうか。

竜王とあの子が危ない、と叫んでいたのはナルージャの姫のことだったのか。

「だあれ？　あなた」

「アスラン」

「コンパイシャ？」

「んん？　アスランよ。おなまえなあに？」

「リーシュ」

「リーシュ、おばあちゃん、ここにいるのわかる？」

「わかんない」

「おばあちゃんーってよんで。そしたらみえるよ」

「おうちかえりたい」

　リーシュはほぼ表情がないまま、黒い瞳からぽろりと涙を落とした。

「おうちかえりたい。かあさまのところにいきたい」

　幼子が、どれほど長い間一人で耐えていたのだろう。想像するとセナは胸が潰されそうだった。土地を奪われそうになり、母親も奪われ、父親と祖母は死んだ。

　何もかも、惹香嚢を欲する神山と、帝位を狙おうとする大国の思惑のせいで。

　何人の惹香嚢体が、幸せな家庭から引き離され、恐怖のどん底にたたき落とされ、不安と混乱の中で、命を落としていったことか。

　何の意味があったのか。この婚配者騒動は。

「リーシュ、なかないで」

　つられたのか、アスランは涙を浮かべてリーシュを抱きしめた。二匹の山羊が二人の傍にぴたりと寄り添った時、アスランとリーシュが同時に顔を上げた。

「ばばさま！」

「おばあちゃん！」

　セナも、幼子の傍に立つナルージャの巫女・テザントの姿を見た。

　テザントの姿は、実体ではないとすぐに気がついた。輪郭がぼんやりと滲み、この空間と同じように遠近を感じられないものであった。

　これは、テザントの霊魂か。

　だとしたらここは、あの世へ続く道なのだろうか。

　霊魂でもテザントはまるで思念が備わっているように動いた。

　両手を広げ、リーシュを抱きしめようとする。

「ばばさまあ」

リーシュは初めて年相応の子どものように顔をくしゃくしゃにして泣き出した。実体のない祖母の身体であるのに、必死で触れようとする。温もりを、抱きしめてくれる腕を求めて手を伸ばす幼子を、テザントは何度も何度も宥めるように腕を動かした。

これが、死なのだ。

もう、死んだ者からは、温もりは返ってこないのだ。おそらくここに、テザントはずっと留まっていたのだろう。孫娘のことを案じて。

セナは二人の姿に、頬に伝わるものを止められなかった。

テザントは指先を向け、リーシュにそちらを見るように促した。

そこには、小さな光が滲んでいた。

「リーシュ、あっちがナルージャのお山よ！　かえれるところだよ！」

アスランの言葉にセナは仰天した。ここからナルージャの山へ、時空の歪みが生じる神の山へ、繋がっているというのか。

神山から遠く、南方の辺境の地へ、戻れるというのか。

「ひとりでかえるのはいやだ。ばばさまも、いっしょにいって」

リーシュの言葉に、テザントは微笑んでいたが切なそうに首を振った。

「いやだよぅ、ひとりはいやだよぅ」

言葉を伝えられれば安堵させられるだろうに、テザントは実体のない姿で孫娘の頭を愛おしそうに撫でるしかない。

堪らず声をかけようとしたセナより先に、アスランが言った。

「リーシュ、おばあちゃんは、あのひかりの中には入れないんだよ。とちゅうまでしかいけないんだよ」

アスランは諭すようにリーシュに語りかけた。

「あっちには、どうくつの中の人たちいっぱいいるよ」

「どうくつ……？　かみのやまの中？」

「いっぱいだよ。でも、そこまでいくのにひとりはいやなら、ヤギさんといっしょにいって」

アスランは手にしていた山羊の手綱を一つ、リーシュに渡した。

「ヤギさん、のれる？」

「リーシュ、うまにだってのれるよ」

「アスランだってのれるよ」

「ひとりだってのれるよ」

「あ……アスランだってのれるよ」

リーシュは手綱を握りしめ、涙を拭い、アスランに訊ねた。

「リーシュ、もらっていいの？」

「うん。だいじにしてね。たいせつなともだちだったの。このヤギさんのともだちでもあるの」

「うん。する。リーシュがおせわして、たいせつにする」

アスランは寂しさを我慢してか、きゅっと唇を引き結んだあと、微笑んだ。

「アスラン、あとで、あのどうくつにいくから。こっちのヤギさんといっしょにあいにいくから。まっててね」

「うん。まってる。それまでいっぱいごはんあげるから。きっときてね」

「うん。いくね。きっといくね」

アスランと抱き合った後、リーシュはきっぱりした声でテザントに告げた。

「いこう、ばばさま。おやまにかえろう」

テザントが微笑む。

セナはリーシュを山羊の背中に乗せた。山羊は、誰に指し示されなくとも道がわかっているかのように、光に向かって歩き始めた。

アスランは手を振り上げて、最後の言葉をかけようとして口を開きかけたが、すぐに言葉を呑み込んでその背中を見送るにとどめた。

リーシュの後についていくテザントが振り返り、合わせた両手を突き出して深く、深く頭を下げた。

南方の地で見られる、最敬礼だった。

テザントの姿が闇に消え、山羊とリーシュの姿が光に消える。それを見届けた後、アスランはセナを振り返った。

「いこう、ははさま！　りゅうおうをたすけなきゃ！」

婚配者《アルシニオン》。

この世界に、この時代に、我が身からアスランが生まれたのは何の意味があったのか。

救わねばならない。

今までは、救う者は、アスランだけだった。

アスラン一人守れるならば、それで良かった。

だがアスランが世界を、竜王を救える者だというのなら、自分も救わねばならない。

「行こう、竜王を、世界を助けに」

その言葉を呟いた瞬間、周囲は目も開けられぬほどの光に包まれた。

頭に突き刺さるほどの光。反射的に目を閉じ、子を見失うまいとする意思ですぐに目を開いたが、視界は容易には戻ってこなかった。

叫ぶ息子の声が耳に入ってきた方が先だった。

「りゅうおう!!」

映し出された世界は、神山だった。

セナは混乱しなかった。ここに辿り着く。そう確信していたからである。

声も出せぬほど驚いているアガタとルツ、そして気が触れたように絶叫し続けている鱗病の男、死んだ男に剣を刺している同じく鱗病の男を見ながら、セナは問うた。

「竜王は、どこに居る！」


「りゅうおう、りゅうおう！」

アスランは山羊を連れて、扉の中に入った。まるで、そこに竜王がいるとわかっているかのように迷いがない。

セナは追わなかった。アガタとルツがここにいるということは、竜王の傍には誰もいないだろう。

心身ともにやつれ果てた二人の姿、そして鱗病の男を見て、神山の状況をセナは理解した。

「死にかけか」

アガタが、驚愕の表情を流し、静かに頷いて地に伏した。

「……左様でございます……もはや、死に山と化しました。私どもの力及ばず、竜王はもう……」

「身罷られた？」

「いいえ、まだ！　まだ……」

ルツが必死で否定しようと首を振る。アスランの泣き声が隣の部屋から聞こえた。

「うわあああん、りゅうおう、りゅうおう、うごいてよう〜」

ルツが泣きながら隣の部屋へと入る。セナはアスランの傍に駆け寄ろうとしたが、この異様な状況を見過ごせなかった。

剣で絶命させられたのは闇人だろう。鱗病の男が二人、老いた方は気が触れたように叫び続けている。殺せ、殺せとわめきながら。

「我らの浅ましさが、竜王の命を少しずつ奪ってしまいました。『道』を通ってこられたのなら、もう竜王が泳げぬほどの濁流となっているのを、ご覧になりましたか」

アガタの言葉にも、セナは何の衝撃も受けなかった。

「そもそも『道』とやらがどんなものか俺は知らない。だがナルージャの姫は、お前らが穢した道であろうと、光の中へ戻っていったぞ。民の待つ土地へと、進んでいった。進めぬのは神官ども、お前らだけだろう」

アガタは無言で俯くだけだった。

セナは、アガタの様子になど気を遣ってやれる心情ではなかった。

忘れたことのない、神山へ、神官らへの憎しみが頭を、身体を動かしていた。

わめき立てる老人の方へ歩む。

「来るな、来るなああ！　化け物め、化け物！　殺せ、こいつを殺せ！」

死んでいる闇人の身体を足で蹴飛ばしながら命令する。セナは老人の前に立った。

「殺してみろ。お前が殺していった惹香嚢体のように。お前が死に追いやった闇人らのように。殺してみるがいいだろう」

老人の顔に、白い鱗がぶつぶつと浮き上がる。いきなり増え始めた鱗に、傍らに座っていた同じく鱗病を患っている男が叫んだ。

「父上!?」

老人はもう発語できないようだった。白い鱗が鼻を覆い、口からしゅうしゅうと息が漏れる。喉を押さえ、老人の身体は陸に投げ捨てられた魚のように跳ねた。

「父上、父上！」

息子が身体を押さえるが、もうどうしようもなかった。窒息する。

セナは断末魔の声すら上げられぬ様子を、冷静に見つめた。目が血走り、次第に、息が止められてゆく様子を、なぜこれほどの冷たさで見つめられるのか不思議なほどだった。

鱗の勢いが止まる。それと同時に、老人の動きも止まった。セナはその姿を見下ろしながら、後方のアガタに訊いた。

「どこの当主だ」

「……ハルダ家でございます」

「アガタ」

「はい」

「俺は、神官らを殺すためにここに来た」

セナはアガタを振り返った。

「神山を断罪するためにここに来たのだ。貴様らの罪が、許されると思うな。この鱗病は呪いと思え。お前らが今まで殺してきた、お前らが存続するために犠牲にしてきた何千何万という人間の呪いだ！」

アガタは顔を上げた。以前は盲目ながら視線を合わせてきたのに、今は何も見えていないかのように瞳を彷徨わせる。

「……左様でございます。これは、竜王が我々に与えた、淘汰なのでしょう。もう我らは存続を許されておりません。あなた様は……アスラン様は、竜王が我ら愚かな神官の民に、最後に遣わされた方なのでしょう。どうか、裁きを。我らは甘んじてそれを受けましょう」

セナは、何を耳にしても、何を目にしても、一向に収まらぬ感情を持て余していた。

全てが怒りに変わる。憎しみに変わる。

愛おしい男を奪われた、絶望に変わる。

「お前……」

怒りで震える声を抑えつけ、セナは死んだ老人の前で茫然と座る男に声をかけた。

「は……はい……」

男の声は震えていた。当然だろう。話の流れから、殺されると思っているのだろう。

「もう一人、当主がいたはずだ。まだ、生きているのか」

ウガジェ家と言った。

闇人らを支配し、動かしていた人物。

「はい……ろくに身体も動かせない状態らしいですが、まだ生きているはずです」

「闇人は？」

「それは……わかりません……私も長くあちらには行っておりませんので」

「案内せよ」

男がふらふらと身体を揺らしながらやっとのことで立ち上がる。

「先に……死体をここから動かしてもよろしいですか。死の穢れを竜王は激しく厭われますので……」

男の言葉にセナは頷き、アスランとルツが消えた部屋へ入った。

最初にここに来た時、竜王によって破壊された箇所から雨が滴っていた。何日も続く長雨で岩や木で固定された箇所が一部破損し、床に大きな水たまりができている。雨を吸い込んで濡れそぼった布が、いくつも点在していた。

部屋が大きいので浸水してくることはないが、冬の雨は部屋を凍らすかのように冷たくさせていた。

こんな場所に竜王がいるとは……。

セナは、すすり泣きが聞こえる天幕が下ろされた場所へ走った。

中では、アスランが竜王を抱いていた。寝台の中はいくつもの灯火で温められており、周りには生活しているような様子が窺われる品があった。

おそらく、ルツとアガタはこの部屋の中で竜王とともにいたのだろう。

「ははさま、りゅうおう、うごかないよう」

アスランは大粒の涙をこぼしながら言った。

「さっき、さっきはね、アスランのなみだをね、ぺろぺろってできたんだよ。けどね、またうごかなくなっちゃったんだ」

アスランの背を撫でながら、ルツが堪えきれぬ涙とともに頷いた。

「本当に……わずかも動かれなかった竜王が、アスラン様がお抱きになられた瞬間……」

神は、アスランの腕に抱かれていても、もうその姿を光らせようとはしなかった。

青と、緑、金色。アガタが言った、空と地と、そして太陽の色は、その身を輝かせてはいなかった。

大雨ゆえにくすんだ空、世界を覆い尽くさんばかりの黒い雲、刺すように降り続ける雨。

そんな色に変わっていた。

「竜王は、アスラン様をずっとずっと、お待ちになっておられました。ご自分でも、お守りしようとなさっていました。けれど、どうしても力が出なくて。それは全て、全て私たちが穢れを与えてしまったばっかりに……アスラン様、お許しください」

もともと細身だったルツは、げっそりとやつれ果てていた。アスランは竜王に頬ずりして、その口元に涙を落とす。

「りゅうおう、ほら、アスランのなみだだよ。アスランのなみだ、おいしいんでしょう？」

惹香嚢体の体液は体力を回復させるとルツに聞いたのだろうか。

それとも、さきほど涙をなめたことで、竜王の生命力がわずかでも戻ったと感じたのだろうか。

「げんきになってよ。なみだなめてよ。いっぱいぺろぺろしていいよ。ねえりゅうおう、りゅうおう……」

顔をくしゃくしゃにさせてアスランは泣き出した。

その姿に、セナはイザクに血を与えようとした自分を重ねた。

死にゆくイザクに、己の血を全て捧げても構わなかった。

生き返らせることが、できるのなら。

飲んでくれ。回復してくれ。

わずかでも。ほんのわずかでも、その命に再び灯火が赤く燃えることを祈って。

己の血で、体液で、番の命を救おうとする。

セナは、三歳の我が子が本能的にしていることを、涙とともに見つめるしかなかった。


セナがアスランをルツに任せ、竜王の部屋を出た時には、二つの死体は片付けられていた。

死んだハルダ家当主の息子であるカムラという男の傍らにいたのは、まだ十五・六歳の少年だった。

カムラの息子かと思ったら、カムラが答えた。

「私どもの家の家令でございます」

「……家令……？」

「中位神官家でございますが、これの父も母も兄も皆鱗病で死に至りましたゆえ、呼びました」

少年は警戒なのか敵意なのかわからぬ目を向けてきた。当然だろう。セナは少年から日を逸らし、カムラに告げた。

「ウガジェ家当主ゼーダのもとへ案内せよ」

カムラが無言で頷く。

「クーガ、お前は皆を、集めておくのだ」

「旦那様！　私も参ります」

「いいから。従うのだ。話しただろう。この方は、裁きに来られたのだ」

セナは沈黙したまま歩くカムラの後に続いた。

岩の壁に均等に並んだ窓へ、大粒の雨が叩きつけてくる。これほど激しい雨になっていたのかとセナは驚いた。これは、土地の違いによるものだろうか？

「ずっとこちらでは、この雨だったのか」

「いえ、激しくなってきたのはここ七日ほどです」

「七日……今は、冬白月の十日だから……」

「え？」

初めてカムラが振り返った。

「今は、冬白月の十日目なのですか？」

「何？」

「冬赤月が十四日で終わってから、こちらでは神無月に入ったと認識しておりました。白月をご覧になったのですか？」

——見ていない。

雨が降り注ぎ、黒い雲の中に白い月はずっと隠れたままだと思っていた。

「それでも普通、影は出ます。しかし月はない。世界は、神無月に入っています。そして今は、神無月の十四日目です」

「待て……！」

冬に入って二十四日だと思っていた。

だが、冬赤月の終わりから十四日目に入ったということは、二十八日経っているということだ。

あの北方の山でアスランとともに消え、『道』でリーシュと会い、別れて神山に現れるまで、四日間の誤差がある。

「あなた様とアスラン殿下が私どもの前に現れたのは、南方の婚配者候補が消えた直後でした」

ナルージャの山でも、時差はあった。

以前、神山で消えた時にも時差が生じた。『道』に入ってしまったら、時空を飛び越える。それは前にもあった。あれから四日経っているとしてもそれはいい。

「〝神無月〟と言ったか……？　今？」


神隠月、ではなく。

神無月。

一切の生命が誕生しないと言われる、竜王が眠りにつく〝神隠月〟。

アスランの受精も、誕生もその時だった。

フォルは、単純な月の暦の差でもそれは生じると言った。

だが本来、竜王が死去し、新たな竜王が誕生する月の出ない七日間、それは別の名称で呼ばれるのだと言った者がいた。サガンだ。

二度、竜王の薨去に遭遇した世界の異端者。

「お前たち神官が、〝神隠月〟ではなく〝神無月〟と呼んでいるということは、竜王は身罷ると思っているからか」

「そうです」

その言葉は、目の前のカムラから発せられた言葉ではなかった。

後方に、何の気配も出さずに立つその者を目にした時、セナは最初闇人かと思った。

闇人特有の、生気のなさ。感情のない硝子玉のような瞳。抑揚のない声。

だが武人の体格や佇まいではなかった。三十代前半、カムラと同じくらいの年齢の男は、セナに静かに告げた。

「もはや世界は、一切の生を生み出さない闇に堕ちました。我が主人に会いにこられたのですか」

セナが聞き返す前に、カムラが答えた。

「……この男はウガジェ家の家令のハーダネットと申します」

男の胸にはセイジュと同じ、中位神官でも最高位の銀の紋章がつけられていた。

「ハーダネット、この方をゼーダのもとへ通せ。この方とアスラン様は竜王の頂に、道を通っておいでになった。我々を、裁きに来られたのだ」

「人が？」

カムラの言葉に淡々とハーダネットが訊ねる。

「裁くのは竜人族であると、我が主人は申しておりましたが」

「違う。竜人族ではない。婚配者《アルシニオン》だったのだ」

ハーダネットの瞳にはやはり何も浮かばなかった。

無言で背を向け、歩き始める。

「ハーダネット、闇人は？　ちゃんとお前で止められるのか」

「正式な任命を受けた闇人はもう一人もおりません。惹香嚢体と、裏切り者を探しに行けと命じましたからな」

セナは身体中が粟立つのを感じた。そんな反応を予期していたかのように視線だけを向けてきたハーダネットの肩を掴む。

「貴様……！　命じたのは貴様か！」

「はい」

セナは反射的に剣を抜こうとしたが、動きを止めた。ハーダネットの首から白く細かい粒が浮き上がっているのが見えたからだった。

鱗病——この男もカムラと同じように罹患している。

ハーダネットは、何の感情も浮かばない瞳で言った。

「イザクの洗脳を解くとは、惹香嚢体とは本当に獣人にとって魅惑的な存在なのですな。どのような方法を用いたかわかりませんが、他にも洗脳され暗殺者となった者も、あなたにかかれば人間に戻るのでしょうか？」

「貴様がイザクを語るな!!」

「セナ様！」

　抜いた剣をカムラが体当たりで止めてこなかったら、セナは即座にハーダネットの首を刎ねていただろう。

「セナ様……セナ様、どうか……！　これは中位です。罪は全て上位である我々にあります。どうか……！」

「そうだな、その通りだ。厳格な階級社会を作り上げ、己より下を虫けら同然に扱い、虐げていることも自覚せずに自分らの良いように事を進めてきた。お前ら上位はもちろんだが中位のこいつも下位を人間扱いなどしてこなかっただろう！」

　ハーダネットの佇まいは変わらなかった。ただ、そこに在るだけのように立っていた。その姿が滲んでいく。泣くな、涙などこいつらに見せたくないと思いつつ、溢れるものを止められなかった。

「セナ様、ハーダネットも私も罹患しております。先程の父と同じように明日死に至るかもしれません。しかし、他の中位神官家では、クーガのように罹患していない子どもが何人かいる。どうか、どうかその者たちだけはお救いくださいませ。どうか……！　あれらには罪はありません。親らが、惹香嚢を喰らったことも知りません。ただ、病で死んだということしか教えておりません。親が、祖父が、私どもであったというだけです。子どもに罪はありません。どうか、どうかお許しください……！」

　足元に縋りつくように懇願するカムラに、ハーダネットが淡々と告げた。

「中位だけ、ではないでしょう。あなたの御子もまだ罹患していないはずだ。上位でただ一人、鱗病に罹っていない」

　カムラの身体が凍り付くように動かなくなる。セナは、それらを振り払うようにして叫んだ。

「我が子のためなら、命乞いか。そうであろうな。全ての親が同じだ。我が子は助かって欲しい、そう願って当然だ。それが親だ」

セナは再び心の臓が破けるような痛みを感じた。そこからあふれ出す血をまき散らすようにして喚く。

「誰だって親がいたのだ。子がいたのだ。お前らに喰われた惹香嚢体にも！　幼少の頃に親から引き離された闇人にも！　親が何を思ったと思う。自分が代わりになる、だから助けてくれと懇願したと思わんか、なあ、カムラ！」

カムラが嗚咽をもらす。そんな姿を見てもセナは止まらなかった。罵詈雑言が、この世への呪いが、あふれ出す。

「イザクを返してくれ。なぜあんな死に方をさせなければならなかった。あんなになるまで寿命を縮めて、ただ人を殺し続けて、なぜそんな人生をお前らに課せられなければならなかった。それを許せと？　なのに自分たちだけは許せって言うのか!?　なら返せ、返せ！　イザクを俺に返せ!!」

泣き崩れそうになったセナは、剣を地に刺した。

あまりの怒りに頭が沸騰し、眩暈がした。

怒声でからからになった喉は息を吸い込んだだけで咳き込み、肩で息をしながらセナはやっとの思いで顔を上げた。

そこには、十四・五歳ぐらいの少年が二人、立っていた。全く気配も感じさせず、ハーダネットの後方に佇む。

「……彼らは闇人ではありません。候補者、ではありましたが。もう、闇人を養育する機関もなくなりましたので」

ハーダネットの言葉に、地に伏せていたカムラがゆっくりと顔を上げた。

「なくなった……？　では、ハーダネットお前が」

「教官らは私が殺しました。残っているのは候補者の子どもらだけです。十人ほどか」

カムラはハーダネットに身体を向け、信じられないというように呟いた。

「ハーダネット、ウガジェ家を裏切れたのか？　洗脳は、解けたのか？」

「私は『石の目』で洗脳されていたと思いますか。私にもわかりません。教えてください、カムラ様。私は当主に逆らったことは一度もありませんでした。惹香嚢体であった我が妹の臓器を差し出せと言われ、教官らに妹が連れて行かれても、助けませんでした」

　セナは息を呑んだ。上位神官家の血を引くルツも、惹香嚢体なのだ。他にも先祖返りの惹香嚢体が存在していてもおかしくない。だがまさか、神官家の人間にまで魔の手が伸びるとは。

　ハーダネットが、言葉を失うセナに視線を向ける。

「神官なら見過ごされると思いましたか。真っ先に連れて行かれましたよ」

　変わらぬ淡々とした声であった。

　そしてハーダネットは、先程と同じ声音のまま、同じ事を口にした。

「セナ様、イザクの洗脳をどのような方法を用いて解いたのかわかりませんが、洗脳され暗殺者となった他の者も、あなたにかかれば人間に戻るのでしょうか？」

　セナは、何も答えることができなかった。

　ハーダネットの案内でその部屋に入った時、寝台に横たわる老人はまだ生きていた。

　しかしもう、動けぬようであった。掛けられた毛布からのぞく首、腕、そして顔、全てにびっしりと白い石が付着し、それは人体だけでなく、寝台にまで至っているかのように見える。

　覆われていない箇所は、口だけだった。

　腐臭が漂っていた。肉が腐り、出血している臭い。おそらく床ずれがひどいのだろう。何度も身体を動かして床ずれを防ごうとしたのか、寝台には細かい血のあとも見られた。

「惹香嚢は」

　かろうじて呼吸し、人に命令する言葉だけを紡ぎ、そして惹香嚢を口にするのを待ち望む舌をのぞかせている。

「届いてはおりません」

「貴様が喰ろうたか、ハーダネット。助かりたければ妹の惹香嚢をお前も喰うておけばよかったものを」

　忠実に答える臣下に呪いの言葉が吐かれる。

だらだらと涎を流しながら口元が歪む。ゼーダの姿を見たセナは、己の残酷さが現れるのを止められなかった。

「死ぬまで毒を吐き続けるのだろうな、お前のような男は」

「何者か」

声をかけたセナに、ゼーダはすぐさま反応した。セナは、腰の短剣をすらりと抜いた。これをこの男の喉元に突きつけるのを、ずっと望んでいた。

「知りたければ匂いを嗅ぐか。その目の石も取り除いてやろうか。目の前に惹香嚢がぶら下がっているぞ。喰いたかろう？　苦痛から、逃れたいだろう、ウガジェの当主よ」

セナは短剣でガリガリとゼーダの目の周囲を削った。だが、削れば削るほど白い石が目の上に重なるように増えていく。

「鱗病は、お前の目を封じ込めておきたいようだな。鱗病が殉教者――神に愛された証しというのなら、これほどまでに愛されてさぞ光栄であろう」

すぐさま殺したくなるかと思ったが、セナはこの男から最期に何の言葉が聞けるのか興味を持った。

何を語られても響くどころか伝わりもしまい。だが、これほどの死の際にあって、人を支配し己の欲のままに世界を作り上げてきた人間が何を思うのか、聞くだけは聞こうという思いだった。

目を白い石で覆われたままのゼーダは、唯一自由に動く口を動かした。

まるで、目の前にご馳走をお預けされている飢えた獣のようだった。荒い息を吐きだし、舌を出し、あさましい欲望をむき出しにしている。セナは冷え切った目でゼーダの口内を眺めた。

「ハーダネット、こやつを殺して惹香嚢を取り出せ」

ゼーダの命令に対し、ハーダネットは無言だった。何も見ていないような瞳で主の傍に立つ。

「ハーダネット！」

「喉にもまだ鱗は付着していないようだ。命令はよく聞こえているぞゼーダ。誰もお前の言葉になどもう従わないというだけだ。……俺が誰かわかるか」

「レスキアの婚配者の母親であろう。南方の小国の王子だというが、卑しい惹香嚢体だ」

「それが欲しくてたまらんだろうが。その口に俺の血を滴らせてみようか？　ただれていく背中を持ち上げられるくらいには回復するかもしれんぞ」

人間とは、これほど残忍になれるものなのか。

セナは、この男を追い詰めていることが嬉しくてならなかった。

もっともっと苦しめばいい。そのために自分はここに来たのだ。

こんな程度の苦しみなど、どうということはない。イザクは何百倍も何千倍も苦しんだのだ。人殺しの記憶と、罪と向き合っていた。削られていく命の中で、兄と思っていた男と殺し合って……。

こんな自分たちをもう作ってくれるな、そんな世界にはしてくれるなと願って死んだのだ。

彼ら闇人の苦しみや哀しみ、憎しみや恨みを伝えるためにここまで来たのだ。

「……ひどい死に方よな、ゼーダ。肉が腐り血を流し。それでもまだ惹香嚢を口にすれば助かると思っているか。助からんよ。一度罹患すればこの病は治ることはないそうだ。数年、この状態でいるかもしれんな。このまま鱗に覆われるのが先か、肉体が腐り落ちるのが先か。お前はどちらを望むのだ」

もはや、お前の望む世界は手に入らない。セナはそれを伝えた。

「これが竜人族の末路だ。歴代の竜王は何度も忠告してきたのであろう。戒めであると。このままだとお前たちは存在しなくなると。先々代の竜王薨去には四家のうちタルトキア家が断絶した。それでも愚かなお前たちは気付かなかった。それとも、自分たちは大丈夫だなどと思ってきたのか。能力のある人間は、次第に少なくなっていったというのに。己の地位を、権力を失いたくないばかりに何も見ようとしなかった。愚か者の末路よ」

はっ、はっ、とゼーダの口から吐かれる息が短くなる。口の周りに白い石がぽつぽつと浮き上がり始める。

「……竜人族が、死に絶えれば、お前らは全て絶える」

「絶えぬ。死ぬのはお前たちだけだ」

「雨を見よ」

　セナは、ゼーダの寝室の窓に叩きつけるように降る雨に目を向けた。空は昼か夜かわからぬほどに黒く染まっている。

「竜王の死とともに、この世は止まぬ雨に覆われる。人間が生き残れる陸地はない。竜の加護を失った人間どもは家畜のように右往左往し、やがて濁流に呑み込まれる。どれほど高い場所へ逃げたとしても無理だ。愚かな人間どもめ。我らの裁きを受けるがいい」

　呪いを吐き出すようにゼーダは言った。ひゅうひゅうと息を吐き、荒い息で身体が激しく上下してもまだ呪った。

「我々が死んだ時が世界の終わりだッ！　後悔するがいいッ！　竜王と、竜人族の秩序と統治を望んでももはや無駄だッ！　滅びよ！　逃げまどい、滅びるがいい！」

「人間は滅びぬ」

「滅ぶのさ！　ならば止めてみよ、この雨を！　嵐を！　竜王の死を！」

　ゼーダは顔を土気色にさせ、気が触れたように大きく身体を揺すって嗤った。

「全て我らに逆らったためだ！　雨よ！　この愚か者どもを死出の道へと流せ！　お前たちは泥水とともに流されるがいい！」

　ゼーダの言葉は、最期まで呪いだけで終わった。

　息と声を出すだけで絶え絶えになる口を、呪いの言葉を打ち消すかのように白い石が覆い尽くす。

　大きく口を開けたゼーダの喉に、口内に、唇にと石は広がっていく。

　もはや声も息の音さえも出せなくなったゼーダの身体は、それでもまだ生きていることを示すかのように何度も寝台の上を跳ねた。

　やがてそれが完全に動かなくなった時、ゼーダの口には白い小石が積み上げられ、まるで山のようになっていた。

　それを見てセナの心に浮かんだのは、怨敵が死んだことの喜びでも達成感でもなかった。

ゼーダの呪いがまるで粘着な膜のように、自分の身体中にべっとりと貼り付いたのを感じた。

止まぬ雨。

それによってあふれ出す、川の水。起こりうる氾濫。

「ハーダネット」

「はい」

セナはハーダネットに問いかけようと思った自分に驚いたが、問いは止まらなかった。

「ゼーダの言っていたことは、何なのだ？」

「当主は、これは神の淘汰なのだとおっしゃっていました」

「淘汰？」

「はい」

セナは、ハーダネットの変わらぬ瞳を見据えた。

「なぜに人間が、淘汰されねばならない」

「竜王が、死ぬからです。竜王は、天候を司る神です。神が死に至ればもはや太陽も月も出ず、世界には雨が降り続ける。地は水に隠れる。地の無いところで人間は生きられません。全ての生物が死に至る。神は死を選び、人を淘汰することに決めたのだと」

セナは、腹の底から力がみなぎるのがわかった。だがそれが、怒り、なのか何なのかわからなかった。

「竜王が弱られたのは、竜人族が人肉を喰らい、神山を不浄の山にしたからだろう」

「逆に私があなた様に聞きたい。セナ様。おそらく鱗病は何千年にもわたり、現れた。死ぬ竜人族もいれば生き残った者もいた。竜人族は絶えなかった。だが今絶えようとし、そして竜王も死にかけているとしたら、この竜王は、世界を滅ぼすために生まれたのか。そうだとしたらこの竜王の婚姻は――」

世界が滅ぶための、儀式なのか。

言葉を失うセナに、ハーダネットは淡々と続けた。

「神山を、世界の行く末を、竜人族でなくあなたが裁きに来たというのなら、教えてください、セナ様」

無言の世界に、ただ雨が強く打ちつける音だけが響いていた。

＊　・＊・　＊

上位神官家の棟の窓から見える、神山の周囲をぐるりと囲む大きな湖は、風と雨によって穏やかさを失っていた。

湖面が踊るように跳ね上がる。神山の頂付近からそれを見るセナの目では、湖の水量が測れなかった。だがまだ、湖の水は湖上を走る四本の道まで至っていないようだった。

無論、山の周囲の居住地区にも湖の水は届いていない。こんなに荒れた天候では、おそらく誰一人外に出ずに息をひそめているに違いない。

「世界に終末が訪れた時、最後まで残るのはこの神山だそうです。神山のある湖と外界が完全に遮断された時は、世界はもう水で覆われていると言われています」

静かな声でハーダネットが告げる。セナはその声に振り返った。

「それは、神話上の話だろう」

「かもしれませんな。私は神山の常識しか知りません。竜王が死んでも、世界は残るかもしれない。外界と遮断され、飢えた我々の方が先に死に至るかもしれない。それはわかりません」

セナはハーダネットの隣にたつカムラに目を向けたが、カムラも困ったように首を傾げた。

「私も、無学なのでそれしか知りません」

学ぶのは下層の者の仕事、という考えだろう。だがセナも人のことは言えなかった。十六歳でレスキア皇帝に嫁ぐまで、王族として必要最低限のことしか学ばなかった。各国の歴史や情勢は頭に入れていたが、考えるのはいつも家臣の仕事だった。レスキアに来てからはフオルに任せっきりだった。判断だけ、すれば良かったのである。

（これじゃあ、陛下の話し相手にもならなくて当然だな）

レスキア皇帝のことを考えていたセナは、以前神山へ入った時、皇帝と皇太子が交わしていた会話を思い出した。

〝大雨で洪水となっても、この湖は氾濫しない。四大国へ続く川へと流れていく〟

〝洪水は、天候を操る竜王の怒り〟

〝神の力を願うよりも己を磨いた方が早い〟

「そうか、ここは他よりも標高が高いんだ……！　だから四つの大河へ流れていく」

地下水路に入る際に、サガンも話していたのだ。四大国が持つ大河は、神山の湖を始まりとしている。実際は大河は途切れているが、それでもこの湖の水が大量に大河に流れている事は間違いない。

いや、違う、正確には北のネスタニア国を流れる大河・アンドローテ川は逆にあちらから流れてくる水だった。地が太陽に近ければ湖は干上がる。神山の湖に水を注ぎ込んでくるのは、大山脈に囲まれるネスタニア国からの雪解け水だった。

ネスタニアは今雪が降らず、雨が続いていた。本来この時期、雪で覆われるはずの山に雨が降る。ネスタニア国の山脈に生える樹木は、雪に耐えても雨に耐えられないかもしれない。大きな山崩れと土砂災害がおきる可能性がある。

追っ手から逃れるために歩いてきたあの地下水路は、かつての王国が神山の湖の水を調整しようとし、失敗に終わった結果だと聞いた。

水を支配する者が国を支配する。

古来より人は、氾濫する川と水不足に悩まされ、神はそれによって力を得た。そして竜人族も。

だからこそ大国は、神の力を頼らずとも己の繁栄を保とうと文明を磨いてきたのだ。

洪水が本当に竜王の怒りゆえだったのか、カムラやハーダネットに聞くことは愚問だった。

彼らは長い間、そうだと信じていたのだ。

今、三十日近く雨が降り続けているのも、そのためだと。

竜王は概念だとセイジュやサガンは言った。

多様化した世界をまとめるための概念だと。

竜王が、竜人族なしで生きられないというのなら、滅びるのが自然の摂理だと。

竜王が死んだら、雨は止むのだろうか？

それとも、降り続けるのだろうか？

あふれ出す川の水。雨が止まなければ、氾濫は続き、世界は、地は、水に覆われる。

そんな世界を想像したこともないが、事実、そうなるのだろう。

人は、止められるのか？

己の文明で、この雨を、止められるのか？

止まない雨はないのか？

それまで耐えられるのか？

流された土地は、必ず元に戻るのか？

それまで人は、生きていられるのか？

セナの脳裏に、故郷の砂漠とオアシスが浮かんだ。

もう、想像するまでもなく、凄まじい水が凶器となって土地に襲いかかり、何もかも飲み込んでいるだろう。

戦火に包まれた帝都は、王城は、それでも持ちこたえているだろうか。

さまよえるネバル民は、どこかに受け入れて貰えただろうか。

イルダ族は、山の谷間の民だった。

川の氾濫に悩まされることはあるまい。

農地は台無しになっても、さまよえる人々を迎え入れてやっているかもしれない。

ナルージャの民は、小さな姫はあの山に戻ることができただろうか。

時空を超える山の中で、人々は雨が止む時をいつまでも待つだろうか。

セナは思考で重い頭を抱え、頂に戻った。

アガタは、竜王の部屋ではなくその手前の部屋で一人、座っていた。セナがハーダネットを連れて戻ってきても、無言だった。

おそらく、ウガジェ家当主のゼーダが死に至ったことを悟ったのだろう。セナがその前に膝をつくと、ようやく顔を上げた。

「私は、羅患しております」

セナは、その顔を見つめた。ただひたすら、この世界を信じ、竜王に仕えていた者の手を、強く握りしめる。

信じる以外に、願う以外に、何も成せない者は存在する。

だがその無知や無力を、罪と呼ぶのは酷すぎた。

アガタは、自分しかわからない、常人には見えぬ世界を、必死で守ってきたのだ。

「すまん、アガタ」

「もはやこの世界は、なるようにしかならないと私は思っております。最後の上位神官として、あるまじき言葉ですが」

アガタは感情の削げた顔で言った。

何も見えなくなった世界で、闇を見続けるしかなかった者の呟きを、セナは受けとめた。

アガタをカムラに任せ、セナは一人、竜王と息子がいる部屋に入った。

天上まで布で覆われた寝台の中を覗くと、寝台の端に山羊が座っていた。竜王は、座る山羊の腹で眠るアスランに抱かれていた。

何という光景かとセナは言葉を失った。

山羊は、己の腹を枕に眠る人の子と竜を守るように見つめ、じっとしていた。

地に生きる家畜が、天を司る竜の神と、人間を抱いている。

「……竜王は、アスラン様の涙を口になされてから、ほんの少し呼吸が落ち着かれました。……それを見てアスラン様も安心なさったのか、お休みに。……それまでずっとずっと竜王を抱かれて話しかけられていました」

ルツが涙を拭いながら説明した。

「セナ様……竜王にとって、アスラン様はどういう存在なのでしょう……。なぜこんなにアスラン様にだけ、反応なさるのでしょう……これが、婚配者様なのでしょうか？　生まれた時からこのお二人は、番うことが決まってらっしゃったからでしょうか？」

セナにもわからなかった。ただ、彼らしか見えない、彼らにしかわからない世界があることだけは確かである。

そこには、救いはあるのだろうか。

「セナ様……セイジュ様はご無事ですか」

傍らのルツの言葉に、セナは竜王と息子からルツに視線を移した。

　ネスタニア国との一触即発の状態からここに飛んでしまったが、セイジュもフオルも、何とか切り抜けられただろうか。皇太子もガングルもいる。悪い事態にはならないだろう。

「ああ、無事だ。私とアスランだけこちらに飛んでしまったので混乱していると思うが、きっとここに来てくれると思うよ」

「そうですか、良かった」

　はにかむように笑ったルツは、アスランと竜王を見つめながら言った。

「セナ様。私は、竜王に惹香嚢を差し出そうと思います」


　セナは一瞬、ルツの言葉が頭に入らなかった。

　理解できないまま、言葉が頭の中を浮遊する。

　竜王に、惹香嚢を、差し出す？

「何を言っているんだ？」

「私は、惹香嚢体であることをこれまで誰にも知られずにいたので、アガタ様のもとでここまで生き残ってこられました。ナルージャの姫もあのように狙われ、ハーダネット殿の妹君は身体を差し出した。自分が惹香嚢体であると、私が代わりになると私は言えませんでした」

「何を言うんだ！　あいつらに己を喰わせる必要がどこにある！」

「神官らを助けるためになら絶対に嫌でした。ですが、竜王をお助けすることが可能なら、私の命を差し出してもいいです」

「ルツ！」

　誰が一体そんなことを口にしたのか。セナはアスランと竜王を見つめたままのルツの肩に手を置き、自分の方へ向き直らせた。

「ルツ、惹香嚢を口にしたからといって、竜王が助かる保証がどこにある⁉　いくら万能の臓器だといっても、人間の臓器が神をも救えるとは限らないんだぞ」

「ナガラが頂に乗り込んできた時に、最初はそう喚いていたのです。南からも西からも、惹香嚢体が届かない。もう竜王は死にかけているなら、惹香嚢を喰わせなければならない。もう間に合わない、ナルージャの姫の惹香嚢を竜王に喰わせろと」

　焦点の合わなかったルツの瞳に力がみなぎってくる。

「さも竜王の身を案じているかのように頂に乗り込んできましたが、そんなことを言って、本心は自分が喰って助かりたいだけだろうと思いました。案の定、我慢できなくなったのか、自分のために惹香嚢を差し出せと言い始めましたので……。しかし、考えてみれば惹香嚢は、神の子まで宿すんです。竜王を孕み、育て、生み出す臓器なのです。ならば獣人族や竜人族にとってだけでなく、神にすら力を与えるのではないのですか」

「だからそんな保証はどこにも」

「ありません！　ありませんが、では竜王をお救いする方法は他に何があるんですか？　アスラン様が戻ってきてくだされば、『道』は清浄さを戻し、竜王は生命力を取り戻されると信じておりました。ですが駄目だった……！　アスラン様の涙を口にされて、ほんのわずか力を取り戻されましたが、回復にまでは至っていない」

　ルツの大きな瞳から大粒の涙があふれ出す。だがその瞳の力は弱まらなかった。

「万が一にでも、竜王が助かる可能性が私の身体に残されているというのなら、私はその道を取りたいと思います」

「ルツ……」

　セナは、ルツの肩を掴んでいた手の力を緩めた。右手を、涙が伝う頬に沿わせる。

「ルツ、どうしてそこまで竜王を救おうとする。世界が雨水で覆われるのを防ぐためか」

「世界……？」

　ルツの瞳がわずかに緩む。

「アガタ様は、世界が淘汰されることに絶望なさっておられますが、私は正直世界のことなどわかりません。竜王が亡くなれば世界が滅ぶ。そうかもしれません。それよりも私は……」

ルツの視線が、アスランと竜王に戻った。

「セナ様、竜王は……アスラン様をずっとずっと求めていらっしゃったんです。アスラン様とお会いになった瞬間から、竜王は意志を持たれたように思います。竜王はアスラン様が好きなんです。好きで好きでたまらない。その気持ちだけで、遠く天に在った神が、地に降りてこられたように思いました」

ルツの瞳が優しく微笑む。同時に、瞳から涙があふれ出した。

「セナ様、あのお二人に、また仲良くしていただきたい、幸せであってほしい。それだけで、この身を差し出そうと思うのはおかしいでしょうか⁉」

セナの耳に、先程のハーダネットの声が蘇った。

——この竜王は、世界を滅ぼすために生まれたのか。そうだとしたらこの竜王の婚姻は、世界が滅ぶための、儀式なのか。

セナは、ルツの頬を両手で挟んだ。

「ありがとう、ルツ。アスランと竜王の幸せを願ってくれて」

自分を含め、誰一人としてそんな目であのふたりを見たことはなかっただろう。

種の違う、幼き者が、心を通わせる姿を、そんな慈しみの目で見たことはなかった。

さまざまな思惑に囚われて、ふたりの間にある感情など、見ようともしなかった。

「だがそれは、母親である私が考えればならないことだ。お前は考えなくとも良い」

「でも……セナ様。セナ様にはアスラン様の母上というお役目があります。けれど私はもともと存在しなくてもよい子どもでした。セイジュ様が見つけてくれなかったら、とうに失われていた命です。竜王のためにお役に立てるなら」

「ルツ……」

聞くのが耐えられなくなってセナはルツの頬を両手で強く撫でた。

「ルツ……お前は、セイジュが好きだろう」

ルツの表情があどけなく緩む。その幼さに、セナは微笑んだ。

「俺は誰かの子を産むなんて想像したこともないまま陛下に嫁いだ。けどお前は、想像したことがあるんじゃないか。セイジュと結婚して、あいつの子を産みたいと、思ったことはないか」

　ルツの顔に赤みが走る。困惑と、恥ずかしさと、焦りが浮き上がる。こんな状況だというのに、人を想って羞恥心が滲む。人とは、なんと愛おしいのか。セナは泣き出したくなった。

「セ……セイジュ様と、なんてそんな、畏れ多い。あの方は、私の事なんて……」

「それでも、望むのは自由だろう。それでいいんだよ。相手が何者でも、好きになって、好かれて、結ばれて……それは、誰しも望める夢なんだ。お前はまだ幼いんだ。叶わぬ夢なんて考えることもない。望むだけ望め。それが許される齢《とし》なんだよ。決して、誰かのために、自分の命を差し出すなんて考える齢じゃないんだ」

　セナはルツの純粋な思いに、涙を我慢できなくなった。夢中になって愛して、愛されて。そんな、人として当たり前の自由を、諦めて欲しくはない。これからの世代には――。

「これからの世界を、竜王のことを考えるのは、大人の仕事だ。お前が気に病むことではないんだよ。セイジュのことを考えていればいい。会いたいだろう？　あいつは、きっと飛んでくるぞ。お前が無事で良かったって、抱きしめて喜ぶぞ」

　ルツの顔がくしゃくしゃになる。赤ん坊のように顔を歪めて泣き出した顔を、セナは撫でた。

「会いたいです……」

　ルツが嗚咽とともに吐き出すように言った。

「会いたいです。セイジュ様に、会いたい。あの方に、会いたいです。会いたい……」

　セナはルツを抱きしめ、それでいい、と告げた。

「あいつは、もうすぐ神山に来るだろう。抱きしめてもらえ。竜王を、アガタを、ここまで守ったお前を、きっと褒めるぞ。よくやったでしょうって、たくさん甘えろ。それが許される。望む全て、許されるんだよ、ルツ」

ルツは声を抑えようとしたが、あふれ出した感情は、激しい嗚咽と涙になって止まらなかった。セナはルツを強く抱きしめ、それを全て吐き出させるように幼い背中を撫でた。

そして、山羊に抱かれる我が子と神に目を向けた。

世界が、滅ぶための儀式。

この光景が、そんなはずはない。

人を想い、人を求め、人と結ばれようとする。

この純粋さを、穢れた欲望のせいで失わせてたまるものか。

『滅ぶのさ！　ならば止めてみよ、この雨を！　嵐を！　竜王の死を！』

ゼーダの呪いのような言葉が、最期の高嗤いが浮かび上がる。

セナはそれを睨み据えた。

この世界を、都合の良いように動かし、操ってきたお前らの、いいようになどさせるものか。

絶対に、お前たちの好きにはさせない。

◆・◆・◆

目の前の山のような土砂を、セイジュは茫然として見つめた。

「これはいつ、土砂崩れが起きたのだ」

クーリオが地元の農民に尋ねる。家も畑も土砂によって流された男は、ふてくされたように地に腰を下ろしたまま吐き捨てた。

「昨日だよ。女房子どもを先に移して、家畜を移そうと戻ってきた矢先に……」

クーリオは、全財産を失った男を少しも気に掛けずに言った。

「他には道が封鎖された場所はなかったのか？」

「その先で山崩れが一昨日おきた。それで慌てて女房の兄貴の家に家族を避難させたんだ。山の大きさや樹木の多さからも、そう土砂崩れなんて起きねえって思ってたんだけど、この雨が……」

「一昨日か……。では皇太子殿下は土砂に巻き込まれずに、最短距離でレスキアに戻れたと考えて良いでしょうな」

辺境の農民の生活になど少しも同情しないクーリオを、農民の方が何だこの野郎という目で睨んだ。当然だろう。

ここはレスキア帝国領内だが、辺境部族の村や国が点在している。

レスキア領内の辺境部族らは、突然やってきた北方防衛師団にあまり期待していないようだった。大軍が通るのを横目で見ている。

「閣下、この行軍全てを神山へ進ませるのは難しいでしょう。この大雨で辺境部族らは避難しており、補給もままならない状態になります」

行軍の兵を減らそうとクーリオがガングルに申し出るのを、セイジュは目の端で捉えた。

北方防衛師団はアークヴィッドが率いる第一師団がレスキアに赴いている。現在、ネスタニアとの国境を守るのはハードナル率いる第三師団である。クーリオの第二師団の一部隊は皇太子とともに帝都に向かい、現在ガングルを守るのは残りの第二師団の兵士らである。兵を減らされることはセイジュには不安だったが、クーリオの申し出も理解できた。

セナ妃とアスラン殿下がネスタニア国領内で消えて四日も経っていた。

本来ならば二日もあれば神山に辿り着く距離である。この大雨による土砂崩れと道の封鎖により、迂回を続けていた。加えて大軍であることが厄介だった。クーリオがぞろぞろと軍を引き連れて行動を遅らせても意味がないと考えるのは当然だった。加えて、ネスタニア国に宣戦布告してしまったため、一兵でも領土の守りに当てたいと思っているのだろう。

ガングルはクーリオの進言を受け、クーリオとわずか百人の精鋭のみで神山に向かうことを決め、残る軍隊を第二師団副団長に任せて帰還させた。

第二師団を見送った後、クーリオは止まぬ雨に視線を流しながら言った。

「この大雨、ネスタニア国内でも相当の土砂崩れを起こしているはず。ネスタニアの大河は、これほどの雨量を経験したことがないはずだ」

　クーリオの言葉にサガンも頷いた。

「この時期、彼らは大雪の備えに入る。ネスタニアの樹木は、積雪に耐える長さであるが根は深くない。土砂崩れを起こした箇所は皆同じだよ。どこでも、山から流されてきた大木が道を塞いでいるだろう。進軍も難しいだろうね」

　クーリオは土砂の向こう側の山並みに目を向けた。

「もうそろそろ神山の領土内に入る。こちらは西側で学都に出るが、学都は神山よりもかなり低い位置にある」

　セイジュはクーリオが何を言いたいのかすぐにはわからなかったが、北方の地学を学んでいたハンナは頷いた。

「そうです。学都は神山よりもぐっと低い地帯にあるんです。平地で恵まれているように見えますけど、川の氾濫が起きたらすぐに浸水するんですよ」

　学都の領土はもともと、二千年前に滅んだヒルジャ国の跡地である。

「広い平野で栄えた帝都でしたが、川の氾濫に悩まされて地下水路を作ったんですから。竜王のいる神山は標高が高いため、湖も氾濫しない。逆に川下に水を流すんです。雨が降るのは竜王の意思。毎回、雨に悩まされ、神の意志から逃れようとして地下水路を作った」

　ハンナの説明にセイジュは気になった箇所を質問した。

「では学都も、この雨でもうすでに浸水している場所が多いということか?」

　ハンナは頷いた。

「おそらくは。ですから学都の中心である学舎は、高い塔になっているんです。雨などにも書物が破損されないように」

「一般人や学生は無事に逃げ出しているかね。教授らは塔に籠もっているだろうが、籠もる人数にも限りがあるよ」

　サガンの言葉に、マルコが不安そうな顔をセイジュに向けてきた。おそらく、師匠を心配しているのだろう。

　セイジュはマルコの肩を叩いた。

「大丈夫だって。ラビレオは大書記官だ。誰より塔の高い場所に移動したよ」

セイジュらが神山の領土に入ったのは、セナ妃とアスラン殿下がネスタニア領で消えて六日目のことだった。

同時に、クーリオが四方八方に飛ばしている間者や斥候が、次々と報告してきた。

「レスキアの王領が開いたそうです」

戒厳令が解かれた、ということを意味していた。ガングルとクーリオが喜びのあまり馬上で大声を出す。

「おお！　では陛下が帝都へ戻られたか！」

「領事らが戻っています。おそらく全権を取り戻されたかと。しかし貴族らはまだ戻った気配がありません」

ガングルは手を叩いて喜んだ。

「よし！　それでいい、北方にそれを伝えに行け！　陛下が王権を手に戻されたらこっちのもんだ！」

斥候はもう一つ報告をしてきた。

「道に五十人ほどの集団がおります。学都の人間です。黒や濃紺のマントを同じように羽織っていましたから、間違いありません」

学都の人間は皆フードつきで足首まで覆うほどのマントをはおっている。濃紺は研究職だが黒は教授職だ。

「教授職までが神山へ？」

マルコが怪訝そうな顔をするのも道理だった。教授らは全員、浸水から逃れ、大量の書物とともに塔のてっぺんに逃げていてもおかしくなかった。

「おかしいね。何かあったのか」

学都の体制を良く知るサガンも眉をひそめる。セイジュとマルコが軍の先頭に立ち、学都の連中と接触することにした。

学都陣は、道の真ん中に集まって動かずにいた。学都の連中は馬に乗ることができない。馬車ではなく、荷馬車で進んでいた。おそらく中に、教授らがいるのだろう。

セイジュはマルコと顔を見合わせた。道を塞いでいるのだから、声をかけないわけにはいかない。すると、軍隊に気がついた学都側から声をかけてきた。

「どちらの軍でございますか。学都の者です。お助けくださいませんか。立ち往生しております」

　昼間だが、雨が激しく降り注ぐために声をかけてきた者の様態もわからない。

　セイジュがマルコにどうするか声をかけようとした時、マルコが突然叫んだ。

「も、もしや！　ラビレオ大書記官の研究室の人たちではありませんか！　マルコです！」

「マ、マルコ？　マルコか！」

　マルコが走り出すのと、声をかけてきた者がこちらに駆けてくるのは同時だった。荷馬車の布が上げられ、何人かが顔を覗かせてくる。

「おお、マルコ！　無事だったか！」

「先生！」

　ラビレオの声に、今度はセイジュも走った。大書記官・ラビレオは大雨の中、荷馬車の外に飛び出そうとして弟子らに止められている。マルコは荷馬車に飛び乗った。

「マルコ、良かった！　無事だったか！　てっきり神山に捕らえられたとばかり……！」

　セイジュが荷馬車に飛び乗ると、そこにはマルコを抱きしめるラビレオの姿があった。

「先生……」

「セイジュ、お前か……！　お前もよく無事で！　お前に何度も取り次ぎを願おうとしても、銀の神官を剥奪されたという返事しかなく、どうなってしまったのかと思っていたぞ」

　ガングルやクーリオが荷馬車の中を覗き込んでくる。

「知り合いだったか」

「俺の師匠です」

　答えるマルコに、ラビレオがしがみつくように訊く。

「マルコよ、お前は一体どうしていたのだ。この軍隊は？」

「安心してください。彼らはレスキア軍です。神山へ向かおうとしておりました。先生はなぜこんなところまで？　学都は地形的にもう浸水しているでしょう。てっきり、塔に避難されたかと思っていました」

ラビレオがため息をつく。

「長い話になるが、簡単に言えば追い出されたのよ。レスキア皇帝廃位の噂が流れてすぐに、神山から学都を封鎖するという命が下った。学都から一歩も出るな、とのお達しだ。それの対応に追われていたら教授議会が、今まで神山のやり方にずっと不満を示してきたせいでこうなったと騒ぎ始めてな。この雨で浸水が始まってからは、私につく者は研究棟に入れるなという話になった」

塔の中に籠もれる人間にも限りがある。人や書物で溢れかえり、食糧や場所を確保したい連中は、一番追い出しやすい者を排除したということだろう。これが世界最高峰の智恵者らのやることか。

情けなさにセイジュは床を叩いた。

荷馬車の中の連中は、皆同じように思っているらしかった。

だが追い出されることを覚悟していたのか、ラビレオからは怒りや失意は感じられなかった。飄々と話し続ける。

「一般人とともに高台へ逃げようとしたが同行が遅くなってしまい、我らだけになってどこをどう進めば良いかわからなくなってな」

「それで、神山方面へ向かってきたのですか」

「標高が高いことは間違いないんでなあ」

「封鎖するという命が下ったとのことだが、実際お前さんらは学都を出てきている。学都の出入り口が塞がれてはいなかったんだね？」

質問したサガンの容貌にラビレオは驚いた様子だったが、すぐ頷いた。

「封鎖されてしまったら、一般人は逃げられないからなあ。封鎖するというお達しだけで、誰も閉めに来なかったたな」

それを聞き、サガンは深く息を吐いた。

「神山は、どうやら通常の機能をしていないようだね」

セイジュは不安に感じながらサガンに訊いた。

「命を下す人間がもういないということか？」

「それもあるだろうが、もしかしたら神山中心部への道は、もう通れないかもしれないよ」

サガンの言うとおりだった。神山中心部へ続く湖の上を走る道は東西南北四本あるが、西の入り口に門番の姿はなかった。

　神山は、外部からの侵入を一切許さない状態になっていたのである。


　まさかここまで来て、神山が封鎖されているとは思わなかった。

　荷馬車から降り、セイジュとマルコは目の前の大きな石の扉を、茫然と見つめた。

　神山中心部に続く四つの門を、外側から開いたという話をセイジュは聞いたことがなかった。

「門をぶっ壊すことはできないかクーリオ！」

　ガングルの叫びを、クーリオは冷静に返した。

「この兵力で石の扉を破壊するんですか。無理に決まっています。やるだけ無駄ですよ」

　クーリオは、目の前の巨大な石の扉を睨むように見つめて言った。

「こうして見るととんでもなく籠城向きだ。世界を大混乱に陥れておいて、自分は高みの見物か。世界が勝手に争い、そろそろ収集つけてくれと泣きついてくるまで安全な湖の上にいるわけか。水をどんどん下流に流しながら。大した神だよ」

　西の門が封鎖されていたため、ガングル一行は南の主要街道へと進んだ。レスキアに繋がる道が、南と東だったからである。

　だが南の門も封鎖されていた。おそらく神山は全てを封鎖しているだろうとクーリオは読んだ。

「籠城に耐えられるだけの備蓄はあるでしょう。もともと何も生産しない山だ。下位の者への施しは少ないかもしれませんが、どうせ上位神官らは自分たちだけが助かれば良いと思ってるでしょうからね。神山の外部で逃げまどう連中なんて、無視ですよ」

　じゃあどうするんだとセイジュが噛みつくと、クーリオはあっさりと答えた。

「陛下を待つしかないでしょう。武力で神の扉をこじ開けるしかないですよ」

廃位を取り消させるおつもりなのだから、最初から陛下はそのつもりでしょう？　とクーリオは続けた。

「人間が神を屈服させられるとしたら、武力しかありません」

目の前でアスラン殿下とセナ妃が消えたのを目にしていても、クーリオは神を恐れていない様子だった。

セイジュも同様だった。まだこの世界に誕生して三年しか経っていない竜王が、大国を滅ぼすほどの力を持っているかと訊かれたら、ないだろうと答える。

竜王は、概念だった。それ以上でもそれ以下でもないというセイジュの気持ちに変わりはない。なぜなら神は、知らないのだから。人の世の苦しみを。

知ったのは、上位神官家だろう。世間を何も知らなかったアガタは、おそらくこの世界の醜悪さに絶望しているだろう。

その絶望はすなわち竜王の絶望だった。

セイジュは初めて、暗黒の雲に覆われる空と止まぬ雨を見上げた。

この雨はもしや、神の涙か。


「ルツ……」

絶望の淵にいるアガタと竜王の傍に、たった十二歳のルツを置いてきてしまった。

どんな状態になっても、ゼーダやナガラは容易に竜王に近づけまいと考え神山へルツを置いてきたが、惹香嚢体であることを彼らに知られてはいないだろうか。

神山の竜王のもとへ飛んだであろう、セナ妃とアスラン殿下に会えているだろうか。

そんな感傷に浸るセイジュに、荷馬車の中から顔を覗かせたラビレオの声が飛んだ。

「セイジュお前、四つの門の構造について神官から聞いたことはなかったか」

「構造？」

「北、南の門は、東西に比べて少々大きいと言われているだろう」

セイジュは首を傾げた。構造について調べたこともなければ、大きさを確認したこともない。一見すると、門の大きさは全て同じにしか見えない。

「サガン、知っているか？」

「知るわけなかろう。神山でも上位はな、そういう事を何も知らんのだ。命を下すだけの人間がなぜ構造など頭に入れておく必要がある」

ガングルがセイジュたちの会話に首を突っ込んできた。

「じゃあ誰の頭に入っていて、そして門を封鎖するという考えを示したのは誰なんだ？」

サガンはすぐに答えた。

「家令だよ。中位神官だ」

家令。ウガジェ家家令ハーダネットの顔を頭に思い浮かべたセイジュは、ラビレオに呆れた視線を向けられていることに気がついた。

「上位神官家の家令は銀の神官だろう。お前はイマーシュ家の銀の神官じゃないのか」

「いや、俺は家令を任されなかった」

アガタと外部の取次ぎ役はできても、上位神官家の家令まで任せられるほどセイジュは育ちが良くなかった。

サガンもため息をついた。

「銀ってのは本来そういうもんなんだよ。お前さんはどうも他の家の家令とは違うと思っていたが、家令ではなかったのか。家令とは、主人の頭であり手足だ。家令がいなければ上位らは何もできん。逆にだからこそ家令は人間扱いされんのだがな……」

サガンは実家のタルトキア家の家令だったウッドを思い出したのか、視線を虚空に投げた。

「ねえー、セイジュ。俺がこれから言うこと、怒らないで聞くって約束する？」

ハンナやフオルと一緒に馬車の中に籠もっていたツォーリが、こそこそと顔を覗かせた。

「話によってはぶん殴るかな」

「じゃあ言わないっ」

頭を引っ込めたツォーリは、ハンナとフオルにちゃんと話せと喚かれた。セイジュもちゃんと話を聞けとマルコに頭を小突かれる。

「何だよ？」

「俺ねえ、竜王否定派にいた時、いろいろ爆発物仕掛けていたじゃない。で、門をさ、破壊しようと、構造を調べたことあったのね。実際はやらなかったんだけど。建築学やっているやつと、どこまでの火薬量で破壊できるか計算してたの」

「ツォーリ、お前は最高のくそったれだな！」

セイジュはツォーリを馬車から引っ張り出した。

「いやあ、寒いいい！」

外に出されたが、ツォーリに雨は当たらなかった。座り込むツォーリを、セイジュ、マルコ、サガン、ガングル、クーリオ、そしてラビレオまで出てきて囲み、頭を突き合わせて見下ろしながら詰問したからである。

「で、四つの門のうちどこが一番破壊しやすいとわかった」

「東。王の門あるだろ。各国の王様しか通れないって言われてる、最も使わない門。あそこ、錠もかんぬきも一つしかないんだよね。西側の学部に繋がる門は一番強固で、三つの錠とかんぬきをつけてるよ。おそらく昔からいる竜王否定派を警戒してだろう。南と北はそこの先生が言うとおり門が大きいから、必然かんぬきも大きいわけ」

王の門。一般人が通ることを許されない門だ。まさかここを破壊するなど、神山も各国も考えもしないに違いない。

「良い答えだツォーリ。で、今お前が隠し持っている火薬でどこまで破壊できる」

「門を破壊するのは無理。でも王の門の扉は他に比べて薄いから、丸太で何度か突けば隙間ができる。かんぬきが見えたら爆発させる……というやり方しかできないと計算した。ただ火薬量が圧倒的に少ない。あと、この雨でどこまでちゃんと引火できるか。隠し持っていたけど、硝石は湿気に弱いから」

うまくできるかはわからない、とツォーリは皆に向けていた顔を下に向けた。

「十分だ、ツォーリ。それでいこう」

ガングルは、皇帝に東の門へ進軍するように伝えろと早馬を出し、一行を東の門へ進ませた。

途中何度か土砂崩れに遭遇し、道を塞ぐ土砂を除きながら進んだため、東の門へ到着した時はセナ妃が消えて八日が過ぎていた。

門の前に立った一行は、とても破壊できるとは思えないほど大きな扉を見上げるしかなかった。

「閣下、北方に放った間者からの情報です。どうやら北は主要街道に土砂崩れが起き、道が封鎖されているようで。ネスタニア軍が至るところで足止めされているようです」

クーリオの言葉に、ガングルは眉をひそめた。

「至るところ？　ではネスタニアは大軍を神山に向かわせているんだな」

「でしょうね。ムードンは拘束しましたが、あの場から逃げた者もいますし。皇太子殿下も戻らないし、交渉決裂とわかって軍を派遣したんでしょう。土砂崩れで進軍不可能な状態らしいですが、何とか越えてくるでしょう。……北も、どこまで持ちこたえられるか……」

北方は第三師団長ハードナルが全指揮を執ってネスタニア国軍から守っているはずである。元帥に師団長二人が不在では、各所の守りも不安だろう。クーリオの顔には、神山よりも北を守りに行きたいとありありと書かれていた。

「クーリオ、忘れるなよ。俺らはレスキアの軍隊だ。陛下が皇帝から引きずり下ろされたら、北方もクソもねえんだよ。ネスタニア国と喧嘩するのは北方防衛師団じゃない。レスキア帝国だ。皇帝の威光を背に、思う存分ネスタニア国を叩き潰すまで耐えろ」

ガングルに鋭い視線を向けられ、クーリオは目を閉じた。

「……は……」

ガングルの瞳がいつもののんびりとした柔和さを戻し、クーリオから外れる。クーリオは、百人の精鋭に声を放った。

「門を破壊するぞ！　丸太を用意せよ！」

◆・◆・◆

主要街道はほぼ大河の近くを通っている。

歴史上、大河周辺から主要都市が築かれてきたため当然だった。

レスキアは大河による流通をいち早く発展させてきたことで大国となった国である。治水技術は四国の中で突出していたが、この大雨による影響はレスキア国内でも大きな被害となって現れていた。

「雨量がどんどん激しさを増しています。主要街道より、皇太子殿下が戻られた道を通ったほうが確実です」

皇太子を最速でレスキアに戻らせた北方防衛第二師団所属のヒースが言う。

「山道は危険です。いつ土砂災害が降りかかってくるかわかりません。平地の農道を通るしかないんです。この時期はまだ作物の殆どが種は蒔かれていません」

これに困惑したのは北方防衛第一師団長・アークヴィッドだった。

「農道は幅が狭い。農地に種が蒔かれていないといっても、馬の足跡で荒らすわけにはいかない」

「ですから、兵を分けるのです。皇帝陛下に付き従い、農道を行くのは五十人程度でいいかと思います」

「五十人!?」

皇帝をたった五十人で守れるかとアークヴィッドは渋ったが、皇帝の一声が放たれた。

「ヒースの案内で、アスキンが戻った道を行こう。今は一刻も早く神山に辿り着くのを優先させねばならない」

アークヴィッドは五十人の精鋭の中に、案内役のヒースと自分も入れた。

精鋭とはいえ五十人という小部隊で動くのは久々なのか、アークヴィッドが呟いた。

「殆ど俺らが斥候みたいなもんになるな……」

ジグルトは精鋭について行けるかどうか不安だったが、皇帝の傍を離れるわけにはいかないという思いから、アークヴィッドに頼み込んだ。

ガトーは副師団長率いる本隊に入れてもらうが、自分は神山外交官代行として、皇帝に付き従わなければならない。

「まあ別にいいが。ついて来られなかったら容赦なく置いていくぞ」

文官が軍人について行けないのはわかりきっている。南方から戻る時にあっさりはぐれてしまった事実もある。

だがジグルトは、無理をしてでも精鋭部隊についていかなければならないと思うほど、皇帝の顔色の悪さが気になった。

帝都に戻ってすぐにまた大雨の中を神山へ向かう羽目になったのだ。帝都でも身体をゆっくり休ませる時間など一刻も取れなかった。神山から廃位宣言されてから、皇帝が休息を取ったことなどあっただろうか。

命ががりがりと削られているような状態で、ここまで身体も精神も酷使していては、いつ倒れてもおかしくない。もしや皇帝自身、神山に辿り着けるならばそれで良いと思ってはいないか。そう思うと、ジグルトはとても皇帝の傍らから離れる気にはなれなかったのである。

休むことなく馬を走らせて三日、ジグルトは何度か意識を失いそうになった。

置いていくぞと言った割に、アークヴィッドは部下をしんがりにつけてくれた。馬の足を止めそうになるたびにその部下に支えられ、ジグルトは申し訳なさでいっぱいだった。やはりガトー同様に、本隊についていくべきだったか。

「外交官代行殿、隊が、止まっております」

兵はそう伝えてきたが、雨と遠方すぎてジグルトには何も見えなかった。

「争いか」

「いえ、単に止まっております……休息でもなさそうです」

もしや、とジグルトは胸が騒ぐのを止められなかった。朦朧としていた頭が奮い立ち、かちこちに固まった身体が前に出る。

陛下――。

ジグルトは懸命に馬を走らせた。

次第に、軍の様態が見えてくる。後方の兵士らは、皆困惑した顔をしていた。ジグルトが近づくと、皆馬を寄せて道を作った。

「陛下！」

皇帝が馬から下ろされ、アークヴィッドに抱きかかえられるようにしていた。泥と雨に濡れ、服はもう何色かわからなくなっていたが、飛び散った鮮血の色だけは否応なく目に入った。

「ジグルト、陛下は……」

混乱して目が泳いでいるアークヴィッドの言葉をもぎ取るようにジグルトは告げた。

「見なかったことにしろ！」

「しかしお前、これは！」

「頼む、頼むから騒ぐな！　誰にも言わないでくれ……！」

混乱を残したまま、アークヴィッドの目が固まる。先に動いたのは、マントを広げて皇帝の身体を隠すように立っていたヒースだった。

「全隊、休息する！」

何事が起きたのかと緊張していた隊が弛緩する。兵士が馬から降り始めたのを見て、アークヴィッドとヒースは皇帝を抱きかかえ、大木の下へと移した。

ヒースが枝にマントを広げて雨よけを作り、アークヴィッドは自分のマントを脱いで、皇帝のそれと取り替えた。

ジグルトは、皇帝の身体を支えるだけで精一杯だった。陛下、陛下と声をかけることしかできない。かすかに呼吸をしているが、皇帝の意識が飛んでいるのかいないのかすらわからなかった。

「……進め……」

皇帝のかすかに開いた口元から、小さく言葉がこぼれ落ちた。

「陛下！　陛下、わかりますか！」

ジグルトは狂喜し、皇帝にしがみついた。

「……アークヴィッド。俺のことは、気にするな。そのまま、進め」

皇帝の言葉に、アークヴィッドは静かな声で返した。

「陛下。馬も兵士らも疲労困憊しております。馬に草を与える時間をください」

そう告げると、アークヴィッドはヒースを従えてその場を去った。

ジグルトはヒースから手渡された水を、皇帝に飲ませようとした。だが皇帝は、静かに顔を背けた。

「いらん……何も口にできん」

「陛下、それではお身体が持ちません！」

皇帝は、もう顔の表情さえ動かすのが難儀なようだった。ほんのわずか、唇を震わせるようにして言葉を紡ぐ。

「……案ずるな。まだ、死なんよ。……セナとアスランの、居場所を作ってやるまでは、俺は死ねん」

頬や額に貼り付いた黄金の髪は、マントと同じように濡れそぼって輝きを失っていた。土気色の顔からそれらを取り除くようにして拭い、ジグルトは思いの丈を口にした。

「陛下、もう、もうよろしいのではありませんか。神山は目と鼻の先です。アークヴィッドに、代理として神山へ入ってもらいましょう。セナ様とアスラン様を見つけ出し、上位神官らに廃位を取り消させます。その後、陛下はゆっくりお入りになればいいでしょう」

これ以上無理をしたら、神山に到着した途端この方は命を落としてしまうのではないか。ジグルトはそんな不安から、皇帝に懇願した。

「どうか、今は雨をしのぎ、お身体を休ませてください。雨が上がったら、太陽を背に神山へ入山いたしましょう。そうしてください、陛下。お願いします」

全く動かなかった皇帝の表情が、わずかに柔らかくほぐれる。口角が、ほんの少し上がった唇から、言葉が漏れた。

「ジグルト。俺が死んだら、神山にいるセナとアスランを助けてやってくれ」

――死んだら。

初めて皇帝から、遺言のような言葉が出されたことにジグルトは動揺した。皇帝の腕を強く摑む。

「陛下」

「俺は、遠くネバルから嫁いできたセナに、王宮で居場所を作ってやらなかった」

皇帝の目が伏せられる。

「初めて欲した人間相手に……嫉妬で逆に追い詰めて……我が子を利用するだけ利用して、あげくこんな目に遭わせて……。人間として俺は、愚かな一生だった」

ジグルトは懸命に頭を振った。皇帝の身体が揺れるほど強く否定した。

「陛下。それはあなたが、人である前に皇帝だったからです！」

「……そうだな」

それに、嫉妬で追い出したのは自分の方だ。

方法はあったはずなのだ。惹香嚢体の王子が寵愛を受けたとしても、それで良しとする方法を探り行うのが後宮第一書記官の自分の仕事だったのだ。

「だからせめて神山を、セナとアスランが、安住できる居場所にしてやりたい。もうセナたちが、彷徨うことのないように。それが俺の、皇帝として、最後にやれる仕事だ」

一片の力も残っていないと思われていた皇帝の身体が、ゆっくりと動く。

ジグルトは、皇帝の腕を掴む自分の手に、熱い力が伝わってくるのを感じた。

皇帝の口から、振り絞るような声が漏れる。

「それすらできなかったら俺は……何もかもイザクに負けたままだ……！」

皇帝の身体が離れると同時に、アークヴィッドが声を張り上げながら走って来た。

「陛下！　北方防衛師団ガングル元帥より伝令が参りました！　東門へ！　神山東門へ進めとのことです！　神山へ通じる四つの門は全て封鎖、東門を破壊して待つとの伝令です！」

ジグルトの目に、不屈の精神で立ち上がる獅子王の背中が映った。

「よし、行くぞ！　東門を突破する！」

◆・◆・◆

高い山の上からは、下界の様子は何も見えなかった。

下を見下ろしても、真っ暗な湖があるだけで、その先の世界は闇に包まれていた。

太陽も月も隠れ、昼も夜もない状態だから何もかも存在しないように見えるのだろうか。

それとも、神山の頂からは、いつもこんな光景しか見えないのだろうか。

どこよりも高い場所であるはずなのに、何も見えていない。

竜王の様子は、セナとアスランがここに来た当初から何も変わらなかった。

アスランが山羊の乳を搾って飲ませようとしたが、口にせずに全く動かなくなってしまった。それを見てアスランは泣き出し、どうしたらよいのかと聞いてくる。

セナは、竜王とともに食事すらしなくなってしまった我が子を抱きしめるしかなかった。

陛下が、神山へ来てくれたら。

セイジュたちが、神山に戻ってきたら。竜王を助ける方法を、導き出せるかもしれない。

「ハーダネット。レスキア軍の到着はまだか」

皇帝率いるレスキア軍でも、セイジュらを連れてくるガングルの軍隊であっても、レスキア軍が神山へやってきたら、すぐに入らせるように伝えていたのである。

「到着したかどうかはわかりません。四つの門は、塞いでおりますから」

ハーダネットがあまりにもあっさりと答えたため、セナは一瞬何を言われたのかわからなくなった。

「何だって……？」

「四つの門を塞ぎ、門番は去らせております」

ハーダネットが視線だけを向けてくる。

「ウガジェ家の当主は、各国に惹香嚢体を神山まで運んでくるように命じておりました。惹香嚢体を餌にするのを止めるには、神山に入れないようにするしかありませんでしたので」

淡々と答えるハーダネットに、セナは訊ねた。

「それは、誰が命じたのだ」

ハーダネットは無言だった。

主であるゼーダは、まだ惹香嚢体は届かないかと呻き、早く持ってこさせろと叫んでいたはずだった。

その時にはすでにハーダネットは、主の命に逆らって行動していたのか。

「かろうじて人間としての矜持を保っている者までが、『助かる命』というものを前に狂いそうな気がしたからです」

ハーダネットの横顔は冷たいままだった。だが遠くを見つめる瞳の奥に、熱い灯火が見えるようだった。

イザクにも、それを見たのをセナは思い出した。

人間としての矜持――どれほど虐げられたとしても、それは外側からは消せないものなのかもしれない。

「しかしハーダネット、門を閉ざされてしまったら、レスキア軍はここに入って来られない。皆俺と息子の身を案じて駆けつけてくるだろう」

「一つの国を通せば、他国も入ります。神山に争いを持ち込まないでいただきたい」

「しかし元はと言えば、陛下の廃位を神山が勝手に決めたことが原因なんだ」

「それほど重要ですか。竜王が死にかけ、世界が滅びようとしている中で、帝位を取り戻すということが、それほど大事ですか」

ハーダネットの冷たい瞳が向けられる。

「己のことしか考えていない点で、惹香嚢体を餌にした上位神官らと皇帝陛下の、どこが違うというのです？　自分が存在しなければ世界が滅ぶ、だから帝位が大事だ、俺によこせと叫んでいるのでしょう？」

セナは喉の奥に言葉が詰まるのを感じた。違う。彼らと陛下は絶対に違う。それがわかっているのに、何もかもを信じられない目をしているハーダネットにかける言葉が出てこなかった。

ハーダネットも、全く意味もなく、盲目的に信じていたに違いないのだ。虐げられてもそれが普通だと思っていた世界――竜王、上位至上主義。

信じていたものが誤りだったとしたら、あの虐待は、何だったのか。何もかも受け入れて、否定など存在しなかった。あれが誤りだったとしたら、自分の人生は何だったのか。

鱗病を発症し、もう残された時間はないというのに、世界の全て、人生の全てが誤りだったと突きつけられたら、どうしたらよいのか。

　セナは、自分を取り戻す過程でイザクが、感情もなくただ涙を流していたのを思い出した。

　苦しみと哀しみと絶望を越えた先の、無。

　セナは、何の感情も映し出さないハーダネットに問うた。

「お前は、このまま世界が滅びてしまえばいいと思っているのか」

　ハーダネットは無言だった。ただ、瞳だけはまっすぐに向けてきた。瞳の奥の、ほんのわずかな灯火。だが、何にも消せない、強い火を、セナは食い入るように見つめた。

「俺は、神山を滅ぼしてやるという気持ちでここまで来た。恨みも憎しみも、そうでなければ昇華できないと思っていた。だがな、今は〝見ろ〟という思いだ。世界の果てを見ろ。お前たちがしてきたこと、歴史で守られてきたこと、全てが今崩れ去ろうとしている。今ここで、人間が何を選択するのか、どう生き残るのか、見ろ。白い石が付着したその目を、精一杯見開いて、見届けろ」

　ハーダネットの瞳が、初めて揺らぐ。

「……この地獄に、まだ留まれとおっしゃるか」

「ああ、そうだ。留まれ……！」

　生きるのだ。何があっても。

　白い鱗に身体中を覆われるまで。

「だから今だけは、信じろ。俺の、この言葉だけは信じろ。陛下を、レスキア軍を中に入れるんだ。門を開けろ、ハーダネット！」

◆・◆・◆

　神山周辺の町や村から、人の姿は失われていた。

　暗く沈黙した道を走り続けていたジグルトは、雨音と馬の駆ける音しか響かなかった世界に、ふと、人間の声を聞いたような気がした。

「アークヴィッド！」

「ああ、連中の声だ！」

ドーン、ドーンと何かを叩くような音、それに合わせて大声を出す兵士らの声。

まるでそこだけが、暗い闇の中でも光が灯っているようだった。

「閣下！　クーリオ！」

アークヴィッドの声とともに、前方にたむろする連中の姿が見えてきた。兵士らは皆、馬から下りてその馬らを集めていた。

「おお、第一師団長殿！　お待ちしておりました！」

後方にいた者が駆けてくる。

「閣下は！　クーリオはどこだ!?」

「その前に、馬から下りてくださいませ！　今、爆破中なのです、馬が驚きます！」

「爆破……？」

どおん、と雨も吹き飛ばすような音がして、ジグルトは落馬しそうになった。ジグルトの馬だけでなく、至るところで馬が聞いたことのない音に恐れて嘶《いなな》く。

ヒースがとっさに身体を支えてくれなかったら、たたき落とされていただろう。

「ツォーリ！　今度はどうだあ！」

ガングルの声だった。続けて、若い男の声がした。

「破壊、完了ォ！　このまま、勢いよく丸太で突けえ！」

うおおおお、と雄叫びが響く。

落ち着かない馬から下りて前へ進んだジグルトは、五十人以上の男たちが巨木を抱え、門に突っ込んでいく姿を目にした。

巨大な石の扉は、ほんのわずか開いていた。そこの中心部を巨木で突く。

門の一部が破壊され、扉が開かれる。ジグルトはその有様に絶句した。

「し、信じられん……。この大きさの扉のかんぬきをぶち壊すとは、どうやったんだ」

同じく茫然とするアークヴィッドに、ガングルが駆け寄ってきた。

「見たかあ、アークヴィッド！　ぶっ壊したぞ！　陛下！　やりましたぜ！　これで入山できます！」

興奮状態のガングルに、皇帝は微笑んだ。

「良くやってくれた、ガングル」

　皇帝は勢いよく手綱を引き馬の混乱を抑え、全員に聞こえるような声を張り上げた。

「よし、行くぞ！　クーリオ、お前は門に兵を配置し、神山内部には誰一人通さないようにしろ！　ガングル、アークヴィッド、余に続け！」

「はっ！」

　わずかな時も惜しいというように隊列が進む。先頭を切って馬を走らせる皇帝の背中を必死で追ったジグルトは、ガングル隊に同行しているはずのセイジュらの無事を確かめる暇もなかった。

　神山内部で動くのにセイジュは欠かせない存在である。しかし皇帝は、そんなことは念頭にないように湖の上を走る道を、前へ、前へと進んでいく。

　各国の王しか通れないこの道は、『王の道』と呼ばれている。

　ここを馬車で優雅に通ったのは、わずか数カ月前のことだというのに、ジグルトにはもうずいぶんと遠い昔に思われた。

　道幅は細くはないが、湖の水もいよいよもって道にまで流れてくるようになった。

　足をすくわれないように気をつけながら、ジグルトは慎重に前へと進んだ。

「水に足を取られるなよ！　端を走るな、真ん中を進め！」

　アークヴィッドの声に、荷馬車もゆっくり進む。こんなに、湖を走るこの道は長かったか。

　早く、早く到着してくれ。

　ジグルトは皇帝の背中を必死で捉えながら、ともすれば雨や湖の水に覆い尽くされそうになる身体を引きずった。

「へ、陛下！　王の扉が、開きません！」

　前方からの声に、ジグルトの身体は思わず震えた。

　ここの扉は鉄の塊でできており、竜が空へ高く昇っていく姿を描いた神山の紋章が彫られている。

　これは、どのような方法を用いたとしても破壊するのは不可能だろう。

竜王の住まいである神山には王の扉を開かねば入れないが、その周辺の下位や中位の居住地区方面には回れる。各国の役人の行政地区から、神山の内部へ通じることができたはずだった。ジグルトがそれを皇帝に進言しようとした瞬間、馬上の皇帝の背中が大きく揺れ、空に鮮血が舞った。

「陛下！」

ガングルとアークヴィッドがとっさに皇帝の身体を両脇から支える。皇帝は、身体をわずかに屈ませたが、倒れなかった。

皇帝の頭が持ち上がり、大雨の空に顔が向けられるのを、ジグルトは見た。

「開けよ!!」

高き神の山に向けて、世界に響き渡るような、帝王の声が放たれた。

「レスキア皇帝である！」

Ⅲ　人間の意志

　全てが闇に包まれた世界で、セナは外の状況がどうなっているのか、カムラの声が頂に飛び込んで来るまで気付かなかった。

「セナ様！　レスキア軍です！　王の扉が開かれました！　レスキア軍が中に入ってきました！」

　セナは弾かれたように立ち上がった。抱きかかえていた竜王とアスランをアガタとルツに任せ、入り口に立つカムラに駆け寄る。

「セナ様の命を受け、ハーダネットが門の外を調べさせようとしたところ、既に東門をレスキア軍が破壊、『王の道』を軍が通ってきているのを見たそうです。皇帝の旗を目視したとのことだったため、急遽、王の扉を開けました」

　東門は、神山に入った時に通った門だった。各国の王しか通れない道を、レスキア軍が自力で通ってきた。

　王が入る扉を、ハーダネットが開いたか。

セナはカムラとともに、転がるようにして階段を走り降りた。上位神官家が居住する空間が三階、竜王がいる頂は四階とされているが、三階から頂まで通じる道は、間に殆ど部屋らしきものがなく、非常に遠い。神山の内部に張り巡らされるらせん階段を、延々降り続ける。

　人の気配が殆どなくなった神山内部は、氷のように冷たい無音の世界だった。言葉が反響しなくなった白い岩肌は、静かに呼吸を止めようとしているかのように、何の熱も感じさせなくなっていた。

　そんな神山の岩肌が、下方から、次第に熱を帯びてきているのをセナは感じた。人間の気配。ざわめき。熱量。今まで限られた者の熱しか受けとめなかった岩肌が、否応なく熱に当てられる。溢れるほどの人間の熱気が、神山に勢いよく伝導していくのを、セナは感じた。

　熱気が埋め尽くすほどの人の姿となって現れた時、セナの耳に声が届いた。

「セナ様ああ！」

フオルの声。セナは、らせん階段から、下方にごった返すレスキア軍に向かって、声を張り上げた。

「フオル！」

長身の軍人に高く抱き上げられ両手を振るフオルと、すぐ隣にいるセイジュの姿をセナは確認した。二人は、溢れかえる人を掻き分けて近づいてくる。

セナも階段を転げ落ちるようにして走った。

軍人が抱きかかえてきたフオルを奪うようにして抱きしめる。

「フオル！」

「セナ様、セナ様、良かった、ご無事で！」

フオルはしがみついてきたが、すぐに顔を上げた。

「アスラン様は⁉」

「大丈夫、無事だ、竜王の頂に……」

セナは続けようとした言葉をつい呑み込んだ。フオルの隣にいたセイジュが、後ろを食い入るように見つめている。

「……ハーダネット……」

振り返ると、そこにはハーダネットが立っていた。セイジュは、同じ中位神官のハーダネットがどんな存在だったか、身にしみて知っているだろう。かつてウガジェ家が告げる冷酷極まりない命令をその口から放っていた者。

セイジュの顔に、何とも言い難い複雑な感情が浮かぶ。それは、ハーダネットの顔に点在する白い石、鱗病を確認したからだろう。

変わらぬ無表情のままセイジュを見つめ返したハーダネットは、セイジュから目を逸らしてセナに言った。

「セナ様。レスキア軍の統率者を呼んでください。この勢いで上に昇ってこられたりしたら、竜王に影響を及ぼします」

それもそうだ。下にいる大勢の兵士らは、本来禁忌であるはずの内部に入り、興奮状態に陥っている。

「セイジュ、ガングルは？」

セイジュは一瞬目を泳がせたが、慌てて報告した。

「セナ様、東門を突破する直前に皇帝陛下と落ち合い『王の道』を通ってきたのですが、陛下は、扉が開き中に入られた直後、倒れてしまわれました」

セナは足元がぐらりと揺らぐのを感じた。なぜか、不安に包まれる。

「血を、吐かれたらしいんです。私たちは学都から追われた連中と落ち合ってともにここまで来たのですが、医者を、とジグルトが叫んだので、マルコもサガンもそちらに飛んで行きました。ひとまず私とフォルだけ、セナ様を探しに行けとガングル元帥に言われて」

「それで、陛下はどこに!?」

「レスキア国の部屋に移りました。途中で落ち合った学都の医者らが今診ております……」

セイジュは、ようやく追いついてきたカムラの姿を見て、またも言葉を失った。

「カ……カムラ様……」

「セイジュ……。無事、だったか……」

カムラは己の父が追放したセイジュの姿を見て、心底安心したように息をつくとともに、思いの丈を吐き出した。

「頂へ行け、セイジュ。我が父も、ゼーダも死んだ。残る当主は、アガタ様のみだ」

「アガタ様は、ご無事ですか！」

「……私ほどではないが、罹患なさっている」

息を呑むセイジュの腕を、セナは摑んだ。

「セイジュ、アスランは竜王とともに頂にいる。フォルを連れていってくれ。カムラ、状況をセイジュに説明しろ」

「わかりました」

「それとセイジュ、ガングルを……」

セナの問いをフォルを抱いてきた長身の軍人が奪った。

「北方防衛第一師団長・アークヴィッドと申します。我が主君は陛下とともにおります。私が兵の統率者です。どう行動すれば良いか命じてください」

セナは頷き、ハーダネットを振り返った。

「神山についてはこの男が一番詳しい。今は彼の言うことに従ってくれ。ハーダネット、レスキア軍とともに、神山の外にいる下位階級の者たちを移動させろ。より高い位置にある中位神官の居住地区や、各国の行政地区へ誘導するのだ」

「かしこまりました」

セナは再び階段を飛び跳ねるようにして駆け下り

はじめた。

——血を吐いた。

あの方が。太陽を背に、威光を放っていたあの方が、地に臥すなどありえるのか。

セナはレスキア兵士でごった返す一階の混雑を避けるために、二階の別の通路を走り抜けて各国の部屋が立ち並ぶ区へ入った。青と白が基調になっているレスキアの棟に向かって走る。

レスキアの棟の入り口に、レスキア兵士と、ずぶ濡れのマント姿のままの連中がいた。すぐにセナはこれがセイジュの言っていた学部の連中だと悟った。

その中に、ハンナとツォーリがいた。二人が、飛び上がって喜ぶ。

「セナ様あ！」

「ガングル元帥、ガングル元帥！　セナ様が来られました！」

扉が開き、中から蒼白の顔でガングルが姿を現した。

「良かった……間に合われたか」

ガングルの身体の向こうに、寝台に横たえられた皇帝の姿を見た瞬間、セナはためらわなかった。腰に下げていた短剣を抜きながら寝台に近づく。そのまま腕に剣を滑らせたセナは、噴き出した血が地に落ちる前に、血が滴る腕を皇帝の口に押し当てた。

「陛下……！」

誰に説明されずとも、もうわかった。

土気色の顔。呼吸を止めようとしている、力を失った身体。

どんな状態なのか、一目瞭然だった。

「……よくもここまで馬に乗ってこられたという身体よ。セナ様、この方が長年服用していた発情抑制薬は、イザクが使用していたものと同じでした」

サガンの言葉に、ああやはりとセナは腑に落ちるものがあった。

「獣人であることを隠すには、通常より強い薬を服用するしかなかったとおっしゃっていました。短命になるのは、お覚悟の上だったと……」

皇帝の傍らに立つジグルトの言葉に、マルコと学都の医師がため息をつく。

「しかしこんな毒薬のようなものを皇帝陛下ともあろう御方が口にしなければならなかったとは……なんとおいたわしい。帝位とは、毒を口にし続けても守らねばならぬものなのでしょうか」

この方にとって帝位とは、そこまでしてでも、守らねばならないものだったのだろう。

生きるために。

大国の中で、何の後ろ盾もなかった一人の皇子が、自分の足で立つために。

圧倒させるほどの威光を放ち、人を従わせるこの人を、何と思いやりのない、勝手な人だろうと思ったこともあった。

しかしその威光は、どれほどの犠牲を払って放っていたものなのだろう。

身体を、時に心を殺してきた。そうしなければ、あまりに大きな国を覆うほどの光は、輝かせられなかったのだろう。

セナは皇帝の唇に、己の血をなすりつけるように腕を当てた。

血を、飲んでくれ。飲み込んでくれ。一滴でも多く、嚥下してくれ。

この方は、死んではならない。

死なせるわけにはいかない。死なせたくない。またしても、助けられないなど、もう二度とごめんだ。

「陛下……！」

蝋で固められたような皇帝の顔が、ほんのわずか、動くのをセナは見た。

血に濡れた唇が震え、全く動いていなかった喉がひくりと上下する。

ああ、血が、入った。もっと、もっと与えなければ。

己の腕に再び剣を突き立てようとしたセナは、マルコに止められた。

「セナ様、もう、これ以上は！」

サガンも首を振った。

「あなたの血で一時的に意識が戻ったとしても、この方の生命力を回復させるほどにはなりますまい」

セナは自分を止めるマルコの腕を振り払った。

「そんな……この方は、死んではならない！」

　堪らず叫んだセナは、空気を震わせる程度に小さな、囁くような声を聞いた。

「……セナ」

「陛下！」

　セナは皇帝に覆い被さるようにして顔を近づけた。

「陛下、セナです、わかりますか、陛下」

　皇帝の瞼が震え、うっすらと瞳が開かれる。後方でジグルトとガングルが喜びの声を上げた。

　皇帝の瞳は、見えていないのか焦点が合わずに彷徨う。セナは皇帝の顔に息がかかるほど近づき、必死で伝えた。

「陛下、わかりますか。神山です。もう、ゼーダらは死にました。私とアスランの身を脅かす者はいません」

「……イザクは」

　皇帝の口から出てきた言葉に、セナは心臓が握りつぶされるような衝撃を受けた。

「……まだ……情勢は、安心できん。あいつの、傍にいろ。イザクから、離れるな」

　焦点が合わない目で、皇帝が訴えてくる。

　衝撃のあと、セナの胸の内に広がったのは、哀しみではなかった。

　こみあげるものを堪えながら、セナは必死に皇帝の耳に語りかけた。

「大丈夫です……イザクは今、アスランの傍におります。あの子を、守ってくれています」

　それを聞き、瞳を閉じた皇帝の口から安堵したような吐息が漏れた。

「そうか……」

　サガンの言う通り、血を口にしても、皇帝の容態を一時的に回復させただけのようだった。顔は完全に色を失い、口元の血の赤だけが異様な色を放っていた。あれほど美しかった金髪ですら、錆び付いたように輝きを失っている。

　こんな状態になってまで、必死に神山に辿り着こうとしたこの人の行動を、無駄にしてはならない。

「陛下、今すぐ廃位を撤回させましょう。竜王は……竜王の体調は芳しくなく、イマーシュ家当主のアガタしか上位神官は残っていない有様ですが」

皇帝の瞳がうっすらと開かれる。その目は、今度は彷徨っていなかった。自分に向けられてくる穏やかな瞳を、セナは見つめた。

「……もういい。もう、十分だ」

皇帝の瞳に、柔らかな光が滲む。

「……神山が、お前たちを受け入れる場所となったのなら、俺はもう、いい」

セナは、目の前の、夫だった男を、食い入るように見つめた。

そこにいたのは、皇帝ではない、一人の男だった。

「……セナ」

皇帝の声が、小さく掠れる。セナは思わず身を乗り出し、皇帝の口元に耳を寄せた。

「……すまん。こんなことを、言えた義理ではないのはわかっているが」

空気が微笑むように、その言葉は柔らかくセナの耳に届いた。

お前を、愛している。

魂《たま》を孕んだ言の葉が、耳を通って、己の胸に落ちてくる。

言葉が微笑む唇から離れた瞬間、皇帝の意識は再び落ちた。

セナは、身動きしなくなった皇帝の顔を瞬きもせずに見つめた。

その顔が、セナの中で淡く溶ける前に、ジグルトと医師らが皇帝の身体にしがみついた。

「陛下！」

「心の臓に刺激を……」

「いや、無理だ。もう、余計なことはしない方が良い」

「しかしまだ！　死んではいないんだろう！」

医師らが皇帝の身体を確かめ、ジグルトが堪えきれず泣き崩れる。

セナは彼らを見つめながらも、その姿は頭に入っていなかった。

己の中に漠然と存在しながらも定まっていなかったものが、次第に輪郭をあらわにしていくのを感じた。

いや、見ないふりをしてきたと言ってもいい。

まだ、世界はそこまで最悪ではない。

まだ、道が残されているかもしれない。

しかし今、人類が最後に頼りにする人間が息絶えようとしている。

もはや、これ以外に道はなかった。

「サガン、マルコ、俺とともに竜王の頂に来い！」

セナが放った言葉に、サガンもマルコも仰天して振り返った。

「い……頂に!? 我々が!?」

「いいから来い！ ガングル、陛下は外にいる学都の連中に診てもらってくれ！ ジグルトが戻るまで、どんな方法を使ってでも延命させろ！ いいな！」

あっけに取られるガングルを無視して、セナは皇帝の寝台の前で跪くジグルトの腕を摑み、その身体を引き上げた。

「お前も来るんだ、ジグルト！」

「セナ様！」

セナはジグルトを引きずるようにして外へ出た。マルコとサガンが慌ててついてくる。

「ハンナ！ ツォーリ！ 陛下を頼む！」

鬼気迫る様子に、誰もが異議を唱えようにも唱えられなかった。ただジグルトだけが、摑まれた腕を振り払った。

「セナ様！ 私は陛下のお傍を離れるわけにはいきません！」

ジグルトはぼたぼたと涙をこぼしながら訴えた。

「セナ様、お願いですから、あの方の傍にいてあげてください。あ、あの方がここまで来られたのは、ひとえにあなたのためです。最期にあなたに会うために、あんな身体で、必死に辿り着かれたのです。今ようやく、皇帝という鎧を脱ぎ捨ててあなたと向かい合うことができたあの方の、最期の願いを叶えてやってください。お願いします……！」

セナはジグルトを見据えながら言った。

「わかっている。だから、助けるのだ。何としても」

セナはジグルトに近づき、その胸元を摑み上げた。

「いいか、ジグルト。俺がこれから行おうとしていることを、必ず遂行しろ。お前にしか頼めない。誰に妨害されても必ずやり遂げるんだ。いいな！」

　茫然とするジグルトの腕を再び掴み、セナは大股で頂へと向かった。

　二階へ続く階段を上がりながら、セナは大声を張り上げた。

「アークヴィッド！　ハーダネットへ頂に向かうように伝えろ！　至急だ！」

　レスキア兵がその言葉に反応して動くのを確認したセナは、頂へと休むことなく登った。

　三階の上位神官家の居住地区を抜けると、下位層出身のマルコだけでなくサガンの足もためらいがちになった。ここから先は、サガンにとっても未知の世界なのだろう。上位の、金の神官しか入れなかった世界。竜王に繋がる者しか、立ち入れなかった空間。

「案ずるな、サガン、マルコ。もう、境界など神山に存在しない」

　頂の扉を開くとカムラが扉を守る場所で座っていた。

「セナ様、彼らは」

「医師と、レスキア外交官代行だ。ハーダネットが来たら説明する」

　セナは、セイジュがルツとともに駆け寄ってくるのを見た。ルツは散々泣いた顔をしていたが、セイジュにぴたりと寄り添っていた。セナはその姿を見て、わずかに心が落ち着くのを感じた。

「ジグルト、マルコ、皇帝陛下はどうなされた」

　セイジュの問いにジグルトが答えようとするのをセナは止めさせ、ルツに訊ねた。

「ルツ、フオルは？　アスランの傍に？」

「はい。アガタ様がご一緒です。竜王はお弱りになられているので、もう誰が傍にいても影響はないだろうと。フオル様に会えて、アスラン様は大変お喜びでした」

「そうか。すまないがルツ、アガタを呼んできてもらえないか。代わりにお前が、アスランとフオルに付き添ってあげてくれ」

　はい、とルツは頷くと、そのまま竜王の眠る部屋へと向かった。

　アガタがこちら側に入ってくるのと、ハーダネットが頂にやってきたのはほぼ同時だった。

「セナ様、いかがなさいましたか。この面々を、頂に集めたわけは？」

ハーダネットの言葉は、頂に集まった全員の疑問だった。

セナは、訝しがる彼らを前に、宣言するように告げた。

「俺の身体から惹香嚢を取り出せ。それを竜王に、喰わせるのだ」

＊　・＊・　＊

惹香嚢を取り出し、竜王に喰わせろ。

そう命じた時の全員の顔は、まるで狂人を見ているかのようだった。

「しょ、正気ですか……！」

セイジュの声が震えていた。それでセナは、己の声がいささかも動揺していないことに気がついた。

「正気だ。サガンとマルコは、俺の身体から惹香嚢を取り出せ。セイジュ、カムラ、お前たちは竜王にそれを喰わせるのだ。惹香嚢は万能の臓器。鱗病は完治させなかったが、汚毒に犯され弱った竜王の身体を回復させるかもしれない」

「そんなことを、あなた様にさせるわけにはいきません！」

アガタの絶叫のような声が、室内に響き渡った。

「竜王の婚配者である母君に、身を捧げさせるようなことは！」

「ならば誰ならよい。神山に今存命する惹香嚢体は俺とルツ、そして息子だけだ。ルツなら良いか？」

アガタが絶句する。セナは首を振った。

「誰一人として捧げてよい命などない。喰われていった惹香嚢体と違い、俺は己の意志で、この道を選んだのだ。捧げるという気持ちではない」

マルコの悲壮な声が、セナに飛んだ。

「しかしセナ様！　それで竜王をお助けできると思い

ますか！　獣人は惹香嚢で回復する、同じく異能種である竜人族も然り、だが人間には何の力も働きません！　竜王に惹香嚢が効くかどうかわからないのに、お命を賭けるおつもりか！」

そこが懸念だった。

「無駄にお命を、捨てることになるかもしれないのですよ……！」

そう、考えていた。

意味のない結果になるかもしれないと。

「……無駄にはならない。確実に、一人だけは助けられる」

心に溶けていった皇帝の言葉を抱きしめたセナは、場の人間を見据えながら告げた。

「惹香嚢を、竜王に半分。そして陛下に半分与えるのだ」

「セナ様！」

場のほぼ全員が悲鳴のような声を上げた。だがセナは構わず続けた。

「雨で覆われようとしている世界、これから先の世界を立て直せるのは皇帝陛下以外におられない。この婚配者騒動でばらばらになった世界を一つにするには、陛下の婚配者の父としての威光がどうしても必要だ。世界に、神山に、改革をもたらすには陛下の存在が必須なのだ。虐げられてきた獣人族の皇帝が！」

セナはそこで茫然としているジグルトに目を向けた。

「陛下にはジグルト、お前が惹香嚢を運び、喰わせるんだ。周囲に知られたら後々厄介なことになるかもしれん。お前が一人で遂行しろ。お前なら……」

必ず、やり遂げるだろう。

皇帝の命を救うために。

ジグルトは返事をしなかった。ただ、見開かれた目が、震えていた。

「セナ様、この雨が降り止まぬのは、竜王が弱っているゆえだとお考えですか」

サガンが問いかけるように、言葉をかけてくる。

「竜王が助かれば、この雨は止むと思われての決断ですか。竜王が死に至れば世界は滅ぶと。それは雨が降り止まず、やがて世界は水で覆われ、地に生きる人は、家畜は、滅ぶということですか。竜王は、神は、世界を救う存在であるという考えからですか」

「そこに、答えはない」

セナは正直に返した。

「サガン。お前の言う通り、竜王が世界に存在する意義は、ただの神としての概念だけかもしれない。何も救わぬ神かもしれない。惹香嚢を口にしたからといって、回復もせず、回復しても雨は止まないかもしれない。この雨は竜王に何ら関係ないかもしれない。明日には止む雨かもしれない。だが答えは、己の思考には存在しない。無駄に終わる行為かもしれないが、行動しなければ出ない答えだ」

セナは、この場にいる全員を睨み据えるようにして告げた。

「ただ指をくわえて滅びの時を待つか。先の見えぬ未来をただ信じて待つか。この神が人にとって必要な神だと俺は選択した。可能性が一つでもあるならばそれに賭ける。神は、滅ぼさない。人間も、滅びない。何としても生き残る。これが、人間の意志だ！」

言葉を失う面々の中で、サガンの身体がぶるりと震えるのがセナの目に入った。

「わかりました。やりましょう、セナ様」

サガンの諾にマルコが声を上げるよりも先に、サガンは鋭い目をマルコに向けた。

「マルコよ、学都のお前の師匠や兄弟子を呼ぶのだ。私とお前二人だけで執刀できん。医師を集めよ」

「サガン、待て！」

「できぬのなら去れ！　お前の御託はいらぬ！　やるか、去るかしかないのだ！」

サガンの一喝に、マルコはふらふらと視線を泳がせた。

サガンはそんなマルコに構わず、セイジュに告げた。

「セイジュ、ツォーリを呼べ。この暗さでは執刀できん。お前とツォーリで施術する部屋を照らすのだ」

セイジュはきつく目を閉じたが、振り払うようにして身を翻した。

ハーダネットは前方を見据えたまま長く動かなかったが、ジグルトとカムラに顔を向けた。

「頂には何があっても誰一人通れぬようにします。レスキア兵士の注意を外へ引きつけます。外交官代行殿、あなたは滞りなく陛下に惹香嚢が届けられるよう、時期を見て人払いを。カムラ様は、アスラン様とルツには、絶対にこれを知られないように手配してください」

　ジグルトは蒼白の顔だったが、力強く頷いた。カムラは混乱しているように視線を泳がせていたが、何度も頷いて諾を示した。

　動き始めた場を一瞥したセナは、静かに竜王が眠る部屋へと向かった。

　己の口から、頼まねばならない。

　心から信頼する、侍従に。

　誰よりも力強い存在の、伴《とも》に。

　最愛の我が子を頼むと、伝えねばならない。

*　・*・　*

「嫌でございます！」

　アスランから離し、別室に連れてきて説明すると、開口一番にフォルは叫んだ。

「セナ様、私は言いましたよね!?　何が何でもアスラン様を守る、それだけを目標にするんだって！　生きるんだと！　あなたがお命を捨てられたら何の意味もありません。アスラン様を、お一人にするつもりですか！」

　予想していた反応だった。セナはフォルを見つめながら、静かに諭すように話した。

「フォル、私がいなくなってもお前がアスランを」

「無理です！　私は無理です、私は母親ではありません。セナ様しかいないんです、アスラン様には！　これから先だって何が起こるかわからない。神山に、たった一人にしていいんですか！」

　セナは俯いて唇を噛みしめた。

　フォルが、意志を翻させたくて必死にこう言っているのはわかっている。覚悟していた言葉だったが、身を切られる思いだった。

「……なぜ……あなたでなければならないのですか？」

フォルの言葉に顔を上げると、フォルは目を見開き、身体をぶるぶると震わせていた。

「竜王を助けるのに惹香嚢が必要ならば、なぜ、それを与えるのがあなたの身体でなければならないのですか」

「……フォル」

「最低な……！　畜生同然のことを言っているのはわかっています！　惹香嚢を喰らった竜人族の非道さを私も嗤えない！　奴らと同じ卑劣さです！　私は、竜王の死も世界の死もどうでもいい。あなたにいなくなって欲しくない。お願いです。生きてください、セナ様！」

叫びながらフォルはぼろぼろと涙を流した。

セナも、いつしか涙を滴らせながら、ともに長く戦ってきた伴と向き合っていた。

なりふり構わず訴えてくるフォルの顔がぼやける。

しかしセナには、フォルが一体どんな顔をしているのか、見えなくともわかった。

信頼とはほど遠い状態から始まった関係。だが今は、何を語らずともお互いが何を考え、思っているかわかり合える間柄になっている。

主従などとうに越えている。かといって親友でもない。兄弟でもない。この心の繋がりを、どう表して良いかわからなかった。

「……最初はそう思っていたよ。アスランを無事に育て上げる。そう約束したもんな。あの頃、俺たちは二人しかいなかった。あの子を挟んで、二人しかいなかった……」

懐かしい、青と白の離宮での日々。あんなに狭い世界しか知らなかったのに。あれからまだ一年も経っていない。

「婚配者に選ばれ、否応なく世界を知ることになった……それでも、まだ俺は、自分の、アスランのことしか考えていなかった。母国が苦しんでも何もできず、レスキア軍が助けに来ても信じられず……あの子を守るんだと、必死になって、それだけを考えて……」

瞳を閉じれば、アスランを探し回ったあの南方の光景が浮かんでくる。

　そしてその光景には、まだ鮮明に白銀狼の姿がある。

「自分のことだけを考えるには、俺は、この世界を知りすぎた……」

　どれほど虐げられてきた人間がいたことか。

　どれほど理不尽な死を迎えた者がいたことか。

　泣きわめいても、運命は非情だった。誰も彼もあんな死を迎えなくてよかった。

　世界に、答えはない。世界に、救いはない。

　それは知った。嫌というほどに。だが――。

「それでもやはり許せんのだ……！　ゼーダの言葉が頭から離れない。人は滅ぶとあいつは言った。これ以上、あいつに殺されてたまるものか。生き残る。絶対に！　世界に答えなど求めん。俺の行動で答えを出す！」

　涙でにじんでいた世界が、明瞭になる。

　目の前のフォルの姿が、輪郭をあらわにする。

　フォルはもう、震えてはいなかった。

涙で目は潤んでいたが、ひたと視線をとらえていた。

　フォルは天を仰ぎ、ふうーっと大きく息を吐いた。

「……覚えていらっしゃいますか、セナ様。イザクがレスキアにやってきて、アスラン様が婚配者に選ばれたと告げられた時のことを」

　覚えている。

　二人で改めて、アスランを守るためなら何だってしようと決めたのだ。

「あなたはあの時、竜王が惹香嚢をよこせと言ってきたら、この身を喰わせてやるとおっしゃった。私はそれを聞いて、竜の腹に剣を持って入る気かと笑ったんですよ」

　フォルの顔が向けられる。そこには、くしゃくしゃになった笑顔があった。

「あなたは、そのお言葉通り、竜の腹に入るのですなぁ。世界の不条理を断ち切る剣を持って」

　フォルは服の袖で顔をごしごしと拭くと、いつものように力強い瞳を向けた。

「セナ様、私は死にませんよ。アスラン様が大人になり、竜王を尻に敷くまでは、何があろうと生き残ってみせます。地に顔を押しつけて石を噛むことになろうと、何が何でも生き延びます。ええ、アスラン様が名実ともに婚配者となられるお姿を見るまで、絶対に死にませんとも！」

セナは、我慢ができなくなって嗚咽を漏らした。

アスランを頼むと、きちんとした言葉でまだ伝えていないというのに、もう何も言葉にできなかった。

「セナ様……！」

フオルが胸に飛び込んでくる。

小さな身体。自分とアスランのために、この身体はどれほど戦ってくれたことか。

なのにまだ、戦ってくれと頼む。息子を頼む、お前以外に頼めない、どうかあの子を守ってくれと酷な頼みをする。

「許せ……フオル、許してくれ、すまない……」

フオルを抱きしめながら、セナはそれしか口から出てこなかった。

フオルも、ただ泣きじゃくるだけだった。

もはや何も言葉にできず、いつまでも互いに支え合うように抱きしめ合うしかなかった。

◆・◆・◆

セイジュはマルコが集めてきた学都の医師集団を見渡した。

マルコの師匠であるラビレオ門下の医師、総勢七人もいる。多すぎないかという視線をセイジュはマルコに送った。これは極秘裏に行われることであり、今後秘密を漏らされては神と皇帝の立場がなくなる。

「いや……これでも少ないと思う。あと五人は助手が欲しかった。しかし確実に腕が良く、秘密を守ってくれる医師となると、この人たちしかいなかった。もう師匠には全て説明し、師匠もこの六人ならと太鼓判を押した」

マルコの言葉にサガンは頷いた。

「そう。足りんぐらいだよ。取り出した惹香嚢を竜王と皇帝に食べさせる必要がある。食道を開くには医師がいる。よし、マルコ。これからの計画を医師らに話してこい」

　マルコは師匠と兄弟子らに近づいていった。サガンが後方に立つツォーリとハンナを振り返る。

「ツォーリは当然働いてもらうとして、ハンナ、お前はアスラン様といたらどうだい」

　ハンナは首を振った。

「いいえ、サガン様。私は正直セナ様の決断には反対なのです。皆様だってそうでしょう。ですがやるしかないならば最後まで関わらせていただきます。どんなお手伝いもいたします」

　サガンは微笑んだ。

「強い娘だ。セイジュ、お前は血の臭いだけで倒れそうな顔をしているが、しっかり立っていろよ。仮にも銀の神官だろう」

　同じく惹香嚢を運ぶ役割を果たすジグルトは部屋の外で待機するが、自分はここから去るわけにはいくまいとセイジュは思った。

「俺はその場にいる自信ないよう」

　蝋燭を並べているツォーリがぼそりと呟いた。

　ツォーリの仕事は、施術中の灯りを絶やさないことだった。今世界は昼も夜もなく、常に暗闇に包まれている。

　神山は白い岩石である。太陽が出ている時には、白い岩肌は時に陽光を跳ね返し、時にまろやかに包む。

　しかし今は全てが黒く染められていた。それはそのまま、世界を見ているようでセイジュはやりきれなかった。

　施術に集中する医師らの意識を保つためには、煌々と手元を照らす必要がある。

　生き残った中位神官らが神山中から集めてきた蝋燭の火を絶やさず、必要と思われる場所に準備するのがツォーリの役割だった。

「さあて。そろそろ説明が終わったようだね」

　サガンは医師集団に近づいていった。皆、困惑を隠せないようだった。明らかにマルコの説明だけでは足りないという顔をしているが、サガンは自己紹介もせずに開口一番に訊いた。

「この中で惹香嚢体の腑分けをした者はいるか」

以前セイジュはマルコから、解剖実習の話を聞いたことがある。研究職まで上がった者にしか解剖は許されないと聞いていた。遺体は、死刑になった罪人だという。

サガンの問いにラビレオと他二人が手を上げた。それを見て、サガンはにやりと笑った。

「ほお、やはりいたか。惹香嚢体を調べることは禁忌のはず。秘密裏に行った者が必ずいると思っていたぞ。お前は鱗病についても知っていたからな」

ラビレオは、サガンの言葉にも動じずに答えた。

「惹香嚢体の罪人は珍しかった。儂とこの二人しか、神山でも惹香嚢体の解剖はしたことがない。男女の惹香嚢体の解剖を経験したのは儂だけだ」

セイジュはラビレオの告白に仰天した。サガンは愉快そうに声を上げて笑った。

「大書記官はとんだ反骨精神の持ち主だったわけだ。否定派以上のことをしている。しかしこれで安堵した。では、惹香嚢の位置がどこにあるか、執刀は任せられるということだな」

執刀。それを聞いて医師らが怪訝そうな顔をする。その顔に、サガンは言い放った。

「お前ら医師がやることは、セナ様の身体から惹香嚢を取り出すことではない。臓器提供者を、生かすことだ」

生かす。

臓器を、取り出した身体を。

医師らの間から、無理だ、という言葉が溢れる。それをサガンは睨み据えた。

「無理だと？　ではお前らは殺すためにセナ様の身体を切ろうと思っていたのか？　惹香嚢を取り出して、それで終わりだと？」

「しかしサガン、助けるなど、そんな医術を我々は持っていない！」

マルコの叫びにも、サガンは怯まなかった。

「セナ様がおっしゃったではないか。行動にしか、答えはないと。最初から絶対に無理だと諦めてどうする。ありとあらゆる方法を模索し、何が何でもセナ様を救え！」

　サガンは医師らの前に、三本の指を立てて見せた。

「取り出した惹香嚢を、三つに分けよ。一つは竜王に。もう一つは皇帝に。そして最後の一つは、セナ様に喰わせるのだ」

　サガンの言葉に、ラビレオが仰天したように叫んだ。

「まさか、そんな！　惹香嚢がいくら万能の臓器と言っても、己の身体から出たものが己を回復させるとは」

「惹香嚢体は出産後身体を回復させるために己の胎盤を喰っている！　それで生命力が通常の倍は延びた惹香嚢体も存在する。最初から諦めの言葉など口にするな！」

　サガンは、医師らを見据えて喝を入れるように告げた。

「良いか。死なせるために刃を人体に入れたらそれは医師ではない。人殺しだ。医師ならば助けることだけを考えるのだ。これから施術の段取りを説明する。諦めるな。絶対に助けるのだ！」

◆・◆・◆

　身体を動かすのが何より好きで、大人しくさせておくのが難儀な子どもだった。

　だが今のアスランは、眠り続ける竜王を腕や膝に乗せて、ただじっとしている。

「アスランがだいていなきゃ、りゅうおうよわっちゃうのよ」

　それでも三歳の子が、誰かのために尽くすことなどできるのか。

　自分が抱いていなかったら、竜王は死に至る。

　それがわかっているかのように、アスランは竜王を抱き、たまに溢れる涙を竜王の口元に押しつける。

　反応しない竜王を、いつまでもいつまでも抱き続ける。まるで番の本能であるかのように。

「アスラン……竜王を放したくない気持ちはわかるけれど、ちょっとアガタに任せて。はは様、アスランをちゃんと抱っこしたいんだ」

アスランはぼんやりとした表情をしていた。昼も夜もわからない空間で、ただ竜王を抱き続け、眠くなったら寝るという日々を過ごしてきたからだろう。

それでもアガタに竜王を預けると、アスランは両手を広げてきた。その身体を抱きしめ、セナは柔らかな頬に口づけた。

「アスラン」

ふわふわとした柔らかな金髪に顔を埋める。

何よりも大事な、愛おしい子。

この子にとって、竜王はどういう存在なのだろう。

いつか大きくなって、恋という感情が芽生えることがあるのだろうか。

神を愛おしく思い、心乱され、切に求めることがあるのだろうか。

そうであって欲しいと願う。

生まれた時から定められた相手であっても、恋をして、愛へと育んでいってほしい。

人を愛することは、苦しく、つらいものであるけれど。

それでも、人を求め、多くのものを得ることができた。愛してよかった。出会えてよかった。それを、感じて欲しい。

「ははさま」

胸に顔を押しつけて、抱っこされる体勢を取っていたら眠くなったのだろうか。アスランの身体が次第に温かくなる。言葉も、眠たそうにふにゃふにゃとした形になった。

「ははさま、大すき」

セナの瞳から、堪えきれなかった大粒の滴がこぼれた。アスランの金髪に、ぽたりと落ちる。

それに気付かせないように、セナはアスランの髪を撫でながら言った。

「……はは様も大好きだよ」

一度流れ出たものは、もう止まらなかった。はたはたと涙が金髪に落ちていく。セナは声の調子を狂わせないようにするだけで精一杯だった。

「はは様も、お前が大好きだよ、アスラン。何よりも、誰よりも大事だ」

伝わるだろうか。

この選択をした自分を、将来恨むことにならないだろうか。

どう捉えられたとしても、仕方ないだろう。

これしかなかった。お前を助けるために。お前の愛する者を助けるために。

どうか……どうか幸せでありますように。

セナは、次第に眠りに落ちて重くなってゆく我が子を、強く抱きしめながら祈り続けた。

◆・◆・◆

まだ身体が動く中位神官らが総出で作った白い天幕の外で、施術着に着替えた医師らが並んでいた。セイジュは医師らの最後の打ち合わせに参加しながら、身体が揺らぐほど心の臓が昂っているのを感じた。

彼らが学都から持ち出してきた施術の器具は、十分すぎるものだった。麻酔薬をはじめ、薬品も全て揃っている。学都にはもう戻れないと覚悟して出てきたからだろう。自分の身の回りの品よりも彼らは学術書や器具や薬を大量に運んできた。

ハンナも大きなお腹に施術着を羽織り、緊張した面持ちで立っていた。ハンナは彼らの動きを補佐する役割についている。

「最初に説明したとおり、セナ様を仮死状態にさせる。麻酔は様子を見て調整してくれ。話した通り、わたしの『絶《スグ》の手』はどこまで保《も》つかわからない」

サガンが医師らに説明した、臓器を取り出した身体を死なせない方法。

万能の臓器である惹香嚢を、喰わせること。

惹香嚢体の体内から取り出した臓器を、口内に入れ嚥下させることで、回復するのかどうかはわからない。しかし、奇跡を起こすとしたら、それ以外方法がなかった。

　もう一つは、惹香嚢を取り出すまで、セナ妃の身体を仮死状態にさせる方法である。

　麻酔を担当するマルコの先輩である医師は、仮死状態での施術はまさに理想だと興奮しながら語った。

「サガンの能力が肉体そのものの時間を一時的に停止させられるのであれば、どんな風になるのか見当もつかないが、助かる可能性は高いぞ」

　セイジュには仮死状態なるものがわからない。マルコに聞くと「冬眠中の動物と言ったらわかるかな」という返事だったが、やっぱりわからなかった。

　麻酔医の言葉に、ラビレオも頷いた。

「触れた人間の命……時間を一時的に止める能力、か。サガンが医術に興味を持ったのは非常にわかるな。タルトキア家の人間は、これが医術に応用できるなど想像もしなかっただろうが……」

　サガンがタルトキア家の末裔であり、竜人族の能力を備えていると話した時、アガタもカムラも最初は信じられないようだった。アガタは激しく震え、堪えきれぬように涙した。

「……神山の外で、そのように生きてこられた方がおられたとは。このような事態に何もできず、役立たずのまま何の力にもなれぬ我が身が情けない」

　滅多に感情を表に出さないアガタだったが、サガンの存在を知って激しく泣き崩れた。

　ずっと、無力な己を責めていたのだろう。竜人族の力を失ってからは何も成せないことに、怒りと悔しさをずっと抱えていたに違いない。セナ妃が惹香嚢を取り出させると決めた時には、なぜ己が代わりになれないのかと思っただろう。

「人の力は、発揮できる場所が違っていて当然。お前さんは今までたった一人で竜王をお守りしていた。もういいんだ、十分だということだよ。逆に私は、ここにきて、百五十年という生が与えられた意味を、ようやく知ることができた」

　サガンは慟哭するアガタの肩を撫でながら言った。

　百五十年。

　なぜ死なないのか、なぜ生き続けなければならないのか。その理由を求め、ひたすら放浪の旅を続けてきたサガンの顔は、晴れ晴れとしていた。

「私は限界を超えるまで『絶の手』を使う。これで私の命が尽きてもそれでよし。この身体は、そのためにあの淘汰で死ななかったのだ。セナ様を何としても生かしてくれ。あの方はこれからの世界に必要な御方だ」

結果がどうなるかわからない。医師らの顔には不安が滲んでいた。だがサガンの表情は穏やかだった。

セイジュは、この施術でサガンは命を捨てるつもりだろうと思っている。おそらくマルコも、ハンナもわかっているだろう。だからこそハンナは手伝うと申し出たのだろう。

サガンは、『絶の手』でセナ妃の時を止める、人体を仮死状態にできるのは四半刻（約十五分）かそこらがせいぜいだと言っていた。それ以上はサガンの体力が保《も》たない、と。

しかしたった四半刻で臓器が取り出せるわけがない。最低でも一刻、とマルコは言っていた。解剖の経験者がいたとしても、取り出すだけで一刻はかかると。

その一刻を何としても耐えるつもりだろう。一刻仮死状態にさせ、出血や損傷を最低限に抑えたとしても人体に影響は出る。それを惹香嚢で回復させる。それが可能になるまで、サガンは己の命を賭けて行うだろう。

扉が叩かれる音に、セイジュは意識を戻した。そこには、担架を担いだ医師二人とハーダネット、カムラが立っていた。

「麻酔は既に効いております」

白い布に覆われたセナ妃の顔は、一目で深い眠りの底に落ちているのがわかった。

セイジュはその顔を見つめ、ここに至るまでのさまざまなことを思い起こした。

あの焦燥。あの嘆き。あの苦しみ。

やはりこの方を、ここで死なせるわけにはいかない。

セナ妃の身体が担架から施術台に移されると、サガンはセナ妃の頭側に回った。深く息をついたあと、サガンはセナ妃の頭髪に指を滑らせた。

「良いか。これから先、私がどんな状態になろうと私に触れてはならない。触れた者は仮死状態に陥ってしまう。どうなろうと施術を止めてはならんぞ」

その場にいる全員が、サガンが竜人族の力を発揮する瞬間に集中した。

◆・◆・◆

意識が流されていくのをセナは感じていた。

このまま意識を散漫にさせてしまっても良いと思わせるほど、その流れは心地よかった。一度手放した意識は、もう自分に戻ってくることはあるまい。しかし、それに対して恐怖も焦燥もなかった。

そのうちに、流れに道筋ができているのがわかった。いくつもの小さな光が筋を描いては消え、また現れる。周りは暗闇であったが、光り輝く筋で流されているのを感じる。

やがて光の筋は、一つ一つ重なっていった。光の道筋が太く、長くなる。

黄金の光の筋は、うねりを伴った動きをするようになった。凄まじい速さで道筋は、時にうねうねと道を上下させながら走っていく。

いや、これは道筋ではない。

まるで蛇のような動きだと思った瞬間、光の道筋の中に、青と緑の光が浮いた。玉石を散りばめられたかのように、金色の中に緑と青が交互に重なる。

これはまるで鱗だと思った瞬間、道筋は青と緑の鱗をまとう竜の姿へと変わった。

「竜王、か……！」

流れの中に、青と緑の鱗を光らせた黄金の竜が泳いでいた。

青と緑の瞳が、こちらに向けられる。

セナは、自分がどんな大きさになっているのかわからなかった。

この竜王と同じくらいかもしれないし、その瞳よりも小さいかもしれない。

遠近の感覚が掴めない。しかし、流れが速く、そして竜王が流れに身を滑らせ、自在に泳いでいることだけはわかった。

金色の長いうねりが、次第に長さを伸ばしていく。金色の光は、最初に髪となった。身体を覆うほどの髪から派生するように、腕が、足が、形作られていく。徐々に靄は薄れ、輪郭が鮮明になってくる。

人の姿だと認識した時に、それはこちらを向いた。人の顔だった。

端正な美貌であったが、その線には、両性ではなく、男だとわかる力強さがあった。

真っ青な瞳は、こちらに焦点を向けていた。距離が離れているにもかかわらず、その目に宿る色ははっきりと見て取れるほど、鮮やかだった。眼球の中心が光沢を放つ緑。それを囲む青。そして生まれたての赤ん坊のような白。まだこの世界を、見つめたことがないのではないかと思われるほど、純な白さ。

瞳が、微笑む。確かに自分に向けて微笑んでいるのだと、セナは悟った。

そして、この人物が今世竜王の成長した姿だと、なぜか確信した。あの小さなヤモリのような幼き竜王が、成人し、人化した姿だと、理解した。

異常に長い髪以外、普通の男と変わらない。男らしい肩幅も、力強そうな胸板も。すらりと長く伸びた手足も。服は、ただ布を身体に巻き付けているような様態だったが、人化した竜王の姿は、一般的な男と変わらなかった。

セナは、不思議なことを考えた。

アスラン。

いつかあなたが愛する神は、あなたを抱きしめる両腕がある。

あなたに愛を囁ける口がある。あなたの言葉を、聞いてくれる耳がある。

あなたに愛を語る、瞳がある。

どうか、存分に愛を伝えられますように。

竜王。

その瞳で、その口で、その耳で、その腕で、その身体で、愛していると、あの子に伝えてください。

人は、愚かです。

さまざまな愛を伝える術を持ちながら、それを使えずにいる。

どうか全てを使って、あの子を愛してやってください。あの子の愛を、受けとめてやってください。

この婚姻には、意味があったのだと、あの子が自分を信じられますように。

あなたが、あの子が、世界を、信じられますように。

竜王の身体が、人間から再び竜へ変化する。ぐんと勢いを増し、セナに構わず前へ前へと進んでいく。

次第にその姿は追えなくなっていった。うねる竜王の身体が末端の尻尾を見せてからは、あっという間に姿を捉えきれなくなった。

竜王が消えてからは空間に『道』がなくなった。

暗闇に光の道筋が描かれていたのに、真っ白な空間に変わったのだ。

いきなり黒から光り輝くような白の世界に変わったというのに、目や頭に衝撃はなかった。これは、意識でしか捉えていないからか。

光が滲んでいるような白の世界は、またしても遠近感がなかった。周囲にぼんやりと浮かぶように滲む光の輪が、近づいては消えていくので、身体が動いていると認識できるくらいだった。自分の身体ではなく周囲が、かもしれないが。

やがて、光の輪の中に色が滲み始めた。これは何かと目を凝らすと、次第にそれは、人間を形作っていった。

白い肌。銀色の髪。灰色の目。瞳の中にわずかに浮かぶ、潤んだ水色。

現れた男の顔には、微笑みがあった。穏やかな、柔らかな、微笑みが。

セナはこみ上げるものをためらいなく溢れさせた。

「イザク……！」

◆・◆・◆

一体どれほどの時が過ぎたのか、セイジュにはわからなかった。

終われ、早く、一刻も早く終わってくれと、それしか念じていなかった。

　ラビレオらが学都から持ち出してきた器具は十分と思われていたが、それでも急なことに対応できなくなっていた。

「セイジュ！　足元の鉗子を拾い集めろ！　邪魔で動けん！」

「早く消毒しろ！　そんな熱さじゃ駄目だ！　ツォーリ！　早く湯を沸かせ！」

「ハンナ！　先生の汗を拭け！　こっちの血もだ、早く！」

　処置している部屋は戦場だった。血の臭いが苦手だの、そんなことを言っている暇すらなかった。セイジュもツォーリもハンナも一瞬の休む暇さえ与えられず、医師らが怒鳴りながら告げる指示を即座にこなした。目の端に大量の血が映っても、何も考えられぬほどだった。

　医師らの中で惹香嚢体の解剖の経験があるのは三人のみ、その三人が施術の段取りを考え、医師らがそれを頭にたたき込んだが十分な検討が行われたわけではない。時間が足りなすぎた。

　セナ妃が惹香嚢を取り出せと命じ、施術の準備に取りかかり開始となるまで、たった十刻（約十時間）ほどしか経っていない。

　最初は不安そうだった医師らの顔つきが変わったのは、サガンが行った仮死状態を見てからだった。生きた人体から臓器を取り出して生かすことができるのか。その不安は、施術開始直後消え失せた。何が何でも生かす、という彼らの意志がみなぎるのがセイジュにも伝わってきた。

　消毒するためツォーリが沸かす湯でこれでもかというほどに熱気が高まり、それに伴い医師らは大汗をかき、ハンナはそれを拭き、器具を渡す。彼らが投げ捨てた布や鉗子などをセイジュは拾い集め、洗い、ツォーリに渡す。ツォーリは大量に用意された布を裂き、包帯を作り、器具を消毒し、手元が暗いと言われたら灯を掲げる。血が気持ち悪いなど考えている暇もなかった。

　サガンはセナ妃の頭を両手で押さえる格好を取った

まま、身動き一つしなかった。頭部から向こうにいるサガンの様子は、医師の指示をこなすだけで精一杯のセイジュはもちろんハンナらも知ることはできなかった。

　どれだけ時が経ったのか定かではないが、とうの昔に一刻を過ぎていることだけは確かだった。サガンが話していた限界をとっくに越えている。それでもセナ妃の仮死状態は続いていた。

　仮死状態といっても、サガンが話したように完全に血が止まるわけではない。人体は動いている。刃を入れ、臓器を取り出す作業中、出血はする。だがその量が圧倒的に少ないというだけだった。

　施術中不安になるのか、執刀している医師が麻酔を担当する医師に確認する。

「サガン殿の能力は維持できているのか？」

　セナ妃の呼吸、脈を計算し麻酔の調合をしている医師は答えた。

「維持できている。セナ様の仮死状態が続いているおかげで、安定が保たれている。サガン殿の能力がどういったものか正直把握できていないが、セナ様の意識は死の世界に飛んでいることは間違いないのだろう。よって、そのまま殺してしまうことも可能。本来『絶つ』能力とは、そうしたものなのではないか。時間が経過すれば仮死から死に変わってしまうのだろう」

「放せッ！」

　ラビレオの言葉に、医師らが手をセナ妃から一斉に放した。セナ妃の身体が揺れたのである。

　セナ妃の頭部を押さえていたサガンの身体が揺れたからであった。『絶の手』が切れたのか。セイジュはそう思ったが、頭部に近い場所にいた麻酔担当医師がセナ妃の様子を確認し、続いている、と伝えた。

　他の医師がとっさにサガンの身体を支えようと手を伸ばそうとした。ラビレオの叫びが医師を止める。

「触ってはならぬ！　言われたはずだ、サガン殿に触れてはいかん！　触れたものを仮死状態にさせるのだ、お前まで引きずり込まれるぞ！」

　サガンは、倒れなかった。仮死から完全な死に向かっているのか、サガンの身体はぶるぶると震え、乗っている台の上で膝をつき、鼻から、口から、血が滴り落ちる。それでもセナ妃の頭部を摑む手だけは放さなかった。

「さ……サガン様……！」

　その有様にハンナが震える声を出す。だがラビレオは厳しく言い放った。

「サガン殿の身体を固定せよ！　一刻も早く惹香嚢を取り出すのだ！　それしか方法はない！」

　セイジュはもう一つ台を用意しその上に椅子を乗せ、その椅子でサガンの身体を固定した。身体には触れないように、椅子の肘掛けの場所にサガンの腕が乗るようにし、それを紐で結ぶ。

　それを行っている最中、セイジュは助けてくれ、と祈り続けた。助けてくれ、助かってくれ。一体何を助けて欲しいと思っているのかすらわからなかった。

　サガンか。セナ妃か。竜王か。世界か。

　紐の結び目が歪む。涙を拭うこともできないというのに、それを止められなかった。

　必死の行動の最中に、祈りが生じる。

　奇跡を求める。

　死にかけている神に。滅びようとしている世界に。

　どうか、どうか助かってくれと、祈る。

「惹香嚢を、切り分けろ、マルコ！　早く、早くセナ様に！　用意しろ、やるぞ！」

　取り出した。セイジュがそれを確かめる前に、惹香嚢を嚥下させる準備をするべく、医師二人がセナ妃の頭部にまわった。サガンは、まるでその瞬間を見ていたかのように、ラビレオの声がすると同時に、支えていた椅子ごと台の上から床に倒れた。

「サガン様ァ！」

　ハンナが絶叫しながらサガンの身体に縋り付いた。ツォーリも鉗子を放り出し、サガンの身体の前に膝をつく。役目を忘れた二人を責められなかった。二人はサガンの身体を抱え、呼びかけていたが、やがてツォーリの泣き声が響いた。

「サガン……！」

　死んだ。死んでしまったのか。

　セイジュがそれを問いかける前に、サガンの身体を抱きしめ嗚咽を漏らすハンナの声が響いた。

「サガン様……お疲れ様でした……百五十年……本当に……」

百五十年。

このために生き続けたと言った、前時代の両性体が、タルトキア家最後の能力者が、死んだ。

セイジュは、胸にこみあげてきたものを必死で抑えた。まだだ。まだ、終わっていない。

「セイジュ」

目の前のマルコの瞳は、涙を堪えて、真っ赤だった。

マルコの手元には、三つに切り分けられた惹香嚢があった。血にまみれたそれらのうち一つを、医師が大急ぎで運ぶ。

マルコは二つの瓶に残り二つを入れた。

「行け」

世界が終わるかどうかは、ここから先だ。

ゼーダが予言したように、世界が滅亡するか。

セナ妃が選択した、何としても生き残るという人間の意志が勝つか。

セイジュは血に染まった施術着を脱ぎ捨てると、瓶に入ったそれらを手に、部屋の外に飛び出した。部屋の前で待機していたジグルトが、弾かれたように立ち上がる。

極度の緊張で強ばるジグルトの手にセイジュは一つの瓶を渡した。

「セナ様だ。早く、陛下に」

それを聞き、ジグルトの身体がぶるりと震える。だがすぐに、意識のない皇帝に惹香嚢を喰わせるための医師一人を従えて皇帝の元へ走った。

セイジュは一人で頂へと走った。皇帝と違い、医師に食道を開かせる真似を竜王には用いられない。医師の施術に竜王がどう反応するかわからない。医師の命を奪ってしまうかもしれない。これは自分たちで行おうと、カムラと誓い合っていた。

サガンがあそこまでやったのだ。セナ妃の覚悟に、ああまで応えたのだ。自分もやらなくてどうする。仮にも、銀の紋章を与えられた中位神官が。

神に触れることを許されぬ存在ながら、神に触れる。セイジュは胸元の瓶を両手で抱えながら、頂へと疾走した。

◆・◆・◆

ここはやはり、死に繋がる道なのか。

北方から消え、ナルージャの姫を道で救った時に、ナルージャの巫女テザントが現れた。

『道《タオ》』とは、死後の世界に通じる道なのだろう。

「会えてよかった……イザク」

テザントがナルージャの姫・リーシュを助けるために待っていたように。

イザクも、あの死からずっと、この道で待っていてくれたのだろうか。

イザクは、微笑んでいた。

最後の最後で見た、人間らしい微笑みだった。

あの時は、微笑みを見つめる余裕などなかった。

何の感情もなかった白銀狼が、いつしかこんなに優しく、穏やかで、美しい微笑をするようになっていたなんて。

哀しみでしか覆われなかった心に温かなものが滲む。

出会えて良かったと、お前は言ってくれた。

だが出会わなかったら、あんな死に方をすることはなかっただろう。

人間にしてもらえて良かったと、お前は言った。

だが愛さなかったら、苦しみながら人を殺すことはなかっただろう。

出会わなければよかった。愛さなければよかった。

何度も何度もそう思った。何もかも後悔して、否定し続けた。

けれど。

「……出会えて……よかった……？」

微笑みながら、イザクが頷く。

「愛して……愛されて、よかった？　イザク。この人生でよかった……？　苦しみも哀しみも付随してきたけれど、俺を愛してよかった？　俺に愛されて幸せだったか」

イザクは、変わらぬ微笑みで頷いた。

「……俺も、お前を愛してよかったよ」

セナは自然と言葉が出てくるのに任せた。

憎しみと、恨みと、哀しみで、ずっとずっと心の底に押し込めていた言葉が、浮上してくる。

「お前を愛して、愛されて、幸せだった。出会えたのが、あの時、やって来てくれた護衛官が、お前でよかった」

自由になった言葉とともに、想いを乗せた涙があふれ出す。

イザクの手がゆっくりと上がり、顔に触れるか触れないかで止まる。

わかっていたことだったが、手は、温もりを感じなかった。

テザントがリーシュを抱きしめようとしても無理だったように、この『道』では、互いに触れあうことはできない。

もう人体はない。抱きしめ、抱きしめられ、狂ったように求め合った身体は存在しないのだ。

イザクの口が、わずかに動く。

そうだ、この場所では、声が聞こえなかったのだ。

イザクが口を見ろというように指で唇を指し示す。

その口の動きは、以前見たことがあった。

言葉にするなと禁じたのは自分だった。心が伴ってからそれを口にしろ、と。

〝あなたを、愛しています。〟

最期に、耳にしたのは、決別を告げる愛の言葉だった。

ようやく、受けとめた。お前の心が宿る、愛している、という言葉。

「俺も、愛している、イザク」

解放された心とともに、思いのたけを乗せてセナはイザクに告げた。

自分の顔も、微笑んでいるのがわかる。

微笑みとともに、お前にもう一度向き合うことができるなんて。

イザクが、自分の後方を振り返る。

そこにはいつの間にか、色とりどりの光が浮いていた。

「あれは……?」

イザクの口が動く。ガイル。そう、唇は告げた。

「……ガイル……？」

他にもいる。父も。母も。皆。

イザクは、そう教えた。

イザクより先に死んでいった者たちがいるのだろうか。死後の世界で、会えている。そう教えているのだろうか。

「……ガイルは、お前のように、ちゃんと笑っている……？」

イザクは笑顔で頷いた。そして言った。皆、笑えている。

セナは温かなものがこみ上げてくるままに、涙を流した。

己の人生を摘まれた者。支配された者。

皆、死後の世界では、恨みも哀しみもなく、微笑んでいる。

よかった。そんな世界に、イザクがいて、笑顔でいてくれてよかった。

イザクの人差し指が向けられる。

振り返ると、そこにあったのは闇だった。闇の中、星のようにいくつもの光が煌めいている。

前方は白い世界。後方は黒い世界。

「……あちらに……戻れと？」

イザクが力強く頷く。

暗闇の現世に戻れ、と。

先の見えぬ闇の世界に、戻れ、と。

闇の中に、無数の星がある。人間の、命がある。

煌めく光。流れる光。それら一つ一つを、守る世界に戻れ、と。

「……自分のような者を、もう生み出してくれるなとお前は頼んだからな」

イザクが頷く。

では、またしてもお前と別れなければならないのか。

あの時、心を通り過ぎていったのは、あまりにも冷たい風だった。

だが今は、温かな風が身を包んでいるのがわかる。

哀しみはある。だが、それを凌駕する愛おしさと満ち足りた想いが、決別を促す。

「お前と出会えて、幸せだった、イザク」

さようなら。

愛していた。心の底から。出会えてよかった。愛し、愛されて、幸せだった。

イザクの姿が、微笑みとともに遠くなっていく。ガイルや、両親や、その他大勢の仲間の待つ光へと戻っていく。

その光が白に溶けていくまで、セナは食い入るように見つめ続けた。

◆・◆・◆

頂に辿り着いたセイジュは、竜王の寝所の手前で待っていたカムラとアガタに胸に抱えたものを見せた。

「セナ様です……！」

アスラン殿下はフオルによって別室に移動させられていた。何を行っているか伝えていないルツも同じく、別室にいる。

アガタは手を伸ばし、自分が竜王に喰わせると言ってきたが、盲目のアガタにそれをさせるわけにいかなかった。

「我々が行います。アガタ様は、この部屋の前で待機してください」

部屋に入り、セイジュとカムラは、初めて竜王の姿を目にした。

緑と青の鱗を煌めかせた黄金の身体と聞いていたが、その身体に輝きはなかった。既に事切れたかのように動かない。

だが生きていることは、カムラが竜王の身体を固定し、口をこじ開けた瞬間にわかった。わずかに舌が震え、反応したのである。

セイジュはすぐさまそこに、惹香嚢を流し入れた。口を上向かせ、一気に奥へと押し込み、口を塞ぐ。

竜王の身体がびくりと揺れる。口を押さえ続けるセイジュに、恐怖はなかった。

飲み込め。飲んでくれ。そして、頼むから効いてくれ。

人間の命を。人間の意志を。どうか感じてくれ。

それだけを、祈り続けた。


既に段取りをつけ、瀕死の皇帝の周りから人払いをさせていた。

「陛下は我々が診る！　外に出てくれ！」

ガングルを先にこの場から去らせていたために、残された兵士らはジグルトの姿にすんなりと従った。

人が消えてすぐに医師は、皇帝の上半身の下に枕を積み上げた。何をされても皇帝は反応しなかった。土気色の顔は呼吸さえ止まっているようだったが、付き添いの衛生担当の兵士が何も言っていなかったので、まだ生きているはずだ。

医師が皇帝の口を開き、管が入った三角錐のようなものを口の中にためらわず突っ込んだ。それでも反応しない皇帝に、一瞬もう手遅れかとジグルトは思ったが、医師は皇帝を固定したまま鋭く告げた。

「早く！」

ジグルトは皇帝の口の中に、惹香嚢を流し込んだ。血とともに、万能の臓器が皇帝の口に流れていく。

「陛下……！」

臓器は、喉を通っていけるように処理されている。医師が気道を確保し、食道へと懸命に流し込む。ジグルトはそれでも反応しない皇帝に、しがみついた。

「陛下、陛下！　お願いです、飲み込んでください！」

皇帝は、一切の力を失ったかのように、ただされるがままでわずかも動かなかった。

医師が舌打ちし、必死に押し流そうとする。

ジグルトは人形のようにただ動かされる皇帝の手に縋り付いた。

「陛下！　飲んでください！　あの方の命です。あの方の血です！」

ジグルトは激情の迸るままに叫んだ。

「あなたが狂おしいほどに求められた、あの方です！　わかるでしょう、セナ様です。セナ様を、あなたを生かそうとしたあの方の心を、受けとめてください、陛下！」

◆・◆・◆

星がきらめく黒の世界に、光が現れるのをセナは目にした。

それが、青と、緑の玉石をまとい始めた時、セナは自分が何を見るのか悟った。

「竜王……」

竜の姿の神が、変化する。

現れたのは、先程見た男性だった。

黄金の、まっすぐな髪が長身全てを覆い、地にまで流れるほどに長い。瞳は青。その中心が、濃い緑色だった。

布をただ巻き付けているかのような姿で、竜王は微笑んだ。

「……笑ったりするのだな……」

「そりゃあ笑うくらいする」

竜王が言葉を放ったことに、セナは仰天して身を引いた。

まさか声に反応し、声を放ってくるとは思いも寄らなかった。

そして竜王の声が聞けたことにも驚いていた。

「竜王、わ、私の声が、聞こえるのですか？」

「ああ。我はどんな声でも拾える」

竜王の声が、普通の人間のそれと同じように聞こえる。竜王の声は人間の耳を通して聞こえてこないとサガンは言っていた。だからこそ、その声を拾う役割を果たす『穴の耳』の能力者、ハルダ家が存在すると。

幼い竜王の声は、頭の中に響いてきた。わずかな声でも正気を保てないほどの音だった。

「我が声をお前が支障なく聞き取れるのは、ここが『道』だからだ。道を通してなら、アスラン以外でも我の声を拾える」

心を読んだように竜王が語る。

セナはそのことよりも、竜王の口からごく自然に我が子の名前が出てきたことに驚いていた。

ではこの方は、やはり。

「御身は、今世竜王であらせられるか」

「ああ」

「では……」

救われたのか。

救うことができたのか、神を。

その問いも読んだように、竜王が頷く。

「お前の選択が、人間の意志が勝ったのだ。お前が与えてくれた惹香嚢で、我は浄化され、生かされた。人間が選んだ道は、正しかったぞ」

微笑みを見せる竜王の姿に、セナは震えた。

やはりこの美しい竜王は、あの幼い竜王の成人された姿か。

小さな赤子のような幼いヤモリの姿が、やがてこれほど美しい男となる。

人をまっすぐに見つめてくる、柔和な線を描く瞳。その目に宿る、意志の強さと寛大さ。

セナは心の底から安堵した。自分の息子の、伴侶となる神の姿に。

「竜王、では、世界は救われたのですね。あなたが死ななかったことで、雨は上がり、世界は水に覆われずにすんだのですね」

セナの言葉に、竜王は軽く首を振った。長い金髪が揺れる。

「いや、それは今から救うのだ」

「え？」

「この我は、お前が我に惹香嚢を与えた時から、百五十年経った姿よ。お前からすれば未来の我の姿だな。単純に『道』には未来も過去もないのだが、こう言った方がわかりやすいか」

竜王はそこで、優しく微笑んだ。

「我は、百五十年先の未来から、今のお前の世界を救うためにやって来たのだ。この降り続ける雨を止めるために。これから我は、己の命を注いで、この嵐を止める」

セナは、金色に包まれる神の姿を、茫然と見つめるしかなかった。

竜王がこの世から消えれば万物が狂い、やがて世界は破滅する。

逆に竜王を崇め奉れば、世界は存続する。

「世界で囁かれている伝承は、正しいとも正しくないとも言えるな。我は竜王でこの未来や過去が混在する『道』を自在に動くことができるが、正直世界のどこまでを把握できているか自信がない」

竜王は無数の星が浮かぶ空間をすたすたと歩いた。立ち止まった場所で、足で床を踏むようにドンと鳴らすと、泥のようなものが足を覆った。それはどろどろと、足にまとわりつきながら流れていく。

「これが、お前が我を助けた頃の『道』の様子だ。こんな状態では呼吸もできず、我が死にかけるのも道理であろう」

ため息をつきながら竜王が言う。

「これは、竜人族の身勝手な行動が原因だったのですか」

「おそらくな。竜王は清涼な水の流れを好むのだ。その環境を整えるのが竜人族の務めだった。己の血統を保つために人肉を喰らうなど、神山全体に影響が出ないわけがあるまい。穢れを我は……竜王は何よりも嫌うのでな。アスランにはよく心を強く持てなど無茶を言われたが、不浄は水が汚れてしまうのだから仕方ない」

はあ、と竜王はため息をついた。

「それで、竜王は鱗病で竜人族を滅ぼそうとなさったのですか？」

「鱗病の起源は何だったのか、我にもわからん。ただ、竜王が病で人を滅ぼそうとするなど無理だということは確かだ。そんなことが可能な神ならば、雨などあっさり止ませてみせるだろう」

竜王が踏みしめた足をぐるりと回す。すると泥の流れは渦を描き始めた。やがてそれは、もくもくと煙のようなものに変化した。

だがそれは煙ではなく雲、それも雨雲だとセナが気がついたのは、黒だった真下の世界にいきなり川が、山々が描かれたからである。

「これが、今お前が存在する世界よ。どこまでいっても雨雲が空を覆い尽くし、結果、大雨が世界に降り続けている……」

現実世界から、竜王は雨を止める事などできない。

だがこの『道』からなら、雨雲を払い、流すことができる。

時空を越えたこの空間からなら。

「竜王は川の神というが、それは雨による氾濫などがあったためだ。本来は天候を司る神。無論、現実の世界で雨を降らせたりなどできんよ。『道』を通して大気の状態を動かすのが可能なのだ」

人間にとっては、わずかな雨で飢えをしのぎ、長雨が止むことで命を救われる。

「こうして、道が汚れれば天候に影響が出るのを見てもわかるとおり、『道』でのことが現世では天候の変化に繋がるのだろう。だからこそ竜王は神と崇められた。実際、道を通してなら天候を司ることができるのでな」

セナは世界を足元に見て、改めて竜王の力に言葉を失った。世界を、このように見渡せるだけでも、やはり人智を超えた力である。

「竜王……竜王は、単なる概念ではなかったのですね。人を救う、神であらせられた」

セナはそう言ったが、竜王は首を傾げて見せた。一つ一つの動作の全てが人間臭い。

「どうなのか、我にはわからんなあ。我は現世で人を救えるわけではない。病を治す医師のほうがずっと人の役に立つではないか。我にできることは、『道』を通して世界の汚れを流すことぐらいだ」

竜王は面白そうに笑った。

「それに、我がこの雨を止めるのは、お前にそう言われたからだぞ。世界がどのように救われたのか、我がどんな行動を取れば良いのか、お前が後に我に教えるのだ。選ぶのは人よ。導くのも人よ。どんな時代でもそうであっただろう」

救え、と自分が言った？

「百五十年先の『道』で会うだろう、と。お前が我にそう予言したのだ。三歳の我を助けたのは、この雨を止めてもらうためだった、と」

だから今、自分はそれを止めに来たと竜王は言った。

「あの時お前が惹香嚢を喰わせるという行動を取らなければ、あのまま我は死に、雨雲は取り払われず雨は降り続け、世界はやがて滅亡した。竜王が存在しなければ世界は滅ぶ、人は濁流に流されるという結果になっただろう」

竜王の身体が離れる。

真っ黒な大雲が、そこにはあった。

空を覆い尽くさんばかりの、大雲だった。周りの雲を吸い込んで、凄まじい勢いでどんどん大きくなっていく。

「あれが不浄の源よ。あれの回転を止め蹴散らすには、我の命で止めるしかない」

その言葉に、セナは思わず竜王に手を伸ばした。掴めるとは思っていなかったが、生身の腕の感触が手に伝わってきた。

「命、って、あなたの命を失わせるわけにはいきません」

命を捨てて、雨を止めろ。

本当に未来の自分は、この竜王にそんなことを言ったのか。

竜王は笑いながら言った。

「勘違いするな。お前は我に予言をしたが、行えと強制したわけではないぞ。これは、我の意志だ。人間とともに生き、人間に育てられ、人間とともに喜びも苦難も見てきた我の、百五十年という生の結果だ。誇ってくれ。人は神を育て、そして誤った選択をさせなかったと」

誇る――この選択を、この意志を？

思考が定まらないままセナは竜王を見つめるしかなかった。竜の神が微笑む。

「これは我の死だが、人の死とは違う。我はもう、百五十年以上も生きているのだぞ。そりゃあ、二百。三百と生きた竜王もいるらしいが、我はもう十分だ。跡を継ぐ者は、ちゃんといる」

竜王が指し示した方向へ、セナは顔を向けた。

そこには、緑と金が混じった色の竜の姿があった。緑色の肌に鱗がところどころ金色に輝き、瞳が黒々としている。

「あれが、アスランが産んだ我の娘。次の世の竜王だ」

アスランが、産んだ――。

セナは目の前の美しい竜に、言葉を失った。

あの竜を、我が子が産んだのか。

「お前の目には竜の姿でしか映らんかな。我が消えれば、娘も『道』でも人化することが可能だろうよ。娘は我とアスランが二十歳の時に生まれた。竜王としての能力が完全に目覚めるのは、我が世界から消えてからだ。娘の世は、代替わり後百五十年ほど続くであろうよ」

セナは、アスランが産んだ竜の姿から目を離せなかった。緑色の竜の姿を目に焼き付けながら、竜王に尋ねた。

「竜王、この婚姻は、アスランが婚配者であったことは、あなたにとって、世界にとって、幸福でありましたか」

世界が滅びるための儀式ではないのかと、ハーダネットは言った。

もしも婚配者がアスランでなかったならば、このような事態には陥らなかったのか。

もっと別の、救われた未来があったのか。

「お前はどうだった？」

訊ね返されて、セナは今世竜王に目を向けた。

神は、穏やかな微笑みを浮かべていた。

「アスランは我にとって、最愛のかけがえのない伴侶だった。老いても、どんな姿になっても、明るく、美しく、強く、愛おしい存在だった。人はどうしても先に死ぬ。アスランとの永訣《えいけつ》は、耐え難いほどの苦しみと哀しみだった。それでも我は雄体として生まれ、婚配者を必要とする竜王であって良かったと思う。我はどの竜王よりも恵まれ、愛されてきた。それはすべて、アスランがいてくれたからだ。我にアスランを巡り逢わせてくれたお前に、感謝している」

この婚姻は、幸せそのものだった。

竜王の言葉に、セナはただ、涙を流し続けた。


大雲は、まるで周辺の闇までも飲み込む勢いで膨れ上がっていった。

暗闇に浮かんでいた光までも、吸い込んでいく。

それを見て竜王は顔をわずかにしかめた。

「本来ならば白き光の世界へ向かうはずの命まで吸い込んでしまっている。急がねば」

セナはその時、大きな光の筋がこちらに向かってくるのを見た。

大雲の吸引力は凄まじく、その光までも吸い込もうとしたが、光はそれに負けず、一気に走り去る。

あれは一体何かとセナが目で追うと、竜王が呟いた。

「あれは、『導き手』の魂だ。雲の勢いになど負けんはずだ」

ミチビキテ?

セナが竜王に問いかける前に、光の魂が目の前を走り、それは人の形を映し出した。その人間の姿に、セナは驚きの声を上げた。

「サガン……!?」

サガンは前方しか見えていないというように、セナの声にも反応せず、白い世界へと飛んで行った。老いた身体、老いた顔が徐々に若返っていく。

やがて子どもの姿に戻ったサガンは、満面の笑みを浮かべて光の中に両手をあげて飛び込んだ。そのサガンの身体を、色とりどりの光が包み込む。まるで光が、腕を伸ばしてサガンの身体を抱きしめたようにセナには映った。

サガンは、白き世界へ行った。

では、サガンは死んだのか。

サガンを待ち構えるようにしていた光、あれはアーテルか。

「我が母の世の『導き手』が生きたのは百五十年か。ようやく、死後の世界に行けたのだ。我々の姿など、目に入らなくて当然だろう」

竜王の言葉に、セナは顔を向けた。

先程から何か、重要な言葉を聞いている気がする。

「導き手、とは……?」

「竜王の御代を、前の世代から次の世代へと導く人間のことよ。どの世代にも必ず現れる。今のは、我の母が生まれてから、そして死後我の世に無事継承されるまで存在した『導き手』だ。竜王は、人間よりはるかに長い間生き続ける中で、導き手の存在を指針とする。生まれては死んでいく人の子らの中にあって、時空を簡単に越えられる竜王は、時に人を、自分を見失うことがある。そのための指針だ」

指針――。

サガンが生きたのは惹香嚢を口にしたからで、長寿を持って生まれてきたわけではない。

「その人間だけが死なない。そうした宿命を持つ。どの人間が導き手となるのか、その世代の竜王は知っている。言葉を交わさずとも、会わずとも、母はあの者の存在をずっと感じ、未来への指針としていただろう。無論、我にも存在した。我の御代は幸いにも、指針はすぐ傍に在ってくれたが」

セナは、ある記憶に、身体が震えるのを止められなかった。

そう、それはアスランが言ったのだ。

〝ととさまはずーっとずーっとさきにいる。ミチビキテだから〟

その人間だけが、死なない。そうした宿命を持つ。

サガンが宿命を負わされたのは、惹香嚢を口にしたからだ。

なぜか、一人だけ、死なないという宿命を。

そして今回、サガンが死に、その際で、新たに惹香嚢を口にした者がいる。

「陛下……!?」

指針となる存在。今世竜王のすぐ傍に在った存在。

まさか、まさか……。

自分はあの人に、ここから百五十年という生を与えてしまったのか。

「竜王!　まさか、陛下が!」

いきなり風が起こり、セナは反射的に顔を伏せ身を固くさせた。

竜王は、渦巻く風の中心にあった。凄まじい勢いで風が渦を描き、大きく広がっていく。その風の中で、竜王の長い黄金の髪が踊る。

「刻限だ!　我が娘よ!　御代を譲渡するぞ!　世界から目を逸らすでないぞ。どんな状態に陥っても、人の力を信じよ。それが、竜王だ!」

竜王は、緑色の竜に微笑みながらそう告げた。

緑と黄金の竜は、身動きひとつせずに父親の姿を見つめていた。黒い瞳に、金色の竜の姿が映る。

凄まじい回転の中で、黄金の髪がうねり、人体が竜の姿へと変化する。

そして竜は、風を巻きながら黒い、大雲へと飛んで行った。

「竜王……！」

竜王が起こす風は、大雲の回転と逆方向に吹いていた。凄まじい風と風がぶつかり合い、摩擦で雷を生む。人が澱ませた大気の穢れと、天候を司る神の闘いが、目の前で繰り広げられる。

飲み込もうと襲いかかる大雲を、黄金の竜が跳ね返す。セナは食い入るようにその有様を見つめた。

この闘いを目にして、自分は後に竜王に、百五十年後にこれを行えと告げるのか。命を注いで、人間が作り上げた不浄を祓えと言うのか。

それが、神だと。

竜王は先程、次世代の竜王に、人を信じよと告げた。それが竜王だと。

人は、信じるに足る存在なのか。

生かす価値が、滅ぼさない価値がある存在だったのか。

こんなにも愚かで、身勝手で、己のことしか考えられぬ矮小《わいしょう》な存在であるのに。

『生きる。』

世界に一人でも、たった一人でもそれを望んだとしたら。

生かすべきだというのが、世界の答えだったのか。

竜王が大雲の中心に飛び込んでいく。内側から放たれる凄まじい雷が、雲に亀裂を作る。突如襲いかかってきた風に、セナは身体を奪われた。飛ばされる身体が、何かに包まれる。

突風に跳ね飛ばされるのを止めたのは、黒々とした、長い髪だった。身体に巻き付いているそれと、黒髪の持ち主の姿を、セナは見た。

黒い髪。緑色の瞳。

新世代の竜王は、言葉を失うほどに美しい顔を、竜王が消えた大雲に向けていた。

アスランと同じ緑色の瞳を潤ませ、静かに呟く。

「……父上……」

◆・◆・◆

惹香嚢を口にした竜王の身体は、くすんだ灰色の身体から、次第に黄金の輝きを取り戻していった。

それだけではない。身体全体が光り輝き、その周囲に青や、緑の光が煌めきはじめたのである。

セイジュもカムラも、竜王の身体を寝台に置いたまま、身体を下げるしかなかった。触れたら最後、どうなってしまうのかわからないほどの光である。

成功した。成功したのか。助かったのか。

セイジュは竜王の寝台の天幕から飛び出し、部屋の入り口付近にいるはずのアガタを呼んだ。

「アガタ様！　竜王が、光り輝いております！　教えてください、これは」

アガタは、部屋の入り口付近にはいなかった。セイジュは、部屋の中で茫然と佇み、顔を上に向けているアガタを目にした。

アガタの視線は、以前竜王が破壊したという壁の大穴に向けられていた。修理できなかったため、吹き付けてくる雨で穴の周囲は水浸しになっている。水を布などで吸い込ませているが追いつかず、大きな水たまりになったそこに誰も近づいていなかった。

なぜそんな場所へ、と一瞬思ったセイジュは、一つのことに気がついた。

アガタが、雨に、濡れていない。

「セイジュ……セイジュ、私にはもう、何も見えない。雨が、止んだのか。この、見えぬのに感じる光はなんだ」

アガタが声を震わせる。セイジュは穴から窺える天空を見た。

そこにあったのは、黄金の雲だった。黒い雲を蹴散らすように湧き上がってくる、雲。

渦とともに黄金の雲が黒い雲を飲み込み、吸い上げていく。広がる黄金の雲の中に、渦によって現れる黄金の雲筋が見える。旋回し、渦を巻き、世界から黒を消し去っている光。

その黄金の雲筋はまるで、目にしたことのない、伝説の神の姿を思い起こさせた。

「アスラン様、駄目です、お待ちを！」

出入り口からの声に振り返ると、アスラン殿下がまっすぐにこちらへ向かってくるのが見えた。

ルツやフオルが力尽くで制止するのをためらうほどに、その足取りはしっかりしていた。そしてその表情も。三歳の幼児とは思えぬほどの力強さを秘めた瞳を、大穴から見える天空に向け、歩いてくる。

やがてぴたりと足を止めた幼き婚配者は、緑色の瞳に黄金の光を映し出した。そして、黄金の雲が広がる天空をまっすぐに見つめ、明瞭な韻を放った。

「シェヴァイリオン」

その声を聞いた瞬間、セイジュの身体から、全ての力が抜けた。自然と、床に膝がつく。

アガタも同じだった。天空を見据える幼子に膝をつき、震える身体を床に押しつけ、拝礼する。

世界が黄金の雲に覆われていくのを、神山の頂は、言葉にできぬ畏怖の中で見つめていた。

◆・◆・◆

黒い雲が祓われ、空に黄金の雲が広がっていく。

現実世界では、これを皆が見ているだろうか。

雨が振り払われ、光が現れた世界を。

黄金の雲を見つめていたセナに、またしても風が吹き付けてくる。新竜王が守っているために飛ばされることはないが、先程の比ではなかった。

「刻限です、婆様。戻らねば、間に合わなくなります」

細い、女性らしい柔和な腕だったが、竜王の身体の大きさ、力強さは男の自分以上だった。近づいてわかったが、人体の大きさが通常の倍である。父親である竜王はセナとそう変わらない背格好だったが、娘である竜王は大きく育ったのか、それともここが現実世界ではないからそう見えるのだろうか。

竜王が、緑色の瞳を向けてくる。よく見ると、瞳の中心部分はわずかに黒だった。竜の姿の時には中心部分が緑色で他は黒色だったが、人間の時には逆になっている。自分の孫にあたる神は、美しい顔で、微笑みながら告げた。

「現世へ飛ばします。途中、余計なものを見てはなりません。決して、流れに逆らわないでください。婆様、お元気で」

その言葉が最後だった。セナの身体は、いきなり激しい流れに乗り、飛ばされた。流れに逆らうなと言われても無理なほどに、勢いよく飛んで行く。

しかし途中、ちかちかと映し出される光景が目に入った。

あれは一体なんだと目を凝らしたのが間違いだった。燃える、火。逃げまどう、人。

セナが今まで目にしたことのない光景が、ぽつぽつと浮かんでは消える。

これは、何なのか。未来、なのか。

それとも、故郷ネバルで起こった、過去、なのか。

知りたい、と思った瞬間、流れがぐにゃりと曲がるのがわかった。今までまっすぐに流れてきたというのに、どこに流されているのかわからなくなる。常に前方に向けられていた頭部が、右、左、と流れによって揺らされる。

ああ、これだから余計なものを見てはならないと言われたのだ。人が、知りうる未来も過去も、限りがあるというのに、欲を出したばかりに、流れが歪んでしまった。

しかし流れの勢いは止まらず、セナが自分で何とかしようとしても無理だった。体勢を整えて身体をまっすぐにすれば、流れは元に戻るかもしれないと思ったが、うねうねと曲がる流れの中では頭がどちらに向いているのかもわからない。

何か、何か止まり木のようなものはないか。セナは無意識に手を伸ばした。

突然、何かが自分の手を摑んできた。

魂には、感触はない。ではこの手は、孫娘にあたる竜王か。流れを誤ったことを察し、探しに来てくれたのか。

　そう考えて掴む手に顔を向けたセナの目に入ったのは、白髪の老人の顔だった。

　老齢の男性だった。一体何歳なのかわからぬほど、その顔は老いていた。

　だがその瞳は、あふれ出す存在感は、老人とは思えぬほどの力強さにあふれていた。

　人をまっすぐに、射貫くような瞳。圧倒させる、気。

　こんなものを、出せる人間は限られている。間違いない。これは、皇帝の気だ。

「……陛下……？」

　鋭かった老人の瞳が緩む。その瞳を、目にしたことがあった。神山を脱出した、夏の夜の別れに、あの人が見せた瞳だ。あの、光り輝く瞳。

　全ての想いを飲み込んで、自由を与えてくれたあの人の、微笑み。

　セナは堪らず、思いの丈を叫んだ。

　惹香嚢を口にしてしまわれたことを、それを行った私を、恨んでらっしゃるか。

　百五十年という生を、憎まれたか。

　私はあなたに、人の倍以上の苦悩を、哀しみを、与えてしまったのでしょうか。

　サガンと同じように、あなたはこれから、孤独を歩んでしまわれるのか。

　あなたには、生きて欲しいと思ったのに。

　この世界を独り、見据えていく人生を与えてしまったのか。

　老人の口が、わずかに開く。

　しかしそこから、言葉が出ることはなかった。

　声が、聞こえないのではない。唇は動かなかった。

　ただ、その瞳には、唇には、微笑みだけがあった。

　ああ、またしてもあなたは、何も語らず、何も責めず、私をただ許されるのか。

　ご自分の想いは、全て飲み込んで。

　手を握りしめてくる老人の腕が、大きく振られる。その勢いで、セナは再びまっすぐな流れに放り出された。身体が流れに乗るのがわかる。だがセナは、叫ばずにいられなかった。あの時と同じように、ありった

けの想いをこめて、叫んだ。

「……陛下!!」

　映ったのは、黄金の光だった。『道』で目にした、太陽の光を凝縮させたような、黄金が映し出される。

　目を刺すような光ではない。まろやかに、人を包み込んでくるような温かさがセナを包んだ。

「……雨が止み、世界はまだ黄金の雲に包まれております……」

　耳に届いた肉声は、アガタのものだとすぐに悟った。

「聞こえますか、セナ様。あれから何度かお目覚めになりましたが、覚えてらっしゃいますか。……フォルか……アスラン様を呼んで参りますか」

　黄金が、見える。あれは。

「あれから、昼も夜もなく、ずっと黄金の雲が空を覆っているとか。……盲目の私でも、なぜか瞼の裏に温かさを感じる光です。あなた様は、全てご覧になったでしょう。あれは、神の光でございますな」

　神の光。いや、そうではない。

　あの黄金は、あれは。

「……髪の、色だ……」

　竜王の。アスランの。そして、暁の皇帝の。

　太陽はもう、隠れることはない。

「セナ様、陛下が……」

　アガタの声が遠くなる。

　大丈夫。わかっている。光はもう、失われることはない。

　瞼の裏にも、黄金の光が映し出される。

　それを抱きしめるように、セナは再び眠りについた。

最終章　婚姻

Ⅰ　未来

レスキア国王入山、という知らせを受け取ったジグルトは、神山外区にある政務所から慌てて戻った。

毎度のことだが、伝達が遅すぎる。案の定、神山中央区に入るとガトーが怒鳴り声を向けてきた。

「ジグルト殿、遅いですよ！　もうレスキア国王陛下は王の道を通られております！」

各国と神山の窓口は神山外交部を統括するガトーが担当している。国王を出迎えないつもりかと苛立って待っていたのだろう。

「外区への連絡伝達が遅すぎるんだ」

ついジグルトが言い訳をすると、予想通りの反応で言い返された。

「知りませんよ！　それだって組織改革担当のあなたの仕事じゃないですか！」

「地域行政の仕事をセイジュが俺に丸投げするから……そもそもセナ様がここの改革を早急に進めたがるのが悪いんだ。まずは組織改革の徹底だって、何度も申し上げているのに」

「あー、あー、そんな文句言ったって私はお手伝いできませんからね！　外交だけで精一杯です！　自分があと十人欲しいのは誰だって同じですよ」

ガトーとぎゃあぎゃあ言い合いながらジグルトは王の扉へと向かった。神山の白い岩壁に互いの仕事の文句が反響するが、いつものことなので行き交う役人らは気にもとめない。

「おっせーよ、お前ら」

正装しているが下町育ちを丸出しにしてセイジュが既に王の扉の前に立っていた。

「お前にしては、準備が早かったな」

ジグルトがセイジュの隣に立つと、セイジュは肩をすくめてみせた。

「そりゃあ、あれ以来、レスキア国王陛下が神山に正式に入山するのはこれが初めてだからな」

その通りとガトーが頷く。

「ねえ、それなのに正装もしていないんですよ、この人は」

扉が開かれる。

ジグルトは、四年前にここを突破した瞬間を思い出していた。

雨と、泥にまみれ、馬にしがみつきながらの入場だった。

レスキア皇帝が、天に宣言するように皇帝を名乗った姿が、まだ目に焼き付いている。

まさかあの時は、こんな未来になるとは思いもしなかった。


セナ妃から、神山の改革に携わってくれないかと頼まれた時、ジグルトは耳を疑った。

「私はもう、その……陛下から……政界から、離れるつもりでおりましたが」

「ああ。レスキアからも消えるつもりじゃないかと、陛下だけでなくガトーも言っていたぞ」

まだ寝台から離れられないセナ妃からこう言われた時、ジグルトは赤面した。ガトーも、お見通しだったか。

「だから、レスキアに戻る前に打診したんだ。このまま神山に残ってくれないか。知っての通り、とにかく人手が足りない。セイジュやカムラやハーダネットだけで動けない」

ここから事態の収束までかなり困難を極めるだろうが、それはもう自分には関わりないことと一歩下がって情勢を見ていた。ただの市井の平民として生きるつもりだったのに。

「ガトーには、打診したんだ。お前が残るなら残る、と言ってくれた」

「ガトーが？」

「常識を知らない神山の連中と仕事をするには、お前がいなければごめんだとさ」

ジグルトは混乱した。自分は天涯孤独、レスキアを離れても誰も困らないが、ガトーには親もいたはずだ。

「しかし、神山の政治に関わるということは、レスキアの国籍を捨てるということでしょう？」

レスキアの国籍を持つ役人が神山の政治に関われば、それこそ内政干渉である。

ボロボロになった神山を立て直すという名目があるにせよ、役人を出向させているという言い訳では各国は承知しまい。

「竜王の、神としての威光を、神山は保ち続けるのでしょうから」

「神山が保とうとしなくとも、世界はそう思っているからな」

黄金の雲は、あの日から七日間、空に存在した。

太陽もなく月もなく、昼も夜もなく黄金の雲に七日間覆われていた世界は、竜王の力を存分に見せつけるのに十分だった。

人々は、黒雲を渦によって蹴散らす黄金の光に、浮かび上がる金の筋に、竜の姿を思い描いた。

竜王は、惹香嚢を口にしたあとしばらくの間光り輝き、眠っていたとセイジュは説明した。

だがあれは、竜王に間違いないと誰もが思った。

「あの雷すら、黒い雲と戦う竜の姿そのものに見えました」

無言のセナ妃に、ジグルトは続けて語った。

「古代より人間は、天候の不思議さ、自然への畏怖に神の姿を見て、竜王という存在を神に祀りあげたのではと思っております。竜王は存在しても、概念でしかないと思っていたと、セイジュも言っていた。しかしあの時神は、確かに存在した。あの嵐を止めたのは、竜王でしょう？」

セナ妃は何も語らなかった。

神の畏怖に包まれる世界で、奇跡を目の当たりにした人々が興奮状態でいるにも関わらず、一人静かな表情だった。

竜王が助かったことも、サガンの死も、何も聞かず、何も確かめなかったことから、おそらくは『道』で全てを見てこられたのだろうとアガタは言った。

「合理主義者のお前やセイジュでさえ、竜王の力を信じるのだ。民はもちろんのこと、各国の王らも同様だろうな」

セナ妃が面白そうに言った。

「皆、争いなんて忘れて七日間、空を呆けたように見ておりましたよ」

「ずっと呆けてくれたら良いのだが。神の力を目の当たりにしたとしても、現実の欲を前にすると畏怖などすぐ忘れ、愚かな行動を取るのが人というものだ」

うんざりするほど、それを知った。そう言うとセナ妃は、改めて視線をよこした。

「だからこそ早急な行動が必要なのだ。お前の力を貸して欲しい」

ジグルトは再び混乱した。

「……セナ様、私を、嫌っていないんですか？」

今までのことを考えたら、憎まれていて当然である。セナ妃はそれを聞き、声をあげて笑った。

「何言っているんだ。嫌いに決まっているだろ」

あ、そうですよねという気持ちしかジグルトには浮かばなかった。

「お前だって、俺が嫌いだろ」

ジグルトはほんの少し黙っていたが、正直に答えた。

「いいえ」

本当にそういう気持ちだった。

あの時、陛下に惹香嚢を運ぶ人間に、選んでくれた。お前なら必ず遂行する。陛下のために。その気持ちを向けてくれた時に、全て流された。皇帝への想いも、セナ妃への感情も。

政治から離れるどころか、世界の中心に収まることになるとは。ジグルトは自分に苦笑したが、申し出を受けた。それからはあまりの多忙さとセナ妃の人使いの荒さに、ガトーと一緒に三日に一度は文句を言い合う事になったが、四年、志を同じくする者たちと一緒に走り回っている。


「レスキア国王陛下、ご入山！」

王の扉が開かれ、先陣切って入ってきた連中に、ジグルトらは払うような手つきをした。

「なんだ〜同行してくんなよ」

「ひっでーな、俺らだって入山するのは一年ぶりなんだぞ!?」

北方防衛師団長・ガングルとその家臣・アークヴィッドとクーリオだった。ガトーがため息をつく。

「せっかく国王になられてから初めての入山だというのに、こんな連中引き連れて来なくとも、陛下」

「こんな連中ってなんだ！」

案の定ガングルが憤慨する。レスキア国王はそのやりとりを面白そうに眺めた。

「一年前に正式に国王となった時には、南方防衛師団を引き連れて来たから。今回は連れて行けってガングルが聞かなくて」

「そんなものいちいち聞かなくてもよろしいのに」

ついついこの二十歳のレスキア国王には軽い口調になってしまう。ジグルトは国王の後ろから現れた人物を見て、身を引き締めた。

「お帰りなさいませ、陛下。長い御行幸、ご無事で何よりでした」

「ああ、留守中、何も変わりなかったようだな」

前レスキア国王が穏やかに微笑む。


レスキア国王の地位を皇太子に譲位し、今は太上皇帝という冠を戴きながら、婚配者の父として神山の政治に携わって一年になる。

国王が生前譲位する例はない。代替わりは通常、その死によって行われる。

レスキア皇帝のまま神山の政治に関わることが可能であったならば、譲位の必要はなかったかもしれない。

だが混乱が収まりつつあるなか、レスキア皇帝が神山に関わっている事に対し、各国から不平不満が噴出したのである。

婚配者の父として、組織が崩れ去った神山を立て直すという名目も通らなかった。ジグルトたちでさえ、神山の仕事をするために国籍を捨てる羽目になったのである。皇帝がどんな立場であろうと、皇帝である以上レスキア帝国の政治と見做されても仕方なかった。

前皇帝は、そんな不満を向けられてくるのを予想していたかのように、三年という期日を定め、皇太子にレスキア国王の地位を譲位するべく算段をつけた。

大雨の被害や貴族らの反乱の後始末など、皇帝には収めなければならない事態が山ほどあった。まさか三年では難しかろうとジグルトらは考えていたが、宣言通り三年で皇太子に譲位したのである。

　神山が安定せねば世界も安定しない。

　ジグルトらはそれを痛感していた。竜王の奇跡がまだ人々の心に鮮明なうちに、さまざまな改革を行いたい。それは前皇帝も同じだった。

　太上皇帝という冠はレスキアから持たされたが、それはセナ妃も同じである。妃の称号を外すことを、レスキア側は承知しなかった。どうしても神山でレスキアの存在を残したかったのだろう。前皇帝は、自由になるためには致し方ないと承諾した。今では、上皇と呼ばれている。

「セナ妃は、どうされました。頂ですか？」

　出迎えてくれると思ったのだろう。若き国王の言葉に、上皇は答えた。

「セナなら出かけているだろう。お前が来ようが誰が謁見を申し出ようがこの日は外せんよ」

　ついジグルトは申し訳ありません、と頭を下げた。

　上皇は各国を巡り、実に半年ぶりの帰山である。上皇は首を振った。

「よい。わかっている」

「父上？　今日はセナ妃にとって何の日なのですか」

　誰もが、忘れたことのない日だった。

　白銀狼の命日である。

　上皇は、息子の問いに答えず、穏やかに微笑むだけだった。

　頂に向かう前に出迎えてきた人物を見て、レスキア国王は相好を崩した。

　両手を広げ、小走りで駆け寄る。

「いらっしゃい、にい様！　お帰りなさい、とと様！」

　七歳になったアスラン殿下は、父と兄の後方にいたガングルらを目にして、足をちょいと前に出して挨拶した。

「こんにちは。ようこそ神山へ」

「アスラン〜、会いたかったよ！」

形式上の挨拶など頭から抜け落ちた国王は、弟を抱き上げて頬ずりした。アスラン殿下が顔をしかめる。

「にい様、アスランもう赤ちゃんじゃないよ！」

「そうだよなー、もう七歳だもんなあ。大きくなって！　ますます可愛くなったなあ。この髪、可愛い！」

アスラン殿下の髪は、幼児の頃は一向に下に向かわず四方八方に跳ねていたが、成長するにつれて髪が下へと向いてきた。

今では肩や背中を柔らかな曲線を描いた金髪が流れ、邪魔になる前髪は編み込んでいる。上皇の容貌を受け継いだ華やかな容姿で周囲に花を振りまいているようだった。

だが、やんちゃで落ち着きがないのは昔と全く変わらないので、ジグルトらには怪獣がそのまま大きくなったようにしか見えない。

「ちょっと、あれ可愛がりすぎじゃないですか。国王陛下は幼子を愛でる性癖でもあるのでしょうか」

クーリオの言葉にアークヴィッドが小声で答える。

「いつまでも後宮を持てないから性癖がおかしくなっちまったんじゃないか」

部下二人を咎めるどころかガングルは大きく頷いた。

「やっぱお前らもそう思う？　俺もちょっと卑猥さを感じてた」

相変わらず失礼極まりない北方防衛師団の連中は国王相手に言いたい放題である。

息子二人のやりとりを見つめている上皇にも聞こえているだろうに。ジグルトがガングルらを止めようとした時、下から声がした。

「全く毎度毎度不敬を丸出しにして。叩き出されたいんですか」

いつのまにか神山侍従長が下方から睨み付けていた。

「上皇陛下。なぜこんな無礼な人たちを同行されて戻られたのですか」

侍従長の詰問に上皇は苦笑した。

「すまんな、フオル。ようやくネスタニアとレスキアの正式な国交回復条約を交わしてきたのだ」

四年前の冬の嵐で、レスキアを含め大国は甚大な被害を受けた。

それによって世界情勢も大きく変化したが、レスキアや神山と外交面で大きな変化があったのはネスタニア国である。

雨の被害が最も大きかったのは予想通り南方・バルミラ国だった。辺境周辺国にも被害が出たが、バルミラ本国も大雨の被害が大きく、王族・貴族らの力関係がめちゃくちゃになるほどだった。

自国の用意した婚配者が選ばれると思っていたにもかかわらず、繋がっていた神山上位神官が死に、しかも神山からいつのまにかナルージャへと婚配者が戻っていたとなっては、顔色を失うのも無理はなかった。

いきなり止んだ雨と、婚配者が戻されたことで、バルミラは神の罰が下る、神山に滅ぼされると慌てふためいた。責任のなすりつけあいが始まり王家で内紛がおこり、民をほったらかしにして騒いでいる最中に、水害で流された民らは辺境周辺国へと逃げた。レスキア帝国南方防衛師団長・ナラゼルが率先して手を差し伸べていると聞きつけたからである。

上皇は、ナラゼルの政治には多大な援助を送ったが、バルミラに対しては一切関与せず沈黙した。疲弊したバルミラ王家が上皇の後宮にいたバルミラ王女を通して助けを求めてきたのは一年後である。

上皇が出した条件は、国王の退位。そして国王が奪ったナルージャ元族長の妻にしてナルージャの巫女の母親を一族に戻すこと、それからネバル国の領土返還と王族の帰還だった。

バルミラが要求に怒り、不満を漏らしても上皇は一切無視した。ついにバルミラが要求を全て飲んだのはそれからまた一年後である。

ネバル国で一人だけ生き残っていた王族は、前王太子の王女ただ一人だった。元国王とその息子らは全て死亡、殺されたのか病死したのかは、バルミラは明らかにしなかった。王女が一人残ったのは、単に女だからいずれ役に立つと放っておかれただけだろう。

ネバルで女王が立った例はない。この王女をレスキア皇帝の後宮に入れ、子どもができたらネバル国王とするのかと誰もが思っていた。だが上皇は、わずか十六歳の王女に王の素質ありと認め、ネバル女王とすることを宣言したのである。

セナ妃は、故郷ネバルの復興に一切関与しなかった。神山の人間となった自分が口を出せないと思っていたからだろう。だが、ネバル新女王から親書を受け取った時だけは声もなく大粒の涙をこぼした。

放浪していたネバル民は、ジドや辺境の民に誘導され、新たな母国へ戻っていった。上皇が譲位を宣言したのは、それを見届けてからである。

北のネスタニア国との国交回復だけが、上皇の皇帝在位中に成しえていなかった。

オストラコン国は大雨の最中、国王が死去、内紛を乗り越えて長子である王太子が無事国王となり、レスキアと改めて友好関係を結び、神山との外交も滞ることがなかった。

だがネスタニアは、山の土砂崩れにより南のバルミラに次いで立て直しに時間がかかったにもかかわらず、神山とレスキアにははっきりと反目してきた。

土砂災害により主要街道を含め道が完全に塞がれてしまい、ネスタニア国は孤立状態だった。オストラコン国も早々にレスキアと手を結び、南のバルミラもレスキアに泣きついている状況、どうにも動けないというのに意地を張る結果になったのは、北方防衛師団のせいである。

「なんで俺らのせいなんだよ！」

喚くガングルらにセイジュは呆れたように言った。

「お前らがとっ捕まえたネスタニア国将軍ムードンを釈放し国へ返す条件として、北の婚配者候補を母親のファーエの所に返せと言ったからだ」

何が悪いというようにガングルは鼻を鳴らした。

「母親のところに子どもを戻すのは当たり前だ。それでムードンを国に戻してやったのによ、侮辱を受けた！　妻と子を返せ！　ってばかかあいつは」

しかし神山の連中はガングルに白い目を向けた。

「散々煽ったのは事実だろ。お前がファーエに一目惚れしなかったら、侮辱だなんだとネスタニアが喚くこともなかった」

ガングルはこともあろうに、捕らわれた夫と面会すべく北へやってきたファーエを一目見るなり求婚したのである。

ムードンが怒り狂うのも無理はなかった。

ガングルはぽっと顔を赤らめた。

「婚約式をついこの間行ったばかりだ……今からでも贈り物は受け付けるぞ」

「やらねえよ！」

セイジュの言葉にガトーが頷く。

「いくら夫に幻滅したとはいえ、こんな野獣にほだされてしまうなんてファーエさんもお気の毒に。最愛の娘を取り戻してくれたらどんな男でもよく見えてしまいますよね」

ジグルトはガングルの有能な部下二人に目を向けた。

「側近らも側近らだ。普通止めないか？　色恋に狂った主君の暴走を」

アークヴィッドとクーリオは俺らだって止めろと言ったと喚いた。だが、ジグルトらの文句は止まらなかった。

「嘘つけ！　ファーエが突然の求愛に困惑しているにもかかわらず、『もう婚約してしまった』だの大嘘を流したのはお前だろ、クーリオ！」

「しかも『ファーエは脅されて婚約した』などの嘘も流し、セナ様まで騙されて怒り狂われた」

「その間、街道がどこもかしこも塞がれているのをいいことに、ネスタニアが辺境を捨てた話を流して、ネスタニアに従属していた近隣の辺境民族らを取り込んで。とんでもない外交ですよ」

ジグルトらの非難にクーリオは艶然と笑った。

「あちらが弱っている時に駒をうまく進めるのは基本じゃないですか。上皇陛下にも好きなようにしていいって言われましたし」

自分勝手なクーリオの言い分にジグルトはため息をついた。

「それにしてもやりたい放題過ぎるだろう。上皇陛下はネスタニアに気を遣って、ちゃんとあちらを立てているという意思を表すために、国王陛下とネスタニア王女との婚約だけは破棄しなかったんだぞ」

ガングルがなるほど、と頷いた。

「結果、国王陛下は後宮も作れずに小児性愛者となってしまったと」

「なっていないから!!」

言われ放題に我慢がならなくなったのかレスキア国王が戻ってきた。

「でもおめでとうございます、陛下～、今回無事に国交回復条約が締結され、王妃を迎え入れることになったのですから、堂々と後宮を持てますね！」

「跡継ぎ不在などありえんのですから、早いとこバンバン御子様をつくってください」

どこまでも失礼な連中に、国王がうんざりした顔をする。同じようなことを、至るところで言われているのだろう。神山で弟相手に気分転換したいと思うのも無理はなかったが、これも国王の責務である。ばらばらになった世界の構築に、レスキア後宮は大いに活用されていくだろう。

「しかしこれでネスタニア国も神山と外交を結ぶことになる、と。これでまた忙しくなりそうですな、上皇陛下」

外交担当のガトーの言葉に上皇は頷いた。

「そうだな。もともと、ネスタニアと神山を繋ぐのが目的で、俺は譲位したからな。立場的にレスキア国王のままだったら、あちらも反目し続けるだろうから」

各国からの献上で財政を賄っている神山は、各国にそっぽを向かれては飢えてしまう。

今回、どの国も大雨の被害で財政が悪化し、神山はレスキア以外からは何の援助も求めなかった。あちらが申し出てくるまでは一切動くなとセナ妃が命じたのである。

神山は、求められて初めて成り立つ世界である。竜王の奇跡をどう取るのかは、各国の意志に任せた。

その間にセナ妃は、何も生産しなかった神山の体制を大きく変えようとした。必要とされなくとも、生きていけるだけの力を蓄えようとしたのである。

加えてセナ妃が新たに作ろうとしたのが神山防衛軍だった。

闇人を完全に廃止し、各国に放っていた間者らも神山へ戻し、軍隊として構成しようとしたのである。

農地を開墾し産業を興し、軍を作るという国作りを、役人であるジグルトらが一から作るのは無理だった。当然、理想だけで何も学んでいないセナ妃もできなかった。行えたのが、統治者であった上皇である。

　上皇はレスキアを立て直し近隣諸国の外交も正常化させつつ、神山の国作りをセナ妃に一から教えた。

　ただでさえ人手が足りない神山では改革が進まず、上皇は王位を三年で譲渡し、あとは神山の改革に専念すると宣言する羽目になったが、譲位してもその影響力は至るところで求められた。

　今回も、半年に渡り世界各国を見て回り、ネスタニア国との国交も正常化させてきた。まだまだ神山での行政に専念できるまでに至っていない。

　この四年、どこでも聞かれていたのは上皇の身を案ずる声だった。

　とにかく多忙すぎて、眠っているところを見たことがないというほど仕事に打ち込んでいた。

　降るように仕事が舞い込むのだから仕方ないのだろうが、ジグルトは一息ついたらどうかと何度も勧めた。

　だが、上皇の返答はいつも同じだった。


「いいんだ。生きながらえてから、身体はまるで十代の頃に戻っている。いくら動いても動いても疲れはしない」

　惹香嚢を口にして命を繋いだことを、上皇は「生きながらえた」と表現する。

　そしてこれを口にするのも同じである。

「俺は、神山や世界のために、生きながらえたんだ。それにこの身は、どれだけ酷使しても朽ち果てることはない」

　身は、朽ち果てない。

　万能の臓器を口にして生きながらえたとしても、人間果てることは果てるだろうに。

　なぜ上皇がそんなことを言うのか、ジグルトにはわからなかった。

「上皇陛下、国王陛下、主人が、お目にかかりたいと申し出ております」

　神山政務官のクーガが戻ってきてそう告げた。

　上皇は頷き、ガングルらに対しセイジュとガトーとともに外交について話を詰めるように指示し、アスランの手を引いて国王とともに三階へと向かった。ジグルトとフオルはその後ろに付き従った。

　クーガは、もとはハルダ家の家令で中位神官出身だった。だが今は中位も上位もない。その階級をセナ妃は早々に撤廃した。

　同時に、クーガはハルダ家の家令の任を解かれた。当時十六歳だったクーガはこれに反発したが、セナ妃はもちろん、主人であるカムラも許さなかった。

　神官家で育った子どもは、神山での常識しか知らなかった。幼い頃から植え付けられた選民思想は、十代の子どもにも存在した。上位神官を守るという名目で、ただ彼らにぶら下がることでしか生きようとしない。セナ妃が最も断行したのが、この意識改革である。

　上位、中位、下位という階級をなくし、それぞれに仕事を持たせる。これは当然ながら反発と抵抗が大きかった。

　セナ妃はクーガに神山政務官という職を与え自分の傍につけた。しかし十六歳の反抗期の少年に何もできることはない。それこそジグルトらが根気強く仕事を教えてきた。そして一年前、上皇が譲位して神山に来てからは、セナ妃はクーガを上皇に預けたのである。

「上皇陛下、国王陛下、このような場所にまでお越しいただいて申し訳ありません。御礼を申し上げたく」

　クーガの誘導でカムラの寝室に入ると、寝台の上でカムラが出迎えた。

　カムラの寝台の近くにはマルコとハンナがおり、机の上に並べられた医療器具を片付けているところだった。カムラは上半身は身体を起こしていたが、もう足は動かない状態だった。

「このクーガには見違えました。こんなに成長させてもらって。やはりあの時家令を外し、セナ様にお任せしたのは正しかった。神山の子どもたちには外の世界を見せ、見識を広げさせなければいけないと、セナ様はお前を上皇様にお願いしたのだぞ」

　クーガが頷く。反発ばかりしていた少年から理想に燃える青年に変わった顔を、カムラは嬉しそうに見つめた。

「クーガは本当によく仕える。ジグルトの仕込みだけあって、細やかな部分にも気がつく。俺も助かっている」

上皇の言葉にカムラは安堵したように微笑んだが、すぐに顔を歪ませた。

「旦那様……！」

支えるクーガに変わって、マルコがカムラの身体を静かに横たわらせた。

「痛み止めを打とう、カムラ」

「いや、マルコ、まだクーガから、旅の話を聞きたい」

カムラの手を取って頷いたのはハンナだった。

「ええ、意識を失わない程度の薬にしてもらいましょう。ゆっくりお話しできたほうがいいでしょう」

マルコは鱗病を研究し、鱗病に罹患している者の治療に携わっている。

マルコだけではない。四年前、神山に入ったラビレオの弟子らは全員神山に残り、学都には戻らなかった。

ハンナは鱗病を患っているが、看護師として、彼らの仕事を手伝っている。ハンナ自身、病が進行し、いつどうなるかわからないが、同じ鱗病罹患者を助ける仕事がしたいと、鱗病患者らの精神的な支えにもなっている。

「かーさん、アスランさま、こっちー？」

「こらリオ！　無礼でしょ、上皇陛下と国王陛下がいらっしゃるのよ！」

「ごめんなさあーい」

四歳になるハンナが生んだハーグリオの子が、顔を覗かせた。少しも謝っていない顔で、アスラン殿下に向かって手を振る。

「アスランさま、竜王さま呼んでるよー」

「リオ、聞かなくていいんだよー」

「だって聞こえちゃうんだもん」

アスラン殿下はリオの手を引いて、先に頂に行ってるね、と上皇と国王に告げた。

「リオは、能力が徐々に開花しているらしいな」

上皇の言葉に、ハンナが頷く。

「皆様が気を遣ってくださっているので、心配はしておりません」

セナ妃が上位中位下位を撤廃した理由の一つが、

これだった。

　ハーグリオとハンナ。本来下位階級出身だった二人から、ハルダ家の『穴の耳』を所有する者が生まれたのである。

　この子は、竜王の声に反応している。リオが生後八カ月の時にそうアスラン殿下が伝えなかったら、リオはただ不可解な言動が多い子どもとして見られていただろう。

　上位が絶え、もう竜人族の力は失われたかと思われたが、遠い遠い先祖返りが現れた。ラビレオはその事態に、一つの仮説を立てた。

「種は途切れようとすると、思わぬところから己を繋げようとする。この頃、貴族階級から獣人が多く現れていると聞いたが、それも一つの進化の過程かもしれん。遠き先祖の血が、蘇ろうとしている。多くはないし、能力も変化してくるかもしれんが、竜人族の末裔は、世界各国どんな階層からも、現れてくるやもしれんなあ……」

　セナ妃が懸念したのは、竜人族の力を残すことではなかった。聞こえぬはずの音が聞こえ、見えぬものが見える。そんな他人と違う能力を持って生まれた子も、育てる親も、苦労しないはずがない。人と違うというだけで、身を隠さねばならない者たちが出てくると案じたのだ。

　ラビレオ門下の医師らに頼み、世界で鱗病を発症している者、竜人族の能力に目覚めた者らを探し、適切な治療や教育を受けられるようにした。リオには、能力者であるルツや竜王の影響を全く受けないアスランが、力との付き合い方を教えている。

「私の身体はいつどうなるかわかりませんが、おかげでリオの将来については心配しておりません。マルコもいてくれますし」

　マルコとハンナは、二年前に結婚した。

　最初ハンナは、いつ死ぬかわからない身で結婚などできないと頑なに拒絶していたが、マルコの根気強い求愛を受け入れた。

「私は、鱗病の謎をいつか解明し、全ての患者を治すことを諦めてはいません」

マルコがハンナの手を取りながら言った。

「諦めるなと、サガンは言った。百五十年、サガンが生き続けてくれたからこそ世界は助かった。今の竜王が死に至ったら、また鱗病が現れるのか、それとも人類はそれを克服しているのか、私が生きている間には答えは出ないかもしれない。しかし、諦めないのが、自分の仕事だと思っています」

上皇が静かに頷く。

「今自分がしている行いは、必ず先に繋がる。よいことも悪いこともな」

上皇の言葉に、カムラはまことに、と頷いた。

「死は恐ろしくありません。息子のことも、神山の未来も、何も心配しておりません。先に逝ったハーダネットに、ここまで変わったぞと一つでも伝えられたらと思うだけです」

ハーダネットは、二年前に世を去った。

セナ妃と上皇のもと、神山防衛軍の編成を指揮し、元々闇人候補として集められていた者らの再教育や親元へ戻す準備を整え、彼らの将来を開いていた矢先の死だった。

ラビレオ門下の精神医療の第一人者である医師が、闇人候補者の者たちと定期的な面談をしている最中、それを見つめた状態で事切れていた。

ハーダネットは洗脳された者らの心を取り戻すのに尽力していたが、自身は鉄仮面のままだった。

だが、その死に顔には、初めて笑顔らしきものが浮かんでいた。

「ならば、ハーダネットに多くの土産話を持っていくためにも、まだまだ生きねば、カムラ」

上皇が白い石で覆われたカムラの手を握る。カムラは何度も頷いた。

先に行っていると告げたアスラン殿下を追って、上皇と国王は頂へと向かい、ジグルトとフオルは付き従った。

途中、同じく頂に上がってきたセイジュと落ち合った。

「先ほど、アスラン殿下が一人で頂に向かわれたぞ。お一人にさせてはいかんだろう」

耳打ちしてきたセイジュにジグルトは首を傾げた。

「リオも一緒だったと思うが」

「リオは家のほうへ戻ったと殿下がおっしゃっていたので、俺がちゃんと戻れたかどうか確認してきたんだ。マルコとハンナも子どもを放任しすぎるが、お前ももう少しアスラン殿下の行動に慎重になれ。平和ボケしているぞ」

　自分は別にアスラン殿下の目付け役ではない、とジグルトは鼻白んだ。誰も彼も仕事が多すぎるため、手の空いている者がアスラン殿下の面倒を見る、という体制になっているが、考えるべきだろうか。

　竜王の寝室と廊下を挟んだ向かい側の部屋に、アガタの寝所はあった。

　アガタは、カムラほどひどくはない状態だったが、寝台の上で横になっていることが多かった。

　もう何の能力もないとアガタは言うが、竜王を落ち着かせることでは、竜王付き侍従のルツもアガタには敵わないと言っている。アガタ自身、身体を動かすことが困難になってきたことから、常に竜王のすぐ傍に侍ることを希望した。

　身体に負担がかかるのではないかとセナ妃は心配したが、竜王の気配を近くに感じられるだけで幸せなのだとアガタは頼み込んだ。アガタは身体の具合がいい時には竜王の部屋へ移動し、そのすぐ傍らで過ごしている。

　セイジュが声をかけると、アガタはルツに支えられ、杖をつきながらゆっくりと自室から出てきた。

「こうも大勢でやってきて、竜王が混乱してはいないか、アガタ」

　上皇の言葉に、アガタは静かに微笑んだ。

「ただ、アスラン殿下に甘えてらっしゃるだけですよ」

　アガタに寄り添うルツも肩をすくめる。

「この頃、アスラン様が外へ出られることが多くなり、竜王は拗ねていらっしゃるんです」

　神と崇め、その姿も見せなかった神に対し、人の対応は本当に変わったとジグルトは思った。

　昔だったら不浄な人間を竜王の傍になど近づけられないと言われただろうが、竜王の教育係であるセナ妃は、人間に慣れることを覚えさせていた。

　しかしジグルトらは、竜王に直接は会えない。相変わらず竜王の世話ができるのはアガタ、ルツ、セナ妃、アスラン殿下だけである。

「ルツは綺麗になってきたな」

「国王陛下、邪な視線で見るのは止めていただけません？」

「セイジュ、お前はまだ求愛も求婚もしていないのか。もう十六だぞ」

「まだ十六ですよ！　俺にとってはまだまだ子どもです！」

　後ろでやりとりする国王とセイジュの会話に、ジグルトはこんな不浄な人間どもが竜王に近づけないのは当たり前だと思った。

　竜王の部屋に、上皇と国王が入室する。ジグルトらは部屋の入り口付近に立ち、中の様子を眺めた。

「竜王、恥ずかしいの？　アスランの兄さまなんだよ。とと様もいるよ？　やっぱり会うの嫌？」

　白い天幕の向こうに、アスラン殿下が竜を抱きかかえる影が映った。

　ヤモリと呼ばれていた竜王は、体長はアスラン殿下の三分の二ほどまで成長しており、天幕に映し出される影を見ると、すらりと美しい竜の姿になっている。

　幕の向こうで輝きが放たれ、黄金の光が滲む。ジグルトはかつて見た黄金の雲を思い出した。

　キュウウウ、と甘えるような声を出しながら、竜王はアスラン殿下の首や腰に身体を巻き付かせる。仕方ないなあ、とアスラン殿下はその身体を優しく撫でていた。

「アスラン、無理を強いることはない。セナが戻ったら、正式に謁見する」

　上皇の言葉に、アスラン殿下はごめんねと声を届けてきた。

「セナ妃が戻られるのは明日ですか」

　国王の言葉に、上皇はさあ、と淡々と答えた。

　国王が怪訝そうに視線を向けてくるが、ジグルトらも何とも返しようがなかった。

　国王は、上皇とセナ妃がまだ婚姻状態にあると思っている。

　妃の称号は残っており、対外的には婚姻関係が継続しているのだからそう思って当然である。

　しかも二人の様子は誰が見ても仲睦まじく、上皇がセナ妃の要望になら何を差し置いても真っ先に応えようと動くのだから、関係は良好であると疑わないだろう。

　だが上皇は、決して必要以上にセナ妃に近づこうとしないことを、ジグルトらはわかっていた。

　セナ妃は親愛の情を隠していない。それに対し上皇は、いたわりや優しさを惜しみなく与えても、それ以上の言動は一切見せていないのだ。

　おそらく四年前、目覚めた瞬間から、上皇は己の心に再び蓋をした。

　惹香嚢を口にし見違えるように回復し目覚めた時上皇は、顔色を変えて何があったか包み隠さず説明しろと命じた。

　死の淵で何か恐ろしいものでも見てきたのか、黄金の雲が空を覆っていると指し示しても、そちらに視線すら向けずに固まっていた。

　上皇が最も顔色を失ったのは、イザクが死んだと聞いた時である。

　心にずっと押し込めていたものをようやく浮上させ、思いを告げることが叶ったというのに、上皇はその瞬間から想いを完全に封印した。

　もはや自分には、何の資格もないと思ったのだろう。

　愛する者を守るために死んだ男と、愛する者を喰らって生き延びた自分。

　上皇は決して心の内を明かしたことはないが、ジグルトには一体何を思っているのか、わかる気がした。

　イザクに何もかも負けたままだ、と口走った上皇の言葉が思い出される。

　もう一生、敵わない。そう、結論を出したのだろう。

　それでもジグルトは、このまま時が過ぎれば、変わっていくのではないかと願っていた。ジグルトだけでなく、ガトーやセイジュ、皆がそう思っている。

　だが上皇は、一年前に神山に正式に居を移したというのに、セナ妃と食事の時間すら過ごしていない。

仕事やアスラン殿下や竜王の教育に関してしょっちゅう話し合い、上皇が巡察中にはセナ妃宛に手紙がまめに舞い込むが、それだけである。

　あえて避けているな、というのはジグルトだけでなくガトーらも気付いていた。

　ジグルトはちらりとフオルに目を向けた。フオルは変わらぬ表情のまま、何だというように視線を受けとめた。

「……なあ、フオル。セナ様は、上皇様がお戻りになるのに何か伝言とか……」

「特に何も」

「命日だし、外せないのはわかっているけど、せめて会ってからにしてくれたら、上皇様だって……」

「いちいちうるさいですね。あなた、そんなこと言える立場ですか」

　それを言われるとジグルトは黙るしかない。フオルはため息をついた。

「何度も言いますけど、こういうのは周りがどうこうするもんじゃないんです。祈ってりゃいいんですよ、それは自由ですから」

「十年二十年経ったらどうするんだ」

「それはそれでいいんじゃないですか。何歳からだって想いは通じ合えるでしょう」

　達観したようなフオルのすました顔を見て、ジグルトはもうこの話題は無理そうだと、軽くため息をついた。

◆・◆・◆

　神山外区、かつて下位階級の貧民地区と呼ばれた場所で、子どもたちが走り回っていた。

　年齢的にもう耳や尻尾を隠せる子どもであっても、尻尾をぶんぶんと振り回して追いかけっこをしている。

　白い狼の耳を出している子どもが、よそ見をしていたためにぶつかってくる。

「あっ、ごめんなさい」

　謝った子どもは、ぶつかった人物よりもその者が引いている馬に目を輝かせた。

「ワアー、白いお馬！　カッコイイ！　初めて見た！」

周辺の子どもらもわらわらと近づいてくる。セナは手綱を従者に任せ、子どもを馬に乗せてやった。キャアア、と歓声があがる中、僕も僕も、と他の子どもらも騒ぎ立てる。

セナは改めて周辺を見渡した。どこでも工事が行われ、人が忙しなく動いている。

「これでは子どもらが遊ぶ場所も限られような」

「仕方ありません。人がドンドン入っておりますから。改革が早ければ工事も大規模で進むことになりましょう」

セナは傍らに立つ、かつて他国に間者として潜入していた従者を振り返った。

彼らは闇人養育機関出身ではないが、皆表情が乏しい。それでも四年経ち、こうして軽口をたたけるほどには変わってきた。

「ジグルトの受け売りか？」

「長官殿はそれに『金も足りん』が加わります」

セナは思わず声を上げて笑った。

「まあ、俺の政策に文句をつけて怒鳴り散らしてくるのが連中の決まり事だからな。しかし、神山は金を献上されるのではなく、自らも作り出さなければならないんだ」

四年前の黄金の雲の奇跡を目にした者たちが、竜王の住む神山を巡礼しようと世界中からやってくるようになった。

今まで竜王は調べることすら禁忌とされ、謎に包まれていた。

遠き存在の神に対し、人々の関心は薄かった。

だが闇に包まれた嵐が止み、七日間に渡り黄金の雲に覆われていた時から、人々の心には神への畏怖が生まれた。

セナが外からも内からも神山の行き来を自由にしたことで、人々はこぞって竜王の住む神山へ訪れるようになったのである。

神山外区は巡礼者でごった返すようになった。巡礼者らが宿泊する宿、食堂、土産物屋、それに伴って手工業製品などがどんどん作られていった。毎日が祭りのような賑やかさだった。

「レスキア国王陛下が上皇陛下とともに入山なさったようです。レスキア兵を迎え入れる準備で、商店街も宿も大忙しですな」

従者の言葉に、セナは『王の道』に目を向けた。

かつて軍隊は通ることを許されなかったあの道を、楽隊が演奏し、大きな旗を振りながらレスキア軍が通ってくるのが見えた。神山で仕事をする連中も、その音楽に手を止めて道に目を向け、子どもたちは軍隊が良く見える方へ駆けていく。

「どうなさいます。いったん、『王の扉』の前でお迎えになってからになさいますか」

気を回す従者にセナは首を振った。

「いや、いい。急ごう」

かつて神山とオストラコン国の境にあった土地を、セナは正式にオストラコン国より譲り受けた。

表向きは神山の民が自活していくために農耕地が必要という名目だったが、目的は地下水路だった。

「あれっ、セナ様、どうしたの?」

地下から出てきたツォーリが首を傾げる。

「どうしたのってお前、全然報告に来ないから。様子を見るついでに差し入れだ」

「そっかあ。うまそー、酒もあるじゃん! 皆喜ぶよ。ありがとセナ様」

セナは従者に地下水路で作業中の者たちに差し入れを運んでくれと頼むと、下戸のため甘い菓子を頬張るツォーリの隣に腰をかけた。

「どうだ、硝石は」

「うーん、やっぱりあの四年前の大雨が痛かったなあ。かなり掘り続けているんだけどね」

ツォーリが研究していた地下水路から掘り出される硝石は、四年前の大雨により殆どが使い物にならなくなった。

もともと古代帝国の地下水路はほぼ神山領内にあるが、セナは水路が地下を這う土地すべてを神山領とした。今はツォーリや学部の研究者に研究させている。

「四年前の大雨で、ここだけじゃなくて他にも硝石が浸水して使い物にならなくなった場所はあるだろうね。北は山崩れが激しかったらしいから尚更かな。鉱山もひどく影響を受けたらしいし。やっぱ、宝の宝庫は南だね。今度、上皇陛下が南に行かれる時に同行させてもらいたいよ」

「間違えるなよ、ツォーリ。お前に研究させているのは、他の国が先に硝石から爆薬をつくるのを止めるためだ」

「何度も言うけどセナ様、俺の技術はどれほど隠してもいずれは知られることになるよ。それが発展ってやつだ」

ツォーリは菓子をぺろりと平らげて言った。

発展する――それは仕方ないことだろう。ツォーリが言うように、やがて火薬の時代がやってくる。

果たしてそれがいつになるか……セナは以前『道』で目にした、火の海が忘れられなかった。

人間が地に火を放てば、いかなる神とてそれは止められまい。人間が火薬を手にした時、もう神は沈黙するしかないのだろうか。

「ま、セナ様や俺が生きているうちに火薬を使って戦争することにはならないって」

のんきにそう語るツォーリに、ではあと百年、百五十年先は……と口にしそうになり、セナは軽く首を振った。

「じゃあツォーリ。あとでまた寄るから、報告書用意しておけよ。ジグルトの雷が落ちるぞ」

「お付きの人はどうするの？」

「ここで待っているように伝えてくれ。ここから先は一人で行きたい。キトの家に寄るから」

鈍いツォーリでも理解したようだった。セナは白馬に乗り、北へと向かった。

かつてそこはネスタニア国に従属する辺境国の領土だったが、レスキア北方防衛師団が北の辺境民族らを取り込んだ際、地下水路にかかる土地をすべて神山の領土とした。

あの時、竜王否定派の一部はネスタニアに逃げた。

当然彼らは硝石の存在も知っている。地下水路の存在をネスタニア国側に知られる前に、地下水路をレスキア国領とする必要があった。クーリオが、ネスタニア国が土砂崩れにより街道が封鎖されている間に、混乱している北の辺境民族らを説得しレスキア国傘下に治めたのは、セナの指示によるものだった。

毎年、いや折に触れて訪れる場所だった。神山の領土としてから、どんどん開墾が進んでいる。落ち葉は足にまとわりつくがまだまだ晩秋の美しさが残る光景に、思わずセナは目を細めた。

温かな陽光を受けた土地を耕す農民たちの姿が目に入る。最後の秋の収穫に急ぐ土の匂いが広がっていた。西日がさしかかる時刻だというのに農民は元気に働いている。

「セナ様ー」

もう耳も尻尾も出ていないキトが、丘の上から手を振ってきた。セナは馬から降り、馬を引きながら丘を登った。

「待っていてくれたのか」

「おとうが、そろそろ来る頃だろうって。セナ様、家に寄ってよ。アスラン様にお土産持っていって。アスラン様のヤギの乳で絞ったチーズを用意してあるから」

神山はほぼ岩石でできており、農耕地がない。家畜は、大地とともに生きるべきである。アスランは、大事な山羊をキト親子に育てて貰うことを承知した。キト親子は、山羊とともにセナが預けたこの神山直轄地を管理してくれている。

昔よりも鮮やかになったキトの銀色の髪を、セナは撫でた。あと四・五年も経てば、勇ましく、美しい白銀狼となるだろう。

「ああ、寄らせてもらうよ。アスランが喜ぶな」

セナが丘に植えられた樹に近づくと、キトは自然に離れていった。馬を連れて自分の家へと戻る。

セナはいつものように樹の傍らに座ると、水で溶かしたような空を眺めた。

「……今日はお前に話さなきゃならないことがあって来た」

四年で樹は、腰の高さほどに成長していた。

キト親子が植えてくれたこの樹の下に、イザクが眠っている。

「イザクだけではないけどな。ガイルもか。イザクだけならともかく、なぜ俺までこんな話を聞かされるんだ、勝手にやってくれと思っているだろうな」

セナはこんなことを笑いながら呟いた自分に、四年という日々を思い起こした。

死にゆく男を抱きしめて、憎しみと哀しみで気が狂うかと思ったのに。

人とは、どれほどの地獄からでも、這い上がることができるのか。

忘れたわけではない。

だが日常というものは、静かに、時間の中に苦しみを溶かす。些細な事で笑い、どうでも良いことで嘆き、取るに足らないことで怒るのを繰り返し、ただ、純粋な気持ちだけが残っていく。

「……お前を愛してるよ、イザク」

それだけは今後も変わらない。

愛してよかった。愛されて幸せだった。生きるか死ぬかの最中で、激しい情欲を伴った愛が、見つめる愛に変わるだけだ。願う愛に変わるだけだ。

あの死後の世界で、愛された子ども時代を取り戻し、そして生まれ変わったら、今度こそ幸せな人生を送ってほしいと願っている。

「だからもう、お前はここにいるわけではないというのはわかるんだけどな……つい、悩みを打ち明けにきてしまうな」

セナはしばし沈黙してその場に座っていたが、西日が濃くなってきたのを感じ、立ち上がった。

「また来るよ、イザク」

いつもの言葉を口にして、セナは歩き始めた。

軽やかな風が足に絡みつく。

その心地よさを感じながら、セナはキト親子の待つ家へと向かった。


神山の自室に戻ったのは、夜半過ぎだった。

宿直の者以外は深い眠りについている。母親不在の夜は、息子は竜王と眠るのが習慣だった。アスランが竜王の寝室で眠る時には、フオルが宿直として傍についている。

　セナは、宿直の侍従に告げた。

「こんな時間にすまないが、湯浴みの準備をして貰えないか」

　侍従は心得ているというように頷いた。

「もう、準備は整えております」

　セナは動きを止めて侍従に目を向けた。しばし沈黙していたが、問いかける。

「誰が命じた？」

「侍従長が、いつもよりも湯を多めにご用意するようにと。早馬で、いつ戻られるかもわかっておりましたので、すぐにご入浴できます」

　セナは身体を清めるのに十分な湯が張られた湯場を見渡した。石けんの傍に置かれた香油に目を留め、それを手に取る。

　しばしそれを眺めていたセナは、勢いよく服を脱ぎ始めた。

　入念に身体を磨き、身体を乾かしてから部屋に戻ったセナは、そこで待っていた人物を見て、力が抜けるのを感じた。

「一時、仕事を終えてきたクーガさんに代わってもらいました。すぐに戻りますよ」

　フオルの微笑みを見て、セナは立っていられず座り込み、顔を覆った。

　静かに、フオルが近づいてくる。

「お持ちになりました？」

「お見通しだな」

「当たり前でしょう。何年の付き合いだと思っているんですか」

　セナは思わず声を上げて笑ったが、手で覆っている顔は泣きそうになっているのがわかった。顔を伏せたまま、腰袋に入れていた香油をフオルに見せる。

「昔を思い出した。神隠月に、陛下が突然やってきて。お前が俺に香油を渡したんだ。意味がわからなかったんだよなあ、あの時は」

「失礼しました。陛下に『持参してきたんだろうな』と聞けば良かったですね」

変わらぬフォルの軽口に、セナは顔を上げた。フォルの微笑みが目の前にあった。

「あんなに大事にされて、愛されているとわかっていても、怖いものですか」

フォルの問いに、セナは正直に答えた。

「怖いよ」

差し伸べられるフォルの手に縋り、そこに額を押しつけて告げる。

「昔の身体じゃないし、自信なんてない」

「……セナ様」

フォルの手が背中を撫でる。

「止めたっていいんですよ。けれどね、あなたはもっと、幸せになってよいお人です。そして、訪れた先には必ず幸福が待っているって、私は断言できますよ」

セナは力がみなぎるのを感じた。消えかかっていた決意が、再び身体の中心に集まる。

「ありがとう、フォル」

いつだって、背中を押してくれるのは、この小さな手だ。


セナはフォルを伴につけ、自分の部屋から遠く離れた場所へ向かった。

真夜中の神山は、宿直の兵士の静かな呼吸しか聞こえてこない。だがきっとあの方は、まだ起きているだろう。少しは休むように周りが言っても、仕事と向き合っている。

まるで自分を追い込んでいるように。それしかもう、自分には価値はないのだからというように。

「いってらっしゃいませ」

入り口に繋がる廊下の手前で、フォルは頭を下げてそう言った。セナは香油を手に、宿直に面会を申し出た。

部屋の前まで宿直の者と歩く。宿直が扉を叩き、中に声をかける。セナは先程まで静まっていた心の臓の音が、激しく打ち鳴らされるのを聞いた。香油を持つ手が震える。

「セナ?」

宿直に呼ばれた上皇が飛び出すように出てきた。夜着に羽織り物を肩に引っかけている姿だったが、起きていたことはわかった。

「こんな時間に、一体どうしたのだ。アスランに、なにか？」

上皇が目配せし、宿直が一礼とともに去る。

上皇の顔には、身を案じてくる心配しか浮かんでいなかった。

「セナ？」

怪訝そうなその顔に、セナは告げた。

「私と、結婚してください」


上皇が、射貫くように見つめてくる。その瞳を必死に見つめながら、セナは告げた。

「……私の身体には、もう、惹香嚢はありません。ただの、男の身体です」

セナは背に回した手の中の香油を握りしめた。

「惹香嚢体ではない、子を妊娠しない、ただの男との婚姻は、どこの国にも存在しません。あなたと私の間にはもう、国と国との条約も、何の利点もない。だからこの婚姻には、何の意味もありません。あなたと私の間にしか存在しないものです。それでも」

語尾が震える。

セナは堪らず上皇から視線をそらした。

「私を、あなたの伴侶にしてください」

上皇の反応を拾おうと意識を向けるも、自分の心の臓が打ち鳴らす音で耳はいっぱいだった。

どのくらいの間沈黙が続いたか、セナにはわからなかった。無言の重さに、呼吸するのも困難に感じるほどだった。

耐えきれずそろそろと目線を上に向けると、上皇の顔は、片手で覆われていた。

顔は半分隠され、口元だけが見えていた。唇はきつく閉ざされていたが、細かく震えているようだった。何か語ろうと口元が緩まると、唇が大きく震える。セナはその口の動きを、食い入るように見つめた。

「……いいのか」

ようやく上皇が出した声は震え、掠れていた。

顔を半分覆ったまま、上皇が告げる。

「お前に触れてしまったら、俺はもう二度と、何があっても、放せる自信はない」

セナは己の心から、焦燥や恐怖が流れるように落ちていくのがわかった。

代わりにこみ上げてきたものに、満たされていく。

この四年、慈しみの中で、優しさの中で、静かに、積み重ねられてきたもの。

指一本触れることすら恐れるように、避けられているのはわかっていた。

微笑みやいたわりの言葉は惜しみなく与えてくれる。なのに、触れたらまるで罰でも受けるかのように、身体を強ばらせているのは伝わっていた。

なぜ避けようとしているのかは理解できた。

言葉の端々から、仕草の一つ一つからにじみ出てくる愛情に、浸っているだけで幸せだった。平穏な日々の中で、愛される心地よさ。愛する気持ちよさ。これからのこの人と自分の間は、それだけで良いのかもしれないと思っていた。

さりげなく引かれていく腕を、掴んでみたくなったのはいつからだっただろう。

離れようとする手を、思いきり握りしめてみたくなったのはいつからだっただろう。

何もかも自分一人で抱え込んで、また、たった一人の世界に閉じこもって。向かいあっているようで背を向けているあの人の肩を、無理やりにでもこちらに向けてみたくなったのはいつからだっただろう。

あの手を、あの腕を、あの首を、あの胸を、あの身体に触れて、すべて自分のものにしたくなったのはいつからだっただろう。

再び、身体に欲情の灯火が熾るのを自覚したのはいつからだっただろう。

惹香嚢を身体から取り出したというのに。

再びこの身体が、性欲を覚えるとは夢にも思わなかった。

発情する臓器を失ったというのに。欲情を促す器官を取り出したというのに——。

ただの男の身で、男であるあなたを欲しいと思うなど、異常だと思われるだろうか。

ただの男の身で、あなたに抱かれたいと思うなど、軽蔑されるだろうか。

この四年、溢れるほどの慈愛を注がれてきた。この人に最も愛され、大事にされているのは自分だ。そんな厚かましい感情を抱くほど、大切にされてきた。

一度は他の男を選び、それをこの人は許してくれたのに。

今更愛されたいなどと口にしたら、軽蔑されるだろうか。

慈しみだけでいい。穏やかな、愛おしさだけでいい。

心地よかった。幸せだったはずなのだ。

それなのに、なぜまだ足りないと思うのか。

なぜ、この浅ましさを眼前にさらけ出し、求めたい、求め合いたいと思うのか。

この肉体は、人間というものは——。

天上の、美しい空の中で抱きあえるだけでなぜ満足しないのだろう。

憎しみも苦しみも付随してくるというのに、醜い感情がつきまとうというのに、なぜ地上の泥の中で睦み合いたいと思うのか。

崇高な美しさなどいらない。

あなたの見苦しさも、弱さも、情けなさも、すべて欲しいのだ。

そして私の、ずるさも、脆さも、非力さも、すべて、すべて愛して欲しいのだ。

「……もう、離れません。永遠に」

顔を覆う、上皇の手に触れる。

四年ぶりの、上皇の温もりに、震えたのは自分だけではなかった。

上皇の手が顔から離れ、真っ赤になった瞳が目に入る。

しかしそれも一瞬だった。力強く腕の中に引き寄せられ、すべてが覆われる。

「陛下……！」

しがみつくように抱きしめたが、それ以上の強い力で包まれる。上皇の、絞り出すような声が、耳に届いた。

「俺は、この一瞬だけで、何があろうと生きられる」

その言葉で、セナはすべて悟った。

——ああ、やはりこの方は、導き手として選ばれたことをご存じだったのだ。

あの『道』での出来事を、セナは誰にも語ったことはなかった。

余計なものを見れば、流れが歪む。本来人が立ち入ることのない領域でのことを、話すべきではないと自分で結論づけた。

これから未来で自分が行うとしたら、竜王に、あの四年前の出来事を語るのみ。

それからの未来を選ぶのは竜王なのだから。

人が選んだ意志を、百五十年先に、竜王が選んでくれるかどうか。

人を信じろ、それが竜王だと叫んだあの言葉を、人は神に、信じさせられるかどうかだ。

上皇に、サガンのことも、導き手のことも、次の導き手として誰が立ったのかも、語らなかった。

どう語って良いのかわからなかったのもある。

上皇の様子を見ていると、この人は自覚しているのではないかと思うこともあった。

あの時『道』で、生死の境目で、自分が見なかった別の何かを、この人は見ていたのではないか、と。

「陛下……陛下、やはりあなたは」

ご存じだったのか、と続けようとした言葉は、接吻によって奪われた。

重なると同時に、唇が、舌が、貪るように動く。

セナはすぐに、言葉を忘れた。一瞬にして背筋を貫いた欲望に、理性が破壊される。

呼吸さえ忘れ、互いに唇を吸い、舌を絡めあう。

その動きに呼応するように、しがみついていた手が、互いの身体を彷徨った。

欲しい。欲しい。欲しい。言葉を知らない動物のように、互いの熱を、互いの体液を欲しあう。

唇を貪りあい、腕を、足を絡め合った状態で移動する。

唇が離れた時に漏れる息も熱も、互いに余裕などないのを伝えてきた。

セナは上皇の夜着を引きずるように肩から下ろし

た。あらわになった首に、肩に、噛みつくように唇を這わせる。

　どちらが上か下かわからぬような格好で寝台に倒れ込んだ時、バサバサと書類らしきものが床に散乱した。その音でセナは、自分がもう半裸のような有様であることに気づいた。

　下腹部から腹にかけて、惹香嚢を取り出した時の傷がある。褐色の肌に、縫合した痕が引きつったような線を描いている。セナは反射的に手で傷を隠そうとした。

　上皇がその手を取り、腹部に顔を近づけてくる。ぼこぼこした縫合の痕に、そっと唇が押し当てられた。

　セナは、手にしていた香油の存在を思い出した。

「あっ……香油、香油、落として」

　傷を隠そうとした時に取り上げられた香油の瓶が、上皇の手に握りしめられていた。腹部から胸に上がってきた上皇の唇が、微笑みを形作る。

「……昔を思い出した」

　激しさがいったん収まり、互いの間に安堵感が漂う。もうこの身体は失わない、という安堵。セナは愛おしさがこみ上げ、上皇の顔を両手で包み込んだ。

「神隠月でしょう？」

　上皇の瞳が目の前にあった。

　あの神隠月の時と同じように、その瞳は光り輝いていた。

　何を求めれば、闇の中でもこれほど輝くのかと不思議に思った。

　今ならわかる。この人がいったい何を求めていたのか。

「十三も年上だというのに、余裕のないガキそのものだったな、俺は。性欲なのか何なのか確かめに行ったのに、惹かれることを怖がって……」

「本当に、最低でした」

　笑い合った表情のまま、唇を重ねる。激しかった息づかいが温かな吐息に変わる。吐息は時折甘い韻を乗せた。長く封じ込められていた言の霊が、重なり合う唇の隙間からぽろぽろとこぼれ落ちる。

「好き……好きです。あなたが好きです、陛下」

　こぼれた言霊が唇で掬い取られて、首に、胸にと移動する。身体中に降る接吻に言霊が降り、まるで刻印のように熱を持つ。

「愛してる……お前を愛している、セナ」

うなされたように繰り返す上皇の言葉は、セナの頭にこびりついていた羞恥心や焦燥を、掻き消していった。

もう惹香嚢が存在しないというのに、こんなにも欲情を全開にして、変だと思われないか。

発情などない身体のくせに、なぜこんなにも身体の奥が疼くのか。

そんな思考を、上皇の言葉は、指は、舌は、すべて失わせる。

ああ、こんな、ただの男の身体だというのに、甘く芳しい惹香を放ってなどいないというのに、活力を回復する効果などない、ただの精液しか出ないのに、陰茎を陛下が口になさっている。

セナは泣き出したくなるほどの興奮に駆られ、激しく腰を震わせた。

いつしか香油の香りが互いの熱で部屋いっぱいに広がっていた。後孔に侵入してくる上皇の指が、孔を柔らかくほぐすだけでなく、快感も促してくる。

溢れるほどの香油が太ももまで伝い、肉壁がかき回される音で、耳が痺れる。

男根の存在を喜んで受け入れる惹香嚢がないのに、こんな快感が引き出されるとは思いもよらなかった。

発情もしていないのに、快感で目の前が染まる。

「ああ……陛下、陛下、もっと、もっとして」

ああ、これだ。これがずっと欲しかった。

セナは、香油と精液にまみれた身体を上皇に押しつけ、後孔を貪ってくる指の激しさと、乳首を責め立てる舌の動きを激しく求めた。

自分の最奥を、あさましく恥ずかしい部分を、包み隠さずさらけ出して、それを全部受けとめてもらいたい。

かつては想いの一つも告げられなかった人。だけど今は、どんな自分でも見せられる。

快感を追って、欲情を全開にする姿を見せて、確かめたい。

どんな自分だって、この人は愛してくれると。

大きくそそり立つ上皇の陰茎が、後孔に当てられる。

足を開いてそれを迎え入れるセナの中に、恐怖はなかった。

それどころか、後孔はもうひくひくと疼き、早くそれを吸い込みたいと思っている。

早くそれを包み込んで、あなたをこの中に受け入れたい。

そして、この中で狂う姿を見せて欲しい。

上皇は慎重にゆっくりと男根を埋めてきたが、セナは上皇の腕を掴み、自分の方に引き寄せた。

「陛下、早く、早く奥まで突いて」

内臓がせり上がってくるような圧迫感に、これは以前と違うと感じつつも、セナは一刻も早く自分の最奥で上皇を感じたくてたまらなかった。

もっと、もっと奥に。この人を受け入れたい。

痛みや苦しみはなかった。ただ熱さだけが、脳天を貫いていく。

上皇の激しい息づかいと、堪えるようなうめき声が漏れる。

ああ、感じている。感じてくれている。もっと、もっと見せて欲しい。

乱れた黄金の髪の向こう側に、極度の興奮で瞳を赤く染める男の顔が見える。

快感を堪え、眉を寄せた表情。挑むように鋭く見つめてくる、瞳の強さ。

滴る汗。口もとにまとわりつく荒い息。

欲情している、獣そのものの姿。

ああ、自分はこれをずっとずっと見たかったのだ。

この人の、優しく慈悲に溢れた瞳の奥にある、燃えるような激しさを、感じたかったのだ。

もう何にも邪魔されることなく。

もう何も抑える必要もなく。

ただ本能のままに、狂ったように、ただの男となって求めてくる姿が欲しかったのだ。

「愛しています、陛下」

限界まで身体を気遣っていた上皇の理性が、壊れる音をセナは聞いた気がした。

獣のような息づかいと激しい律動。脳天を突く熱さに、痺れるような快感が伴う。

ああ、これだ。また、感じることができた。

セナは上皇の背にしがみつき、自らも理性を飛ばして激しく快感を求めた。

「はあっ、ああっ、へい、か、っあ、うぅんっ」

絶頂へ。あの、何もかも無になる絶頂へ。

互いに快感を掻き出すようにして、身体を激しくぶつけ合い、抱き合い、すべてを共有する。

「はっ、あぅんっ、いぃっ、あぁんっ、はっ、あっ……ああっ……」

何もかも溶け合って、突き抜けた快感が放たれる。

見えたのは、星がぶつかり合うような、煌めきだった。

どこかであれを見た、と頭の片隅で思った。

そうだ、道で見た、暗闇に輝く無数の命の光だ。

命の、輝き。

痺れるような快楽の余韻を、受けとめきれずに目の前が霞む。

そんな中で、空に漂っていた言霊が、柔らかく落ちてきた。

「愛している、セナ」

この婚姻は、幸せだったかと訊ねた。

お前はどうだった、と訊ね返された。

幸せだった。

この婚姻は、幸せそのものだった。

竜王に。未来の自分に。

いつか笑って、そう、告げるだろう。

番外編

百年の孤独

Ryuouno konin

Hyakunen no Kodoku

その報告を受けた時、アリオスは神山の執務室にいるということも忘れ、思わず声を荒らげた。

「生まれている、だと!?　ひと月近くも前に!?」

皇帝付き第一書記官のカルスが、顔色を失うのがわかった。

「は、はい。ネバルの方も御子様も、ご出産後はお健やかでいらっしゃると」

「なぜもっと早く報告しなかった！」

俺の子だぞ。レスキア皇帝の子だ。俺の子を、一体なんだと思っている。

そう叫ぼうとしたアリオスは、言葉を飲み込んだ。

俺の子だ、と家臣が思えないのは自分のせいではないか。

俺がこの口で、否定したのだから。本当に俺の子なのかと、疑いの目を向けたのだから。

アリオスはそこで、己が投げかけた最も酷い言葉を思い出した。

――神隠月に生まれたら、余の子であると認めてもいい。

「……いつ、生まれたのだ」

質問に、カルスは蒼白な顔のまま答えた。

「神隠月七日目とのことでした。竜王が……竜王が孵化されたまさにその時でございます。陛下は神山にて竜王ご生誕の瞬間を待っておられました。いえ、陛下だけではなく、この世界が存続するか否か、皆が固唾を呑んで見守っていた時でございました。王宮も……」

神隠月。アリオスは思わず目を伏せた。セナの侍従が叫んだ言葉が思い出される。

――神隠月の子だ。自分が何をしたかわかっているだろう。

「ジグルトだけでなくダリオンにも出産については任せていたはずだ。だが二人からは何も報告はなかった。……二人は神隠月に、確かめもしなかったのだろう」

「はい、しかし陛下、先程申し上げた通り、あの時期は宰相もジグルトも、王都だけに留まっておられず……」

「医師は」

問いに、カルスが声を失う。

それで悟ったアリオスは片手で顔を覆った。

自分とて、先帝であった父に、長らく子と認められなかった。

母は無理やり後宮にとどめ置かれたと恨んでいた。身分の低さから妃の地位も与えられず、後宮では邪険にされ、誰も味方がいない中で子を産んだことを嘆いた。

だがそれでも、出産の時に医師すらいない状況などありえなかった。

もう、セナは許してくれないかもしれない。

涙を流しながら憎しみをぶつけてきた顔は、この一件で、もっと憎しみが増しているだろう。

何の弁解もできない。疑い、孤独にし、何の助けもない中で子どもを産ませた。市井の妊婦の方がまだ安定した状況で子を産むだろう。苦しみしか与えていないというのに、何も求められまい。

「御子は、男体とのことでしたが、おそらく惹香嚢体であらせられるとのことです」

カルスの言葉に、アリオスは顔を上げた。

「惹香嚢体？」

「はい。母君様が惹香嚢体ですから……」

生まれた子が獣人の血を引いているかどうか、子どもが生まれると必ず確認してきた。

幸いにも、獣人の印である耳や尻尾がついた赤ん坊は生まれなかった。安堵とともに名を与えられた。

だが今回は、頭にそのことがよぎりもしなかった。獣人であると、既に知られている相手だったからか。

「惹香嚢体か……」

これだけは良かった、と逆に思った。

ネバルとの国交が断絶し敵対関係にある今、数年で政治の道具にさせられてもおかしくない。

しかし、惹香嚢体ならば、無理を押しつけられることもあるまい。セナは王子でありながら嫁ぐ羽目になったが、皇帝の皇子が他の王族に降嫁するなどありえないのだから。

「名を、与えねば。カルス。すぐにレスキアに」

次の瞬間、世界が暗く染まった。

いや、『暗い』というよりも『黒』だった。空間の奥行きも幅も、全くわからない。ただの黒い面が目の前に落ちてきた。そんな感覚にアリオスは、身を守ることすら忘れて愕然とした。

これは一体、何だ。

ここが神山でなかったら、当惑し声を上げていたかもしれない。

だがアリオスは、この体験は二度目だった。

先の竜王に、皇帝として初めて謁見した際に、こんな異常な現象を目の当たりにした。

姿も見せず、声も発さない竜王が、喉を震わせてまるで笑い声のような音を出した時だ。

一瞬だけ、場が金色に染まったのだ。

空間が元に戻った時、イマーシュ家の神官が厳かに告げてきた。

この御代の皇帝に、名を賜る。

暁《アウル・シェヴァ》の皇帝と。

あの時は金色だった。また色が変わるのか。

アリオスは声も発せられないまま、ただ目の前の黒を見つめるしかなかった。

次の瞬間、空間が広がった。

広がったとわかったのは、目の前にあった黒い面が、一瞬にして道に変わったからだった。

道、と思ったのは、足元に黒い一筋の線が通ったからだった。

そして何もなかった空間に、画が浮かんだ。

凄まじい速さで流れるそれを、一つ一つは捉えられなかった。だが、今まで自分が目にしたことのないものが、現れては消えていった。

——父様《とうさま》、……ね……。

全くの無音だった世界に、音が響く。

——父様、竜王を、お願いしますね。父様が、ミチビキテで良かった……。

「陛下！」

びくりと己の身体が震えるのがわかった。

「陛下、ハスバル外交官がいらっしゃいました」

目の前には神山の光景が広がっていた。カルスが顔を覗き込むようにしている。

「……カルス、俺は」

「はい？」

どこに居た？　と訊ねようとして、アリオスは口をつぐんだ。

おそらく、先程の光景は一瞬の出来事だったのだろう。

カルスは、何も見ていないのだろう。自分だけが『見た』。竜王に謁見した時と同じように。

正装したハスバルが入ってくる。アリオスは身体を椅子から浮かせた。よろめかぬように、と念じながら足に力を入れる。

「あの、陛下、御子様の名はどうなさいますか」

部屋を出ようとした時、背中に遠慮がちにカルスが質問を投げかけてきた。

これからハスバルと向かう神山の内部にカルスは一緒に入れず、内部からいつ戻って来られるかわからない。今ここで子どもの名前を考えねば、名前を与える機会が先に延びる。

アリオスの耳に、『父様』と呼びかける先程の声がまとわりついた。『父様』とは自分か。ではどの子どもの声だったのか。

今後竜王と関わる子どもなど、皇太子であるアスキンぐらいしか思い当たらない。

だがあの声はアスキンではなかった。

ミチビキテ……で良かった。

……ミチビキテ……とは……？

「陛下？」

ハスバルがいつの間にか距離を詰めてきていた。

アリオスは背筋を正すと、カルスに告げた。

「アスラン」

「え？」

「アスランだ。そう名を授けると伝えよ」

身を翻した時には、身体から動揺が去っていた。

竜王に向かう道を、踏みしめる。

これはもしや、啓示か。

先の竜王に謁見した時には、黄金が広がった。

先程広がったのは、黒い道。

たった一人しか通れぬほどの、細い細い道だった。


たった、独りしか。

＊　・＊・　＊

静かな目覚めではあったが、アリオスは身体の重さに眉をひそめた。

思った通り、寝台から身体を起こすとじっとりと汗をかいていた。

一体何度、この夢を見たか。

そのたびにこんな状態になるとは。己の情けなさに舌打ちしながら、アリオスは汗で濡れた寝着を脱ぎ捨てた。

春の夜の温《ぬく》い風が背中を撫で、不快な汗があっという間に乾いていく。

だがアリオスは眉をひそめたままだった。

思考するべきか否か、己に問う。

考えても仕方のないことと結論づけるのが常だった。

考えたところで答えは導き出せまい。

現在竜王は、この世に生を受けて八年。

あの過去が何だったのか、これからの未来がどうなるのか、運命とは全て定められているのか、これらを語る相手となるのはまだはるか先だ。

竜王が語るに足る相手となるのは、いつからか。

その時、話を聞くのは己一人か。

竜王の他には、もう、誰も存在しないか——。

汚泥にまみれては生きられぬ竜王が向ける視線は、地ではなく天である。

何もない、清浄な空しか、その目には映さない。

だが空があるならば地が存在する。

竜王が目を向けられぬ不浄の地を見据える存在。

それが導き手なのだろうか。

セイジュらの話から、百五十年の生を生きたというタルトキア家の末裔・サガンがその存在だったのだろうとアリオスは悟った。

そして自分が、次の導き手なのだろうと。

深い思考に入るのを、アリオスは止めた。寝台から降り、素肌の上に新しい寝着を羽織った。寝室から出ると宿直が弾かれたように立ち上がった。

「ああ、よい。目が冴えてしまったのだ。少し、その辺を廻ってくる」

レスキアの王宮ならば一人で自由に動き回るなどできないし、しようと思ったこともないが、神山の侍従や衛兵は、主人の傍に付き従うことをしない。彼らが守るのは人ではなく場所だった。

これはなぜなのかと神山の人間に疑問を投げかけたことがある。アガタはもちろんのこと、セイジュも答えられなかった。

おそらくは場所ごとに階級や位によって立ち入りを許されない域があったからだろうと思われる。それをセナは撤廃したが、面白いことに彼らは自分の仕事の範囲から出ていこうとしない。来なくて良いと言われたらそうする。

（……これも、自分の思考など持たされないほど徹底した階級意識の弊害だろう）

セナは彼らの意識を無理に変えようとはしていない。新たな仕事、新たな人と人との繋がりから、自然にそれを知ればいいと思っている。何年もかかるぞ、その間いろいろな問題が停滞するぞと揶揄するように告げたことがあったが、セナは微笑んだ。

「案外、人の意識は、柔く早く変わるものですよ」

そこまで思い出して、アリオスはただ前に出すだけだった足を止めた。

目的を持って、力強く前に進ませる。

たった一度だけ、レスキアの王宮で宿直の目をくぐり抜け、部屋から出た昔を思い出したからだった。

神隠月の夜。月のない夜、誰もが沈黙して神の眠りに従っていたあの夜、こんな夜ならば宿直の目からも隠れやすかろうと、足早に緋宮へと向かった。

後で宿直が責任を問われることも頭になかった。この身体の疼きが何なのか、身体と心と、どちらが求めているのか知りたい。

その欲求だけに突き動かされていた。

必死で辿り着いた先で、最初に出迎えたのはこの侍従だった。あの時は顔を強ばらせて真っ青になり、こんな大あくびをしてはいなかったが。

「起こしてすまなかったな、フォル」

「陛下は思い立たれると我慢できないお人ですな」

そんなことはない。我を忘れるほど感情が乱され、愚かな行動を取ってしまうのは、ただ一人にだけだ。

自分の気持ちがわからなかったあの頃。焦りも、苛立ちも、全て人に恋したがゆえだと、そんな単純な答えにすら辿り着かなかった頃。想うことの喜びゆえに、抱きしめる嬉しさゆえに心が騒ぐのだと、子どもでも知っている答えを見つけられず、気がついた時には、手から失われていた。

恋が、愛と変わって、己の心だけに宿った。

「セナ」

寝室から出てきた姿を、腕の中に抱きしめる。愛おしい者が、驚いたように顔を上げる。

「どうなさいました、陛下」

背中に腕がそっと回される。

包み返されて、アリオスは気付かれぬようにほっと息をついた。


闇夜でも美しく輝く緑色の瞳が、優しく微笑んだ。

「さあ、困りましたねえ。私の部屋には先客がいるのですよ」

「先客？」

セナの寝室に目を向けると、寝台の上で大の字になって寝ているのは、八歳になった末息子だった。すーこすーこ、鼻息を鳴らして眠っている。

もう母親と一緒に寝る年齢ではない。ちゃんと自分の部屋を持っている息子がなぜここで眠っているのか。疑問を投げかけようとしてアリオスがセナを振り返ると、セナは大きくため息をついた。

「今日、かなりキツく叱ったんですよ。ひどく泣きましたので、一緒に寝ました」

日常的な躾はフォルが行い、ほぼ放任状態の母親が何をそんなに怒ったのか。訊ねる前に、セナは困ったように腕を組んだ。

「ちょっとこの頃、竜王に対する態度が悪すぎるんですよ」

　セナは竜王の養育にも関わっている。それに対してアリオスは口を出すつもりはないが、八歳の子ども同士、目くじらを立てることもあるまいにというのが顔に出てしまったらしい。セナは違うというように首を振った。

「喧嘩とかじゃないんです。逆に竜王がアスランと喧嘩できるなら良いんです。竜王の世界でははっきりと認知できるのはアスランだけ。私もアガタもルツも、区別はついていますがどれほど実体があるかってところでしょう。だからアスランは竜王の全てです」

「まあ、絶対的存在というのは伝わってくるな」

「でしょう。その気持ちにあの子は胡座をかいているからいけません。竜王をわざと悲しませてみたり意地悪したり」

「まあ、好きな子にちょっかいを出したくなるんだよ男は」

「陛下！」

　思わず声を上げたセナは慌てて口を押さえた。だが、散々泣いて疲れ切ったアスランは熟睡してピクリともしなかった。顔を近づけてコソコソと話す。

「だから、竜王がそれに対抗できるなら良いんですって。あまりに可哀想でしょう」

「しかしなあ、いくらなんでも八歳の子に何もかも自制しろというのは酷じゃないか。竜王がああなのだからお前が早く大人になれというのはな」

「そ……そこまでは言っていないですよ。いじめてはいけないでしょう」

　アリオスは話しているうちに心が軽くなるのを感じた。先程までの嫌な汗は背中にわずかも残っていない。思わず笑みがこぼれたが、セナは咎めてはこなかった。

「陛下、こんな時間に、どうかなさいましたか」

　セナの寝室を訪れる時には前もって告げておくか、もっと早い時間からともに過ごす。不審がられてもおかしくなかった。

既に幸せな気持ちに浸っていたアリオスは、アスランの寝顔を見ながら答えた。

「いや、何でもない」

セナに手を取られ、寝室の出入り口から離される。寝室に続くフオルの部屋は、本来は支度部屋である。フオルは常にセナの傍に従い、交替で宿直を任せることもない。有能な侍従長は、もう姿を消していた。おそらく外を守る衛兵に言い含め、どこか空き部屋に移動したのだろう。

セナは、支度部屋にある巨大な衣装入れの扉を開けた。かさばる正装用の服が収納されているそこに入って座りこんだセナは、同じようにしろというように手招きした。

アリオスがセナと向かい合わせに座ると、セナはバタンと扉を閉めた。

「さ。ここなら何を話しても平気ですよ」

なぜこんな場所に人を連れ込んだのか、意図がわからずアリオスはセナを見つめた。

「私の顔も見えないし、他に誰もいないし、存分に気持ちを打ち明けられるでしょう?」

狭い衣装入れの中は、セナの目には中に吊り下げられている衣装の飾りすら見えぬほど真っ暗だろうが、獣人の目には表情もはっきりとわかる。きらきらと輝く玉石のような瞳も。労るような微笑みも。

「小さい頃、乳母がよくこうして衣装入れの中に私を招いて、愚痴を聞いてくれたんです。王子だと口にできないことも多いから、誰にも言えない悩みをここなら話していいって」

さ、だから存分に話してください。にっこりと笑ってそう言うセナを、アリオスはひたすら見つめた。こみ上げてくる感情を抑え、冗談めかして訊いた。

「例えば、どんなことを乳母に訴えたんだ?」

「子どもですから、兄上のばかー、とか。ジドの怒りんぼ、とか」

「ジドにはよく怒られたのか」

「あれで結構厳しかったんですよ? 容赦なかったなあ、特に剣術は……って陛下、話を逸らさないでください!」

セナの唇が尖る。我慢できなくなってアリオスはその上唇を吸った。

腕の中に引き寄せるとセナは身体をくねらせた。

「陛下。私は、ちゃんと陛下から話を聞きたいのに」

むくれた頬と尖った唇が訴えてくる。

「私はそんなに、頼りないですか？」

アリオスは引き寄せた背を撫でた。

「いいや。お前の、俺の心を和らげようとしてくれる気持ちは嬉しいよ」

「じゃあどうして？」

言葉にしようとしてアリオスは止めた。

「……お前は俺の心を、すぐに幸福に染めてくれる」

これも真実だった。

今まで、味わったことのない気持ちが心に広がっていく。

この瞬間をアリオスは何よりも愛していた。

これに言葉をつけるなら幸福という言葉しか思い当たらない。

「愛している、セナ」

そして表に出てくるのは、この言葉しかない。

幸福感が己の隅々にまで広がって、満たしてくれる言葉。

「……俺を愛してるか？」

「ええ……愛してます」

耳元に囁かれる言葉は、真摯で、優しさに満ちていた。

背中に回される腕の温もりが、幸福感を包む。

満ち足りた幸福に、アリオスは瞳を閉じた。唇に吐息がかかり、セナの方から口を吸ってきた。

「……誤魔化された気がしないでもないけど、でも、いいです」

そのままセナの胸に顔を押し当てる格好になったアリオスは、セナが立ち膝の体勢で自分を抱きしめていることに気付いた。

ふと、アリオスは思い当たった。

「……俺は、こういう格好で誰かに抱きしめられたことは一度もないな」

セナの身体が離れる。

「え？」

「いや、誰かの腕に顔まで包まれたことはないという意味だ。この齢になってこうされるとは思いもしなかった」

子ども時代に、自分を抱きしめる腕は存在しなかった。父は会ったことすらなく、母は自分を厭《いと》い、早くに他界した。乳母もいない。周囲の臣は、自分を抱きしめてくれる存在ではなかった。不満はない。それが、皇子だと思っていた。

セナの身体が離れたまま動かない。アリオスは怪訝に思って腕を伸ばした。

「セナ？」

「……闇人養成所にいた者たちの治療支援計画に、陛下の名前も入れましょうか？　医師らの治療の一つに、少しずつ時間をかけて子ども時代にまで退行させ、自己を回復させていく方法があります」

本気でそう思っている声ではなかったが、セナの声は労りに満ちていた。

「いいよ、お前がいるから」

アリオスはそう言うと、セナの胸に顔を埋めた。セナの手が、髪を撫でてくる。

「私一人でよろしいのですか、アリオス殿下」

そう呼んだのは、子ども時代を想起させる意味もあったのだろう。

確かにそれは、胸に響いた。

誰もそう、呼んだことがなかったから。

「……もう一度……名前を呼んでくれ」

「アリオス殿下？」

「いや……殿下はいい。ただの……、名前だけで呼んでくれ」

額に口づけられる。

内に浸透させるように、言葉が囁かれた。

「……アリオス様」

心だけでなく身体まで弛緩する感覚に、アリオスは目を閉じた。

意識が静かに、静かに落ちていく中で、アリオスは一人の男を思った。

お前も、治療などいらない、セナ一人だけいれば良いと思っただろうか。

お前はどこまで回復して、逝ったのだろう。

失われた人間の心を、どこまで取り戻して、あの光の世界へ旅立ったのだろうか。


「この正装用の衣装の手入れに、どれほど手間がかかるかご存じですか。そもそもねえ、大の大人二人、衣装入れの中で服にくるまってぐーすか眠るだなんて。あなた方おいくつですか？　何歳？」

目覚めてすぐ、アリオスはセナと二人、椅子に座らされてフオルの説教を受ける羽目になった。

隣の部屋で朝の支度が始まっているが、まさか上皇と婚配者の母がこんな説教を受けているとは思いもしないだろう。

「フオル、陛下を衣装入れに引っ張り込んだのは俺だし、眠ってしまわれた陛下に手近な服をかけたのも俺だから」

小声でセナは言い訳をしたが、フオルはますます呆れた顔で青筋を浮かべた。

「セナ様、いつまであなたは子どもっぽいことをなさるんですか」

「でも楽しかったぞ」

アリオスは思わずフオルにそう返してしまったが、セナはよほどフオルが怖いのか慌てて袖を引っ張ってきた。

「陛下、もうアスランも起きてますからほら、先に」

セナに背中を押され、アリオスはその場から退散することにした。「もう突然の訪問はお断りしますからね！」と叫ぶフオルの声を背中に貼りつけて、部屋を出る。

「とと様っ！」

既に支度を終えたアスランがしがみついてくる。扉の前でずっと待っていたらしい。

「はは様は？　まだフオルに怒られているの？　とと様とはは様、何をやって叱られたの？」

並べられた朝食の前で、侍従らが余計な言葉は耳に入れませんというように顔を俯かせている。アリオスは苦笑して息子の頬を掌で包んだ。

「正装用の服をな、ぐしゃぐしゃにしてしまったんだ。五日後に父は行幸に出るだろう？　そのためにフォルがきちんと用意していたお前とセナの服を台無しにしたんだから、怒られて当たり前だな」

「フォルの仕事を台無しにしたんだね？　それは怒るねえ」

「だな。セナはまだ時間がかかりそうだから、父と一緒に食事しよう」

　ざっと顔を洗い身支度をすませる間、アスランはずっと足や腰にまとわりついていた。

「ねえとと様あ。はは様に聞いた？　僕、昨日竜王に悪いことしちゃったんです」

　叱られるかどうか不安で甘えているのだろう。

「悪い事って？」

「いじ……いじめちゃった……」

「それは怒られるな。竜王にも嫌われてしまったんじゃないか」

　アスランはたちまち目に涙を浮かべた。セナが昨日散々叱ったという話だったのでアリオスは何も言わないつもりだったが、アスランから訴えてきた。

「は、はは様も、アガタも、もうしばらく竜王に会っちゃいけないって……。あ、謝りたいのに、それも駄目だって……お願いとと様、はは様にお願いしてください」

　昨日の様子ではセナはすぐに許すだろうが、アリオスも少しアスランを諭したくなった。

　着替えを終え、椅子に座ってアスランを向かい側に立たせ、手を取った。

「アスラン、たった一言で、ひとつの行動で、取り返しがつかなくなることがある。嫌われてしまったら、そこからもう一度許してほしい、愛して欲しいと願っても、叶わないかもしれない」

　アスランは涙を滴らせながらはい、と頷いた。

「愛されるってのはな……奇跡なんだ。竜王の愛が絶対だとは思っちゃいけない」

　頷く息子の髪を、アリオスはくしゃくしゃと撫でた。

「じゃあ後で父と一緒に竜王に謁見するか」

「とと様、ありがとう！」

抱きついてきた息子からは、一切のためらいも遠慮も感じられなかった。

生まれた時には何の力にもなってやれなかったが、他の子どもたちと比べて一番父と子の関係が深いかもしれない。

アスランの肩越しに部屋に入ってきたセナを見て、アリオスはそんなことを思った。

三人で食卓を囲んでいると、侍従がやってきてフォルに耳打ちした。

フォルがあからさまに顔をしかめる。

「まだ朝食の時間だと言って追い返しなさい」

フォルの言葉にセナが反応した。慌てて咀嚼し、水を飲む。

「ジグルトなら通してくれ。朝食後一番にここに来る予定だったんだ」

フォルは嫌な顔をしたが、セナは来訪を告げに来た侍従に通してほしいというような仕草をした。

書類を小脇に抱えながら、ジグルトは食卓の場に現れた。

「陛下、こちらにいらっしゃいましたか」

なんだ居たのかという表情である。すぐにセナに話しかけるジグルトを見て、人は変わるものだとアリオスは思った。

「お食事中すみません。役人らとの会議が迫っておりますので、ちょっとよろしいですか」

「ああ、食事が遅れたのはこっちの都合だ。構わないよ」

食卓から立ち上がり、セナはジグルトの差し出す書類に目を落とした。あまり行儀が良いとは言えないが、アリオスは皇帝時代から生活の場が政治の中心だったので慣れている。セナもいつの間にかそうなってしまった。アスランにとっても当たり前の光景になったが、フォルは顔をしかめている。

「あ、陛下！　ジグルト殿も！　ちょうど良かった」

神山政務官クーガは侍従を無視して遠慮するそぶりも見せず部屋に入ってきた。

神山の厳格なしきたりの中で育ったにもかかわら

ず、立ち入りを許されない領域があった時代などもう忘れている様子である。順応性の高さは、若さゆえだろう。

　ついにフォルが声を上げた。

「食事がまだ終わっていませんよ！　御子様も同席しているんです。仕事を持ち込むなら片付けさせますよ！」

　ジグルトはなぜかすぐにフォルの言葉に頷いた。

「その通りだ、クーガ、まず席を外せ。後で陛下の執務室で」

「いや、セナ様にも話を聞いていただきたく。セナ様、今度の行幸の行程は、全て私に任せるとおっしゃってくださいましたよね？」

　かつて上位神官家の家令の家に生まれたクーガは現在二十一歳、アリオスの秘書的政務官に収まって二年になる。それまではジグルトやセイジュにこき使われて仕事を覚えてきた。

　今度の行幸は神山の政治にも大きく関わってくるため、アリオスは最初ジグルトを総責任者にと考えたが、セナの頼みでクーガに任せたのである。

　まだ経験も浅いのでアリオスは不安だったが、自分とジグルトが補佐するとセナに頭を下げられた。

「私が考えた行程を、ジグルト殿が大幅に変えてしまったんです」

　クーガが顔を赤くしてセナに訴える。

　若いからだろうが、クーガは仕事に対してあまりに真面目すぎる。それは神官家の生き残りとして、一刻も早く一人前にならなければならないという使命感からだろう。

　そんなクーガの気持ちを慮ってセナが今回の仕事を任せた経緯があった。余計な事をしたのかと責めるようなセナの視線に、ジグルトが慌てた。

「いえ、あの、すみませんでした。クーガと協議します」

「いや、はっきり言っていい、ジグルト。俺が頼んだんだ。行幸に私的な訪問を入れてくれって」

　アリオスがそう教えると、セナは首を傾げた。

「私的な訪問？」

「レスキアから出て国に帰った妃らの状況を確認した

くてな。ジグルトに調べてもらったんだ。全員は無理だが、国を回るついでに会いに行ってこようと思う」

場がしん、となる。

アリオスが場の空気に気がついた時には、セナは無言で席に戻り食事を再開した。

＊・＊・＊

「だから向こうで話を聞くって言ったのにお前はっ！」

後を歩くジグルトがクーガに説教をしている。こちらはアスランを連れているので説教は向こうでやってもらいたいとアリオスは思った。

「だったら最初からそう話してくださいよ！　『陛下のご意向』じゃわかりません！」

「その辺りも察しないとまだまだ一人前とは言えません。ったく、自分の案が却下されたからってすぐ泣きついてどうする」

ジグルトの言い分がもっともだと思ったので、アリオスは何も口を挟まなかった。

「セナ様だって『私的な訪問』を知ったら不快に思われるだろう」

「どうして不快に？　かつての妃様らを案じられるのは当然でしょう」

クーガの疑問にジグルトははあ～とため息をついた。

「お前、レスキアに留学させたくなってきたぞ。まあ、神山には後宮なんてないから関係ないかもしれんが、少しは想像しろ。不快ってほどではないが、明らかに気分を害されていただろう」

アリオスはつい後ろを振り返った。

「正直俺は、妬くとは思っていなかった」

呆れた顔を隠そうともしないジグルトに、アリオスは付け加えた。

「いやしかし……お前も知っての通り、後宮と俺の関係は特殊なものだったからな。愛だの恋だのは存在しなかった」

「それは陛下がそういう感情をお持ちじゃなかった

だけで、恋情や愛情を持たれた方はいらっしゃったかもしれないんですよ」

ジグルトのやれやれといった口調に、アリオスは内心確かにと頷いた。

五年前、神山から戻ってすぐに後宮を事実上解体した。三年で譲位すると決めた以上、子を作るわけにもいかず、縁を結んでも無駄だと諸外国に教えるためでもあった。

後宮にいる妃らの気持ちなど、何も考えていなかったと言える。

レスキアに残りたいと望む妃には別宮を用意し、国に戻りたいという妃には十分な支度金を持たせた。子がいる妃を除き、再婚の権利も皇帝の名で与えた。何も後ろ指を指されることはない環境を整えて離縁したつもりだが、不利な立場に追い込まれた者もいるかもしれない。それを案じて今回、国に戻った妃らを訪問しようと思ったのである。

「陛下は昔の奥方様方をただ労ってお茶をするだけだと私は思っておりますけどね」

アリオスは、何の話なのか一瞬理解できなかった。

「え？　まさか、かつての妃らと同衾するとセナが思っているって言いたいのか？」

「陛下、しーっ、しーっ！」

「どうきんってなあに？」

妙なことは聞いているアスランを宥め、アリオスは頂に入った。


叱られるのを恐れて父親の背中に隠れるアスランを見て、ルツは微笑みを見せた。

「アスラン様、私は怒ってはいませんよ」

「アガタは？」

「セナ様がお許しになってここに来られたのに、アガタ様がお許しにならないはずがありません。私と一緒に挨拶に参りましょう」

アスランはルツに手を引かれてアガタの私室に入った。

少し遅れて、アリオスも入室した。

竜王と繋がる竜人族の能力は失っても、アガタは敏感に人の気配を察する。アスランの気配を察したのか、アガタが寝台からゆっくり身体を起こし、微笑みを見せる。

　アスランはアガタのもとへ飛んで行った。

「アガタ、ごめんなさい」

「私にはいいのですよ。竜王は、アスラン様の言動に心を痛めておいででした。早く、謝りに行ってください」

　それを聞いてアスランはまた泣き出した。ごめんなさい、としゃっくりをあげてアガタの膝に縋る。そんなアスランの髪をアガタは優しく撫でていたが、びくりと身体を震わせ、叫んだ。

「竜王！」

　ルツが走り出す前に、アリオスにもわかった。凄まじい〝気〟が襲いかかるように噴き出してくる。

　アリオスはアスランを反射的に抱え込んだ。興奮する神を止めようと竜王の元へ向かったルツに、アガタの声が飛ぶ。

「止めなさい、ルツ！　お前は行ってはならない！　お前の身体が！」

　アガタの声に重なるように、アスランが叫ぶ。

「竜王！」

　アリオスは、腕の中で叫んだ我が子の身体が、熱くなるのを感じた。

　次の瞬間、周囲の空気に明らかな変化が生じた。

　アリオスがまず感じたのは、大気が重くなった、ということだった。頭に、腕に、足、身体全体に負荷がかかったからである。空気がまるで、物質が変化したように重さを感じさせ、同時に澱んで見えた。

　だが、それは認知の誤りだったとアリオスはすぐに悟った。腕の中のアスランが動き始めたというのに、自身の身体は全く動かなかったからである。

　時が止まったのか、別空間に在るのかはわからなかった。周囲の光景に変化はない。だが動いていなかった。固定された空間の中で、動けるのは我が子だけだった。

　アスランが竜王のいる部屋へ走り出そうとした時、向こうから光の筋が走ってきた。アスランの手前でその光は、ぼんやりと光の輪を描き、やがて光が形作り始めたのは、人の姿だった。

アスランと変わらない年齢の、長い金髪を身体に巻き付けた、下半身だけが竜の姿の、子どもの姿だった。

「りゅうおう」

アスランが金髪の子どもに優しく語りかける。子どもは、泣き出しそうな顔をしていた。鼻に皺を寄せて唇を噛みしめている様子は、人間の八歳児と何ら変わりなかった。

「竜王、ごめんね。ひどいことして、本当にごめんね。アスランのこと、もう許せない？　大嫌いになった？」

泣き出したアスランに、幼い神が必死に首を振る。金髪が揺れて顔を覆うほどに激しく首を振っている。その必死さは、人の子と全く同じだった。

『アスラン、大好き』

空気を響かせるような竜王の〝声〟に包まれ、幼いふたりが抱き合った瞬間、空間が動いた。

アリオスは空気が重い、とまたしても感じたが、今度はそれは誤りではなかった。

空間が動き、もとに戻った瞬間、場が水浸しになったのである。

まるで大量の水が一気に引いたように、床も、壁も、天井からも、水が弾けた。そして、自分自身も水から上がってきたようにぼたぼたと水を滴らせていた。

アリオスは、両腕からアスランが消えていることに気がついた。竜王に、連れて行かれた。すぐに竜王の部屋に向かおうとアガタの部屋を飛び出すと、廊下にルツが伏せていた。

ルツはアリオスと同様に頭までずぶ濡れだった。ルツの呼吸、脈を確かめると、意識は失っているが身体に支障はないようだった。アリオスはルツを抱きかかえ、アガタの部屋に戻った。

寝台にいたアガタは、不思議なことにあまり濡れていなかった。アガタの背面の壁も塗れていない。一体どこからどこまで水に包まれていたのか。今はそんなことを考える余裕はなかった。

「ルツを頼む」

アガタにルツを任せ、アリオスは竜王の部屋に飛びこんだ。

なんとなくわかっていたが、こちらには水滴一つ、落ちていなかった。

アスラン自身も濡れていなかった。

キュウ、キュウと啼きながら神は、竜の姿でアスランに巻き付いていた。すらりとした胴体で金色の鱗を輝かせている。

アスランは、頬ずりし長い舌でペロペロと顔を舐めてくる竜王を抱きしめて、優しく長い身体を撫でていた。これほどの愛情を受けていれば、多少慢心しても仕方あるまいとアリオスはため息をついた。

「どうしたの、とと様。びしょびしょ」

アスランが驚いて訊ねる。

「アガタの部屋は水浸しだ」

「ええ？　どうして？」

アスランは困ったように腕の中の竜王を見つめたが、竜の神はそんなアスランの顔をまたもペロペロと舐めるだけだった。

「……アスランお前は、竜王を人の姿で見ることがあるのか」

問いかけに、アスランは驚いたように顔を上げた。

「とと様、見たの？」

「ああ。上半身だけ人化なされていた。幻視したような感覚だったが」

「どんな風だった!?」

「……まっすぐな金髪で髪が異様に長い……肌は透けるほどに白い。瞳は」

「とと様、すごい！　はは様やアガタでさえ見たことないのに！　竜王が人の姿に見えるんだね！」

アスランが興奮し自分から興味が薄れたのを察したのか、竜王がキュウ、キュウと悲しげな声を出す。

「見えたとしても半分だ。……お前は前々から人化された姿を目にしてきたのか」

「最初に会ったぐらいから、ずっとだよ。『道』で会っていた頃、人間の姿を保てなくて、すぐ竜に戻っちゃってがっかりしてたのよね、竜王。アスランと同じ姿でいたかったのよね」

キュウ、と竜王が返事をする。

「もう。竜の姿のままだって大好きだよって言ってたのに。可愛いんだからぁ」

今度はアスランが顔や身体に口づけを降らせ、竜王は身体をくねらせて「キュウウウ～」と啼いた。

これはあとはセナに任せた方が良さそうだ、とアリオスがアスランと竜王に背を向けた途端に、それは起こった。

いきなり空間が遮断され、目の前に黒い一本の筋のようなものが現れた。

すぐにアリオスは悟った。

以前神山で見た、あの黒い道だ。

たった一人しか渡れぬほどの、細い細い道。

「とと様？」

アスランの一声で、場の光景が戻る。

アスランは、見なかったのか。

あの細い、黒い道を。

では目にしたのは、目にするのは、やはり自分一人だけか。

アリオスはアスランの腕の中にいる神の姿を見つめた。

これまで何度も直に会う機会を作って貰ったが、今まで竜王に認知されたことはなかった。

アスランしか、実体として捉えていない。まだ神の目に映るのは、アスランだけ。

アガタはもちろんのこと、セナのことも認識できない。周囲も、アリオスもそう思ってきた。

だが今、幼き神は、ひたと見据えていた。

アスランの腕に抱かれながら、視線は射貫くようにアリオスに向けられている。

認識している。

アリオスは声も出せずに竜王を見返すしかなかった。この神は、アスランだけでなく、自分の存在もわかっている。

ではなぜ認識されたのか。

（……俺が自分の世を導く者とわかったのか）

神の静かな視線を、アリオスは見つめ続けた。


アリオスが竜王の部屋から出てアガタの私室に戻った時には、騒ぎを聞きつけたセナとセイジュが到着していた。侍従らが大量の布を抱え、水浸しの室内に敷いている。

「陛下！　陛下までそのように濡れた状態に……すぐに着替えを持ってこさせます」

　着替えが届くのを待つ間、布を差し出してきたセナに、アスランは竜王の傍にいると告げる。

「しばし様子を見ていたが、竜王が眠りにつきそうだったのでアスランにはそこに居てもいいし、戻ってきてもいいと言っておいた」

「ありがとうございます。おそらく一緒に眠るでしょう。アガタから、竜王はアスランを気にかけてあまり眠っていないと報告を受けましたから」

「アガタもルツも大事ないか」

「それが……」

　新しい服が届き、着替えを終えた頃には床の水はかなり取り除かれていた。水がかかっていない場所で、アガタ、セイジュ、ルツが集まっていた。ルツは意識を取り戻し、服も取り替えた様子だったが、セイジュに布でぐるぐる巻きにされ抱きかかえられていた。

「大丈夫だったか、ルツ」

「はい、私は……」

「大丈夫じゃありません」

　憮然とするセイジュに、ルツがそっとたしなめるように告げる。

「セイジュ様、もう、そのことは……」

　場の空気が読めずにアリオスがセナに顔を向けると、セナは困ったように小声で伝えた。

「子が……宿ったらしいです」

「誰に？」

　思わずアリオスは聞き返したが、この中で子を宿せる者は一人しかいない。

「セイジュの子か？」

「他に誰がいるって言うんですか！」

　セイジュがルツをきつく抱きしめながら返す。

「何を怒っているんだ、お前は。水で冷えたからか？　仕方ないだろう、竜王が興奮してこんな状態になったのは初めてのことだ」

「ああもう陛下はこれだから！　子どもなんて放っ

ておいても生まれると思っているんでしょう！　セナ様がご懐妊なさった時もそんな感じだったんでしょうね！」

当たり散らされて今度はアリオスが憮然とする番だった。慌ててセナが間に入る。

「いえ、陛下、セイジュもルツも知らなかったんです。今アガタに教えられるまで」

目を向けると、アガタは困ったように微笑んだ。

「私は、以前のように魂は見えませんが、生命体を認識することぐらいはできますから……。ルツも全く自覚していないし、もう少し生命が安定するまでは黙っておこうと思ったのです。自然と消えてしまうほど、まだ宿って間もないですからね」

「宿って間もないとは？　春赤月の子ではない？」

今は春流月、来月が夏赤月だった。アリオスの質問にアガタが思い出すようにして首を傾ける。

「私が気がついたのは春宵月の始めでしたから」

「ああ、それでは本当に最近だな。宵月に受胎とはまた珍しい」

「止めてください！」

受胎した時を遡られてセイジュは顔を真っ赤にして訴えた。

「惹香嚢体ですし、赤月に発情しなくなるか、腹がふくらむまで妊娠した自覚もないでしょう。周囲も気付きにくいのかもしれませんが、それでも教えてほしかったですよ！　竜王の傍にいるんです。胎児に影響は出ないんですか？」

なるほど、それでセイジュは怒り心頭なのかとアリオスは納得した。

「それは悪かった、セイジュ。ぬか喜びさせるのも気の毒かと思って」

うなだれるアガタに、ルツは抱きしめているセイジュの身体を押しのけた。

「アガタ様、謝らないでください！　私は妊娠しても、アガタ様と竜王のお傍から離れませんから」

「止めてくれルツ！　身重なんだ、自分の身体を一番に考えてくれ！」

「セイジュ様こそ酷い！　どうしてアガタ様を責めるの

です。お門違いではないですか！」

セイジュに盲信しているように見えたルツが、ずいぶんと変わったものだとアリオスは思った。敬愛を恋愛と勘違いしていないか、ルツの心の成長をひたすら待ったセイジュの想いが成就したということだろう。

「なんと言われようと、俺は神より世界よりお前と子の方が大事だ」

セイジュの言葉に、アリオスは思わず目を伏せた。

自分は、言えなかった。

帝位より、国家より、世界より、お前が大事だとは、言えなかった。

だからこそ、言えた男に託した。自分の命よりも、守り抜くと表明した男に。

「……男の惹香嚢体は女性より妊娠の自覚が低い。ルツ、セイジュ、これからについて、向こうで話そうか」

セナの助け船にセイジュは頭を下げた。

「お願いします」

セナがセイジュとルツを連れて出て行ったのを見届けたアリオスは、アガタを振り返った。

「気に病む必要はない。セナもすぐ戻ってくるだろう。あとは休むと良い」

「ありがとうございます。ですが陛下、少々お話させていただいてもよろしいでしょうか」

今までアガタと二人だけで話をしたことはなかった。間にセナかセイジュか誰かしらが入っていたので、二人だけにならなかったとアリオスは今更気がついた。

床や壁の水滴は拭われ、湿気が残る空間に布を敷き、侍従らはもう下がっている。

アリオスはアガタの寝台近くに椅子を引き、腰を下ろした。

「どうした。珍しいな」

「ずっと私は、陛下に伺いたいことがございました」

アガタはしばし俯いていたが、顔をゆっくりと向けてきた。

いや、向けてはいなかった。見えぬ目を、声がした方向に動かしただけである。

その時、アリオスはあることに気がついた。

アガタは、以前のように魂をその状態や感情まで視ることはできなくとも、生命体を認識する程度なら可能だと言っていた。

　事実、アガタは敏感に気配を察することができる。盲人ゆえか、それとも能力の名残かはわからない。

　だが今は、捉えていない。

　自分を、捉えていない。それにアリオスは、初めて気がついた。

「陛下。私は陛下が先の竜王より暁の皇帝の名を拝受された時、竜王のお言葉をお伝えした者でございます。私の目に映るあなた様は黄金の魂をお持ちでした。それまで私は、あなた様ほど見事な光を放つ魂を見たことはございませんでした。先の竜王が珍しくお笑いになり、名を与えたいとおっしゃった時も、あれほどの魂ならば名を贈りたくもなられるのだろうと納得したものです」

　アリオスは言葉を紡ぐアガタの唇をじっと見つめた。時折、言葉を出すのをためらうかのようにアガタの唇は震えた。

「五年前、竜王が雨を散らし黄金の雲で天空を覆った時、竜人族の力を失っていた私でも、その光を感じました。そして、思いました。竜王は……先の竜王は、もしかしたらあなた様に、この光を見たのかもしれないと」

　アリオスは静かにアガタに問うた。

「今お前の目には、俺は何も映っていないのだな」

　アガタが震え、顔を俯かせる。

「以前の私の目には、人の魂の色も、状態も見えておりました。今はただ、どれも同じく淡い光が滲んでいるだけです。人も、動物も、そこに生命体があると認識できる程度です。竜人族の能力の名残なのかわかりません。一律、生命は皆同じ。無知という無意識で人を選り分けてきた私に、かつての神が教えるために残してくださったのかもしれないと思いました。しかし……生命体であると認識できないのに生きている存在があった。それがあなた様です。上皇陛下」

　組んだ両手を震わせるアガタに、アリオスは静かに告げた。

「もう一人、視なかったか、アガタ。サガンには魂が見えたか」

「……陛下！」

顔を上げたアガタの瞳からあふれ出したものは、組まれた手に滴り落ちた。

「ああ……ああ、やはりあなた様は……何もかもご存じで……」

「いいや。何も知らんよ。だがこれで確信した。セナとは？　話したのか」

アガタは静かに首を振った。

「いいえ。あの方が話されたのは、サガンが『導き手』であるという話だけです。私はサガンの魂だけ見えないことを、セナ様が回復なされてずいぶん経ってからお尋ねしました。百五十年生き抜いたタルトキアの末裔は、なぜ生命が感じられなかったのかと」

己に問いかけるのもためらっていた事実が顕わになる。覚悟していたはずだったが、声を出した時、不覚にも語尾が震えた。

「もはや俺は、人としては死人なのだな」

アガタの目には、生命体として映らない。

この世界の、魂の一つとして数えられない。

やはりあの時に、死ぬ運命だったのだ。

この身体は、魂は、あの時に死んだ。

竜王という存在により、この世とあの世の中間に留め置かれたのだ。

やがて役目を終えて死ぬその時まで、静かに朽ちてはいくが、この世の生命の流れには乗っていない。

「セナ様は、私に『導き手』の存在だけを教えてくださいました。先代竜王の導き手がサガンであったと」

閉じられたアガタの瞳からは涙が止まらなかった。

「……サガンの人生を慮れば、百五十年という絶対的な孤独の中にいたサガンを思えば、こう考えることすら酷いのでしょう。ですが私は、竜王に……先代竜王に、導き手のような存在があったと知り、安堵したのです」

アガタは、祈るように組んだ手に力を込めながら言った。

「自分たち竜人族が、竜王を理解し、助ける者と考え、神に仕えておりました。神が何を思い、何を考えているか、拝察することすらおこがましいと思っておりました。神は神で、私たちに理解してほしいなどと思っておられなかったでしょう。それが神と、我ら人間、いや竜人族との関わりでございました。だが神は……たったお一人の世界で神は、己の御代から絶対に離れない魂を、見続けておられた。神は、孤独ではなかった。先代竜王は、サガンの魂を、我々には見えないその魂を、どんな思いで見ておられたか。おそらくご自分が分卵され、命が消えようとしている最期の瞬間まで、見つめ続けておられたでしょう。我が子に御代が無事に継承されることを、サガンに託して亡くなられた。竜王にとって導き手の存在は、どれほど救いであったことか」

　そこでしばし言葉を失ったアガタは、しばらく顔を伏せていたが、やがて涙を拭い、見えていない目を向けてきた。

「陛下。セナ様から、『導き手』についてお聞きになりましたか」

「……いいや、何も。あえて話そうとしていないと思っている。だから俺も、この話題を出したことはない」

「おそらくあの方は、他にもいろいろご存じだと思います。ですが何も語ろうとなさらない。人が、知るべきことではないとお考えだからでしょう。些細な事で運命は狂う。それを懸念されているのでしょう。だから私も、陛下が『導き手』であるという推測をお話しできませんでした」

「ああ。セナには話すことはない。今後この話題は持ち出さぬ方が良い」

「申し訳ありません。セナ様同様、絶対に話すまいと思っておりましたが、いつ死ぬかわからぬ身、つい陛下に打ち明けてしまいました」

「いや、構わんよ。聞いて良かったと思っている」

　覗きたくなかった深淵が、目の前に浮かび上がる。どれほどの衝撃を与えてくるか自分でも恐ろしく考えていたが、最初の動揺は消え、今は不気味なほどに粛然とした心でそれを見つめていた。

　しばらくしてアリオスが立ち上がろうとすると、気配を察したのだろう、アガタが引き留めるように手を動かした。

「陛下、もう一つ、伺ってもよろしいでしょうか」

アリオスが身体を椅子に戻すと、アガタは頭を下げた。そして躊躇うように逡巡したのちに静かに訊ねた。

「……陛下は、平気なのですか」

声に出して、アガタは己の言葉を恥じるように顔を伏せた。

「……お許しを……」

「いや。お前がそう聞きたくなる気持ちもわかる」

「陛下が……陛下があまりに、達観されているご様子なので……。それとも既に、覚悟されているのでしょうか」

覚悟——。

覚悟でも諦観でもない。

「俺がこれから、百五十年という時をどう生き、どう死ぬのか、死ぬ直前まで意味を求め続けるだろうな」

サガンのように、世界を生かすための存在になれるのか。

それともただの爺となり、世界を彷徨う中で一人死んでいくだけか。

何も成せずに、何も変えられずに、山中で、砂漠で、盗賊に殺される運命かもしれない。

「アガタ。今世界は、大きく変わったと思われるだろうが、これからの世界が果たしてどうなっていくのかはわからない。不浄は拭われた。だが百五十年先に、また人間が、愚かにも世界を不浄で覆い尽くさぬという保証はどこにもないのだ」

この世界は、セナが差し出した惹香嚢で救われた。

獣人への差別、惹香嚢体からの搾取、それらが完全に消えるかと言われたら、どこにもそんな保証はない。

かつて惹香嚢で世界が救われたのだから、今度も惹香嚢で世界を救えば良い。

そう語る輩が、現れないとも限らないのだ。

「己が何をしているのか、その非道さも、愚かさも、人はすぐ忘れるものよ。あれほどの思いで世界を変えたとしても、ほんのわずかな意識で、覆される」

火薬の登場で、世界の力関係があっという間に崩れるかもしれない。

レスキアが帝国を存続できず、新たな国がのし上がってくるかもしれない。レスキアの子孫が絶え、国が業火にまみえぬと誰が言い切れるだろう。

世界が動き続ける限り、不幸は巡る。

人は死ぬ。

破滅が生まれるならば、命も生まれる。

その繰り返しを見ることのないように、人間には寿命がある。

生き続けても平気なのは、物言わぬ考えぬ植物だけだ。

百五十年という期間は、人間として、正気を保ったまま死ねる限界なのだろう。

平気か……という先程のアガタの言葉が蘇る。

絶対的な孤独、という言葉も……。

＊　・＊・　＊

セナの言っていた通り、アスランはあの後竜王と一緒に眠ってしまった。

セナがなかなか戻ってこなかったため、アリオスは心配してやって来たフォルにその場を任せ、自分の執務室に戻った。

クーガが行幸の日程について報告したそうだったが、後にして欲しいと頼んだ。

疲れで仕事を後回しにしたことはなかったが、あまりにも身体が疲弊していた。

竜王の力に当てられたからではあるまい。

己の思考の重さが、身体にのしかかっていた。

これからこの重さと一生付き合っていくのかと、アリオスはやりきれなくなった。

百五十年という時間の重さから、もはや逃れられまい。

サガンのように、何も知らずにいつ死ぬのかと問い続ける人生よりは、まだましかもしれない。

こんな世界など知らぬと、目を逸らして生きられるならばどれだけ良いだろう。

だが、考え、問い続けるだろう。

どうすれば世界が救われるのか。どの行動が間違っていないのか。

神の山に火を放つという愚行を、人がしない保証はないのだ。

何をどうすれば守れるのか。どこからどこまで守るのか。選択し、切り捨てることが、何度も何度もあるかもしれない。

こんなのはたった一度だけで十分だと思う決断を、別れを、何度も繰り返すかもしれないのだ。

セナが何かを見、そして知っていたとしてもそれを絶対に口にしないのは、そのためかもしれないとアリオスは思った。

セナが知っていると話せば、もしかしたら自分は聞いてしまうかもしれない。

自分は何をすれば良いのか。どうして自分だったのか。守れるのか。救えるのか。

百五十年生き続ける意味はあるのか。

重すぎる思考は、身体を休ませなかった。食事も取らずに部屋に引きこもって横になっているのに、頭の中はいろいろな考えが駆け巡って疲労する一方である。

セナの腕に抱きしめられた心地よさを、アリオスは思い出していた。

情けないが、包まれたい——と願う。

何も考えずに、何も話さずに、ただ抱きしめられたい。

昨日の今日である。またも夜分遅くにとフオルには顔をしかめられ通されない可能性もあったが、アリオスは自室から出た。

どんな言い訳をしようかと考えていたが、有能な侍従長は不在だった。代わりに宿直していた侍従によれば、今夜はアスランが竜王の部屋で一晩過ごすため、付き添っているのだという。

「セナは？」

「お仕事で、戻られたのは先程でした。もうお休みと思われますが……」

ルツの件で、案外長く時間がかかったのだろう。ルツだけでなく、セイジュの仕事の調整もあったのかもしれない。

疲れているのならば引き返そうかとアリオスはためらったが、ここまで来たら顔を一目だけでも見たかった。眠っている様子がわかれば良い。それだけで心が癒やされる気がした。

部屋の扉を開けると、薄闇にセナの身体が横たわっていた。珍しく、重ねられた布が乱れて手足が大きく動いた跡が残っていた。

いつもよりも寝息が荒いのに気付いたアリオスは、そっと近づいてセナの顔を覗き込んだ。顔を半分寝台に埋めているセナは、肩を揺するほどの息づかいをしていた。興奮状態にある、ということは、黒髪がこめかみに貼り付き、じっとりと汗が浮かんでいるのを見ずとも明らかだった。

ふう、ふうと苦しそうに息をして、額に玉の汗を浮かべる。堪らずアリオスはセナに声をかけた。

「セナ」

呼びかけてもセナは反応しなかった。身体を強ばらせ、内へ、内へと力を込めているのがわかる。一体どんな悪夢を見ているのか。

思わず手を伸ばしたが、それは小さな叫びとともに振り払われた。

「……あ……あ、イザク……イザク!!」

セナのもがく手が、闇を掻く。何かを必死で摑み、引き戻そうとする。

「イザ……ク、イザク！　だめ……駄目だ、あ……イザク！」

悲鳴のような声を上げ、セナは飛び起きた。

「あっ……あっ……あっ……」

失ってはならない、離してはいけないものを必死で探す子どものように、闇に視線を飛ばす。

そして彷徨う視線が、ひたと自分の上で止まるのを、アリオスは見た。

その時に瞳に浮かんだものも。

「……陛……下……」

セナの瞳が、虚空を見る。

額に髪を貼り付かせ、まだ肩で息をしている姿を見つめながら、アリオスは拳を握りしめた。

抱きしめたい。

かき抱いて、その震えを、自分の腕で、消し去りたい。

今夢の中で見ていた恐怖を、苦しみを、哀しみを、全て払うほどの力で、抱きしめたい。

大丈夫だ。俺がいるから。

俺がお前を守ると叫びたい。

爪が掌に食い込むほどに握りしめながら、アリオスは口にした。

「……俺に……出て行ってほしいなら、そうする」

セナの視線がわずかに下がる。アリオスは静かに続けた。

「傍にいていいのなら、いる。触れて良いのなら……。だが、一人になりたいなら、遠慮なく言ってくれ。……一人で、過ごしたいか？」

セナの虚空を見つめる目は変わらなかった。頭がふらりと傾き、力なく頷く。

「……そうか。わかった」

アリオスは足に力を込めた。寝台に座り込むセナに背を向ける。

寝室の扉を閉める瞬間、アリオスは寝台に視線を流した。

虚空を見つめるセナの瞳が閉じられ、目の奥に溜めていた涙がはたはたとこぼれ落ちる。

喪失の苦しみで顔が歪み肩が震え出す前に、アリオスは扉を閉めた。

扉の向こうで、哀しみに覆われた心が泣き叫ぶのがわかった。わずかに耳に届く慟哭に、アリオスは唇を噛みしめた。

ふと顔を上げると、闇に小さく浮かぶ影があった。フオルが、困惑した表情でこちらを見つめている。

アリオスは扉の前から離れ、フオルの肩に手を置いた。そのまま廊下に出ようとしたところで、背中にフオルの声が飛んできた。

「陛下」

フオルは声を出さずに手招きした。支度部屋に隣接する部屋の扉をフオルが開けると、窓もない空間に、椅子と卓、そして天井までびっしりと並べられた本があった。

「ここは本来収納庫ですが、私の読書部屋です。一人になりたい時に、ここに籠もるんです。狭くて申し訳ないですけどね」

フォルは蝋燭に灯りをつけながら言った。

小人のフォルには困らない大きさなのかもしれないが、山と積まれた本の間でアリオスは身動きが取れないほどだった。フォルは自分の身体に合った子ども用の椅子に座り、アリオスには横に積まれた本の上に腰をかけるように勧めた。

「どうぞ」

「いや、立っているから大丈夫だ。大事な本だろう」

「大事じゃありませんよ。神山の書記官が記した、偽物の帳簿です。各国からの貢ぎ物を上位神官家がどう巻き上げてきたかわかります。本物の帳簿が出てきたので、廃棄される予定でしたが引き取ってきました」

「そりゃあ大事だろう。面白そうだ。俺にも次に見せてくれ」

フォルは頷いた。

「私は座ったままでも？」

「ああ。……一つ聞いていいか」

「どうぞ」

「セナは……しょっちゅう悪夢を見るのか」

わずかな灯りの中で、フォルの首が静かに振られた。

「二年……ほど苦しまれましたが、今は頻繁ではありません。少しずつ減って……あなた様と仲睦まじくなられてからは、今回が初めてです」

苦しんだ――わかっていたことだが、改めて人から聞きアリオスは胸が締め付けられた。

「泣かれるだけ泣いて……回復されます。大丈夫ですよ、陛下」

「お前は、セナの傍にいなくてもいいのか」

「慰められる哀しみや苦しみならば、陛下だって出てこられなかったでしょう。喪失は、たった一人で乗り越えるしかないんです。明日、何事もなかったように笑ってさしあげてください」

フォルの静かな口調に、思わずアリオスは吐息とともに本音が漏れた。

「俺は……無力だな」

「いいえ」

フォルはすぐに返してきた。

「無力ではありません。無力とは違いますよ、陛下」

断じるような言い方に、アリオスは苦笑した。

「わかっている。ただ、思ってしまうのだ。どうしても。イザクはセナを助けるために、生かすために死んだ。セナの命はあいつが守り繋いだものだ。そして俺は、セナに助けられた。俺の命は、セナが繋ぎ止めたものだ」

助けられても、助けたことは一度もない。

イザクは守った。全身全霊をかけて。

「これから先も俺は、イザクのように、セナを守り助けたりすることはないのだろう。無論、そんなきな臭い事態を避けるために動くのが俺の役割なのだが」

「そうですとも。あんな思いは二度とごめんですよ」

フォルは軽い口調でそう言ったが、続けて呟くように告げた。

「比較するものではないし、セナ様だってそんなこと考えたりしていませんよ、陛下」

アリオスは頷いた。

「わかっている。自分を卑下している訳ではないのだ。イザクに嫉妬しているわけでももちろんない。ただ、愛する者を救う存在になりたかったと思ってしまうだけだ。実際俺は、悪夢からも救えず、慰めることもできない」

小さな灯火に浮かび上がるフォルの頭が、わずかに振られる。

「ただ在るだけで救えることもあります。血にまみれつつ常にセナ様に付き従ったイザクと、世界を見据えながらセナ様のために戦ったあなた様は、対照的なようで同一です。今、セナ様のお心を第一に考えてくださるあなた様を、私は誰よりも信頼しますし、感謝いたしますよ」

フォルの言葉に、一つ響いた言葉があった。

対照的で、同一。

「……そうかもしれんな」

呟きに、フォルがほっと一息ついたのがわかった。
灯火がふわりと揺れる。

別の意味での納得だったが、アリオスはそこで終わることにした。

「ありがとう、フォル。秘密の隠し部屋にまで通してもらってすまなかったな」

「衣装箱を使うよりはマシだと思いましたのでね」

アリオスは思わず軽く声を出して笑ってしまった。

扉が開かれ、外に出る。

誰もいない、薄闇に浮かび上がる廊下を見据え、アリオスは静かに歩き始めた。

対照にして同一。

獣人として生まれ、自分自身の意思を持たず、役割を全うするためだけに生きてきた。

同じ人間を、愛するまでは。

同じように死ぬはずだった。

だが、片方は愛する者の命を守るために死んだ。

そして自分は、生きながらえるために、愛する者を喰らった。

どんな理由があろうとも、たとえセナがそう望んだとしても、もしもあの時セナが死んでいたら、自分は狂っただろうとアリオスは思っている。

イザクが死んでも守り通した命を喰らって生きながらえたことに、セナが自分を生かしたことに、愛も憎も見えなくなってやがて発狂しただろうと確信している。

それが世界を救うためだったとしても、世界など投げ出して狂い叫んだかもしれない。

なぜ、自分を生かしたのだと。

セナが生きていてくれたからこうして歩いていられる。

思いがけず、与えられた幸福。愛。満たされた思い。

こんな人生が与えられるとは、考えもしなかった。

皇帝として、それ以外の思考も感情も持たず、帝位とともに朽ちると思っていた自分が、こんな幸せを享受できるとは。

だが、五十年、六十年先に、愛する者は地に還る。

己を知る者は一人、二人といなくなり、語る相手を失い、一人、ただひたすら長い年月を歩き続ける。

記憶の中の幸福が、愛した思い出が、野山や砂漠を彷徨うちに、掠れ、時に何も見えなくなるかもしれない。

百五十年という時をなぜ自分に与えたのか。

神の啓示を恨み、叫ぶ時が来るかもしれない。

イザクが死に至り、自分が生き長らえた意味。

早すぎた死。長すぎる生。

セナのいない百年という時間を、アリオスは先の見えない廊下に佇みながら思った。

＊　・＊・　＊

翌朝、アリオスが食事を終えるのを待っていたかのように、クーガが部屋に入ってきた。

仕事を宙に浮かせた状態なのだから当然だろう。

アリオスは食後の茶を飲みながら、今日の仕事を説明しようとしたクーガに告げた。

「クーガ、すまないが行幸の行程を少々変えても構わんか」

クーガから、またかという気持ちが露わになった。

遠慮のない先輩らから良い影響を受けているとアリオスは笑い出したくなったが、頼みを伝えた。もっと無理難題を言われると思っていたのか、クーガが目を丸くする。

「その道でしたら変えるというほどでもありませんが……そんな場所に何のご用が？」

「知人に会いたいだけだ。それと、ここに寄ることはお前の中だけに留めて欲しい。セナはもちろん、ジグルトらにも黙っていてくれ」

クーガが答える前に侍従が来客を告げた。

「陛下、セナ様がいらっしゃいました」

こんな早くに珍しい。アリオスは立ち上がり、自ら迎えに行った。昨夜のことを気にして来たのだろう。

「陛下……」

侍従に通されたセナは、案の定顔色が悪かった。あれから一睡もしていないのかもしれない。アリオスは微笑みながらセナに近づいた。

「セナ、まだ気分が優れないのではないか。無理しなくてもいい」

セナの手を取ろうとアリオスが腕を伸ばすと、セナの身体がふらりと動いた。

まるで子どもが抱きついてくるかのような、なんのためらいもない動きで、セナの身体が腕の中に収まり、胸にもたれかかってくる。

「陛下……」

身体を受けとめながらも、アリオスは内心仰天していた。

セナが人前でこんな風に甘える様子を見せるなど、一度もなかったことである。

いや、人前どころか二人きりでいる時でさえ、これほど無防備な姿を見せたりはしない。

ちらりと後方のクーガに目を向けると、いつも凜とした佇まいしか見せていないセナが周囲の目などお構いなしに甘えているのを目にしてか、あんぐりと口を開けて突っ立っていた。

アリオスが視線を動かして去るように伝えても、驚愕の表情でセナを見つめたまま微動だにしない。

仕方なくアリオスは指先で何度も外へ通じる扉を指し示した。

そこでようやくクーガはふらふらと身体を動かし始めたが、ちらちらとこちらの様子を盗み見しながら去った。

これは先輩らに教育し直してもらわねばとアリオスがため息をつきそうになった時、肩に押し当てられていたセナの顔が上がった。

緑色の宝石がきらきらと輝いていたが、目の周りは赤くなり、水分を含みすぎて皮膚がしょぼしょぼとよれていた。

「陛下、怒っていますか」

アリオスは目の周りの皮膚をそっと押さえながら、セナに聞き返した。

「怒っている？　どうして」

「……陛下を……追い出してしまいました」

昨日のアスランの様子を思い出し、アリオスは笑いたくなったがセナの額に口づけた。

「一人で存分に哀しみたいと思う時もあるだろう。気にしなくて良い。俺が必要な時に呼んでくれればそれで満足だよ」

赤く染まった目の縁に唇を移す。

鳥の羽毛のような睫は、わずかに水分を含んでいた。

「それとも俺は、こんなことでお前を不安にさせるような狭量な男か」

「いいえ……いいえ。ただ、私は身勝手で、心が狭いのに」

「お前が？　なぜ」

セナは唇を噛みしめる。なかなか語ろうとしない唇に、アリオスは指先を乗せた。

湿り気を帯びた唇が、わずかに指先を含む。アリオスは瞬時に湧き上がった欲情を断ち切るために、指先を離した。

朝だというのに、粘膜に少々触れただけで、何を思い出そうとしているのか。

「セナ、今宵、語ろう」

頬に手を移動させると、セナはよほど心細いのか、掌に頬をすり寄せてきた。

ああ、もう、勘弁してくれ。

アリオスは堪らず力強くセナの身体を引き寄せた。

「今宵だ」

自分に言い聞かせた言葉だったが、セナは素直に頷いた。

なぜこんな時に部下が外で待っているのかと恨めしかったが、すぐにセナを離して良かったと思うことになった。

セナが出て行ったのとほぼ同時に、セイジュが現れたからである。

「若い奴の前では、刺激的な行為をしないでいただきたい」

アリオスはため息をついた。自分でも動揺したのだ。クーガは尚更だっただろう。

「クーガには顔でも洗って頭を冷やしてから来いと言っておきました。……ガキの頃から仕事をさせていた弊害が出ていますね。今度の行幸では遊ばせるようにガトーに頼みましょう」

「お前やジグルトならともかく、ガトーではそこまで気を回せまい。ガトーの代わりにお前が外交を担当するか、セイジュ」

「私は伴侶の傍をしばらく離れません。神山から出る仕事は一切しません。それが譲歩できる限界です」

セイジュは顔をしかめながらそう言ったが、ルツと自分の仕事について、一応の納得はした様子だった。

「なぜ独身者の自分たちが仕事を増やされなきゃならないんだとジグルトとガトーは喚いていましたが。トモダチですから助けてもらいます」

トモダチねえ、と思わずアリオスは笑い声を立ててしまった。

戦友と呼ぶならばそうだろう。

「先日は、失礼をいたしました、陛下」

セイジュが頭を下げる。

セナが懐妊した時にもそんな態度だったのだろうと吐き捨てた文句について謝っているのがわかった。

別に構わない、と告げるか、本当のことだと告げるか。

思いがけずアリオスの口から出た言葉は、自分でも想像しなかったものだった。

「イザクは、人の心を取り戻して逝ったのか、セイジュ」

口にしてアリオスは、イザクが死んでから、イザクについて誰かに訊いた事すらなかった事実に気がついた。

無論、セナにも。

どんな風に死んだのか、どう守って死んだのかは知っている。

聞いたのか、聞かずとも教えてくれたのか記憶にない。死んだ、という事実が大きすぎて、それを知った前後の記憶が飛んでいる。

使命よりも自分の命よりもセナを選んだ時、あの心のない護衛官が人間になったことはわかった。

だが、心は。

心は、どこまで、取り戻せたのだろうか。

幸せを、感じられただろうか。愛を、享受できただろうか。

「……はい、陛下」

答えるセイジュの声は、かつての戦友を思い、震えていた。

「わずかな期間でございました。ですがあいつは、取り戻せたと思います。苦痛もあった。それでもセナ様と一緒に、哀しみも、幸福も、ちゃんと自分の手に取り戻せた。人を、愛せた。そう……思います」

温かな風が心を通り過ぎる。アリオスは思わず目を伏せた。

「……そうか。……ありがとう」

セイジュの頭が無言で低く下がる。

アリオスは春の風を感じながら、イザクが眠る緑の大地に立つ、白樹を思った。


フォルから夕食をともにと使いが来たため、アリオスは早めに仕事を終わらせられるように部下へ調整を頼んだ。

陽が完全に落ちる前にセナが居住する棟を訪れると、入り口に立つ衛兵以外は人払いさせられていた。

卓に食事が並べられている。多少冷めても美味しいものだけを作らせたとフォルは言った。

「今宵はもう、お二人だけでお過ごしください。アスラン様はマルコとハンナ夫婦のところでお食事も取りますのでね」

セナは困ったように立ち尽くしている。アリオスにはフォルの意図がわからなかった。給仕する者がいなくとも差し支えないように食事は並べられているが、二人きりだけにさせるにしても、ここまで人払いしなくとも良いのではないか。

「では、ごゆっくり」

淡々と告げてフォルは外へ出て行った。

セナは朝の様子と違い、顔色も良くなっていた。朝に見せていた心細そうな様子は消えているが、困惑して卓や椅子を見つめている。

アリオスが椅子に座ると、セナも座った。食前酒の杯が空なのを見て、そうかここから自分で行うのかとアリオスは中腰になった。セナが慌てて立ち上がる。

「あ、私、私がやりますから」

「いや、座っていて良い。というかお前、おそらくわからんだろう?」

セナは赤面して顔を覆い、わかりませんと消え入るような声で言った。

給仕する侍従らが困らないように、自分好みの飲み物をアリオスは全て教えている。

「俺は季節と料理に合わせるぐらいしか好みを伝えんが」

「私なんて、好みなんかありませんよ。いつも美味しいものしか出てきません」

「ああそれはな、フオルがお前の反応をちゃんと見ているからだ。主人が余計な知識を持たなくてすむように自ら学ぶ侍従がいてくれて良かったな」

セナはあんぐりと口を開け、肩を落とした。

「私は、恵まれていたのですね」

「まあ、そうだな」

アリオスは正直に伝えた。そして有能な侍従長が二人だけにした理由もわかった。


セナが慌ててソースの入った器を取ろうとするが、アリオスは切った肉にソースをかけてセナに渡した。

「いいから、俺にさせておけ。これでも結構何でもできるんだよ」

「逆に私が何もできないのが恥ずかしくて」

「フオルには感謝だな。俺は、こういう時間が持てて嬉しいよ」

セナはパンを頬張りながら首を傾げたが、アリオスは選んだチーズをセナの前に並べて何気なく聞いた。

「身勝手で心が狭いというのは、なぜそう思ったんだ?」

セナはちびちびとチーズを口に運びながら答えた。

「……今度の行幸で、お妃様らに会われるって聞いた時に、私は……その……」

「嫉妬した?」

「いえ、違……違……くはない……けれど……」

セナの皿の前に細かくちぎられたチーズとパンが増えていく。

フオルが目にしたら叱責が飛んだかもしれない。

「会ったところで、何もしないぞ」

「わ、わかっています、もちろん。わ、私が、そんなことを邪推する方がおこがましいんです。私は、陛下を独り占めしているのに。私とアスランが陛下とこんなに時間を過ごしているのに、過ごしたいと思っていた妃様や御子様方もいらっしゃるのに、あんなばかな態度を取るなんて私という人間は……最低……です……」

セナの声が次第に小さくなっていく。

この本音を語らせたくて、フオルは食卓を用意したのだろう。

アリオスは心が幸福に包まれるのを感じた。

嫉妬されて嬉しいという気持ちが湧き上がってくるなど、思いもよらなかった。嫉妬し自己嫌悪に陥るセナが可愛らしくてたまらない。

同時に、人とは、こんなに愛されていても嫉妬するものなのかと不思議に思った。

自分が以前感じた嫉妬とは、まるで別次元のようなものに思える。相手をどうにかしたいと願うほどの感情。愚かな己を目の当たりにし、恥と後悔にさいなまれた。

諦めとともに、嫉妬は失せた。どうか頼むという一念だけだった。生きてくれ。生き残ってくれ。それしかなかった。

根底に、どうか幸せであるようにと願う心があったことを、己の死が近づいてきた時に気がついた。

誰と結ばれても、自分を忘れても、幸せであればそれでいい。

どうか世界が、セナが生きるのに、美しく幸せでありますようにと。

忘れていた想いに、アリオスは目を見開かされた。

そうだった。死を目前にした時に、思ったのはそれだけではないか。

この世界が、せめてセナが生きているうちは、美しくあるように。幸せであるように。

百五十年先のことを考える必要はないのだ。ささいな幸福に浸り、ささいな日常に喜びを感じられる、この奇跡を享受すれば良い。

「陛下？」

　心がどこかへ飛んだのがわかったのか、不安そうにセナが顔を覗き込んでくる。

　目の前の自分しか見ていない、その愛おしい表情に、アリオスは微笑んだ。

「食事は二人。では、これから先も侍従らなしで二人きりなんだよな？」

「え？　ええ、まあ、そうです」

「俺は誰かと一緒に入浴した経験がない。楽しませてもらおうか」

　卓の食器がガシャガシャと音を立てるほど、セナの身体が後方に引かれる。

　私だってそんな経験したことありません、とセナが真っ赤になるのを見て、アリオスは思わず声を上げて笑った。

　食事が思いがけず長引いたせいで、湯場に張られた湯は若干ぬるめになってしまっていたが、そろそろ夏の気配が近い春の夜には適温だった。

　のぼせずに済んで、かえって良かったかもしれない。服を脱ぎ捨てて湯場に入る時には、互いの体温はもう上昇していた。湯場に入り身体に蒸気を纏った瞬間、肌を彷徨う手が湿り気を帯びる。それまで皮膚を撫でていた愛撫が、激しく身体の奥から快感を引き出すそれに変わる。

「はっ……あっ、フウ、ん……」

　重なり合う舌からもれる息も喉を震わす喘ぎも、次第に重くなっていくのがわかる。湯気をまとわりつかせ、立ったまま互いの陰茎を擦り合わせる。刺激にセナが腰を引いて逃れようとするが、アリオスは自分の方に引き戻した。

「あっ……ああ、ん、陛下」

　セナは陰茎を擦り上げる手を止めようと、今度は逆に抱きついてきた。無防備になった尻を抱き、後孔に指を滑らせる。

　まだ乾いているその場所に侵入はせず縁を撫でていると、セナの背中がふるりと震え、足を絡めてきた。

「んっ……んっ、陛下……もう……」

足を絡めてくるセナを、そのままアリオスは抱き上げた。驚いたセナが小さな声を上げたが構わずに湯に入る。どぶんと勢いで肩まで湯が跳ねたが、アリオスは目の前にあるセナの乳首を舌先で転がした。すぐにぷっくりと乳首が固くなり、身をよじるセナの動きでアリオスの顔は何度か湯に沈んだ。

「こら。そうも魚のように跳ねられては、なかなか口が使えんではないか」

アリオスはセナの身体を持ち上げて湯船の縁に乗せたが、セナは既に力も抜けて、何の抵抗もできずに横たわった。屹立した陰茎はぴくぴくと震え、射精を耐えている。

陰茎を裏からざらりと舐めただけで、セナの亀頭はぶるりと震えて胸にまで精液が飛び散った。

「はっ……あっ……」

胸が激しく上下し、頭から足先まで震えが走る。

アリオスは若さに溢れるセナの身体をしばし見つめた。湿り気を帯びた褐色の肌に飛んだ精液の曲線を撫でる。敏感な身体は指先ひとつだけで震えを伝えてきた。

指に精液を絡め後孔に当てると、今度は簡単に中指の侵入を許した。まるで誘うように後孔がうごめき、どんどん指をくわえ込んでいく。

それだけでアリオスは自分のものを挿れたくてたまらない気持ちになったが、セナの陰茎を口に含んだ。

「あっ、駄目、まだ、そこは舐めないで」

セナが腰を揺らしてくる。気付いているのかいないのか、逆に卑猥な動きだった。

アリオスは言われたとおり陰茎から口を離し、会陰から後孔へと舌を滑らせた。

「あっ！　あぁ、嫌、あ、駄目！」

逃げようとする腰を摑んで愛撫を続けたが、セナの腰の動きは止まらなかった。太ももで頭を締め付けようとするが、そんなもので動きが止まらないのを悟ると懇願するような声を出した。

「ああ、陛下、もう駄目です、お願い、早く挿れて」

「まだまだ俺のを挿れられるほどになっていない」

セナは身体をくねらせたかと思うと、そのまま身体を起こし、抱きついてきた。

アリオスは、セナの身体が抱きついた格好で下がっていくのを見て、支えようとした。セナの頭が半分湯の中に入る。

突然、己の男根を咥えられてアリオスは驚いて身体を引き上げた。

「……セナ」

情事のたびにセナの性器を口に含んできたが、されたことはなかった。

セナはそそり立つ男根を口に咥え、上目遣いで見つめてくる。その煽情的な表情を見ていると、そんなことはしなくてもいい、という言葉を出そうにも出せなかった。

湯の跳ねる音と、セナがぴちゃぴちゃと音を立てて男根を舐めまわす音が湯場に響く。

いよいよアリオスは我慢ができなくなってきた。片目で用意されている香油を捉え、それを手に取る。

掌に溢れるほどにそれを流す。セナの後孔に指二本を滑らせると、穴はたやすく指を受け入れた。中指で腸壁の上を優しく撫でると、背中をのけぞらせたセナの陰茎がそそり立った。

「あっ……ぅんっ……あぁっ……」

嬌声も後孔を広げる音も、湿り気を帯びて重く響いた。アリオスはセナを足だけ湯船の中に入れたうつ伏せの格好にさせ、我慢できなくなっている自分のものをぴたりと押し当てた。

まるでごくごくと呑み込むようにセナの孔が陰茎を含んでいく。

抗うのが困難なほどの吸引力。

かつては、惹香嚢という獣人が恋い焦がれる臓器が存在するがゆえに吸い込まれるのだろうと思っていた。でなければ、なぜこの孔が特別なのか、説明がつかない、と。

欲したのは孔ではない。息も、声も、肌も、つま先の震えひとつまで、全て欲しいのだ。

貪り尽くしたい、この身体を全て味わいたい。

そんな欲望が本能を突き破り、男であろうと惹香嚢が無かろうと、欲したいと強く願う。

己の全てをぶつけたい、この中で果てたいという思いで動かされる。

セナの身体が絶頂を求めていくのがわかる。後孔が締め上げてくる。激しい律動を受けとめるセナの身体が、びくびくとしなった。

「うっ、うぅっ、はぁっ……あんっ、んっ、ああんっ……は、あぁっ……！」

セナの身体を突き抜けていく刺激が、自分のそれと重なるのをアリオスは感じた。

自分がセナの最奥で射精すると同時に、セナの陰茎からも精液が飛んだ。

身体を離し正面から抱きしめると、セナは荒い息づかいのまま、顔を擦りつけてきた。

喘いで疲弊した声帯から、掠れた声が息に押されて出てくる。

「……アリオス様……」

瞬時につき上がった欲情を、アリオスは我慢できなかった。

セナの身体を強く抱きしめ、まだ息の整わない口内を吸い上げる。反射的に抱きついてきたセナが、苦しさに耐えきれず全身の力を抜いて委ねてくる。

アリオスはそのまま、湯の中にセナとともに沈んだ。

＊　・＊・　＊

山々からは、息吹を感じさせる新緑の色が抜けようとしていた。強く色づき、伸びやかな成長に向かおうとしている勢いのある緑の色を、しばしアリオスは目に収めた。

「陛下、本当にここからお一人で行かれるのですか」

クーガが不安そうに声をかけてくる。供を誰もつけずに一人で行くには、目的地は遠いと感じるだろう。案じてくるクーガには申し訳なかったが、アリオスはこれだけは譲れなかった。

「すまんな。これは、俺の中では巡礼のようなものなのだ。俺を信じて待っていてくれ、クーガ。約束した地点で合流しよう」

　上皇不在の状態で、行幸の軍隊を進める。兵士らを駐屯させる場所がない上に、この地を訪れるのは計画外のことである。

　アリオスはセナにも他の連中にもこの地を訪れるのを秘密にしているため、本来の隊は予定通り進まねばならない。

「わかりました。定刻まで陛下が戻られない場合は、全隊でこちらに向かいます。先方には到着時間の目安も伝えておきましたから」

「ああ。ありがとう、クーガ」

　アリオスは一人馬に乗り、目的地へ向かった。旅人のような姿に変えているため、行き交う人々も気にとめない。

　セナがこの地を神山直轄地と変えてから、神山に居住していた人々が居を構えるようになっていた。もとは標高が高いために農作物を育てるのに困難だったという話だが、神山の後押しもあり、土地に適した農耕が次第に実を結び始めている。

　かつて愛する者の血を吸い取った地を、セナが折に触れて訪れているのは知っている。どんな思いでこの道を歩んでいるのか。

　地が新たに興され、人々の喜びに満ちる空気と自然に癒やされる道中であってほしい。

　そんなことを願いながら進むアリオスの目に、丘陵の上に立つ二つの人影が入ってきた。

　父と子。この一帯の管理者であり、イザクが眠る土地の守り人の姿が、次第に明らかになる。

　十二・三歳くらいの少年とその父が地に膝をつき拝礼してきたが、馬から下りてアリオスはそれを止めさせた。

「ああ、止めてくれ。忍んで来たのだ。セナには、そんなことはしないだろう。同じように接してくれて構わない」

　先に顔を上げた少年は、水色が滲んだ灰色の目をしていた。陽光を受ける髪の色は、間違いなく灰色ではなく白銀である。

よもや、という思いがアリオスの内に広がる。

「白銀狼か……？」

答えたのは父親の方だった。

「はい。私はただの灰色狼ですが、息子は遠き先祖の血を継ぎました」

「……そなたらはイザクの縁者なのか」

「いいえ。白銀狼は先祖返りでしか現れません。しかし我が祖先は昔神山から出た家と聞きましたから、遠い血では繋がっていたのかもしれません」

父親の呼びかけに、息子の姿が変わる。

耳が現れ、灰色の目に水色が濃く浮き鋭くつり上がる。光り輝く白銀の毛並みを見て、アリオスは思わず我を失った。

無意識に、白銀狼の少年を腕の中に引き寄せていた。

抱いた思いは、祈りのようなものだった。

縁もゆかりもない少年かもしれない。だが、どうかその姿を、その成長を、セナに見せてやってほしいと願う。

突然の行動に緊張してかちこちになった少年の頭を、アリオスは撫でた。

「ああ、すまなかった。キト……というのか。息災であれよ。いつまでも、父とともにこの地を守ってくれ」

キトは満面の笑顔で頷いた。

その子どもらしい笑顔を、アリオスは食い入るように見つめた。

「陛下、良かったら、俺と父ちゃんの家にも寄っていってください！　アスラン様の山羊に会ってください。ちょうどチーズができたばかりなんですよ」

「こら、キト」

父親が止めるが、アリオスは頷いた。

「アスランの山羊か、聞いている。セナとアスランを支えてくれた大切な山羊だ。会わせてもらおう」

キトは喜んで軽く跳ねた。

「じゃあ、俺お茶の準備をしてきますね！」

制止も聞かず家へと戻った息子の非礼を、父親が詫びる。アリオスは笑った。

「良いのだ。セナには、あんな風に懐いているのだろうな」

「長くお付き合いさせていただいているので、アスラン様を友人と思っております」

それでいい、とアリオスは頷いた。

「これからも、二人の良き友であってほしい」

父親は頷き、天に向かってまっすぐに伸びる白樹を指で示した。

「あの下に、眠っております。戦った、同胞とともに」

まだ樹と呼べぬほどの、細く小さな樹だった。

「ごゆっくり、お話しください。下に見えますのが私どもの家です。そちらで息子とお待ちしております」

「ああ、ありがとう」

アリオスは一人、緑の大地に立つ樹に近づいた。

まだ、腰をわずかに越えるほどの大きさでしかなかった。冬には添え木をし、風や雪から親子が守ってくれているのだろう。根はしっかりと大地に張っているようだった。

今まで無数の言葉を投げかけてきたはずなのに、面と向かうと何も言葉が出てこなかった。

アリオスはただ、無言のまま白い樹を見つめた。

この樹が人の背を超え、旅行く者の身体を休める存在になるには、どれほどの時間がかかるのだろうか。十年、二十年、もしかしたらもっと時を必要とするかもしれない。

アリオスは後ろを振り返った。

キト親子の家から、煙が見える。お茶の湯を沸かし始めたのだろう。

緑の大地が山に向かって広がっている。開墾の途中でまだ緑色に染まっていない部分もあった。

百五十年という長い時の中で、一体自分は何を守れるのか。

かつて治めた国が崩れ、神山が燃える光景を目にするかもしれない。

何を切り捨て何を守れば良いのかも、見失う時が来るかもしれない。

百五十年という時の長さが、測れなかった。

余りに長い時間の中で、自分自身も見失って、竜王を導く者としての役割も果たせなくなるのではないかと。

アリオスは、眼前に広がる光景を視界に収め、これで良いと自分に許した。

今目に見えるだけのこの村、この土地だけは、自分が生きている間焦土にはすまい。

守りたいと思っても、救いたいと思っても、人ができる限界がある。

自分はそんなできた人間ではない。偉大な人間でもない。これが、精一杯かもしれない。だが見失うまい。人を救うことを。土地を守ることを。天を守ることだけに必死で、地に生きる者を見失うことだけはすまい。

この白樹が太く根を張り、幹を太くし、何人もの人間の暑さと雨をしのぐ存在になるのを、見続けよう。

愛する者が、旧知が、一人また一人と世を去っても、この樹だけはともにいてくれる。

苦しみを、哀しみを話しに来よう。

答えは返ってこなくとも、受けとめてもらえる。

ずっとイザクに心の中で問いかけていた。

それを続けよう。百年、百五十年と——。

アリオスは白樹と再び向き合った。今は、自分の背よりはるかに低いそれに、語りかける。

「……五十年先に、セナはそちらの世界に行くだろう。その時は、セナの魂を受けとめてやってくれ」

その時初めてセナは、喪失から解放されるだろう。

幸せの中にあっても、ずっとずっと抱え続ける喪失から、ようやく解放される。

その魂を、抱きしめてあげてほしい。

お前を愛した魂を。

アリオスは白樹の緑の葉をそっと撫でた。幼子の頬に触れるように、葉に手を添えて頼む。

「ただ、百五十年後に俺が死ぬ時には、セナを戻してもらえないか」

自分が、百五十年の時を生きて、どんな風に死ぬかはわからない。

誰にも看取られず、地に倒れそのまま起き上がれずに息を引き取るかもしれない。

敵に捕まって首を刎ねられるかもしれない。

サガンのように次代に繋げず、ただの人として野垂れ死ぬだけかもしれない。

　だが。

「……それでもセナは、許してくれるだろうから」

　また会える。

　あの美しい瞳に、自分が映る。

　あの声で、包んでもらえる。

　誰もいなくなって、たった一人になったとしても、死の間際にその一瞬があるのなら。

「俺はその希望だけで、百年の孤独を生きられる」

　アリオスは緑の葉から手を離し、そのままキト親子の家に続く道に入った。

　温かな風が優しく身を包むのを感じながら、緑が線を描く道を、歩んでいった。

番外編

砂の風

Ryuouno konin

Suna no Kaze

左足の痛みはずくずくとこめかみに響くほどになっていた。

蠍《さそり》に引っかかれた程度だと思っていたのに、やはり毒が抜け切れていなかったかとアリオスは舌打ちした。

ひたすら歩き続けてきたが、いったんは身体を休めるしかないかもしれない。背筋を這う悪寒が、全身に広がりつつある。

アリオスはぼんやりと滲む視界に映し出される白い石壁にもたれかかった。

ここは何処なのかと頭の片隅で考える。

追っ手をまいて逃げているうちに、どの方向へ向かっているのかもわからなくなってしまった。

レスキアへ、東へ、俺の身体は向いているのだろうか。

砂漠を抜け、どこぞのオアシスに辿り着いたかと思ったのに、村人らしき気配がまるでない。

どうやら、神殿の廃墟跡のようだった。

もしかしたら続く先には神殿が建立され人が集まっているかもしれないが、そこまで目を凝らす余裕がアリオスにはなかった。


朽ちた石壁の穴に身体を入れ、中へと入る。

案の定、中には石畳と草木があった。

良かった、と朦朧《もうろう》とする意識でアリオスは安堵した。

もうこれ以上、砂の上で夜を明かすのは苦痛だった。

マントで身を包み、砂漠に身体を横たえていると、吹き付ける風と運ばれる砂によって埋もれて窒息するのではないかと毎回思う。

蓄積されていく砂が、自分を深く、地中深く埋めてしまうのではないかと。

アリオスは腫れ上がった左足に触れた。

燃えるほどに熱くなり、ここに心の臓が移ったように激しく脈打っている。

どのような処置を施せばこれが治るのか、アリオスは考えが及ばなかった。

切開して毒を出せば、この腫れは収まるのか。

こんな足で、レスキアまでたどり着けるのか。

『国王になりたいのなら帝都まで来い』とのたまったダリオンの顔が目に浮かぶ。

〝あなたの聡明さは帝都にも伝わっている。皇后陛下は昔からあなたを気にかけておられる。私はあなたが、帝位につくのは何ら不思議なことではないと思っております。兄上はあなたの存在を煙たがっておられる。邪魔者を利用しようなどという頭はあの方にはない。目をつけられたが最後、どんな言いがかりをふっかけられるかわかりません。どうせ破滅へ向かうのなら、私と手を組んでみませんか？〟

　自分の存在など兄は眼中にないはずだった。卑しい踊り子が産んだ子どもなど、父親にすら認められていない皇子など、生死すら興味なかっただろう。

　その存在をわざわざ明らかにしたのはお前ではないのか。そういう意味をこめて睨み付けたが、ダリオンは痛くもかゆくもない顔をしていた。

　あの男にとって、自分は駒でしかない。迎えの従者一人もよこさず、帝都まで来いというだけだ。ナラゼルに黙って南方の領地を抜け出し、誰にも頼らずに辺境諸国を抜け砂漠を越えろと言う。途中で野垂れ死のうが構わないのだろう。

　これで俺の力を量っているつもりか。アリオスはダリオンの飄々《ひょうひょう》とした顔を思い出し、頭に血が上るのを感じた。

　帝都に行ったところで、易々とあの男の屋敷内に飛び込めば、その場で拘束されてもおかしくない。百戦錬磨の書記官だ。逃げ道などいくらでも用意している。

　戦い方を考えて、帝都入りしなければ。

　アリオスは腰から抜き取った剣を抱き締めた。

　父帝から、下賜されたものだ。

　母親が死んだ時に、罪滅ぼしと思ったのか、自分の紋章が入った剣を送ってきた。

　これが、父帝と自分を繋ぐ、唯一の証しだった。

　黒い鞘で紋章以外に何の装飾もない、剣術の稽古用につかうような代物だったが、それでもこれを受け取った時には、生涯自分の身から放すまいと誓った。

　これを振り回すにはまだまだ体格が追いついていないとナラゼルに言われても、早くこれを使いこなせるようになりたいと鍛錬してきた。

　アリオスは剣を握りしめた。

　父帝が今、死を目前にしているというのに、自分には迎えも来ない。

　砂漠で蠍に刺され、高熱を出している有様だ。

　息が乱れてくるのがわかる。

　先程まで感じていた熱が身体から消え失せ、悪寒が全身を覆う。

　猛烈な眠気。だが今、ここで眠ってしまったら、俺はもう目を覚まさないのではないか。

　こんなところで死ぬのか。この俺が。

　レスキア皇帝の皇子が。

　ダリオンにばかにされ、兄皇子には嗤われ、父帝には死んだことすら知られずに、砂漠に埋もれて死んでいくのか。

　死なない。死ぬわけにはいかない。

　俺は必ず、国王になってやる。

　そのためならばどんなことだってしてみせる。

　俺を認めなかった者たちに存在を知らしめるためならば、何を犠牲にしても構わない。

　必ず、皇帝に。

　神山の頂で、竜王から皇帝の冠を戴くまでは、生き残ってみせる。

　強く念じれば念じるほど、意識が遠のく。

　アリオスは、全てが闇になる瞬間を、見ることができなかった。

　ただ最後に残ったのは、自分の、細く、掠れた呼吸だった。

＊　・＊・　＊

　頭を撫でられて、アリオスは目を覚ました。

　頭、と認識したがどの辺りを触れられているかは感覚が摑めなかった。

　ふふふ、という笑い声と、ぴぴぴ、と耳を震わせる感覚が重なる。

「可愛い」

　セナが、耳を撫でていた。獣化した耳を。

　獣化していることに気付いたアリオスは、まず手を確かめた。爪が伸びてもいない手で顔を触る。

どうやら、獣化しているのは耳と尻尾だけのようだった。

「たてがみも出ておりますよ」

背中を撫でるセナの手で、髪の毛が増え、金獅子の毛並みに変わっているのに気がついた。

なぜ獣化なんてしたのか、しばしアリオスは茫然としてしまった。

目の前には、房事を行ってそのまま眠りについたはずのセナが気だるげに微笑んでいる。

「アリオス様は今まで、私の前で獣人化なさいませんでしたね。もう発情抑制薬を飲んでいないのに。ご自分で制御されていたのですか」

十六歳から飲んでいた、命を蝕《むしば》むほどに強い発情抑制薬。だがその前からずっと、人前では獣人化しないように己を戒めてきた。

決して興奮しないように。怒りや哀しみだけではない。喜びも愛おしいという気持ちも、表に出ないように抑え込むクセがついていた。

皇帝の子が獣人などと世に知れたらおしまいだった。幼い頃から、誰に言われずとも感情を押し殺し、そのまま何かが壊れた状態になっていた。

「……もう、習慣が、本能のようになっていたな」

いつ殺されるかわからぬ日々を過ごし、皇帝の座に着いたときには無意識に獣人の血を抑え込めるようになっていた。

「でも今、お耳が出ておりますよ」

獣人族にとって自分の意思で耳や尻尾を隠せないことは恥である。成人した後、怒りや衝撃に襲われた時に興奮を抑えられないとばかにされたりする。血の気の多いのを自覚している者はこっそりと発情抑制薬を口にするほどだ。

だが今、耳や尻尾を出すことは恥ではない、という考え方がようやく浸透しようとしている。これまでは幼い子どもたちは年を重ねて尻尾や耳を隠せないのを親に叱咤《しった》されるのが常だったが、獣人であるがゆえの差別が少しずつ消えていくにつれて、育て方も変わっているという。

差別には地域差がある。この考えが広まるのは、おそらく十年二十年、いや百年かかるかもしれない。考えを伝達する人間がいなくなってしまえば、そこで止まるだろう。

最も差別意識の強かった神山が、率先してそれを行っている。神山を巡礼する一般人も、差別されない光景を目にしている。それを自国に伝えてくれたらとセナは考えている。

「俺も、お前と過ごしているうちに本能が戻ってきたようだ」

裸を抱き締めると、先程までの行為の名残が肌の上に漂っていた。

情交で浮き上がった汗も、まだわずかに肌に残されている。裸体に飛んだ精液も。それと混じり合った香油も。合わせた肌の熱で再び蠱惑的な匂いを醸し出してくる。

再び欲情を掻き立てられ、アリオスはセナの肌に唇を押し当てた。

首筋を強く吸うと、セナが身体をよじらせた。


「駄目ですそこは、跡が隠せない」

構わずアリオスは自分の印と言わんばかりに強く唇を押し当てた。

セナがあきらめたように力を抜く。アリオスはセナの唇を求め、首筋から離れた。舌でセナの唇を割ると、優しく舌が絡んできた。重なる唇から、セナのかすかな笑い声がこぼれ落ちた。

「悪い猫ちゃんですねぇ」

ふと、アリオスは顔を上げた。セナの顔を覗き込むと、微笑みがあった。

「ん？　怒りました？」

怒りなど全く恐れていないようにセナが耳を摘まんでくる。

「……いや……」

アリオスは耳をセナの顔に押しつけ、ぐりぐりと擦りつけた。

セナの笑い声が耳の中に入る。

「もっと悪い猫になっていいか」

アリオスはセナの耳に歯を立てた。つけたままの小さな耳飾りを軽く歯で引っ張る。

「アハハ、アリオス様、待って待って、笑っちゃって駄目」

セナが笑い声を軽く飛ばしながら背中のたてがみを撫でてくる。

優しい手つきに、アリオスは目を閉じた。

「アリオス様」

「ん?」

「今度の行幸で、無事にジドに会えましたら、ちゃんと伝えてくださいね」

髪の中に、セナの口づけが降る。優しい手が獣の耳へと移る。

そういえばこの獣人の耳を撫でさせたのは、たった一人しかいなかったとアリオスは昔を思い出した。

＊　・＊・　＊

無の空間に、すっと甘美な匂いを纏う空気が通った気がした。

そのわずかな風を、アリオスは必死で捕まえようとした。

起きなければ。

起きないと、もう深淵の底から戻って来られまい。

「ふぅえぇ〜ん、おきてぇ〜〜」

子猫の鳴き声に似た声が、耳の傍で響く。

アリオスは鼻の下に落ちてきた湿り気を、無意識に舌で舐め取った。

意識が、再び明瞭になる。同じ箇所にぽた、ぽたりと落ちてきた滴を、アリオスは再び舐めた。わずかに塩気のある水滴。

これはなんだ、薬かと思うのと、力の回復を感じるのと同時だった。

「おきたっ」

そこには、幼い子どもがいた。まだ三歳くらいの体躯だろうか。

アリオスの頭の横に座り、顔を覗き込んでいる。

大きな緑色の瞳には、涙が溢れていた。笑顔で瞳が細くなるのと同時に、ぽろりと大粒の滴が落ちる。

アリオスはとっさにその滴を指で受けとめた。指の腹を通って落ちそうになった涙を、無意識に唇の上にのせる。

途端に、身体に風が通ったように疲労が飛ばされるのを感じた。

これは一体……。

身体に重く沈んでいた疲労が、身体を動かすのが苦にならない程度には回復している。

まだ左足はじくじくと痛むが、悪寒は消えていた。たった数滴の、この子どもから流れる涙を口にしただけなのに？

アリオスは子どもから発せられる香りに気がついた。えもいわれぬ匂いが、子どもから漂っている。

この匂いにつられて、先程涙も口にしてしまったのだ。

混乱する頭で子どもの腹を触る。そこから、匂いが発せられていた。

「なあに？」

腹に、瘤のようなものができていた。子どもの小さな手が、腹を触る手を押しのけようとする。

「さわっちゃだめ。じゃこうのう、さわられるのきらい」

——惹香嚢。

アリオスは、目の前の子どもを凝視した。

惹香嚢は誕生した時には瘤のように出ていると聞く。それが消えることもあるが、真の惹香嚢体の場合、瘤が大きすぎるゆえに三歳前後でもまだ外側に盛り上がっている場合があるとか。

獣人を惑わせる匂いを放つという惹香嚢。

万能の臓器。

一体何を指して万能の臓器というのかわからなかったが、今なら理解できる。

涙数滴で、こんな風に体力を回復させることができようとは。

アリオスはふらふらと上半身を起こし、子どもの腹に顔を近づけた。

ああ、この苦しみから、痛みから逃れられる臓器が、ここにある。

「いやよう！」

子どもの手が、ぱちん、と頬を張る。それでアリオスは我に返った。

「わるいネコちゃんねえ！」

そう言われて、初めてアリオスは自分の頭に耳が出ていることに気がついた。

尻尾まで飛び出している。

アリオスは茫然としてうねうねと動く自分の尻尾を見つめた。こんなふうに、自分の尻尾を見つめたのは何年ぶりか。

以前、獣人であることをダリオンに確かめられた際、発情期の惹香嚢体を目の前にした。

一瞬で本能を狂わされ、獣化したものの、己の身体を確かめる余裕などなかった。

あの時、惹香嚢体からどんな匂いがしているかなど覚えていない。

無理やり狂わされた怒りと衝撃しか記憶にない。

あの場をどう収めたのか覚えていない。抱いたらどうですかと惹香嚢体をモノのように扱うダリオンに本気で剣を向けたが、気がついた時には惹香嚢体は去っていた。

「ううう〜」

子どもの大きな瞳からぽろぽろと涙がこぼれ落ちる。それをとっさに受けとめようとしたが、アリオスは手を下ろした。

「すまなかった」

情けなさに、アリオスは片手で顔を覆った。

こんな幼い子どもが、行き倒れになった男の身を案じてくれたというのに。

嫌がることをして怖がらせ、あまつさえその体液を餌のように思うとは、何という愚かさか。

惹香嚢体を人間扱いしていなかったダリオンを責められない。畜生以下だ。アリオスは歯ぎしりした。

「悪かった。怖がらせてしまった。もうしない。許してくれ」

子どもは、緑色の目をまっすぐに向けてきた。涙で潤んでいることもあり、まるで宝石のように煌めいている。

「わるいネコちゃんにならない？」

子どもは悲しそうに宝石の瞳を揺らした。

「おなかをクンクンされると、セナ、やなのよ……こわいの」

こんなに幼いながら、獣人が無意識に匂いを求めてくるのを恐怖に感じているのだろう。傷つけてしまった後悔が身のうちを広がる。アリオスは子どもの背を撫でた。

「ごめんな。俺が悪かった」

「セナが、これが、じゃこうのうがあるからわるいって、あにうえはいう」

「いや、惹香嚢は悪くない。お前も悪くない。嫌なことをする方が悪いんだ。本当にすまなかった。怖がらせてしまった。ごめんな」

子どもは、じっと見つめてきたかと思うと、いきなり体重をかけてきた。単純に、人の身体を支えにして寄りかかりたかったのだろうが、膝の上で抱き締める格好になりアリオスは困惑した。

子どもの存在に驚いて意識が回らなかったが、こんなところでこのような子どもに遭遇するとはどういうことかとアリオスは思考した。

綺麗に切りそろえられている前髪といい、纏っている衣の上質さといい、平民の子ではないだろう。

この場所が神殿跡であることを考えると、神官の縁者かもしれない。

さりげなく子どもの腕輪を手に取ると、そこには紋章が刻まれていた。

南方で、レスキアに属する王国の紋章は、全て頭に入れてある。

（……これは……）

自分が今どの国に辿り着いたのかアリオスが理解するのと、凄まじい殺気が己の身体を拘束するのと、殆ど同時だった。

「ジド！」

腕の中の子どもが跳ねる。

もしもこの子どもを人質に取れば、そんな気配を見せた瞬間に自分は殺される。背後にいる相手は、子どもからは見えない位置で、背中に短剣を突きつけている。即死させる箇所に。

「全く、探しましたよ、王子」

　やはり、ネバル国王家の紋章だったか。惹香嚢体の、王子とは。

　背中の軍人の声は、優しく笑っていた。背中には短剣を突き立て、片足ではアリオスの剣を踏んで完全に身動きを止めているというのに。幼い王子を慈愛に溢れた声音で包み込む。

「ジド、このおにいちゃんたすけてあげて。あしがイタイイタイなの」

「うーん、そうみたいですねえ」

　ジドと呼ばれた男が王子に手を伸ばす。アリオスは、逆らうつもりはなかった。するりと子どもが腕からすり抜け、ジドに飛び上がるようにして抱きつく。ジドは軽々とそんな王子を抱え上げた。

　アリオスの拘束は、同時に解けた。身体を反転させ、ジドに向き合う。ジドは片目だけを鋭く光らせてきたが、何の焦りも見せなかった。幼い王子を抱えているとはいえ、手負いの子どもなど瞬殺できるとその気配は語っていた。

　アリオスは、距離を測りながら剣を握りしめた。

　この男は先程、剣を足で踏みつけてきた。

　剣には、父帝の紋章が刻まれている。

　黒い鞘ゆえに目立たぬほどの紋章だが、一般には決して出回ることのない紋章だ。

　子どもがネバル国の王子であるとすぐにわかったように、こちらもレスキアの皇子であると知られただろうか。

　捕らえられ、国に、病に伏している父帝に迷惑がかかるくらいなら、今ここで自害した方がましだ。

　覚悟を決めたアリオスは、ふとジドの瞳が和らぐのを見た。

「さあて王子。さすがの私でも、薬がなければ手当てはできないんですよ？　アーリアがこの先で待っていますから、薬を持ってくるように頼んで貰えますか？」

「うんっ」

　ジドの腕から降りた王子が草むらに飛び込んでいく。

ジドは、短剣を腰に収めながら一歩、近づいてきた。

「その耳にその尾……珍しいな、金獅子とは。その足、砂漠で黒蠍に刺されたか」

　アリオスは後ずさりして距離を取ろうとした。ジドの足が止まる。

「その腫れでまだ動けるということは、完全に刺されたわけではないらしい。だが毒を抜かねばお前の命は明日までない。旧神殿に紛れ込んだコソ泥一人どうなっても構わんが、優しい王子に免じて手当てをしてやる。お前の後ろに、剣を置け」

　単なるコソ泥と思っているのか、そういうことにしてやるのかはわからなかった。だがアリオスに選択肢はなかった。

「足を出せ。腫れを切開し、毒を出すぞ」

　ジドが腰にぶら下げた袋から火打ち石を取り出した。素早く周囲の乾いた小枝を寄せ、袋から動物の毛を取り出してそこに火をつけ、小枝に落とす。

　なぜ火など点けるのかとアリオスが怪訝に思った時、人の気配がした。

「あなた」

　女性の声だった。草むらの中から手が伸び、荷が入っているような革袋が地に置かれる。

「王子は？」

「妹に任せてきました。お怪我はございませんでした。王子の話ですと、消毒用の酒も必要かと思いましたので持ってまいりました」

「あたりだ。切開する。あとは大丈夫だ。ここには人を来させないようにしてくれ」

「わかりました」

　ジドは腰にぶら下げた袋から取り出した短刀を、火で炙った。そして紐で、足首をきつく縛り上げられる。次に酒が足の腫れに振りかけられた。

　何のためらいもなく短刀が足の腫れを刺す。激痛が走ったが、アリオスは一声もあげず、身動き一つしないように努めた。

　どくどくと血が流れ、ジドの手が容赦なく傷の周辺をぐいぐい押してくるが、アリオスは傷から目を逸らさなかった。ジドがにやりと笑う。

「別にいいぞ、痛がっても。お前、まだ子どもだろう。齢は？　十五くらいか」

「十六だ」

耳と尾が出てしまっているから幼く見られたのかとアリオスは憤慨した。

ジドは先程よりも柔らかく笑った。

血を押し出し、酒で傷を洗うのを繰り返していると、アリオスの意識は再び落ちそうになった。

「さすがに血が出すぎたな。もう少し耐えろ。これを飲め」

出された黒い丸薬を、深く考えずに飲み込む。

「身体を巡っている毒はそれで抑え込むしかない」

血止めの薬を足にべたべた塗られ、ぐるぐると包帯を巻かれた時にはもうアリオスの意識は限界だった。

「明日、無事に目を覚ますことができたらお前は助かる。薬を置いておく。明日の昼までは、ここには誰も来させないようにする。丸薬はここにある分、毎日飲め。包帯も毎日洗って取り替えて、塗り薬をしっかり塗れば、足を切断せずにすむ」

鈍くなる視界に、途切れる意識に、ジドの声が割り込んでくる。

「西に向かえ。今はそちらが最も人が少ない。レスキアまでは遠回りだがそれが確実だ」

レスキア。やはり知っていたか。

だがアリオスの意識はそこまでが限界だった。


夜明けに目を覚ました時、アリオスの頭に浮かんだのは、生き延びた、という言葉だった。

風が意識を完全に目覚めさせる。もう、深淵に落ちていく恐怖はなかった。

鉛のように重かった足が動く。

脇に置かれていた袋には、水と食料、そして包帯と薬が入っていた。

行かなければ。レスキアへ。

ジドは、昼までだと言っていた。一言だけでも礼を言いたいが、衛兵に見つかればかえって迷惑がかかるだろう。

アリオスは、足を庇うようにしながら塀をくぐり抜けた。

そして、砂を含んでわずかに重い朝の風に背を押されるように、西へ向かった。

*　・*・　*

昔話を聞いて、隻腕隻眼の男は穏やかな笑みを浮かべた。

「ありましたな。廃墟に潜り込んだ金獅子の子を助けたことが」

互いの杯しか置けないほど小さな卓を間に挟み、向かい合わせで腰をかけていたが、アリオスはつい前のめりになった。

「あの時助けた金獅子がレスキア皇帝だったと、いつからわかった？」

「最初から」

ジドの返答にアリオスは思わず身を引いた。

「あなたはご存じなかったでしょうが、南方防衛師団のナラゼル元帥が居城からあなたがいなくなったことで秘密裏に探し回っておられました。レスキアの皇太子争いも、辺境の地に届いておりましたよ」

「ではなぜ、ネバルとの政略結婚の話が出た時に、俺との昔話をセナに伝えなかった？」

質問に、ジドはどこまでも穏やかだった。

「幼かったセナ様はすぐにあなたのことを忘れてしまいましたし、レスキアに嫁いだとしても、昔を覚えていてくれるのなら悪いようにはなさらないだろうと思っておりました。王子であることも、名前も、私は伝えてありましたしね。惹香嚢体であると知られたと王子がおっしゃっておられたし」

アリオスは顔を伏せるしかなかった。

「……すまない。婚儀の時は、ネバルからもレスキアの書記官からも、姫だと聞いていたものだから……」

妃は後宮では居住宮の名前で呼ばれ、本名では呼び合わないために名を聞くこともない。

もしやと思い名をようやく聞き出して、全てが繋がったのだ。

　アリオスは、ジドの失われた腕と瞳を見つめた。

「俺は全て、恩を仇でしか返さなかった。さぞ、恨んだだろうな」

　ジドは否定も肯定もしなかった。ただ目を伏せ、静かに告げた。

「あなたがあの時ネバルに内政干渉できなかったことは、わかっております。私はレスキア派の立場を崩さなかったゆえに、早々に国を追われることになっただけです。ネバル国王のお命があと半年だけでも保《も》ってくれたら、違う歴史になっていたでしょう」

　そこでジドはまっすぐに目を向けてきた。

「あなたもセナ様も、世界のために、この道を選び、築かれた。そして今がある。それだけのことです」

　そう言っても、ジドが失ったものは大きすぎただろう。ネバルで築き上げた生活、妻、娘夫婦、孫、全てをなくした。

　それが運命だったのだなどと、とても思えまい。

「ジド、先程も伝えたがセナはお前の身を案じている。ネバルの女王も再三お前にネバルの統治を手伝ってくれと頼んでいるのに、まだお前は辺境を巡り、国から追われたネバル民を助けるために放浪を続けていると聞く」

「女王には優秀な者らが多く集まり、ネバルは良き方向へむかっております。こんな老いぼれが口を出しにいったら昔の連中がわらわらと集まってくるでしょう。今あの国に必要なのは、考えが柔軟な若い世代です。私は戻るつもりはありません」

「しかし、その身体で一体いつまで辺境の地を一人で巡るつもりだ」

　今日この場を用意してくれたのは、ジドが拠点としているイルダ族である。イルダ族だけでなく辺境の国や村々が、ジドに協力的だ。彼らや南方防衛師団の力を借りながら、ジドは広大な南方の地を隅々まで巡っている。

　アリオスは再び、身体を前に出した。

「セナは、ネバルに戻らないのならば神山に来て統治を手伝って欲しいと望んでいる」

ジドはそこで、口もとにうっすらと笑みを浮かべた。

瞳が再び閉じられる。

「私は、これが己の運命だったと、決して思えない」

口調も、瞳も穏やかではあった。だが凛とした言葉が、ジドの口から語られる。

「一度ならず二度までも、妻を失い子を失い、何もかも呪い、恨みました。私だけではない。多くの者が運命を恨み、忘れることなどできないのです。それでも、生きていかなければならない。今度こそ自分で選び取る人生を歩むのだと信じて」

アリオスは地獄の底を何度も何度も見つめてきた男の瞳を、ただ見つめ返すしかなかった。

瞳が、柔らかく細まる。

「まだ、運命に囚われたままの者もおります。一人でも多くのネバル民を国に戻す。それが、もう誰にも課せられない私の運命です。ありがたいお心遣いですが、私は死ぬまで、この道を歩んでいきたいのです」

セナ様にお伝えください。そう言葉を紡いだ男の口調は、慈愛に満ちたものだった。

「私は、いついかなる時も、あなたとアスラン様を思うと。私は、南におります。南の地で、どのような死を迎えるかはわかりません。このイルダの地かもしれないし、ネバルの地かもしれない。誰も通らぬ砂漠で、手綱を取る力を失い、落馬してそのまま命を落とすかもしれません。それでもどうか、嘆かないでくださいと」

労りと愛おしさが溢れる瞳に、笑みが浮かぶ。

「私の遺体は、鳥がついばむでしょう。鳥と砂で埋葬され、そして風が、その砂を運ぶでしょう。悠高な神山の頂にも、その風は必ず届きます。どうかその風に、無数の砂のような人間の命が宿っていることを、決して忘れないでください」

その瞳を見つめ、アリオスは頷いた。

「忘れぬ。絶対に」

ジドの肩がゆっくりと下がる。そして静かに、隻腕の手が卓上の杯を取った。

「では今しばし、昔話でもいたしましょうか」

アリオスも杯を手にし、傾けた。

「そうだな。結構厳しい乳母夫だったと聞いている」

「セナ様が？　私は妻に毎日のように甘やかすなと言われておりましたよ」

外の連中にも場の空気が変わったことは伝わったのか、混じりたそうな顔をしてフーガやルーランまでが顔を覗かせる。

大きな卓が必要かもしれない。アリオスは、自ら酒を求めに腰を上げた。

Ryuouno
konin

紙書籍限定

書き下ろしショートストーリー

君の色は空の色

Ryuouno konin

Kimi no iro wa
Sora no iro

神山を出てサガンと再会した後、ヒルジャ国へ向かう途中の見晴らしの良い場所で、イザクが足を止めた。

山羊の上で眠ってしまっているアスランの身体を支えながら歩いていたセナは、イザクに顔を向けた。

「どうした、イザク。何かあったのか」

しんがりを歩いているセイジュやマルコもきょろきょろと辺りを見回したが、イザクは遠くを見渡したあと、首を横に振った。

「いえ、念のため辺りを見回しただけです。何も異常ありません」

なんだー、というように場の緊張が解ける。フォルがイザクに声をかけた。

「山の向こうまで見ていたようだけれど、そんなに遠くまでは見えていないだろう、イザク」

フォルの言葉に、イザクはぐるりと周囲に目を向けながら答えた。

「見えています」

「狼獣人なら、人間の姿であっても普通より視力が落ちるだろう」

「比べたことがないのでわかりません」

相変わらず紋切り型の返答しかしないイザクに、フォルの額に青筋が浮く。

「いくら超人の『闇人』とはいえ、訓練で視力まで上げられはしないだろうって言いたいんだけどこっちはああ？」

イザクに詰め寄ろうとするフォルに、セナは慌てて話題を振った。

「フ、フォル、狼獣人は他の獣人に比べて視力が弱いのか？」

フォルはイザクから目を逸らして答えた。

「そう言われていますね。色別もほぼしていないらしいですよ」

「色はわかります」

よせばいいのに、イザクが乗っ掛かってくる。セナは腕を振り回すフォルを慌てて止めた。

「純血種の人間よりもはるかに色覚がないのは確かだ。しかしフォル、お前さん南の生まれなのに、よく狼獣人のことまで知っているね」

サガンが感心したように言う。

「ネバルは黒豹や山猫のネコ科がほとんどですが、ネコ科も視力が弱くて。でも商人の話では、イヌ科の狼よりはマシだとか言っていました」

「視力は似たりよったりだと思うがね。ネコ科の獣人は素早さと動体視力では狼以上で、闇夜では狼獣人より強いね」

サガンの言葉に、セナは闇夜で黒豹獣人に襲われた時のことを思い出した。不意打ちだったとはいえ、数では圧倒していたレスキア帝国軍が手も足も出なかったはずである。

「けど黒豹獣人でも、イザクには敵わなかっただろ」

あの場にいたセイジュが口を挟んできた。あの時セイジュがどんな動きをしていたのかセナはわからなかったが、イザクの戦いぶりを目にしていたのだろう。

「俺の存在を悟ったからこそ、途中から火を放ってきたんですよ。狼獣人は動体視力では豹族に負けます。勝てるのが、嗅覚です」

イザクの言葉に、あの時火矢が放たれ火で川岸が覆われたのはそのためかと今更セナは気が付いた。煙で、イザクの嗅覚を狂わそうとしたのか。

「狼の嗅覚は相手の強さまで測ると言われている。視覚に頼らないゆえに他の感度が強くなり、背中にまで目がついていると思われる動きをする」

サガンの説明は、イザクの神がかった動きを思い出させるのに十分だった。圧倒的な身体能力と、常人にはうかがい知れない感知能力。

あれを備えた連中が、これからもこちらに向かってくる。セナは、心の底が冷えるのを感じた。

そっと指が絡んでくる。顔を上げると、イザクが覗き込んできた。

「大丈夫ですよ。俺は、強いですから。絶対にあなたを守ります」

不安が、伝わったのだろう。セナは微笑んでイザクの優しさに答えた。

「お前は、誰よりも強い男だからな」

「そうです」

セナはイザクの手を握りしめた。すると、ふう、と背中あたりにフォルのため息がかかった。

「受け答えは相変わらず下手で腹が立ちますが、イザクは人の気持ちが少しずつわかるようになってきているみたいですね」

イザクとのやり取りを聞いていたのだろう。セナが赤面して振り返ろうとすると、サガンの方がフォルの言葉を拾った。

「もともと狼獣人は、空気を読むことは長けているんじゃよ」

「そうなんですか？」

「心の機微にも敏感だよ。闇人は不要なものを遮断する訓練をしているから、今までイザクは反応しなかっただけだ。狼獣人は基本、群れや家族を大事にするからね。要領が悪いのが難点だが、良く気がつくマメな男が多い」

対照的なのがネコ科じゃ、とサガンは続けた。

「相手の懐に入るのは抜群にうまいから男にも女にもモテるんだが基本自分勝手」

フォルがわかるー！　と追手のことも忘れて大声で叫ぶ。セナは南方で知り合ったフーガやルーラン、山猫獣人を思い出した。確かにわかる。

同じ山猫獣人のジドは誠実で自分勝手な行動はみられないが、相手を味方につける能力に長けていた。

「豹族の男なんて最低だった！　自分のこと何もしないし！　労られて当たり前ってふんぞり返って！」

自分の親族を思い出したのか、フォルが興奮して吠えた。

「気位は高いよな。そのくせ気の許した相手には甘え上手だから、そこがいい、とモテたりするんじゃな」

サガンの言葉に、セナは黄金豹獣人のフィザーを思い出した。気位が高い。なるほど。気を許したナラゼル元帥には確かに甘えていた気がする。

「金獅子はどうなんですか。ネコ科ですから自分勝手で大変でしたか」

セイジュが投げかけてきた台詞に、ついセナは顔をしかめた。皇帝について言っているのだろうが、獣人であることを軽々しく口にすべきではないだろう。

「まあ〜身勝手ですねえ。自分の領域内に相手を入れませんしねえ」

「こら、フオル！　不敬だろう！」

「金獅子という種族について語っただけで、どこかの誰かさんのことを話しているわけではありませんよ」

　フオルはそう言うが、金獅子なんて珍しい種はそうそういない。白銀狼ほどではないが、変異種だろう。

　そのうち、獣人の特性について語り飽きたのか、連中は、これから向かうヒルジャ国の歴史について語り始めた。

　だがセナは、先程のフオルとサガンの言葉が気になった。色の区別がない、というのは、本当だろうか。

「どうしました」

　セナが考え事をしていることに気づいたのか、イザクが声をかけてくる。

「お前は、色があまり見えていないのか？」

　イザクは興味なさそうに頷いた。

「あまり自覚はありませんが、そうらしいです。獣人化した時には、ほぼ色はありません。獣人化している時に色なんて見えても仕方ないので、困ったことはありませんが」

　獣人化している時は、基本戦っている時だからだろう。サガンの言う通り、人間の時にも認知できる色の数は通常の人間より少ないらしい。

「ネコ科は狼よりはマシらしいですけど、純血種の人間より色を捉えにくいので、獣人の間者かどうか見分けるには彩色の多い画を見せて答えさせるのがいいなんて言われた時期もあったらしいですよ」

「どんな色が捉えにくいんだ」

　訊かれても、イザクはうまく答えられないようだった。困ったように首を傾げる。その人間らしい仕草に、セナは心に喜びが広がるのを感じた。

「どんな色？　俺の瞳の色はわかるか」

「わかりますよ、それは」

　灰色に水色が溶け込んだようなイザクの瞳が向けられる。

「俺は緑を捉えるのは苦手なんですけど、あなたの色は鮮やかすぎるほどだからか、すぐに目に入る」

　イザクの瞳がわずかに細まる。その目の柔らかさを、セナは食い入るように見つめた。

「望むものを見続けると、その色をその目に宿すという言い伝えを聞いたことがあります。あなたはいつも緑を見つめていたのですか」

セナはイザクの言葉に驚いた。かつて、ネバル国で乳母が教えてくれた話と同じだった。

「神山にも、そんな言い伝えが？　俺は昔、乳母からその話を聞いたことがある。だから、人の目の色はそれぞれ違うんだって」

「いや、神山……では」

イザクの瞳がわずかに彷徨う。

「どこでだったか……忘れました」

視線を外し、口を結んだイザクに、それ以上は聞かない方がいいとセナは悟った。

「あまり、空を見るなと言われました」

しばらく黙っていたイザクが、突然言葉を紡ぎ始めたため、セナは顔を向けた。

「見たところで、飛んでいけるわけじゃないんだからって。瞳は、望むものを見続けるとその色を宿す。空を見続けると、それを望んでいることがばれてしまうぞ、と……」

前方を見つめるイザクの瞳が灰色に翳《かげ》る。

そう言った人物のことを、思い出したのだろうか。

いつ、どこで言われたのかも。

「……青の色が、一番判別できません。俺の目は、灰色なのか水色なのかわからない目だと言われたことがありますが、今はどんな色をしているんですか」

セナはイザクの手を取って握りしめた。イザクが驚いて顔を向けてくる。

「灰色がかっているが、中心に水色が広がっている。美しい空の色だ、イザク。これからもっともっと、空の色を広げていこうな」

見開かれたイザクの瞳が、柔らかく細まる。

瞳の中心に、滲むように空色が広がっていくのを、セナは見つめ続けた。

紙書籍限定

書き下ろしショートストーリー

再会

Ryuouno
konin

Saikai

意識の目覚めに、アスランは寝返りを打った。

瞼を開いたら、一緒に眠っている子はどっちの姿になっているかな、とぼんやりと思う。

人間の姿か、竜の姿か。

そろそろと、アスランは瞳を開けた。

寝台の上に金髪が波打つように流れている。

それはまるで、夕陽を受けて煌めく河のようだった。

アスランはその髪を一筋、手に取った。

さらさらと指先を流れる髪を見つめ、思った。

これを手にすることができるのは、世界で自分一人しかいないのだということを。

「……アスラン」

この声も、こんな風に聞くことができるのは自分だけだと。

子どものころは、なぜ皆自分のように竜王の声が聞けず、話せず、見えないのか、不思議で仕方なかった。姿を、声を届けられないなんて、竜王が可哀想だ。そんなふうに思っていたが、今はなぜ、自分一人しか受け止められないのか、わかっている。

「おはよう、竜王」

竜王が微笑む。

その顔に、アスランは胸がかきむしられる気持ちになった。この頃、竜王の視線や仕草一つで心が乱される。一体どういうことだろう。

それをはぐらかすために、アスランはわざとふざけた声を出した。

「りゅうおう～もお～可愛いね～大好き～」

たまらず竜王を抱きしめると、竜王の腕が首に巻き付いてきた。

「アスラン、大好き」

ふと、竜王の身体が薄くなった気がした。

竜王に触れる感触に変化が生じる。すぐにアスランは気が付いた。変化、している。

その理由は一つしかなかった。竜王はこの頃、アスランと二人だけの時だけは人間の姿を保つことができる。だが、他に人間の気配を察すると、人の姿を維持することは難しい。

「アスラン」

声が届いた時には、竜王は完全に姿を変えていた。鱗が光り輝く長い胴体と、四つ足の竜の姿になる。

キュウ、とかすかに啼きながら竜王はアスランの身体に這い上がり、身体を絡ませてきた。同時に、寝台の天幕が翻り、母が姿を現した。

「アスラン。また勝手に竜王のところで眠って」

母・セナは呆れたような顔を向けてきた。

「十歳になるんだから、もう許可なく二人で眠ってはいけないと言っているでしょう」

「だって竜王が寂しいって言うから」

竜王が身体に巻き付いてくる。まだ行かないでほしいのだろう。

母には、竜王が何を考え、望むのか、知ることはできない。だがもう、竜王の仕草でわかるようになっているのだろう。諦めたように言った。

「朝の食事はこちらで取らせてもらいなさい。食べたらすぐに戻ってくるんだよ」

天幕をばさりと払い、母は去っていった。配膳の準備を、と外で待機する侍従に指示する声が聞こえた。

部屋の外で配膳の準備ができた頃に、アスランは廊下に出て食事を取りに行く。この部屋に入れる者は限りがあるからだ。

竜の姿の竜王が食するものは、ほんのわずかな果実と水のみである。人間の姿の時に何かを食べたことはない。以前は水しかとらなかったのだから、進歩はしている。次第に人間に近くなっているのかもしれない。

「まあ、赤ちゃんだってお母さんのお乳しか飲まないもんねえ」

渡された食事を竜王がいる寝台へ持ってきたアスランは、果実を竜王の口元に持っていったが、いらない、というように竜王は顔をそむけた。

皿に注がれたきれいな水をちろちろと長い舌で舐めている。

「今度ね、竜王。僕、従姉妹とリーシュに会うんだよ」

パンを口に持っていきながらアスランは説明した。

「従姉妹ってのはネバルの女王で、初めて会うからドキドキしてる。もう大人のお姉さんらしいんだけどね。リーシュは一度『道』で会って、もう何回か手紙のやり取りをしてるから初めて会う気がしないんだけど」

竜王が皿から顔を上げ、目を向けてくる。

「竜王も一緒に行けたらいいんだけどね。ごめんね、アスランばっかり他の人と楽しんで」

こんなことを思っても仕方ないことはわかるが、アスランはいつも小さな罪悪感を抱かずにいられない。

水を飲み終えた竜王は身体をすり寄せてきた。気にしていない、という意思表示のようだった。

「ありがとう、竜王。帰ってきたら、何があったか、どんな話をしたか、全部教えるからね」

キュウ、と小さく答える竜王の頬に、アスランは接吻した。

＊　・＊・　＊

ナルージャの姫・リーシュとは、連絡は取りあってきたが実際に会ったことはなかった。

会いたいと周囲に何度も伝えていたが、まだ南の状況が落ち着かず、神山まで来ることが難しいと言われるだけだった。

そして今回やっと、会えることになったのである。

「けど、神山には入れないの。神山の直轄地で、会うことになる」

母・セナの言葉に、アスランは驚いた。

「どうして入れないの!?」

母は、自分の向かい側の椅子に座るアスランの手を取り、ゆっくりと説明した。

「ここは、まだ四大国……四つの大きな国の王様しか入れないの。つい最近まで、お兄様のレスキア皇帝と、オストラコン国国王しか入国していなかった」

神山の外区には観光客らも入れるが、山の中には四大国の王しか入れないのだという。

「ついこの間ようやく、全ての国との国交が元通りになって、ネスタニア国国王、バルミラ国国王が神山に入ったばかりなんだ。そんな状況で、ネバル国女王やナルージャ族の族長的立場の姫が、神山でお前に会うわけにはいかないんだ」

　母と並んで椅子に座っている前レスキア皇帝である父が説明を付け加えた。

「お前にはまだわからないだろうが、それぞれの国の立場というものがある。竜王の婚配者であるお前に会うことで、ネバルやナルージャが周辺諸国のやっかみを受けるかもしれない。それは、避けなければならないんだ」

　何もかも思い通りにならないことぐらい、アスランにもわかっていた。竜王が神山の頂から出ていくことができない身体のように。普通の子どものように遊べないように。神にも、人間にも、制限がある。

「極秘裏に会う予定だが、おそらくはすぐに話は広まるだろう。だから公式ではなく私的に、キトの家でたまたま会う、という形にするつもりだ」

「キトの家で!?」

　父の言葉にアスランは椅子から思わず飛び上がった。

「キトの家には、山羊もいるよ！」

「ああ。ナルージャのリーシュ姫は、お前が譲った山羊を今回連れてくるそうだ」

　神山で会う、ということがどうでも良くなってしまった。

　アスランは飛び跳ねて喜んだ。キトの家だったら、どんなに楽しいだろう。椅子に座っていられず走り回ったが、咎めてきたのは傍で控えていたフォルだけで、父も母も何も言ってこなかった。

「嬉しい、嬉しい！　母さま、キトのおじちゃんに頼んで、そこで山羊のお乳を搾って、ごはんも食べてもいい!?」

「アスランからおじさんにそう頼んでみて。母さまは今回、一緒に行けないから」

　喜びの気持ちにいきなり冷水をかけられた気がして、アスランは動きを止めた。

「えっ……ど、どうして？　どうして母さま、一緒に行けないの？」

「……母さまは、ネバル女王に会うことは難しいんだ」

　母の顔には微笑みが浮かんでいたが、ほんの一筋哀しみがよぎったのを、アスランは見逃さなかった。母の膝に縋るようにして床に膝をついた。

「母さま、まだ本当は、僕も会うのは早いの？　僕がずっとお願いしていたから無理をして会わせてくれるの？　だったらごめんなさい、僕、母さまと一緒に皆と会える日まで待ちます」

「アスラン」

　母の手が髪を撫でてくる。

「いいんだ。アスランは、母さまの代わりに皆と会ってきてほしい。リーシュ姫も、ネバルの女王も、アスランと会うことをとても楽しみにしているから」

　アスランは母の顔をじっと見つめた後、父の方へ視線を移した。父は母と同じように穏やかに微笑みながら、頷いた。

「母さまの代わりに、フオルが付き添うからね」

　フオルに目を向けると、フオルは大丈夫、というようにしっかり頷いた。

　アスランはその姿に、やりきれなさを感じながらも、了解するしかなかった。

＊・＊・＊

　折に触れて、アスランはキトの家に遊びに行っていた。毎回護衛はついてくるが、キトの家の近くで待機する。今回は、キトの家に向かう途中の道で、馬に乗ったキトが迎えに来た。

「お姫様たち、もう皆到着してるよ」

　すごい兵の数で、周辺の家々がびっくりしている、とキトは付け加えた。

「大事なお姫様と女王様らしいから、まあ仕方ないんだろうけどね」

　見ると、南からやってきた一行は軍隊を遠くに配置させているようだったが、丘の上からでも大所帯ぶりがうかがわれた。フオルがため息をつく。

「あれは、ネバル国とナルージャの兵士らですか。まー、お忍びにしろと言われたのに多いこと」

　馬車から降りて徒歩でキトの家に向かうと、二匹の山羊が、寄り添っているのがわかった。それを見てアスランは堪らなくなり、走りだした。

　山羊の向こうから、走ってくる姿が見られた。辺境に住む部族らは、女性であっても馬に乗るためズボンを履いている。

　全速力で駆けてくる少女が誰なのか、確信を持ったアスランは大声で叫んだ。

「リーシュ！」

「アスラーン‼」

　互いの顔を確かめる間もなく、飛びつくようにして抱き合う。

　ナルージャの姫・リーシュはうわーん、と声を上げて泣き出した。

「アスラン！　やっと会えた！　あの時私を助けてくれた子！　嬉しい！」

　アスランはリーシュの気持ちが痛いほどわかった。あの時は、『道』で確かに会ったけれど、現実の世界で互いの存在をもう一度確かめ合いたかったのだ。

「わたし、ここに来るの、本当は怖かったんだけど、アスランに会いたいから、会いたい方の気持ちが強かったから」

　しゃっくりを上げながらリーシュが話す。一度しか会ったことがないというのに、離れ離れになっていた兄妹のように思え、アスランも涙が出た。

「嬉しい、ありがとう、リーシュ。神山まで来てくれて。僕、嬉しい」

　それを聞き、リーシュが身体を離した。涙でぐしゃぐしゃになった顔のまま、じっと見つめてくる。

「僕……。そうか、男の子だったんだっけ」

　同じ惹香嚢体であることは知っていただろうが、男も女もどうでも良かったらしい。

　いつの間にか追いついていた護衛らしき御付きの者が、後方からそっと囁く。

「姫様。興奮なさるのは最もですが、言葉遣いをそろそろ改めたほうがよろしいかと思われます」

「いいの。言葉なんてどうでもいいよ、そのままでいいよ」

　アスランが慌ててそう伝えるのと、追いついたフオルがリーシュの御付きの者に声をかけるのが同時だった。

「お久しぶりです、ガシュバル殿」

ガシュバルという御付きの者がフォルを見て懐かしそうに微笑む。

「お元気そうで何よりです、フォル殿。あなたやアスラン様にお会いしたくて、同行させてもらいました」

「アスランは、ガシュバルのこと覚えていないの？」

　リーシュにそう言われたが、アスランの記憶にはガシュバルという男はいなかった。

「でも、リーシュのおばあちゃんのことはよく覚えているよ」

　それを聞いて、リーシュだけでなくガシュバルまで泣き出した。大の男がおいおいと泣く姿にアスランが驚いた時、リーシュやガシュバルの後方から、女性が静かに現れた。

　その女性は、一目で高貴な身分とわかる恰好をしていた。リーシュのように、ズボンを履いていない。さらりとした裾の長い衣装で身を覆い、頭には布を被り髪も見せていないが、煌びやかな装飾品が額や布を覆っていた。

　髪の色はわからなかったが、おそらく黒だと思われた。母のように、艶やかな漆黒の髪だろう。瞳の色は母ほど濃い緑色ではなかったが、春の緑を思わせる優しい色だった。

　その瞳が揺れ、ぽろりと涙がこぼれ落ちる。

「アスラン殿下……」

　誰に紹介されずとも、従姉妹であるネバル国女王だとわかった。

　二十一歳になるという女王は、地に両膝をつき、首を垂れた。

「ネバル国女王・ヘルナと申します。この度はこの地まで私が来ることをお許しくださって本当に……」

　そんな挨拶をしなくてもいい、とアスランが伝えるより先に、フォルが女王の前に膝をつき、平伏するような姿勢を取った。

「女王様……！」

　アスランは驚いた。フォルはたとえレスキア皇帝にだろうと堂々と意見を言い、必要以上にへりくだった態度を見せない。

　そのフォルが、感極まったかのように泣く姿に、アスランは言葉を失った。

「あなたは、フォル殿ですね。セナ叔父上のお輿入れに、ただ一人付き従ったという……」

女王が支えるようにフォルの腕に手を添え、顔を上げさせる。

フォルは、むせび泣きながら伝えた。

「セナ様は、セナ様は心から、あなた様が南で生き延びられたことを、喜んでおられました」

女王が無言で頷きながら、フォルの言葉を受け止める。フォルは袖で何度も顔を拭きながら続けた。

「あなた様からの親書も受け取られ、お返事をお書きになりたかったと思います。しかしながらお立場上、それができないことをお察しください。今日も、今日もどれほどお会いしたかったか……」

「わかっています。わかっていますよ。まだネバル民の中には、当時のレスキア帝国がネバルに援軍を出さなかったことを恨みに思う者たちもいます。ネバル国王族が国を捨てたからだと、罵る者もいます。セナ叔父上は、その恨みが私に向かわぬようにするために、ご自分に向けられる憎悪を払おうとなさらない。私に会えば、私にまで憎悪が向けられる。だから会えないのはわかっていました。それでも私は今日、ここに来ることを止められませんでした」

凛とした声は、母・セナの口調によく似ていた。人をまっすぐに見つめてくる瞳の強さも。

「フォル。この人はやっぱり、母さまに似ているね」

それを聞き、微笑んだネバル女王の瞳から、一筋の涙がこぼれた。

「見て、アスラン！　私の山羊よ！」

リーシュの言葉に振り返ると、二匹の山羊が寄り添いながら近づいてきた。

「山羊さん！」

アスランはリーシュの山羊に抱きついた。毛も艶やかで、とても大事にされていることがわかる。

「うちの山羊より大事にされてるっぽくて、なんか申し訳ないよなあ」

キトが頭を掻きながら言う。

アスランが辿り着く前にリーシュやネバル女王と対話

する時間はたっぷりあったらしく、もう打ち解けた様子だった。

「そんなことないわ！　この子もとっても元気だし。ねえ、アスラン。私、約束守ったでしょ？」

　大切にする、という約束だ。アスランもリーシュとした約束は覚えていた。

　七年前の記憶は断片的である。覚えていることもあるし、全く記憶から抜け落ちていることもある。リーシュは、神山でのことを何も覚えていないらしい。怖かった、という感情だけで。

「人間、つらいことがあると、記憶を封じ込めてしまうことがあります。私も、そうした時期がありました」

　ネバル女王・ヘルナの言葉に、リーシュは頷いた。

「別に思い出さなくてもいいと思ってる。アスランに会いたい、という気持ちだけはずっと持っていたし、大事にしてた」

　つらい記憶があったのかも、アスランにはわからない。ただ、ガシュバルのことを思い出せないのは、その頃がつらかったからなのだろうか、と考えた。

「アスラン様、そろそろお食事にしましょうか」

　キトの父親が庭の大きなテーブルにパンやチーズを運びながらそう言った。

　珍しい北の食べ物が並べられ、テーブルについたリーシュやヘルナが歓声を上げる。

「ヘルナ様、見て！　綺麗な盛り付け！」

「これ、どんな食べ物なのかしら。楽しみ！」

　食事を前に大喜びする様子は、やっぱり女の子だなあ、とアスランは微笑ましく思った。

「アスラン様」

　キトの父がそっと耳打ちする。

視線を向けると、キトの父はあちらだというように空に視線を向けた。

　遠くの丘の上に、馬に乗る人影が二つ、あった。目を凝らさなければわからぬほど小さかったが、アスランにはすぐにわかった。

　ヘルナを振り返ると、ヘルナは椅子から立ち上がり、瞬きもせずにそちらを見つめていた。

　目が良いと言われる南国の人間の瞳には、どこまでとらえられているのだろうか。

微動だにせずこちらを見つめる影に寄り添うもう一つの影も、見えているだろうか。

ヘルナの瞳から、はらはらと大粒の涙がこぼれ落ちる。

人影に、祈りを捧げるようにヘレナが手を組むのを、アスランは見つめた。

「アスラン、あの影、あなたのお母さま？」

リーシュの言葉に、影に視線を移し、アスランは頷いた。

「……それと、父さま」

丘の上の影は、いつまでもこちらを見守るように、動かなかった。

Introducing the flag of "The Dragon King's Wedding"

佐伊先生の頭の中にあった
各国の国旗を小山田あみ先生が
形にしてくださいました

Thanks you anyway!

NEBARU

♦ネバル国のシンボル
剣(二本)・月

NESUTANIA

♦ネスタニア国のシンボル
馬・槍

RESUKIA

♦レスキア国のシンボル
鷲・王冠・剣(一本)

OSUTORAKON

♦オストラコン国のシンボル
牛・斧

BARUMIRA

♦バルミラ国のシンボル
蠍・矢

おまけ。
本編で描けなかった
ケモ耳イザク
おやまだ
あみ、

あとがき

このたびは、「竜王の婚姻」をお手に取っていただき、誠にありがとうございます。

この話は、二〇一九年十月から二〇二〇年十一月まで小説投稿サイトに連載していた小説です。

幸いにも多くの方に読んでいただく機会を得ることができましたが、書籍化のお話をいただける話とは考えてもみませんでした。

なぜなら、この話は内容が非常に重く、独自の設定などもあったため、受け入れにくい世界観ではないかと思っていたからです。

エクレアノベルスの担当さんからご連絡をいただき、電子配信の説明を受けた時には、大変光栄と思う反面、難しいのではと考えました。この話が飽きられずに継続的に読まれる自信がなかったのです。

しかし担当さんから、小山田あみ先生がイラストを引き受けてくださったという話を聞き、背中を押された気がしました。投稿サイト時代から、これを面白いと思ってくださった方々、キャラたちの生き様を応援してくださった方々に、小山田先生のイラストで再び、この話を読んでいただける。そしてもっと多くの方々に、この話を読んでいただけるチャンスだ。そんな気持ちになれました。

電子配信が始まってから、本当に多くの方々に応援していただきました。前から読んでくださっている方々をはじめ、電子配信後に手に取ってくださった方からも、面白い、先が読みたいという声をたくさんいただきました。こうして書籍という形にすることができたのは、皆さまの声のおかげです。一つ一つの声が、後ろ向きだった作者に自信を与え、そして奇跡まで見せてくださいました。

そして新たに、この小説を手に取ってくださった方々にも、心より感謝申し上げます。

見るからに分厚く、長い物語です。読み進めることが難儀だった箇所もあったかと思います。それでも、これを読んでみようと思ってくださったことに、ありがたいという気持ちでいっぱいです。

そして、この小説に美しいイラストを描いてくださった小山田あみ先生に、改めて感謝を。

小山田先生の描かれる、美しく、人物像が迫ってくるようなイラストのおかげで、手に取ってみようと興味を持ってくださった方々がたくさんいらっしゃいました。小山田先生の画のお力がなかったら、ここまで求められることもなかったかもしれません。本当に、ありがとうございました。

また、地図を描いてくださった芦刈将先生にも深く感謝申し上げます。

さまざまな書籍でファンタジー要素溢れる地図をお描きになっている芦刈先生の描かれた地図によって、この「竜王の婚姻」の世界観がより鮮明に浮かび上がりました。山を越え、人とめぐり逢い、そして戦ったセナの息づかいまで、地図から聞こえてくるようでした。私のように、皆さまも芦刈先生の地図に入り込んで、セナたちの足取りを追うことを楽しんでいただけると幸いです。

最後に、根気強く私を励まし続け、何も知らない作者に手取り足取り教えてくださった担当編集者さん、拙作に携わってくださったすべての皆さまに、深く御礼申し上げます。

最後まで読んでくださって、ありがとうございました。

二〇二四年　四月

佐伊

好　評　発　売　中　！

偏愛獅子と、蜜檻のオメガⅢ

～運命の番は純血に翻弄される～

著 **伽野せり**
イラスト **北沢きょう**

“運命の番”であるヒト族オメガの大谷夕侑と獅子族アルファの御木本獅旺の同棲生活も、三か月目を迎えていた。すれ違いを乗り越えたふたりの関係は順調そのもの。けれどその平穏は、獅旺の元婚約者・諫早一華の登場で破られる。純血の獅子族アルファである彼女は、獅旺との子供を妊娠している。だから彼を返せ——と夕侑に告げ……!?

溺愛准教授と恋するハウスキーパー

著 **花波橘果**
イラスト **古澤エノ**

美原晴は建築を学ぶ大学生。住み込みのハウスキーパーの面接に出向いたはずが、瀟洒な洋館で待ち受けていた美貌の紳士・桐谷に、わけもわからないまま体の関係を結ばれてしまう。——そう、晴は訪問する家を間違えてしまったのだ。桐谷は面接を逃した代わりに自分が晴を雇うと言い出す。しかも彼は晴が通う大学の准教授で……。

エクレアノベルスをお買い上げいただきありがとうございます。作品へのご意見・ご感想は右のQRコードよりお送りくださいませ。

ファンレターにつきましては下記までお願いいたします。

〒162-0822　東京都新宿区下宮比町2-26
KDX飯田橋ビル５階
株式会社MUGENUP エクレアノベルス編集部 気付
「佐伊先生」／「小山田あみ先生」

竜王の婚姻〈下〉

竜の頂と導く者

2024年4月26日　第1刷発行

著者　佐伊

イラスト　小山田あみ

発行人　伊藤勝悟

発行所　株式会社MUGENUP
〒162-0822　東京都新宿区下宮比町2-26
KDX飯田橋ビル５階
TEL　03-6265-0808（代表）
FAX　050-3488-9054

発売所　株式会社星雲社（共同出版社・流通責任出版社）
〒112-0005　東京都文京区水道1-3-30
TEL　03-3868-3275
FAX　03-3868-6588

印刷所　株式会社暁印刷

カバー・巻頭記事デザイン　カナイデザイン室
マップ制作　芦刈将（ASHIKARI WORKS）
本文デザイン・組版　近田火日輝、野上加奈子（fireworks.vc）

※本書は、小説投稿サイト「ムーンライトノベルズ」に掲載されていたものを加筆修正し書籍化したものです。
※「ムーンライトノベルズ」は株式会社ヒナプロジェクトの登録商標です。

Printed in Japan　ISBN 978-4-434-33705-5　C0093